태평광기초 7

엮은이 풍몽룡
옮긴이 김장환
펴낸이 박영률

초판 1쇄 펴낸날 2024년 11월 28일

커뮤니케이션북스(주)
출판등록 제313-2007-000166호(2007년 8월 17일)
02880 서울시 성북구 성북로 5-11
전화 (02) 7474 001, 팩스 (02) 736 5047
commbooks@commbooks.com
www.commbooks.com

ⓒ 김장환, 2024

지식을만드는지식은
커뮤니케이션북스(주)의 고전 출판 브랜드입니다.
이 책은 저작권자와 계약해 발행했으므로, 본사의 서면 허락 없이는
어떠한 형태나 수단으로도 이 책의 내용을 이용할 수 없습니다.

ISBN 979-11-7307-019-8 94820
979-11-7307-000-6 94820 (세트)

책값은 뒤표지에 있습니다.

太平廣記鈔
태평광기초 12

〈지식을만드는지식 고전선집〉은
인류의 유산으로 남을 만한 작품만을 선정합니다.
읽을 수 없는 고전이 없도록 세상의 모든 고전을 출판합니다.
오랜 시간 그 작품을 연구한 전문가가
정확한 번역, 전문적인 해설, 풍부한 작가 소개, 친절한 주석을
제공합니다.

太平廣記鈔

태평광기초 12

풍몽룡(馮夢龍) 엮음

김장환(金長煥) 옮김

대한민국, 서울, 지식을만드는지식, 2024

편집자 일러두기

- 이 책은 명나라 천계(天啓) 간본을 저본으로 교점한 배인본 중에서 번체자본(繁體字本)인 웨이퉁셴(魏同賢)의 교점본[2책, 《풍몽룡전집(馮夢龍全集)》 8·9, 펑황출판사(鳳凰出版社), 2007]을 바탕으로 하고 기타 배인본을 참고했습니다. 아울러 《태평광기》와의 대조를 통해 교감이 필요한 원문에 한해 해당 부분에 교감문을 붙이고, 풍몽룡의 비주(批注)와 평어(評語)까지 포함해 80권 2584조 전체를 완역하고 주석을 달았습니다. 《태평광기》는 왕샤오잉(汪紹楹)의 점교본[베이징중화수쥐(中華書局), 1961]을 사용했습니다.
- 《태평광기초》는 총 80권으로 되어 있습니다. 이 번역본에는 편의상 한 권에 원서 5권씩을 묶었습니다. 마지막 권인 16권에는 전체 편목·고사명 찾아보기, 해설, 엮은이 소개, 옮긴이 소개를 수록했습니다.
제12권은 전체 80권 중 권56~권60을 실었습니다.
- 국내에서 처음으로 소개됩니다.
- 해설 및 주석은 독자들의 이해를 돕기 위해 모두 옮긴이가 붙인 것입니다.
- 옮긴이는 독자들이 이해하기 쉽도록 각 고사에는 맨 위에 번역 제목을 붙였고 그 아래에 연구자들이 작품을 찾아보기 쉽도록 원제를 한자 독음과 함께 제시했습니다. 주석이나 해설 등에서 작품을 언급할 때는 원제의 한자 독음으로 지칭했습니다.
- 옮긴이는 원전에서 제시한 작품의 출전을 원제 아래에 "출《신선전(神仙傳)》"과 같이 밝혔습니다. 또한 원문 뒤에는 해당 작품이 《태평광기》의 어느 부분에 실려 있는지도 밝혀 《태평광기》와 비교 연구할 수 있도록 했습니다.
- 본문에서 "미 : "로 표기한 것은 엮은이 풍몽룡이 본문 문장 위쪽에 단 미주(眉注)이고 "협 : "으로 표기한 것은 문장과 문장

사이에 단 협주(夾注)입니다. "평 : "으로 표기한 것은 풍몽룡이 본문을 읽고 자신의 평을 추가한 것입니다.
- 한글에 한자를 병기할 때 괄호 안의 말과 바깥 말의 독음이 다르면 [ ]를 사용하고, 번역어의 원문을 표시할 때는 ( )를 사용했습니다. 또 괄호가 중복될 때에도 [ ]를 사용했습니다.
- 고대 인명과 지명은 한자 독음으로 표기하고 현대 인명과 현대 지명은 국립국어원의 중국어 표기법에 따라 표기했습니다.

차 례

권56 귀부(鬼部)

귀(鬼) 1

56-1(1649) 무귀론(無鬼論) · · · · · · · · · · · · · 5223

56-2(1650) 스님 지원(僧智圓) · · · · · · · · · · · 5224

56-3(1651) 위징(魏徵) · · · · · · · · · · · · · · · 5230

56-4(1652) 왕융(王戎) · · · · · · · · · · · · · · · 5232

56-5(1653) 방현령(房玄齡) · · · · · · · · · · · · 5234

56-6(1654) 양부(楊溥) · · · · · · · · · · · · · · · 5236

56-7(1655) 유소지(庾紹之) · · · · · · · · · · · · 5239

56-8(1656) 하후홍(夏侯弘) · · · · · · · · · · · · 5242

56-9(1657) 왕감(王鑒) · · · · · · · · · · · · · · · 5246

56-10(1658) 보따리를 푼 사람(解襆人) · · · · · · 5249

56-11(1659) 이영문(李令問) · · · · · · · · · · · · 5252

56-12(1660) 부량현의 장 현령(浮梁張令) · · · · · 5255

56-13(1661) 진도(陳導) · · · · · · · · · · · · · · 5265

56-14(1662) 이준(李俊) · · · · · · · · · · · · · · 5268

56-15(1663) 곽승하(郭承嘏) · · · · · · · · · · · · 5276

56-16(1664) 위황(韋璜) · · · · · · · · · · · · · · 5278

56-17(1665) 동관(董觀) · · · · · · · · · · · · · · 5282

56-18(1666) 왕예라는 노인(王裔老) ･････5288

56-19(1667) 스님 민초(僧珉楚) ･････5291

56-20(1668) 곽심(郭郴) ･････････5294

56-21(1669) 주옹중(周翁仲) ･･････5298

56-22(1670) 노욱(盧項) ･･･････････5301

56-23(1671) 노중해(盧仲海) ･････5315

56-24(1672) 광릉의 상인(廣陵賈人) ･････5319

56-25(1673) 빚을 갚은 귀신(償債鬼) ････5321

56-26(1674) 귀신 나라(鬼國) ･････5330

56-27(1675) 귀신 무덤(鬼葬) ･････5333

56-28(1676) 왕초(王超) ･･･････････5334

56-29(1677) 갓 죽은 귀신(新鬼) ･････5336

56-30(1678) 송정백(宋定伯) ･･････5340

56-31(1679) 측간 귀신(廁鬼) ･････5343

56-32(1680) 학질 귀신(瘧鬼) ･････5344

56-33(1681) 앙살 귀신(喪煞鬼) ････5345

권57 귀부(鬼部)

귀(鬼) 2

57-1(1682) 조 공의 배(曹公船) ･････5351

57-2(1683) 하후현(夏侯玄) ･･････5352

57-3(1684) 왕필(王弼) ･･･････････5353

57-4(1685) 소소(蘇韶) · · · · · · · · · · · · · 5355

57-5(1686) 손치(孫稚) · · · · · · · · · · · · 5363

57-6(1687) 육교(陸喬) · · · · · · · · · · · · 5367

57-7(1688) 상이(常夷) · · · · · · · · · · · · 5373

57-8(1689) 사문 영 선사(沙門英禪師) · · · · · · · 5380

57-9(1690) 사만세(史萬歲) · · · · · · · · · · · 5384

57-10(1691) 왕명(王明) · · · · · · · · · · · · 5386

57-11(1692) 조합(趙合) · · · · · · · · · · · · 5389

57-12(1693) 이상(李湘) · · · · · · · · · · · · 5396

57-13(1694) 위포(韋浦) · · · · · · · · · · · · 5402

57-14(1695) 우문적(宇文覿) · · · · · · · · · · 5409

57-15(1696) 고총(顧總) · · · · · · · · · · · · 5418

57-16(1697) 이패(李霸) · · · · · · · · · · · · 5424

57-17(1698) 위제휴(韋齊休) · · · · · · · · · · 5430

57-18(1699) 허생(許生) · · · · · · · · · · · · 5436

57-19(1700) 위생과 포생(韋鮑·二生) · · · · · · 5445

57-20(1701) 육빙(陸憑) · · · · · · · · · · · · 5457

57-21(1702) 파협 사람(巴峽人) · · · · · · · · · 5459

57-22(1703) 정교(鄭郊) · · · · · · · · · · · · 5461

57-23(1704) 왕소(王紹) · · · · · · · · · · · · 5462

권58 귀부(鬼部)

귀(鬼) 3

58-1(1705) 이원평(李元平) · · · · · · · · 5465

58-2(1706) 호복지(胡馥之) · · · · · · · · 5468

58-3(1707) 환도민(桓道愍) · · · · · · · · 5470

58-4(1708) 당훤(唐晅) · · · · · · · · · · 5473

58-5(1709) 허지옹(許至雍) · · · · · · · · 5485

58-6(1710) 위씨의 아들(韋氏子) · · · · · 5491

58-7(1711) 장홍양(張弘讓) · · · · · · · · 5495

58-8(1712) 소태현(蘇太玄) · · · · · · · · 5499

58-9(1713) 유주의 아장(幽州衙將) · · · · 5502

58-10(1714) 장우(張禹) · · · · · · · · · 5504

58-11(1715) 주칠낭(朱七娘) · · · · · · · 5508

58-12(1716) 당검(唐儉) · · · · · · · · · 5510

58-13(1717) 신번현령(新繁縣令) · · · · · 5515

58-14(1718) 여강의 풍씨 할멈(廬江馮媼) · · · · 5518

58-15(1719) 추남(鄒覽) · · · · · · · · · 5522

58-16(1720) 유즐의 누이동생(劉騭妹) · · · 5524

58-17(1721) 박 태후 묘(薄太后廟) · · · · 5529

58-18(1722) 이장무(李章武) · · · · · · · 5546

58-19(1723) 유 참군(柳參軍) · · · · · · · 5558

58-20(1724) 여항광(餘杭廣) · · · · · · · 5566

58-21(1725) 염경(閻庚) · · · · · · · · · · · 5569

58-22(1726) 왕지도(王志都) · · · · · · · · · · 5574

58-23(1727) 장수일(張守一) · · · · · · · · · · 5576

58-24(1728) 모영(牟穎) · · · · · · · · · · · 5581

58-25(1729) 이적(李赤) · · · · · · · · · · · 5586

58-26(1730) 이함(李咸) · · · · · · · · · · · 5589

58-27(1731) 사고(謝翱) · · · · · · · · · · · 5594

권59 귀부(鬼部)

귀(鬼) 4

59-1(1732) 한중(韓重) · · · · · · · · · · · · 5605

59-2(1733) 독고목(獨孤穆) · · · · · · · · · · 5609

59-3(1734) 노충(盧充) · · · · · · · · · · · · 5629

59-4(1735) 담생(談生) · · · · · · · · · · · · 5635

59-5(1736) 장자장(張子長) · · · · · · · · · · 5638

59-6(1737) 최함(崔咸) · · · · · · · · · · · · 5641

59-7(1738) 곽저(郭翥) · · · · · · · · · · · · 5643

59-8(1739) 이칙(李則) · · · · · · · · · · · · 5646

59-9(1740) 하북의 촌장(河北村正) · · · · · · · · 5648

59-10(1741) 임회인(任懷仁) · · · · · · · · · · 5650

59-11(1742) 호연기(呼延冀) · · · · · · · · · · 5653

59-12(1743) 소우(蕭遇) · · · · · · · · · · · 5657

59-13(1744) 곽지운(郭知運) · · · · · · · · · · · · 5663

59-14(1745) 양원영(楊元英) · · · · · · · · · · · 5664

59-15(1746) 계유의 조카딸(季攸甥) · · · · · · · 5667

59-16(1747) 위율(韋栗) · · · · · · · · · · · · · 5670

59-17(1748) 유조(劉照) · · · · · · · · · · · · · 5673

59-18(1749) 왕유(王鮪) · · · · · · · · · · · · · 5675

59-19(1750) 장종(張宗) · · · · · · · · · · · · · 5680

59-20(1751) 조숙아(趙叔牙) · · · · · · · · · · · 5682

59-21(1752) 장유(張庾) · · · · · · · · · · · · · 5685

59-22(1753) 유풍(劉諷) · · · · · · · · · · · · · 5690

59-23(1754) 심공례(沈恭禮) · · · · · · · · · · · 5697

59-24(1755) 예언사(倪彦思) · · · · · · · · · · · 5704

59-25(1756) 호희(胡熙) · · · · · · · · · · · · · 5707

59-26(1757) 유삼(劉三) · · · · · · · · · · · · · 5710

59-27(1758) 회서의 군장(淮西軍將) · · · · · · · 5713

59-28(1759) 고생(高生) · · · · · · · · · · · · · 5715

59-29(1760) 유타(劉他) · · · · · · · · · · · · · 5717

권60 신혼부(神魂部) 총묘부(冢墓部) 명기부(銘記部)

신혼(神魂)

60-1(1761) 방아(龐阿) · · · · · · · · · · · · · 5723

60-2(1762) 왕주(王宙) · · · · · · · · · · · · · 5726

60-3(1763) 정생(鄭生)·············5730

60-4(1764) 소내(蘇萊)·············5733

60-5(1765) 정씨의 딸(鄭氏女)·········5735

60-6(1766) 배공(裴珙)·············5737

60-7(1767) 설위(薛偉)·············5741

총묘(冢墓)

60-8(1768) 육동미(陸東美)··········5753

60-9(1769) 반장(潘章)·············5755

60-10(1770) 정영흥(丁永興)··········5756

60-11(1771) 왕번(王樊)············5758

60-12(1772) 노관의 무덤(奴官冢)·······5760

60-13(1773) 엄안지(嚴安之)··········5762

60-14(1774) 이막(李邈)············5764

60-15(1775) 번택(樊澤)············5767

명기(銘記)

60-16(1776) 이사(李斯)············5773

60-17(1777) 하후영(夏侯嬰)··········5774

60-18(1778) 장은(張恩)············5775

60-19(1779) 왕과와 웅박(王果·雄博)······5776

60-20(1780) 위대경(衛大經)··········5778

60-21(1781) 정흠열(鄭欽悅) ・・・・・・・・・・・5780

60-22(1782) 한유(韓愈) ・・・・・・・・・・・・5785

60-23(1783) 배도(裴度) ・・・・・・・・・・・・5788

60-24(1784) 장유청(張惟淸) ・・・・・・・・・・5791

60-25(1785) 유광(柳光) ・・・・・・・・・・・・5794

권56 귀부(鬼部)

귀(鬼) 1

이 권은 대부분 명계의 일을 실었다.

此卷多載冥途之事.

56-1(1649) 무귀론

무귀론(無鬼論)

출《대당잡기(大唐雜記)》

청주자사(靑州刺史) 종대(宗岱)는 〈무귀론〉을 지었는데, 그 논리가 매우 정밀해 그를 꺾을 수 있는 자가 없었으며 인근 주(州)의 사람들도 모두 그에게 감화되었다. 나중에 갈건(葛巾)을 쓴 서생이 명함을 전하고 찾아오자 종대는 그와 함께 〈무귀론〉에 대해 담론했는데, 서생은 곧바로 종대를 심하게 논박했다. 종대의 논리가 꺾이자 서생은 옷을 떨치며 일어나 말했다.

"당신이 우리 혈식(血食 : 제삿밥)을 끊은 지 20여 년이나 되었소!"

青州刺史宗岱著〈無鬼論〉, 甚精, 無能屈者, 鄰州咸化之. 後有書生, 葛巾, 修刺, 談及〈無鬼論〉, 便苦難岱. 岱理屈, 書生乃振衣起曰 : "君絶我輩血食二十餘年!"

* 이 고사는 《태평광기》 권317 〈귀·종대(宗岱)〉에 실려 있는데, 출전이 "《잡어(雜語)》"라 되어 있다.

56-2(1650) 스님 지원

승지원(僧智圓)

출《유양잡조(酉陽雜俎)》

정여경(鄭餘慶)이 양주(梁州)에 있을 때, 용흥사(龍興寺)의 지원 스님은 총지술(總持術)[1]과 칙근술(敕勤術)[2]에 뛰어나 사람들의 사악한 기운을 막고 병을 고쳐 주었는데, 대부분 효험을 보았다. 지원 스님은 나이가 들어 점차 피곤해지자, 성 동쪽의 빈 땅을 구해 초가집을 지어 지내면서 사미승과 행자(行者)[3] 각 한 명씩을 두었다. 몇 년 후 어느 한가한 날에 지원 스님이 햇빛 아래에서 발톱을 깎고 있었는데, 베옷을 입은 매우 단정하고 아름다운 부인이 계단에 이르러 절을 하고 울면서 말했다.

"저는 불행하게도 남편을 잃고 자식도 어린데 노모마저 중병에 걸렸습니다. 스님께서 신통한 주문으로 다른 사람을

---

[1] 총지술(總持術) : 선(善)을 지키고 악(惡)을 물리친다는 불교 법술.

[2] 칙근술(敕勤術) : 주문을 외고 부적을 그리는 등의 밀종(密宗)에서 행하는 법술.

[3] 행자(行者) : 절에서 잡일을 하는 사람으로 아직 출가하지 않은 사람에 대한 호칭.

도와주신다는 사실을 알고 있으니 노모의 병을 낫게 해 주십시오."

지원 스님이 말했다.

"빈승은 다니는 데 피곤하니, 노모를 여기로 모셔 오면 가지(加持)4) 기도를 해 주겠소."

하지만 부인은 다시 재삼 울며 간청하면서 노모의 병이 매우 위독해 부축해 올 수 없다고 말했다. 결국 지원 스님은 불쌍히 여겨 허락했다. 그러자 부인이 말했다.

"이곳에서 북쪽으로 20여 리 가면 한 마을이 나오는데, 마을 근처에 있는 노가장(魯家莊)이라는 곳에서 위십낭(韋十娘)의 거처를 찾아오시기만 하면 됩니다."

다음 날 아침에 지원 스님은 그녀가 일러 준 대로 20여 리를 가서 여러 곳을 수소문했으나 그녀의 거처를 찾지 못해 그냥 돌아왔다. 다음 날 부인이 다시 오자 지원 스님이 그녀의 망언을 꾸짖었더니 부인이 말했다.

"스님이 오셨던 곳에서 단지 2~3리 떨어진 곳에 있으니, 스님은 자비를 베푸셔서 꼭 다시 와 주십시오."

지원 스님이 화를 내며 말했다.

---

4) 가지(加持) : 불보살이 불가사의한 힘으로 중생을 보호해 주는 것으로, 특히 불교의 밀종에서 불력(佛力)의 가호를 비는 주문을 말한다.

"노승은 늙고 몸도 쇠약해 이제는 절대로 갈 수 없소!"

그러자 부인이 큰 소리로 말했다.

"자비는 어디에 있습니까? 오늘 이 일은 가야만 합니다!"

그러고는 계단을 올라와 지원 스님의 팔을 잡아당겼다. 지원 스님은 놀라 당황하며 그녀가 사람이 아니라고 의심했다. 지원 스님이 정신없이 작은 칼로 부인을 찌르자 그녀는 결국 쓰러졌는데, 자세히 보았더니 사미승이 칼에 잘못 맞아 피를 흘리며 죽어 있었다. 지원 스님은 황급히 행자와 함께 쌀독 밑에 시체를 묻었다. 사미승은 원래 그 마을 사람이었는데, 집이 절에서 10여 리 떨어진 곳에 있었다. 그날 사미승의 가족들은 모두 밭에 나가 있었는데, 검은 옷을 입고 두건을 쓴 사람이 밭에 와서 마실 것을 달라고 하면서 사미승이 죽은 일을 말했다. 사미승의 부모와 가족들은 통곡하며 지원 스님을 찾아갔는데, 지원 스님은 여전히 그들을 속였다. 사미승의 아버지가 시체를 찾아내 관가에 고발했다. 정 공(鄭公 : 정여경)은 평소 지원 스님을 공경했기에 필시 억울한 일이 있을 것이라 생각해 구도리(求盜吏)5)에게 자세히 조사하도록 했다. 지원 스님은 모든 상황을 진술한 후 다시 아뢰었다.

---

5) 구도리(求盜吏) : 정장(亭長) 수하의 도적을 잡던 관리.

"이 일은 빈승이 전생에 진 빚이니 죽을 따름입니다."

사건을 조사한 관리도 그를 사형에 처해야 한다고 말했다. 지원 스님이 7일만 목숨을 살려 달라고 청하면서 그동안 불경을 염송해 내세를 위한 물건과 양식을 준비하겠다고 하자, 정 공은 그를 가엾게 여겨 허락해 주었다. 지원 스님은 목욕하고 제단을 설치한 후 급히 인계(印契)[6]를 하며 나무 인형[7]을 묶고 그 요괴를 심문했다. 사흘 밤이 지나자 부인이 제단 위에 나타나 말했다.

"나와 같은 요괴는 적지 않은데, 우리가 음식을 구하는 곳마다 번번이 스님에 의해 쫓겨났습니다. 사미승은 아직 살아 있으니 불경을 염송하지 않겠다고 맹세하면 반드시 돌려보내 주겠습니다."

지원 스님이 간절하게 맹세하자 부인이 기뻐하며 말했다.

"사미승은 성 남쪽 아무 마을의 오래된 무덤 안에 있습니다."

지원 스님이 관리에게 그 사실을 말하자, 그 말대로 찾아보았더니 사미승이 과연 거기에 있었는데 얼이 빠진 상태였

---

[6] 인계(印契) : 밀종(密宗)에서 요괴를 물리쳐 항복시키는 손짓.
[7] 나무 인형 : 여기서는 혼백이나 귀신을 상징한다.

다. 사미승을 넣었던 관을 열어 보았더니 안에는 갈대 빗자루 하나가 들어 있었다. 지원 스님은 그때부터 법술을 끊었다.

평: 선성(先聖: 유가 성현)의 육경(六經)과 불교의 대장경(大藏經)은 모두 후세에 의지할 데 없고 가난한 자들의 입을 것과 먹을 것의 인연을 위한 것이다. 그러니 이는 바로 선성과 불교의 헤아릴 수 없는 공덕이다.

鄭餘慶在梁州, 有龍興寺僧智圓, 善總持・敕勤之術, 制邪理病, 多著效. 智圓老, 稍倦, 因求城東隙地, 起草屋而居, 有沙彌・行者各一人. 數年, 暇日, 智圓向陽科脚甲. 有布衣婦人, 甚端麗, 至階作禮, 泣曰: "妾不幸, 夫亡子幼, 老母危病. 知師神咒助力, 乞加救護." 智圓曰: "貧僧倦於行, 可就此爲加持也." 婦人復再三泣請, 且言母病亟, 不可擧扶. 智圓哀而許之. 乃言: "從此向北二十餘里, 至一村, 村側近有魯家莊, 但訪韋十娘所居也." 智圓詰朝, 如言行二十餘里, 歷訪不得, 乃還. 明日, 婦人復至, 僧責其妄言, 婦人曰: "祇去師所止處二三里耳, 師慈悲, 必爲再往." 僧怒曰: "老僧衰暮, 今誓不出!" 婦人乃大聲言: "慈悲何在耶? 今事須去!" 因上階牽僧臂. 僧驚迫, 亦疑其非人. 恍惚以小刀刺之, 婦人遂倒, 乃沙彌誤中刀, 流血死矣. 僧遽與行者, 瘞於飯甕下. 沙彌本村人, 家去蘭若十餘里. 其日, 家人悉在田, 有人皁衣揭幞, 乞漿於田中, 且說其事. 沙彌父母擧家號哭, 詣僧, 僧猶紿焉. 其父搜得尸, 卽訴於官. 鄭公素敬此僧, 意其必寃,俾求盜吏細按. 僧具陳狀, 復白:"貧僧宿債, 有死而已." 按者亦以死論. 僧求假七日命, 持念, 爲將來資糧, 鄭公哀而許之. 僧沐浴設壇, 急印契縛㸑, 考其魅. 凡三夕, 婦人見於壇上, 言:"我類不少, 所求食處, 輒爲師破除. 沙彌且在, 能爲誓不持念, 必相還也." 智圓懇爲設誓, 婦人喜曰:"沙彌在城南某村古丘中." 僧言於官吏, 如其言尋之, 沙彌果在, 神已癡矣. 發沙彌棺中, 乃一苔帚也. 僧自是絶其術.

評:先聖六經, 佛門大藏, 總爲後世無賴貧兒衣食之緣. 卽此便是先聖佛門無量功德.

* 이 고사는《태평광기》권364〈요괴(妖怪)·승지원〉에 실려 있다.

56-3(1651) 위징

위징(魏徵)

출《소상록(瀟湘錄)》

정국공(鄭國公) 위징은 어려서부터 도교를 좋아했지만 귀신은 믿지 않았다. 일찍이 도사를 찾아 항산(恒山)에 간 적이 있었는데, 산기슭에 거의 다다를 무렵에 갑자기 거센 눈보라를 만나 어두컴컴해서 나아갈 수 없었다. 그때 푸른 대나무 지팡이를 짚고 《황정경(黃庭經)》을 맨단 도사가 길가에 있다가 위징에게 말했다.

"눈보라가 한창 거세서 길을 가기가 어려운데, 여기서 1~2리 떨어진 곳에 내 집이 있으니 하룻밤 묵어가겠소?"

위징이 허락하자 마침내 함께 갔다. 한 집에 도착했더니 밖은 매우 황량했으나 안은 화려하게 꾸며져 있었다. 도사는 위징을 깊숙한 방으로 맞이해서 화로를 끼고 마주 앉았으며 좋은 술과 맛있는 안주를 내왔다. 두 사람은 조용히 도를 논했는데, 도사의 말이 이치에 맞고 해박해서 위징이 도사를 꺾을 수 없었다. 날이 밝을 즈음에 도사가 귀신의 일을 언급하자 위징은 귀신이 정직한 사람을 침범할 수 없다고 잘라 말했다. 도사가 말했다.

"그대는 선도(仙道)를 받들면서 어찌하여 귀신을 업신여기시오? 천지가 있으면 귀신도 있기 마련이니, 대저 도가 높으면 귀신과 요괴들이 반드시 엎드리지만, 그렇지 않으면 오히려 귀신과 요괴를 불러들일 수 있소."

위징은 대답하지 못했다. 아침이 되자 도사는 다시 술을 가져오게 해서 위징을 전송했다. 아울러 편지 한 통을 그의 편에 부치며 항산의 은사(隱士)에게 전달해 달라고 했다. 위징이 길에 오르고 나서 어젯밤 묵었던 곳을 뒤돌아보았더니 다름 아닌 커다란 무덤이었다. 도사의 편지를 뒤져 보니 "항산신좌(恒山神佐)께 올림"이라고 적혀 있었다. 위징이 꺼림칙해하며 그 편지를 땅에 던졌더니 쥐로 변해 도망갔다. 그 후로 위징은 귀신을 조금 믿게 되었다.

魏鄭公徵, 少時好道, 不信鬼神. 嘗訪道至恒山, 將及山下, 忽大風雪, 昏暗不能進. 有道士策靑竹杖, 懸《黃庭經》, 亦在路次, 謂曰:"風雪正狂, 前途難往, 去此一二里, 卽予家也, 可一宿乎?" 徵許之, 遂同行. 至一宅, 外甚荒凉, 內卽雕刻. 延徵於深閣, 擁爐對坐, 進以美酒嘉餚. 從容論道, 詞理博辨, 徵不能屈. 臨曙, 道士言及鬼神之事, 徵切言不能侵正直也. 道士曰:"子奉仙道, 何誣鬼神乎? 有天地卽有鬼神, 夫道高則鬼神妖怪必伏之, 不則鬼神妖怪反可致之矣." 徵不答. 及平旦, 道士復命酒以送徵. 仍附一簡, 達恒山中隱士. 徵旣登路, 回顧宿處, 乃一大冢耳. 探其簡, 題云"寄上恒山神佐". 徵惡之, 投於地, 其簡化一鼠而走. 徵自此稍信鬼神.

* 이 고사는 《태평광기》 권327 〈귀·위징〉에 실려 있다.

56-4(1652) 왕융

왕융(王戎)

출《속수신기(續搜神記)》

안풍후(安豐侯) 왕융은 일찍이 남의 집 장례에 참석한 적이 있었는데, 그때 주인이 아직 입관을 마치지 못했기 때문에 조문객들은 모두 대청에 모여 있었다. 왕융은 수레 안에 누워 있다가 갑자기 새처럼 생긴 한 이상한 물체가 공중에 있는 것을 보았는데, 자세히 살펴보니 그 물체가 점점 커졌다. 가까이 왔을 때 보니 그것은 붉은 말이 끄는 수레였으며, 그 안에 두건을 쓰고 붉은 옷을 입은 한 사람이 손에 도끼를 들고 있었다. 수레가 땅에 닿자 그 사람은 수레에서 내려 곧장 왕융의 수레 안으로 들어와서 왕융에게 말했다.

"당신은 정신이 맑고 깨끗해 아무것도 숨기는 바가 없지만, 당신에게 한마디 꼭 해 둘 말이 있소. 앞으로 남의 집에 초상이 났을 때 아주 가까운 친척이 아니라면 급히 찾아가지 마시오. 정말로 불가피한 상황이라면 푸른 소를 타고 구레나룻 하인에게 그 소를 몰게 하시오. 혹은 백마를 타고 가도 그 화를 면할 수 있소." 미 : 귀신이 구레나룻 하인과 백마를 두려워하니 매우 신기하다.

또 왕융에게 말했다.

"당신은 틀림없이 삼공(三公)의 지위에 이를 것이오."

두 사람이 한참 동안 이야기를 나눈 후에야 주인이 비로소 입관을 하고 빈소를 차리자, 조문객들이 모두 들어갔고 그 귀신도 들어갔다. 귀신은 방으로 들어가자마자 도끼를 들고 관 위를 걸어 다녔다. 그때 한 친척이 관으로 달려가서 망자와 작별하려 하자 귀신이 도끼로 그 사람의 이마를 정통으로 내리쳤는데, 그 사람이 바닥에 쓰러지자 좌우 사람들이 그를 부축해 밖으로 나갔다. 귀신은 관 위에서 왕융을 바라보고 웃으면서 도끼를 들고 밖으로 나갔다.

安豐侯王戎, 嘗赴人家殯斂, 主人治棺未竟, 客悉停廳事上. 戎於車中臥, 忽見空中有一異物, 如鳥, 熟視轉大. 漸近, 見一乘赤馬車, 一人在中, 著幘赤衣, 手持斧. 至地下車, 徑入王車中, 謂王曰: "君神明淸照, 物無隱情, 然當贈君一言. 凡人家殯殮葬送, 苟非至親, 不可急往. 良不獲已, 可乘靑牛, 令髠奴御之. 及乘白馬, 則可禳之." 眉: 鬼畏髠奴·白馬, 甚奇. 謂戎: "君當致位三公." 語良久, 主人內棺當殯, 衆客悉入, 此鬼亦入. 旣入戶, 鬼便持斧行棺牆上. 有一親趨棺, 欲與亡人訣, 鬼便以斧正打其額, 卽倒地, 左右扶出. 鬼於棺上視戎而笑, 亦持斧而出.

* 이 고사는 《태평광기》 권319 〈귀·왕융〉에 실려 있다.

56-5(1653) 방현령

방현령(房玄齡)

출《속현괴록(續玄怪錄)》

  방현령과 두여회(杜如晦)가 미천했을 때 일찍이 주(周) 땅에서 함께 진(秦) 땅으로 가다가 부수점(敷水店)에서 하룻밤을 묵었다. 마침 술과 고기가 있기에 두 사람은 밤 깊도록 서로 마주 앉아 먹고 마셨다. 그때 갑자기 검은 털이 난 두 손이 등잔 아래에서 나왔는데, 마치 달라는 것이 있는 것 같아서 두 사람은 각자 고기 한 점씩을 그 손에 놓아 주었다. 잠시 후 손이 또 나오더니 마치 무언가를 움켜잡으려는 듯하자, 또 각자 술을 따라 주었더니 미 : 재상의 도량이다. 마침내 손이 더 이상 나오지 않았다. 식사를 마친 후에 두 사람은 등잔을 등지고 잠을 청했다. 이경(二更)이 되었을 때 길에서 연달아 왕문앙(王文昻)을 부르는 소리가 들렸는데, 갑자기 한 사람이 등잔 아래에서 대답하는 소리가 들렸다. 밖에서 부르던 사람이 말했다.

  "동쪽으로 20리 되는 마을에 신을 모시는 잔치를 벌이고 있는 사람이 있는데, 그 집에 술과 음식이 아주 풍성하니 같이 갈 수 있겠나?"

  안에 있던 사람이 대답했다.

"나는 이미 술과 고기를 실컷 먹었고 공무가 있어서 떠날 수 없네. 나를 부르러 오느라 수고했네."

밖에서 부르던 사람이 말했다.

"자네는 하루 종일 배고파하더니 어디서 술과 고기가 났는가? 또 본래 관리도 아닌데 무슨 공무가 있단 말인가?"

안에 있던 사람이 대답했다.

"저승 관리가 두 재상 어른을 모시라고 나를 파견했는데, 두 분께 술과 고기를 얻어먹었기 때문에 갈 수 없네."

그러자 밖에서 부르던 사람이 조용해졌다.

房玄齡・杜如晦微時, 嘗自周偕之秦, 宿敷水店. 適有酒肉, 夜深對食. 忽見兩黑毛手出於燈下, 若有所請, 乃各以一炙置手中. 有頃, 復出若掬, 又各斟酒與之, 眉: 相度. 遂不復見. 食訖, 背燈就寢. 至二更, 聞街中有連呼王文昻者, 忽聞一人應於燈下. 呼者乃曰: "正東二十里村人有筵神者, 酒食甚豐, 汝能去否?" 對曰: "吾已醉飽於酒肉, 有公事, 去不得. 勞君相召." 呼者曰: "汝終日饑困, 何有酒肉? 本非吏人, 安得公事乎?" 對曰: "吾被界吏差值[1]二相, 蒙賜酒肉, 故不得去." 呼者乃寂.

* 이 고사는 《태평광기》 권327 〈귀・방현령〉에 실려 있다.

1 치(値) : 《태평광기》와 《속현괴록(續玄怪錄)》 권3에는 "직(直)"이라 되어 있는데, 문맥상 보다 타당하다.

56-6(1654) 양부

양부(楊溥)

출《기문(紀聞)》

예장(豫章)의 여러 현(縣)에서는 좋은 목재가 많이 났는데, 돈을 벌고자 하는 사람들이 그곳의 나무를 베어 광릉(廣陵)으로 가지고 가면 그 이윤이 몇 배에 달했다. [당나라] 천보(天寶) 5년(746)에 양부라는 사람이 다른 몇 사람과 함께 숲으로 들어가서 목재를 구했는데, 겨울 저녁에 눈까지 휘날렸고 산이 깊어서 하룻밤 묵어갈 곳이 없었다. 마침 커다란 나무가 가로로 누워 있기에 보았더니, 그 안이 몇 명은 들어갈 수 있을 만큼 비어 있어서 모두 그 안으로 들어가서 함께 잠을 잤다. 그들을 인도하던 사람이 잠들기 전에 산림을 향해 재배하면서 기도했다.

"토전공(土田公)님, 오늘 밤 여기서 자려고 하니 저희를 보호해 주십시오!" 미 : 귀신도 사람의 기도를 받으면 우환을 막아주는데, 사람으로서 무정하면 귀신만도 못하다.

이렇게 세 번 청한 후에 잠을 잤다. 밤이 깊어지자 눈발이 더욱 거세졌는데, 남쪽 가까이에 있는 나무 아래에서 갑자기 어떤 사람이 불렀다.

"장예(張禮)야!"

나무 꼭대기에 있던 어떤 사람이 대답했다.

"예."

나무 아래의 사람이 말했다.

"오늘 밤 북쪽 마을에 딸을 시집보내는 집이 있는데, 술과 음식이 풍성하니 함께 다녀오자."

나무 꼭대기의 사람이 말했다.

"여기에 손님이 있어서 날이 밝을 때까지 지켜 줘야 합니다. 만약 내가 가면 무지한 흑구자(黑狗子)가 손님을 인정사정없이 해칠까 걱정됩니다."

나무 아래에서 또 말했다.

"눈보라와 추위가 이토록 심하고 또 먹을 것을 구해야 하니 반드시 함께 가야 한다."

나무 위에서 또 말했다.

"눈보라가 심하기는 하지만 이미 그의 부탁을 받았기에 도리상 떠날 수 없습니다. 흑구자를 막아야 합니다."

그러자 부르러 온 사람은 그냥 떠났다. 아침이 되어 양부 일행이 짐을 꾸리고 나서 깔고 누웠던 담요를 걷었더니, 굵기가 병만 하고 길이가 3척 정도 되는 검은 살무사가 겨울잠을 자면서 움직이지 않고 있어 대경실색했다.

豫章諸縣, 盡出良材, 求利者採之, 將至廣陵, 利則數倍. 天寶五載, 有楊溥者, 與數人入林求木, 冬夕雪飛, 山深寄宿無處. 有大木橫臥, 其中空焉, 可容數人, 乃入中同宿. 而導者未眠時, 向山林再拜, 祝曰:"土田公, 今夜寄眠, 願見護助!" 眉:鬼受人祝, 猶爲捍患, 人而無情, 鬼不如也. 如是三請而後寢. 夜深雪甚, 近南樹下, 忽有人呼曰:"張禮!" 樹頭有人應曰: "諾." "今夜北村嫁女, 大有酒食, 相與去來." 樹頭人曰:"有客在此, 須守至明. 若去, 黑狗子無知, 恐傷不宥." 樹下又曰:"雪寒若是, 且求飮食, 理須同去." 樹上又曰:"雪雖甚, 已受其請, 理不可行. 須防黑狗子." 呼者乃去. 及明裝畢, 撤所臥氈, 有黑虺在下, 其大若瓶, 長三尺而蟄不動, 驚駭.

* 이 고사는 《태평광기》 권331 〈귀·양부〉에 실려 있다.

56-7(1655) 유소지

유소지(庾紹之)

출《명상기(冥祥記)》

진(晉)나라의 신야(新野) 사람 유소지는 어릴 적 자가 도복(道覆)이며 상동태수(湘東太守)를 지냈다. 그는 남양(南陽) 사람 종협(宗協)과 이종사촌 형제간으로 우애가 매우 돈독했다. 유소지는 [동진] 원흥(元興) 연간(402~404) 말에 병으로 죽었는데, 의희(義熙) 연간(405~418)에 갑자기 모습을 드러내고 종협을 찾아왔다. 그의 모습과 의복은 모두 생전과 똑같았으나 두 다리에 차꼬를 차고 있었다. 그가 이르러 차꼬를 풀어 바닥에 놓고 앉자 종협이 물었다.

"무슨 연유로 찾아왔는가?"

유소지가 대답했다.

"잠시 휴가를 받아 돌아오는 길인데, 자네와는 절친한 사이였기 때문에 이렇게 찾아온 것이네."

종협이 귀신의 일에 대해 묻자, 유소지는 그저 이렇게만 말했다.

"마땅히 열심히 정진해야 하며 살생해서는 안 되네. 만약 살생을 완전히 끊을 수 없다면 소를 잡지 말고, 고기를 먹을 때는 동물의 심장을 먹지 말게."

종협이 말했다.

"오장과 고기에 다른 점이 있는가?"

유소지가 대답했다.

"심장은 정신이 깃들어 있는 집이니 그 죄가 특히 무겁네." 미 : 특이한 애기다.

유소지는 친척들에 대해 물으면서 세상일을 얘기했다. 마지막에 유소지가 술을 청하자, 종협은 그때 마침 수유주(茱萸酒)8)가 있었기에 그것을 차려 내왔다. 술이 나왔으나 유소지는 마시지 않으면서 말했다.

"수유 냄새가 나는군."

종협이 말했다.

"싫어하는가?"

유소지가 대답했다.

"나뿐만이 아니라 저승에서는 모두 그것을 두려워한다네."

유소지는 본래 목소리가 크고 우렁찼는데 지금 담론할 때도 평상시와 다름없었다. 잠시 후 종협의 아들 종수지(宗邃之)가 왔는데, 유소지는 그의 나막신 소리를 듣고 몹시 두

---

8) 수유주(茱萸酒) : 수유는 예로부터 민간에서 벽사(辟邪)의 용도로 쓰였다.

려워하면서 종협에게 말했다.

"생기(生氣)가 나를 짓눌러 이곳에 머물 수 없네. 자네와는 3년 동안 이별할 것이네."

그러고는 차꼬를 다시 차고 일어나 문밖으로 나가더니 이내 사라졌다. 종협은 그 후 과연 3년 뒤에 죽었다.

晉新野庾紹之, 小字道覆, 湘東太守. 與南陽宗協, 中表昆弟, 情好綢繆. 元興末, 庾病亡, 義熙中, 忽見形詣協. 形貌衣服, 其如平生, 而兩脚著械. 旣至, 脫械置地而坐, 協問: "何由得來?" 答云: "暫蒙假歸, 與卿親好, 故相過也." 協問鬼神之事, 唯云: "宜勤精進, 不可殺生. 若不能都斷, 可勿宰牛, 食肉之時, 勿啖物心." 協云: "五臟與肉, 乃有異耶?" 答曰: "心者藏神之宅也, 其罪尤重." 眉: 奇聞. 其問親戚, 因談世事. 末復求酒, 協時有茱萸酒, 因爲設之. 酒至不飮, 云: "有茱萸氣." 協曰: "爲惡耶?" 答曰: "地下皆畏之, 非獨我也." 庾爲人, 語聲高壯, 比言論時, 不異恒日. 有頃, 協兒遂之來, 庾聞屐聲, 極有懼色, 謂協曰: "生氣見陵, 不得住. 與卿三年別耳." 因貫械而起, 出戶便滅. 協後果三年而卒.

* 이 고사는 《태평광기》 권321 〈귀·유소지〉에 실려 있다.

56-8(1656) 하후홍

하후홍(夏侯弘)

출《지괴록(志怪錄)》

하후홍은 귀신을 볼 수 있다고 스스로 말했다. 진서장군(鎭西將軍) 사상(謝尙)은 아끼던 말이 갑자기 죽자 하후홍에게 말했다.

"그대가 만약 이 말을 살려 낼 수 있다면, 그대는 정말로 귀신을 볼 수 있는 것이오."

하후홍은 나갔다가 한참 후에 돌아와서 말했다.

"사당신이 당신의 말을 좋아해서 데려간 것이니 틀림없이 살아날 것입니다."

사상이 죽은 말을 마주하고 앉아 있었더니, 잠시 후에 말이 갑자기 문밖에서 달려 돌아와 말 사체에 이르러 바로 사라졌는데, 그 순간 죽었던 말이 일어났다. 사상이 또 자기에게 후사가 없는 까닭을 물었더니, 하후홍은 한참 동안 아무 말도 하지 않다가 말했다.

"조금 전에 본 것은 모두 소귀(小鬼)여서 그 이유를 알 수 없었습니다."

나중에 하후홍은 새로운 수레를 탄 한 귀신과 갑자기 마주쳤는데, 시종이 10여 명 정도 되었으며 모두 푸른 실로 짠

도포를 입고 있었다. 하후홍이 앞으로 가서 소고삐를 잡아 끌자 수레 안의 사람이 하후홍에게 말했다.

"어찌하여 길을 막는 것이오?"

하후홍이 말했다.

"묻고 싶은 것이 있습니다. 사 진서(謝鎭西 : 사상)는 풍류와 명망이 뛰어난데 어찌하여 아들이 없습니까?"

그러자 수레 안의 사람이 표정을 바꾸며 말했다.

"그대가 말하는 사람은 바로 내 아들이오. 그가 젊었을 때 집안의 하녀와 사통하면서 다시는 결혼하지 않겠다고 맹세했는데, 얼마 후에 결국 그 약속을 어겼소. 지금 그 하녀가 죽어서 하늘에 하소연해 그 때문에 아들이 없는 것이오." 미 : 맹세를 가볍게 할 수 있겠는가?

하후홍이 그 일을 사상에게 고했더니 사상이 말했다.

"내가 젊었을 때 정말로 그런 일이 있었소."

하후홍은 강릉(江陵)에서 창을 든 한 대귀(大鬼)를 보았는데, 뒤따르는 소귀(小鬼)가 여러 명이었다. 하후홍은 두려운 나머지 길옆에 서서 비켜 주었다. 하후홍은 대귀가 지나간 뒤에 소귀 한 명을 붙잡고 대귀가 들고 가는 것이 무엇이냐고 물었다. 그러자 소귀가 말했다.

"저 창으로 사람을 죽이는데, 만약 심장과 배에 찔리면 죽지 않는 사람이 없습니다."

하후홍이 말했다.

"이 병을 치료할 수 있는 방법이 있소?"

소귀가 말했다.

"오골계를 잡아 상처 부위에 붙이면 바로 나을 것입니다." 미 : 중악(中惡)9)을 치료하는 처방이다.

하후홍이 또 말했다.

"지금 어디로 가려 하오?"

소귀가 말했다.

"형주(荊州)와 양주(揚州)로 갈 것입니다."

그때 며칠 사이에 심장과 배가 아픈 사람 중에 죽지 않은 이가 없었다. 그래서 하후홍이 사람을 시켜 오골계를 잡아서 상처 부위에 붙이게 했더니, 열에 여덟아홉이 살아났다. 지금 중악(中惡)이란 병에 걸리면 오골계를 상처 부위에 붙이는 것은 하후홍에게서 비롯했다.

夏侯弘自云見鬼. 鎭西將軍謝尚所愛馬忽死, 魏弘曰 : "卿若能令此馬生者, 眞爲見鬼也." 弘去, 良久還曰 : "廟神樂君馬, 故取之, 當活." 尙對死馬坐, 須臾, 馬忽自門外走還, 至馬尸間, 便滅, 應時能起. 謝請問無嗣之故, 弘經時無所告, 曰 : "頃所見皆小鬼, 不能辨此." 後忽逢一鬼, 乘新車, 從十

---

9) 중악(中惡) : 더러운 독기와 부정한 기운을 쐬어 갑자기 졸도해 인사불성이 되는, 중풍과 유사한 병증.

許人, 著靑絲布袍. 弘前提牛鼻, 車中人謂弘曰:"何以見阻?"弘曰:"欲有所問. 謝鎭西風流令望, 何以無兒?"車中人動容曰:"君所道, 正是僕兒. 年少時, 與家中婢通, 誓不再婚, 已而竟違約. 今此婢死, 訴於天, 是故無兒." 眉:誓可輕乎? 弘具以告, 尙曰:"吾少時誠有此事." 弘於江陵見一大鬼, 提矛戟, 有小鬼隨從數人. 弘懼, 下路避之. 大鬼過後, 捉得一小鬼, 問此何物. 曰:"殺人以此矛戟, 若中心腹者, 無不輒死." 弘曰:"治此病有方否?"鬼曰:"以烏鷄薄之, 卽差." 眉:治中惡方. 弘又曰:"今欲何行?" 鬼曰:"當至荊·揚二州." 爾時比日行心腹病, 無不死者. 弘乃敎人殺烏鷄以薄之, 十活八九. 今有中惡, 輒用烏鷄薄之, 弘之由也.

* 이 고사는《태평광기》권322〈귀·사상(謝尙)〉에 실려 있다.

56-9(1657) 왕감

왕감(王鑒)

출《영이집(靈異集)》

연주(兗州) 사람 왕감은 성격이 강직하고 꺼리는 바가 없어서 늘 귀신을 업신여겼다. [당나라] 개원(開元) 연간(713~741)에 그는 술에 취해 장원으로 갔는데, 장원은 성곽에서 30리 떨어져 있었다. 왕감은 그 길을 가지 않은 지 이미 5~6년이 되었다. 10리 남짓 갔을 때 날이 저물었다. 그때 울창한 숲 아래에서 한 부인을 보았는데, 그녀는 왕감에게 어디로 가느냐고 묻더니 보따리 하나를 맡기고는 순식간에 사라졌다. 왕감은 곧장 보따리를 열고 보았더니 모두 지전과 마른 뼈 등이었다. 왕감이 웃으며 말했다.

"어리석은 귀신이 이 어르신을 놀리려 들다니!"

왕감이 말을 채찍질해 앞으로 가다가 문득 보았더니, 10여 명의 사람이 모여서 불을 쬐고 있었다. 그때는 날씨가 춥고 날이 이미 저물었는지라 왕감은 말에서 내려 그곳으로 가서 방금 전에 자신이 보았던 상황을 얘기했는데, 대꾸하는 사람이 아무도 없었다. 왕감이 살펴보았더니 불을 쬐고 있는 사람들 가운데 절반은 머리가 없었고, 머리가 있는 사람들은 모두 면의(面衣 : 망자의 얼굴 가리개)를 쓰고 있었다. 왕감은 놀라고 두려워서 얼른 말을 타고 달려갔다. 왕감은 밤이 깊어진 뒤에야 겨우 장원에 도착했는데, 문이 이미 잠겨 있었다. 문을 여러 번 두드렸는데도 아무도 나오지 않자, 왕감은 결국 크게 소리치며 욕을 해 댔다. 잠시 뒤에 한 하인이 문을 열고 나오자 왕감이 물었다.

"노비들은 지금 모두 어디에 있느냐?"

하인에게 등불을 가져오게 했는데 불빛이 침침했다. 왕감이 화가 나서 하인을 때리려고 하자 하인이 말했다.

"열흘 이래로 한 장원에서 일곱 명이 병에 걸려 차례대로 모두 죽었습니다."

왕감이 물었다.

"그럼 너는 어떠하냐?"

하인이 대답했다.

"저도 이미 죽었는데 나리께서 소리쳐 부르는 소리를 듣고 온 것입니다."

그러고는 곧바로 엎어졌다. 미 : 정말로 사람을 두렵게 한다! 왕감은 너무 두려워서 다른 마을로 달려가서 투숙했다. 왕감은 1년 만에 병이 나서 죽었다.

兗州王鑒, 性剛鷙, 無所憚, 常凌侮鬼神. 開元中, 乘醉往莊, 去郭三十里. 鑒不涉此路, 已五六年矣. 行十里已來, 會日暮. 長林下見一婦人, 問鑒所往, 請寄一袱, 而忽不見. 乃開袱視之, 皆紙錢枯骨之類. 鑒笑曰 : "愚鬼弄爾公!" 策馬前去, 忽遇十餘人聚向火. 時天寒, 日已昏, 鑒下馬詣之, 話適所見, 皆無應者. 鑒視之, 向火之人, 半無頭, 有頭者, 皆有面衣. 鑒驚懼, 上馬馳去. 夜艾, 方至莊, 莊門已閉. 頻打, 無人出, 遂大叫罵. 俄有一奴開門, 鑒問曰: "奴婢輩今並在何處?" 令取燈, 而火色青暗. 鑒怒, 欲撻奴, 奴云: "十日來, 一莊七人疾病, 相次死盡." 鑒問: "汝且如何?" 答曰: "亦已死矣, 聞郎君呼叫, 故來耳." 旋卽顚仆. 眉: 好怕人! 鑒大懼, 走投別村而宿. 周歲, 發疾而卒.

* 이 고사는 《태평광기》 권330 〈귀·왕감〉에 실려 있다.

56-10(1658) 보따리를 푼 사람

해복인(解襆人)

출《이문록(異聞錄)》

 강남(江南)에서 몇 사람이 배를 타고 가다가 보았더니, 강기슭 위에서 두 사람이 배를 따라 몇 리를 걸어가고 있었다. 기슭 위의 사람이 말했다.

 "잠시 배에서 쉬게 해 주시오."

 뱃사람이 허락하자 두 사람이 펄쩍 뛰어 배에 올랐는데, 날렵하고 빠르기가 바람과 같았다. 잠시 후 두 사람이 말했다.

 "잠시 마을에 갔다 오겠소."

 그러면서 각자 가지고 있던 작은 보따리를 배에 맡기면서 열어 보지 말라고 신신당부했다. 두 사람이 떠난 후에 배 안의 한 사람이 보따리를 풀어 함께 보았다. 보따리마다 500개의 문서가 있었는데, 종이와 비슷했지만 전서(篆書)나 예서(隸書)가 아니어서 도무지 알 수 없었다. 모두 놀라며 보따리를 다시 원래대로 묶어 놓았다. 얼마 후에 두 사람이 돌아와서 말했다.

 "이미 열어 보았으면서 왜 또 숨기시오?"

 그러고는 보따리를 풀었던 사람을 붙잡고 말했다.

"이 사람이 보따리를 풀었소."

그러고는 그를 기슭 위로 던졌는데, 마치 어린아이를 던지는 듯했다. 또 그들은 마을에서 잡아 온 사람들을 몰고 떠났다. 며칠이 지나서 한 사람이 보따리를 풀었던 사람을 놓아주려고 하자, 나머지 한 사람이 허락하지 않으며 말했다.

"이자는 1~2년 동안 고생시켜야 하오."

두 사람은 그를 데리고 부잣집으로 갔다. 그 집에는 좋은 말이 있었는데, 주인은 항상 뜰 가운데에 구유를 두고서 말이 먹는 것을 직접 지켜보았다. 그때는 이미 밤이 되어 집의 문이 닫혀 있었기에 부자를 잡아가려고 했지만 방법이 없었다. 한 사람이 말했다.

"이 사람은 말을 좋아하니 말을 풀어놓으면 즉시 문을 열고 나올 것이오."

그 말대로 했더니 부자가 과연 밖으로 나왔다. 한 사람이 부자를 업자마자 부자는 곧바로 죽었다. 그들은 부자를 잡자 보따리를 풀었던 사람을 버리고 떠났다. 부자의 집에서는 당황하고 두려워하다가 그 사람만 보이기에 즉시 함께 그를 때리고 포박해 현으로 압송했다. 그 사람은 보따리를 풀었던 일 등을 진술했지만, 주현(州縣)에서는 그 사실을 믿지 않고 마침내 그에게 사형을 판결했다. 그 사람은 스스로 억울함을 씻으려고 했으나 방법이 없어서 오랫동안 갇혀 있다가 겨우 풀려났다.

江南有數人行船, 見岸上兩人, 與船並行數里. 岸上人云:
"暫寄歇息." 船人許之, 跳躑上船, 輕疾如風. 須臾, 兩人云:
"暫至村." 各有小襆, 且寄船上, 深囑勿開. 兩人去後, 船中
一人解襆共看. 每襆有五百帖子, 似紙, 非篆隸, 並不可識.
共驚, 還結如故. 俄頃, 二人回, 云: "開訖, 何復諱?" 乃捉解
襆人云: "是此人解." 擲之上岸, 如擲嬰兒. 又於村中取人,
擁之而去. 經數日, 一人欲放解襆者, 一人不許, 曰: "會遣
一二年受辛苦." 乃將至富人家. 其人家有好馬, 恒於庭中置
槽, 自看飲飼. 此時已夜, 堂門閉, 欲取富人無由. 一人云:
"此人愛馬, 解馬放, 卽應開門出." 如言, 富人果出. 一人擔
之, 應手卽死. 取得富人, 遂棄解襆人而去. 此家忙懼, 唯見
此人在, 卽共毆, 縛之送縣. 以解襆等事爲辭, 州縣不信, 遂
斷死. 此人自雪無由, 久禁乃出.

* 이 고사는 《태평광기》 권328 〈귀・해복인〉에 실려 있다.

56-11(1659) 이영문

이영문(李令問)

출《영괴록(靈怪錄)》

이영문은 [당나라] 개원(開元) 연간(713~741)에 비서감(秘書監)으로 있다가 집주장사(集州長史)로 좌천되었다. 이영문은 몸치장하고 먹는 것을 좋아해 세상에 사치스럽기로 소문이 나 있었다. 이영문은 당나귀 구이나 병에 넣은 거위 따위처럼 아주 참혹한 방법으로 음식을 조리해 먹었다. 그래서 천하에서 옷과 음식을 얘기하는 사람들은 이 감(李監 : 이영문)을 본받지 않는 자가 없었고 이를 미담으로 여겼다. 이영문은 집주에 와서 병에 걸렸는데, 오래될수록 점점 위중해졌다. 집주자사는 이영문이 명사이고 또한 같은 문중 사람이었기에, 늘 밤에 성문을 열어 두고 이영문의 가족들이 마음대로 출입할 수 있게 해 주었다. 자사의 아들이 한번은 밤에 노비와 함께 몰래 외출했는데, 성문에 이르렀을 때 멀리서 갑옷 입은 병사 수백 명이 화거(火車 : 화공에 쓰는 수레) 한 대를 따라 길을 가로막고 가는 것이 보였다. 자사의 아들이 놀라며 말했다.

"병사의 이동이 있다는 소리를 듣지 못했는데, 이들은 어디서 오는 것인가?"

그러고는 급히 가서 부친에게 고하려다가 다시 그들이 어디로 가는지 살펴보았다. 잠시 뒤에 화거가 성의 해자에 도착해서 물 위를 지나갔는데, 전혀 물에 젖지도 불이 꺼지지도 않자 자사의 아들은 비로소 그들이 귀신인 것을 알았다. 그는 성문으로 달려갔지만 성문이 이미 닫혀 있어 돌아갈 수 없게 되자, 마침내 이영문의 집으로 도망쳐 그곳에 있었다. 그가 이영문의 집으로 들어가고 나서 화거도 이영문의 중문 밖에 도착했다. 자사의 아들은 몹시 두려웠지만 그래도 몰래 살펴보았다. 그때 갑자기 당(堂) 안에서 10여 명의 사람들이 불경을 염송하는 소리가 들리자, 갑옷 입은 사람들은 한참 동안 주저하면서 주위를 맴돌았다. 붉은 옷을 입은 한 귀신이 곧장 앞으로 가서 문빗장을 발로 차자 그 소리가 벼락 치는 듯했지만, 불경 염송 소리는 멈추지 않았다. 화거가 이동해 당의 계단으로 올라가기에 멀리서 보았더니, 당 안의 등불이 조용히 빛나고 있었고 여전히 10여 명의 사람들이 이영문의 병시중을 들고 있었다. 붉은 옷을 입은 귀신이 다시 격자창을 부수어 그 소리가 이전처럼 벼락 치는 듯하자, 이영문의 좌우에 있던 사람들이 모두 달아나 흩어졌다. 귀신이 문 안에서 이영문을 붙잡아 나와서 화거에 던지자, 귀신들이 수레를 에워싸고 떠났다. 자사의 아들은 집으로 돌아와 그 일을 말했다. 자사가 이튿날 사람을 보내 이영문의 병세를 물어보게 했는데, 이영문의 집에서는 감히 일어나 나오는 사람이 없었다. 심부름 간 사람이 소리쳐 부르자 그제야 사람이 나와서 말했다.

"어젯밤에 놀란 나머지 지금까지 계속 두려움에 떨고 있습니다."

귀신이 내던진 이영문의 시신은 당의 서북쪽 육중한 침상 아래에 있었다. 그의 가족들은 그제야 모여서 곡을 했다.

李令問, 開元中爲秘書監, 左遷集州長史. 令問好服玩飮饌, 以奢聞於天下. 其炙驢騾鵝之屬, 慘毒取味. 天下言服饌者, 莫不祖述李監, 以爲美談. 令問至集州, 染疾, 久之漸篤. 刺史以其名士, 兼是同宗, 恒令夜開城門, 縱令問家人出入. 刺史之子, 嘗夜與奴私出遊, 至城門, 遙見甲仗數百人, 隨一火車, 當街而行. 驚曰: "不聞有兵, 何得此輩?" 意欲馳告父, 且復伺其所之. 尋而已至城濠, 火車從水上過, 曾不漬滅, 方知是鬼. 走投其門, 門已閉, 不得歸, 遂奔令問門中處之. 旣入, 火車亦至令問中門外. 其子雖恐懼, 仍竊窺之. 忽聞堂中十餘人誦經, 甲仗等遲回良久. 有一朱衣鬼, 徑前蹋關, 聲如霆震, 經聲未絶. 火車移上堂階, 遙見堂中燈火淸靜, 尙有十餘人侍疾. 朱衣鬼又抉窗欞, 其聲如前, 令問左右者皆走散. 鬼自門持令問出, 遂擲於火車中, 群鬼擁之而去. 其子歸, 述其事. 刺史明日令人問疾, 令問家中無敢起者. 使者叫呼, 方出云: "昨夜被驚, 至今戰懼未已." 令問尸爲鬼所擲, 在堂西北重床之下. 家人乃集而哭焉.

* 이 고사는 《태평광기》 권330 〈귀·이영문〉에 실려 있다.

56-12(1660) 부량현의 장 현령

부량장령(浮梁張令)

출《찬이기(纂異記)》

부량현(浮梁縣)의 장 현령(張縣令)은 매우 부유해서 가업이 강회(江淮) 일대에 널리 퍼져 있었다. 그는 임기가 끝나고 도성으로 갈 때 늘 한 역참 앞서서 산해진미를 다 갖추어 음식을 준비하게 했다. 그가 화음(華陰)에 도착하자 하인은 장막을 쳐 놓고 술상을 차렸다. 요리사가 양고기를 구우며 한창 익히고 있을 때, 누런 적삼을 입은 사람이 쟁반을 차지하고 앉았다. 하인이 잇달아 꾸짖었지만 그 사람은 기색을 꺾지 않았다. 객점 할멈이 말했다.

"지금 오방(五坊)10)의 익라(弋羅)11)들이 관내를 휘젓고 다니면서 행패를 부리고 있는데, 아마도 그 무리인 듯하니 그와 다투어서는 안 되오."

---

10) 오방(五坊) : 당나라 때 황제가 사냥에 쓸 매와 개를 기르던 곳으로, 조방(鵰坊)·골방(鶻坊)·요방(鷂坊)·응방(鷹坊)·구방(狗坊)을 말한다.

11) 익라(弋羅) : 오방에서 일하는 관리들이 권세를 믿고 함부로 행패를 부렸기 때문에 그들을 낮추어 '익라'라 불렀다.

잠시 후에 장 현령이 도착해서 급히 제지하며 말했다.

"꾸짖지 마라!"

그러고는 누런 적삼을 입은 사람에게 물었다.

"어디에서 오셨습니까?"

누런 적삼을 입은 사람은 그저 예! 예! 할 따름이었다. 장 현령은 술을 데워 오라고 재촉해서 술이 나오자 커다란 금 술잔에 따라 그 사람에게 마시게 했는데, 그 사람은 감사하지는 않았지만 다소 부끄러운 눈치였다. 그 사람이 술을 다 마시고 나서 구운 양고기를 돌아보며 눈을 떼지 못하자, 장 현령은 직접 양고기를 잘라 그에게 권했다. 그 사람이 양 다리 하나를 다 먹고도 배부른 기색이 없자, 장 현령은 다시 소쿠리에 담긴 전병 열네댓 개를 주어 먹게 했다. 그 사람은 술을 두 말 넘게 마시고 얼큰해지자 장 현령에게 말했다.

"40년 전에 일찍이 동쪽 객점에서 한 번 취하도록 마시고 배불리 먹은 후로 오늘에 이르렀습니다."

장 현령이 몹시 의아해하면서 성명을 가르쳐 달라고 간절하게 물었더니, 그 사람이 대답했다.

"나는 사람이 아니라 관중(關中)에서 죽은 사람의 명부를 보내는 일을 맡은 저승 관리입니다."

장 현령이 깜짝 놀라며 그 연유를 묻자 그 사람이 말했다.

"태산(太山)에서 사람의 혼을 불러들인 뒤 죽은 사람의 명부를 여러 산에 보내는데, 제게 그 명부를 전하게 한 것입니다."

장 현령이 말했다.

"한번 볼 수 있겠습니까?"

그 사람이 말했다.

"훑어보더라도 걱정 없습니다."

그리고는 가죽 주머니를 풀고 두루마리 하나를 꺼냈는데, 그 첫머리에 이렇게 적혀 있었다.

"태산의 주인이 금천부(金天府)에 보내는 첩지."

두 번째 줄에는 이렇게 적혀 있었다.

"재물을 탐내고 살생을 좋아하며 이익을 보면 의리를 잊는 사람인 전 부량현령 장 아무개."

장 현령은 자신의 이름을 보고 사자에게 간청했다.

"사람의 수명에는 한계가 있으니, 누가 감히 죽는 것을 애석해하겠습니까? 다만 제가 지금 한창 벼슬을 하느라 죽을 준비가 되어 있지 않고, 방대한 가업을 맡길 사람을 아직 정하지 못했으니, 제 목숨을 연장할 무슨 방법이 없겠습니까? 저의 전대 속의 돈을 계산해 보니 수십만 냥은 족히 되는데, 이 모두를 집사께 드릴 수 있습니다."

그러자 사자가 말했다.

"한 끼 식사의 은혜는 진실로 보답함이 마땅하지만, 백만 냥의 돈을 받는다 한들 저에게 무슨 소용이 있겠습니까? 지금 유강(劉綱)이라는 선관(仙官)이 연화봉(蓮花峰)에 유배와 있는데, 그대는 기어서라도 곧장 그를 찾아가 하늘에 올릴 상주문을 써 달라고 애원해야만 합니다. 이 방법 말고는 다른 계책이 없습니다. 어제 저는 금천왕(金天王 : 화산 서악신)이 남악신(南岳神 : 형산신)과 노름하다가 져서 20만 냥을 빚져 몹시 독촉받고 있다고 들었습니다. 미 : 존귀한 신도 노름을 하는가? 이것도 너무 이상한데, 또한 돈을 빚져서 독촉받는다니 무슨 신이 이러한가? 이것은 도서(道書)에서 견우(牽牛)가 직녀(織女)를 맞이하면서 천제에게 만 냥을 빌려 예물을 마련했다가 이를 오랫동안 갚지 않아 영실(營室 : 28수 별자리 가운데 하나)에서 벌을 받고 있다고 기록한 것과 똑같이 황당할 따름이다. 그대가 서악묘(西岳廟 : 금천왕의 사당)로 가서 많은 돈을 주겠다고 하면 금천왕이 틀림없이 선관에게 힘을 쓸 것입니다. 설령 금천왕의 힘이 미치지 못하더라도 연화봉 아래에서 길을 찾을 수는 있을 것입니다. 그렇지 않으면 가시덤불이 빽빽이 덮여 있고 계곡이 막고 있어서 선관에게 갈 수 없을 것입니다."

그리하여 장 현령은 희생을 가지고 급히 남악묘로 가서 천만 냥을 주겠다고 약속한 연후에 곧장 연화봉으로 갔다. 깊숙한 오솔길을 따라 수십 리를 가서 연화봉 아래에 도착한 다음 동남쪽으로 돌아갔더니 초가집 한 채가 있었는데, 한 도사가 안석에 기대앉아 있는 것이 보였다. 도사가 장 현령에게 물었다.

"뼈가 썩고 살이 더러운 자가 어떻게 이곳에 올 수 있는가?"

장 현령이 말했다.

"삼가 듣건대 선관께서는 썩은 뼈에 혼을 돌아오게 하고 마른 해골에 살을 돋게 할 수 있다고 합니다. 이미 생명을 살려 내길 좋아하는 이런 마음을 가지고 계시니, 어찌 상주문 한 편 쓰는 힘을 아끼시겠습니까?"

도사가 말했다.

"나는 이전에 수(隋)나라의 권신을 위해 상주문을 썼다가 협 : 그 권신은 성이 무엇이고 이름이 무엇인가? 결국 이 연화봉에 유배되었다. 네가 내게 무슨 덕을 베풀었다고 나를 곤경에 빠뜨려 이 차가운 산을 지키는 노인으로 만들 작정이냐?" 미 : 선관은 사람을 제도(濟度)하는 것을 일삼는데 어찌 사사로운 덕을 따진단 말인가? 이 말도 잘못되었다.

장 현령이 더욱 간절하게 애원하며 빌자 선관의 얼굴에 노기가 심해졌다. 잠시 후에 사자가 편지 한 통을 들고 왔는데, 다름 아닌 금천왕의 서찰이었다. 선관은 서찰을 읽고 나서 웃으며 말했다.

"청탁이 이미 들어왔으니 거절하기가 어렵구나."

그러고는 사자를 불러 돌아가 보고하게 하면서 말했다.

"또 상제께 질책받지는 않겠지?"

그러고는 옥함을 열고 상주문 한 통을 써서 향을 사르고 재배한 뒤 아뢰었다. 잠시 후에 다음과 같은 비답(批答)이

내려왔다.

"장 아무개는 비루하게 많은 재물을 모았으며, 남을 속이고 진실함이 없다. 지금 그의 죄를 조사해 이미 사실로 드러났는데, 어찌 그의 목숨을 연장해 달라고 청할 수 있느냐? 그러나 위험에 처한 사람을 구해 주고 물에 빠진 사람을 건져 주는 것이 대도(大道)에서 숭상하는 바이고, 형벌을 면해 주고 잘못을 용서해 주는 것이 현문(玄門)에서 따르는 법칙이다. 그와 같은 사람 한 명을 본보기로 삼아 나는 넓은 교화를 온전히 하고자 하니, 그가 개과천선해 스스로 새로워지길 바란다. 사정을 헤아려 5년을 연장해 주겠다."

선관은 비답을 읽고 나서 장 현령에게 말했다.

"무릇 사람의 수명은 모두 100세까지 살 수 있다. 하지만 칠정(七情)과 육욕(六欲)으로 마음의 근원을 매몰하고, 또한 자신의 재능을 자랑하고 남의 장점을 질투해 방촌(方寸)의 마음을 거꾸로 뒤집으며, 정신이 피곤해지고 생각이 태만해져서 사람의 원기를 보전하기 어렵게 된다. 이것은 담백한 샘물에 다섯 가지 맛을 섞어 놓고 그 담백함을 잃지 않게 하려는 것과 같으니, 어찌 그것이 가능하겠느냐? 돌아가서 열심히 정진해 내 가르침을 어기지 마라." 미 : 좋은 말이다.

장 현령이 감사의 절을 하고 머리를 들어 보니 선관은 이미 사라지고 없었다. 장 현령은 왔던 길을 다시 찾아갔는데, 길이 약간 평평해졌음을 느꼈다. 10여 리를 갔더니 누런 적삼을 입은 관리가 다가와서 맞이하며 축하해 주었다. 장 현령이 말했다.

"장차 보답하고자 하니, 함자라도 알고 싶습니다."

그러자 그 관리가 말했다.

"나는 성이 종씨(鍾氏)이며 생전에 선성현(宣城縣)의 파발꾼이었는데, 화음(華陰)에서 죽은 뒤 저승에 채용되어 부신(符信)을 전하는 일을 맡고 있습니다만, 고달프기는 예전과 마찬가지입니다."

장 현령이 말했다.

"어떻게 하면 집사를 고통에서 벗어나게 할 수 있습니까?"

그 관리가 말했다.

"그저 금천왕에게 사례금을 드릴 때 나를 문지기로 삼게 해 주길 청한다고 말하기만 하면, 내가 제삿밥을 배불리 먹을 수 있을 것입니다."

그날 저녁에 장 현령은 화음에서 수레를 멈추고 동쪽으로 돌아가겠다고 결심했는데, 금천왕에게 드릴 사례금을 계산해 보았더니 모두 2만 냥이 넘자 하인에게 말했다.

"2만 냥이면 내가 10사(舍 : 1사는 30리)를 가는 동안의 노자와 식량을 넉넉히 쓸 수 있다. 상제로부터 복을 받았는데, 어찌 토우(土偶 : 금천왕상)를 사사로이 배알하겠는가?"

미 : 상제의 복이 어디에서 왔는가?

이튿날 아침에 장 현령은 마침내 동쪽으로 떠나 언사현(偃師縣)에 도착해서 현의 관사에 머물고 있었는데, 누런 적삼을 입은 예전의 관리가 나타나 첩지를 들고 문을 밀치고 들어와서 장 현령을 꾸짖으며 말했다.

"어떻게 이처럼 거짓되고 망령될 수 있소? 지금 화가 닥쳤소!"

그는 말을 마치고 사라졌다. 곧바로 장 현령은 병에 걸려 처자식에게 유서를 쓰다가 끝마치지 못하고 죽었다.

浮梁張令甚富, 家業蔓延江淮間. 秩滿, 如京師, 常先一程致頓, 海陸畢具. 至華陰, 僕夫施幄幕, 陳樽罍. 庖人炙羊方熟, 有黃衫者, 據盤而坐. 僕夫連叱, 神色不撓. 店嫗曰: "今五坊弋羅之輩, 橫行關內, 此其流也, 不可與競." 俄而張令至, 急止曰: "勿叱!" 問黃衫: "來自何方?" 黃衫但唯唯. 促暖酒, 酒至, 令以大金鍾飮之, 不謝, 似有愧色. 飮訖, 顧炙羊, 著目不移, 令自割以勸之. 一足盡, 未有飽色, 令又以盫中餤十四五啖之. 凡飮二斗餘, 酒酣, 謂令曰: "四十年前, 曾於東店得一醉飽, 以至今日." 令甚訝, 乃勤懇問姓氏, 對曰: "某非人, 蓋直送關中死籍之吏也." 令驚問其由, 曰: "太山召人魂, 將死之籍付諸岳, 俾某部送耳." 令曰: "可得一觀乎?" 曰: "便窺亦無患." 於是解革囊, 出一軸, 其首云: "太山主者牒金天府." 其第二行云: "貪財好殺, 見利忘義人, 前浮梁縣令張某." 令見名, 乞告使者曰: "修短有限, 誰敢惜死? 但某方强仕, 不爲死備, 家業浩大, 未有所付. 何術得延其期? 某橐中, 計所直不下數十萬, 盡可以獻於執事." 使者曰: "一飯之恩，誠宜報答，百萬之貺，某何用焉？今有仙官劉綱，謫在蓮花峰，足下宜匍匐徑往，哀訴奏章．捨此則無計矣．某昨聞金天王與南岳博戲不勝，輸二十萬，甚被逼逐．眉：尊神亦搏戲耶？已異矣，又以負錢見逼，何神之爲？此與道書載牽牛娶織女，因向天帝借一萬錢下禮，久之不償，被罰在營室間，同一荒唐耳．足下可詣岳廟，厚數以許之，必能施力於仙官．縱力不及，亦得路於蓮花峰下．不爾，荆榛蒙密，川谷阻絕，無能往者．"令於是賣牲牢，馳詣岳廟，以千萬許之，然後直詣蓮花峰．得幽徑，凡數十里，至峰下，轉東南，有一茅草堂，見道士隱几而坐．問令曰："腐骨穢肉，安得來此？"令曰："竊聞仙官，能復魂朽骨，致肉枯骸．既有此好生之心，豈惜奏章之力？"道士曰："吾頃爲隋朝權臣一奏，夾：姓甚名誰？遂謫居此峰．爾何德於予，欲陷吾爲寒山之叟乎？眉：仙官以度人爲事，豈論私德？此語亦謬．令哀祈愈切，仙官神色甚怒．俄有使者，賫一函而至，則金天王之書札也．仙官覽書，笑曰："關節既到，難爲不應．"召使者反報曰："莫又爲上帝譴責否？"乃啓玉函，書一通，焚香再拜以啓之．云："張某鄙僻多藏，詭詐無實．今按罪已實，何可求延？但以扶危拯溺者，大道所尚，紓刑宥過者，玄門是宗．徇爾一氓，我全弘化，希其悛惡，庶乃自新．可量延五年．"仙官覽畢，謂令曰："凡人壽，皆可致百歲．但以七情六欲，汨沒心源，而又揚能妒善，顛倒方寸，神倦思怠，難全天和．如彼淡泉，汨於五味，欲致不壞，其可得乎？勉導歸途，無墮吾教．"眉：好話．令拜辭，擧首已失所在．復尋舊路，稍覺平易．行十餘里，黃衫吏迎前而賀．令曰："將欲奉報，願知姓字．"吏曰："吾姓鍾，生爲宣城縣脚力，亡於華陰，遂爲幽冥所錄，遞符之役，勞苦如舊．"令曰："何以勉[1]執事爲困？"曰："但酬金天王願，曰請置子[2]爲閽人，則吾飽神盤子矣．"是夕，張令駐車華陰，決東歸，計酬金天王願，所

5263

費數逾二萬, 乃語其僕曰 : "二萬可以贍吾十舍之資糧矣. 安可受祉於上帝, 而私謁於土偶人乎?" 眉 : 帝祉從何而來? 明旦, 邊東至偃師, 止於縣館, 見黃衫舊吏, 賫牒排闥而進, 叱張令曰 : "何虛妄若是? 今禍至矣!" 言訖, 失所在. 頃刻, 張令有疾, 留書遺妻子, 未訖而終.

* 이 고사는 《태평광기》 권350 〈귀·부량장령〉에 실려 있다.

1 면(勉) : "면(免)"과 통한다.
2 자(子) : 문맥상 "여(予)"의 오기로 보인다.

56-13(1661) 진도

진도(陳導)

출《집이기(集異記)》

[당나라] 용삭(龍朔) 연간(661~663)에 예장(豫章) 사람 진도는 초(楚) 지방에서 행상을 하다가 밤에 포구(浦口)에 도착했는데, 어떤 배가 강물을 거슬러 와서 함께 정박했다. 진도가 배 너머로 엿보았더니, 눈썹이 두껍고 코가 크며 관리처럼 보이는 한 사람이 배에서 문서를 살펴보고 있었고 시종이 3~5명 있었다. 진도가 물었더니 그 사람은 공무로 초 지방에 가는데 여기에서 만나게 되어 반갑다고 대답했다. 그래서 진도가 그 사람을 자신의 배로 초청해 술과 음식을 차렸다. 몇 차례 술잔이 돌고 나서 진도가 그의 성씨를 물었더니 그 사람이 대답했다.

"나는 성이 사도(司徒)이고 이름이 변(弁)입니다."

진도가 또 물었다.

"무슨 공무를 맡고 있습니까?"

사도변이 말했다.

"당신은 이번 행선지에서 삼가 초 지방은 고려하지 말고 다른 지방으로 가길 바랍니다."

진도가 말했다.

"왜입니까?"

사도변이 말했다.

"나는 사람이 아니라 저승의 사자입니다."

진도가 놀라며 말했다.

"무슨 이유로 초 지방에 가서는 안 됩니까?"

사도변이 말했다.

"나는 초 지방에 재앙을 퍼뜨리러 가는데, 당신도 그중 한 사람입니다. 당신의 은혜에 감사하기 때문에 알려 드리는 것입니다. 하지만 당신은 반드시 돈과 재물로 갚아야만 그 재난을 면할 수 있습니다."

진도가 구해 달라고 간청하자 사도변이 말했다.

"다만 내가 초 지방에서 돌아올 때까지 당신이 돈 1~2만 꿰미를 준비할 수 있다면 당신 집의 화는 면할 수 있습니다."

진도는 그렇게 하겠다고 허락한 뒤 감사의 말을 하고 헤어졌다. 그해에 과연 형초(荊楚) 지역에 큰불이 나서 수만 채의 가옥을 불태워 아무것도 남지 않았다. 진도는 사도변과 헤어진 후로 마음속으로 근심 걱정하면서 배를 돌려 돌아갔다. 예장에 도착했더니 사도변도 도착해 있었다. 진도는 천성이 인색해서 다른 일을 핑계 대고 허락했던 돈을 준비하지 않았다. 사자는 화가 나서 시종에게 문서 한 통을 가져오게 해서 진도에게 주었다. 진도가 문서를 펼쳐 다 읽기도 전에 그의 집에서 갑자기 불길이 타올라 모든 재물을 남김없이 태워 버렸다. 그날 저녁에 다른 집은 피해가 없었고 오직 진도의 집만 불탔다. 미 : 인색한 자와 신의를 저버린 자와 거짓으로 응낙한 자가 본보기로 삼아야 한다. 사도변도 사라져 버렸다.

龍朔中, 豫章人陳導行商於楚, 夜至江浦, 有舟溯流而來, 同泊. 隔舟, 窺見一人, 龐眉大鼻, 如吏, 在舟檢勘文書, 從者三五人. 導因問之, 答以公事到楚, 幸此相遇. 導乃邀過船中, 備酒饌. 飮經數巡, 乃問以姓氏, 答曰 : "某姓司徒, 名弁." 又問 : "所主何公事也?" 弁曰 : "君此行, 愼勿以楚爲意, 願適他土." 導曰 : "何也?" 弁曰 : "吾非人, 乃冥司使者." 導驚曰 : "何故不得之楚?" 弁曰 : "吾往楚行災, 君亦其人也. 感君之惠, 故相報耳. 然君須以錢物計會, 方免斯難." 導懇求之, 弁曰 : "但俟吾從楚回, 君可備緡錢一二萬相貺, 當免君家." 導許諾, 告謝而別. 是歲, 果荊楚大火, 延燒數萬家, 蕩無孑遺. 導自別弁後, 以憂慮縈懷, 及移舟而返. 旣至豫章, 弁亦至矣. 導性慳鄙, 託以他事, 未辦所許錢. 使者怒, 乃令從者持書一緘與導. 導開讀未終, 而宅內掀然火起, 凡所有財物悉盡. 是夕無損他室, 惟燒導家. 眉 : 慳者・負心者・佯應佯諾者看樣. 弁亦不見.

* 이 고사는 《태평광기》 권328 〈귀・진도〉에 실려 있다.

56-14(1662) 이준

이준(李俊)

출《속현괴록》

　악주자사(岳州刺史) 이준은 진사(進士) 시험에 응시했으나 연거푸 급제하지 못했다. [당나라] 정원(貞元) 2년(786)에 그의 친구인 국자좨주(國子祭酒) 포길(包佶)이 주고관(主考官)에게 청탁해 그가 급제하도록 도와주었다. 급제자 방문을 붙이기 하루 전에 주고관은 급제자 명단을 재상에게 알려야 했다[이를 '송당지방(送堂之牓)'이라 했음]. 오경(五更)이 되자마자 이준은 포길을 기다리려고 했는데, 마을 문이 아직 열리지 않았기에 문 옆에 말을 세우고 있었다. 그 옆에 떡을 파는 사람이 있었는데 떡에서 김이 모락모락 났다. 다른 군(郡)의 공문 전달하는 사람으로 보이는 한 관리가 작은 봇짐을 메고 털모자를 쓴 채 그 옆에 앉아 있었는데, 군침을 흘리는 기색이 역력했다. 그래서 이준이 떡을 사서 그 관리에게 먹으라고 했더니, 그는 매우 기뻐하며 떡 몇 조각을 먹었다. 잠시 후 마을 문이 열리자 사람들이 모두 나갔는데, 그 관리 혼자만 이준의 말 옆에 붙어 있다가 말했다.

　"나는 저승의 관리로 진사 급제자 명단을 전달하는 사람인데, 당신도 진사 시험에 응시한 무리가 아닙니까?"

이준이 말했다.

"그렇습니다."

관리가 말했다.

"송당지방(送堂之牓 : 주고관이 재상에게 미리 보내는 급제자 방문)이 여기에 있으니 직접 찾아보시오."

그러면서 명단을 꺼내 보여 주었다. 이준이 보았더니 명단에 자신의 이름이 없자 눈물을 흘리면서 결국 명성을 이루지 못할 것이라고 생각했다. 관리가 말했다.

"당신이 명성을 이루는 것은 10년 후에나 가능한데, 그땐 녹봉과 지위가 대단할 것입니다. 하지만 지금 명성을 구하고자 하더라도 어려운 것은 아닙니다. 다만 본래 얻게 될 녹봉과 지위의 절반이 줄어들고 또한 많은 곤란과 불행을 겪은 후에 겨우 한 군(郡)을 다스리게 될 것이니 어찌하겠습니까?"

이준이 말했다.

"구하고자 하는 것이 명성이니 명성을 얻기만 하면 충분합니다." 미 : 대낮에 승천하는 것을 10년 동안 재상 노릇 하는 것과 바꾸지 않는 것도 그 뜻이 이와 같다.

관리가 말했다.

"저승의 담당 관리에게 약간의 뇌물을 쓸 수만 있다면, 바로 여기에서 당신과 성이 같은 사람을 골라 그 이름을 바꿀 수 있는데 괜찮겠습니까?" 미 : 비록 저승의 관리일지라도 돈을 받고 병폐를 저지르지 않는 자가 없으니 관리는 참으로 두렵도다!

이준이 물었다.

"얼마면 되겠습니까?"

관리가 말했다.

"저승 돈으로 3만 관(貫)입니다. 이건 내가 당신의 은혜에 감사해 진심으로 말해 주는 것입니다. 그 돈은 내가 갖는 것이 아니고 문서 담당 관리에게 줄 것입니다. 내일 오시(午時)까지만 보내면 됩니다."

그러고는 이준에게 붓을 주며 그에게 직접 자신의 이름을 써넣으라고 했다. 명단의 첫머리에 옛 태자소사(太子少師) 이이간(李夷簡)의 이름이 있어, 이준이 그것을 지우려고 했더니 관리가 황급히 말했다.

"안 됩니다. 이 사람은 녹봉과 지위가 높으므로 함부로 바꿀 수 없습니다."

다시 그 밑에 이온(李溫)의 이름이 있자 관리가 말했다.

"이 사람은 괜찮습니다."

그래서 이준은 '온(溫)' 자를 지우고 대신 '준(俊)' 자를 써넣었다. 관리는 급히 방문을 말아 가지고 떠나면서 말했다.

"약속을 어기지 마십시오."

이윽고 이준은 포길을 찾아갔는데, 포길은 아직 의관도 갖추지 않고 있다가 이준이 찾아왔다는 말을 듣고 화를 내며 나와서 말했다.

"나는 주고관과 교분이 두터운지라 내 말 한마디면 장원은 따 놓은 당상이거늘, 그대는 어찌하여 이렇게 조급해하면서 자꾸만 보채는가? 내가 말을 가볍게 내뱉는 사람인가?"

이준이 재배하며 대답했다.

"일생일대의 일이 오늘 이 아침에 결정됩니다. 지금은 재상께 방문을 올리는 새벽이므로 꾸지람을 무릅쓰고 삼가 찾아뵈러 온 것입니다."

포길은 알았다고는 했지만 여전히 불쾌한 기색이었다. 그래서 이준은 더욱 걱정이 되어 옷을 갈아입고 포길이 나가기를 기다렸다가 그를 뒤쫓아 갔다. 포길은 황성(皇城)의 동북쪽 모퉁이를 지나가다가 방문을 품에 넣고 중서성(中書省)으로 가려는 춘관시랑(春官侍郞 : 예부시랑)을 만났다. 포길이 춘관시랑에게 인사하며 물었다.

"일전에 부탁드린 일은 잘되었겠지요?"

춘관시랑이 말했다.

"정말 죄송하게 되었으니 회초리를 짊어지고 벌을 청하더라도 사죄하기에 부족합니다. 권문 대가의 강요를 받다 보니 당신의 명에 부응하기가 어려웠습니다."

포길은 본디 그와 교분이 두텁기 때문에 아무런 어려움이 없을 것이라고 생각하고 있었는데, 갑자기 그런 말을 듣자 화를 내며 말했다.

"계포(季布)[12]가 천하에 명성이 높았던 것은 한번 약속한 일은 반드시 완수했기 때문입니다. 지금 당신은 나를 망령된 사람으로 만들었으니, 대개 내가 실권이 없는 한관(閑官)에 있기 때문입니다. 당신과의 평생의 교분은 오늘로 끝장입니다!"

포길이 인사도 하지 않고 떠나자, 춘관시랑이 황급히 쫓아가서 말했다.

"권문세가의 강요를 받다 보니 그를 급제자에 넣을 수 없었습니다. 나는 혼자서 깊은 우의만 믿고 격식도 차리지 않은 채 함부로 말했는데, 이렇게 당신의 질책을 받고 보니 차라리 권문세가에게 죄를 짓는 것이 낫겠습니다. 미 : 두 사람은 모두 취할 만하다. 함께 방문을 살펴보면서 다른 사람의 이름을 지우고 대신 그를 집어넣도록 합시다."

그래서 국자좨주 포길이 방문을 펼친 뒤 이이간의 이름을 보고 그것을 지우려고 했더니, 춘관시랑이 급히 말했다.

"이 사람은 재상께서 특별히 분부한 자이니 뺄 수 없습니

---

[12] 계포(季布) : 진(秦)나라 말의 초인(楚人)으로 항우(項羽)의 대장이었다. 유방(劉邦)을 여러 번 곤경에 빠뜨렸으며 매우 성실해 천하에 명성이 높았다. 당시 초 지방에 "황금 100근을 얻는다 해도 계포의 한마디 승낙을 얻는 것만 못하다(得黃金百斤, 不如得季布一諾)"는 말이 있었다.

다."

그러고는 그 밑에 있는 이온의 이름을 가리키며 말했다.

"이 사람은 괜찮습니다."

그리하여 마침내 '온' 자를 지우고 '준' 자를 써넣었다. 방문이 붙고 나서 그날 오시에 이준은 여러 진사들을 따라가서 주고관을 배알하는 바람에 저승 관리와의 약속을 미처 지키지 못했다. 이준은 해 질 녘이 되어서야 돌아오다가 길에서 그 관리를 만났는데, 그는 울면서 이준에게 등을 보여 주며 말했다.

"당신이 약속을 어기는 바람에 곤장을 맞았습니다! 문서 담당 관리가 날 검거해 심문하려고 했는데, 내가 다른 사람에게 간청해 간신히 함께 제지할 수 있었습니다."

이준은 깜짝 놀라 사죄하면서 말했다.

"이제 어찌해야 합니까?"

관리가 말했다.

"내일 오시에 돈 5만 꿰미를 보내면, 붙잡혀 심문당하는 화를 면할 수 있습니다."

이준이 말했다.

"알았습니다."

그때가 되어 이준이 약속한 지전을 태워 보내 주었더니, 관리는 더 이상 나타나지 않았다. 그러나 이준은 처음 벼슬길에 오른 후로 폄직당하는 일이 끊이지 않다가 겨우 악주자사가 되었는데, 얼마 되지 않아 죽고 말았다.

岳州刺史李俊擧進士, 連不中第. 貞元二年, 有故人國子祭酒包佶者, 通于主司, 援成之. 榜前一日, 當以名聞執政. 初五更, 俊將候佶, 里門未開, 立馬門側. 傍有賣糕者, 其氣爐爐. 有一吏若外郡之郵檄者, 小囊氈帽, 坐於其側, 頗有垂涎之色. 俊爲買而食之, 吏甚喜, 啖數片. 俄而里門開, 衆竟出, 吏獨附俊馬曰: "某乃冥吏送進士名者, 君非其徒耶?" 俊曰: "然." 曰: "送堂之榜在此, 可自尋之." 因出. 俊視無名而泣, 疑終無成也. 吏曰: "君成名在十年外, 祿位甚盛. 今欲求之, 亦非難. 但於本錄耗半, 且多屯剝, 纔獲一郡, 如何?" 俊曰: "所求者名, 名得足矣." 眉: 白日升天, 不換十年宰相, 意亦如此. 客曰: "能行少賂於冥吏, 卽於此, 取其同姓者易其名, 可乎?" 眉: 雖冥吏亦無不受錢作弊者, 吏眞可畏哉! 吏問: "幾何可?" 曰: "陰錢三萬貫. 某感恩而以誠告. 其錢非某敢取, 將遺牘吏. 來日午時送可也." 復授筆, 使俊自注. 從上有故太子少師李夷簡名, 俊欲指之, 客遽曰: "不可. 此人祿重, 未易動也." 又其下有李溫名, 客曰: "可矣." 乃揩去'溫'字, 注'俊'字. 客遽捲而行, 曰: "無違約." 旣而俊詣佶, 佶未冠, 聞俊來怒, 出曰: "吾與主司分深, 一言狀頭可致, 公何躁甚, 頻見問? 吾其輕語者耶?" 俊再拜對曰: "終身之事, 決此一朝. 今當呈榜之晨, 冒責奉謁." 佶唯唯, 色猶不平. 俊愈憂之, 乃變服伺佶出, 隨之. 經皇城東北隅, 逢春官懷其榜, 將赴中書. 佶揖問曰: "前言遂否?" 春官曰: "誠知獲罪, 負荊不足以謝. 然迫於大權, 難副高命." 佶自以交分之深, 意謂無阻, 聞之怒曰: "季布所以名重天下者, 能立然諾. 今君移妄於某, 蓋以某官閑也. 平生交契, 今日絶矣!" 不揖而行, 春官遽追之曰:"迫於豪權, 留之不得. 竊恃深顧, 外於形骸, 見責如此, 寧得罪於權右耳. 眉:二人具可取. 請同尋榜, 揩名填之." 祭酒開榜, 見李公夷簡, 欲揩, 春官急曰:"此人宰相處分, 不可去." 指其下李溫, 曰:"可矣." 遂揩去'溫'字, 注'俊'字. 榜旣出, 其日午時, 俊隨衆參謝, 不及赴冥吏之約. 迫暮將歸, 道逢此吏, 泣示之背曰:"爲君所誤, 得杖矣! 牘吏將擧勘, 某更他祈, 共止之." 俊驚謝, 且曰:"當如何?" 客曰:"來日午時, 送五萬緡, 亦可無追勘之厄." 俊曰:"諾." 及到時焚之, 遂不復見. 然俊筮仕之後, 貶降不絶, 纔得岳州刺史, 未幾而終.

* 이 고사는《태평광기》권341〈귀·이준〉에 실려 있다.

1 지(指):《태평광기》명초본에는 "개(揩)"라 되어 있는데, 문맥상 보다 타당하다.

56-15(1663) 곽승하

곽승하(郭承嘏)

출《상서담록(尙書談錄)》

곽승하는 일찍이 법서첩(法書帖) 한 권을 애지중지하며 늘 몸에 지니고 다녔다. 그는 처음 과거에 응시해 잡문시(雜文試)13)를 치렀는데, 너무 일찍 문장을 완성했기에 상자 속에 잘 넣어 두었다. 그런데 답안을 제출할 때 잘못해서 애지중지하던 서첩을 제출하고 말았다. 거처로 돌아와 등촉 아래에서 상자를 열었더니, 정식 답안이 그대로 들어 있었다. 곽승하는 어찌할 방법이 없어서 과장(科場) 문밖에서 왔다 갔다 하다가 한 늙은 관리를 만났는데, 그 관리가 시험에 대해 물어보자 그가 사실대로 말해 주었더니 그 관리가 말했다.

"내가 그것을 바꿀 수 있소. 하지만 나는 집이 가난하고 흥도리(興道里)에 살고 있는데, 만약 내가 바꿔 준다면 3만 전으로 보답해 주었으면 하오."

---

13) 잡문시(雜文試) : 당나라 때 과거 시험 과목 가운데 하나. 진사시는 먼저 잡문 2편을 시험 보아 문율(文律)에 통과하면 책문시(策文試)를 보았다.

곽승하는 그리하겠다고 허락했다. 얼마 후 그 관리는 정식 답안을 가지고 과장으로 들어갔다가 서첩을 가지고 나와서 곽승하에게 주었다. 다음 날 곽승하는 직접 약속한 돈을 가지고 홍도리를 찾아갔는데, 그 관리의 성씨를 수소문한 끝에 그 집의 하인이 나와서 말했다.

"주인어른께서 돌아가신 지 사흘이 되었지만 집이 가난해 장례 치를 상구(喪具)를 아직 마련하지 못하고 있습니다."

곽승하는 놀라 탄식하고 나서야 비로소 과장에서 만난 사람이 바로 귀신이었음을 알고 마침내 돈을 그 집에 주었다.

郭承嘏嘗寶惜法書一卷, 每携隨身. 初應擧, 就雜文試, 文成尙早, 緘置篋中. 及納試而誤納所寶書帖, 歸, 於燭下啓篋, 見程試宛在. 計無所出, 來往於棘闈門外, 見一老吏, 詢其試事, 具以實告, 吏曰 : "某能換之. 然某家貧, 居興道里, 倘換得, 願以錢三萬見酬." 承嘏許之. 逡巡, 費程試入, 而書帖出, 授承嘏. 明日, 自携錢送詣興道里, 詢吏姓氏, 吏家人出云 : "主父死三日, 力貧未辦周身之具." 承嘏驚嘆, 方知棘闈所見乃鬼也, 遂以錢贈其家.

* 이 고사는 《태평광기》 권345 〈귀·곽승하〉에 실려 있다.

56-16(1664) 위황

위황(韋璜)

출《광이기(廣異記)》

노성현령(潞城縣令) 주혼(周混)의 부인은 성이 위(韋)이고 이름이 황(璜)이었는데, 아름답고 지혜로웠다. 그녀는 [시집가기 전에] 늘 올케와 여동생에게 약속하곤 했다.

"만약 [우리 중에서 누가] 먼저 죽게 되면 저승의 일을 알려 주기로 약속합시다."

나중에 위황은 주씨(周氏 : 주혼)에게 시집가서 딸 둘을 낳았고, [당나라] 건원(乾元) 연간(758~760)에 죽었다. 달포쯤 지나서 위황이 갑자기 집에 오더니, 공중에서 혼령의 말로 집안사람들에게 말했다.

"본디 저승의 일을 알려 주기로 약속했기 때문에 이렇게 왔다. 나는 이미 염라대왕과 돌아가신 친척들을 만나 보았다."

집안사람들이 물었다.

"지옥에 있다는 끓는 가마솥과 칼로 된 나무를 보았습니까?"

위황이 대답했다.

"내가 무슨 대단한 사람이라고 그런 것을 볼 수 있겠느냐?"

 나중에 또 위황의 혼령이 하녀에게 붙어 말했다.

 "태산부군(太山府君)이 딸을 시집보내면서 내가 단장을 잘한다는 사실을 알고 날 불러들였다. 내일 일을 마치면 틀림없이 다시 오겠다."

 다음 날 하녀가 또 혼령에 씌어 말했다.

 "내가 태산에 갔더니 태산부군이 딸을 시집보냈는데, 지극히 영화롭고 부귀하게 예식을 치르면서 나에게 딸을 단장하게 했다. 지금 그 연지와 분을 얻어 왔으니 집안 여자들에게 나눠 주겠다."

 그러고는 손을 벌리자 연지와 분이 있었는데, 인간 세상의 것과 전혀 다르지 않았다. 또 말했다.

 "태산부군의 집에서 살장(撒帳)14)할 때 쓰는 동전은 너무 커서 40명의 귀신이 동전 하나를 들 수 없는데 내가 그것도 가져왔다." 미 : 살장은 속세의 의식인데, 어찌 존귀한 신이 또한 속세를 벗어나지 못하는가?

 그러고는 공중에서 동전을 떨어뜨렸는데 동전의 크기가 등잔만 했다. 또 말했다.

---

14) 살장(撒帳) : 전통 혼례에서 신랑과 신부가 교배(交拜)한 후에 침상에 나란히 앉아 있으면, 부녀자들이 동전이나 과일을 던지는 풍습을 말한다.

"태산부군은 내가 붉은 염색을 잘한다는 사실을 알고 나에게 염색하게 했는데, 내가 '직접 하지는 않고 단지 하녀에게 시키기만 했습니다'라고 말하면서 사양했더니, 태산부군이 나에게 그 하녀를 데려오라고 했다. 지금 부득이 잠시 하녀를 데려가야 하니, 일을 마치면 즉시 돌려보내 주겠다."

위황의 딸이 말했다.

"온 집안이 이 하녀만 바라보고 있는데 빼앗아 가면 어찌합니까?"

위황이 말했다.

"이틀만 빌릴 뿐이다. 만약 기한을 넘기면 네가 경쇠를 쳐서 불러라. 대저 경쇠 소리는 한번 울리면 귀신들이 모두 듣는다."

그때 갑자기 하녀의 숨이 끊어졌다. 그런데 이틀이 지나도 하녀가 돌아오지 않자 딸 등이 경쇠를 울렸더니, 잠시 후에 다시 공중에서 말소리가 들렸다.

"아침에 이미 돌려보냈는데 어찌하여 도착하지 않았지? 길을 잃어버린 것이 틀림없다."

잠시 후 하녀가 돌아와서 다시 살아났는데, 두 손이 새빨간 색으로 변해 있었다.

潞城縣令周混妻者, 姓韋名璜, 美而慧. 恒與其嫂妹曰: "若有先死, 幽冥之事, 期以相報." 後適周氏, 生二女, 乾元中卒. 月餘, 忽至其家, 空間靈語, 謂家人曰: "本期相報, 故以是來. 我已見閻羅王兼親屬." 家人問 : "見鑊湯·劍樹否?" 答云 : "我是何人, 得見是事?" 後復附婢靈語云 : "太山府君嫁女, 知我能妝梳, 所以見召. 明日事畢, 當復來耳." 明日, 婢又靈語云 : "我至太山, 府君嫁女, 理極榮貴, 令我爲女作妝. 今得胭脂及粉, 來與諸女." 因而開手, 有脂粉, 並不異人間物. 又云 : "府君家撒帳錢甚大, 四十鬼不能舉一枚, 我亦致之." 眉 : 撒帳俗儀, 豈貴神亦不脫俗耶? 因空中落錢, 錢大如盞. 又言 : "府君知我善染紅, 乃令我染, 我辭云 : '不親下手, 但指揮家婢耳.' 府君令我取婢. 今不得已, 暫將婢去, 卽當遣還." 女云 : "一家唯仰此婢, 奈何奪之?" 韋云 : "借兩日耳. 過期, 汝宜擊磬呼之. 夫磬聲一振, 鬼神畢聞." 婢忽氣盡. 經二日不返, 女等鳴磬, 少選, 復空中語云 : "朝已遣還, 何以不至? 當是迷路耳." 須臾婢至, 乃活, 兩手忽變作深紅色.

* 이 고사는 《태평광기》 권337 〈귀·위황〉에 실려 있다.

56-17(1665) 동관

동관(董觀)

출《선실지(宣室志)》

동관은 태원(太原) 사람으로 스님 영습(靈習)과 친하게 지냈다. [당나라] 원화(元和) 연간(806~820)에 두 사람은 함께 오초(吳楚) 지역으로 갔다. 그런데 영습이 도중에 죽는 바람에 동관도 병주(幷州)로 돌아왔다. 보력(寶曆) 연간(825~826)에 동관은 분주(汾州)와 경주(涇州) 지역을 돌아다니다가 이양군(泥陽郡)에 이르렀는데, 용흥사(龍興寺)의 불당이 웅장하고 화려하며 불경 수천 권이 있는 것을 보고, 마침내 그곳에 머물면서 불경을 다 읽고 나서 돌아가기로 기약했다. 그 전에 사원의 동쪽 행랑채에 잠겨 있는 빈방이 있기에 동관이 그 방에 머물겠다고 청하자, 절의 스님이 안 된다고 하면서 말했다.

"이 방에는 요괴가 많으니 여기서 지내는 것은 상서롭지 못합니다."

동관은 젊고 담력을 자신했기에 마침내 우겨서 그 방에 머물렀다. 10여 일이 지나서 밤에 잠을 잘 때 문득 호인(胡人) 10여 명이 악기와 술을 들고 와서 방 안에서 노래하고 웃었다. 며칠 밤 동안 이러하자 동관은 두렵긴 했지만 절의 스님에게는 말하지 않았다. 하루는 독경을 마치고 날이 이미 어두워지자 동관은 몹시 피곤함을 느껴 방문을 닫고 잠을 청했는데, 아직 깊이 잠들지 않았을 때 갑자기 영습이 나타나 침상 앞에 서 있었다. 깜짝 놀란 동관이 화를 내며 말했다.

"법사는 귀신인데 어찌하여 이곳에 왔소?"

영습이 웃으며 말했다.

"그대의 운수가 다했기 때문에 내가 그대를 기다리고 있었소."

그러고는 즉시 동관의 소매를 끌고 침상을 떠났다. 동관이 뒤돌아보았더니 자신의 육신은 마치 깊이 잠든 것처럼 여전히 누워 있었다. 이에 동관이 탄식하며 말했다.

"아! 내 집은 멀리 떨어져 있고 부모님도 아직 살아 계신데, 지금 여기서 죽으면 누가 내 시신을 거둬 주려나?"

영습이 말했다.

"어찌하여 그대는 말을 실수하고 근심이 깊소? 무릇 사람이 되는 까닭은 그 수족을 움직일 수 있고 잘 보고 들을 수 있기 때문인데, 이는 영혼이 사람을 붙들어 그렇게 하게 하는 것이오. 영혼이 육신을 떠나는 것을 죽었다고 말하는데, 이는 수족을 움직일 수 없고 보고 듣는 것도 할 수 없기 때문이니, 6척의 몸뚱이가 있다고 한들 어디에 쓰겠소? 그대는 어찌 이를 걱정하오?" 미 : 이치에 통달한 의론이다.

동관은 영습에게 감사한 뒤 마침내 함께 갔다. 그들이 가는 곳마다 빗장과 열쇠가 매우 단단히 잠겨 있었지만 조금도 방해가 되지 않았다. 그리하여 이양성을 나가 서쪽으로 갔는데, 그곳에는 많은 풀이 솜털 담요처럼 빽빽하게 자라 있었다. 10여 리를 갔더니 폭이 몇 척 되지 않는 냇물이 서남쪽으로 흘러가고 있었다. 동관이 영습에게 무슨 냇물이냐고 물었더니 영습이 말했다.

　"이것이 속세에서 말하는 내하(奈河)인데, 그 근원은 저승에서 나오오."

　동관이 그 물을 보았더니 모두 피였는데, 비리고 역한 냄새가 나서 가까이 갈 수 없었다. 또 냇물의 서쪽을 바라보니 두 채의 성이 있었는데, 남북으로 1리 남짓 되었고 풀과 나무로 뒤덮여 있었으며 집들이 나란히 붙어 있었다. 영습이 동관에게 말했다.

　"그대와 함께 저곳으로 가야 하는데, 그대는 남쪽 성의 서씨(徐氏) 집안의 둘째 아들로 태어날 것이고, 나는 북쪽 성의 후씨(侯氏) 집안의 맏아들로 태어날 것이오. 10년 뒤에는 다시 그대와 함께 출가해 불교에 귀의할 것이오."

　동관이 말했다.

　"나는 사람이 죽으면 당연히 저승 관리에게 잡혀가서 장부에 기록된 내용에 따라 죄와 복을 받는데, 만약 생전의 행적에 큰 잘못이 없다면 다시 인간 세상에 태어난다고 들었소. 지금 나는 죽은 지 하룻밤도 지나지 않았는데 어떻게 그렇게 될 수 있단 말이오?"

영습이 말했다.

"그렇지 않소. 저승도 인간 세상과 다를 바 없으니, 도리에 어긋난 일을 행하지 않았다면 어찌 형벌이 몸에 미칠 수 있겠소?"

영습은 말을 마치고 나서 곧장 옷을 걷고 내하를 뛰어 건너갔다. 동관이 막 기슭을 붙잡고 내하로 내려가려 했을 때, 갑자기 동관을 잡아끄는 자가 있었다. 동관이 돌아보았더니 온몸이 털로 뒤덮여 있는 한 사람이 있었는데, 사자처럼 생겼지만 그 모습은 영락없는 사람이었다. 한참 뒤에 그 사람이 동관에게 말했다.

"법사는 어디로 가시오?"

동관이 말했다.

"저 남쪽 성으로 가는 길입니다."

그 사람이 말했다.

"내가 그대에게《대장경(大藏經)》읽으라고 명했으니 얼른 돌아가시오. 여기에 오래 머물러서는 안 되오." 미 :《대장경》의 보응에 들어갈 만하다.

그러고는 동관의 팔을 잡고 급히 이양군의 성을 향해 돌아갔다. 몇 리를 가지 못했을 때 보았더니, 이전 사람처럼 생긴 또 한 사람이 크게 소리쳤다.

"얼른 데려가시오!"

잠시 뒤에 마침내 용흥사에 도착했는데 날이 이미 밝아 왔다. 동관이 자신이 머물던 방을 보았더니, 스님 수십 명이 문을 에워싸고 침상에 누워 있는 자신을 들여다보고 있었다. 그때 두 사람이 동관을 문 안으로 밀어 넣자 갑자기 물이 위에서 그의 몸에 쏟아졌고 마침내 깨어났는데, 그는 하룻밤 동안 죽어 있었다. 그리하여 동관은 자신이 겪었던 일을 스님들에게 말해 주었다. 그로부터 며칠 뒤에 동관은 불당에서 토우상 두 개가 부처의 좌우에 시립하고 있는 것을 보았는데, 이전에 자신이 보았던 그 사람들이었다. 그래서 동관은 절에 남아서 정심을 다해《대장경》을 읽겠다고 서원하고, 추우나 더우나 조금도 게을리하지 않았다.

董觀, 太原人, 與僧靈習善. 元和中, 偕適吳楚間. 習道卒, 觀亦歸并州. 寶曆中, 觀遊汾涇, 至泥陽郡, 見龍興寺堂宇宏麗, 有經數千百編, 觀遂留止, 期盡閱乃還. 先是院之東廡一空室扃, 觀因請居, 寺僧不可, 曰:"是室多妖異, 居之不祥." 觀少年恃氣, 遂强居焉. 旬餘夜寐, 輒有胡人十數, 挈樂持酒來, 歌笑其中. 如是數夕, 觀雖懼, 尙不言於寺僧. 一日經罷, 時已曛黑, 觀怠甚, 閉室而寢, 未熟, 忽見靈習在榻前. 觀驚且恚曰:"師鬼也, 何爲而至?" 習笑曰:"子運窮數盡, 我特候子." 卽牽觀袂去榻. 觀回視, 見其身尙偃, 如寢熟. 乃嘆曰:"嗟乎! 我家遠, 父母尙在, 今死此, 誰蔽吾屍耶?" 習曰:"何子之言失而憂之深乎? 夫所以爲人者, 以其能運手足, 善視聽, 此精魂扶之使然也. 精魂離身故曰死, 是以手足不能運, 視聽不能施, 雖六尺之軀, 尙安用乎? 子寧足念?" 眉: 達理之論. 觀謝之, 遂相與行. 其所向, 雖關鍵甚嚴, 輒不礙. 於是出泥陽城西去, 其地多草, 茸密如氍毬狀. 行十餘里, 一水廣不數尺, 流而西南. 觀問習, 習曰: "此俗所謂奈河, 其源出於地府." 觀視其水, 皆血, 腥穢不可近. 又望水西有二城, 南北可一里餘, 草樹蒙蔽, 廬舍駢接. 習與觀曰: "與子俱往彼, 君生南城徐氏, 爲次子, 我生北城侯氏, 爲長子. 生十年, 當重與君捨家歸佛氏." 觀曰: "吾聞人死當爲冥官追捕, 案籍罪福, 苟平生事行無大過, 然後更生人間. 今我死未盡夕, 遂能如是耶?" 曰: "不然. 冥途與世人無異, 脫不爲不道, 寧桎梏可及身哉?" 言已, 習卽牽衣躍而過. 觀方攀岸將下水, 忽有牽觀者. 觀回視一人, 盡體皆毛, 狀若獅子, 其貌卽人也. 良久謂觀曰: "師何往?" 曰: "往此南城耳." 其人曰: "吾命汝閱《大藏經》, 宜疾還. 不可久留." 眉: 可入《藏經》報應. 遂持觀臂, 急指郡城而歸. 未至數里, 又見一人, 狀如前, 大呼曰: "可持去!" 頃之, 遂至寺. 時天已曙. 見所居室有僧數十, 擁其門, 視己身在榻. 二人排觀入門, 忽有水自上沃其體, 遂寤, 卒一夕矣. 於是具以事語僧. 後數日, 於佛宇中見二土偶像, 爲左右侍, 乃觀前所見者. 因誓心精思, 留閱《藏經》, 雖寒暑無少墮.

* 이 고사는《태평광기》권346〈귀·동관〉에 실려 있다.

56-18(1666) 왕예라는 노인

왕예로(王裔老)

출《백거이집(白居易集)》

　화주(華州) 하규현(下邽縣) 동남쪽 30여 리에 연년리(延年里)라는 마을이 있었는데, 그 마을의 서남쪽에 스님이 거주하지 않는 옛 절이 있었다. [당나라] 원화(元和) 8년(813)에 한림학사(翰林學士) 백거이(白居易)는 모친상을 당해 하규현에 물러나 살고 있었다. 7월에 백호(白皞)라는 육촌 형이 화주에서 백거이를 찾아오다가 그 절 앞을 지나가게 되었다. 절의 문에 이르러 보았더니 10여 명의 젊고 늙은 부인이 섞여 앉아 불당 아래에 모여 얘기하고 있었는데, 그 소리가 문밖에까지 들렸다. 백호는 더운 날씨에 걸었으므로 목이 말라 그곳에서 쉬면서 마실 것을 달라고 할 참이었다. 그는 시종을 기다렸으나 아직 도착하지 않았기에 말에서 내려 문기둥에 고삐를 매어 놓고 나서 고개를 들었더니, 그 부인들이 갑자기 보이지 않았다. 사방을 두루 살펴보았지만 담장에는 틈새가 없었고, 그들이 모여서 얘기하던 곳을 자세히 살펴보았더니 엉겨 붙은 먼지에 흐트러짐이 없었다. 이로 말미암아 백호는 그들이 사람이 아니라 생각하고 크게 놀라고 괴이해하면서, 말을 타고 급히 몰아 백거이에게 그 사실을 알리러 갔다. 백거이는 백호가 말한 것을 들었는데 그 말이 너무 많아서 다 기억할 수 없었지만, 대체로 왕예라는 노인이 여차여차하다는 얘기를 많이 했으며, 그 말의 뜻을 살펴보니 마치 그 노인의 잘못을 거론하는 것 같았다. 미: 귀신은 때때로 사람의 잘못을 헤아리는데, 백호는 다만 그 가운데 하나를 우연히 들었을 뿐이다. 그 절은 백거이의 집에서 8~9리 떨어져 있었기에 함께 가 보기로 했다. 그 마을 사람 중에 과연 왕예라는 노인이 있었는데, 그는 절의 동북쪽 100여 보 떨어진 곳으로 막 이사해 담과 지붕을 수리하고 정원을 조성하고 나무 심는 일을 겨우 마치고 나서 미: 짐작컨대 그가 집을 수리하고 정원을 조성할 때 필시 무덤을 파헤쳐 평평하게 한 일이 있었을 것이다. 다음 날 들어가기로 했다. 왕예는 그 집에 들어가고 나서 열흘도 안 되어 죽었고, 또 한 달을 넘기지 못하고 부인이 죽었으며, 또 얼마 되지 않아 왕예의 두 아들과 두 며느리와 손자 하나도 죽었다. 왕명진(王明進)이라고 하는 아들 하나만 남았는데, 그는 새로 이사 온 집이 상서롭지 못하다고 두려워하면서 집을 철거하고 나무를 뽑아낸 뒤 밤에 이사해서 마침내 화를 면했다.

華州下邽縣東南三十餘里, 曰延年里, 里西南有故蘭若, 而無僧居. 元和八年, 學士白居易丁母憂, 退居下邽縣. 七月, 其從祖兄曰皞, 自華州來訪, 途出於蘭若前. 及門, 見婦女十許人, 少長雜坐, 會語於佛屋下, 聲聞於門. 皞熱行方渴, 將憩求飲. 望其從者, 未至, 因下馬, 繫繮於門柱, 擧首, 忽不見. 周視四旁, 環堵無隙, 覆視其聚談之所, 凝塵不動. 由是意其非人, 大駭異之, 上馬疾驅, 來告居易. 且聞其所言甚多, 不能殫記, 大抵多云王裔老如此, 觀其詞意, 若相與數其過者. 眉:鬼神時時計過, 曋特偶聞其一耳. 厥所去居易舍八九里, 因同往訪焉. 其里人果有王裔者, 方徙居於蘭若之東北百餘步, 葺牆屋, 築場藝樹僅畢, 眉:度其葺築時必有發丘夷墓之事. 明日而入. 旣入, 不浹旬而裔死, 不越月而妻死, 不逾時而裔之二子二婦及一孫亦死. 止餘一子, 曰明進, 懼新居不祥, 乃撤屋拔樹, 夜徙去, 遂免.

* 이 고사는 《태평광기》 권344 〈귀·왕예로〉에 실려 있다.

56-19(1667) 스님 민초

승민초(僧珉楚)

출《계신록(稽神錄)》

광릉(廣陵) 법운사(法雲寺)의 스님 민초는 평상시에 중산(中山)의 상인 장(章) 아무개와 친숙하게 지냈다. 장 아무개가 죽자 민초는 그를 위해 재를 올리고 불경을 염송해 주었다. 그런데 몇 달 뒤에 민초는 갑자기 시장에서 장 아무개를 만났다. 민초는 아직 식사 전이었는데, 장 아무개가 그를 객점으로 맞아들여 호떡을 시켜 주었다. 다 먹고 나서 민초가 물었다.

"당신은 이미 죽었는데, 어떻게 이곳에 있소?"

장 아무개가 말했다.

"그렇습니다. 나는 작은 죄 때문에 벌을 면치 못하고 지금 양주(揚州)의 약잉귀(掠剩鬼)가 되었습니다."

민초가 다시 물었다.

"무엇을 '약잉'이라 하오?"

장 아무개가 말했다.

"대저 관리나 상인이 남기는 이문에는 모두 일정한 금액이 있는데, 그 일정한 금액을 초과해서 취한 것이 바로 잉여가 됩니다. 나는 그 잉여를 빼앗아 차지하는데, 지금 인간 세상에는 나와 같은 무리가 매우 많습니다."

그러면서 길을 가는 사람들을 가리키며 말했다.

"누구누구도 모두 그런 귀신입니다."

잠시 후 한 스님이 앞을 지나가자 장 아무개가 또 말했다.

"저 스님도 마찬가지입니다."

그러고는 그 스님을 불러와 한참 동안 얘기를 나누었는데, 그 스님은 민초를 보지 못했다. 협:이때 민초는 이미 귀신이 되었다. 미:귀신이 사람을 보지 못하는 것은 사람이 귀신을 보지 못하는 것과 같은데, 귀신과 사람이 서로 보는 것은 모두 간섭하는 자가 있기 때문이다. 잠시 후 민초와 장 아무개는 함께 남쪽으로 갔는데, 꽃 파는 한 부인과 마주치자 장 아무개가 말했다.

"저 부인도 귀신이고 팔고 있는 꽃도 귀신이 사용하는데, 인간 세상에서는 볼 수 없는 것입니다."

장 아무개는 동전 몇 냥을 꺼내 꽃을 사서 민초에게 주며 말했다.

"무릇 이 꽃을 보고 웃는 자는 모두 귀신입니다."

그러고는 작별을 고하고 떠났다. 그 꽃은 붉고 향기로워서 사랑스러웠으나 매우 무거웠다. 민초는 몽롱한 상태로 절로 돌아왔는데, 길에서 그 꽃을 보고 웃는 사람이 제법 많았다. 절의 북문에 이르러 민초는 스스로 생각했다.

"내가 귀신과 함께 나들이하고 또 귀신의 꽃을 들고 있다니 안 될 일이야."

즉시 그 꽃을 도랑에 던졌더니 물에서 첨벙하는 소리가 났다. 민초가 절에 돌아오고 나서 같은 승원에 기거하던 사람들은 그의 안색이 몹시 이상한 것을 느껴 악기(惡氣)를 쏘였을 것이라 여기고 다투어 탕약을 가져와 치료했다. 한참 후에 정상을 회복한 민초는 그 연유를 자세히 말하고, 함께 가서 그 꽃을 자세히 살펴보았더니 다름 아닌 죽은 사람의 손이었다. 민초는 또한 별탈이 없었다.

廣陵法雲寺僧珉楚, 常與中山賈人章某親熟. 章死, 珉楚爲設齋誦經. 數月, 忽遇章於市中. 楚未食, 章卽延入食店, 爲置胡餠. 旣食, 楚問: "君已死, 那得在此?" 章曰: "然. 吾以小罪未免, 今配爲揚州掠剩鬼." 復問: "何謂掠剩?" 曰: "凡吏人賈販, 利息皆有數, 過常數得之, 卽爲餘剩. 吾得掠而有之, 今人間如吾輩甚多." 因指路人曰: "某某皆是也." 頃之, 有一僧過於前, 又曰: "此僧亦是也." 因召至, 與語良久, 僧亦不見楚. 夾: 爾時楚已鬼矣. 眉: 鬼不見人, 猶人不見鬼. 見者皆有干涉者也. 頃之, 相與南行, 遇一婦人賣花, 章曰: "此婦人亦鬼, 所賣花亦鬼用之, 人間無所見也." 章則出數錢買之, 以贈楚曰: "凡見此花而笑者, 皆鬼也." 卽告辭而去. 其花紅芳可愛而甚重. 楚亦昏然而歸, 路人見花, 頗有笑者. 至寺北門, 自念: "吾與鬼同遊, 復持鬼花, 亦不可." 卽擲花溝中, 濺水有聲. 旣歸, 同院人覺其色甚異, 以爲中惡, 競持湯藥以救之. 良久, 乃復, 具言其故, 因相與覆視其花, 乃一死人手也. 楚亦無恙.

* 이 고사는《태평광기》권355〈귀·승민초〉에 실려 있다.

56-20(1668) 곽심

곽심(郭鄩)

출《극담록(劇談錄)》

 곽심은 역양현위(櫟陽縣尉)를 그만두고 오랫동안 다른 관직을 임명받지 못한 채 도성에서 궁핍하게 살았는데 곤궁함이 심했다. 한번은 희미한 소리가 나면서 두 물체가 나타났는데, 모습은 원숭이 같았고 푸른 옷을 입고 있었으며, 곽심이 출입할 때나 자고 일어날 때나 쫓아다니지 않은 적이 없었다. 곽심이 누군가를 찾아가려고 생각하면 그것은 기필코 곽심과 함께 갔다. 미 : 이 물체가 바로 내가 괴로워하는 것이다. 그가 가는 곳마다 가시나무로 울타리를 쳐 놓은 것 같았기에 친구들은 그를 보면 모두 원수 대하듯 했다. 비록 부술(符術)로 그것을 누르기도 하고 숲속으로 피하기도 했지만, 수년 동안 결국 끊을 수 없었다. 그러던 어느 날 저녁에 그 두 물체가 갑자기 와서 말했다.

 "우리는 당신의 액운을 틈타 당신을 따라다닌 지 이미 오래되었는데, 지금 작별을 고하고 더 이상 오지 않을 것입니다."

 곽심은 그것들이 떠나는 것을 기뻐하며 어디로 가냐고 물었더니 말했다.

"세상에는 우리와 같은 자가 매우 많지만 사람들이 보지 못할 뿐입니다. 지금 가는 곳은 바로 승업방(勝業坊)에 사는 부자 왕씨(王氏)의 집인데, 장차 가서 그의 재물을 탕진하게 할 것입니다."

곽심이 말했다.

"그 사람은 모아 놓은 재물이 차고 넘치는데 어떻게 갑자기 탕진하게 한단 말이오?"

그것들이 말했다.

"미리 안품자(安品子)에게 계책을 세워 놓았습니다." 미: 궁귀(窮鬼 : 사람을 궁핍하게 만드는 귀신)인가? 모귀(耗鬼 : 재물을 허비하게 만드는 귀신)인가? 기이하도다!

새벽을 알리는 북이 갑자기 울리자 그것들은 마침내 사라졌다. 곽심이 일어나 세수하고 머리를 빗었더니 곧 근심과 괴로움이 사라지고 속이 후련해짐을 느꼈다. 그래서 시험 삼아 친구를 찾아갔더니 모두들 그를 달리 보며 맞아 주었다. 열흘이 안 되어 곽심은 재상을 뵙고 사정을 아뢴 뒤 마침내 통사사인(通事舍人)에 제수되었다. 곽심에게는 장생(張生)이라는 외사촌 동생이 있었는데, 그는 금오위좌(金吾衛佐)를 지내면서 교유하는 사람은 모두 호협이었다. 장생은 젊고 호기심이 많았지만 곽심의 말을 듣고도 믿지 않았다. 장생은 승업방의 왕씨가 좌군(左軍) 소속이라는 것을 알고 그때부터 늘 그 집에 가서 지켜보았다. 왕씨는 성품이 근검절약해서 과분하게 소비한 적이 없었고, 집에 있는 가기(歌妓)들은 모두 고운 옷을 입고 용모가 아름다웠다. 하루는 왕씨가 친구들과 명가곡(鳴珂曲)을 지나갔는데, 어떤 부인이 단장하고 문 앞에 서 있었다. 왕생(王生 : 왕씨)은 말을 멈추고 지체하더니 기쁜 안색을 하고 동료들을 불러 술을 차려 놓고 즐겼는데, 장생도 거기에 참석했다. 장생이 물어보았더니 바로 안품자의 집이었다. 안품자는 노래를 잘했는데 그날 노래 몇 곡을 불렀더니, 왕생이 아낌없이 돈과 비단을 그녀에게 주어, 사람들은 모두 왕생의 큰 씀씀이를 의아해했다. 그때부터 왕생은 수레에 재물을 실어 날마다 안품자의 집으로 날랐다. 몇 년이 지나지 않아 결국 왕생은 빈털터리가 되었다.

郭潯罷櫟陽縣尉, 久不得調, 窮居京華, 困甚. 胯饗間, 常有二物, 如猿玃, 衣靑碧, 出入寢興, 無不相逐. 凡欲擧意求索, 必與鄩俱往. 眉 : 此物正吾所苦. 所詣如礙枳棘. 親友見之, 俱若仇隙. 雖厭以符術, 或避之山林, 數年竟莫能絶. 一夕, 忽來云 : "某等承君厄運, 相隨已久, 今則告別, 不復в矣." 鄩旣喜其去, 遂問所詣, 云 : "世路如某者甚多, 但人不見耳. 今所詣, 乃勝業坊富人王氏, 將往散之." 鄩曰 : "彼聚斂豐盈, 何以遽散?" 云 : "先得計於安品子矣." 眉 : 窮鬼耶? 耗鬼也? 異哉! 曉鼓忽鳴, 遂失所在. 鄩旣興盥櫛, 便覺愁憤開豁. 試詣親友, 無不改觀相接. 未旬, 見宰相面白, 遂除通事舍人. 鄩有表弟張生者, 爲金吾衛佐, 交遊皆豪俠. 少年好奇,聞之未信之也. 知勝業王氏隸左軍, 自是常往伺之. 王氏性儉約, 所費未常過分. 家有妓樂, 皆袨服冶容. 一日, 與賓朋過鳴珂曲, 有婦人靚妝立於門首. 王生駐馬遲留, 喜動顔色, 因召同列者, 置酒爲歡, 張生預焉. 訪之, 卽安品子之弟[1]也. 品子善歌, 是日歌數曲, 王生悉以金彩贈之, 衆皆訝其廣費. 自此興輂資貨, 日輸其門. 未經數年, 遂至貧匱.

* 이 고사는 《태평광기》 권348 〈귀·곽심〉에 실려 있다.
1 제(弟) : 문맥상 "제(第)"의 오기로 보인다.

56-21(1669) 주옹중

주옹중(周翁仲)

출《풍속통(風俗通)》

여남(汝南) 사람 주옹중이 처음 태위연(太尉掾)으로 있었을 때 그의 부인이 아들을 낳았다. 나중에 주옹중은 북해상(北海相 : 북해군국의 재상)이 되었을 때, 귀신을 잘 보는 주광(周光)이라는 관리를 주부(主簿)로 임명했다. 그는 주광을 여남군으로 보내 [자신의 가묘에] 치성(致誠)하게 하면서 아울러 말했다.

"일을 마치고 나면 납일(臘日 : 섣달에 짐승을 사냥해 조상에 제사 지내는 날)에 내 아들과 함께 가묘에 참배할 것이네."

주부가 일을 마치고 돌아오자, 주옹중이 물었더니 주부가 대답했다.

"단지 어떤 백정이 해진 옷에 머리를 묶어 올리고 신위(神位) 자리에 걸터앉아 칼을 들고 고기를 자르고 있는 것만 보였습니다. 그리고 의관을 정제하고 청색과 흑색 인끈을 찬 몇 사람이 당(堂)의 동쪽과 서쪽 곁채에서 서성이면서 들어가지 못하고 있었는데, 무슨 영문인지 모르겠습니다."

그러자 주옹중은 검을 들고 당으로 올라가서 부인에게

말했다.

"당신은 어찌하여 그런 놈을 길렀소?"

부인이 크게 화를 내며 말했다.

"당신은 늘 아들의 생김새와 목소리, 그리고 공부를 좋아하는 것이 모두 당신을 닮았다고 했소. 늙은이가 죽으려 하니 미친 소리를 하는군요!"

주옹중은 부인에게 그 일을 자세히 일러 주며 말했다.

"가묘에 치성할 때 여차여차했으니 이실직고하지 않으면 모자를 즉시 절단 내겠소!"

그제야 부인이 울면서 말했다.

"옛날에 나이가 들도록 아들이 없자 스스로 불안했습니다. 그래서 사실은 내가 낳은 딸을 백정의 아들과 바꿔치기하고 백정에게 돈 만 냥을 주었습니다." 미:대갓집에는 늘 이런 일이 있지만 은폐되어 살피지 못한다.

그 아들은 이미 열여덟 살이었다. 주옹중은 마침내 그를 본래 백정의 집으로 돌려보내고, 이미 떡장수에게 시집가 있던 자신의 딸을 데려왔다. 그녀는 나중에 서평(西平)의 이문사(李文思)에게 다시 시집갔는데, 이문사는 벼슬이 남양태수(南陽太守)에 이르렀다.

汝南周翁仲, 初爲太尉掾, 婦産男. 及爲北海相, 吏周光能見鬼, 署爲主簿. 使還致敬於本郡縣, 因告之曰:"事訖, 臘日可與小兒俱侍祠." 主簿事訖還, 翁仲問之, 對曰:"但見屠人, 弊衣蠡髻而踞神坐, 持刀割肉. 有衣冠青墨綬數人, 徬徨堂東西廂, 不進, 不知何故." 翁仲因持劍上堂, 謂嫗曰: "汝何故養此子?" 嫗大怒曰: "君常言, 兒體貌聲氣喜學似我. 老翁欲死, 作爲狂語!" 翁仲具告之: "祠祭如此, 不具服, 子母立截!" 嫗泣涕言: "昔以年長無男, 不自安. 實以女易屠者之男, 畀錢一萬." 眉: 大家每有此事, 蒙蔽不察. 此子年已十八, 遣歸其家, 迎其女, 已嫁賣餠者妻. 後適西平李文思, 文思官至南陽太守.

* 이 고사는 《태평광기》 권317 〈귀·주옹중〉에 실려 있다.

56-22(1670) 노욱

노욱(盧頊)

출《통유록(通幽錄)》

[당나라] 정원(貞元) 연간(785~805)에 범양(范陽) 사람 노욱은 전당(錢塘)에 살았고, 그의 부인은 홍농(弘農) 양씨(楊氏)였다. 그의 장모 왕씨(王氏)는 일찍이 출가해 현읍의 안양사(安養寺)에 속해 있었다. 노욱의 집은 그 절의 북쪽 마을에 있었는데, 집에는 열대여섯 살쯤 되는 소금(小金)이라는 하녀가 있었다. 노욱은 집이 가난해 군내(郡內)의 성곽 서쪽 둑방에서 먹을 것을 구했다. 둑방은 노욱의 집에서 수십 보 떨어져 있었는데, 노욱은 매번 소금에게 그곳에 가서 일을 하게 했다. 한번은 어디서 왔는지 모르는 40여 세쯤 되는 한 부인이 푸른 치마를 입고 산발한 채 옻칠한 신발을 끌고 곧바로 소금을 찾아와서 앉았다. 그녀는 자신의 성이 주씨(朱氏)이고 항렬이 12번째라고 말하고는 한참을 있다가 떠났는데, 며칠 동안 그렇게 했다. 그때는 날이 추워서 소금은 불을 피워서 쬐고 있었다. 잠시 후 그 부인이 와서 평상 밑의 숯을 돌아보더니 소금에게 화를 내며 말했다.

"숯이 있는데도 왜 연기를 피워서 나를 쬐게 하느냐?"

그러고는 발을 들어 불을 밟자 불이 곧 꺼졌다. 부인이 손으로 소금을 때리자 소금은 바닥에 쓰러졌다. 소금의 어린 동생이 그 옆에 있다가 크게 놀라 집으로 달려가서 알렸다. 집안사람이 갔더니 그 부인은 이미 사라졌고, 소금은 눈을 감은 채 뻣뻣하게 잠들어 있었다. 무당에게 제사를 지내게 했더니 소금은 한참 후에야 깨어나서 그 일을 자세히 말해 주었다. 며칠 후에 그 부인이 오면서 살쾡이처럼 생긴 동물 하나를 안고 있었는데, 뾰족한 입에 개와 비슷한 꼬리가 말려 있었고 몸의 얼룩무늬는 호랑이와 같았다. 부인이 소금에게 말했다.

"어찌하여 내 고양이에게 먹이를 주지 않느냐?"

부인이 다시 소금을 때리자 소금은 또 쓰러졌고, 부인은 또 불을 차서 꺼 버렸다. 집안사람이 달려와서 또 신에게 빌었더니 이윽고 소금이 나왔다. 이때부터 노욱은 소금을 둑방에 보내지 않았다. 며칠 후에 노욱은 소금에게 배를 끌고 가서 안양사에서 장모를 모셔 오게 했다. 배가 절의 문밖에 이르렀을 때, 불전 뒤에 탑 하나가 있었는데, 소금이 문득 보았더니 그 탑 아래에 거마가 있고 붉은색 옷과 자색 옷을 입은 사람이 매우 많았다. 그녀는 우두커니 서서 살펴보다가 곧 자신의 몸을 가눌 수 없음을 느꼈다. 잠시 후 거마가 나오자 좌우 사람들이 물러나 피했고, 소금은 결국 쓰러졌다. 보았더니 자색 옷을 입은 사람이 말을 채찍질하며 소금에게 누구냐고 묻자 옆에 있던 한 사람이 대답했다. 두 사람이 소금을 부축해 계단으로 올라가면서 몸을 다치지 않게 했다. 자색 옷을 입은 사람이 말을 멈추고 뒤의 기병을 재촉하며 말했다.

"속히 가자. 남의 집 잔치를 썰렁하게 만들지 마라."

소금이 옆 사람에게 물었다.

"어디로 갑니까?"

그 사람이 말했다.

"대운사(大雲寺) 주지의 집으로 가오."

잠시 후 거마가 다 지나가자 안양사의 사람들이 와서 보았더니, 소금이 섬돌 위에 쓰러져 있었다. 놀라고 이상해하면서 다시 그녀를 태우고 집으로 돌아와 술을 부어 신에게 제사를 드렸더니 소금이 비로소 깨어났다. 그날 저녁은 동지 전날 밤이라 노욱의 집에서는 한창 제사에 올릴 정결한 곡식을 준비해 놓았다. 그 부인 귀신이 순식간에 창문 틈으로 들어가려 했으나 집 안에서 왁자지껄하는 바람에 들어가지 못했다. 노생(盧生 : 노욱)은 호랑이 눈 두 개를 소금의 좌우 팔에 묶어 놓았다. 밤이 깊어 집안사람들이 잠들었을 때 부인이 갑자기 신발을 끌며 오자, 소금이 놀라 소리쳤더니 부인이 화를 내며 말했다.

"떡을 만들어 놓고 왜 나에게 먹게 하지 않느냐?"

집안사람들이 놀라 일어나자 소금도 깨어났는데, 왼쪽 팔에 묶어 놓았던 호랑이 눈 하나가 없어졌다. 갑자기 창밖에서 누군가 말했다.

"너에게 돌려주겠다."

그러고는 창으로 던지는 소리가 났는데, 촛불로 비춰 보았더니 과연 호랑이 눈이었다. 며칠 후에 그것을 살펴보았더니, 비단으로 싼 마른 가지였으며 호랑이 눈이 아니었다. 동짓날 아침에 무녀가 와서 앉아 그 일에 대한 얘기를 다 끝내기도 전에 그 부인이 왔는데, 소금은 즉시 멍한 상태가 되었다. 무녀는 몹시 두려워하면서 식사하다가 만두 하나를 집어 문지방 위에 놓고 빌었다. 그때 소금이 웃으며 말했다.

"우습게도 주십이(朱十二)가 만두를 먹는데 두 손으로 땅을 받치고 온 얼굴을 만두에 파묻은 채 그것을 빨아 먹고 있어요."

노생이 오래된 거울로 비췄더니 소금이 마침내 울면서 말했다.

"주십이의 모친이 염관현(鹽官縣)에 있는데, 만약 한 끼의 만두와 배를 빌릴 돈만 얻으면 다시는 오지 않을 것입니다."

노생은 그 말대로 해 주었다. 노생이 막 지전을 불사를 때 보았더니, 그 부인이 이미 등에 돈을 짊어지고 떠나고 있었다. 소금은 마침내 그 부인 귀신에게서 풀려났다. 그사이에 소금의 모친은 이전부터 중풍을 앓고 있어서 말을 할 수 없었는데, 갑자기 부엌에서 '예' 하더니 곧 방으로 들어와 소곤소곤 말을 하고는 대문을 나갔다. 그랬다가 한참 후에 옷을 추어올리고 성큼성큼 들어왔는데, 그 모습이 마치 사람이 말을 타고 있는 것 같았으며 곧장 당(堂)에 이르러 절을 하고 말했다.

"화용(花容)이 문안드립니다."

집안사람들은 깜짝 놀랐다. 화용은 바로 양씨 집안의 옛 하녀로 죽은 지 10여 년이 되었는데, 말소리와 행동이 화용과 흡사했다. 그래서 화용에게 물었다.

"어떻게 왔느냐?"

화용이 대답했다.

"양랑(楊郞)께서 아씨[노욱의 부인 양씨]께 '헤어진 지 오래되었는데 잘 있느냐'라는 말을 전하라 하셨습니다. 소금 모자가 필요해 저를 보내 데려오게 하셨습니다."

양랑은 노생의 장인이다. 노생이 그럴 수 없다고 말하자, 화용은 그 말을 듣고 문을 나갔다가 한참 후에 다시 명을 전했다.

"양랑께서 말씀을 전하라 하시길, 급히 종이로 사람을 만들어 그들을 대신하라고 하셨습니다."

노생은 그 말대로 종이로 사람 모양을 오리고 그 위에 이름을 적어 태웠다. 화용이 또 말했다.

"양랑께서는 안양사의 탑 위에서 양이랑(楊二郞)과 함께 쌍륙(雙陸) 놀이를 하고 계십니다." 미 : 양이랑신이 덧붙어 나온다.

노생이 물었다.

"양이랑은 누구냐?"

화용이 대답했다.

"신인(神人)입니다. 또 목하삼랑(木下三郞)이 있는데 그도 거기에 있습니다."

노생이 또 물었다.

"소금이 이전에 보았던 수레에 탄 사람은 누구냐?"

화용이 말했다.

"그것은 요괴입니다."

노생이 또 물었다.

"그 부인은 어떤 귀신이냐?"

화용이 말했다.

"본래 동쪽 이웃 오씨(吳氏) 집안의 형수 주씨(朱氏)인데, 평생 모질고 악독해서 벌을 받아 뱀이 되었습니다. 그 뱀은 지금 천축사(天竺寺)의 닥나무 속 구멍에 있는데, 오랜 세월이 흘러 정령으로 변화할 수 있기 때문에 부인의 모습으로 변한 것입니다."

노생이 또 물었다.

"이미 뱀이 되었는데 어떻게 옷을 얻어 입었느냐?"

화용이 대답했다.

"아무개 집의 무덤 속에서 훔친 것입니다."

노생이 또 물었다.

"전에 그 부인이 안고 왔던 것은 무엇이냐?"

화용이 말했다.

"살쾡이입니다."

화용이 작별 인사를 하자 노생은 술 한 잔을 따라 그녀에게 마시게 했다. 그녀는 술을 다 마시고 나서 문 앞에 있는 확팔(钁八)에게 주겠다며 다시 술 한 잔을 청했다. 노생이 물었다.

"확팔은 누구냐?"

화용이 말했다.

"양이랑 밑에 있는 행관(行官)입니다."

노생이 또 물었다.

"양이랑이 이렇게 출입할 때 사람이 그를 만나면 모두 화를 입지 않겠느냐?"

화용이 대답했다.

"양이랑 등과 같은 신은 비바람처럼 출입하며, 그가 허공에서 내려다보면 사람은 마치 개미처럼 보입니다. 목숨이 쇠하는 것은 스스로 화를 부른 것이지 그는 또한 그럴 뜻이 없습니다."

화용은 말을 마치고 떠났다. 화용이 문에 이르자 소금의 모친이 비로소 깨어났는데, 깨어난 후에 그녀에게 물었으나 아무것도 알지 못했다. 그 후에 소금이 밤에 꿈을 꾸었는데,

한 노인이 문수보살(文殊菩薩)이 타던 것과 같은 커다란 사자를 타고 고운 빛깔의 털을 나부끼며 순식간에 왔기에 똑바로 볼 수가 없었으며, 옆에는 곤륜노(崑崙奴) 두 명이 고삐를 잡고 있었다. 노인이 소금에게 말했다.

"나는 네가 귀신에게 시달리고 있다는 말을 듣고 만 리먼 곳에서 너를 구하러 왔다. 너는 지금 쇠하는 액운의 해이기 때문에 귀신이 너를 데려갈 손님으로 지목한 것인데, 돈을 받기로 하고 지목했을 뿐이니 그도 역시 돈을 받았을 것이다. 네가 만약 나를 만나지 못했으면 4월에 땅속에 묻혀 죽음을 면치 못할 것이다. 너는 아무 날에 수놓은 불상을 줍지 않았느냐?"

소금이 말했다.

"주웠습니다."

노인이 말했다.

"너는 그 모양을 보고 일곱 개의 불상과 일곱 개의 깃발을 수놓도록 해라."

노인은 말을 끝내고 나서 또 말했다.

"여덟 개를 만들어라. 내가 말을 잘못했다. 또 머리카락을 조금 잘라 향을 대신해 공양하면 그 액을 면할 수 있을 것이다."

소금이 말했다.

"가르침대로 하겠습니다. 그런데 지금 허리와 등이 참을 수 없을 정도로 아프니 자비를 베푸시어 낫게 해 주십시오."

노인이 말했다.

"그거야 쉽지."

노인이 즉시 곤륜노를 앞으로 오게 해 그의 손을 펴게 하고 그 손바닥에 자신의 손가락을 문지르더니 손가락이 검은 칠을 한 것처럼 물들자, 그것으로 소금의 등 위에 뜸을 뜰 두 군데를 점찍어 주었다. 소금은 비로소 깨어나 그 일을 자세히 말한 다음 즉시 불상과 깃발을 만들었다. 등 위를 보았더니 정말로 점이 찍혀 있는 두 곳이 있어서 마침내 그곳에 뜸을 떴더니 등의 통증이 즉시 나았다. 노욱은 심지가 강직해서 그 일을 믿지 않고 또 욕을 하며 말했다.

"어찌 성현이 계집종 하나를 구하러 오겠는가? 이는 필시 귀신일 것이다."

그날 밤 소금의 꿈에 또 노인이 나타나 말했다.

"나는 너의 병이 위중함을 불쌍히 여겨 구하러 왔는데, 너의 어리석은 주인이 오히려 나를 귀신이라 부르니 나도 어쩔 수 없다. 너는 4월에 이르면 반드시 죽게 되니, 3월 말에 반드시 항주(杭州)의 경계를 벗어나서 피해야 한다. 협: 기이한 얘기다. 대저 귀신이 관할하는 곳은 주현(州縣)마다 각기 다른데, 이는 또한 사람에게 유민(流民)이 있는 것과 같다."

소금이 말했다.

"여항(餘杭)에 있으면 됩니까?"

노인이 말했다.

"여항도 항주일 따름이니 무슨 도움이 되겠느냐?"

소금이 또 말했다.

"가흥(嘉興)이면 됩니까?"

노인이 말했다.

"된다."

노인이 또 말했다.

"너는 가흥에서 누구의 집으로 가려고 하느냐?"

소금이 대답했다.

"아무개 집에 친척이 있으니 그곳으로 가려고 합니다."

노인이 말했다.

"아무개 집은 상중(喪中)에 있고 너는 지금 귀신을 피해야 하는데, 귀신의 집에 들어가서 무슨 도움이 되겠느냐? 상중에는 제사상이 차려져 있어서 귀신이 왕래하므로 그들은 곧 네가 있는 곳을 알게 될 것이다. 너는 경사가 있는 집으로 가면 될 것이다. 또 출발할 때 네가 좋아하고 아끼던 옷 한 벌을 벗어 몸통 부분은 잘라 버리고 옷깃·솔기·옷섶·띠만 남겨 두되 나머지는 모두 없애 버려라. 그리고 풀을 묶어 사람 형상을 만들고 거기에 옷을 입혀서 집의 어두운 곳에 놓아둔 다음 너는 옷을 바꿔 입고 몰래 떠나거라."

소금이 말했다.

"그렇게 하겠습니다."

그러면서 이전에 뜸을 떠서 등은 나았지만 지금 여전히 허리 통증으로 고생한다고 말하자 노인이 말했다.

"내가 이전에 너의 허리를 낫게 하지 않은 것은 너로 하여금 내가 있다는 사실을 알게 하기 위함이었다. 너는 지금 허리 통증을 없애고자 하느냐?"

그러고는 다시 곤륜노의 손바닥에서 먹을 갈아 허리 사이의 한 곳에 점을 찍고 나서 떠났다. 소금이 깨어나서 살펴보니 정말로 점을 찍은 자국이 있자, 곧장 그곳에 뜸을 떴더니 또 나았다. 그 후로 주씨 부인도 오지 않았다. 3월이 끝날 무렵에 소금은 노인의 말대로 몰래 가흥으로 갔으며, 그 후로는 아무 일도 없었다.

貞元中, 范陽盧項家錢塘, 妻弘農楊氏. 其姑王氏, 早歲出家, 隸邑之安養寺. 項宅於寺之北里, 有家婢曰小金, 年可十五六. 項家貧, 假食於郡內郭西堰. 堰去其宅數十步, 每令小金於堰主事. 常有一婦人不知何來, 年可四十餘, 著瑟瑟裙, 蓬髮曳漆履, 直詣小金坐. 自言姓朱, 第十二, 久之而去, 如是數日. 時天寒, 小金蓺火以燎. 須臾, 婦人至, 顧見床下炭, 怒謂小金曰 : "有炭而焚烟薰我, 何也?" 舉足踏火, 火卽滅. 以手批小金, 小金絶倒於地. 小金有幼弟, 在傍大駭, 馳報於家. 家人至, 已失婦人, 而小金瞑然殭睡. 命巫人祀之, 良久方醒, 具陳其事. 後數日, 婦人至, 抱一物, 如狸狀, 而尖嘴捲尾, 尾類犬, 身斑似虎. 謂小金曰 : "何不食我貓兒?"

復批之，小金又倒，火亦撲滅。家人奔至，又祝之，隨愈。自此不令之堰。後數日，令小金引船於寺迎外姑。船至寺門外，寺殿後有一塔，小金忽見塔下有車馬，朱紫甚盛。佇立而觀之，即覺身不自制。須臾，車馬出，左右辟易，小金遂倒。見一紫衣人策馬，問小金何人，旁有一人對答。二人舉扶階上，不令損。紫衣者駐馬，促後騎曰："可速行，莫冷他筵饌。"小金問傍人曰："行何適?"人曰："過大雲寺寺主家耳。"須臾，車馬過盡，其院中人來，方見小金倒於階上，復驚異載歸，祀酹之而醒。是夕冬至除夜，盧家方備粢盛之具。其婦鬼倏閃於牖戶之間，以其鬧，不得入。盧生以二虎目繫小金左右臂。夜久，家人怠寢，婦人忽曳，小金驚叫，婦人怒曰："作餅子，何不啖我?"家人驚起，小金乃醒，而左臂失一虎目。忽窗外卽言："還你。"遂擲窗有聲，燭之果得。後數日視之，帛裹乾茄子，不復虎目矣。冬至方旦，有女巫來坐，話其事未畢，而婦人來，小金即瞑然。其女巫甚懼，方食，遂笑一枚餛飩，置戶限上祝之。於時小金笑曰："笑朱十二喫餛飩，以兩手拒地，合面於餛飩上吸。"盧生以古鏡照之，小金遂泣，言："朱十二母在鹽官縣，若得一頓餛飩，及顧船錢，則不復來。"盧生如言，方焚錢時，已見婦人背上負錢而去。小金遂釋然。居有間，小金母先患風疾，不能言，忽於廚中應諾，便入房，切切然語，出大門。良久，摳衣闊步而入，若人騎馬狀，直至堂而拜曰："花容起居。"其家大驚。花容即楊氏家舊婢，死來十餘年，語聲行動酷似之。乃問花容："何得來?"答曰："楊郎傳語娘子，別久好在。要小金母子，故遣取來。"楊郎，盧生舅也。盧生具言不可，受語出門，久之，復命曰："楊郎傳語，急作紙人代之。"依言剪人，題其名字焚之。又言："楊郎在安養寺塔上，與楊二郎雙陸。"眉：楊二郎神附見。問："楊二郎何人?"答曰："神人也。又有木下三郎，亦在其中。"又問："小金前見車馬何人?"曰:"精魅耳."又問:"婦人何鬼?"曰:"本是東鄰吳家阿嫂朱氏,平生苦毒,罰作蛇身.今在天竺寺楮樹中有穴,久而能變化精靈,故化作婦人."又問:"旣是蛇身,如何得衣裳著?"答曰:"向某家冢中偸來."又問:"前抱來者是何物?"言:"野狸".遂辭去,卽酌一杯令飲.飲訖,更請一杯與門前鑽八.問:"鑽八是何人?"云:"是楊二郎下行官."又問:"楊二郎出入如此,人遇之皆禍否?"答曰:"如他楊二郎等神物,出入如風如雨,在虛中,下視人如螻蟻然.命衰者則自禍耳,他亦無意焉."言訖而去.至門方醒,醒後問之,皆不知也.後小金夜夢一老人,騎大獅子,如文殊所乘,毛彩奮迅,不可視,旁有二昆侖奴操彎.老人謂小金曰:"吾聞爾被鬼物纏繞,故萬里來救.汝是衰厄之年,故鬼點爾作客去,以取錢應點而已,渠亦自得錢.汝若不值我來,至四月,當被作土戶,汝則不免死矣.汝於某日拾得繡佛子否?"小金曰:"然.""汝看此樣,繡取七軀佛子,七口幡子."言訖,又曰:"作八口.吾誤言耳.又截頭髮少許,賣香以供養之,其厄則除."小金曰:"受教矣.今苦腰背痛,不可忍,慈悲爲除之."老人曰:"易耳."卽令昆侖奴向前,令展手,便於手掌摩指,指如黑漆染,於背上點二灸處.小金方醒,具說其事,卽造佛及幡.視背上,信有二點處,遂灸之,背痛立愈.盧頊秉志剛直,不信其事,又罵之曰:"焉有聖賢,來救一婢?此必鬼耳."其夜又夢老人曰:"吾哀爾疾危,是以來救.汝愚郎主,却喚我作鬼魅也,吾亦不計.汝至四月,必作土戶,三月末,當出杭州界以避之.夾:奇聞.夫鬼神所部,州縣各異,亦猶人有逃戶."小金曰:"於餘杭可乎?"老人曰:"餘杭亦杭州耳,何益也?"又曰:"嘉興可乎?"曰:"可."又曰:"汝於嘉興投誰家?"答曰:"某家有親,欲投之."老人曰:"某家是孝,汝今避鬼,還投鬼家,何益也?凡孝有靈筵,神道交通,便知汝所在.汝投吉人家, 則可矣. 又臨發時, 脫汝所愛惜衣一事, 剪去身, 留領縫襟帶, 餘處盡去之. 縛一草人衣之, 著宅陰闇處, 汝則易衣潛去也." 小金曰:"諾." 因言前灸背獲愈, 今尙苦腰痛, 老人曰:"吾前不除爾腰者, 令爾知有我耳. 汝今欲除之耶?" 復於昆侖手掌中硏黑, 點腰間一處而去. 悟而驗之, 信有點迹, 便灸之, 又差. 其後婦人亦不來矣. 至三月盡, 如言潛之嘉興, 自後無事.

* 이 고사는 《태평광기》 권340 〈귀·노욱〉에 실려 있다.

56-23(1671) 노중해

노중해(盧仲海)

출《통유록》

　[당나라] 대력(大曆) 4년(769)에 처사(處士) 노중해는 당숙 노찬(盧纘)과 함께 오(吳) 지방에서 객지 생활을 했는데, 밤에 주인집에 가서 아주 즐겁게 술을 마시다가 크게 취했다. 군(郡)의 관속들이 모두 가고 난 뒤에 노찬은 크게 토하면서 몹시 고생했으나, 밤이 깊었는지라 도와줄 사람이 없어서 노중해 혼자서 그를 돌보았는데 한밤중에 노찬이 죽었다. 노중해는 성품이 효성스럽고 우애 있는 사람이라 슬퍼하고 당황하면서 어찌할 바를 몰랐다. 살펴보았더니 노찬의 심장이 아직 따뜻했는데, 노중해는 갑자기 《예기(禮記)》에 들어 있는 "초혼(招魂)"의 뜻이 떠올라, 곧장 큰 소리로 노찬의 이름을 쉬지 않고 계속해서 수만 번이나 불렀다. 그러자 갑자기 노찬이 다시 살아나서 말했다.

　"네가 나를 구해 준 덕분에 살아났다!"

　노중해가 어찌 된 상황인지 물었더니 노찬이 대답했다.

　"나는 조금 전에 관리 몇 명에게 끌려갔는데, 낭중(郎中)이 나를 모셔 오라 했다고 말했다. 내가 그 이름을 물었더니 윤(尹) 아무개라고 했다. 잠시 후 한 저택에 도착했는데, 문이 매우 높았고 거마가 굉장히 많았다. 윤 아무개는 나를 맞이해 위로하며 '주량이 얼마나 되시오?'라고 하고는 맞아들여 죽정(竹亭)으로 갔다. 손님들은 모두 붉은색과 자색 관복을 입고 있었는데 서로 읍(揖)하고 자리에 앉았다. 좌우에서 술을 올렸는데, 술잔과 쟁반이 반짝이며 빛났고 가기(歌妓)가 구름처럼 모여 있어, 나도 마음이 흡족해서 집에 가는 일을 까맣게 잊어버렸다. 미: 죽은 후에는 마땅히 또한 이렇게 된다. 잔치가 한창 벌어지고 있을 때 갑자기 네가 나를 부르는 소리가 들렸다. 그러나 여러 악기가 한꺼번에 연주되자 마음과 정신이 이미 어지러워졌고 술잔이 수없이 돌았다. 잠시 뒤에 나를 부르는 소리가 또 들렸는데, 그 소리가 구슬퍼서 내 마음도 슬퍼졌다. 이렇게 여러 차례 반복되자 나는 떠날 것을 청했다. 주인은 한사코 나를 붙잡았지만 내가 집에 급한 일이 있다고 고하자, 주인은 잠시 나를 놓아주면서 틀림없이 다시 초청하겠다고 했다. 그가 내게 관직을 주겠다고 하자 나는 아까 그냥 허락했는데, 이곳에 와서야 비로소 내가 죽은 것을 알게 되었다. 만약 네가 나를 부르지 않았다면 내 몸이 여기 있다는 것을 까맣게 잊었을 것이다. 내가 처음 떠날 때는 마치 꿈을 꾸는 것과 같았다. 지금 그가 나를 다시 부를까 걱정이니 이 일을 어찌하면 좋겠느냐?"

노중해가 말했다.

"이전에 이미 효험을 보았으니 마땅히 다시 그 방법을 써야 합니다."

그러고는 향을 사르고 주문을 외면서 대비했다. 그렇게 말하고 있는 도중에 노찬이 갑자기 또 죽었다. 이에 노중해가 다시 그의 이름을 불렀는데, 그 소리가 지극히 슬프고 간절했다. 동이 틀 무렵에 이르러서야 노찬이 다시 살아나서 말했다.

"이번에도 네가 나를 부른 덕분에 살아났다. 나는 방금 그곳에서 또 술을 마셨는데, 술자리가 무르익어 좌중의 관리들이 술에 취했을 때 주인이 막 첩지를 주어 내게 관직을 맡기려 했는데, 그때 네가 나를 애타게 부르는 소리가 들리자 이전처럼 마음이 아팠다. 그러자 주인은 내가 기뻐하지 않는 것을 의아해하면서 또 잠시 돌아가게 했다. 지금 다행히 이미 닭이 울었으니 저승에서는 이제부터 쉬는 시간이다. 또 귀신은 관할 경계를 넘지 못한다는 말을 들었으니, 내가 너와 함께 달아나면 되지 않겠느냐?"

노중해가 말했다.

"그것이 상책입니다."

즉시 배를 준비해서 급히 길을 재촉해 함께 그곳을 벗어나자 노찬의 병도 나았다.

大曆四年, 處士盧仲海與從叔纘客於吳, 夜就主人飲, 歡甚, 大醉. 郡屬皆散, 而纘大吐, 甚困, 更深無救者, 獨仲海侍之, 半夜纘亡. 仲海性孝友, 悲惶無計. 伺其心尙暖, 忽思《禮》有

"招魂"之旨, 乃大呼纘名, 連聲不息, 數萬計. 忽甦而能言曰: "賴爾救我!" 卽問其狀, 答曰: "我向被數吏引去, 言郎中命邀迎. 問其名, 乃稱尹. 逡巡至宅, 門閥甚峻, 車馬極盛. 尹迎勞曰: '飲道如何?' 乃邀入, 詣竹亭. 客人皆朱紫, 相揖而坐. 左右進酒, 杯盤炳曜, 妓樂雲集, 吾意且洽, 都忘行李之事. 眉: 死後當亦如是. 中宴, 忽聞爾喚聲. 衆樂齊奏, 心神已眩, 雷行無數. 俄頃, 又聞喚聲且悲, 我心惻然. 如是數四, 因而請辭. 主人苦留, 吾告以家中有急, 主人暫放我來, 當或繼請. 授吾職事, 吾向以虛諾, 及到此, 方知是死. 若不呼我, 都忘身在此. 吾始去也, 宛然如夢. 今畏再命, 爲之奈何?" 仲海曰: "前事旣驗, 當復執用耳." 因焚香誦咒以備之. 言語之際, 忽然又沒. 仲海又呼之, 聲極哀厲. 直至欲明方甦, 曰: "還賴爾呼我. 我向復飲, 至於酣暢, 坐寮徑醉, 主人方欲授牒, 令我管職, 聞爾喚聲哀厲, 依前惻怛. 主人訝我不怡, 又暫放回. 今幸已雞鳴, 陰道向息. 又聞鬼神不越疆, 吾與爾逃之, 可乎?" 仲海曰: "上計也." 卽具舟, 倍道並行而愈.

* 이 고사는 《태평광기》 권338 〈귀·노중해〉에 실려 있다.

56-24(1672) 광릉의 상인

광릉고인(廣陵賈人)

출《계신록》

　광릉의 한 상인은 측백나무로 침상을 만들었는데, 그 밖에도 그가 만든 100여 가지의 기물은 솜씨가 매우 정교했으며 비용은 20만 냥을 넘었다. 그는 건강(建康)으로 가서 그것을 팔 작정이었다. 밤에 과보(瓜步)에 이르렀을 때 풍랑을 만나 산 밑에 정박했다. 잠시 후 커다란 배가 나타났는데, 그 안은 텅 비었고 뱃사람 세 명만 타고 있었으며 역시 상인의 배 옆에 정박했다. 상인들은 그들을 도적이라고 의심하면서 "장차 밤을 틈타 우리를 약탈하려는 것이오"라고 말했다. 그래서 상인들은 강 언덕으로 올라가서 깊은 숲으로 들어가 피했다. 잠시 후 천둥 번개와 함께 비바람이 몰아쳐서 배가 정박한 곳을 뒤덮었으나, 강 언덕 위에는 별과 달이 밝게 빛나고 있었다. 한 식경이 지나서 비가 그치고 구름이 개자 커다란 배가 조금씩 앞으로 나아가는 것을 보고, 상인들은 그제야 감히 배로 돌아왔다. 배 안에 실려 있던 측백나무로 만든 기물들만 모두 보이지 않았고, 그 밖의 물건들은 모두 그대로 남아 있었다. 커다란 배는 아직 동쪽 강기슭에 있었는데, 배 안에서 어떤 사람이 소리쳤다.

"그대는 원망하지 마시오. 당연히 그대에게 값을 치러 줄 것이오."

그 상인은 실려 있던 물건들이 이미 없어졌기에 다시 광릉으로 돌아왔다. 집에 도착했더니 어떤 사람이 벌써 30만 냥을 가져와서 놓고 떠난 뒤였다. 미 : 귀신에게 속기(俗氣)가 전혀 없다. 그 사람이 언제 왔느냐고 물었더니 바로 과보에서 정박했던 다음 날이라고 했다.

廣陵有賈人, 以柏木造床, 凡什器百餘事, 製作甚精, 其費已二十萬. 往建康, 鬻之. 晚至瓜步, 遇風泊山下. 頃之, 有巨舟, 其中空, 唯篙工三人乘之, 亦泊於側. 賈人疑其爲盜也, "將伺夜而劫我." 乃相與登岸, 入深林避之. 俄而風雨雷電, 蒙覆舟所, 岸上則星月了然. 食頃, 雨止雲散, 見巨舟稍稍前去, 乃敢歸. 舟中所載柏木什器, 都不復見, 餘物皆在. 巨舟猶在東岸, 有人呼曰 : "爾無恨. 當還爾價." 賈人所載旣失, 復歸廣陵. 至家, 已有人送錢三十萬, 置之而去. 眉 : 鬼神毫無市氣. 問其人, 卽泊瓜步之明日也.

* 이 고사는 《태평광기》 권355 〈귀·광릉고인〉에 실려 있다.

56-25(1673) 빚을 갚은 귀신

상채귀(償債鬼)

출《건손자(乾𦠆子)》·《계신록》

[당나라] 건중(建中) 3년(782)에 전(前) 양주부공조(楊州府功曹) 왕소(王愬)는 겨울 관리 선발에 응시하러 도성에 갔는데, 4월이 되도록 아무런 소식이 없었다. 그러자 그의 부인 부풍(扶風) 두씨(竇氏)가 몹시 걱정해 포구낭(包九娘)이라는 무녀를 불러 점을 치게 했다. 포구낭이 향(香)과 물을 차려 놓았더니 잠시 후 공중에서 한 사람이 내려오는 소리가 들렸다. 포구낭이 말했다.

"삼랑(三郞)께서 오셨으니 미 : 삼랑은 금천신(金天神)이다. 공조에게 무슨 일이 생겼는지 알아봐 주십시오. 아무런 소식이 없는데 대체 언제 돌아오겠습니까?"

몇 시각 지나서 갑자기 공중에서 삼랑신이 천천히 내려와 포구낭의 목구멍 속으로 들어가서 말했다.

"아랑(阿郞 : 왕소)은 곧 돌아올 것이고 또 매우 평안할 것입니다. 오늘은 서시(西市)의 비단 가게에서 돈을 빌려 네 사람과 함께 장행(長行 : 쌍륙 놀이의 일종)을 했습니다. 아랑은 시험장에서 서책을 몰래 사용한 탓에 다른 사람에게 고발당해 관직을 얻을 수 없었습니다."

5월 23일 동이 막 텄을 때 왕소가 과연 돌아오자 두씨는 매우 기뻤다. 자리에 앉고 나자 두씨가 물었다.

"당신은 어찌하여 서책을 몰래 사용해서 관리 선발 일을 망쳤습니까? 또 아무 날 아무 일에 서시에서 돈을 빌려 네 사람과 함께 장행을 했지요?"

왕소는 자기가 편지를 보내지 않았기에 깜짝 놀라며 기이해했다. 부인이 마침내 무녀의 일을 얘기했더니 왕소는 즉시 그 무녀를 불러오게 했다. 무녀가 말했다.

"걱정 마십시오. 내년에는 필시 좋은 관직을 얻을 것입니다. 오늘 서북쪽에 다리가 아픈 물소 두 마리를 끌고 가는 사람이 있을 테니, 가격을 흥정하지 말고 그 소를 사 가지고 오십시오. 한 달 사이에 마땅히 몇 배의 이윤을 얻게 될 것입니다."

가서 보니 과연 어떤 사람이 절뚝거리는 소를 끌고 지나가자, 왕소는 즉시 4관(貫)을 주고 그 소를 샀다. 6~7일이 지나자 그 소는 살이 찌고 튼튼해졌으며 다리도 나았다. 같은 마을의 방앗간에서 소 두 마리가 갑자기 죽었는데, 갑자기 소를 살 수가 없어서 결국 15관을 주고 왕소의 소를 사 갔다. 처음에 왕소의 집은 경운사(慶雲寺)의 서쪽에 있었는데, 무녀가 갑자기 말했다.

"속히 이 집을 파십시오."

왕소는 그 말대로 집을 팔아 15만 전을 받았다. 무녀가 또 왕소에게 하동(河東)에서 집 한 채를 잠시 세내 1년 동안 돈을 모은 다음에 대나무를 사서 대여섯 말쯤 들어갈 만한 큰 삼태기를 짜라고 하자, 왕소는 셀 수 없을 만큼 많은 삼태기를 짜서 쌓아 두었다. 이듬해 봄에 연수(連帥: 절도사) 진소유(陳少遊)는 광릉성(廣陵城) 축조를 논의하고 왕소의 옛집을 수용하면서 반값만 지급했다. 또 흙을 운반할 삼태기가 필요하자 삼태기 하나에 30문(文)을 쳐주었는데, 계산해 보니 7~8만 냥이 되었다. 이렇게 해서 왕소는 비로소 하동에 집을 샀다. 하루는 신무(神巫)가 포구낭을 따르지 않고 스스로 와서 말했다.

"저는 성이 손(孫)이고 이름이 사아(思兒)이며 파릉(巴陵)에 기거하고 있습니다. 포구낭에게 돈을 빚졌는데 이제 이미 다 갚았기에 포구낭과 헤어지고 돌아가야 하므로 작별을 고하러 왔습니다."

그 모습은 보이지 않고 말소리만 들렸다. 두씨는 신무가 도모한 일에 감사하며 그를 붙잡아 머물게 하면서 "내가 너를 아들로 삼아 키우겠다"라고 말했다. 그러자 손사아는 기뻐하며 작은 종이 집 하나를 만들어 안채 처마 밑에 놓아두고 식사 때마다 먹을 것을 조금만 달라고 청했다. 달포쯤 지났을 때 가을바람에 비가 흩뿌리자 한밤중에 손사아가 길게 탄식했더니 두씨가 말했다.

"너와 모자지간이 되었으니, 안팎을 가릴 게 뭐 있겠느냐? 내 침상맡의 궤짝 위에서 지내면 되겠느냐?"

손사아는 또 기뻐했다. 두씨에게 두 딸이 있었는데 모두 절세미인이었다. 손사아는 그날 밤에 거처를 옮겨 들어가서 두 누나에게 문안을 여쭈고 절을 올렸다. 큰딸은 장난을 좋아해서 손사아에게 말했다.

"누나가 너에게 신부 하나를 찾아 주겠다."

그러고는 종이에 한 여자를 그렸는데, 옷에 색칠할 때 손사아가 말했다.

"작은누나처럼 단장해 주세요."

큰딸이 또 장난으로 말했다.

"너의 뜻대로 해 주마."

그날 밤에 손사아는 마치 누군가와 마주하고 있는 듯 말하고 웃더니 말했다.

"신부가 두 시누이에게 인사 올립니다."

왕소의 사촌 여동생은 한씨(韓氏) 집안으로 시집가서 남쪽 둑에 살고 있었는데, 바로 얼마 전에 아이를 낳았다. 그래서 왕소의 두 딸은 수놓은 신발을 만들어 보내려고 했다. 막하녀에게 신발을 포장하게 했더니 손사아가 그것을 보고 웃었다. 두 딸이 무슨 일로 웃느냐고 물었더니 손사아가 대답했다.

"저는 한쪽 다리가 부어올라 수놓은 신발을 신기 어렵습니다."

두씨는 그때부터 손사아를 꺼렸는데, 손사아는 이미 그 사실을 알고 있었다. 다시 며칠 후에 손사아는 작별을 고하며 말했다.

"잠시 파릉으로 돌아가려 합니다. 두 누나 덕분에 신부도 얻었으니 같이 데려가겠습니다. 청하건대 2척 길이의 배 한 척을 만들어 주시고, 또 누나들에게 향불을 들게 해서 양자강(揚子江)까지 전송해 주신다면 더 바랄 게 없겠습니다!"

두씨는 손사아의 청을 따랐다. 두 딸은 또 손사아 부부가 마주 보고 있는 모습을 그린 비단 한 폭을 주고 작은 배를 전송하며 작별 인사를 했다. 손사아가 떠난 뒤에 두 딸은 모두 마치 혼이 나간 사람 같았다. 2년 뒤에 큰딸은 외사촌 오빠에게 시집갔는데, 혼례를 올리던 날 밤에 휘장 문에서 죽었다. 촛불로 비춰 보았더니 그 모습이 마치 누런 나뭇잎 같았다. 작은딸도 시집가자마자 언니처럼 되었다. 미: 꼬마 귀신과는 인연을 맺어서는 안 된다.

왕기(王琪)가 서주자사(舒州刺史)로 있을 때 휘하 군리(軍吏) 방(方) 아무개의 집에 갑자기 귀신이 내려와서 스스로 말했다.

"나는 성이 두씨(杜氏)이고 나이는 스무 살이며 광릉(廣陵) 부자의 아들로, 통사교(通泗橋)의 서쪽에 살고 있습니다. 나는 전생에 당신에게 돈 10만 냥을 빚졌는데, 지금 저승에서 나에게 귀신이 되어 당신에게 이 빚을 갚으라 했습니다."

그리하여 귀신은 사람들을 위해 화복을 점쳐 주었는데, 대부분 들어맞았다. 방 아무개는 집이 가난해서 왕기에게 진장(鎭將) 자리 하나를 마련해 달라고 고하려 하면서 귀신에게 물었다.

"내가 바라는 바를 얻을 수 있겠는가?"

귀신이 말했다.

"알겠습니다. 내가 물어보겠습니다."

한참 후에 귀신이 와서 말했다.

"틀림없이 얻을 것입니다. 그 진의 이름 가운데 한 글자는 정방형인데 다른 것은 알 수 없습니다."

얼마 후에 방 아무개는 쌍항진장(雙港鎭將) 자리를 얻자, 귀신의 말이 들어맞지 않았다고 생각했다. 그런데 방 아무개가 부임하기 전에 갑자기 왕기가 그에게 말했다.

"방금 군첩(軍牒)을 받았는데 군중에서 이미 한 사람을 쌍항진장으로 삼았다고 하니, 내 지금 자네를 환구진장(皖口鎭將)으로 삼겠네."

결국 귀신의 말대로 되었다. 그로부터 1년 남짓 뒤에 귀신이 갑자기 말했다.

"나는 당신에게 진 빚을 충분히 갚았습니다."

귀신은 작별을 고하고 떠나더니 마침내 더 이상 나타나지 않았다. 방 아무개가 나중에 광릉에 가서 두씨를 찾아가 그 자제에 대해 물었더니 두씨가 말했다.

"내 둘째 아들이 갑자기 병이 나서 마치 미친 사람 같더니, 1년 남짓 뒤에 병이 나았습니다."

평 : 돈을 빚지면 반드시 갚아야 하는 것이 저승의 도리다. 하지만 귀신이 되어 갚기도 하고, 사람이 되어 갚기도 하며, 심지어 가축이 되어 갚기도 하니, 어찌하여 그 경우가 다른가? 혹시 빚진 사람의 선악이 달라서일까? 아니면 빚지게 된 까닭이 달라서일까? 《법원주림(法苑珠林)》에 다음과 같은 고사가 실려 있다. 수(隋)나라 때 경복생(耿伏生)의 어머니 장씨(張氏)가 남편의 눈을 피해 비단 두 필을 딸에게 주었다. 장씨는 죽어서 암퇘지로 변해 그의 집에 태어났는데, 나중에 새끼 두 마리를 낳아 경복생이 다 잡아먹고 나서는 더 이상 새끼를 낳지 않았다. 그래서 경복생이 백정을 불러 암퇘지를 팔려고 했더니 암퇘지가 동자승을 향해 사람 말로 말하길, "빚을 이미 다 갚았으니 나를 팔지 말아 다오!"라고 했다. 대저 남편의 재물을 함부로 쓴 것은 진실로 온당한 도리는 아니지만, 어머니가 아들에게 빚을 갚은 것을 교훈으로 삼을 수 있겠는가? 이는 필시 경복생의 자매를 싫어한 자가 지어낸 얘기일 뿐이다.

建中三年, 前楊府功曹王愬, 自冬調選, 至四月, 寂無音書. 其妻扶風竇氏, 憂甚, 召女巫包九娘卜之. 九娘設香水訖, 俄聞空間有一人下. 九娘曰："三郎來, 眉：三郎者金天神也. 看功曹何事. 無信, 早晚合歸?" 經數刻, 忽空中宛轉而下, 至九娘喉中, 曰："阿郎且歸, 甚平安. 今日在西市絹行擧錢, 共四人長行. 緣選場用策子, 被人告, 所以不得見官." 五月二十三日初明, 愬果歸, 寶氏甚喜. 坐訖, 便問："君何故用策子, 令選事不成? 又於某月日西市擧錢, 共四人長行." 愬自以不附書, 愕然驚異. 妻逡話女巫之事, 卽令召巫來. 曰："勿憂. 來年必得好官. 今日西北上有人牽二水牛, 患脚, 可勿爭價買取. 旬月間, 應得數倍利." 至時, 果有人牽跛牛過, 卽以四千買. 經六七日, 甚肥壯, 足亦愈. 同曲磨家, 二牛暴死, 卒不可市, 遂以十五千求買. 初愬宅在慶雲寺西, 巫忽曰："可速賣此宅." 如言貨之, 得錢十五萬. 又令於河東暫僦一宅, 貯一年已來儲, 然後買竹, 作粗籠子, 可盛五六斗者, 積之不知其數. 明年春, 連帥陳少遊議築廣陵城, 取愬舊居, 給以半價. 又運土築籠, 每籠三十文, 計貲七八萬. 始於河東買宅. 神巫不從包九娘而自至, 曰："某姓孫, 名思兒, 寄住巴陵. 欠包九娘錢, 今已償足, 與之別歸, 故來辭耳." 不見形, 但聞其言. 寶氏感其所謀, 留之且住, "吾養汝爲兒." 思兒喜, 乞作一小紙屋, 安於堂櫩, 每食時, 與少食. 月餘, 遇秋風飄雨, 中夜長嘆, 寶氏乃曰："與汝爲母子, 何所中外? 向吾床頭櫃上安居, 可乎?" 思兒又喜. 寶有二女, 皆國色. 是夕移入, 便問拜兩姊. 長女好戲, 因謂曰："姊與爾索一新婦." 於是紙畫一女, 及布彩繢, 思兒曰："請如小姊裝." 其女亦戲曰："依爾意." 其夜言笑, 如有所對, 卽云："新婦參二姑姑." 愬堂妹事韓家, 住南堰, 新有分娩. 二女作繡鞋, 欲遣之. 方命靑衣裝, 思兒笑. 二女問笑何事, 答曰："孫兒一足腫, 難着繡鞋." 寶氏始惡之, 思兒已知. 更數日, 乃告辭, 云："且歸巴陵. 蒙二姊與娶新婦, 便欲將去. 乞造一船子, 長二尺, 令姊監將香火, 送至揚子江, 爲幸足矣!" 竇氏從其請. 二女又與一幅絹, 畫其夫妻相對, 送小船上拜別. 自其去也, 二女皆若神不足者. 二年, 長女嫁外兄, 親禮夜, 卒於帳門. 以燭照之, 其形若黃葉. 小女初嫁, 亦如其姊. 眉: 小鬼頭不可與作因緣乃爾.

王琪爲舒州刺史, 有軍吏方某家, 忽有鬼降, 自言: "姓杜, 年二十, 廣陵富家子, 居通泗橋之西. 前生欠君錢十萬, 今地府使我爲神, 償君此債." 因爲人占禍福, 多中. 方以家貧告琪求爲一鎭將, 因問鬼: "吾所求可得否?" 鬼曰: "諾. 吾將問之." 良久乃至曰: "必得之. 其鎭名一字正方, 他不能識矣." 旣而得雙港鎭將, 以爲其言無驗. 未及之任, 忽謂方曰: "適得軍牒, 軍中令一人來爲雙港鎭將, 吾今以爾爲皖口鎭將." 竟如其言. 凡歲餘, 鬼忽言曰: "吾還君債足." 告別而去, 遂寂然. 方後至廣陵, 訪得杜氏, 問其弟子, 云: "吾第二子, 頃忽病, 如癡人, 歲餘愈矣."

評: 負錢必償, 冥道也. 然或爲神而償, 或更爲人而償, 甚則爲畜而償, 何其異歟? 豈負債之人善惡不同耶? 抑所以負之故亦異也? 至《法苑珠林》載: 隋時耿伏生母張氏避父, 將絹兩匹與女. 及死, 變作母猪, 生其家, 後產二㹠, 供伏生食訖, 遂不產. 伏生召屠出賣, 猪向童子作人言云: "還債已畢, 幸勿賣我!" 夫擅用夫財, 固非順道, 而母還子債, 可爲訓乎? 此必薄於姊妹者之造言耳.

* 이 고사는 《태평광기》 권363 〈요괴·왕소(王愬)〉, 권358 〈신혼(神魂)·서주군리(舒州軍吏)〉, 권439 〈축수(畜獸)·경복생(耿伏生)〉에 실려 있다.

56-26(1674) 귀신 나라
귀국(鬼國)
출《계신록》

[오대] 주량(朱梁 : 후량) 때 청주(靑州)의 어떤 상인이 항해하다가 폭풍을 만나 표류해 어느 한 곳에 이르렀는데, 저 멀리 산천과 성곽이 바라보였다. 선장이 말했다.

"지금까지 폭풍을 만난 이래로 이곳에 와 본 적은 없었소. 내가 듣기로 귀신 나라가 여기에 있다고 하던데 혹시 이곳이 아닐까요?"

잠시 후 배가 해안에 닿자 상인은 해안으로 올라가 성을 향해 갔다. 그곳의 집과 전답은 중국과 다르지 않았다. 상인은 만나는 사람마다 인사했지만 사람들은 모두 그를 보지 못했다. 미 : 소인은 군자의 품덕을 알지 못하고 군자는 소인의 속내를 헤아리지 못하니, 저승과 이승이 상반된 것도 이와 비슷하다. 성에 도착해 성문지기가 있기에 그에게 인사했으나 그 역시 응답하지 않았다. 성안으로 들어갔더니 집과 사람이 매우 많았다. 상인이 마침내 왕궁에 도착했더니 한창 성대한 연회가 열리고 있었는데, 연회에 참석한 신하들이 수십 명이었고 그들의 의관·기물·관현악기, 그리고 기타 장식품들은 대부분 중국과 비슷했다. 상인은 대전에 올라가서 몸을 숙이고 왕좌(王座) 가까이에서 왕을 쳐다보았다. 그런데 잠시 후 왕이 병이 났다며 좌우 시종들이 왕을 부축해 돌아가면서 급히 무당을 불러 왕을 살펴보게 했다. 무당이 도착해서 말했다.

"양지(陽地 : 이승)의 사람이 이곳에 와서 양기로 귀신을 핍박하기 때문에 왕께서 병이 나신 것입니다. 그 사람은 우연히 이곳에 왔으며 해코지할 마음이 없으니, 음식과 거마(車馬)를 준비해 사례하고 돌려보내 주면 될 것입니다."

그래서 즉시 술과 음식을 차리고 별실에 자리를 마련한 뒤, 무당과 여러 신하들이 모두 가서 제사 지내며 빌자, 상인은 탁자를 차지하고서 음식을 먹었다. 얼마 후 노복이 말을 몰고 도착하자 상인은 그 말을 타고 돌아갔다. 상인이 해안에 이르러 배에 오를 때까지 그 나라 사람들은 결국 상인을 보지 못했다. 상인은 다시 순풍을 만나 돌아갈 수 있었다.

朱梁時, 靑州有賈客, 泛海遇風, 飄至一處, 遠望有山川城郭. 海師曰 : "自遭風者, 未嘗至此. 吾聞鬼國在是, 得非此耶?" 頃之, 舟至岸, 因登岸, 向城而去. 其廬舍田畝, 不殊中國. 見人皆揖之, 而人皆不見己. 眉 : 小人不識君子之品, 君子不測小人之腹, 陰陽相反類如此. 至城, 有守門者, 揖之, 亦不應. 入城, 屋室人物甚殷. 遂至王宮, 正値大宴, 群臣侍宴者數十, 其衣冠・器用・絲竹・陳設之類, 多類中國. 客因升殿, 俯逼王坐以窺之. 俄而王有疾, 左右扶還, 亟召巫者視之. 巫至 : "有陽地人至此, 陽氣逼人, 故王病. 其人偶來耳,無心爲祟, 以飮食車馬謝遣之, 可矣." 卽具酒食, 設座於別室, 巫及其群臣, 皆來祀祝, 客據按而食. 俄有僕夫馭馬而至, 客亦乘馬而歸. 至岸登舟, 國人竟不見己. 復遇便風得歸.

* 이 고사는《태평광기》권353〈귀·청주객(青州客)〉에 실려 있다.

56-27(1675) 귀신 무덤

귀장(鬼葬)

출《흡문기(洽聞記)》

　　진주(辰州) 서포현(溆浦縣)에서 서쪽으로 40리 되는 곳에 귀장산(鬼葬山)이 있다. 황민(黃閔)의 《원천기(沅川記)》에서 이렇게 말했다.

　　"산속의 바위에 있는 관목(棺木)은 멀리서 보면 그 길이가 10여 장(丈)이나 되는데, '귀신을 묻은 무덤'이라 부른다. 노인들이 말하길, '귀신이 그 관을 만들었는데, 7일 동안 대낮이 어두워지고 오직 도끼와 끌 소리만 들렸다. 인가에서는 칼과 도끼 등의 기물이 감쪽같이 사라졌는데, 7일 만에 날이 개더니 잃어버렸던 기물이 모두 주인에게 돌아왔으며, 솥과 도끼에는 모두 기름이 번들번들하고 비린내가 났다. 사람들이 보았더니 그 관이 분명히 바위 언덕 가에 걸쳐져 있었다'라고 했다."

辰州溆浦縣西四十里, 有鬼葬山. 黃閔《沅川記》云: "其中岩有棺木, 遙望可長十餘丈, 謂鬼葬之墟. 故老云, 鬼造此棺, 七日晝昏, 唯聞斧鑿聲. 人家不覺失器物刀斧, 七日霽, 所失之物, 悉還其主, 鐺斧皆有肥膩腥臊. 見此棺儼然橫據岸畔."

* 이 고사는 《태평광기》 권351 〈귀·귀장〉에 실려 있다.

56-28(1676) 왕초
왕초(王超)
출《유양잡조》

[당나라] 대화(大和) 5년(831)에 복주(復州)의 의원 왕초는 침술에 뛰어나서 병자 중에 낫지 않는 사람이 없었다. 그는 죽었다가 하룻밤 뒤에 다시 살아나서 다음과 같이 얘기했다.

마치 꿈을 꾸듯 어느 곳에 도착했는데, 그곳의 성벽과 대각(臺閣)은 왕의 거처 같았다. 그곳에 누워 있던 한 사람이 왕초를 앞으로 불러들여 진맥하게 했는데, 그의 왼쪽 팔목에 술잔만 한 크기의 종기가 있었다. 그 사람이 왕초에게 치료하라고 하자, 왕초는 즉시 침을 놓아 한 되 남짓한 고름을 빼냈다. 그 사람은 누런 옷을 입은 관리를 돌아보며 말했다.

"모시고 가서 '필(畢)'을 구경시켜 드려라." 미 : 병이 나았는데도 제삿술을 땅에 붓지 않는 것을 은어(隱語)로 "시필(視畢)"이라 말할 수 있다.

왕초는 관리를 따라 한 문으로 들어갔는데, 그 문에는 "필원(畢院)"이라 쓰여 있었다. 그곳 뜰에는 사람 눈 수천 개가 산처럼 쌓여 있었는데, 자세히 들여다보았더니 그 눈들이 번갈아 끔벅일 때마다 밝아졌다 어두워졌다 했다. 누런 옷을 입은 관리가 말했다.

"이것이 바로 '필'입니다."

잠시 후 용모가 아주 훌륭하게 생긴 두 사람이 좌우로 나누어 서더니 커다란 부채를 부쳐 쌓여 있는 눈에 바람을 보냈는데, 부채질을 하자마자 어떤 눈은 날아가기도 하고 어떤 눈은 사람처럼 달려가기도 하면서 순식간에 모두 사라졌다. 미 : 몹시 기이하도다! 왕초가 그 까닭을 물었더니 누런 옷을 입은 관리가 말했다.

"생명이 있는 부류 중에서 먼저 죽은 것을 '필'이라 합니다."

왕초는 이렇게 말하는 사이에 갑자기 살아났다.

大和五年, 復州醫人王超善用針, 病無不差. 死經宿而甦, 言 : 如夢至一處, 城壁臺閣, 如王者居. 見一人臥, 召前脈視, 左髀有腫, 大如杯. 令超治之, 卽爲針出膿升餘. 顧黃衣吏曰 : "可領視畢也." 眉 : 病愈不酹醬, 廋語可云"視畢". 超隨入一門, 門署曰"畢院". 庭中有人眼數千, 聚成山, 視內迭瞬明滅. 黃衣曰 : "此卽畢也." 俄有二人, 形甚奇偉, 分處左右, 鼓巨箑, 吹激聚眼, 扇而起, 或飛或走爲人者, 頃刻而盡. 眉 : 大奇! 超訪其故, 黃衣曰 : "有生之類, 先死爲畢." 言次忽活.

* 이 고사는《태평광기》권349〈귀・왕초〉에 실려 있다.

56-29(1677) 갓 죽은 귀신

신귀(新鬼)

출《유명록(幽明錄)》

갓 죽은 귀신이 있었는데, 몸이 수척하고 피곤에 지쳐 있었다. 한번은 생전의 친구를 문득 만났는데, 그 친구는 죽은 지 20년이나 되었지만 살이 찌고 건강했다. 서로 안부를 묻고 나서 친구가 말했다.

"자네는 어찌 이 모양인가?"

신참 귀신이 말했다.

"나는 배가 고파서 거의 견딜 수가 없네. 자네는 먹을 것을 얻는 여러 방법을 알고 있을 것이니 당연히 나에게 가르쳐 주어야 하네."

친구 귀신이 말했다.

"그거야 아주 쉬운 일이네. 괴이한 짓을 해서 사람들을 두렵게 만들면 틀림없이 자네에게 음식을 줄 걸세."

그래서 신참 귀신이 큰 마을의 동쪽으로 들어갔더니 부처를 신봉하며 정진하는 한 집이 있었는데, 그 집의 서쪽 행랑채에 맷돌이 있었다. 신참 귀신은 곧장 가서 사람이 하는 것처럼 그 맷돌을 돌렸다. 그랬더니 집주인이 자식들에게 말했다.

"부처님께서 우리 집이 가난한 것을 불쌍히 여기시어 귀신에게 맷돌을 돌리게 하시나 보구나!"

그러고는 보리를 날라다 맷돌에 부었다. 신참 귀신은 저녁까지 여러 곡(斛)의 보리를 갈고 피곤에 지쳐서 떠났다. 신참 귀신은 친구 귀신에게 욕했다.

"자네는 어찌하여 날 속였는가?"

친구 귀신이 말했다.

"한 번만 더 가 보면 틀림없이 음식을 얻게 될 걸세."

신참 귀신은 다시 마을의 서쪽으로 가서 한 집으로 들어갔는데, 그 집은 도교를 신봉하고 있었고 문 옆에 디딜방아가 있었다. 신참 귀신은 곧장 그 위로 올라가서 사람이 하는 것처럼 방아를 찧었다. 그러자 집주인이 말했다.

"어제는 귀신이 아무개를 도와주었다더니 오늘은 또 날 도와주려고 왔으니, 곡식을 가져와 빻게 해야겠군."

그러고는 또 하녀에게 곡식을 키질하고 체로 치게 했다. 저녁이 되어 신참 귀신은 힘이 빠져 몹시 피곤했지만 집주인은 그에게 음식을 주지 않았다. 신참 귀신은 저물녘에 돌아와 친구 귀신에게 버럭 화를 내며 말했다.

"나는 자네와 교분이 두텁기로 다른 사람에 비할 바가 아닌데, 어찌하여 날 속였는가? 이틀 동안 사람을 도와주었지만 음식 한 그릇도 얻어먹지 못했네."

친구 귀신이 말했다.

"자네는 운이 없었을 뿐이네. 그 두 집은 불교와 도교를 신봉하기 때문에 본디 그들을 놀라게 하기가 어려웠네. 이번에는 일반 백성의 집을 찾아가서 괴이한 짓을 부리면 반드시 음식을 얻게 될 걸세."

신참 귀신은 다시 나가서 한 집을 찾았는데, 대문 입구에 대나무 장대가 세워져 있었다. 문 안으로 들어가서 보았더니 한 무리의 여자들이 창 앞에서 함께 식사하고 있었다. 신참 귀신이 뜰 안으로 들어갔더니 흰 개 한 마리가 있어, 곧장 그 개를 안고 개가 공중을 다니는 것처럼 했다. 그러자 그 집 식구들이 크게 놀라며 말했다.

"지금껏 이런 괴이한 일은 없었다!"

그래서 무당에게 점을 치게 했더니 무당이 말했다.

"어떤 객귀(客鬼)가 음식을 구하고 있으니, 개를 잡고 맛있는 과일과 술과 밥을 차려 뜰에서 제사를 지내면 별 탈 없을 것입니다."

그 집에서 무당의 말대로 해서 신참 귀신은 과연 배불리 먹을 수 있었다. 그 후로 신참 귀신은 늘 괴이한 짓을 했는데, 이는 친구 귀신이 가르쳐 준 것이었다. 협 : 주된 뜻이다.

평 : 이 조의 고사는 아마도 재물을 취하는 방법을 가르쳐 준 자 때문에 나온 것 같다. 그렇지 않다면 귀신이 누구에게 이 일을 말했고 또 어디에서 이 일을 알았겠는가?

有新死鬼, 形疲瘦頓. 忽見生時友人, 死及二十年, 肥健. 相問訊曰: "卿那爾?" 曰: "吾饑餓, 殆不自任. 卿知諸方便, 法當見敎." 友鬼云: "此甚易耳. 但作怪怖人, 當與卿食." 新鬼往入大墟東頭, 有一家奉佛精進, 屋西廂有磨. 鬼就推此磨, 如人推法. 此家主語子弟曰: "佛憐吾家貧, 令鬼推磨!" 乃輦麥與之. 至夕, 磨數斛, 疲頓乃去. 遂罵友鬼: "卿那誑我?" 又曰: "但復去, 自當得也." 復從墟西頭入一家, 家奉道, 門旁有碓. 此鬼便上碓, 如人舂狀. 此人言: "昨日鬼助某甲, 今復來助吾, 可輦穀與之." 又給婢簸篩. 至夕, 力疲甚, 不與鬼食. 鬼暮歸, 大怒曰: "吾與卿交厚, 非他比, 如何見欺? 二日助人, 不得一甌飲食." 友鬼曰: "卿自不偶耳. 此二家奉佛事道, 情自難動. 今去可覓百姓家作怪, 則無不得." 鬼復去, 得一家, 門首有竹竿. 從門入, 見有一群女子, 窗前共食. 至庭中, 有一白狗, 便抱令空中行. 其家見之大驚, 言: "自來未有此怪!" 占云: "有客鬼索食, 可殺狗, 並甘果酒飯, 於庭中祀之, 可得無他." 其家如師言, 鬼果大得食. 自此後恒作怪, 友鬼之敎也. 夾: 主意.

評: 此條似爲發縱取財者而發. 不然, 鬼向誰說, 從何知之?

* 이 고사는 《태평광기》 권321 〈귀·신귀〉에 실려 있다.

56-30(1678) 송정백

송정백(宋定伯)

출《열이전(列異傳)》

　　남양(南陽) 사람 송정백이 젊었을 때 밤길을 가다가 귀신을 만났다. 송정백이 누구냐고 물었더니 귀신이 말했다.
　"나는 귀신이오."
　귀신이 물었다.
　"그대는 또 뉘시오?"
　송정백이 귀신을 속여 말했다.
　"나도 귀신이오."
　귀신이 물었다.
　"어디로 가려 하시오?"
　송정백이 대답했다.
　"완시(宛市)로 가려 하오."
　귀신이 말했다.
　"나도 완시로 가려 하오."
　그리하여 함께 몇 리를 가다가 귀신이 말했다.
　"걸음걸이가 너무 느리니 서로 번갈아 업어 주기로 하면 어떻겠소?"
　송정백이 말했다.

"그거 좋소!"

귀신이 먼저 송정백을 업고 몇 리를 갔는데 귀신이 말했다.

"그대는 너무 무거우니 귀신이 아닌 것 같소."

송정백이 말했다.

"나는 신참 귀신이기 때문에 몸이 무거울 뿐이오."

이번에는 송정백이 귀신을 업었는데 귀신은 거의 무게가 느껴지지 않았다. 이렇게 두세 차례 번갈아 업어 주었다. 송정백이 다시 말했다.

"나는 신참 귀신인지라 귀신이 꺼리는 것이 무엇인지 모르오."

귀신이 대답했다.

"오직 사람의 침을 좋아하지 않소." 미 : 지금 습속에 꺼리는 것을 보면 바로 침을 뱉는 데에는 그 유래가 있다.

그리하여 함께 가다가 도중에 물을 만났는데, 송정백은 귀신에게 건너가라고 한 뒤 들어 보았더니 물소리가 전혀 나지 않았다. 이번에는 송정백이 스스로 물을 건너갔는데 귀신이 다시 말했다.

"그대는 어째서 소리가 나는 것이오?"

송정백이 말했다.

"갓 죽어서 물을 건너는 데 익숙하지 않기 때문에 그렇소."

장차 완시에 도착할 즈음에 송정백은 곧바로 귀신을 들어 올려 어깨 위에 놓고 꽉 붙잡았다. 귀신이 크게 소리치며 꽥꽥 소리를 내면서 내려 달라고 요구했으나 송정백은 들어주지 않았다. 송정백이 곧장 완시로 가서 귀신을 땅에 내려놓았더니 한 마리 양으로 변하자, 바로 그것을 팔았으며 또 그것이 변신할까 걱정해 침을 뱉었다. 그리고는 돈 1500냥을 받고 떠났다. 미 : 송정백은 속임수가 심했지만 또한 다행히도 어리석은 귀신을 만났다. 당시에 이런 말이 있었다.

"정백이 귀신을 팔아 1500냥을 벌었다네."

南陽宋定伯, 年少時, 夜行逢鬼. 問之, 鬼言 : "我是鬼也." 鬼問 : "汝復誰?" 定伯誑之, 言 : "我亦鬼." 鬼問 : "欲至何所?" 答曰 : "欲至宛市." 鬼言 : "我亦欲至宛市." 遂行數里, 鬼言 : "步行太遲, 可共遞相擔, 何如?" 定伯曰 : "大善!" 鬼便先擔定伯數里, 鬼言 : "卿太重, 不似鬼." 定伯言 : "我新鬼, 故身重耳." 定伯因復擔鬼, 鬼略不重. 如其再三. 定伯復言 : "我新鬼, 不知鬼有何所惡忌." 鬼答言 : "唯不喜人唾." 眉 : 今俗見忌物輒唾, 有本. 於是共行, 道遇水, 定伯令鬼渡, 聽之, 了無水音. 定伯自渡, 鬼復言 : "卿何以有聲?" 定伯曰 : "新死, 不習渡水, 故爾." 將至宛市, 定伯便擔鬼著肩上, 急持之. 鬼大呼, 聲咋咋然, 索下, 不復聽之. 徑至宛市中, 下著地, 化爲一羊, 便賣之, 恐其變化, 唾之. 得錢千五百, 乃去. 眉 : 定伯譎甚, 亦幸值愚鬼耳. 當時有言 : "定伯賣鬼, 得錢千五."

* 이 고사는 《태평광기》 권321 〈귀·송정백〉에 실려 있다.

56-31(1679) 측간 귀신

측귀(廁鬼)

출《유명록》

완덕여[阮德如 : 완간(阮侃)]가 한번은 측간에서 한 귀신을 보았는데, 키가 1장(丈)이 넘고 시커먼 얼굴과 부리부리한 눈에 하얀 홑옷을 입고 평상책(平上幘)을 쓰고서 바로 지척 간에 있었다. 완덕여는 마음을 가라앉히고 천천히 웃으면서 말했다.

"사람들이 귀신은 징그럽다고 하더니 정말 그렇구나!"

귀신은 얼굴을 붉히며 물러갔다.

阮德如嘗於廁見一鬼, 長丈餘, 色黑而眼大, 著白單衣, 平上幘, 去之咫尺. 德如心安氣定, 徐笑謂曰 : "人言鬼可憎, 果然!" 鬼赧而退.

* 이 고사는 《태평광기》권321 〈귀·완덕여(阮德如)〉에 실려 있다.

56-32(1680) 학질 귀신

학귀(瘧鬼)

출《녹이전(錄異傳)》

소공(邵公)은 학질을 앓고 있었는데, 1년이 지나도록 낫지 않았다. 후에 소공은 혼자 별장에 있었는데, 학질이 발작할 때 어린아이 몇 명이 나타나 자신의 손과 발을 잡고 있는 것을 보았다. 그래서 소공은 눈을 감은 척하다가 갑자기 일어나 한 아이를 잡았더니, 그 아이는 누런 익조(鷁鳥)로 변했고 나머지 아이들은 모두 달아났다. 소공은 익조를 묶어서 집으로 돌아와 창에 매달아 놓고 장차 죽여서 잡아먹으려 했다. 날이 밝자 익조는 어디론가 사라지고 없었고, 학질도 마침내 나았다. 당시에 학질을 앓는 사람들은 그저 "소공"을 부르기만 하면 곧바로 나았다.

邵公者, 患瘧, 經年不差. 後獨在墅居, 瘧作之際, 見有數小兒, 持公手足. 公因陽瞑, 忽起, 捉得一小兒, 化成黃鷁, 其餘皆走. 仍縛以還家, 懸於窗, 將殺食之. 及曙, 失鷁所在, 而瘧遂愈. 於時有患瘧者, 但呼"邵公"卽差.

* 이 고사는《태평광기》권318〈귀·소공(邵公)〉에 실려 있다.

56-33(1681) 앙살 귀신

상살귀(喪煞鬼)

출《계신록》·《원화기(原化記)》

팽호자(彭虎子)는 젊고 근력이 셌으며 늘 귀신은 없다고 말했다. 그의 어머니가 죽자 무당이 그에게 앙살(殃煞)15)을 피하라고 했는데, 그날이 되자 식구들은 모두 집을 나갔고 팽호자 혼자만 남아 있었다. 밤중에 어떤 사람이 문을 밀고 들어와 집의 동쪽과 서쪽을 다니면서 사람을 찾았으나 찾지 못하자, 다음으로 방을 향해 다가왔다. 팽호자는 당황하며 어쩔 줄을 모르다가 침상맡에 이전부터 있던 항아리 하나를 보고 곧장 그 속으로 들어가서 널빤지로 머리를 덮었는데, 어머니가 널빤지 위에 있는 것 같았다. 어떤 사람이 물었다.

"널빤지 밑에 사람이 없소?"

어머니가 말했다.

"없습니다."

그러자 그 사람은 무리를 이끌고 떠났다.

[당나라] 대력(大曆) 연간(766~779)에 위방(韋滂)이라

---

15) 앙살(殃煞) : 사람이 죽으면 그 혼백이 변해 '살'이라는 흉신(凶神)이 된다고 한다.

는 선비는 힘이 다른 사람보다 훨씬 세서 밤길을 가면서도 두려워하지 않았다. 또 말타기와 활쏘기에 뛰어나 매번 활과 화살을 가지고 다녔으며, 새나 짐승을 잡아서 삶거나 구워 먹을 뿐만 아니라 뱀·지렁이·쇠똥구리·땅강아지 같은 것도 보는 즉시 잡아먹었다. 한번은 도성에서 저녁에 길을 나섰는데, 통금을 알리는 북소리는 끝나 가고 찾아갈 곳은 아직 멀어서 하룻밤 묵기를 청하려면 어디로 가야 할지 막막하기만 했다. 그때 문득 보았더니, 시장 안 어떤 집의 사람들이 옮겨 가려고 집을 나서면서 막 문을 잠그려고 했다. 위방이 하룻밤 묵어가게 해 달라고 청하자 주인이 말했다.

"이웃집에 초상이 났는데, 세간에서는 방살(妨殺 : 살기를 피함)해야 한다고 합니다. 그래서 지금 식구들을 데리고 가까운 친척 집에 피해 있으려 하니, 감히 당신에게 누를 끼칠 수 없습니다."

위방이 말했다.

"단지 하룻밤 묵는 것을 허락해 준다 해서 무슨 해가 되겠습니까? 귀신을 죽이는 일은 내가 스스로 감당하겠습니다."

그러자 주인은 마침내 위방을 데리고 집으로 들어가서 당(堂)과 부엌을 열어 주고 침상을 보여 주었다. 위방은 하인에게 말을 마구간에서 쉬게 하고 부엌에 들어가서 음식을 차려 오게 했다. 식사를 마치고 나서 위방은 하인을 별실에서 묵게 하고 자신은 당에 침상을 폈다. 그러고는 양쪽 문을 열어 놓고 등촉을 끄고 활을 잡아당긴 채 앉아서 동태를 살폈다. 삼경(三更)이 끝나 갈 무렵에 문득 보았더니, 커다란 쟁반만 한 불빛 하나가 공중에서 날아오더니 대청 북쪽 문 아래로 내려왔는데, 마치 불빛처럼 환하게 빛났다. 위방은 그것을 보고 매우 기뻐하며 어둠 속에서 활을 팽팽히 당겨 쏘았다. 화살 하나가 명중하자 뭔가 터지는 듯한 소리가 나면서 불빛이 질질 끌며 움직이는 듯하더니, 위방이 연달아 세 발을 쏘자 불빛이 점점 희미해지다가 더 이상 움직이지 못했다. 위방이 활을 들고 곧장 가서 화살을 뽑자 빛을 발하던 물체가 땅으로 떨어졌다. 위방이 하인을 불러 불을 가져와 비춰 보게 했더니 다름 아닌 하나의 고깃덩어리였다. 그 고깃덩어리는 사방에 눈이 있었는데, 눈을 몇 번 껌벅일 때마다 빛이 났다. 위방이 웃으며 말했다.

"귀신을 죽이겠다던 말이 과연 헛되지 않았군!"

그러고는 하인에게 그 고기를 삶게 했는데, 고기 맛과 향기가 지극히 좋았다. 완전히 푹 익히게 한 다음에 썰어서 채소에 버무려 먹었더니 더욱 향기롭고 맛있었다. 위방은 그것을 하인에게 나눠 주고 반을 남겨 두었다가 집주인에게 주기로 했다. 날이 밝은 후에 주인은 집으로 돌아와서 위생(韋生: 위방)을 보고 그가 아무 탈 없는 것을 기뻐했다. 위방이 귀신을 죽인 일을 말해 주고 남겨 두었던 고기를 바쳤더니 주인은 경탄해 마지않았다.

彭虎子, 少壯有膂力, 常謂無鬼神. 母死, 俗巫使避殃煞, 至日合家悉出, 虎子獨留. 夜中, 有人排門入, 至東西屋, 覓人不得, 次向廬室中. 虎子遑遽無計, 床頭先有一甕, 便入其中, 以板蓋頭, 覺母在板上. 有人問 : "板下無人耶?" 母云 : "無." 相率而去.

大曆中, 士人韋滂, 膂力過人, 夜行不懼. 善騎射, 每以弓矢自隨, 非止取鳥獸烹炙, 至於蛇蝎‧蚯蚓‧蛣螂‧螻蛄之類, 見則食之. 嘗於京師暮行, 鼓聲向絶, 主人尙遠, 將求宿, 不知何詣. 忽見市中有移家出宅者, 方欲鎖門. 滂求寄宿, 主人曰 : "鄰家有喪, 俗云妨殺. 今將家口於側近親故家避之, 不敢相累也." 韋曰 : "但許寄宿, 何害? 殺鬼吾自當之." 主人遂引韋入宅, 開堂廚, 示以床榻. 滂令僕使歇馬槽上, 入廚具食. 食訖, 令僕夫宿於別屋, 滂列床於堂. 開其雙扉, 息燭張弓, 坐以伺之. 至三更欲盡, 忽見一光, 如大盤, 自空飛下廳北門扉下, 照曜如火. 滂見尤喜, 於闇中, 引滿射之. 一箭正中, 爆然有聲, 火乃掣掣如動, 連射三箭, 光色漸微, 已不能動. 携弓直往拔箭, 光物墮地. 滂呼奴, 取火照之, 乃一團肉. 四向有眼, 眼數開動, 卽光. 滂笑曰 : "殺鬼之言, 果不虛也!" 乃令奴烹之, 而肉味馨香極甚. 煮令過熟, 乃切割, 爲䪞啖之, 尤覺芳美. 乃沾奴僕, 留半呈主人. 至明, 主人歸, 見韋生, 喜其無恙. 韋乃說得殺鬼, 獻所留之肉, 主人驚嘆而已.

* 이 고사는 《태평광기》 권318 〈귀‧팽호자(彭虎子)〉, 권363 〈요괴‧위방(韋滂)〉에 실려 있다.

권57 귀부(鬼部)

귀(鬼) 2

이 권은 대부분 신령한 자취와 문무의 영험한 귀신을 실었다.

此卷多載靈跡及文武有靈鬼.

57-1(1682) 조 공의 배

조공선(曹公船)

출《광오행기(廣五行記)》

유수구(濡須口)에 커다란 배가 있는데, 배가 뒤집혀 물속에 있으며 물이 얕을 때면 그 모습을 드러냈다. 노인이 말했다.

"이것은 조 공의 배다."

한번은 어떤 어부가 밤에 그 옆에서 자면서 자신의 배를 그 배에 묶어 두었다. 그런데 피리와 금(琴)을 연주하면서 노래하는 소리가 들렸고, 또 특이한 향기가 풍겨 왔다. 어부가 막 잠들었을 때 꿈속에 한 사람이 나타나 그를 내쫓으며 말했다.

"관기(官妓)에게 접근하지 마라."

전해 오는 말에 따르면, 조 공이 기녀를 배에 싣고 가다가 이곳에서 전복되었다고 하는데, 지금도 그곳에 있다.

濡須口有大船, 船覆在水中, 水小時便出見. 長老云 : "是曹公船." 常有漁人夜宿其旁, 以船繫之. 但聞笋笛弦歌之音, 又香氣非常. 漁人始得眠, 夢人驅遣云 : "勿近官妓." 傳云曹公載妓船覆於此, 至今在焉.

* 이 고사는《태평광기》권322〈귀 · 조공선〉에 실려 있다.

57-2(1683) 하후현

하후현(夏侯玄)

출《이원(異苑)》

　하후현이 사마경왕[司馬景王 : 사마사(司馬師)]에게 주살당하자, 그의 친족들이 그를 위해 제사를 지냈다. 그때 홀연히 하후현이 나타나 영좌(靈座)로 오더니 자신의 머리를 떼어 내 옆에 두고는 과일·생선·술·고기 따위를 모두 거둬 목 안에 집어넣고 나서 스스로 머리를 도로 붙였다. 그러고는 잠시 후에 말했다.

　"내가 상제께 청원을 올렸으니 사마자원(司馬子元 : 사마사)은 후사가 없을 것이다."

夏侯玄被司馬景王所誅, 宗人爲設祭. 見玄來靈座, 脫頭於邊, 悉斂果魚酒肉之屬, 以內頸中畢, 還自安其頭. 旣而言曰 : "吾得請於帝矣, 子元無嗣也."

* 이 고사는《태평광기》권317〈귀·하후현〉에 실려 있다.

57-3(1684) 왕필

왕필(王弼)

출《이원》

　왕필은《주역(周易)》에 주를 달면서 번번이 [일찍이《주역》을 주석한 한나라의] 정현(鄭玄)을 비웃으며 말했다.

　"늙은이가 생각도 없군!"

　어느 날 밤에 갑자기 바깥문에서 나막신 끄는 소리가 들리더니, 금세 누군가가 들어와 자신을 정현이라고 하면서 왕필을 꾸짖었다.

　"그대는 젊은데 어찌하여 문구에 천착하면서 선배를 망령되이 헐뜯는가?"

　그 사람은 얼굴 가득 노기를 띤 채 물러갔다. 왕필은 그 일을 꺼림칙해했는데, 나중에 돌림병에 걸려 죽었다. 미 : 삼교(三敎)가 병존해도 무방한데, 선배를 어찌 경멸할 수 있겠는가?

　육기(陸機)가 처음 낙양(洛陽)에 들어갈 때, 하남(河南)에 머물렀다가 언사현(偃師縣)으로 들어갔다. 때는 저녁이라 어둑어둑했는데, 길가를 보았더니 민가가 있는 것 같아서 그곳에 투숙했다. 그곳에서 단아한 풍모에 심원한 기품을 지닌 한 젊은이를 만났는데, 육기와 함께 담론한 젊은이는 현묘한 이치를 깊이 터득하고 있었다. 육기는 마음속으로 그의 재능에 탄복하면서 그에게 맞대응할 수 없다고 생각했다. 날이 밝자 육기가 그곳을 떠나 여관에서 말을 풀었더니 여관 할멈이 말했다.

"여기서 동쪽으로 10여 리에는 마을은 없고 산양(山陽) 왕씨(王氏) 집안의 무덤만 있을 뿐입니다."

육기가 그곳으로 가서 살펴보았더니, 빈 들판에 비구름이 짙게 끼었고 아름드리나무가 해를 가리고 있었다. 육기는 그제야 자신이 어제 만났던 젊은이가 정말로 왕필이었음을 알았다.

王弼注《易》, 輒笑鄭玄云: "老奴無意!" 於時夜分, 忽聞外閤有屐聲, 須臾便進, 自稱鄭玄, 責之曰: "君少, 何以穿鑿文句, 妄詆先輩?" 忿色而退. 弼惡之, 後遇癘而卒. 眉: 三教不妨並存, 先輩何可輕?

陸機初入洛, 次河南, 入偃師. 時陰晦, 望道左, 若有民居, 因投宿. 見一少年, 神姿端遠, 與機言論, 妙得玄微. 機心伏其能, 無以酬抗. 旣曉便去, 稅驂逆旅, 逆旅嫗曰: "此東十數里無村落, 有山陽王家冢耳." 機往視之, 空野霾雲, 拱木蔽日. 方知昨所遇者, 信王弼也.

* 이 고사는 《태평광기》 권317 〈귀 · 왕필〉, 권318 〈귀 · 육기(陸機)〉에 실려 있는데, 〈왕필〉의 고사는 출전이 빠져 있다.

57-4(1685) 소소

소소(蘇韶)

출'왕은(王隱)《진서(晉書)》'

　소소는 자가 효선(孝先)이며 안평(安平) 사람으로, 벼슬이 중모현령(中牟縣令)에 이르렀다가 죽었다. 그의 백부 소승(蘇承)이 남중랑군사(南中郎軍司)로 있다가 죽자, 아들들이 상여를 모시고 돌아오다가 양성(襄城)에 이르렀는데, 소승의 아홉째 아들 소절(蘇節)이 밤에 꿈에서 행렬이 매우 엄숙한 의장대를 보았다. 소절은 그 행렬에서 소소를 보았는데, 소소가 소절을 불러오게 해서 말했다.

　"너는 의장대를 범했으니 그 죄는 마땅히 곤형(髡刑 : 머리를 깎는 형벌)에 처해야 한다."

　소절은 머리를 숙여 곤형을 받다가 깜짝 놀라 잠에서 깨어나 머리를 만져 보니, 과연 머리카락이 잘려 나가 있었다. 이튿날 밤에 그는 다른 사람과 함께 잠을 자고 있었는데, 꿈에 또 소소가 나타나 말했다.

　"너의 곤형은 아직 끝나지 않았다."

　그러고는 전날 밤과 마찬가지로 또 머리를 깎았다. 그다음 날 저녁에 소절은 준비를 단단히 하고서 등불을 훤히 밝혀 놓고 부적을 붙여 놓았으나, 또 꿈에 소소가 나타나 전날 밤처럼 머리를 깎는 일이 다섯 번이나 계속되었다. 소절은 평소 머리카락이 멋있었는데, 다섯 번을 깎고 나니 대머리가 되고 말았다. 6~7일이 지나자 소소는 더 이상 꿈에 나타나지 않았다. 나중에 소절이 수레에 있을 때 대낮에 소소가 말을 타고 밖에서 들어왔는데, 검은 헝겊 관을 쓰고 누런 비단 홑옷을 입은 채 흰 버선에 검은 신발을 신고서 소절의 수레 끌채에 기대었다. 그러자 소절이 형제들에게 말했다.

"중모(中牟 : 소소)가 여기 있습니다."

형제들이 모두 깜짝 놀라 보았으나 아무것도 보이지 않았다. 소절이 소소에게 물었다.

"형님은 무슨 일로 오셨습니까?"

소소가 말했다.

"나를 이장(移葬)해 주었으면 한다."

그러더니 이내 떠나겠다고 하면서 말했다.

"마땅히 다시 오겠다."

소소는 문을 나가서 사라졌다가 며칠 후에 또 찾아왔다. 형제들이 마침내 소소와 함께 앉자 소절이 말했다.

"만약 반드시 형님을 이장해야 한다면, 따로 스스로 아들에게 알리십시오."

소소가 말했다.

"그럼 내가 편지를 쓰겠다."

소절이 붓을 주었으나 소소는 받으려 하지 않으면서 말

했다.

"죽은 사람의 글은 산 사람의 글과 다르다."

그러면서 억지로 소절을 위해 글씨를 썼는데, 마치 호인(胡人)의 글씨 같았다. 미 : 지금 부란(扶鸞)16)에서 귀서(鬼書)를 얻는데, 산 사람의 글씨와 다른 적이 없다. 모두 그것을 보고 웃자 소소는 소절을 불러 편지를 쓰게 하면서 말했다.

"나는 본디 경락(京洛 : 낙양)을 좋아해서 매번 그곳을 왕래하며 드나들 때마다 망산(邙山)을 바라보며, '즐겁도다! 만대(萬代)의 묘지로다'라고 감탄했다. 이 뜻을 여태껏 말하지는 않았지만 마음에 새기고 있었다. 그런데 뜻밖에 갑작스러운 죽음을 맞이하다 보니 이 뜻을 이루지 못했다. 길일을 점쳐 속히 이장하되, 군사(軍司 : 백부 소승)의 묘지 옆에 몇 이랑의 땅을 사면 충분할 것이다."

소절과 소소가 애기하는 동안 소소의 입이 움직이는 것만 보였으며, 소소의 맑고 우렁찬 목소리는 끝내 옆에 있던 사람들이 듣지 못했다. 소절이 소소를 맞이해 방으로 들어가서 제사상을 차려 주었으나, 소소는 앉으려 하지 않았고

---

16) 부란(扶鸞) : 길흉을 점치는 점술의 일종. 나무틀에 목필(木筆)을 매달고 그 아래에 모래판을 놓아두고서, 두 사람이 나무틀을 붙잡고 있다가 신이 내려 막대기가 모래판에 그린 글자나 그림을 보고 길흉을 점치는 것을 말한다. 부기(扶箕) · 부계(扶乩)라고도 한다.

제사 음식도 흠향하지 않았다. 소절이 소소에게 말했다.

"중모께서는 생전에 술과 생선을 좋아하셨으니 조금 드십시오."

소소는 손으로 술잔을 들어 다 마시고 나서 말했다.

"좋은 술이구나."

소절은 분명 술잔이 비는 것을 보았는데, 소소가 떠난 뒤에 보았더니 술잔의 술이 그대로 있었다. 소소는 전후로 30번 넘게 찾아왔는데, 소절이 의문스러운 것들을 물었더니 소소가 말했다.

"천상과 지하의 일을 얘기하더라도 내가 모두 알 수는 없다. [공자의 제자인] 안연(顔淵 : 안회)과 복상(卜商 : 자하)은 지금 수문랑(修文郞)을 맡고 있는데, 수문랑은 모두 여덟 명이 있다. 지금 귀신 중의 성자는 항양(項梁 : 항우의 숙부)이고, 현자는 오계자[吳季子 : 춘추 시대 오나라 공자 계찰(季札)]다." 미 : 항양은 현자가 되어야 하는데 아마도 착오가 있는 것 같다. 오계자는 현자가 되기에 부끄러움이 없다.

소절이 물었다.

"죽는 것은 사는 것과 비교해 어떻습니까?"

소소가 말했다.

"다름이 없다. 다만 죽은 자는 '허(虛)'이고 산 자는 '실(實)'일 뿐이다."

소절이 말했다.

"죽은 자는 왜 시체로 돌아가지 않습니까?"

소소가 말했다.

"예를 들어 너의 팔 하나를 잘라 땅에 던진 다음 다시 그 잘려 나간 팔을 벗기고 깎는다면 네가 아픔을 느끼겠느냐? 죽어서 영혼이 육신을 떠나는 것이 또한 그와 같다."

소절이 말했다.

"봉분을 잘 만들어 후장(厚葬)해 주면 죽은 자가 즐거워합니까?"

소소가 말했다.

"별 상관 없다."

소절이 말했다.

"만약 별 상관 없다면 무엇 때문에 이장합니까?"

소소가 말했다.

"다만 살아생전의 뜻을 말하고 싶었을 뿐이다."

소절이 말했다.

"올해 역질이 크게 돌았는데 어찌 된 것입니까?"

소소가 말했다.

"유공재[劉孔才 : 유소(劉劭)]가 태산공(太山公)으로 있으면서 저승에서 반란을 일으키려고 이승에서 마음대로 사람들을 잡아 와 자신의 병사로 삼았는데, 북제(北帝)께서 그 사실을 알고 지금 이미 그를 주살했다." 미 : 귀신도 모반을 하다니 황당함이 심하다.

소절이 말했다.

"지난번 꿈에서 형님이 저의 머리카락을 잘랐는데, 그 의장대는 누구를 인도했습니까?"

소소가 말했다.

"제남왕(濟南王)이었다. 너는 마땅히 죽었어야 했는데 내가 너를 보호해 주었기 때문에 곤형을 받게 되었던 것이다."

소절이 말했다.

"지난번 꿈에서 제가 형님을 만났는데, 혹시 실제로 만난 것입니까?"

소소가 말했다.

"대저 산 사람이 꿈에서 죽은 사람을 만나는 것은 죽은 사람이 그를 만나기 때문이다."

소절이 말했다.

"살아생전의 원수를 죽은 후에 다시 해칠 수 있습니까?"

소소가 말했다.

"귀신은 살생을 중시하니 마음대로 할 수 없다."

소절이 수레에서 내리자 소소는 소절의 키가 작은 것을 보고 크게 웃으며 말했다.

"조인서(趙麟舒) 같구나."

조인서는 왜소했는데 바로 소소 부인의 오라비였다. 미 : 귀신도 농담을 좋아한다. 소소가 떠나려고 하자 소절이 그를 붙잡으며 문을 닫고 자물쇠를 잠근 뒤 그의 손을 잡았더니 너무 연약해서 아무것도 없는 것 같았다. 문은 여전히 닫혀 있었지만 소소는 이미 가고 없었다. 소소는 작별하면서 말했다.

"나는 지금 수문랑이 되었으니 직무를 지키느라 더 이상 올 수 없을 것이다."

그 후로 소소는 마침내 나타나지 않았다.

蘇韶, 字孝先, 安平人也, 仕至中牟令, 卒. 韶伯父承, 爲南中郎軍司而亡, 諸子迎喪還, 到襄城, 第九子節, 夜夢見鹵簿, 行列甚肅. 見韶, 使呼節曰: "卿犯鹵簿, 罪應髡刑." 節俯受剃, 驚覺摸頭, 卽得斷髮. 明暮, 與人共寢, 夢見韶曰: "卿髡未竟." 卽復剃如前夕. 其日暮, 自備甚謹, 明燈火, 設符刻, 復夢見韶, 髡之如前夕者五. 節素美髮, 五剃而盡. 間六七日, 不復夢見. 後節在車上, 晝日, 韶自外入, 乘馬, 著黑介幘, 黃練單衣, 白襪幽履, 憑節車轅. 節謂其兄弟曰: "中牟在此." 兄弟皆愕視, 無所見. 問韶: "君何由來?" 韶曰: "吾欲改葬." 卽求去, 曰: "吾當更來." 出門不見, 數日又來. 兄弟遂與韶坐, 節曰: "若必改葬, 別自敕兒." 韶曰: "吾將爲書." 節授筆, 韶不肯, 曰: "死者書與生者異." 勉爲節作, 其字像胡書也. 眉: 今扶鸞得鬼書, 未嘗與生者異也. 乃笑, 卽喚節爲書曰: "吾性愛好京洛, 每往來出入, 瞻視邙上, 樂哉! 萬世之墓也. 此志雖未言, 銘之於心. 不圖奄忽, 所懷未果. 卜日便速改葬, 在軍司墓次, 買數畝地, 足矣." 節與韶語, 徒見口動, 亮氣高聲, 終不爲傍人所聞. 延韶入室, 設座祀之, 不肯坐, 又無所饗. 謂韶曰: "中牟平生好酒魚, 可少飲." 韶手執杯飮盡, 曰: "佳酒也." 節視杯空, 旣去, 杯酒乃如故. 前後三十餘, 節問所疑, 韶曰: "言天上及地下事, 亦不能悉知也. 顔淵·卜商, 今見在爲修文郎, 修文郎凡有八人. 鬼之聖者, 今項梁, 成賢者, 吳季子." 眉: 項梁成賢者, 疑有誤. 吳季子無愧矣. 節問: "死何如生?" 韶曰: "無異. 但死虛, 生者實耳." 節曰: "死者何不歸尸體?" 韶曰: "譬如斷卿一臂投地, 就剝削之, 於卿有患不? 死之離形, 亦如此也." 節曰: "厚葬以墳壟, 死者樂此否?" 韶曰: "無在也." 節曰: "若無在, 何故改葬?" 韶曰: "但欲述生時意耳." 節曰: "今年大疫如何?" 韶曰: "劉孔才爲太山公, 欲反, 擅取人以爲徒衆, 北帝知之, 今已誅滅矣." 眉: 鬼神亦謀反, 荒唐之甚. 節曰: "前夢君剪髮, 君之鹵簿導誰也?" 韶曰: "濟南王也. 卿當死, 吾念護卿, 故以刑論." 節曰: "前夢見君, 豈實相見否?" 韶曰: "夫生者夢見亡者, 亡者見之也." 節曰: "生時仇怨, 復能害之否?" 韶曰: "鬼重殺, 不得自從." 節下車, 韶大笑節短, 云: "似趙麟舒." 麟舒短小, 是韶婦兄弟也. 眉: 鬼亦愛謔. 韶欲去, 節留之, 閉門下鎖鑰, 執其手, 軟弱如無物. 門故閉, 韶已去矣. 臨別曰: "吾今見爲修文郎, 守職不得來也." 自是遂絶.

* 이 고사는 《태평광기》 권319 〈귀·소소〉에 실려 있다.

57-5(1686) 손치

손치(孫稚)

출《법원주림(法苑珠林)》

 진(晉)나라의 손치는 자가 법휘(法暉)로 어려서부터 불법(佛法)을 신봉했으며, 18세가 되던 [동진] 함강(咸康) 원년(335) 8월에 죽었다. 부친 손조(孫祚)는 무창(武昌)으로 이사했는데, 함강 3년(337) 4월 초파일에 승려 우법계(于法階)가 불상을 모시고 거리를 돌면서 손조의 집 앞을 지나가자 어른과 아이들이 모두 나와서 구경하다가 보았더니, 손치도 스님들 속에 끼어 행렬을 따라가고 있었다. 손치는 부모를 보자 무릎을 꿇고 안부를 여쭙고는 부모를 따라 함께 집으로 돌아가서 다음과 같은 얘기를 했다.

 "외조부께서 태산부군(泰山府君)으로 계셨는데, 저를 보고 놀라며 '너는 아직 오면 안 되는데 어떻게 이곳에 왔느냐?'라고 말씀하시기에, 제가 '백부께서 저를 데리고 와서 대신 벌을 받게 하려고 했습니다'라고 대답했습니다. 그래서 태산부군께서 백부를 심문하게 하고 채찍으로 벌을 내리려 했는데, 제가 풀어 달라고 빌어서 용서를 받았습니다."

 손치의 형 손용(孫容)은 자가 사연(思淵)으로 당시 그 옆에 있었는데, 손치가 그에게 말했다.

"비록 본래 육신은 떠났지만 넉넉하고 즐거운 곳에서 독서하며 다른 일은 하지 않으니 형님은 걱정하지 마십시오. 저는 2년간 배움을 완성하면 국왕의 집에서 다시 태어나게 될 것입니다. 미 : 귀신도 독서해서 배움을 증진하고 배움이 완성되면 또한 신분이 높아지니 매우 기이하다. 저와 같은 무리는 500명이 있는데, 지금 복당(福堂)에 있으며 배움이 완성되면 모두 제육천(第六天)17)에서 상생(上生)18)할 것입니다. 저도 본래 제육천에서 상생함이 마땅하지만, 선인(先人 : 백부)을 구해 주었다는 이유로 인연에 속박되었기 때문에 혼자만 왕가(王家)에서 태어나게 될 것입니다." 미 : 대사(大士 : 보살)는 자기 눈을 도려내 부친을 구하고 자기 팔을 잘라 세상을 구하는데, 인연에 속박되었다면 어떻게 성불(成佛)하겠는가?

손치는 함강 5년(339) 7월 7일에 다시 집으로 돌아와서 주성(邾城)에 필시 외적의 환난이 있을 것이라고 말했다. 이러한 사례가 매우 많았는데, 모두 그가 말한 대로 되었다. 그

---

17) 제육천(第六天) : 욕계(欲界) 육천 중 여섯 번째 하늘로 욕계의 가장 높은 곳. 이곳에 태어난 사람은 다른 것의 즐거움도 자기의 낙으로 여길 수 있으므로 타화자재천(他化自在天)이라고도 한다.

18) 상생(上生) : 극락왕생의 아홉 등급인 상품 상생·중생(中生)·하생(下生), 중품 상생·중생·하생, 하품 상생·중생·하생 중 상품 상생을 말한다.

러나 그의 집안사람들이 이를 비밀로 했기 때문에 전해지는 것이 없었다. 손치가 또 말했다.

"선인이 죄를 많이 지어 벌을 받고 있으므로 마땅히 복을 빌어야 합니다. 저는 지금 사람의 몸으로 거듭나게 되었으니 더 이상 신경 쓰지 마시고 선인이나 구해 주십시오."

손조에게 당시 계집종이 있었는데, 손치가 아직 집으로 돌아오지 않았을 때 갑자기 병에 걸려 거의 죽을 지경이 되어 온몸이 다 아팠다. 손치가 말했다.

"이 계집종은 도망가려고 했는데, 내가 미리 매를 때려 다시는 떠나지 못하게 했습니다."

손조가 계집종에게 캐물었더니 그녀가 말했다.

"이전에 정말로 도망가려고 다른 사람과 약속했는데, 약속한 날이 다가왔지만 그냥 머물기로 했습니다."

晉孫稚, 字法暉, 幼奉佛法, 年十八, 以咸康元年八月亡. 父祚移居武昌, 至三年四月八日, 沙門于法階行尊像, 經家門, 大小出觀, 見稚亦在衆僧中, 隨行. 稚見父母, 便跪問訊, 隨共還家, 說: "其外祖父爲泰山府君, 見稚, 驚曰: '汝未應便來, 那得至此?' 稚答: '伯父將來, 欲以代讁.' 有敎推問, 欲鞭罰之, 稚救解得原." 稚兄容, 字思淵, 時在其側, 稚謂曰: "雖離故形, 在優樂處, 但讀書, 無他作, 願兄勿憂也. 我二年學成, 當生國王家. 眉: 鬼亦讀書殖學, 學成亦有進身, 大奇. 同輩有五百人, 今在福堂, 學成皆當上生第六天上. 我本亦應上生, 但以解救先人, 因緣纏縛, 故獨生王家耳." 眉: 大士剜目救父, 斷臂救世, 因緣纏縛, 何以成佛? 到五年七月七日復歸, 說邶城當有寇難. 事例甚多, 悉皆如言. 家人秘之, 故無傳者. 又云:"先人多有罪譴, 宜爲作福. 我今受身人中, 不須復營, 但救先人也." 祚時有婢, 稚未還時, 忽疾殆死, 通身皆痛. 稚云:"此婢欲叛, 我前與鞭, 不復得去耳." 推問, 婢云:"前實欲叛, 與人爲期, 日垂至而便住云."

* 이 고사는《태평광기》권320〈귀·손치〉에 실려 있다.

57-6(1687) 육교

육교(陸喬)

출《선실지》

[당나라] 원화(元和) 연간(806~820) 초에 진사(進士) 육교는 시가를 좋아했다. 그는 단양(丹陽)에서 살았고 부유했으며 빈객을 좋아했다. 맑은 바람이 불어오고 달이 휘영청 떠 있던 어느 날 밤에 누군가가 문을 두드리기에 나가 보았더니, 의관이 매우 훌륭하고 풍모가 빼어난 한 장부가 있었다. 육교가 맞아들여 그와 함께 담론을 나누었는데, 그 명쾌함이 예상을 뛰어넘었다. 육교는 그를 매우 존중해 성명을 물었더니 그가 말했다.

"나는 심약(沈約)인데, 그대가 시에 뛰어나다는 소문을 들었기 때문에 이렇게 찾아왔소."

육교는 깜짝 놀라 일어나서 감사드렸다. 잠시 후 술을 차려 오게 했더니 심약이 말했다.

"나는 평생 술을 마시지 않았소. 그대의 호의를 거절하려는 것은 아니오."

심약이 또 육교에게 말했다.

"나의 친구인 복야(僕射) 범운(范雲)을 그대는 아시오?"

육교가 대답했다.

"일찍이 《양사(梁史)》를 읽어서 범 공(范公 : 범운)의 성함을 오래전부터 익히 알고 있습니다."

그러자 심약이 말했다.

"내가 그 친구를 부르려 하오."

육교가 말했다.

"대단한 영광입니다."

심약이 시종에게 명해 범 복야를 모셔 오게 하자 잠시 후 범운이 도착했다. 육교가 즉시 범운에게 절을 올리고 자리로 맞이하자 범운이 심약에게 말했다.

"휴문(休文 : 심약)은 어떻게 여기로 왔소?"

심약이 말했다.

"나는 이곳 주인이 시에 능하고 또 빈객을 좋아함을 흠모해 달빛 아래를 거닐다 이곳까지 오게 되었소."

그러고는 서로 담소를 나누었다. 미 : 짝이 생겼다. 한참 있다가 심약이 시종들을 불러 말했다.

"가서 청상(靑箱)을 불러오너라."

잠시 후 한 아이가 왔는데, 나이는 10여 세 정도였고 용모가 매우 수려했다. 심약이 그 아이를 가리키며 육교에게 말했다.

"이 아이는 나의 사랑하는 아들인데, 어려서부터 총명하고 책 읽기를 좋아했기에 내가 몹시 어여삐 여겨 이름을 청상이라 지었소. 내가 이 아이에게 나의 학문을 전해 주려 했으나 불행히도 나보다 먼저 세상을 떠났소. 지금 그대를 배알하게 하겠소."

그러고는 아들에게 명해 육교에게 절을 올리게 했다. 심약이 또 말했다.

"이 아이 역시 시 짓기를 좋아하오. 근자에 나와 범 복야를 따라 함께 궁성을 지나가면서 〈감구(感舊)〉 시를 지어 보라고 했더니 붓을 들어 즉시 완성했는데 매우 볼만하오."

그러면서 즉시 그 시를 읊었다.

"육대(六代)의 옛 강산, 몇백 년간 흥망을 반복했네. 변화했던 곳이 지금은 적막하지만, 옛날엔 조정과 시정이 시끌벅적했네. 달밤에 유리처럼 맑은 물, 봄바람에 누런빛 하늘. 시절을 아파하고 옛날을 회고하며, 국문(國門) 앞에서 눈물 흘리네."

육교는 오랫동안 감탄하며 칭찬하다가 심약에게 물었다.

"제가 늘 소명 태자(昭明太子)가 선집한 《문선(文選)》을 보았는데, 거기에 수록된 시들은 모두 음률에 구속받지 않는 것으로 '제량체(齊梁體)'라고 부릅니다. 당나라의 심전기(沈佺期)와 송지문(宋之問) 이래로 비로소 율시(律詩)를 즐겨 지었는데, 청상의 시가 지금의 시체(詩體)를 따르고 있는 것은 무슨 까닭입니까?"

심약이 말했다.

"지금에 있으면서 지금의 시체를 따라 지었으니 또한 무엇이 이상하겠소?"

범운이 또 심약에게 말했다.

"옛날에 나와 그대는 현휘[玄暉 : 사조(謝朓)]·언승[彦升 : 임방(任昉)] 등과 함께 경릉(竟陵)의 문하에서 노닐 적에19) 밤낮으로 담소하며 노박(盧博 : 저포 놀이의 일종)을 즐겼소. 소 공[蕭公 : 양(梁)나라 무제 소연(蕭衍)]이 제위를 선양받자 나와 그대는 모두 어명을 보좌하는 신하가 되었는데, 비록 지위가 매우 높고 은총이 더욱 두터웠지만 마음으로 늘 근심 걱정하면서 지난날의 즐거움이 없었소. 제갈장민(諸葛長民)이 '빈천할 때는 늘 부귀를 생각하지만 부귀해지면 또 위기가 도사리고 있다'라고 말했는데, 이는 헛말이 아니오!"

심약도 한참 동안 한숨 쉬며 탄식하다가 범운에게 말했다.

"우리가 [유송] 채 영주공[蔡郢州公 : 채흥종(蔡興宗)]의 기실(記室)로 있을 때, 꿈에서 한 사람이 나에게 일러 주길, '당신은 훗날 분명 재상에 이르겠지만 끝내 대사[臺司 : 삼공

---

19) 경릉(竟陵)의 문하에서 노닐 적에 : 제(齊)나라 경릉왕(竟陵王) 소자량(蕭子良)의 문하에서 노닐던 여덟 명의 문인들을 일컬어 경릉팔우(竟陵八友)라 했는데, 소연(蕭衍)·심약(沈約)·사조(謝朓)·왕융(王融)·소침(蕭琛)·범운(范雲)·임방(任昉)·육수(陸倕)를 말한다.

(三公) 등의 재보 대신(宰輔大臣)]에는 이르지 못할 것이오' 라고 했소. 내가 복야상서령(僕射尙書令 : 재상에 해당)이 되자 논자들은 모두 내가 대사가 될 것이라고 인정했지만 끝내 그 자리를 얻지 못했으니, 사람의 일이란 운명에 따르지 않는 것이 없음을 알게 되었소."

그때 밤이 이미 끝나 가자 범운이 심약에게 말했다.

"이제 돌아갑시다."

그러고는 함께 떠나면서 육교에게 말했다.

"이곳에 틀림없이 병란이 일어날 것이고, 그대는 앞으로 2년을 넘기지 못할 것이오."

육교는 문밖까지 그들을 전송했는데, 몇 걸음 가지 않아 모두 사라져 보이지 않았다. 육교는 그 일을 친구에게 말해주었다. 1년 남짓 후에 이기(李錡)가 반란을 일으켰고, 다시 1년 있다가 육교는 죽었다.

元和初, 進士陸喬好爲歌詩. 家於丹陽, 富而好客. 一夕, 風月晴瑩, 有扣門者, 出視之, 見一丈夫, 衣冠甚偉, 儀狀秀逸. 喬延入, 與生談議, 朗暢出於意表. 喬重之, 因請其名氏, 曰: "我沈約也, 聞君善詩, 故來候耳." 喬驚起謝. 旣而命酒, 約曰: "吾平生不飮酒. 非阻君也." 又謂喬曰: "吾友人范僕射雲, 子知之乎?" 喬對曰: "嘗讀《梁史》, 熟范公之名久矣." 約曰: "吾將邀之." 喬曰: "幸甚." 約乃命侍者邀范僕射, 頃之, 雲至. 喬卽拜, 延坐, 雲謂約曰: "休文安得至是?" 約曰: "吾慕主人能詩, 且好客, 步月至此." 遂相談謔. 眉: 有偶. 久之,約呼左右曰:"往召靑箱來." 俄有一兒至, 年可十歲餘, 風貌明秀. 約指謂喬曰:"此吾愛子也, 少聰敏, 好讀書, 吾甚憐之, 因以靑箱名. 欲使傳吾學也, 不幸先吾逝. 今令謁君." 卽令其子拜喬. 又曰:"此子亦好爲詩. 近從吾與僕射同過臺城, 因命爲〈感舊〉, 援筆立成, 甚有可觀." 卽諷之曰:"六代舊江川, 興亡幾百年. 繁華今寂寞, 朝市昔諠闐. 夜月琉璃水, 春風卵色天. 傷時與懷古, 垂淚國門前." 喬嘆賞久之, 因問約曰:"某常覽昭明所集之選, 見其編錄詩句, 皆不拘音律, 謂之'齊梁體'. 自唐朝沈佺期·宋之問, 方好爲律詩, 靑箱之詩, 乃效今體, 何哉?" 約曰:"在今日爲今體, 亦何訝乎?" 雲又謂約曰:"昔我與君及玄暉·彦升俱遊於竟陵之門, 日夕笑語盧博. 及蕭公禪代, 吾與君俱爲佐命之臣, 雖位甚崇, 恩愈厚, 而心常憂惕, 無曩日之歡矣. 諸葛長民有言'貧賤常思富貴, 富貴又踐危機, 此言不虛哉!' 約亦吁嗟久之, 謂雲曰:"吾輩爲蔡公鄧州記室, 常夢一人告我曰:'君後當至端揆, 然終不及臺司.' 及吾爲僕射尙書令, 論者頗以此見許, 而終不得, 乃知人事無非命也." 時夜已分, 雲謂約曰:"可歸矣." 因相與去, 謂喬曰:"此地當有兵起, 不過二歲." 喬送至門, 行未數步, 俱亡所見. 喬話於親友. 後歲餘, 李錡叛, 又一年而喬卒.

* 이 고사는《태평광기》권343〈귀·육교〉에 실려 있다.

57-7(1688) 상이

상이(常夷)

출《광이기》

　당(唐)나라 건강(建康) 사람 상이는 자가 숙통(叔通)으로, 평소 글 짓는 재능이 있었고 성품이 강직했으며 대대로 이어 온 가업을 스스로 숭상했다. 집이 청계(淸溪) 근처에 있었는데, 한번은 낮에 혼자 앉아 있을 때 누런 적삼을 입은 아이가 편지를 가지고 곧장 누각 앞으로 와서 말했다.

　"주 수재(朱秀才)께서 전해 드립니다."

　상이는 주 수재를 모르고 있었으므로 매우 이상해하면서 막 그 편지를 펴 보았더니 이렇게 적혀 있었다.

　"오군(吳郡)의 수재 주균(朱均)이 상 고사(常高士 : 상이)께 아룁니다."

　편지의 글은 모두 산 사람의 말이 아니었는데, 대개 그의 집은 서쪽 언덕 가까이에 있고 좋은 이웃이 되기를 바라므로 삼가 존안(尊顔)을 뵙고 싶다는 내용이었다. 편지의 끝에는 시 한 수가 적혀 있었는데, 그 종이와 먹은 모두 오래되고 낡은 것이었다. 상이는 마음으로 깊이 감격하고 한참 동안 그 기이함에 감탄하다가 마침내 은근하고 간절한 마음을 담아 답장을 썼으며, 아울러 날짜를 정해 만나기를 청했다. 아이가 떠난 후에 상이는 사람을 보내 그 아이를 따라가 살펴보게 했는데, 그 아이는 집에서 서쪽으로 1리쯤에 이르러 옛 무덤 속으로 들어갔다. 만나기로 한 날이 되자 상이는 술과 과일을 차려 놓았다. 잠시 후 문을 두드리는 소리가 들리기에 나가 보았더니 이전의 아이가 말했다.

"주 수재께서 뵈러 오셨습니다."

상이는 의대를 매고 나가서 주 수재를 맞이했다. 주 수재는 사각 두건에 갈포 홑옷을 입고 신발을 끌며 왔는데, 나이는 50세쯤 되고 풍도(風度)가 온화하며 청아한 운치가 있었다. 서로 노고를 위로한 후에 주 수재가 말했다.

"저는 양(梁)나라 때 본주(本州)에서 높은 등위로 수재에 천거되었습니다. 그러나 그때 사방에 난리가 많아지자 마침내 벼슬할 뜻이 없어져서 은거하며 평소의 뜻을 구하기로 했습니다. 저는 진(陳)나라 영정(永定) 연간(557~559) 말에 이곳에서 생을 마쳤습니다. 오랫동안 황천에 있으면서도 늘 당신의 풍모를 흠모했는데, 이승과 저승의 길이 달라 결국 모실 수가 없었습니다. 다행히도 이번에 좋은 기회를 만나 대군자(大君子: 상이)께서 저를 꺼리지 않으시고 마음속에 쌓인 답답함을 펼치게 해 주셨으니, 어떤 즐거움이 이만하겠습니까?"

상이가 대답했다.

"뜻밖에도 저승의 혼령이 지척에 계셨지만 오랫동안 가

르침을 받지 못했습니다. 다행히도 특별한 보살핌을 입게 되어 진실로 무척 기쁘고 감사합니다."

그들은 자리에 앉아 과일과 술을 먹었다. 상이가 주 수재에게 양나라와 진나라 때의 일을 물었더니 주 수재는 일일이 분명하게 대답해 주었다. 그리고 자신은 주이(朱异)의 조카라고 하면서 다음과 같은 얘기를 해 주었다.

"주이는 양나라 무제(武帝)를 섬기면서 비할 데 없는 은총을 받았습니다. 무제는 금실로 짜서 만든 병풍, 산호를 박아 넣은 옥자루가 달린 주미(麈尾 : 사슴 꼬리로 만든 총채), 임읍국(林邑國)에서 바친 칠보 물병과 침향목(沉香木)을 깎아 만든 베개를 가지고 있었는데, 이는 모두 무제가 애지중지하는 것들이었습니다. 한번은 무제가 승운전(承雲殿)에서 강연(講筵)을 마치고 그 물건들을 모두 주이에게 하사했습니다. 소명 태자(昭明太子)가 돌아가셨을 때는 미 : 양나라와 진나라 때의 알려지지 않은 일이다. 흰 안개가 사방에 자욱했고, 장례를 치를 때는 검은 고니 네 쌍이 능침 위를 높이 날아 빙빙 돌며 슬피 울다가 장례가 끝나자 곧 떠나갔습니다. 원제(元帝)는 한쪽 눈을 실명했기에 그 점을 몹시 꺼렸습니다. 원제가 상동왕(湘東王)이 되어 형주(荊州)를 진수하고 있을 때 한번은 박사에게 《논어(論語)》를 강론하게 했는데, [〈자한(子罕)〉 편의] '장님을 보면 반드시 안색을 고친다'라는 대목에 이르렀을 때 박사가 그 말을 피하지 않자, 원제가 대노해 짐주를 내려 박사를 독살했습니다. 또 한번은 원제가 북쪽 오랑캐를 격파하고 손수 그 비장(裨將:부장) 한 명을 참수했습니다. 우근(于謹)이 강릉(江陵)을 격파했을 때 원제가 살해되었는데, 당시 칼로 원제를 찌른 사람은 바로 그 비장의 아들이었습니다. 심약(沈約)의 모친이 건창태부인(建昌太夫人)에 제수될 때, 황제는 산기시랑(散騎侍郞)에게 심약의 집으로 가서 첩지를 읽고 인끈을 수여하게 했으며, 복야(僕射) 하경용(何敬容) 이하 수백 명이 집에 와서 경하했습니다. 송(宋)나라부터 양(梁)나라 이래로 봉호(封號)를 받은 부인들 중에 심약의 모친처럼 영광을 누린 사람은 없었습니다. 유견오(庾肩吾)는 젊어서 도 선생(陶先生)을 섬겼는데 재주가 자못 많았습니다. 한번은 한여름에 손님을 모아 놓고 허공을 향해 크게 숨을 내쉬었더니 모두 눈으로 변했으며, 또 각종 기물에 주문을 걸어 모두 허공에 멈추어 있게 했습니다. 간문제(簡文帝)가 조서를 내려 양양(襄陽)에 봉림사(鳳林寺)를 짓게 했는데, 부족한 사찰 기둥나무가 아직 도착하지 않았을 때 나루터 관리가 강 속에서 나머지 기둥의 크기와 정확히 들어맞는 녹나무 하나를 건졌습니다. 간문제는 효성이 지극했는데, 정 귀빈(丁貴嬪)의 상중에 끊임없이 울어 얼굴에 온통 상처가 났습니다. 후경(侯景)이 궁성을 함락해 성안에 물과 쌀이 끊겼는데, 무제가 이미 죽을 올리라고 명했지만 궁중에는 쌀이 없었으므로 황문(黃門 : 환관)의 자루에서 쌀 넉 되를 가져와 죽을 쑤어 다 먹고 나자 결국 식량이 떨어졌으며, 더 이상 먹을 것을 구하지 못해 붕어했습니다. 후경은 긴 칼[枷]을 만들어 붙잡힌 양나라 사람들의 머리에 한꺼번에 씌우고 군사에게 명해 삼투시(三投矢 : 세 발을 한꺼번에 쏠 수 있는 화살)로 마구 쏘아 죽이게 했습니다. 비록 관리나 귀인이라 해도 차이를 두지 않았습니다. 진나라 무제가 왕승변(王僧辯)을 죽이고 나서 하늘에서 100여 일 동안 큰비가 내렸습니다."

주 수재가 또 말했다.

"진나라 무제는 미천했을 때 집이 몹시 가난해 남의 집에서 품팔이하면서 먹고살았습니다. 한번은 장성(長城)의 부호인 포씨(包氏)의 연못에 있는 물고기를 훔치다가 잡혀서 장대에 꽁꽁 묶이는 바람에 심한 고통을 받았습니다. 나중에 황제로 즉위한 후에 포씨를 멸족했습니다."

이러한 일들은 모두 역사서에 빠져 있는데, 이와 같은 일이 너무 많아 다 기록할 수 없다. 그 후로 상이와 주 수재는 자주 왕래하면서 담소를 즐기며 시를 지었는데, 주 수재의 재주가 매우 뛰어나 아주 친밀한 사이가 되었다. 상이의 집에 길흉이 있으면 주 수재는 모두 미리 알려 주었다. 나중에 상이의 병이 심해지자 주 수재가 말했다.

"저승에서 당신을 데려가 장사(長史)를 맡기기로 했습니다. 제가 미리 살펴보았는데 그 직위는 귀하고 훌륭하기로 비할 데 없으니 당신은 사양하지 마십시오."

상이는 마침내 기뻐하며 약으로 치료하지 않다가 며칠 후에 죽었다.

唐建康常夷, 字叔通, 雅有文藝, 性耿直, 以世業自尙. 家近淸溪, 常晝日獨坐, 有黃衫小兒賫書直至閤前曰: "朱秀才相聞." 夷未嘗識也, 甚怪之, 始發其書, 云: "吳郡秀才朱均白常高士." 書中悉非生人語, 大抵家近在西岡, 幸爲善隣, 思奉顔色. 末有一詩, 其紙墨皆故弊. 夷以感契殊深, 嘆異久之, 乃爲答書, 殷勤切至, 仍剋期請見. 旣去, 令隨視之, 至舍西一里許, 入古墳中. 至期, 夷爲具酒果. 須臾, 聞扣門, 見前小兒云: "朱秀才來謁." 夷束帶出迎. 秀才著角巾·葛單衣, 曳履, 可年五十許, 風度閑和, 雅有淸致. 與相勞苦, 秀才曰: "僕梁朝時, 本州擧秀才高第. 屬四方多難, 遂無宦情, 屛居求志. 陳永定末, 終此地. 久處泉壤, 常欽風味, 幽明路絶, 遂廢將迎. 幸因良會, 大君子不見嫌棄, 得申鬱積, 何樂如之?" 夷答曰: "不意冥靈咫尺, 久闕承稟. 幸蒙殊顧, 欣感實多." 因就坐, 啖果飮酒. 問其梁·陳間事, 歷歷分明. 自云朱异從子, 說: "异事武帝, 恩幸無匹. 帝有織成金縷屛風, 珊瑚鈿玉柄麈尾, 林邑所獻七寶澡甁, 沉香鏤枕, 皆帝所秘惜. 常於承雲殿講竟, 悉將以賜异. 昭明太子薨時, 眉: 梁陳間逸事. 有白霧四塞, 葬時, 玄鵠四雙, 翔繞陵上, 徘徊悲鳴, 葬畢乃去. 元帝一目失明, 深忌諱之. 爲湘東鎭荊州, 王嘗使博士講《論語》, 至於'見瞽者必變', 語不爲隱, 帝大怒, 乃酖殺之. 又嘗破北虜, 手斬一裨將. 于謹破江陵, 帝見害, 時行刀者乃其子也. 沈約母拜建昌太夫人, 時帝使散騎侍郎就家讀策, 受印綬, 自僕射何敬容已下數百人, 就門拜賀.

宋・梁以來命婦, 未有其榮. 庾肩吾少事陶先生, 頗多藝術. 嘗盛夏會客, 向空大噓氣, 盡成雪, 又禁諸器物, 悉住空中. 簡文帝詔襄陽造鳳林寺, 少利柱木未至, 津吏於江中獲一樟木, 正與諸柱相符. 帝性至孝, 居丁貴嬪柩, 涕泣不絶, 面盡生瘡. 侯景陷臺城, 城中水米隔絶, 武帝既敕進粥, 宮中無米, 於黃門布囊中, 賣得四升, 食盡遂絶, 所求不給而崩. 景所得梁人, 爲長枷, 悉納其頭, 命軍士以三投矢亂射殺之. 雖衣冠貴人, 亦無異也. 陳武帝旣殺王僧辯, 天下大雨百餘日." 又說: "陳武微時, 家甚貧, 爲人庸保以自給. 嘗盜取長城豪富包氏池中魚, 擒得, 以擔竿繫, 甚困. 卽祚後, 滅包氏." 此皆史所脫遺, 事類甚多, 不可悉載. 後數相來往, 談宴賦詩, 才甚淸擧, 甚成密交. 夷家有吉凶, 皆預報之. 後夷病甚, 秀才謂曰: "司命追君爲長史. 吾亦預巡察, 此職貴盛無比, 君勿辭也." 夷遂欣然, 不加藥療, 數日而卒.

* 이 고사는 《태평광기》 권336 〈귀・상이〉에 실려 있다.

57-8(1689) 사문 영 선사
사문영선사(沙門英禪師)
출《양경기(兩京記)》

 당(唐)나라 법해사(法海寺)의 스님 영 선사는 매번 귀신을 본다고 말했는데, 하루는 주지 스님 혜란(慧蘭)에게 말했다.
 "얼마 전에 진(秦)나라의 장양왕(莊襄王)이 사람을 보내 말을 전하길, 몹시 배고프니 선사께서는 수고롭고 비용이 든다고 거절하지 말고 크게 자비를 베풀어 달라고 했습니다. 그래서 제가 이미 답하길, 훗날 오시기를 기다리겠다고 했습니다."
 혜란은 곧 술과 안주를 준비해 놓았다. 때가 되자 과연 진왕(秦王 : 장양왕)이 왔는데, 시종이 매우 많았으며 귀천을 불문하고 벌여 앉아 매우 급히 먹고 나서 영 선사에게 말했다.
 "제자는 음식을 먹지 못한 지 80년이 되었습니다."
 영 선사가 그 이유를 물었더니 진왕이 대답했다.
 "내가 살아 있을 때는 아직 불법(佛法)이 없었는데, 저승에서 공덕을 쌓지 않았다고 문책당했습니다. 그래서 나는 그저 의지할 데 없는 외로운 사람을 긍휼히 여겨 돌봐 주었다고 대답했으나, 복덕이 적어서 벌을 아직 다 받지 못했습니다. 이번에 한 끼 식사를 했으니 다시 40년 후에나 먹을 수 있습니다."

그러고는 자리에 있는 사람들을 가리키며 말했다.

"이 사람은 진진(陳軫)[20]인데, 거짓과 속임수를 많이 부렸습니다."

또 두 사람을 가리키며 말했다.

"이 사람은 백기(白起)[21]와 왕전(王翦)[22]인데, 사람을 많이 죽여서 벌을 아직 다 받지 못했습니다."

영 선사가 말했다.

"왕께서는 어찌하여 사람들에게 먹을 것을 달라 하지 않고 스스로 배를 곯으며 고생하고 있습니까?"

진왕이 대답했다.

---

20) 진진(陳軫) : 전국 시대 진(秦)나라와 초(楚)나라의 유세가로, 처음에 진나라에서 일했으나 장의(張儀)와 다투다가 불리하자 초나라로 가서 상국(相國)까지 지냈다.

21) 백기(白起) : 전국 시대 진(秦)나라의 장군으로, 용병(用兵)에 능해 70여 성을 빼앗았으며, 조(趙)나라를 격파하고 항복한 군사 40만 명을 생매장했다. 후에 승상 범저(范雎)와 틈이 생겨 관직을 삭탈당하고 사약을 받아 자결했다.

22) 왕전(王翦) : 전국 시대 진(秦)나라의 장군으로, 진시황이 천하를 통일할 때 조나라와 연(燕)나라를 점령했다.

"자비로운 마음을 지닌 사람이 적고, 또한 나는 귀인(貴人)이기 때문에 함부로 재앙을 일으킬 수 없어서 그렇습니다." 미 : 지금의 귀인은 살아 있을 때 한사코 망령되이 재앙을 일으키는데 왜 그런가?

진왕은 떠날 때 영 선사에게 말했다.

"선사에게 심히 부끄럽습니다. 제자에게 물건이 있는데 마땅히 보내 드리고자 합니다. 성 동쪽 통화문(通化門) 밖의 뾰족한 무덤이 제자의 것인데, 사람들은 그 사실을 알지 못하고 망령되이 여불위(呂不韋)23)의 무덤이라고 말합니다."

영 선사가 말했다.

"옛날에 적미적(赤眉賊)24)이 그 무덤을 도굴했는데, 어찌 또 물건이 남아 있겠습니까?"

귀신[진왕]이 말했다.

"적미적은 큰 물건만 가져갔고, 작은 것은 깊이 숨겨 놓았기 때문에 가져가지 못했습니다."

영 선사가 말했다.

---

23) 여불위(呂不韋) : 전국 시대 진나라 장양왕 때 재상을 지냈으며, 《여씨춘추(呂氏春秋)》를 지었다.
24) 적미적(赤眉賊) : 후한 초에 산동(山東) 지방에서 반란을 일으킨 무리. 적군과 아군을 구별하기 위해 눈썹을 빨갛게 물들였기 때문에 그렇게 불렀다.

"빈도(貧道)는 출가했기에 그 물건을 쓸 곳이 없으니 절대 가져오지 마십시오." 미 : 장래에 그것으로 보시하면 되는데, 어찌하여 안 된단 말인가?

영 선사가 말을 마치자 귀신은 감사를 드리고 떠났다.

唐法海寺沙門英禪師, 言每見鬼, 一日, 謂寺主沙門慧蘭曰 : "向秦莊襄王遣人傳語, 饑甚, 以師大慈, 勿辭勞費. 吾已報云, 後日專候." 慧蘭便備酒脯之類. 至時, 秦王果來, 侍從甚衆, 貴賤羅列, 坐食甚急, 謂英曰 : "弟子不食八十年矣." 英問其故, 答曰 : "吾生時未有佛法, 地下見責功德. 吾但以矜恤煢孤應之, 以福薄, 受罪未了. 受此一餐, 更四十年, 方便得食." 因指坐上人云 : "是陳軫, 爲多虛詐." 又指二人云 : "是白起·王翦, 爲殺人多, 受罪亦未了." 英曰 : "王何不從人索食, 而自受饑窘也?" 答曰 : "慈心少, 且吾貴人, 不可妄作禍祟, 所以然也." 미 : 今之貴人, 生時偏妄作禍祟, 何耶? 臨去時, 謂英曰 : "甚愧禪師. 弟子有物在, 當相送. 城東門通化外尖冢, 是弟子墓, 時人不知, 妄云呂不韋冢耳." 英曰 : "往赤眉賊發掘, 何得更有物在?" 鬼曰 : "賊將粗物去, 細者深藏, 賊取不得." 英曰 : "貧道出家, 無用物處, 必莫將來." 미 : 將來省却布施, 何不可? 言訖, 謝去.

* 이 고사는《태평광기》권328〈귀·사문영선사〉에 실려 있다.

57-9(1690) 사만세

사만세(史萬歲)

출《양경기》

장안(長安)의 대현방(待賢坊)에 수(隋)나라 북령군대장군(北領軍大將軍) 사만세의 집이 있었다. 그 집은 원래 늘 귀신이 나타나는 집이라 그곳에 살던 사람들이 번번이 죽었지만, 사만세는 이를 믿지 않고 곧장 그 집에서 살았다. 어느 날 밤에 보았더니 의관이 매우 훌륭한 사람이 사만세를 찾아왔다. 사만세가 그 이유를 물었더니 귀신이 말했다.

"나는 한(漢)나라의 장군 번쾌(樊噲)요. 내 무덤이 당신 집 측간 가까이에 있어서 늘 그 더러움에 괴로워하고 있으니, 다른 곳으로 이장해 주길 바라오. 그러면 반드시 후히 보답하겠소."

사만세는 그러겠다고 허락했다. 그러면서 지금까지 산 사람을 죽인 까닭이 무엇이냐며 책망했더니, 귀신이 말했다.

"자기들이 겁에 질려 죽은 것이지 내가 죽인 것이 아니오."

사만세는 무덤을 파서 그의 유골이 묻힌 관을 꺼내 이장해 주었다. 며칠 후 밤에 귀신이 다시 와서 고맙다고 하며 말했다.

"당신은 틀림없이 장군이 될 것이니 내가 반드시 당신을 돕겠소."

후에 사만세는 수나라의 장군이 되었는데, 매번 적군을 만날 때면 귀병(鬼兵)이 자기를 돕고 있음을 느꼈으며 싸울 때마다 반드시 대승을 거두었다.

長安待賢坊, 隋北領軍大將軍史萬歲宅. 其宅初常有鬼怪, 居者輒死, 萬歲不信, 因卽居之. 夜見人衣冠甚偉, 來就萬歲. 萬歲問其由, 鬼曰:"我漢將軍樊噲. 墓近君居厠, 常苦穢惡, 幸移他所. 必當厚報." 萬歲許諾. 因責殺生人所由, 鬼曰:"各自怖而死, 非我殺也." 又掘得骸柩, 因爲改葬. 後夜又來謝曰:"君當爲將, 吾必助君." 後萬歲爲隋將, 每遇賊, 便覺鬼兵助己, 戰必大捷.

* 이 고사는 《태평광기》 권327 〈귀·사만세〉에 실려 있다.

57-10(1691) 왕명

왕명(王明)

출《유명록》

　동래(東萊) 사람 왕명은 죽은 지 1년이 지나서 갑자기 모습을 드러내고 집으로 돌아왔다. 하루가 지난 뒤에 친한 친구를 불러오게 해서 그동안의 안부를 물으며 말했다.

　"천조(天曹)에서 잠시 돌아가라고 허락했네."

　이야기를 하다가 이별할 때가 되자 왕명은 눈물을 흘리면서 고향 소식을 물었는데 그 정이 각별했다. 왕명이 아들에게 명했다.

　"내가 인간 세상을 떠난 지 이미 1년이 되고 보니 고향을 보고 싶구나."

　그러고는 아들에게 함께 고향 마을을 보러 가자고 했다. 가는 길에 등애(鄧艾)의 사당을 지나가다가 그것을 태우라고 하자, 아들이 깜짝 놀라며 말했다.

　"등애는 생전에 정동장군(征東將軍)을 지냈고, 죽어서는 영험하다고 해서 백성이 제사를 지내며 복을 빌고 있는데, 어찌하여 태우라고 하십니까?"

　왕명이 화를 내며 말했다.

　"등애는 지금 상방(尙方 : 황궁의 기물을 만드는 곳)에서 갑옷을 문지르느라 열 손가락이 거의 굽을 지경이니, 어찌 신령함이 있겠느냐?"

그러면서 또 말했다.

"왕 대장군[王大將軍 : 왕돈(王敦)] 또한 소가 되어 심하게 부림을 당해 거의 죽을 지경이고, 환온(桓溫)은 병졸이 되어 함께 지옥에 있다. 미 : 등애는 무슨 죄를 지었기에 살아서 억울함을 당하고 죽어서도 억울함을 당하는가? 왕돈과 환온 같은 이는 본디 치우(蚩尤)나 비렴(飛廉 : 바람신) 같은 무리인데, 죽어서 사나운 귀신이 되지 않은 것은 어째서인가? 이들은 모두 극심한 곤경에 처해 어찌할 줄 모르는데, 어떻게 사람에게 화나 복을 줄 수 있겠느냐? 네가 많은 복을 얻고자 한다면 마땅히 공손하고 삼가며 충효의 도리를 다하고 분노하지 마라. 그러면 좋은 일이 끝없이 생길 것이다."

왕명은 또 아들에게 손톱을 모아 두게 하면서 그렇게 하면 죽은 후에 속죄할 수 있다고 했다. 미 : 무슨 까닭인가? 또 문턱을 높게 만들게 했는데, 귀신이 와서 사람의 죄과를 기억하고 그 사람의 방으로 들어가다가 문턱에 발이 걸려 넘어지면 그 일을 잊어버린다고 했다.

東萊王明, 死經一年, 忽形見還家. 經日, 命招親好, 敘平生, 云 : "天曹許以暫歸." 言及將離, 語便流涕, 問訊鄉里, 備有情焉. 敕兒曰 : "吾去人間, 便已一周, 思睹桑梓." 命兒同觀鄉閭. 行經鄧艾廟, 令燒之, 兒大驚曰 : "艾生時爲征東將軍,沒而有靈, 百姓祠以祈福, 奈何焚之?" 怒曰: "艾今在舀方磨鐺, 十指垂掘, 豈有神?" 因云: "王大將軍亦作牛, 驅馳殆斃, 桓溫爲卒, 同在地獄. 眉: 鄧艾何罪, 乃生寃死亦寃耶? 若敦·溫, 自是蚩尤·飛廉之屬, 死不爲厲, 何也? 此等並困劇理盡, 安能爲人損益? 汝欲求多福者, 正當恭愼, 盡忠孝, 無恚怒. 便善流無極." 又令錄指爪甲, 死後可以贖罪. 眉: 何故? 又使高作戶限, 鬼來入人室內, 記人罪過, 越限撥脚, 則忘事矣.

* 이 고사는 《태평광기》 권320 〈귀·왕명〉에 실려 있다.

57-11(1692) 조합

조합(趙合)

출《전기(傳奇)》

　　진사(進士) 조합은 풍모가 온화하고 기개가 올곧았으며, 행실에 의협심이 매우 강했다. [당나라] 대화(大和) 연간(827~835) 초에 그는 오원(五原)을 유람하다가 도중에 사막을 지나갔는데, 경물을 보고 슬피 탄식하며 술을 마시다가 하인과 함께 모두 취해 사막에서 잠을 자게 되었다. 한밤중에 조합은 술이 반쯤 깼는데, 밝게 빛나는 달빛 아래에서 슬피 읊조리는 여자의 소리가 들렸다.

　　"구름 같던 쪽 찐 머리 다 빠지고 게다가 헝클어져 듬성듬성, 뼈 묻힌 궁벽한 황야엔 의지할 곳 없네. 기르던 말도 울지 않고 사막엔 달빛만 흰데, 외로운 넋은 하릴없이 기러기 따라 남쪽으로 날아가네."

　　조합이 마침내 일어나서 찾아보았더니 과연 계년(笄年:15세)도 안 된 아름다운 한 여자가 보였다. 그녀가 스스로 말했다.

　　"저는 성이 이씨(李氏)이고 봉천(奉天)에서 살았습니다. 낙원절도사(洛源節度使)에게 시집간 언니를 만나 보러 가다가 도중에 당갱[黨羌 : 강족의 일파인 당항족(黨項族)]에게 사로잡혔는데, 그들이 이곳에 이르러 저를 때려죽이고 머리 장식을 빼앗아 갔습니다. 길 가던 사람이 저를 보고 불쌍히 여겨 모래 속에 묻어 주었는데, 지금까지 3년이 지났습니다. 저는 당신이 의로운 선비임을 알고 있으니, 만약 저의 유골을 봉천성 남쪽에 있는 제 고향 소리촌(小李村)으로 돌아가게 해 주신다면, 반드시 보답해 드리겠습니다."

조합은 그러겠다고 허락했다. 조합은 유골이 묻힌 곳을 물어서 찾아낸 후에 마침내 그 유골을 수습해 봇짐 속에 싸서 넣었다. 날이 새기를 기다고 있을 때 갑자기 자색 옷을 입은 장부가 말을 달려 오더니 조합에게 읍(揖)하며 말했다.

"나는 그대가 인자하고 의로우며 믿음직하고 청렴하다는 것을 알고 있소. 여자가 사정을 아뢰고 부탁했는데도 그대가 허락한 것에 감격했소. 나는 상서(尙書) 이문열(李文悅)로, 원화(元和) 13년(818)에 오원을 진수하고 있었는데, 견융(犬戎 : 토번)의 30만 대군이 성을 포위하고 10여 리 밖까지 두껍게 에워쌌소. 쇠뇌가 빗발처럼 쏟아지고 높다란 사다리가 구름에 닿을 듯했으며, 성벽을 뚫고 해자를 터뜨리면서 밤낮으로 공격했소. 당시에 성을 방어하던 병사는 겨우 3000명이었지만, 주민들을 격려해 부녀자와 노인과 아이들까지 추위와 배고픔도 모른 채 흙을 짊어지고 성벽에 서 있었소. 견융은 성의 북쪽에 높이가 수십 장(丈)이나 되는 독각루(獨脚樓)를 만들어 성안의 크고 작은 동태를 빠짐

없이 염탐했소. 나는 마침내 기발한 계책을 세워 그 독각루를 즉시 부숴 버렸소. 또 날이 저물어 어둑어둑해지면, 성의 네 모퉁이에서 많은 사람들이 움직이며 밤에 공격하겠다고 말하는 소리가 들렸소. 성안의 사람들은 두려움에 떨며 감히 잠시도 안심하지 못했소. 그래서 내가 '그렇지 않을 것이다'라고 말하면서, 몰래 쇠사슬에 등불을 매달아 아래로 내려보내 비춰 보았더니 적들이 공연히 소와 양을 몰고 다니며 성안의 사람들을 겁주고 있었기에, 병사들이 조금 안정되었소. 또 서북쪽 모퉁이가 공격당해 10여 장이 무너졌는데, 날이 어두워지자 오랑캐들이 크게 기뻐하며 실컷 술을 마시고 미친 듯이 노래하면서 '내일 새벽에 쳐들어가자'라고 떠들었소. 나는 마노(馬弩 : 말 위에서 사용하는 가볍고 편리한 쇠뇌) 500개를 가짜로 만들고 가죽을 덮어 가려 놓았소. 저녁 동안에 모두 함께 소리 내지 말게 하면서 몰래 무너진 성벽을 쌓고 물을 끼얹었는데, 날씨가 추운 탓에 다음 날 얼음이 단단히 얼어 성이 마치 은처럼 빛났기 때문에 적이 공격할 수 없었소. 또 강족 추장은 찬보(贊普 : 토번 왕의 호칭)가 하사한 대장 깃발을 꽂아 오화영(五花營)[25] 안에 세

---

25) 오화영(五花營) : 청·황·적·흑·백의 오색 깃발을 꽂아 둔 군영으로, 서북 이민족의 군대에서 주로 사용했다.

위 두었는데, 내가 밤에 성벽을 뚫고 나가 그것을 마치 나는 듯이 빼앗아 왔더니, 강족들이 소리쳐 울면서 이전에 포로로 잡아간 사람들을 돌려주겠다고 맹세하며 그 깃발과 바꾸자고 간청했소. 당시 분녕(邠寧)과 경원(涇原)에서 온 구원병 2만 명이 두려움에 떨며 진격하지 못하는 바람에 그렇게 37일간 서로 대치했소. 결국 강족 추장이 멀리서 절을 하며 '이 성안에는 신장(神將)이 있다'라고 말하고는 마침내 무기를 거두어 떠났소. 그들은 이틀 밤도 되지 않아 유주(宥州)에 도착했고 한나절 만에 그 성을 함락했으며, 남녀노소 3만 명을 모두 포로로 잡아갔소. 이런 득실로 볼 때 이 성에 대한 나의 공은 적지 않소. 그러나 당시 재상은 내가 부절(符節)을 들고 이 성을 나가지 못하게 하고 쓸데없이 초선(貂蟬) 하나만 더해 주었을 뿐이오. 미 : 공과 죄를 분명하게 하지 않고 영웅이 매몰되는 것은 자고로 탄식할 만하다. 내가 듣건대 종릉(鍾陵)의 위 대부[韋大夫 : 위단(韋丹)]는 옛날에 제방을 쌓아 물이 범람하는 것을 막았는데, 30년이 지난 후에도 그곳 백성과 염찰사(廉察使) 주 공[周公 : 주지(周墀)]은 그의 공에 감사하며 상주문을 올려 덕정비(德政碑)를 세웠다고 하오. 만약 내가 당시 성벽을 견고히 지켜 내지 못했더라면 성안의 사람들은 모두 강족의 포로가 되었을 것이니, 어찌 지금의 자손들이 존재할 수 있겠소? 나는 그대가 의로운 마음을 지니고 있음을 알고 있으니, 청컨대 이곳 백성에게 고하고 주존(州尊 : 자사)에게 알려 나를 위해 덕정비를 세워 주면 그것으로 족하오."

그 사람은 말을 마치고 나서 길게 읍하고 물러갔다. 조합은 그의 부탁을 받고 오원으로 가서 백성과 자사(刺史)에게 말했으나 모두 요망한 일이라 여기며 듣지 않자, 미 : 그런 일이 없었다면 요망함을 경계하면 되지만, 그런 공이 있었다면 어찌 요망하다고 할 수 있겠는가? 어찌하여 조사해 보지 않았단 말인가? 한탄하며 돌아갔다. 사막에 이르렀을 때 조합은 이전의 그 신인(神人 : 이문열)을 또 만났는데, 신인이 조합에게 감사하며 말했다.

"그대가 나를 위해 말해 주었건만 오원의 백성은 무지하고 자사는 현명하지 못하오. 이 성에 반드시 화재가 일어날 것이기에 내가 저승 관부에 구해 달라고 빌어 볼 참이었는데, 내가 부탁했던 일이 이루어지지 않아 그럴 마음이 없어졌소. 그 화는 30일이 되기 전에 닥칠 것이오."

그 사람은 말을 마치고 사라졌다. 그가 말한 날이 되자 과연 화재가 발생해 오원성에서 만 명이 굶어 죽었고 노인과 아이들이 서로 잡아먹기까지 했다. 조합은 여자의 유골을 가지고 봉천에 도착해 소리촌을 찾아가서 잘 묻어 주었다. 다음 날 길가에서 조합은 이전의 그 여자를 만났는데, 그녀가 다가와 감사하며 말했다

"저의 할아버지는 정원(貞元) 연간(785~805)에 득도하

신 분인데, 《연참동계(演參同契)》와 《속혼원경(續混元經)》을 가지고 있었습니다. 당신이 이것을 깊이 궁구할 수 있다면 용호단(龍虎丹 : 단약의 일종)을 머지않아 완성할 것입니다."

조합은 그것을 받고 마침내 과거를 포기하고 도문(道門)에 들어갔다.

進士趙合, 貌溫氣直, 行義甚高. 大和初, 遊五原, 路經沙磧, 睹物悲嘆, 遂飮酒, 與僕使並醉, 因臥沙中. 中宵半醒, 月色皎然, 聞有女子悲吟曰 : "雲鬟消盡轉蓬稀, 埋骨窮荒無所依. 牧馬不嘶沙月白, 孤魂空逐雁南飛." 合遂起而訪焉, 果見一美女子, 年猶未笄. 自言 : "李姓, 居於奉天. 有姊嫁洛源鎭帥, 因往省焉, 道遭黨羌所虜, 至此遭殺, 劫首飾而去. 路人見憐, 掩於沙內, 經今三載. 知君義士, 儻能爲歸骨於奉天城南小李村, 卽某家枌楡耳, 當有奉報." 合許之. 問得掩胳處, 遂收其骨, 包於橐中. 伺旦, 俄有紫衣丈夫, 躍騎而至, 揖合曰 : "知子仁而義, 信而廉. 女子啓祈, 尙有感激. 我李文悅尙書也, 元和十三年, 曾守五原, 爲犬戎三十萬圍城, 兵厚十數里. 連弩灑雨, 飛梯排雲, 穿壁決濠, 晝夜攻擊. 當其時, 禦捍之兵纔三千, 激厲其居人, 婦女老幼負土而立者, 不知寒餒. 犬戎於城北造獨脚樓, 高數十丈, 城中巨細, 咸得窺之. 某遂設奇計, 立碎其樓. 又天陰稍晦, 卽聞城之四隅, 多有人物行動, 聲言夜攻. 城中慴慄, 不敢暫安. 某曰 : '不然.' 潛以鐵索下燭而照之, 乃空驅牛羊行脅其城, 兵士稍安. 又西北隅被攻, 摧十餘丈, 遇昏晦, 群胡大喜, 縱酒狂歌, 云 : '候明晨而入.' 某以馬弩五百張而擬之, 遂下皮牆障之. 一夕, 並工暗築, 不使有聲, 滌之以水, 時寒, 來日氷堅, 城瑩如銀, 不可攻擊. 又羌酋建大將之旗, 乃贊普所賜, 立之於五花營內, 某夜穿壁而奪之如飛, 衆羌號泣, 誓請還前擄掠之人, 而贖其旗. 時邠·涇救兵二萬人股慄不進, 如此相持三十七日. 羌酋乃遙拜曰:'此城內有神將.' 遂捲甲而去. 不信宿, 達宥州, 一晝而攻破其城, 老少三萬人, 盡遭擄去. 以此利害, 則余之功及斯城不細. 但當時時相, 使余不得仗節出此城, 空加一貂蟬耳. 眉:功罪不明, 英雄埋沒, 自古嘆之矣. 余聞鍾陵韋大夫舊築隄, 將防水潦, 後三十年, 尙有百姓及廉問周公, 感其功, 奏立德政碑. 若余當時守壁不堅, 城中之人盡爲羌虜, 豈存今日子孫乎? 知子有心, 請白其百姓, 諷其州尊, 與立德政碑足矣." 言訖, 長揖而退. 合旣受敎, 就五原, 以語百姓及刺史, 俱以爲妖, 不聽, 眉:無其事, 誠妖也, 有其功, 可謂妖乎? 何不核之? 惆悵而返. 至沙中, 又逢昔日神人, 謝合曰:"勞君爲言, 五原無知之俗, 刺史不明. 此城當有火災, 方與祈求幽府, 吾事不諧, 此意亦息. 其禍不三旬, 及矣." 言訖而沒. 果如期災生, 五原城殣死萬人, 老幼相食. 合挈女骸骨至奉天, 訪得小李村, 葬之. 明日道側, 合遇昔日之女子, 來謝且言:"吾大父乃貞元中得道之士, 有《演參同契》·《續混元經》, 子能窮之, 龍虎之丹, 不日成矣." 合受之, 遂捨擧入道.

* 이 고사는《태평광기》권347〈귀·조합〉에 실려 있다.

57-12(1693) 이상

이상(李湘)

출《속현괴록》

　노종사(盧從史)는 좌복야(左僕射)의 신분으로 택로절도사(澤潞節度使)가 되었는데, 진주(鎭州)의 왕승종(王承宗)과 공모해 모반했다는 이유로 환주(驩州)로 폄적되었다가 강주(康州)에서 사약을 받고 죽었다. [당나라] 보력(寶曆) 원년(825)에 몽주자사(蒙州刺史) 이상은 군을 떠나 대궐로 돌아가게 되었는데, 스스로 생각해 보니 조정에 자신을 이끌어 줄 사람이 없었다. 그는 단계현(端溪縣)에 미래의 일을 잘 아는 무녀가 있다는 소문을 듣고 배를 정박한 뒤에 그녀를 불렀더니 무녀가 말했다.

　"저는 귀신을 보는 사람인데, 귀신을 보면 모두 불러올 수 있습니다. 그러나 귀신에는 두 부류가 있는데, 복덕이 있는 귀신은 정신이 준일해서 종종 직접 사람과 얘기하지만, 빈천한 귀신은 기품이 보잘것없고 신색이 초췌해서 저를 통해 일을 말합니다. 당신이 어떤 귀신을 만날지는 제가 알 수 있는 바가 아닙니다."

　이상이 말했다.

　"어떻게 하면 귀신을 만나 물어볼 수 있겠는가?"

무녀가 말했다.

"대청 앞의 개오동나무 아래에 자색 옷을 입고 금인(金印)을 찬 사람이 있는데, 자칭 택로절도사 노 복야(盧僕射 : 노종사)라고 하니 절을 하고 청해 보십시오."

이상은 곧장 관복을 입고 홀을 든 채 나무를 향해 절을 했다. 그러자 무녀가 말했다.

"복야께서 이미 답배하셨습니다."

이상이 읍(揖)하고 계단에 올라서자 공중에서 말했다.

"나 노종사는 이 대청에서 죽을 때 활로 위협을 받았기에 지금도 여전히 꺼리니, 사군(使君 : 자사의 존칭)의 침상 위에 있는 활을 치워 주길 바라오."

이상은 활을 치우라고 명했다. 그때 역참 대청의 바깥 회랑에 걸상이 하나만 있었는데, 이상은 그가 존귀하다는 사실을 깜박 잊고 거기에 앉아서 물으려 했더니 무녀가 말했다.

"복야께서는 관직이 높으신데, 어찌하여 그를 모셔 앉게 하지 않습니까? 복야께서 크게 노해 떠나셨습니다. 급히 따라가서 사죄의 절을 하면 어쩌면 돌아오실 수도 있을 것입니다."

이상은 기어서 계단을 내려가 무녀에게 노종사가 향하는 곳을 물으면서 한 걸음마다 한 번씩 절을 했는데, 그렇게 수십 보를 갔을 때 공중에서 말했다.

"공의 관직은 내 군진(軍鎭)의 일개 비장(裨將 : 부장)에도 상대가 되지 않는데, 어떻게 나를 앞에 두고 스스로 앉는단 말이오?"

이상이 재삼 사과하자 무녀가 말했다.

"복야께서 돌아오셨습니다."

그리하여 이상은 두 손을 맞잡고 공손하게 읍하면서 갔다. 이상이 계단에 이르자 무녀가 말했다.

"복야께서 계단에 오르셨습니다."

이상이 따로 걸상을 마련하고 방석을 깔고 그를 맞이해 앉게 하자 무녀가 말했다.

"복야께서 앉으셨습니다."

이상이 자리에 앉자 공중에서 말했다.

"사군은 묻고자 하는 것이 무엇이오?"

이상이 대답했다.

"저는 먼 곳에서 벼슬하다가 조정으로 돌아가게 되었는데, 복야의 신통한 조화와 미래의 일을 훤히 아는 능력을 삼가 알고 있으니, 부디 한 말씀 해 주시어 저의 궁달(窮達)을 알려 주십시오."

그러자 공중에서 말했다.

"당신을 이끌어 줄 사람이 많아서 도성에 도착한 지 한 달이면 틀림없이 오주자사(梧州刺史)가 될 것이오."

이상이 또 물었지만 복야는 더 이상 말하지 않았다. 그래서 이상이 물었다.

"복야께서는 인간 세상을 떠나신 지 오래되었는데, 어찌하여 사람으로 환생하지 않고 오랫동안 저승에서 적막하게 계십니까?"

복야가 말했다.

"아! 이 무슨 말이오! 인간 세상은 고통스럽고 온갖 근심이 마음을 휘감고 있으며, 모두들 등불 앞의 나방처럼 다투어 명리를 추구하고 있소. 근심이 지나치면 머리가 희어지고, 정신이 황폐해지면 몸이 허약해지오. 사방 한 촌밖에 되지 않는 마음에서 만 장(丈)이나 되는 시름이 생겨나고, 서로 질시하고 해치는 것이 마치 맹수처럼 사납소. 나는 이미 그것에서 벗어났기에 인간 세상을 내려다보면 마치 끓는 물이나 뜨거운 불과 같으니, 어찌 다시 몸을 낮추어 그 사이에 드러눕겠소?"

이상이 다시 오주자사 이후의 일을 물었으나, 복야는 끝내 말하지 않고 떠났다. 이상이 도성에 도착해서 진기한 보화로 도움을 구했더니 여러 사람이 도와주었다. 미 : 굳이 귀신에게 물어보지 않아도 [이렇게 하면] 도와주는 사람이 많을 것임을 정녕 알 수 있겠다. 그래서 이상은 한 달도 안 되어 오주자사에 임명되었지만 결국 오주에서 죽었으니, 이것이 노 복야가 더 이상 말해 주지 않았던 까닭이다.

평 : 생 공(生公 : 축도생)26)이 설법할 때 귀신이 와서 법문을 들었는데, 생 공이 귀신을 알아보고 소리치길, "어찌하여 인간으로 환생하지 않느냐?"라고 했더니, 귀신이 시로 대답하고 마침내 사라졌다. 그 시에서 이르길, "귀신이 되어 지금까지 500년이 지났는데, 번뇌도 없고 근심도 없네. 생 공은 날더러 사람으로 환생하라 권하지만, 다만 사람이 되었다간 오래 살지 못할까 봐 걱정이라네"라고 했다. 이는 노 공(盧公 : 노종사)의 말과 서로 부합한다.

盧從史以左僕射爲澤潞節度使, 坐與鎭州王承宗通謀, 貶驩州, 賜死於康州. 寶曆元年, 蒙州刺史李湘去郡歸闕, 自疑臺閣無援. 聞端溪縣女巫知未來事, 維舟召焉, 巫曰: "某乃見鬼者也, 見之皆可召. 然鬼有二等, 有福德者, 精神俊爽, 往往自與人言, 貧賤者, 氣劣神悴, 假某以言事. 盡在所遇, 非某能知也." 湘曰: "安得鬼而問之?" 曰: "廳前楸樹下, 有一人衣紫佩金者, 自稱澤潞盧僕射, 可拜而請之." 湘乃公服執簡, 向樹而拜. 女巫曰: "僕射已答拜." 湘遂揖上階, 空中曰: "從史死於此廳, 爲弓弦所迫, 今尙惡之. 使君床上弓, 幸除去之." 湘命去焉. 時驛廳副階上, 唯有一榻, 湘偶忘其貴, 將

---

26) 생 공(生公) : 축도생(竺道生). 진(晉)나라 말의 고승으로, 일찍이 소주(蘇州) 호구산(虎丘山)에서 돌을 모아 놓고 신도 삼아 《열반경(涅槃經)》을 강설했는데, 오묘한 대목에 이르자 돌들이 모두 머리를 끄덕였다 한다.

坐問之, 女巫曰: "僕射官高, 何不延坐? 僕射大怒, 去矣. 急隨拜謝, 或肯却來." 湘匍匐下階, 問其所向, 一步一拜, 凡數十步, 空中曰: "公之官, 未敵吾軍一裨將, 奈何對而自坐?" 湘再三辭謝, 巫曰: "僕射回矣." 於是拱揖而行. 及階, 巫曰: "僕射上矣." 別置榻, 設裀褥以延之, 巫曰: "坐矣." 湘乃坐, 空中曰: "使君何所問?" 對曰: "湘遠官歸朝, 伏知僕射神通造化, 識達未然, 乞賜一言, 示其榮悴." 空中曰: "大有人接引, 到城一月, 當刺梧州." 湘又問, 不復言. 湘因問曰: "僕射去人寶久矣, 何不還生人中, 而久處冥寞?" 曰: "吁! 是何言哉! 人世勞苦, 萬愁纏心, 盡如燈蛾, 爭撲名利. 愁勝而髮白, 神敗而體羸. 方寸之間, 波瀾萬丈, 相妒相賊, 猛如豪獸. 吾已免離, 下視湯火, 豈復低身而臥其間乎?" 復問梧州之後, 終不言, 乃去. 湘至京, 以奇貨求助, 助者數人. 眉: 不必問鬼, 定知多助. 未一月, 拜梧州刺史, 竟終於梧州, 盧所以不復言也.

評: 生公說法時, 有鬼來聽法, 生公識之, 喝曰: "何不爲人去?" 鬼以詩對, 遂不見. 其詩曰: "做鬼今經五百秋, 也無煩惱也無愁. 生公勸我爲人去, 祇恐爲人不到頭." 與盧公語相符.

* 이 고사는 《태평광기》 권346 〈귀·이상〉에 실려 있다.

57-13(1694) 위포

위포(韋浦)

출《하동기(河東記)》

　위포는 수주사조(壽州士曹)로 있다가 관리 선발에 응시하러 도성으로 가는 도중에 문향(聞鄕)의 객사에 이르렀다. 위포가 한창 식사하고 있을 때, 갑자기 한 사람이 다가와 절을 하더니 자신을 귀원창(歸元昶)이라고 하면서, 늘 말고삐를 잡는 마부 일을 해 왔는데 그의 문하에서 말을 사육하는 일꾼이 되고 싶다고 했다. 위포가 그를 살펴보니, 옷은 매우 더러웠으나 기상과 풍채가 시원하고 빼어나기에 그에게 말했다.

　"너는 어디에서 왔느냐?"

　귀원창이 대답했다.

　"저는 일찍이 빙육랑(馮六郞)의 덕택으로 하중(河中)에서 직분을 맡아 꽤 오랜 세월 동안 있었고 주어진 일도 열심히 했기 때문에 빙육랑의 두터운 신임을 받았습니다. 일전에 빙육랑이 헌원사랑(軒轅四郞)과 함께 이곳에 와서 변 판관(卞判官)에게 요대(腰帶)를 달라고 청했을 때, 제가 그 아래에서 찻값이나 술값 좀 달라고 했는데, 결국 그 말이 빙육랑에게까지 들어갔습니다. 그래서 빙육랑은 제가 속이는 것이 있다고 생각해 저를 내쳐서 이곳에 두고 떠났습니다. 미: 바로 이것이 부호 집안 노비의 본색이니, 빙육랑이 그를 내친 것이 옳다. 저는 비천한 일꾼으로 가진 재물도 거의 없고 부첩(符牒: 통행증)도 없어서 관문을 넘어갈 수 없습니다. 저는 이십이랑(二十二郞: 위포)께서 장차 서쪽으로 가려 하신다고 삼가 알고 있는데, 이 기회에 저도 함께 서쪽으로 돌아갈 수 있게 된다면 저의 소원이 이루어지는 것입니다. 혹 당신께서 우둔하고 비천한 저를 버리지 않고 마부 일을 맡겨 주신다면, 소인과 같은 주제에 또 얼마나 다행이겠습니까!"

위포는 그의 청을 들어주기로 했다. 위포는 식사를 마치고 10여 리를 갔는데, 귀원창이 위포의 지시를 잘 받들어 미리 알아서 일을 처리했기에 위포는 아주 적합한 하인을 얻었다고 생각했다. 얼마 후 그들이 찻집에서 쉬고 있을 때, 수십 대의 작은 수레가 막 도착해 멍에를 풀고 소를 놓아 길옆에서 풀을 뜯어 먹게 했다. 그때 귀원창이 소 무리 옆을 빨리 지나가면서 손으로 한 소의 다리를 치자, 그 즉시 소가 아파 울면서 앞으로 걸어가지 못했다. 소 주인은 귀원창의 행동을 전혀 보지 못한 채 황급히 수의사를 찾으려 했는데, 그때 귀원창이 소 주인에게 말했다.

"나는 일찍이 수의사를 지낸 적이 있으므로 당신을 위해 이 소를 치료해 드리겠소."

그러고는 곧장 담 밑에서 약간의 흙을 비벼 가루로 만든 뒤 소의 다리 위에 바르고 나서 소를 급히 몰아 수십 걸음 내달리게 했더니, 마침내 소가 이전처럼 나았다. 사람들은 모두 신기해하면서 감탄했다. 소 주인이 귀원창에게 차 두 근을 사서 보답하자, 귀원창은 즉시 그것을 위포에게 바치며 말했다.

"저처럼 하찮은 종복이 다행스럽게도 당신의 돌봐 주심을 받았으니, 보잘것없는 재주로 얻은 것을 바쳐 옛날 미나리를 바친 자[27]를 본받고자 합니다." 미 : 소인이 총애를 얻는 작태다.

위포는 더욱 그를 어여삐 여겼다. 위포는 동관(潼關)에 머물렀는데, 객점 주인의 어린 아들이 문 앞에서 놀고 있을 때 보았더니, 귀원창이 손으로 그 아이의 등을 찌르자 아이가 즉시 놀라 기절하더니 한 식경 동안 깨어나지 못했다. 객점 주인이 말했다.

"이런 증상은 악질에 걸린 것이다!"

그러고는 이낭(二娘)이라는 무당을 불러 집으로 오게 했는데, 이낭이 비파를 켜서 신을 맞이한 뒤 한참 동안 하품과

---

27) 미나리를 바친 자 : 어떤 시골 사람이 미나리를 이 세상에서 제일 맛있는 것이라고 생각해 동네 부호에게 바쳤는데 그 맛이 형편없었다는 이야기가 《열자(列子)》〈양주(楊朱)〉에 나온다. 나중에는 변변치 않은 것을 드린다는 겸사(謙辭)로 쓰인다.

재채기를 하고 나서 말했다.

"삼랑(三郎)께서 와서 주인에게 말을 전하라고 하시는데, '이는 객귀(客鬼)가 재앙을 일으킨 것으로 내가 이미 그를 체포했다'라고 하십니다."

그러면서 그 객귀의 모습과 옷차림을 말했는데 바로 귀원창이었다. 이낭이 또 말했다.

"아들을 향탕(香湯)으로 목욕시키면 그 병이 즉시 나을 것입니다."

주인이 그 말대로 했더니 아들의 병이 즉시 나았다. 위포는 귀원창이 한 짓을 보았기에 이미 그를 꺼리고 있었는데, 무당이 그런 말을 하자 귀원창을 불렀으나 오지 않았다. 위포는 다음 날 다시 길을 떠나 적수(赤水)의 서쪽에서 머물렀다. 그때 길옆에서 갑자기 귀원창이 나타났는데, 그는 다 떨어진 자색 적삼을 입은 채 마치 등이 아픈 것처럼 걸음걸이가 매우 무거웠다. 귀원창이 말했다.

"제가 어찌 감히 부끄럽다고 여기지 않겠습니까? 그래서 금방 이십이랑을 뵈러 오지 못했던 것입니다. 저는 객귀입니다. 어제의 일은 감히 다시 말씀드리지 않겠습니다. 저는 이미 화악신군(華嶽神君)에게 벌을 받았습니다. 무당이 말한 삼랑은 바로 금천왕(金天王)입니다. 이십이랑은 도성에 도착하면 틀림없이 이곳의 현령이 되실 것이니 걱정하지 않으셔도 됩니다."

위포가 말했다.

"네가 이전에 말한 빙육랑 등이 설마 모두 사람은 아니겠지?"

귀원창이 말했다.

"빙육랑은 이름이 이(夷)이며 바로 하백(河伯)인데, 헌원천자(軒轅天子)의 사랑하는 아들입니다. 미 : 수신(水神)의 이름이 빙육이라니 매우 신기하다. 변 판관은 이름이 화(和)28)이며, 바로 옛날에 월형(刖刑 : 발꿈치를 자르는 형벌)을 받았던 사람인데, 보옥을 잘 식별했기 때문에 저승에서 그를 형산옥사판관(荊山玉使判官)으로 삼았습니다. 헌원 집안의 노복이 사소한 일29)을 눈감아 주지 않았기 때문에 저는 곧바로 빙육랑의 눈 밖에 나게 되었습니다. 미 : 여전히 부호 집안 노비의 말투다. 지금 이렇게 곤궁한 처지에 있는 것은 사실 여기에서 비롯한 것입니다."

위포가 말했다.

---

28) 화(和) : 변화(卞和). 춘추 시대 초(楚)나라 사람으로, 형산(荊山)에서 박옥(璞玉)을 구해 초왕에게 바쳤으나 의심을 받아 월형(刖刑)을 당했는데, 나중에 박옥을 다듬어 보니 진귀한 보옥이어서 이를 화씨벽(和氏璧)이라 했다.

29) 사소한 일 : 귀원창이 변 판관에게 찻값과 술값을 달라고 한 일을 말한다.

"빙이의 항렬이 어찌하여 여섯째냐?"

귀원창이 말했다.

"빙이는 수관(水官)인데 [오행에서] 수(水)가 수리(數理)로 6에 해당하므로 그렇게 부를 뿐입니다. 미：눈도 물과 같으므로 눈의 신을 등육(滕六)이라 한다. 황제(黃帝)의 네 아들 중에서 헌원사랑이 바로 그 막내입니다."

위포는 그해에 곽구현령(霍丘縣令)에 제수되어 귀원창의 말대로 되었다.

韋浦者, 自壽州士曹赴選, 至閿鄉逆旅. 方就食, 忽有一人前拜, 自稱歸元昶, 常力鞭轡之任, 願備門下廝養卒. 浦視之, 衣甚垢, 而神彩爽邁, 因謂曰：“爾何從至?” 對曰：“某早蒙馮六郎, 職在河中, 歲月頗多, 給事亦勤, 甚見親任. 昨六郎與軒轅四郎同至此, 求卜判官買腰帶, 某於其下丐茶酒直, 遂有言語相及. 六郎謂某有所欺, 斥留於此. 眉：卽此便是豪家奴本色, 六郎斥之是矣. 某傭賤, 復尠資用, 非有符牒, 不能越關禁. 伏知二十二郎將西去, 某因而獲歸, 爲願足矣. 或不棄頑下, 終賜鞭驅, 小人之分, 又何幸焉!" 浦許之. 食畢, 乃行十數里, 承順指顧, 無不先意, 浦極謂得人. 俄而憩於茶肆, 有扁乘數十適至, 方解轅縱牛, 齕草路左. 歸趨過牛群, 以手批一牛足, 牛卽鳴痛不能前. 主初不之見, 遽將求醫, 歸謂曰：“吾常爲獸醫, 爲爾療此牛." 卽於牆下捻碎土少許, 傳牛脚上, 因疾驅數十步, 牛遂如故. 衆皆興嘆. 其主乃買茶二斤饋之, 卽進於浦曰：“庸奴幸蒙見諾, 思以薄伎所獲, 效獻芹者." 眉：小人取寵之態. 浦益憐之. 次於潼關, 主人有稚兒戲於門下, 乃見歸以手搥其背, 稚兒卽驚悶絕, 食頃不寤. 主人曰: "是狀爲中惡疾!" 呼巫名二娘者至家, 以琵琶迎神, 欠噓良久, 曰: "三郞至矣, 傳語主人, 此客鬼爲祟, 吾且錄之矣." 言其狀與服色, 眞歸也. 又曰: "若以蘭湯浴之, 此患卽除." 如言而兒愈. 浦見歸所爲, 已惡之, 及巫者有說, 呼則不至矣. 明日又行, 次赤水西. 路傍忽見元昶, 破弊紫衫, 有若負痛, 行步甚重. 曰: "某不敢以爲羞恥? 便不見二十二郞. 某, 客鬼也. 昨日之事, 不敢復言. 已見責於華嶽神君. 巫者所云三郞, 卽金天也. 二十二郞到京, 當得本處縣令, 無足憂也." 浦云: "爾前所說馮六郞等, 豈皆人也?" 歸曰: "馮六郞名夷, 卽河伯, 軒轅天子之愛子也. 眉: 水名馮六, 甚新. 卞判官名和, 卽昔刖足者也, 善別寶, 地府以爲荊山玉使判官. 軒轅家奴客, 小事不相容忍, 遂令某失馮六郞意. 眉: 仍是豪奴聲口. 今日逃竄, 實此之由." 浦曰: "馮何得第六?" 曰: "馮, 水官也, 水成數六耳. 眉: 雪, 水類, 故神名滕六. 黃帝四子, 軒轅四郞, 卽其最小者也." 浦其年選授霍丘令, 如其言.

* 이 고사는 《태평광기》 권341 〈귀·위포〉에 실려 있다.

57-14(1695) 우문적

우문적(宇文覿)

출《광이기》

한철(韓徹)은 [당나라] 건원(乾元) 연간(758~760)에 농주(隴州)의 오산현령(吳山縣令)에 임명되었다. 그는 평소에 진사 우문적(宇文覿)·신직(辛稷) 등과 친분이 있었기에 그들은 함께 한철을 따라 오산현으로 가서 공부했으며, 한철은 그들에게 가을 과거 시험의 비용을 대 주겠다고 했다. 오산현령의 관아는 "흉궐(凶闕)"이라 불렸는데 전임 현령들이 많이 죽어 나갔다. 그 관아에는 큰 홰나무가 있었는데, 우문적과 신직 등은 이것이 귀신에 씌었다고 생각했다. 그래서 그들은 몰래 담당 관리와 함께 한철이 없는 틈을 타서 그 나무를 베어 버리려고 했다. 날을 정해 놓고 다시 한철에게 말했더니, 한철이 그들을 말리며 말했다.

"목숨이란 하늘에 달려 있는 것이지 나무에 그 책임이 있지 않소."

그래서 마침내 나무를 베려던 계획을 그만두었다. 며칠 후에 우문적과 신직이 그 나무로 갔더니 나무에 구멍 하나가 있었는데, 그 주위가 매우 매끄러웠고 그 속에 있던 푸른 기운이 위로 올라가 구름이 되었다. 그들은 한철이 침소로 돌아가기를 기다렸다가 현의 주민에게 그것을 파라고 했다. 주민들이 몇 척을 팠더니 한 무덤이 나왔는데, 그 무덤 속에는 이미 썩은 관이 있었고, 약간의 치아와 머리카락 및 정강이뼈와 허벅지뼈가 여전히 남아 있었다. 그들이 멀리서 바라보았더니 서북쪽 모퉁이에 한 물건이 있었다. 그들은 괴이하다고 생각해 돈 5000냥으로 두 사람을 고용해 그것을 가져오게 했다. 두 사람이 밧줄을 타고 내려가서 보았더니 식수병(食水甁)이 있었는데, 그 병 속에는 물이 있었고 물 위에는 능금과 밧줄 등이 있었다. 그것을 땅바닥에 쏟았더니 모두 연기처럼 사라졌다. 한철이 도착해서 좌사(佐史 : 아전)에게 그 유골과 머리카락을 거두어 새 관에 염한 뒤에 야외에 묻어 주게 했다. 미 : 본래 요괴를 제거하려 했는데 도리어 유골을 묻어 주었다. 그런데 좌사가 돈을 빼돌리고 작은 책상자에 뼈를 부러뜨려 집어넣고 그것을 묻었다. 협 : 악행이 심하다. 좌사는 집에 도착하고 나서 갑자기 죽을 것 같았기에 집안사람이 한철에게 그 사실을 알렸더니, 한철은 무당을 불러 그를 살펴보게 했다. 무당은 한철 앞에서 귀신의 말로 말했다.

"나는 진(晉)나라의 장군 설필악(偰苾鍔)으로, 전쟁하다가 죽어서 이곳에 묻혔습니다. 내 무덤 가까이에 말 시장이 들어서는 바람에 늘 오물 때문에 괴로워서 내 무덤을 다른 곳으로 옮겨 주길 바랐습니다. 지금까지 사람들에게 여러 차례 하소연했지만 그때마다 사람들이 죽는 바람에 저승에서의 괴로움을 전달할 방법이 없었습니다. 그런데 지금 명부(明府 : 한철)의 은덕이 저승에까지 미쳐, 돈을 희사해 새 관을 사 주셨습니다. 그러나 아전이 잔혹하고 흉악해서 책상자에 내 유골과 머리카락을 담았는데, 뼈는 길고 상자는 짧자 내 허벅지와 정강이를 부러뜨리는 바람에 그 고통을 참을 수 없어서 그에게 복수를 한 것일 따름입니다."

한철은 귀신에게 사과하며 스스로 말했다.

"내가 현령으로서 현명하게 살피지 못해 부하 관리가 이런 사기를 저지르게 되었습니다. 반드시 그에게 관을 사고 의복과 이불을 당신에게 보내 주게 할 것이니, 그의 죄를 용서해 주십시오."

무당이 또 귀신의 말을 했다.

"곧 그를 풀어 주겠습니다. 이 일을 처음 계획한 사람은 바로 우문칠(宇文七 : 우문적)과 신사(辛四 : 신직)입니다. 저승의 혼령이 큰 덕을 입었는데 어찌 감히 그들을 잊겠습니까? 신 후(辛侯 : 신직)는 머지않아 틀림없이 관리로 발탁되어 그 영광을 충분히 누릴 것입니다. 하지만 우문생(宇文生 : 우문적)은 박명하고 관운도 없으니, 비록 과거에는 한 번 급제하겠지만 끝내 벼슬은 하지 못할 것입니다. 또한 액운이 많겠지만 내가 반드시 그를 죽음에서 구해 낼 것입니다. 만약 그가 갑자기 벼슬한다면 비록 나라고 해도 그를 구제할 수 없습니다."

귀신은 말을 마치고 떠났다. 좌사는 풀려난 뒤에 그제야 설필악을 예로써 장례 치러 주었다. 우문적의 집은 기산(岐山)에 있었는데, 오랜 후에 설필악이 갑자기 공중에서 말했다.

"칠랑(七郞 : 우문적)의 부인이 마을에서 급병이 났는데, 방금 내가 그곳에 가서 치료해 주었더니 지금은 약간 나았습니다. 잠시 후 마을 사람이 소식을 알려 올 텐데 두려워하지 않아도 됩니다. 만약 당신이 집으로 돌아간다면 부인의 병이 다 나은 후에는 삼가 말고기를 먹지 마십시오."

잠시 후 심부름꾼이 오더니 설필악이 말한 대로 말해 주었다. 우문적이 집에 들어서니 그의 부인은 병이 나아 있었다. 마침 어떤 장객(莊客 : 소작농)의 망아지가 죽자 익힌 창자와 고기를 우문적에게 보내 주었는데, 우문적은 설필악이 한 말을 잊고 그것을 먹었다가 건곽란(乾霍亂 : 토하거나 설사하지 않고 속이 뒤틀리는 병)에 걸려 답답해하며 여러 번 숨이 멎었다. 그때 갑자기 설필악의 말이 들렸다.

"당신에게 말고기를 먹지 말라고 했는데 왜 약속을 어겼습니까? 그 말은 전생에 당신의 원수였습니다. 만약 내가 없었으면 당신은 살아날 방법이 없었을 것이지만, 내가 있으니 걱정하지 마십시오."

설필악이 마침내 주위 사람에게 붓을 잡고 처방문을 쓰

게 했는데, 약이 도착하자 우문적이 그것을 먹었더니 바로 나았다. 그 후에 우문적은 오산현으로 돌아갔는데, 마침 기주(岐州)의 토비(土匪)들이 왕호(王號)를 참칭하고 관서를 열어 백관을 설치했다. 우문적은 명성이 있었으므로 중서사인(中書舍人)에 임명되었다. 토비들은 얼마 후 관병에게 살해되었고, 우문적 등 70여 명은 기주의 감옥에 갇혔다. 설필악은 다시 우문적의 부인이 있는 곳으로 가서 말했다.

"칠랑이 죄를 범해 내가 저승에서 단단히 청을 올리려고 하는데, 돈 3000관(貫)이 필요합니다."

우문적의 부인은 집이 가난하기 때문에 사실상 그 돈을 마련할 수 없다고 하자 설필악이 말했다.

"저승에서 필요로 하는 것은 지전(紙錢)입니다."

부인이 말했다.

"지전이라면 당연히 힘써 마련하겠습니다."

우문적의 부인이 지전을 다 불사르자 설필악은 다시 감옥으로 가서 우문적에게 말했다.

"내가 당신을 위해 청탁을 해서 일이 잘 해결되었습니다. 유 사군(劉使君)이 오면 즉시 풀려날 수 있을 것이니, 배부르게 먹고 걱정하지 마십시오."

얼마 후 조정에서 조서를 내려 유안(劉晏)을 농주자사(隴州刺史)로 임명했는데, 유안은 떠나는 날 주청했다.

"명현(名賢)을 욕되게 한 것은 일찍이 보지 못했습니다.

그곳의 담당 관리들은 단지 역적에게 끌려들어 가서 모두 감옥에 갇혀 있으니, 신이 농주에 당도하는 날 그들을 모두 풀어 주길 청합니다."

황상은 그의 주청을 윤허했다. 유안은 농주에 도착한 후에 죄수들을 모두 불러내 칙지를 선포하고 방면했다. 미:유공(劉公:유안)의 음덕은 어찌하여 보답하지 않는가? 우문적은 이미 토비에게 관리로 임명되었기 때문에 부끄러움을 안고 집으로 돌아갔다. 반년 남짓 후에 여숭분(呂崇賁)이 하동절도사(河東節度使)가 되어 서기(書記)를 맡을 사람을 구했는데, 조정에서 많은 사람이 우문적을 추천하자 여숭분은 우문적을 좌위병조(左衛兵曹) 겸 하동서기(河東書記)에 임명해 달라고 상주했다. 황상은 칙명을 내려 우문적에게 관복 한 벌을 하사했고, 여숭분은 그에게 비단 100필을 보내 주었다. 칙지가 도착하자 우문적은 몹시 기뻐하며 칙지를 받고 녹색 옷을 입은 채 서쪽 도성을 향해 절을 하고 춤을 추었는데, 그때 갑자기 우문적의 노복이 땅에 쓰러졌다. 노복은 설필악의 혼령에 씌어 한참 동안 탄식하다가 우문적에게 말했다.

"벼슬하지 말라고 했는데 왜 그것을 받았습니까? 이번에는 당신을 구제할 수 없습니다."

우문적이 말했다.

"지금이라도 벼슬을 돌려주면 어떻겠습니까?"

설필악이 대답했다.

"이미 받은 관직을 어떻게 다시 돌려준단 말입니까?"

나흘 후에 우문적은 병에 걸려 죽었다. 처음 무당이 설필악을 보았을 때, 그는 의관이 매우 위엄 있고 귀밑털과 머리카락이 온통 붉었는데, 그 모습이 마치 지금의 고막해(庫莫奚)30) 사람과 같았다고 했다.

韓徹者, 以乾元中任隴州吳山令. 素與進士宇文覿‧辛稷等相善, 並隨徹至吳山讀書, 兼許秋賦之給. 吳山縣令號"凶闕", 前任多死. 令廳有大槐樹, 覿‧稷等意是精魅所憑. 私與典正, 欲徹不在, 砍伐去之. 期有日矣, 更白徹, 徹止之曰: "命在於天, 責不在樹." 其謀遂已. 後數日, 覿‧稷行樹, 得一孔, 旁甚潤澤, 中有靑氣, 上升爲雲. 伺徹還寢, 乃命縣人掘之. 深數尺, 得一冢, 冢中有棺木已爛, 有少齒髮及脛骨胯骨猶在. 遙望西北陬, 有一物. 衆謂是怪異, 乃以五千顧二人取之. 二人緣索而下往視, 得食甁, 甁中有水, 水上有林檎縋夾等物. 瀉出地上, 悉如烟銷. 徹至, 命佐史收骨髮, 以新棺斂葬諸野. 眉：本爲除妖, 反獲掩胳. 佐史偸錢, 用小書函折骨埋之. 夾：惡甚. 旣至舍, 倉卒欲死, 家人白徹, 徹令巫視

---

30) 고막해(庫莫奚) : 남북조 시대에는 '고막해', 수당 시대에는 '해(奚)'라 불렸다. 동호(東胡)의 지파로 요락수(饒樂水 : 지금의 시라무렌강) 유역에 분포했으며, 유목과 수렵을 겸했다. 북위(北魏) 때 부족이 번성했다가 점차 거란족에 동화되었다.

之. 巫於徹前靈語云:"己是晉將軍契苾鍔,身以戰死,受葬於此. 冢近馬坊,恒苦糞穢,欲求遷改. 前後累有所白,多遇死人,遂令冥苦無可上達. 今承明府恩及幽壤,捐錢市櫬. 胥吏酷惡,乃以書函見貯骨髮,骨長函短,斷我胯脛,不勝楚痛,故復仇之耳."徹辭謝,自陳:"爲主不明,令吏人等有此僞欺. 當令市櫬,以衣被相送,可赦其罪也."又靈語云:"尋當釋之. 然創造此謀,是宇文七及辛四. 幽魂佩戴,豈敢忘之? 辛侯不久自當擢祿,足光其身. 但宇文生命薄無位,雖獲一第,終不及祿. 且多厄難,我當救其生死. 若忽爲官,雖我亦不能救."言畢乃去. 佐史見釋,方獲禮葬. 覿家在岐山,久之,鍔忽空中語云:"七郎夫人在莊疾亟,適已往彼營救,今亦小痊. 尋有莊人來報,可無懼也. 若還,妻可之後,愼無食馬肉."須臾使至,具如所白. 覿入門,其妻亦愈. 會莊客馬駒死,以熟腸及肉餒覿,覿忘其言而食之,遇乾霍亂,悶而絕氣者數矣. 忽聞鍔言云:"令君勿食馬,何故違約? 馬是前世冤家. 我若不在,君無活理. 我在,亦無苦也."遂令左右執筆疏方,藥至,服之乃愈. 後覿還吳山,會岐州土賊欲借僞號,署置百官. 覿有名,被署中書舍人. 賊尋被官兵所殺,覿等七十餘人繫州獄. 鍔復至覿妻所,語云:"七郎犯事,我在地中大爲求請,然要三千貫錢."妻辭貧家,實不能辦,鍔曰:"地府所用,是紙錢."妻云:"紙錢當力辦之."焚畢,復至獄中謂覿曰:"我爲君屬請,事亦解矣. 有劉使君至者,卽當得放,飽食無憂也."尋而詔用劉晏爲隴州刺史,辭日奏曰:"點污名賢,曾未相見. 所由但以爲逆所引,悉皆繫獄,臣至州日,請一切釋免."上可其奏. 晏旣至州,悉召獄囚,宣敕放之. 眉:"劉公陰德,何以無報? 覿旣以爲賊所署,恥而還家. 半歲餘,呂崇賁爲河東節度,求書記之士,在朝多言覿者,崇賁奏覿左衛兵曹・河東書記. 敕賜衣一襲,崇賁送絹百匹. 敕至, 覿甚喜, 受敕, 衣綠裳, 西向拜蹈, 奴忽倒地. 鍔靈語嘆息久之, 謂覿:"勿令作官, 何故受之? 此度不能相救矣." 覿云:"今却還之, 如何?"答云:"已受官畢, 何謂復還?"後四日, 覿遇疾卒. 初, 女巫見鍔, 衣冠甚偉, 鬢髮洞赤, 狀若今之庫莫奚云.

* 이 고사는《태평광기》권336〈귀·우문적〉에 실려 있다.

57-15(1696) 고총

고총(顧總)

출《현괴록(玄怪錄)》 미 : 한 편에 처음 듣는 말이 많다(篇多創聞之語).

양(梁)나라 천감(天監) 원년(502)에 무창(武昌)의 하급 관리 고총은 어리석고 사리에 어두워 자기의 일을 제대로 해내지 못해서 자주 현령에게 매질을 당했다. 그가 한번은 울분을 가득 품고 묘지 사이로 도망가서 근심에 싸여 이리저리 방황하며 어디로 가는지도 몰랐다. 그때 갑자기 누런 옷을 입은 사람 둘이 나타나더니 고총을 돌아보며 말했다.

"유 군(劉君)은 지난날 우리가 함께 어울렸던 때를 기억하시오?"

고총이 말했다.

"소인은 고씨이고 이전에 당신들을 만난 적도 없는데, 어찌하여 함께 어울렸던 때를 물으십니까?"

두 사람이 말했다.

"우리는 왕찬(王粲)과 서간(徐幹)이오. 그대는 전생에 유정(劉楨)이었는데, 곤명시중(坤明侍中)으로 있다가 뇌물을 받은 죄로 인해 하급 관리로 폄적되었소. 그대는 저절로 알게 될 것이오."

그러고는 소매 안에서 두루마리 책을 꺼내 고총에게 보

여 주며 말했다.

"이것은 그대의 문집이오."

고총은 그것을 자세히 읽어 보고 모든 것을 분명하게 깨달았으며, 갑자기 문사(文思)가 샘솟는 것 같은 느낌을 받았다. 그의 문집은 많은 사람이 가지고 있었는데, [그가 읽어 본 문집에는] 그가 죽은 후에 지은 글 몇 편이 더 적혀 있었다. 또 〈어가를 따라 유려궁(幽麗宮)을 노닐다 생전 서원(西園)의 문회(文會)31)를 떠올리며 지문부정랑(地文府正郞) 채백개[蔡伯喈 : 채옹(蔡邕)]에게 보냄〉이라는 제목의 시가 한 수 있었는데, 미 : 채 중랑(蔡中郞 : 채옹)이 지문부정랑이 되었는데, '지문'은 혹시 지부(地府 : 저승)의 별칭일까? 그 시는 대략 이러했다.

"처음엔 뭇 군자들을 따라, 날마다 어진 왕을 모시며 기뻐했네. 어찌 십여 년 만에, 차가운 능침(陵寢)의 오동나무를 생각했겠는가? 오늘 곤명국(坤明國)에 와서, 다시금 잠선관(簪蟬冠)을 돌아보네. 서원(西園)에서 즐기던 때를 회상하니, 생사 때문에 잠시 마음이 슬픔으로 쓰라리네."

또 이런 구절도 있었다.

---

31) 서원(西園)의 문회(文會) : '서원'은 위(魏)나라 무제 조조(曹操)가 만든 동산이고, '문회'는 조씨 부자가 왕찬·유정 등 이른바 건안 칠자(建安七子)와 함께 술을 마시며 시를 지었던 모임을 말한다.

"그대는 옛날 한나라의 공경(公卿)으로, 미앙궁(未央宮)의 군현(群賢) 중에서 으뜸이었네. 그대도 만약 생전의 일을 기억하고 있다면, 이 시를 보고 나와 같이 슬퍼하리라."

왕찬이 고총에게 말했다.

"나는 본디 왜소해서 어쩔 수 없이 악진(樂進 : 조조의 장수)의 딸에게 장가들었는데, 미 : 악진은 왜소했다. 그녀는 아비를 닮아 더 심하게 왜소했소. 그대와 작별한 후에 다시 유 형주[劉荊州 : 유표(劉表)]의 딸에게 장가들어 얼마 후 아들 하나를 낳았소. 미 : 저승에서 다시 장가들어 아들을 낳은 것은 여기서만 보인다. 유 형주는 내 아들에게 옹노(翁奴)라는 자를 지어 주었는데, 아들은 올해 열여덟 살이 되었고 키는 7척 3촌이나 되오. 다만 아직 집안 어른인 그대를 뵙지 못한 게 마음에 걸리오. 미 : 그 아들은 유정에게는 인척 집안의 아들이니 '어른'이라 부르는 게 합당하다. 그대도 아들이나 딸을 낳았는지 모르겠소?"

고총은 한참을 깊이 생각한 뒤에 그들을 조금 알 것도 같아서 말했다.

"두 분께서 저의 친구라면 이 하급 관리의 액운을 벗어나게 해 주실 무슨 방도가 있습니까?"

서간이 말했다.

"그대는 그저 아까 그 문집을 들고 현령(縣令)을 찾아가 호소하기만 하면 액운을 벗어날 수 있을 것이오."

고총이 또 물었다.

"곤명은 어떤 나라입니까?"

서간이 말했다.

"위(魏)나라 무제(武帝)가 개국했던 업(鄴) 땅이오. 미 : 저승에도 따로 지도가 있다. 공은 옛날에 그 나라의 시중으로 있었는데 벌써 잊었소? 곤명에 있는 공의 식구들은 모두 별 탈 없이 지내고 있소. 공의 어린 딸 수낭(羞娘)이 〈봉억(奉憶)〉이란 시 한 편을 지었는데, 그 시에서 '기억하나니 아버지는, 날 버리고 집에 돌아오지 않으셨네. 시중을 그만두고 하급 관리 되셨으니, 부귀영화 버린 채 고생만 하신다네. 아버지 그리워 어서 만나 뵙길 바라니, 나에게 오얏과 참외 사다 주시겠지'라고 했소."

서간이 시를 다 읊자 고총은 자기도 모르게 눈물을 흘리면서 〈기교수낭(寄嬌羞娘 : 사랑하는 딸 수낭에게 부치며)〉이라는 시 한 수를 지었는데 이러했다.

"딸아이 모습 기억하며, 딸아이 마음 떠올리지만, 딸아이 만나지 못해 눈물로 옷깃 적시네. 각자 세월이 흐르고 세상이 달라 서로 만나기 어려우니, 이 생을 버리고 나면 반드시 다시 만나자꾸나."

이윽고 왕찬과 서간은 진심으로 작별을 고하면서 그에게 《유정집(劉楨集)》 다섯 권을 남겨 주었다. 고총은 현령을 만나 그 일을 자세히 얘기했다. 현령은 유정의 문집 뒤에 있는 시를 보더니 깜짝 놀라며 말했다.

"유공간(劉公幹 : 유정)에게 하급 관리를 하게 할 수는 없다!"

그러고는 고총을 해직시키고 빈객의 예로 대우했다. 미 : 해직시킨 것은 괜찮지만 빈객으로 대우한 것은 잘못이다. 뇌물을 받아 폄적되었으니 저승의 죄인인데, 어찌 이승의 귀빈(貴賓)이 된단 말인가? 후에 고총은 어디로 갔는지 알 수 없었으며, 그의 문집도 곧 없어졌다. 당시 사람들은 자제를 권면하면서 모두 이렇게 말했다.

"죽은 유정이 산 고총을 보살펴 주었으니 수신(修身)에 힘쓰지 않을 수 있겠느냐!"

梁天監元年, 武昌小吏顧總, 性昏懸, 不任事, 數爲縣令鞭朴. 嘗鬱鬱懷憤, 因逃墟墓之間, 彷徨惆悵, 不知所適. 忽有二黃衣, 顧見總曰 : "劉君頗憶疇日周旋耶?" 總曰 : "敝宗乃顧氏, 先未曾面, 何有周旋之問?" 二人曰 : "僕王粲·徐幹也. 足下前生是劉楨, 爲坤明侍中, 以納賂金, 謫爲小吏. 公當自知矣." 因出袖中軸書示之曰 : "此君集也." 總試省覽, 乃了然明悟, 便覺文思坌涌. 其集人多有本, 唯卒後數篇記得. 詩一章, 題云〈從駕遊幽麗宮, 却憶平生西園文會, 因寄地文府正郎蔡伯喈〉, 眉 : 蔡中郎爲地文府正郎. 地文, 或地府別名이오? 詩略云 : "始從衆君子, 日侍賢王歡. 豈意十餘年, 陵寢梧楸寒? 今來坤明國, 再顧簪蟬冠. 却想西園時, 生死暫悲酸." 又云 : "君昔漢公卿, 未央冠群賢. 倘若念平生, 覽此同愴然." 王粲謂總曰 : "吾本短小, 無何娶樂進女, 眉 : 樂進短

小. 女似其父, 短小尤甚. 自別君後, 改娶劉荊州女, 尋生一子. 眉:冥中改娶生子, 僅見. 荊州與字翁奴, 今年十八, 長七尺三寸. 所恨未得參丈人也. 眉:于楨爲通家子, 合呼丈人. 不知足下生來有郎娘否?" 良久沉思, 稍如相識, 因曰:"二君旣是總友人, 何計可脫小吏之厄?" 徐幹曰:"君但執前集, 訴於縣宰, 則脫矣." 總又問:"坤明是何國?" 幹曰:"魏武開國鄴地也. 眉:地府另有輿圖. 公昔爲其國侍中, 遽忘耶? 公在坤明家累, 悉無恙. 賢小嬌羞娘, 有一篇〈奉憶〉, 詩曰:'憶爺爺, 拋女不歸家. 不作侍中爲小吏, 就他辛苦棄榮華. 願爺相念早相見, 與兒買李市甘瓜.'" 誦訖, 總不覺涕泗交下, 因爲一章〈寄嬌羞娘〉云:"憶兒貌, 念兒心, 望兒不見淚沾襟. 時移世異難相見, 棄謝此生當重尋." 旣而粲·幹殷勤叙別, 乃遺《劉楨集》五卷. 見縣令, 具陳其事. 令見楨集後詩, 驚曰:"不可使劉公幹爲小吏!" 卽解遣, 以賓禮待之. 眉:解遣可也, 賓之非也. 納金被謫, 地府之罪人也, 乃陽間之貴賓乎? 後不知總所在, 集亦尋失. 時人勖子弟, 皆曰:"死劉楨猶庇得生顧總, 可不修進哉!"

* 이 고사는《태평광기》권327〈귀·고총〉에 실려 있다.

57-16(1697) 이패

이패(李霸)

출《광이기》

기양현령(岐陽縣令) 이패는 냉혹하고 사나워서 사람들에게 은혜를 베풀지 않았으므로, 현승(縣丞)과 현위(縣尉) 이하로 아전들은 모두 그에게 혹독한 처벌을 받았다. 그러나 그는 청빈함과 강직함[婞] 미 : 행(婞)은 음이 경(脛)이고 강하다는 뜻이다. 을 스스로 즐기는 성품이어서 처자식들은 배고픔과 추위를 면하지 못했다. 그는 처음 3년의 임기를 마친 후 갑자기 죽었는데, 염을 마쳤는데도 집에 조문객이 한 명도 오지 않았다. 그의 처가 매번 그의 관을 부여잡고 통곡하면서 소리쳤다.

"이패가 살아서 어찌했기에 지금 처자식이 이런 푸대접을 받는단 말인가!"

며칠 후에 관 속에서 갑자기 말을 했다.

"부인은 괴로워하지 마시오. 내가 마땅히 고향으로 돌아갈 방법을 강구하겠소." 미 : 관 속의 말이 관 밖에까지 들리니 그 소리가 크다. 옛 [춘추 시대] 진(晉)나라 문공(文公)의 영구에 곡할 때 소가 우는 것 같은 소리가 들렸다.

그러고는 식구들에게 청사에 제사상을 차리게 했는데,

이패가 모습을 드러내 관리들을 불러오라고 소리쳤다. 관리들은 본디 그를 두려워했던 터라 명령을 받자마자 급히 뛰어왔는데, 이패를 보고는 벌벌 떨며 두려워하지 않는 자가 없었다. 이패는 또 사람을 보내 현승과 주부(主簿)와 현위 등을 불러오게 해서 노해 꾸짖으며 말했다.

"너희가 아무리 무정하기로서니 어찌 이럴 수 있단 말이냐! 내가 너희를 죽일 수 없을 것이라 생각하느냐?"

이패가 말을 마치자 그들은 모두 고꾸라져 숨을 쉬지 못했다. 그들의 집안 식구들이 늘어서서 절하며 살려 달라고 빌자 이패가 말했다.

"물건 몇 가지만 바치면 살아나지 못할까 봐 걱정하지 않아도 된다. 각자 비단 다섯 필을 기준으로 삼을 테니, 비단이 도착하면 저들은 바로 살아날 것이다."

각자 감사를 드리고 나서 떠난 후에 이패가 두 아전에게 말했다.

"내가 평소 너희를 후하게 대해 주었거늘 어찌하여 다른 사람들과 똑같이 굴었느냐? 그러나 너희 한 몸을 죽인들 또한 무슨 도움이 되겠느냐? 마땅히 너희 두 집안의 말들을 죽임으로써 징험해 보이겠다."

잠시 후 말 수백 필이 일시에 모두 쓰러져 죽을 것 같았다. 그래서 두 집안의 사람들이 준마 두 필을 바쳤더니 다른 말들은 원래대로 회복되었다. 이패가 관리들에게 말했다.

"내가 비록 검소하고 청렴했지만 지금은 이미 죽었다. 제군들에게 말하니 나에게 조금의 은혜를 베풀어 줄 수 있지 않겠느냐?"

그래서 관리들은 각자 비단 다섯 필씩을 바쳤다. 이패는 또 아무 관리에게는 수레를 내놓게 하고, 아무개에게는 말을 내놓게 했으며, 아무 관리들에게는 일꾼을 내놓게 했는데, 이를 어기는 자는 반드시 죽이겠다고 했다. 미 : 늙어서는 재물을 얻는 것을 경계해야 하는데, 죽어서도 더 심하다. 일경(一更 : 저녁 7~9시)이 지나서야 사람들은 비로소 돌아갔다. 며칠 후에 그의 분부대로 다 마무리되자 가족들이 그를 인도해 길을 떠났는데, 매번 제사 지내는 곳에 이르면 머물러 제삿밥을 먹었고 제삿밥을 다 먹은 후에는 다시 말을 타고 떠났다. 이렇게 10여 리를 가서 교외에 이르렀을 때 이패가 갑자기 사라졌다. 밤이 되어 수레를 멈추고 처자식이 곡을 하려 하자 관 속에서 말했다.

"나는 여기에 있다. 너희들도 피곤할 테니 곡할 필요 없다." 미 : 이처럼 밝은 신령이라면 정말로 곡하지 않아도 된다.

이패의 집은 도성에 있어서 기양현에서 1000여 리나 떨어져 있었는데, 이패는 묵는 곳에 이를 때마다 식구들에게 모두 곡을 하지 말라고 했다. 수백 리를 갔을 때 이패가 갑자기 아들에게 말했다.

"오늘 밤은 잠들지 마라. 어떤 놈이 좋은 말을 훔쳐 가려고 하니 미리 방비해야 한다."

그러나 식구들은 먼 길을 걷느라 너무 지쳐서 그의 주의를 따르지 않은 바람에 그날 밤에 결국 말을 잃어버렸다. 날이 밝았을 때 아들이 이 사실을 이패에게 아뢰자 이패가 말했다.

"내가 도둑을 방비하라고 했거늘 어찌하여 잠 욕심을 냈단 말이냐? 그렇지만 말은 결국 잃어버리지 않았다. 가까운 객점 동쪽에 남쪽을 향해 난 길이 있는데, 그 길을 따라 10여 리를 가면 수풀이 나올 것이고 말은 그곳 나무 아래 매여 있으니 가서 가져오너라."

식구들은 그의 말대로 해서 말을 찾았다. 도성에 도착하자 친척들은 그 기이한 이야기를 듣고 앞다퉈 조문하러 왔다. 사람들이 아침부터 저녁까지 찾아와서 이패와 만나길 청했는데, 이패가 관 속에서 일일이 그들을 응대하자 공경하고 삼가지 않는 사람이 없었다. 사람들이 구경하느라 모여들어 시끄럽게 떠들자 식구들은 그 번잡함을 견딜 수 없었다. 이패가 갑자기 아들에게 말했다.

"손님들이 오는 것은 나를 보고자 함일 뿐이다. 너는 청사를 마련해라. 내가 친척들을 한번 만나고자 한다."

아들이 그 말대로 하자 사람들이 마당에서 기다렸더니 한참 있다가 이패가 말했다.

"내가 왔다!"

그러면서 휘장을 거두게 하자 홀연 이패가 보였는데, 머리는 항아리만큼이나 컸고 눈은 시뻘겋고 눈알은 튀어나와 있었다. 그가 손님들을 뚫어지게 쳐다보자 모두 놀라 나자빠지더니 차츰 물러나 떠나갔다. 이패가 아들에게 말했다.

"사람과 귀신은 길이 달라서 방 안은 내가 오래 머물 곳이 아니니 속히 나를 들판에 묻어라."

말을 마치더니 보이지 않았고 그의 말소리도 마침내 끊어졌다.

岐陽令李霸者, 嚴酷剛鷙, 所遇無恩, 自承[1]尉已下, 典吏皆被其毒. 然性清婞 眉 : 婞, 音脛, 恨也. 自喜, 妻子不免饑寒. 一考後暴亡, 旣斂, 庭絶吊客. 其妻每撫棺慟哭, 呼曰 : "李霸在生云何, 今妻子受此寂寞!" 數日後, 棺中忽語曰 : "夫人無苦. 當自辦歸." 眉 : 棺中語聞棺外, 其聲大. 哭昔晉文公柩有聲如牛. 具令家人於廳事設案几, 霸見形, 傳呼召諸吏等. 吏人素故畏懼, 聞命奔走, 見霸莫不戰懼股慄. 又使召丞及簿尉等, 霸訶怒云 : "君等無情, 何至於此! 爲我不能殺君等耶?" 言訖, 悉顚仆無氣. 家人羅拜祈禱, 霸云 : "但通物數, 無憂不活. 率以五束絹爲准, 絹至便生." 各謝訖去後, 謂兩廂典 : "吾素厚於汝, 何故亦同衆人? 唯殺汝一身, 亦復何益? 當令兩家馬死爲驗." 須臾, 數百匹一時皆倒欲死. 遂人通兩匹細馬, 馬復如故. 因謂諸吏曰 : "我雖素清, 今已死. 謝諸君, 可能不惠涓滴乎?" 又率以五匹絹畢. 指令某官出車, 某出騎, 某吏出役, 違者必死. 眉 : 老戒在得, 死當更甚. 一更後方散. 後日處分悉了, 家人引道, 每至祭所, 留下歆饗, 饗畢, 又上馬去. 凡十餘里, 已及郊外, 遂不見. 至夜, 停車騎, 妻子欲哭, 棺中語云: "吾在此. 汝等困弊, 無用哭也." 眉: 如此靈爽, 眞可無哭. 霸家在都, 去岐陽千餘里, 每至宿處, 皆不令哭. 行數百里, 忽謂子曰: "今夜可無寐. 有人欲盜好馬, 宜預防之." 家人遠涉困弊, 不依約束, 爾夕竟失馬. 及明啓白, 霸云: "吾令防盜, 何故貪寐? 雖然, 馬終不失也. 近店東有路向南, 可遵此行十餘里, 有藂林, 馬繫在林下, 往取." 如言得之. 及至都, 親族聞其異, 競來吊慰, 朝夕謁請, 霸棺中皆酬對, 莫不躇跎. 觀聽聚喧, 家人不堪其煩. 霸忽謂子云: "客等往來, 不過欲見我耳. 汝可設廳事. 我欲一見諸親." 其子如言, 衆人於庭伺候, 久之曰: "我來矣!" 命捲幃, 忽見霸, 頭大如甕, 眼赤睛突, 瞪視諸客等, 客莫不顚仆, 稍稍引去. 霸謂子曰: "人神道殊, 屋中非我久居之所, 速殯野外." 言訖不見, 其語遂絕.

* 이 고사는 《태평광기》 권331 〈귀・이패〉에 실려 있다.

1 승(承): "승(丞)"의 오기로 보인다.

57-17(1698) 위제휴
위제휴(韋齊休)
출《하동기》

위제휴는 진사(進士)에 급제한 후 여러 벼슬을 거쳐 원외랑(員外郞)에 이르렀고, 절서단련사(浙西團練使) 왕번(王璠)의 부사(副使)를 지냈으며, [당나라] 대화(大和) 8년(834)에 윤주(潤州)의 관사에서 죽었다. 삼경(三更)이 지나서 장차 소렴(小斂 : 시신에 수의를 입히고 이불을 덮는 일)을 하려고 할 때 위제휴가 갑자기 서쪽 벽 아래에서 큰 소리로 말했다.

"부인에게 전하는데 곡하지 마시오. 내 마땅히 분부하리다."

그 아내가 깜짝 놀라 땅에 넘어지자, 위제휴가 이불 밑에서 큰 소리로 말했다.

"부인은 지금 귀신의 아내가 되었는데, 귀신의 말을 듣고 갑자기 놀라 두려워하는 것이오?"

아내가 억지로 일어나 그의 말을 듣자 위제휴가 말했다.

"나와 부인은 정분이 매우 깊으므로 다음 생에서도 서로 떨어져 있지 않을 것이오. 집안의 대소사는 또한 마땅히 의논해야 할 것이오. 그리고 공연히 자식들을 슬피 울게 해서는 안 되니, 그것은 나로 하여금 저승에서 처자식을 더욱 걱정하게 하는 일이오. 밤새 여러 일을 모두 열심히 해서 빠지고 잘못된 것이 없으니 내가 기뻐할 만하오."

아내가 말했다.

"무슨 일이요?"

위제휴가 말했다.

"어제 호주(湖州)에 있는 유칠(庾七)이 하인을 살 돈을 부쳐 왔는데, 급히 서두르는 바람에 신경 써서 안배하지 못했소. 이제 한 푼도 부족하지 않으니 족히 위로가 되는구려."

한참이 지나서야 위제휴가 말을 마치자, 식구들은 각자 상사(喪事)를 처리했다. 날이 막 밝자 다시 위제휴가 부르는 소리가 들렸다.

"내가 방금 장청(張淸)의 집에 갔더니 근자에 세 칸짜리 초당(草堂)을 지어 놓았더군. 그 집이면 충분하니 번거로이 다른 사람을 수고롭게 해서 더 이상 안장할 곳을 빌리지 않아도 된다."

그날 저녁에 장청은 꿈속인 듯했는데 갑자기 위제휴가 나타나 말했다.

"나는 어제 이미 죽었는데, 미리 묏자리로 쓸 3무(畝)의 땅을 사 놓게 했으니 속히 안배하고 준비하시오."

장청은 하나하나 분명하게 모두 그의 명대로 따랐다. 장차 상여를 끌고 돌아갈 때가 되자 위제휴는 스스로 발인할 날짜를 잡았으며, 사람을 부리는 것도 평상시와 똑같았다. 노복들이 몰래 도둑질하면 그때마다 적발해 즉시 매질했다. 도성에 도착해서 곧장 묏자리로 갔더니, 장청이 모든 준비를 끝내 놓은 상태였다. 10여 일이 지난 어느 날 삼경쯤에 갑자기 위제휴가 하인을 불러 말했다.

"속히 일어나 당 앞으로 가서, 소삼랑(蕭三郞)이 나를 보러 올 것이니 편한 대로 음식을 차려 그를 서두르게 하지 말라고 알려라."

두 사람이 말하는 것을 분명히 들을 수 있었다. 소삼랑은 바로 직방낭중(職方郞中) 소철(蕭徹)인데, 그날 홍화리(興化里)에서 죽어서 저녁에 온 것이었다. 잠시 후 소철이 탄식하는 소리가 들렸다.

"삶과 죽음의 이치를 나는 감히 원망하지 않소. 다만 이상하게도 내가 며칠 전에 소릉(少陵)의 별장에 갔다가 우연히 시 한 수를 지었는데, 지금 생각해 보니 바로 살아서 귀신의 시를 지은 것이었소."

그러고는 읊조렸다.

"들판 시냇물 동쪽에 새로 초가집 지었는데, 소나무 가래나무 그림자 어우러져 슬픈 바람 감도네. 인간 세상의 세월은 흐르는 물과 같은데, 무슨 일로 이 길을 바삐 다니는가?"

위제휴도 슬퍼하며 말했다.

"그대의 이 시는 아마도 스스로를 예견한 것 같소. 나는 생전에 외람되이 과거에 합격했기에 대충이나마 사람들에게 알려졌소. 내가 죽은 지 얼마 되지 않았을 때 한 무명의 소귀(小鬼)가 내게 시 한 편을 주었는데 아주 형편없었소. 그런데 자세히 생각해 보니 나는 이미 그 시 속의 황폐한 지경에 떨어지고 말았소."

그러고는 이런 시를 읊조렸다.

"산골 물은 졸졸졸 끊임없이 흐르고, 향긋한 풀밭에 끊임없이 들꽃 피었네. 만물은 저절로 갔다가 저절로 오지만 사람들은 알지 못하고, 황혼 녘에 그저 푸른 산의 달만 있구나."

소철이 또한 감탄하고 부러워하며 말했다.

"위사공(韋四公 : 위제휴)은 죽은 지 이미 오래되었는데 아직도 그 일을 달갑게 여기지 않는군요. 나는 금방 온 사람인 데다 갑자기 대산(岱山 : 태산)을 노니는 혼이 되었으니 어찌 머물러 있을 수 있겠소?"

그러고는 바로 작별하고 떠났다. 또 며칠 후 정오에 위제휴가 하인을 불러 말했다.

"배이십일랑(裵二十一郞)이 위로하러 올 것이니 음식을 차려 놓아라. 내가 직접 맞이하러 나갈 것이다."

그날에 과연 배씨 형제가 왔는데, 계하문(啓夏門) 밖에 이르렀을 때 몸이 피곤하고 마음이 불안한 데다 또 평소에 그 일에 대해 들었기 때문에 결국 감히 조문하지 못하고 돌아갔다. 배이십일랑은 바로 장안현령(長安縣令) 배관(裴觀)으로 위제휴의 손위 처남이었다.

韋齊休擢進士第, 累官至員外郎, 爲王璠浙西團練副使, 大和八年, 卒於潤州之官舍. 三更後, 將小斂, 忽於西壁下大聲曰: "傳吾娘子, 且止哭. 當有處分." 其妻大驚仆地, 齊休於衾下厲聲曰: "娘子今爲鬼妻, 聞鬼語, 忽驚悸耶?" 妻强起聽之, 休曰: "某與娘子, 情義至深, 他生亦未相捨. 家事大小, 且須商量. 不可空爲兒女悲泣, 使某幽冥間更憂妻孥也. 夜來諸事, 並自勞心, 總無失脫, 可助僕喜." 妻曰: "何也?" 齊休曰: "昨日湖州庾七寄買口錢, 倉惶之際, 不免專心部署. 今則一文不欠, 亦足爲慰." 良久語絕, 卽各營喪事. 纔曙, 復聞呼: "適到張淸家, 近造得三間草堂. 前屋舍自足, 不煩勞他人, 更借下處矣." 其夕, 張淸似夢中, 忽見齊休曰: "我昨日已死, 先令買塋三畝地, 可速支闕布置." 一一分明, 張淸悉依其命. 及將歸, 自擇發日, 呼喚一如常時. 婢僕將有私竊, 無不發摘, 隨事捶撻. 及至京, 便之塋所, 張淸准擬皆畢. 十數日, 向三更, 忽呼其下曰: "速起, 報堂前蕭三郎來相看, 可隨事具食, 妨他忙也." 二人語, 歷歷可聽. 蕭三郎者, 卽職方郎中蕭徹, 是日卒於興化里, 其夕遂來. 俄聞蕭呼嘆曰: "死生之理, 僕不敢恨. 但可異者, 僕數日前, 因至少陵別墅, 偶題一首詩, 今思之, 乃是生作鬼詩." 因吟曰: "新構茅齋野澗東, 松楸交影足悲風. 人間歲月如流水, 何事頻行此路中?" 齊休亦悲咤曰: "足下此詩, 蓋是自識. 僕生前忝有科名, 粗亦爲人所知. 死未數日, 便有一無名小鬼贈一篇, 殊爲著鈍. 然細思之, 已是落他蕪境." 乃咏曰: "潤水濺濺流不絶, 芳草綿綿野花發. 自去自來人不知, 黃昏惟有靑山月."
蕭亦嘆羨之曰:"韋四公死已多時, 猶不甘此事. 僕乃適來人也, 遽爲遊岱之魂, 何以堪處?" 卽聞相別而去. 又數日, 亭午間, 呼曰:"裴二十一郞來慰, 可具食. 我自迎去." 其日, 裴氏昆季果來, 至啓夏門外, 瘁然神聳, 又素聞其事, 遂不敢行吊而回. 裴卽長安縣令, 名觀, 齊休之妻兄也.

* 이 고사는《태평광기》권348〈귀·위제휴〉에 실려 있다.

57-18(1699) 허생

허생(許生)

출《찬이기》

[당나라] 회창(會昌) 원년(841) 봄에 효렴(孝廉) 허생은 과거에서 낙방해 동쪽으로 돌아오는 길에 수안현(壽安縣)에 이르러 장차 감천점(甘泉店)에서 묵을 작정이었다. 그때 흰옷을 입은 노인을 만났는데, 노인은 청총마(靑驄馬)를 타고 서쪽에서 왔으며 시종들도 매우 많았다. 노인은 기분 좋게 술에 취한 얼굴로 낭랑하게 시를 읊었다.

"봄풀은 무성하고 봄물은 푸른데, 감당(甘棠 : 팥배나무) 꽃 활짝 피어 향옥(香玉 : 꽃잎) 휘날리네. 수령궁[繡嶺宮 : 화청궁(華淸宮)] 앞의 백발노인, 여전히 〈개원태평곡(開元太平曲)〉을 부르고 있네."

허생이 말을 몰아 앞으로 나아가서 성명을 물어보았지만, 노인은 미소만 띤 채 대답하지 않았다. 허생은 자못 의심스러웠지만 더 이상 묻지 않고 그저 그 뒤를 따라갔다. 2~3리 정도 갔을 때 날이 이미 저물었다. 분옥천(噴玉泉) 이정표의 서쪽에 이르렀을 때 노인이 웃으면서 허생에게 말했다.

"내가 듣건대 서너 명의 군자들이 오늘 이 분옥천에서 옛날을 추억하며 노닌다고 하오. 나는 어제 이미 초청을 받아 여기서 남쪽으로 가야 하니, 그대는 함께 갈 수 없소."

허생이 한사코 따라가겠다고 청했지만 노인은 대답하지 않고 떠났는데, 그래도 허생은 말을 몰아 노인을 따라갔다. 감당관(甘棠館)에서 1리 남짓 떨어진 곳에 이르러 보았더니, 거마와 시종들이 길을 가득 메우고 있었다. 허생은 분옥천의 정자에 도착한 뒤 말에서 내려 가시덤불 아래에 엎드린 채 숨을 죽이고 엿보았다. 네 명의 장부가 보였는데, 젊고 기상이 드높은 사람, 키가 작고 기량이 뛰어난 사람, 키가 크고 수염이 적은 사람, 비쩍 마르고 말할 때 신속히 쳐다보는 사람이 있었다. 이들은 모두 금인(金印)과 자수(紫綬)를 차고 분옥천의 북쪽 물가에 앉아 있었다. 미 : 회창(會昌)은 무종(武宗)의 연호다. 여기에 나오는 제공(諸公)은 아마도 감로지변(甘露之變)32) 때 죽은 왕애(王涯)·가속(賈餗)·서원여(舒元輿)·이훈(李

---

32) 감로지변(甘露之變) : 당나라 문종(文宗) 대화(大和) 9년(835)에 당시 27세였던 문종은 환관 세력에 견제받는 것을 못마땅해하다가 이훈(李訓)·정주(鄭注) 등과 함께 환관 세력을 주살하고 실추된 황권을 되찾고자 했다. 그래서 11월에 문종은 감로를 구경한다는 핑계를 대고 환관의 우두머리 구사량(仇士良)을 금위군의 후원으로 유인해 주살하려 했다가, 구사량에게 간파되어 도리어 이훈·정주·왕애(王涯)·가속(賈餗)·서원여(舒元輿)·왕번(王璠)·곽행여(郭行餘)·나입언(羅立言)·이효본(李孝本)·한약(韓約) 등 조정의 중신 대부분이 환관에게 살해되고 멸문지화를 당했는데, 역사에서 이를 "감로지변"이라 한다.

訓)·정주(鄭注)의 무리인 것 같다. 노인이 도착하자 사람들이 말했다.

"옥천[玉川 : 노동(盧仝)]은 어찌하여 늦게 오셨소?"

노인이 말했다.

"아까 석묵간(石墨澗) 옆에서 경치를 감상하다가 감당관 정자에서 말을 풀어놓고 잠시 쉬었는데, 그곳 서쪽 기둥에서 우연히 어떤 시인이 적어 놓은 시 한 수를 보고 잠시 지체하며 그 시를 읊느라 어느새 한참의 시간이 지나 버렸소이다."

맨 윗자리에 앉은 사람이 말했다.

"도대체 어떤 시이기에 이토록 감탄하시오?"

노인이 말했다.

"그 시는 아마도 이 자리에 계시는 한두 분을 위해 지은 것 같은데, 그 성명을 밝히지 않았소."

그러고는 시를 읊었다.

"뜬구름 쓸쓸하고 햇빛 희미하게 비칠 때, 침통하게도 장군은 죄명을 뒤집어썼네. 대낮에 문지기 불러도 가까운 친척은 없고, 흰옷 입은 문생(門生)만이 눈물을 삼키네. 가인(佳人)들은 전궁(塡宮)33)되어 몰래 눈물 흘리고, 마구간의

---

33) 전궁(塡宮) : 당나라 때 주로 도성의 관리들이 중죄(重罪)를 지었을

말들은 주인 바뀌어 계속 울어 대네. 슬프게도 온 천하의 넓고 넓은 땅이 모두 한(漢)나라의 영토 되어, 이 몸은 전횡(田橫)34)을 위해 울어 줄 땅이 없네."

좌중에서 그 시를 듣고 슬피 울지 않는 사람이 없었다. 한참 뒤에 흰옷 입은 노인이 술잔을 돌리라고 했는데, 술이 몇 차례 돌았는데도 좌중의 사람들은 흐느껴 울면서 멈추지 않았다. 흰옷 입은 노인이 말했다.

"옛날에 노닐던 곳에 다시 왔는데도 재미난 일이 없으니, 각자 시를 지어 음악을 대신합시다."

그러고는 좌우에 명해 붓과 벼루를 가져오게 하더니 곧 〈분옥천감구유서회(噴玉泉感舊遊書懷 : 분옥천에서 옛 나들이를 떠올리며 마음속의 정회를 써내다)〉라는 시제를 내고 각자 7언 장구(七言長句)를 짓게 했다. 흰옷 입은 노인이 먼저 시를 읊었다.

"나무와 물빛은 해 질 무렵에 맑은데, 예전에 노닐던 곳

때 그 처자가 궁중의 액정(掖庭)에 들어가 잡일을 맡아보았는데, 이를 '전궁'이라 했다.

34) 전횡(田橫) : 진(秦)나라 말에 전횡은 스스로 제왕(齊王)이 되었는데, 한나라가 천하를 차지하고 난 뒤에 그 무리 500명을 이끌고 해도(海島)로 들어갔다가 한고조의 부름을 받고 낙양에 이르렀을 때 자살했고, 그 무리 500명도 함께 따라 죽었다. 여기서는 억울하게 죽은 장군을 가리키는 말로 사용되었다.

둘러보니 그때의 일 또렷하네. 달구경하던 정자엔 쥐가 드나들고 가시덤불 무성하며, 풀은 꽃동산을 뒤덮고 밭두둑과 이랑은 평평해졌네. 몸은 황천에 빠져 여전히 깨어나지 못하고 있는데, 죄상은 청간(靑簡 : 역사서)에 적혀 있으니 도대체 무슨 죄명인가? 마음 아프게도 계곡물은 동쪽으로 흘러가면서, 여전히 당시의 차가운 옥구슬 소리 뿜어내네."

젊고 기상이 드높은 사람이 시를 지었다.

"새 울고 꾀꼬리 지저귀니 생각이 어찌 끝나겠는가? 한세상의 영화는 일장춘몽이라네. 이고(李固)35)의 억울함은 좀먹은 죽간에 감춰져 있고, 등유(鄧攸)36)에게는 맑은 가풍을 이을 아들이 없었네. 문장의 고상한 운치는 흐르는 물에 전했고, 관현악기의 여음(餘音)은 풀숲의 벌레에 기탁했네. 봄날의 달빛은 사람의 일이 바뀐 줄도 모르고, 한가로이 밝은 빛 드리워 물웅덩이로 변한 무덤 비추네."

---

35) 이고(李固) : 후한 때의 충직한 대신으로, 질제(質帝)가 붕어한 후 환제(桓帝)의 옹립 문제를 놓고 양기(梁冀)와 대립하다가 양기의 무고로 살해당했다.

36) 등유(鄧攸) : 서진(西晉) 영가(永嘉)의 난 때 석륵(石勒)에게 포로가 되었다가 우여곡절 끝에 처자식과 조카와 함께 도망쳤는데, 도중에 아이들을 모두 데리고 갈 수 없자 자기 자식은 버리고 일찍 죽은 동생의 아들인 조카 등수(鄧綏)만 데리고 갔으며, 이후로 등유는 결국 아들을 낳지 못했다.

키가 작고 기량이 뛰어난 사람이 시를 지었다.

"복숭아나무와 오얏나무 아래에 난 길은 모두 황량해졌는데, 옛 자취 찾아왔다가 새로운 경치 만나니 더욱 마음 아프네. 옷과 이불로 이고를 염해 준 사람은 있었지만, 표문 올려 왕장(王章 : 왕봉)37)의 억울함을 씻어 준 사람은 없었네. 떠도는 혼은 여전히 서릿바람의 차가움 느끼고, 썩은 뼈는 하릴없이 월계수 향기에 놀라네. 천작(天爵 : 하늘이 내려 준 벼슬)이 결국 인작(人爵 : 사람이 주는 벼슬)에 의해 잘못 되었으니, 누가 크게 소리쳐 푸른 하늘에 물어볼 수 있단 말인가?"

비쩍 마르고 신속히 쳐다보는 사람이 시를 지었다.

"떨어지는 꽃은 적막하고 풀은 무성하건만, 구름 그림자와 산빛은 모두 예전 그대로네. 무너진 집터엔 새로 땅강아지 가득하고, 웅덩이로 변한 무덤엔 옛 산의 샘물 흘러드네. 청운(靑雲)38)은 스스로 이루었지만 천작에는 부끄럽고, 백발 되어 함께 돌아가니 옛 현자들 생각나네. 슬프게도 숲에 뜬 달, 외로운 빛으로 일찍이 공부하던 자리 비추었지."

---

37) 왕장(王章) : 왕봉(王鳳). 한나라 성제(成帝) 때의 외척으로 모함당해 죽었다.
38) 청운(靑雲) : 고관대작(高官大爵)을 비유한다. 여기서는 인작(人爵)을 말한다.

키가 크고 수염이 적은 사람이 시를 지었다.

"새로운 가시길 허술한 옛 대문에 생겨나니, 다시 높은 수레 멈추고 함께 술 한잔 마시네. 차가운 뼈에는 새로운 이슬비 아직 젖지 않고, 봄바람은 꺾어진 난초 살려 내지 못하네. 참된 단심(丹心)이 어찌 어두운 땅속에 묻힌단 말인가? 밝은 태양이 결국 파헤쳐진 무덤을 비추길 바라네. 지난날 금곡(金谷)39)에서 만난 소중한 친구들, 함께 분옥천에 와서 외로운 혼 달래며 애기 나누네."

시가 완성되자 각자 스스로 읊으며 여러 차례 대성통곡했는데, 그 소리가 바위 계곡에 울려 퍼졌다. 얼마 후에 괴이한 새와 올빼미가 서로 따라 울고, 여우와 살쾡이도 잇달아 소리 내어 울었다. 잠시 뒤에 짐을 실은 노새가 동쪽에서 왔는데, 방울 소리가 좌중에 울리자 그들은 각자 하인에게 말을 준비하게 하면서 몹시 서둘렀다. 그들은 참담한 표정으로 말도 하지 않은 채 얼굴을 가리고 울면서 말안장에 올라타더니 마치 안개처럼 정원에서 사라졌다. 이에 허생이 가시덤불에서 나와 가던 길을 찾아보았더니, 타고 왔던 말은 계곡 옆에서 풀을 뜯어 먹고 있었고, 절름발이 시동은 길모

---

39) 금곡(金谷) : 금곡원(金谷園). 진(晉)나라 때 석숭(石崇)의 별장으로, 일찍이 이곳에서 명사들이 모여 연회를 즐기며 시를 지었다.

퉁이에서 달게 잠을 자고 있었다. 아직 날이 밝지 않았을 때 허생은 감천점에 도착했다. 감천점의 할멈이 어떻게 밤을 무릅쓰고 왔냐고 묻자, 허생이 사실대로 대답했더니 할멈이 말했다.

"어젯밤 삼경(三更)에 어떤 사람이 술병을 들고 말을 달려 와서 내게 술을 사 갔는데, 혹시 그들이 아닐까요?"

그러고는 궤짝을 열고 보았더니 어제 받은 돈이 모두 지전(紙錢)이었다.

會昌元年春, 孝廉許生下第東歸, 次壽安, 將宿甘泉店. 逢白衣叟, 躍靑驄, 自西而來, 徒從極盛. 醺顔怡怡, 朗吟云 : "春草萋萋春水綠, 野棠開盡飄香玉. 繡嶺宮前鶴髮人, 猶唱〈開元太平曲〉." 生策馬前進, 問其姓名, 微笑不答. 生頗疑之, 遂不復問, 但繼後而行. 凡二三里, 日已暮矣. 至噴玉泉牌堠之西, 叟笑謂生曰 : "吾聞三四君子, 今日追舊遊於此泉. 吾昨已被召, 自此南去, 吾子不可連騎也." 生固請從, 叟不對而去, 生縱轡以隨之. 去甘棠一里餘, 見車馬導從, 塡隘路歧. 生旣至泉亭, 乃下馬, 伏於叢棘之下, 屛氣窺之. 見四丈夫, 有少年神貌揚揚者, 有短小器宇落落者, 有長大少髭髥者, 有淸瘦言語及瞻視疾速者, 皆金紫, 坐於泉之北磯. 眉 : 會昌, 武宗年號. 諸公或甘露變中王涯 · 賈餗 · 舒元輿 · 李訓 · 鄭注輩也. 叟旣至, 曰 : "玉川來何遲?" 叟曰 : "適傍石墨澗尋賞, 憩馬甘棠館亭, 於西檻偶見詩人題一章, 駐而吟諷, 不覺良久." 座首者曰 : "是何篇什, 賞嘆若是?" 叟曰 : "此詩似爲席中一二公有其題, 而晦其姓名." 乃吟曰 : "浮雲凄慘日微明,沉痛將軍負罪名. 白晝叫閽無近戚, 縞衣飲氣祇門生. 佳人暗泣填宮淚, 廐馬連嘶換主聲. 六合茫茫悲漢土, 此身無處哭田橫." 座中聞之, 莫不悲泣. 久之, 白衣叟命飛杯, 凡數巡, 而座中歌獻未已. 白衣叟曰:"再經舊遊, 無以自適, 宜賦篇咏, 以代管弦." 命左右取筆硯, 乃出題云〈噴玉泉感舊遊書懷〉, 各七言長句. 白衣叟倡云:"樹色川光向晚晴, 舊曾遊處事分明. 鼠穿月榭荊榛合, 草掩花園畦壟平. 蹟陷黃沙仍未瘞, 罪標青簡竟何名? 傷心谷口東流水, 猶噴當時寒玉聲." 少年神貌揚揚者詩云:"鳥啼鶯語思何窮? 一世榮華一夢中. 李固有冤藏蠹簡, 鄧攸無子續清風. 文章高韻傳流水, 絲管遺音托草蟲. 春月不知人事改, 閒垂光影照泞宮." 短小器宇落落者詩云:"桃蹊李徑盡荒凉, 訪舊尋新益自傷. 雖有衣衾藏李固, 終無表疏雪王章. 羇魂尙覺霜風冷, 朽骨徒驚月桂香. 天爵竟爲人爵誤, 誰能高叫問蒼蒼?" 清瘦及瞻視疾速者詩云:"落花寂寂草綿綿, 雲影山光盡宛然. 壞室基摧新石鼠, 潴宮水引故山泉. 青雲自致慚天爵, 白首同歸感昔賢. 惆悵林間中夜月, 孤光曾照讀書筵." 長大少鬢髿者詩云:"新荊棘路舊衡門, 又駐高車會一樽. 寒骨未沾新雨露, 春風不長敗蘭蓀. 丹誠豈分埋幽壤? 白日終希照覆盆. 珍重昔年金谷友, 共來泉際話孤魂." 詩成, 各自吟諷, 長號數四, 響動巖谷. 逡巡, 怪鳥鴟梟, 相率啾喞, 大狐老狸, 次第鳴叫. 頃之, 騾脚自東而來, 金鐸之聲, 振於坐中, 各命僕馬, 頗甚草草. 慘無言語, 掩泣攀鞍, 若烟霧狀, 自庭而散. 生於是出叢棘, 尋舊路, 匹馬齕草於澗側, 蹇童美寢於路隅. 未明, 達甘泉店. 店媼詰冒夜, 生具以對, 媼曰:"昨夜三更, 走馬挈壺, 就我買酒, 得非此耶?" 開櫃視, 皆紙錢也.

* 이 고사는《태평광기》권350〈귀·허생〉에 실려 있다.

57-19(1700) **위생과 포생**

위포이생(韋鮑 · 二生)

출《찬이기》

　주당(酒黨) 포생은 집이 부유해 많은 가기(歌妓)를 두고 있었다. [당나라] 개성(開成) 연간(836~840) 초에 그는 역양현(歷陽縣)으로 가는 도중에 정산사(定山寺)에 머물러 있다가, 과거에 낙방하고 동쪽으로 돌아가는 외사촌 동생 위생을 만나 함께 연못 정자에서 쉬었다. 포생이 차린 술을 마시고 주흥이 한창 올랐을 때 위생이 포생에게 말했다.

　"가기들은 어디에 있습니까? 데리고 왔겠지요?"

　포생이 말했다.

　"유양(維揚 : 양주)에서 지체하는 동안 말 몇 마리가 잇달아 죽는 바람에 뒤 수레를 끌 말이 부족해서 가기들을 모두 데리고 오지는 못했네. 오직 몽란(夢蘭)과 소천(小倩)만 함께 왔으니 또한 주흥을 돋울 수 있을 걸세."

　잠시 후 양 갈래로 머리를 쪽 찐 여자 두 명이 호금(胡琴)과 방향(方響)[40]을 안고 오더니 위생과 포생 옆에 앉아서 호

---

40) 방향(方響) : 옛날 타악기의 일종. 16장의 얇은 장방형 철편을 두 줄로 매달아 작은 구리 망치로 쳐서 연주했다.

금을 타고 방향을 쳤는데, 그 맑은 소리가 계곡에 울려 퍼졌다. 주연이 끝날 무렵에 포생이 위생에게 말했다.

"성을 나가서 좋은 말을 얻었는가?"

위생이 대답했다.

"저는 초봄에 변방을 유람했는데, 부방(鄜坊: 부주와 방주)에서 오연(烏延)을 거쳐 평하(平夏)에 이르고 영무(靈武)에서 머물다가 돌아왔습니다. 그때 그곳 부락의 준마 몇 필을 얻었는데, 용 같은 생김새에 봉황 같은 목, 사슴 같은 다리에 오리 같은 가슴, 커다란 눈에 날렵한 발굽, 평평한 등골에 조밀한 갈비를 한 말들이 모두 있습니다."

포생은 손뼉을 치며 몹시 기뻐하면서 술잔을 내려놓고 등불을 가져오게 해서 마구간 앞에서 말을 구경했다. 위생이 포생에게 농담 삼아 말했다.

"사람하고 바꿀 수 있다면 마음대로 가장 좋은 것을 고르십시오!"

포생은 말을 갖고 싶은 마음이 자못 간절했기에 은밀히 사현(四弦)이라는 가기를 보내면서 옷을 갈아입히고 한껏 단장하게 했다. 잠시 후 사현이 도착하자, 포생은 그녀에게 술잔을 받들고 노래하면서 위생에게 권하게 했다.

"흰 이슬은 뜰 섬돌 적시고, 밝은 달은 앞 추녀 비추네. 이러한 때에 자못 한이 남아 있으니, 그리움만 머금고 홀로 말하지 못하네."

사현은 또 노래를 불러 포생에게 술을 권했다.

"연꽃 이슬에 바람 부니 잠시도 둥글게 맺히기 어렵고, 인생에는 진실로 짧은 인연만 있네. 오늘 밤 삼경 서쪽 누대 위의 달만, 슬피 울며 헤어진 사람의 끊어진 현(絃)을 비추네."

이에 위생은 마부를 불러 자질발(紫叱撥)이라는 준마를 끌고 오게 해서 포생에게 주었다. 포생은 마음에 흡족하지 못해 서로 손익을 따지면서 분분히 두서없는 말을 했다. 그때 자색 의관을 착용한 두 사람이 아주 많은 시종을 거느리고 연못 정자 서쪽에서 계단을 올라왔다. 미: 뒤의 시를 살펴보니, 이 두 사람은 [남조의] 강문통[江文通: 강엄(江淹)]과 사희일[謝希逸: 사장(謝莊)]이다. 포생과 위생은 성사(星使)[41]가 빈번히 왕래하는 길목에 정산사가 있으므로 대신(大臣)이 밤에 도착한 것이라고 생각해, 곧 두렵고 당황해서 방으로 들어가 문을 닫고 그들을 엿보았다. 그러나 어지럽게 흩어져 있던 술잔과 쟁반은 미처 수습할 겨를이 없었다. 그때 자색 옷 입은 사람이 자리에 앉아 서로 돌아보고 웃으며 말했다.

"이곳이 바로 방금 전에 들었던 첩을 말과 바꾼 주연 자

---

[41] 성사(星使): 황제가 파견한 사신. 고대 천문가들은 하늘의 팔성(八星)이 사신의 지절(持節)을 주관해 사방에 위엄을 펼친다고 생각했기 때문에 그렇게 불렀다.

리로군!"

그러고는 술을 가져오라 명해 대작했다. 미 : 귀신이 또한 매우 호탕하다. 그중 한 사람은 수염이 길고 풍모가 건장했는데, 술잔을 들고 달을 바라보면서 한참 동안 나지막이 읊조리다가 말했다.

"그대의 저명한 부(賦)에서 '은하수는 동쪽 하늘가에 비껴 있고, 태양은 이미 남쪽으로 이동했네(北陸南躔).42) 허연 이슬은 허공을 뿌옇게 가리고, 흰 달빛은 하늘에서 흘러내리네'란 구절은 가히 공전절후(空前絶後)라 할 만하오."
미 : 이 네 구절은 사장의 〈월부(月賦)〉에 나온다.

그러자 젊은이[사장]가 말했다.

"'바람은 땅끝을 개게 하고, 구름은 하늘 끝에서 거두어졌네. 동정호(洞庭湖)에 막 물결 일렁이니, 나뭇잎이 가볍게 떨어지네'만 못합니다."

수염 긴 사람[강엄]이 말했다.

"요 몇 년 이래로 나는 장안(長安)에 있으면서 낙유왕(樂遊王)께서 이끌어 주신 덕분에 남궁(南宮 : 예부)에 들어가 도당(都堂 : 상서성)에서 유공간[劉公幹 : 유정(劉楨)]·포

---

42) 태양은 이미 남쪽으로 이동했네(北陸南躔) : "육(陸)"은 황도(黃道), "전(躔)"은 일월성신이 하늘을 운행하는 도수(度數)다. 즉, 가을과 겨울에 태양의 운행 방위가 남쪽으로 치우쳐 있음을 말한다.

명원[鮑明遠 : 포조(鮑照)]과 함께 수재(秀才)들의 시험을 감독했소. 미 : 귀신의 말이다. 그때 나는 사문(司文 : 답안 심사를 주관하는 관리)의 방으로 몰래 들어가 촛불 밑에서 문장에 뛰어난 사람들의 작품을 살펴보았는데, 대우(對偶)는 자못 정교하지만 부(賦)에는 봉요(蜂腰)43)와 학슬(鶴膝)44)의 병폐가 있고, 시(詩)에는 중두(重頭)45)와 중미(重尾)46)의 병폐가 있었소. 예를 들어 그대의 작품에서 '동정호[洞庭]'와 '나뭇잎[木葉]'의 대구는 잘못된 것이고, 소인의 졸렬한 부(賦)의 '자대(紫臺)47)는 꽤 멀고, 연산(燕山)은 끝이 없네. 싸늘한 바람 갑자기 일어나니, 흰 태양이 서산으로 숨네' 미 : 이 네 구절은 강엄의 〈한부(恨賦)〉에 나온다. 란 구절에서 '꽤 멀고[稍遠]'와 '갑자기 일어나니[忽起]'의 성운(聲韻)은 규율에 맞지 않아 모두 삭제되었으니, 이 또한 이상한 일이 아니

---

43) 봉요(蜂腰) : 5언시를 지을 때 금해야 할 사항을 주장한 사성팔병설(四聲八病說) 가운데 하나로, 한 시구에서 한 자만 평성(平聲)이고 그 앞뒤로 모두 측성(仄聲)인 경우를 말한다.

44) 학슬(鶴膝) : 사성팔병설 가운데 하나로, 한 시구에서 한 자만 측성이고 그 앞뒤로 모두 평성인 경우를 말한다.

45) 중두(重頭) : 시구의 처음을 중복하는 경우를 말한다.

46) 중미(重尾) : 시구의 끝을 중복하는 경우를 말한다.

47) 자대(紫臺) : 자궁(紫宮). 자미궁(紫微宮). 제왕의 궁궐을 말한다.

겠소?"

젊은이가 말했다.

"내가 듣건대, 옛날의 제후들은 인재를 천자에게 천거했다고 하는데, 이는 현자를 존중하고 선을 권면하기 위한 것이었습니다. 그래서 한 번 인재를 천거한 제후를 '호덕(好德 : 덕을 좋아하는 사람)'이라 부르고, 두 번 천거한 제후를 '존현(遵賢 : 현자를 존중하는 사람)'이라 부르며, 세 번 천거한 제후를 '유공(有功 : 공이 있는 사람)'이라 부르면서, 구석(九錫)48)을 내려 주었습니다. 제후가 인재를 천거하지 않을 경우, 첫 번째는 '출작(黜爵 : 작위를 빼앗는 것)'하고, 두 번째는 '출지(黜地 : 봉지를 빼앗는 것)'하며, 세 번째는 '출작지(黜爵地 : 작위와 봉지를 모두 빼앗는 것)'했습니다. 대저 옛날에는 인재를 구하는 것이 이와 같았는데도, 인재를 찾고자 하는 산이 높지 않고 숲이 깊지 않을까 여전히 걱정했습니다. 그래서 해마다 늦봄이면 부고(府庫)를 열고 돈과 비단을 꺼내 천하를 주유하면서 예를 갖추어 인재를 초빙했지만, 여전히 바위 계곡에 은거하면서 뜻을 얻지 못해 답답해한 사람이 있었습니다. 지금은 인재를 찾아 초빙하는 예법

---

48) 구석(九錫) : 황제가 대신(大臣)에게 특별한 예우로 하사하는 아홉 가지 기물.

이 결핍되었고, 인재를 천거하는 도가 무너졌습니다. 어려서부터 경전을 궁구해서 백발에 이르도록, 비록 매년 향리에서 주부(州府)에 인재를 추천하고 주부에서는 그들을 조정의 담당 관리에게 천거해도, 담당 관리는 그들에게 시부(詩賦)로 시험을 치르게 하면서 봉요와 학슬 같은 규정을 들어 법도에 맞지 않는다 하고, 성운의 청탁(淸濁)을 따져 성률(聲律)에 맞지 않는다 합니다. 그러니 비록 주공(周孔 : 주공과 공자)과 같은 성현이나 반마(班馬 : 반고와 사마천)와 같은 대문장가라 할지라도 그러한 규정에 따라 짓지 않는다면 급제해 현달할 방법이 없습니다. 그러니 제왕의 왕도(王道)와 패도(霸道)의 이치와 국가의 흥망과 치란(治亂)의 근본을 어찌 들을 수 있겠습니까? 미 : 예로부터 이와 같았으니, 가히 깊이 탄식할 만하도다! 지금 당신은 어찌하여 오늘날 문장의 사소한 기교를 찬양하면서 옛날 문장의 본체를 무너뜨리는 것입니까?"

수염 긴 사람이 말했다.

"지금 진주 같은 이슬이 너무 맑고 가을 달이 대낮처럼 밝으니, 때때로 시를 읊조리고 간간이 술잔을 기울이면서 붓을 들어 연구(聯句)를 짓되, 지금의 부 짓는 규정에 맞춰 한 편을 지어 이 긴 밤을 즐겨 보지 않겠소?"

젊은이가 말했다.

"무엇을 제목으로 삼겠습니까?"

수염 긴 사람이 말했다.

"〈첩환마(妾換馬 : 첩을 말과 바꾸다)〉로 제목을 삼고, 거기다가 '사피경성구기준족(捨彼傾城求其駿足 : 저 경국지색을 버리고 그 준마를 구하다)'49)으로 운을 삼읍시다."

그러고는 좌우 시종에게 뜰 앞에서 파초잎 한 장을 꺾어 오게 하고, 책 보따리를 열어 붓을 꺼내 들고서 각자 한 운씩 짓기로 했다. 수염 긴 사람이 먼저 읊었다.

"저 고운 사람이여, 옥처럼 영롱하구나. 이 훌륭한 말이여, 준마라는 명성을 지녔구나. 태양과 경주할 만한 준마를 얻고자 하니, 경국지색의 미인인들 어찌 아까우랴? 향기 따스한 깊은 규방에선, 복숭아꽃 같은 얼굴이 길이 흡족하네. 바람 맑은 드넓은 들녘에선, 옥수(玉水) 뿜어내는 말 투레질 소리가 사랑스럽네."

이어서 젊은이가 읊었다.

"본디 여자는 그 미모를 자랑하고, 말은 그 품덕을 칭송하네. 각자 자기 좋아하는 바를 따르니, 진실로 어느 것을 구하든 얻지 못하겠는가? 미인이 길게 꿇어앉아 작별하니, 그 자태 금비녀보다 빛나네. 준마를 옆에 끌고 오니, 그 광채 옥

---

49) 사피경성구기준족(捨彼傾城求其駿足) : 이 여덟 자가 모두 운(韻)이다. 당나라 때의 율부(律賦)는 운까지 의미가 통해야 했다.

굴레에서 반짝이네."

다시 수염 긴 사람이 읊었다.

"미인은 걸어와 정원 섬돌에 이르고, 준마는 끌려와 처마 계단에 당도했네. 미인은 새로운 사랑 바라지만, 내 짝 아닐까 근심하네. 준마는 옛 주인 그리워하지만, 남에게 빌려줘 타게 할까 의심하네. 준마의 푸른 갈기에서 향기 흩날리니, 마음속에선 미인의 귀밑머리 이미 잊어버렸네. 준마의 붉은 턱에서 땀 흘러내리니, 사랑스럽기가 미인의 엉긴 기름 같은 살결과 다름없네."

이어서 젊은이가 읊었다.

"일에는 성쇠(盛衰)가 있고, 쓰임에는 취사(取捨)가 있음을 알겠네. 미녀는 희대(稀代)의 용모가 드물기 때문이고, 준마는 발군(拔群)의 준족이 귀하기 때문이네. 미인 사랑하던 은의(恩義) 이미 다하니, 다른 사람에게 넘겨주었네. 안장에 앉을 힘 아직 남았으니, 여전히 달리길 바라네."

네 운을 가지고 부를 다 짓고 나자 파초잎에 더 이상 쓸 곳이 없었다. 그때 위생이 책 상자를 열고 붉은 편지지를 꺼내 처마 아래에서 무릎 꿇고 바쳤더니, 두 사람이 깜짝 놀라며 말했다.

"저승과 이승은 길이 다른데 그대는 어떻게 이렇게 가까이 왔는가? 그러나 그대는 나중에 작록을 얻지 못하면 우리와 만날 수 없네."

그러면서 위생에게 말했다.

"훗날 문병(文柄)을 주관하게 되면,50) 인재의 우열을 비교할 때 문장의 사소한 기교 따위는 중시하지 말게."

말을 마치고 두 사람은 10여 보를 걸어갔는데, 순식간에 어디로 갔는지 알 수 없었다.

酒徒鮑生, 家富畜妓. 開成初, 行歷陽道中, 止定山寺, 遇外弟韋生下第東歸, 同憩水閣. 鮑置酒, 酒酣, 韋謂鮑曰:"樂妓數輩焉在? 有携者乎?" 鮑生曰:"滯維揚日, 連斃數駟, 後乘旣闕, 不果悉從. 唯與夢蘭·小倩具, 亦可以佐歡矣." 頃之, 二雙鬟抱胡琴·方響而至, 遂坐二生右, 摠絲擊金, 響亮溪谷. 酒闌, 鮑謂韋曰:"出城得良馬乎?" 對曰:"予春初塞遊, 自廊坊歷烏延, 抵平夏, 止靈武而回. 部落駔駿獲數匹, 龍形鳳頸, 鹿脛梟膺, 眼大足輕, 脊平肋密者, 皆有之." 鮑撫掌大悅, 乃停杯命燭, 閱馬於輕檻前. 韋戲鮑曰:"能以人換, 任選殊尤!" 鮑欲馬之意頗切, 密遣四弦, 更衣盛妝. 頃之乃至, 命捧酒歌以勸韋生云:"白露濕庭砌, 皓月臨前軒. 此時頗留恨, 含思獨無言." 又歌送鮑生酒云:"風颭荷珠難暫圓, 多生信有短因緣. 西樓今夜三更月, 還照離人泣斷弦." 韋乃召御者, 牽紫叱撥以酬之. 鮑意未滿, 往復之說, 紊然無章. 有紫衣冠者二人, 導從甚衆, 自水閣之西, 升階而來. 眉:按

---

50) 훗날 문병(文柄)을 주관하게 되면 : 과거 시험의 주고관(主考官)이 된다는 뜻이다.

後詩,則此二人者,江文通·謝希逸也. 鮑·韋以寺當星使交馳之路,疑大寮夜至,乃恐悚入室,闚戶以窺之. 而杯盤狼籍,不暇收拾. 時紫衣卽席,相顧笑曰:"此卽向來聞妾換馬之筵!"因命酒對飲. 眉:鬼亦豪甚. 一人長髥偉貌,持杯望月,沉吟久之,曰:"足下盛賦云'斜漢左界,北陸南躔. 白露曖空,素月流天',可得光前絕後矣."眉:'斜漢'四句出謝莊〈月賦〉. 年少者曰:"未若'風霽地表,雲斂天末. 洞庭始波,木葉微脫'." 長鬚云:"數年來在長安,蒙樂遊王引至南宮,入都堂,與劉公幹·鮑明遠看試秀才. 眉:鬼話. 予竊入司文之室,於燭下窺能者制作,見屬對頗切,而賦有蜂腰·鶴膝之病,詩有重頭·重尾之犯. 若如足下'洞庭'·'木葉'之對,爲紕繆矣,小子拙賦云'紫臺稍遠,燕山無極. 涼風忽起,白日西匿',眉:'紫臺'四句出江淹〈恨賦〉. 則'稍遠'·'忽起'之聲,俱遭黜退矣,不亦異哉!"年少者曰:"吾聞古之諸侯,貢士於天子,尊賢勸善者也. 故一適謂之'好德',再適謂之'遵賢',三適謂之'有功',乃加九錫. 不貢士,一'黜爵',再'黜地',三'黜爵地'. 夫古之求士也如此,猶恐搜山不高,索林不深. 每歲季春,開府庫,出幣帛,周天下而禮聘之,尙有棲棲巖谷鬱鬱不得志者. 今求聘之禮缺,貢擧之道隳. 自童髦窮經,至於白首,雖每歲鄉里薦之於州府,州府貢之於有司,有司考之詩賦,蜂腰·鶴膝,謂不中度,彈聲韻之淸濁,謂不中律. 雖有周孔之賢聖,班馬之文章,不由此製作,靡得而達矣. 然皇王帝霸之道,興亡理亂之體,其可聞乎? 眉:從古如此,可謂三嘆! 今足下何乃揚今之小巧,而隳古之體乎?"長鬚者曰:"今珠露旣淸,桂月如畫,吟咏時發,杯觴間行,能援筆聯句,賦今之體調一章,以樂長夜否?"曰:"何以爲題?"長鬚云:"便以〈妾換馬〉爲題,仍以'捨彼傾城,求其駿足'爲韻." 命左右折庭前芭蕉一片,啓書囊,抽毫以操之,各占一韻. 長鬚者唱云:"彼佳人兮,如瓊之瑛. 此良馬兮, 負駿之名. 將有求於逐日, 故何惜於傾城? 香暖深閨, 永厭桃花之色. 風淸廣陌, 曾憐噴玉之聲." 少年曰:"原夫人以矜其容, 馬乃稱其德. 旣各從其所好, 諒何求而不克? 長跪而別, 姿容休耀其金鈿. 右牽而來, 光彩頓生於玉勒." 長鬚曰:"步及庭砌, 効當軒墀. 望新恩, 懼非吾偶也. 戀舊主, 疑借人乘之. 香散綠駿, 意已忘於鬢髮. 汗流紅頷, 愛無異於凝脂." 少年曰:"是知事有興廢, 用有取捨. 彼以絶代之容爲鮮矣, 此以軼群之足爲貴者. 買笑之恩旣盡, 有類卜之. 據鞍之力尙存, 猶希進也." 賦四韻訖, 芭蕉盡. 韋生發篋取紅箋, 跪獻於廡下, 二公大驚曰:"幽顯路殊, 何見逼若是? 然吾子非後有爵祿, 不可與鄙夫相遇." 謂生曰:"異日主文柄, 較量俊秀輕重, 無以小巧爲意也." 言訖, 二公行十餘步間, 忽不知其所在.

* 이 고사는 《태평광기》 권349 〈귀·위포생기(韋鮑生妓)〉에 실려 있다.

57-20(1701) 육빙

육빙(陸憑)

출《통유기(通幽記)》

오군(吳郡) 사람 육빙은 호주(湖州)의 장성(長城)에서 살았는데, 천성이 산수(山水)를 좋아해 경치 좋은 곳이 있다는 말만 들으면 1000리를 멀다 않고 달려갔으며, 일찍이 편안히 지내는 날이 없었다. [당나라] 정원(貞元) 연간(785~805)에 그는 영가(永嘉) 지방을 유람하다가 병에 걸려 죽었다. 육빙은 평소에 오흥(吳興) 사람 심장(沈萇)과 친하게 지냈는데, 하루는 심장의 꿈에 육빙이 초췌한 얼굴로 나타나 말했다.

"나는 유람하다가 영가에 이르러 병에 걸려 곧 죽게 되었네. 자네는 나의 지기(知己)이니 집안일을 부탁하고 싶네."

심장은 슬퍼했다. 또 두 사람은 지난날의 즐거운 일을 얘기하다가 문장을 논하면서 허무한 일에 대해 말했다. 이에 육빙이 심장에게 말했다.

"자네에게 〈부운(浮雲)〉이라는 시 한 편을 주어 나의 마음을 실어 보려 하네."

그 시는 이러했다.

"아무것도 없이 텅 비었어라, 순식간에 온 천지가. 거짓으로 뭉쳐져 이 형상 이루었으니, 나 역시 내 몸이 아니로다."

육빙은 여러 번 슬피 읊더니 떠나가면서 말했다.

"나의 배가 이미 출발했으니 내일 오시(午時)면 이곳에 도착할 것이네."

그러더니 심장의 손을 잡고 나서 떠났다. 심장은 꿈을 깼는데도 그 기억이 너무 분명해서 바로 그 일을 기록했다. 육빙이 말한 때가 되어 그의 영구를 실은 배가 도착하자, 심장은 육빙의 자식들을 어루만지며 애통해했으며 갑절의 예를 갖춰 부조했다. 시인 양단(楊丹)이 육빙을 위해 묘지명을 지어 귀신의 감응을 기렸는데, 묘지명에서 이렇게 말했다.

"타고난 성품이 독실한 부군(府君 : 육빙), 그 모습 아름답고 문장 또한 뛰어났네. 죽어서 일어나지 못하게 되자, 〈부운〉 시에 그 마음 실었네."

吳郡陸憑, 家於湖州長城, 性悅山水, 一聞奇麗, 千里而往, 未嘗寧居. 貞元中, 遊永嘉, 疾而歿. 憑素與吳興沈萇友善, 萇夢憑顔色顦顇, 曰:"我遊至永嘉, 苦疾將困. 君爲知我者, 願託家事." 萇悲之. 又叙舊歡, 因述文章, 話虛無之事. 乃謂萇曰:"贈君〈浮雲〉詩一篇, 以寄其懷." 詩曰:"虛虛復空空, 瞬息天地中. 假合成此像, 吾亦非吾躬." 悲吟數四, 臨去曰:"憑船已發, 明日午時到此." 執手而去. 及覺, 所記甚分明, 乃錄之. 如期而憑喪船至, 萇撫孤而慟, 賻助倍禮. 詞人楊丹爲之誌, 具旌神感, 銘曰:"篤生府君, 美秀而文. 沒而不起, 寄音〈浮雲〉."

* 이 고사는 《태평광기》 권339 〈귀·육빙〉에 실려 있다.

57-21(1702) 파협 사람

파협인(巴峽人)

출《기문》

[당나라] 조로(調露) 연간(679~680)에 어떤 사람이 파협을 가다가 밤에 배를 정박했는데, 갑자기 어떤 사람이 낭랑하게 시를 읊는 소리가 들렸다.

"가을 오솔길은 누런 잎으로 가득하고, 드러난 풀뿌리는 추위에 꺾이네. 원숭이 한번 울면 애간장 끊어지니, 나그네 눈물만 자꾸 흐르네."

그 소리가 매우 격앙되고 슬펐다. 이렇게 밤새도록 수십 번을 읊었다. 그 사람은 처음 들었을 때는 뱃사공이 아직 잠을 자지 않은 것이라 생각했다. 그래서 새벽에 찾아갔더니 배는 없고 다만 빈산에 돌샘과 깎아지른 계곡만 있었으며, 시를 읊던 곳에는 인골 한 구만 있었다.

甘露[1]年中, 有人行於巴峽, 夜泊舟, 忽聞有人朗咏詩曰: "秋徑塡黃葉, 寒摧露草根. 猿聲一叫斷, 客淚數重痕." 其音甚厲, 激昂而悲. 如是通宵, 凡吟數十遍. 初聞, 以爲舟行者未之寢也. 曉訪之, 更無舟船, 但空山石泉, 谿谷幽絶, 咏詩處有人骨一具.

* 이 고사는 《태평광기》 권328 〈귀·파협인〉에 실려 있다.

1 감로(甘露) : 《태평광기》에는 "조로(調露)"라 되어 있는데 문맥상 타당하다.

57-22(1703) 정교

정교(鄭郊)

정교는 하북(河北) 사람으로 진사에 낙방해 진주(陳州)와 채주(蔡州) 사이를 돌아다녔다. 어느 날 한 무덤을 지나다가 무덤 위에 자라난 아주 예쁜 비취색 대나무 두 그루를 보고는 말을 멈추고 시를 읊었다.

"무덤 위의 두 그루 대나무, 바람 불 때마다 한들거리네."

정교가 한참 동안 그다음 구를 잇지 못하고 있을 때 무덤 속에서 말하는 소리가 들려왔다.

"어찌하여 '지하에 백 년 동안 묻혀 있는 사람, 긴 잠에 날 밝는 것도 모르네'라고 말하지 않습니까?"

정교가 깜짝 놀라 누구냐고 물어보았지만 더 이상 말하지 않았다.

鄭郊, 河北人, 擧進士下第, 遊陳蔡間. 過一冢, 上有竹二竿, 靑翠可愛, 因駐馬吟曰: "冢上兩竿竹, 風吹常裊裊." 久不能續, 聞冢中言曰: "何不云'下有百年人, 長眠不知曉?'" 郊驚問之, 不復言矣.

* 이 고사는 《태평광기》 권354 〈귀·정교〉에 실려 있다.

57-23(1704) 왕소

왕소(王紹)

출《문기록(聞奇錄)》

　명경(明經) 출신 왕소가 밤이 깊도록 책을 읽고 있을 때, 갑자기 창밖에서 어떤 사람이 붓을 빌려 달라고 해서 왕소가 그에게 주었더니 창 위에 시 한 수를 적었다.

　"어떤 사람이 창 아래에서 책 읽는 소리 들리는데, 남두성(南斗星) 끝자락에 북두성이 가로놓여 있네. 천 리 먼 곳에서 고향집 그리워하나 돌아가지 못하니, 봄바람에 석두성(石頭城)에서 애간장 끊어지네."

　시를 다 짓고 나자 고요하니 아무 소리도 들리지 않았다.

明經王紹, 夜深讀書, 忽窗外有言借筆者, 紹與之, 於窗上題一詩曰: "何人窗下讀書聲, 南斗闌干北斗橫. 千里思家歸不得, 春風腸斷石頭城." 詩訖, 寂然無聲.

* 이 고사는 《태평광기》 권352 〈귀·왕소〉에 실려 있다.

권58 귀부(鬼部)

귀(鬼) 3

이 권은 대부분 부부와 남녀가 정을 나누는 일을 실었다.

此卷多載夫婦及男女情媾之事.

58-1(1705) 이원평
이원평(李元平)
출《광이기》

    이원평은 계주자사(桂州刺史) 이백성(李伯成)의 아들로, [당나라] 대력(大曆) 5년(770)에 동양현(東陽縣)의 정사(精舍)에 머물면서 공부했다. 1년 남짓 되었을 때 어느 날 저녁에 갑자기 붉은 비단 치마와 저고리를 입고 용모가 매우 아름다운 여자가 하녀 하나를 데리고 오더니, 이원평이 묵고 있는 정사의 다른 승방(僧房) 안에 들었다. 이원평은 기뻐하며 달려가서 그녀에게 가려는 곳과 성씨를 물었다. 그러자 하녀가 화내며 말했다.

    "평소 서로 알지도 못하는데 갑자기 이렇게 다그치시니 왕손(王孫)답지 못하십니다."

    이원평은 그 말에는 대꾸하지 않으면서 그저 아씨를 만나 뵙길 청했다. 잠시 후 여자가 안에서 나왔는데, 서로 보고 기뻐하며 마치 오래전부터 알고 지내던 사이 같았다. 여자가 이원평에게 말했다.

    "제가 이곳에 온 것은 당신을 만나 해묵은 일을 논하고자 해서입니다. 저는 이미 사람이 아닌데, 당신은 두렵지 않습니까?"

이원평은 이미 그녀를 좋아하게 되어 마음에 아무런 거리낄 것이 없었다. 여자가 말했다.

"저의 부친은 예전에 강주자사(江州刺史)를 지내셨는데, 당신은 전생에 강주의 문지기로 늘 사군(使君 : 자사)의 집에서 당직을 섰습니다. 당신은 비록 빈천한 집안 출신이었지만 용모나 행동거지가 사랑스러웠고, 저는 인연으로 인해 당신과 몰래 사통했습니다. 그런데 겨우 100일이 되었을 때 당신은 곽란(霍亂)에 걸려 죽었습니다. 저는 감히 곡도 못했지만 애통함은 보통의 감정보다 배나 되었습니다. 그래서 저는 늘 천수천안보살(千手千眼菩薩)의 주문을 염송하며 다음 생에는 각자 귀한 집안에 태어나 다시 혼인하게 해 달라고 빌었습니다. 그리고 붉은 붓으로 당신의 왼쪽 허벅지에 표시해 놓았으니, 당신은 한번 살펴보십시오." 미 : 천수천안보살 주문을 염송한 보응이 덧붙어 나온다.

이원평은 스스로 살펴보았더니 그녀의 말대로였기에 더욱 그녀를 믿었다. 그래서 그녀를 붙들어 하룻밤을 보냈는데, 또한 매우 즐겁고 흡족했다. 날이 밝으려 하자 여자가 갑자기 이원평에게 말했다.

"제가 환생할 때가 되어 오래 머무를 수 없습니다."

여자는 몹시 한스러워하면서 슬픔의 눈물을 흘리며 말했다.

"제가 환생하면 지금 현령(縣令)으로 있는 사람의 딸로 태어날 것인데, 제가 열여섯 살이 되었을 때 당신은 지방 장관이 되실 것이니, 그때 비로소 우리는 마땅히 혼인할 것입니다. 그사이에는 결혼하지 마시기 바랍니다. 천명이 이미 정해져 있으니 당신은 비록 결혼하려고 해도 그럴 수 없을 것입니다."

여자는 말을 마치고 작별한 뒤 떠났다.

李元平, 桂州刺史伯成之子, 以大曆五年客於東陽精舍讀書. 歲餘暮際, 忽有女子服紅羅裙襦, 容色甚麗, 一靑衣婢隨來, 入元平所居院他僧房中. 平悅而趨之, 問以所適及其姓氏. 靑衣怒云: "素未相識, 遽爾見逼, 非所望於王孫也." 元平初不酬對, 但求拜見. 須臾, 女從中出, 相見忻悅, 有如舊識. 謂元平曰: "所以來者, 亦欲見君, 論宿昔事. 我已非人, 君無懼乎?" 元平心旣相悅, 略無疑阻. 女云: "吾父昔任江州刺史, 君前生是江州門夫, 恒在使君家長直. 雖生於貧賤, 而容止可悅, 我以因緣之故, 私與交通. 君纔百日, 患霍亂沒. 我不敢哭, 哀倍常情. 素持千手千眼菩薩呪, 所願後身各生貴家, 重爲婚姻. 以朱筆塗君左股爲志, 君試看之." 眉: 持千手千眼呪應報附見. 元平自視, 如其言, 益信. 因留之宿, 歡愜亦甚. 欲曙, 忽謂元平曰: "託生時至, 不得久留." 意甚恨恨, 因悲涕云: "後身父今爲縣令, 及我年十六, 當得方伯, 此時方合爲婚姻. 未間, 幸無婚也. 然天命已定, 君雖欲婚, 亦不可得." 言訖訣去.

* 이 고사는 《태평광기》 권339 〈귀·이원평〉에 실려 있다.

58-2(1706) 호복지

호복지(胡馥之)

출《유명록》

　상군(上郡) 사람 호복지는 이씨(李氏)를 부인으로 맞았으나, 10여 년이 지나도록 아들을 낳지 못한 채 부인이 죽었다. 호복지가 통곡했더니 부인이 갑자기 일어나 앉으며 말했다.

　"당신이 애통해하는 것에 감동해서 저는 곧바로 썩지 않을 것입니다. 등불 뒤로 저를 찾아와 생전에서처럼 잠자리를 함께하면, 틀림없이 당신을 위해 아들 하나를 낳아 드리겠습니다." 미 : 죽었는데도 아들을 잉태하다니 정말 기이하다.

　부인은 말을 마치고 도로 누웠다. 호복지는 부인이 말한 대로 등불을 켜지 않은 채로 어둠 속에서 부인과 동침했다. 부인이 다시 말했다.

　"죽은 사람이 살아날 리는 없겠지만 옆에 방을 마련해 그곳에 저를 안치해 놓았다가 만 열 달을 기다린 후에 묻어 주세요."

　그 후로 부인의 몸에서 약간의 온기가 느껴졌는데, 마치 아직 죽지 않은 것 같았다. 열 달 뒤에 부인이 과연 아들 하나를 낳자 아들의 이름을 영산(靈產)이라 했다.

上郡胡馥之, 娶婦李氏, 十餘年無子而婦卒. 哭之慟, 婦忽起坐曰:"感君痛悼, 我不卽朽. 可於燈後見就, 依平生時, 當爲君生一男." 眉:死猶孕男, 大奇. 語畢還臥. 馥之如言, 不取燈燭, 暗而就之. 復曰:"亡人亦無生理, 可側作屋見置, 伺滿十月, 然後殯." 爾後覺婦身微暖, 如未亡. 旣十月後, 生一男, 男名靈産.

* 이 고사는 《태평광기》 권321 〈귀・호복지〉에 실려 있다.

58-3(1707) 환도민

환도민(桓道愍)

출《법원주림》

　진(晉)나라 환도민은 초군(譙郡) 사람이었다. 융안(隆安) 4년(400)에 그의 부인이 죽었는데, 부부의 정이 매우 돈독했던지라 비통해 마지않았다. 그해 어느 날 밤에 막 잠이 들었는데, 병풍 위를 쳐다보았더니 사람 손 하나가 보였다. 급히 일어나 등불을 들어 병풍 밖을 비춰 보았더니 다름 아닌 부인이었는데, 그 모습과 단장이 모두 살아 있을 때와 같았다. 환도민은 조금도 두려워하지 않고 부인을 잡아끌어 함께 누워서, 말을 주고받으며 삶과 죽음에 대해 얘기했다. 환도민이 말했다.

　"당신은 죽은 후로 말소리나 그림자조차 전혀 없더니 오늘 저녁에 어떻게 갑자기 돌아왔소?"

　부인이 대답했다.

　"돌아오고 싶은 마음이야 너무도 간절했지만, 사람과 귀신의 길이 다르고 각자 속해 있는 곳이 있으니, 자유롭게 맘대로 할 수 없었을 뿐입니다. 저는 살아생전에 실수는 했지만 다른 죄는 짓지 않았는데, 다만 당신이 계집종을 사랑한다고 늘 의심했기에 이 투기심으로 인해 지옥에서 응보를 받았다가 이제야 비로소 벗어났습니다. 지금 사람으로 환생하게 되었기 때문에 당신과 작별하러 왔습니다." 미 : 투기하는 마음을 품어도 응보를 받으니, 실제 투기를 하면 어찌 될지 알 수 있다.

환도민이 말했다.

"어느 곳에서 환생하오? 당신을 찾을 수 있소?"

부인이 대답했다.

"환생하게 되었다는 것만 알 뿐, 어느 곳인지는 알 수 없습니다. 일단 현세의 사람이 되면 전생의 일을 아는 것이 더 이상 허용되지 않으니, 어떻게 서로 찾을 수 있겠습니까?"

새벽이 되어 부인이 떠나겠다고 말하자, 두 사람은 눈물을 흘리며 작별했다. 환도민은 부인을 보랑(步廊 : 옥외의 긴 회랑) 아래까지 배웅하고 돌아왔는데, 잠시 후에야 비로소 크게 두려움을 느껴 오랫동안 넋이 나간 듯했다.

晉桓道愍, 譙人也. 隆安四年喪婦, 內顧甚篤, 纏痛無已. 其年, 夜始寢, 視屛風上, 見一人手. 擎起秉炬, 照屛風外, 乃其婦也, 形貌妝飾具如生. 道愍了不畏懼, 遂引共臥, 言語往還, 陳敘存亡. 道愍曰: "卿亡來初無音影, 今夕那得忽還?" 答曰: "欲還何極, 人神道殊, 各有司屬, 不由自任耳. 新婦生時, 差無餘罪, 止恒疑君憐愛婢使, 以此妒忌之心, 受報地獄, 始獲免脫. 今當受生爲人, 故來與君別也." 眉 : 懷妒受報, 行妒可知. 道愍曰: "當生何處? 可得尋不?" 答曰: "但知當生, 不測何處. 一爲世人, 無容復知宿命, 何由相尋求耶?" 至曉辭去, 涕泗而別. 道愍送至步廊下而歸, 已而方大怖懼, 恍惚時積.

* 이 고사는《태평광기》권319〈귀·환도민〉에 실려 있다.

58-4(1708) 당훤

당훤(唐晅)

출《통유기》

　　당훤은 진창(晉昌) 사람이다. 그의 부인 장씨(張氏)는 활주(滑州)의 은사(隱士) 장공(張恭)의 막내딸로 바로 당훤의 고모가 낳았는데, 아주 훌륭한 덕성을 지니고 있었다. [당나라 개원(開元) 18년(730)에 당훤은 일 때문에 낙양(洛陽)에 들어갔다가 여러 달이 되도록 돌아오지 못했다. 당훤이 밤에 꿈을 꾸었는데, 그의 부인이 꽃 뒤에서 울다가 얼마 후에는 우물을 들여다보며 웃는 것이었다. 미 : 꿈이 덧붙어 나온다. 당훤은 꿈을 깨고 나서 마음속으로 꺼림칙해하다가 일자(日者 : 점쟁이)에게 물었더니 일자가 말했다.

　　"꽃 뒤에서 우는 것은 용모가 풍상(風霜)을 따라 시든다는 뜻이고, 우물을 들여다보며 웃는 것은 황천길에서 기뻐한다는 뜻이오."

　　며칠이 지나서 과연 부인이 죽었다는 소식을 듣고 당훤은 다른 사람들보다 훨씬 비통해했다. 몇 년 후에야 당훤은 위남(衛南)으로 돌아올 수 있었는데, 부인의 자취를 더듬어보며 감회에 젖어 이런 시를 지었다.

　　"침실의 긴 대자리에서 슬퍼하고, 규방의 경대(鏡臺) 앞에서 울었네. 홀로 복사꽃 오얏꽃 피는 계절에 슬퍼하고, 밤 황천길 열린 것을 함께하지 못했네. 혼이 만약 감응한다면, 어렴풋이 꿈속에서나마 오시오."

그날 저녁에 바람은 맑고 이슬은 깨끗했는데, 당훤은 부인에 대한 그리움이 사무쳐 잠을 이루지 못했다. 밤이 더욱 깊어지자 당훤이 이전에 읊었던 도망시(悼亡詩)를 슬피 읊조리고 있을 때 갑자기 어둠 속에서 우는 듯한 소리가 들렸는데, 처음에는 멀리서 들리다가 점점 가까워졌다. 당훤은 놀라고 슬퍼하면서 이상하다고 느끼며 빌었다.

"만약 당신이 십낭자(十娘子 : 장씨)의 혼령이라면 어찌 한 번 만나는 걸 아까워하시오? 이미 저승 사람이 되었다고 해서 지난날 우리의 사랑을 막지는 마시오."

잠시 후 말하는 소리가 들렸다.

"저는 장씨(張氏)입니다. 당신이 슬프게 읊조리는 시를 들으니, 비록 저승에 있지만 진실로 마음이 아파서 이 밤에 와서 당신에게 말씀드리는 것입니다."

당훤은 놀라 울면서 말했다.

"마음에 쌓인 일을 갑자기 펼쳐 내기 어려우니, 얼굴을 한 번만 보면 죽어도 한이 없겠소!"

장씨가 대답했다.

"이승과 저승은 길이 달라 만나기가 매우 어렵습니다. 또한 당신이 의심할까 봐 염려해 그러는 것이지 소첩이 모습을 보여 드리고 싶지 않은 것이 아닙니다."

당훤은 진심으로 더욱 간절히 청했다. 잠시 후 장씨가 나부(羅敷)를 부르는 소리를 들었는데, 나부가 먼저 나오더니 앞으로 다가와 절하며 말했다.

"아씨께서 옛일을 얘기하려고 지금 칠랑(七郞 : 당훤)을 만나길 기다리고 계십니다."

당훤이 나부에게 물었다.

"나는 개원 8년(720)에 너를 선주(仙州)의 강씨(康氏)에게 맡겼다. 너는 이미 강씨 집에서 죽었다고 들었는데, 지금 어떻게 여기에 있느냐?"

나부가 대답했다.

"아씨께서 저를 대속해 와서 지금 아미(阿美)를 돌보고 있습니다." 미 : 귀신이 된 여종을 대속했으니, 그렇다면 저승의 노비는 그대로 각자 자기 주인을 따른다.

아미는 바로 당훤의 죽은 딸이다. 당훤은 또 슬퍼했다. 잠시 후 장씨는 나부에게 등불을 밝히라고 명한 뒤 동편 섬돌의 북쪽에 서 있었다. 당훤이 앞으로 달려가서 울며 절하자 부인도 답배했다. 당훤이 부인의 손을 잡고 생전의 일을 얘기하자, 부인이 눈물을 흘리며 당훤에게 말했다.

"이승과 저승은 길이 막혀 있어 당신과 오랫동안 헤어졌습니다. 비록 적막한 저승에서 의지할 데가 없었지만, 당신에 대한 그리움은 마음에서 떠난 적이 없었습니다. 오늘은 육합일(六合日 : 길일)⁵¹⁾인데, 저승 관리가 당신의 정성스러움에 감동해 저를 잠시 보내 주었습니다. 1000년에 한 번 만나는 기회라 슬픔과 기쁨이 교차하는군요. 또 미낭(美娘 : 아미)은 아직 어려서 부탁할 만한 사람이 없습니다. 오늘 밤이 어떤 날입니까? 다시 마음속의 진심을 얘기해 봅시다."

당원은 집안사람들에게 줄지어 서서 부인에게 절을 올리게 했다. 그러고는 등불을 옮겨 방으로 들어가서 휘장을 드리웠다. 부인은 먼저 앉으려 하지 않으면서 말했다.

"저승에서의 존비(尊卑)는 산 사람을 귀하게 여기니 당신이 먼저 앉으세요."

당원은 즉시 그 말대로 했다. 부인이 웃으며 당원에게 말했다.

"당신의 정은 생전과 다르지 않지만 이미 재혼했다고 들었습니다. 당신의 새로운 아내는 회남(淮南)에 있는데, 저 또한 그녀를 평소에 잘 알고 있습니다."

당원이 물었다.

---

51) 육합일(六合日) : 길일을 말한다. 음양가(陰陽家)에서 월건(月建 : 달의 간지)과 일진(日辰 : 날의 육십갑자)이 서로 만나는 것으로, 자축(子丑)·인해(寅亥)·묘술(卯戌)·진유(辰酉)·사신(巳申)·오미(午未)를 길일로 여긴다. 예를 들어 정월인 인월(寅月)에서 지지(地支)가 해(亥)에 속하는 날은 모두 '육합일'이 된다.

"무엇을 먹고 싶소?"

부인이 대답했다.

"저승에도 진수성찬이 갖춰져 있긴 하지만, 가장 중요한 묽은 죽만은 만들 수 없습니다."

당훤은 즉시 묽은 죽을 준비하게 했다. 죽이 나오자 부인은 다른 그릇을 달라고 해서 거기에 담아 먹었는데, 입으로 가져가 다 먹은 것 같았지만 그릇을 치울 때 보니 죽이 그대로 남아 있었다. 당훤은 부인의 시종들에게도 모두 밥을 먹였는데, 그중에서 어떤 할멈이 함께 앉으려 하지 않자 부인이 말했다.

"할멈은 전부터 알고 있는 사람이니 다른 시종과는 다르네."

부인이 당훤에게 말했다.

"이 사람은 자국(紫菊) 유모인데 어찌 몰라보십니까?"

당훤은 그제야 기억이 나서 할멈에게 따로 자리를 마련해 식사를 차려 주었다. 그 나머지 시종들은 대부분 당훤이 모르는 사람들이었다. 부인이 말했다.

"이들은 모두 당신이 제게 주신 사람들입니다."

그들의 이름을 부르는 것을 들어 보니, 바로 당훤이 도성에서 돌아오던 날에 종이를 오려 만든 노비들에 써 놓은 이름이었다. 당훤은 그제야 부인에게 보내 준 돈과 노비를 부인이 모두 받았음을 알았다. 부인이 말했다.

"지난날에 제가 늘 간직하고 있던 황금으로 아로새긴 합(盒)을 집의 서북쪽 두공(枓栱 : 대들보 위에 세우는 짧은 기둥) 속에 감춰 놓았는데, 그곳을 아는 사람이 없습니다."

당훤이 찾아보았더니 과연 그 합이 나왔다. 부인이 또 말했다.

"미낭을 보고 싶으십니까? 지금 이미 다 컸습니다."

당훤이 말했다.

"미낭은 죽었을 때 강보에 싸여 있었는데 저승에서 어떻게 나이를 먹었겠소?" 미 : 저승에서도 나이를 먹는다면, 서시(西施)와 낙비(洛妃) 등은 당나라 때에 이르러 모두 마땅히 수백 살 먹은 노인이 되어야 하니, 허황한 말이 아니겠는가?[52]

부인이 대답했다.

"이승과 다를 게 없습니다."

잠시 후 미낭이 도착했는데 대여섯 살쯤 되어 보였다. 당훤이 미낭을 어루만지며 울자 부인이 말했다.

"아이를 놀라게 하지 마세요."

나부가 미낭을 도로 안았더니 갑자기 보이지 않았다. 당

---

[52] 허황한 말이 아니겠는가? : 이 미비(眉批)의 원문은 "유치담□□□□□야(猶侈談□□□□□耶)"라 되어 있어 다섯 글자가 판독 불가한데, 문맥을 고려해 추정해서 번역했다. 쑨다펑(孫大鵬)의 교점본에서는 "유치담유우부족구야(猶侈談幽遇不足嘔耶)"로 추정했다.

훤은 휘장을 내리게 하고 부인과 깊은 정을 나누었는데, 살아 있을 때와 똑같았다. 당훤은 부인의 손발과 숨결이 차갑다고 느낄 뿐이었다. 당훤이 또 물었다.

"저승에서는 어느 곳에 거처하오?"

부인이 대답했다.

"시부모님 곁에 있습니다."

당훤이 말했다.

"당신은 이토록 신령한데 어찌하여 환생하지 못하오?"

부인이 대답했다.

"사람은 죽은 후에 혼백이 다른 곳으로 가고 모두 소속된 곳이 있으며, 형체와는 전혀 상관이 없습니다. 당신은 어찌하여 꿈속의 일을 확인해 보지 않습니까? 꿈을 꿀 때 어떻게 자신의 몸을 기억할 수 있겠습니까? 제가 죽은 후에는 죽은 때를 전혀 기억하지 못하고 또한 묻힌 곳도 알지 못합니다. 하지만 돈과 노비를 당신이 제게 준 것은 알고 있습니다. 형체에 대해서는 진실로 전혀 개의치 않습니다."

이윽고 두 사람은 밤이 깊도록 깊은 정을 나누었다. 당훤이 물었다.

"부인은 저승에서 또한 다시 시집가지 않았소?"

부인이 대답했다.

"살아서나 죽어서나 마찬가지로 사람의 곧음과 그릇됨은 각각 다릅니다. 제가 죽은 후에 부모님께서 저의 뜻을 빼앗아 북정도호(北庭都護) 정건관(鄭乾觀)의 조카인 정명원(鄭明遠)에게 시집보내려고 했습니다. 하지만 제가 맹세한 뜻이 확고했기 때문에 위아래 사람들이 저를 가엾게 여겨 시집가는 것을 면할 수 있었습니다."

당훤은 그 말을 듣고 무안해하며 감회에 젖어 시를 지어 부인에게 주었다.

"역양(嶧陽)의 오동나무53) 가운데 반쪽이 죽고, 연평진(延平津)의 보검54) 가운데 하나가 물에 빠졌네. 어떻게 하룻밤 사이에, 백년해로하자는 마음을 헛되이 저버렸나?"

부인이 말했다.

"당신의 사랑을 받고 보니 문득 답시(答詩)를 남기고 싶은데 괜찮습니까?"

당훤이 말했다.

"당신은 예전에 글을 짓지 않았는데 어떻게 시를 짓겠소?"

부인이 말했다.

---

53) 역양(嶧陽)의 오동나무 : 역산(嶧山)의 남쪽 비탈에서 나는 특이한 오동나무로, 금(琴)을 만드는 데 좋은 목재다.
54) 연평진(延平津)의 보검 : 진(晉)나라 때 보검인 용천검(龍泉劍)과 태아검(太阿劍) 가운데 하나가 연평진에 빠져 용이 되어 승천했다고 한다.

"평소 문장을 좋아했지만 당신이 꺼릴까 봐 염려했기 때문에 짓지 않았을 뿐입니다."

부인은 마침내 허리끈을 찢어 시를 적었다.

"생사가 갈라짐을 구분하지 못하니, 고금이 다름을 어떻게 견딜까? 이승과 저승은 길이 막혀 있으니, 만남과 헤어짐 둘 다 마음 아프네."

당훤은 눈물을 머금고 얘기하면서 기뻐하고 슬퍼하는 사이에 어느덧 날이 밝았다. 잠시 후 문을 두드리는 소리가 들렸는데, 시부모가 말을 전했다.

"신부(新婦 : 장씨)를 서둘러 떠나게 해라. 날이 밝으면 저승 관부에서 크게 질책할까 걱정된다."

부인이 울며 일어나 당훤과 작별했다. 당훤은 장계를 지어 건네주면서 부인의 손을 잡고 말했다.

"언제 다시 만날 수 있소?"

부인이 대답했다.

"40년 후에나 가능합니다."

부인이 당훤에게 비단 손수건 하나를 남겨 주어 기억할 수 있게 하자, 당훤은 황금으로 장식한 합(盒) 하나로 답례했다. 곧 부인이 말했다.

"갈 길에 시한이 정해져 있어서 오래 머물 수 없습니다. 40년이 되지 않았을 때는 제 무덤에 제사를 지내도 아무 소용이 없습니다. 반드시 바쳐야 할 것이 있을 경우에는 단지 그달의 마지막 날 황혼 때 들판이나 강가에 차려 놓고 제 이름을 부르면 제가 모두 받을 수 있습니다. 미 : 귀신에게 제사지내는 것은 마땅히 이 방법을 써야 하니, 음류(陰類)를 따르기 때문이다. 바빠서 오래 얘기하지 못하니 부디 몸조심하시기 바랍니다."

부인은 말을 마치고 수레에 올라 떠나갔는데, 온 집안사람들이 모두 그 광경을 보았다. 이 일은 당훤의 수기(手記)에 보인다.

唐晅者, 晉昌人也. 妻張氏, 滑州隱士張恭之幼女, 卽晅姑所出, 甚有令德. 開元十八年, 晅以故入洛, 累月不得歸. 夜夢其妻隔花泣, 俄而窺井笑. 眉 : 夢附見. 及覺, 心惡之, 以問日者, 曰 : "隔花泣者, 顔隨風謝, 窺井笑者, 喜於泉路也." 居數日, 果有凶信, 晅悲慟倍常. 後數歲, 方得歸衛南, 追其陳迹, 感而賦詩曰 : "寢室悲長簟, 妝樓泣鏡臺. 獨悲桃李節, 不共夜泉開. 魂兮若有感, 仿佛夢中來." 是夕風露淸虛, 晅耿耿不寐. 更深, 悲吟前悼亡詩, 忽聞暗中若泣聲, 初遠漸近. 晅驚惻, 覺有異, 乃祝之曰 : "倘是十娘子之靈, 何惜一見? 勿以幽冥, 隔礙宿愛." 須臾, 聞言曰 : "兒張氏也. 聞君悲吟, 雖處陰冥, 實所惻愴, 是以此夕與君相聞." 晅驚泣曰 : "在心之事, 卒難申叙, 須得一見顔色, 死不恨矣!" 答曰 : "隱顯道別, 相見殊難. 亦慮君有疑心, 妾非不欲盡也." 晅情詞益懇. 俄而聞喚羅敷, 先出前拜, 言 : "娘子欲叙夙昔, 正期與七郞相見." 晅問羅敷曰 : "我開元八年, 典汝與仙州康家. 聞汝已於康家死矣, 今何得在此?" 答曰 : "被娘子贖來, 今看阿美." 眉

：鬼婢猶須續，然則冥中奴婢仍各從其主矣．阿美，卽晅之亡女也．晅又惻然．須臾，命燈燭，立於阼階之北．晅趨前，泣而拜，妻答拜．晅執手叙平生，妻流涕謂晅曰："陰陽道隔，與君久別．雖冥寞無據，至於相思，嘗不去心．今六合之日，冥官感君誠懇，放兒暫來．千年一遇，悲喜兼集．又美娘幼小，囑付無人．今夕何夕? 再遂申款."晅乃命家人列拜起居．徙燈入室，施布帷帳．不肯先坐，乃："陰陽尊卑，以生人爲貴，君可先坐."晅卽如言，笑謂晅曰："君情旣不易平生，然聞已再婚．君新人在淮南，吾亦知甚平善."晅因問："欲何膳?"答曰："冥中珍饈亦備，最重者唯漿水粥，不可致耳."晅卽令備之．旣至，索別器，攤之而食，向口如盡，及徹之，粥宛然．晅悉飯其從者，有老姥，不肯同坐，妻曰："你是舊人，不同群小."謂晅曰："此是紫菊奶，豈不識耶?"晅方記念，別席具飯．其餘侍者，晅多不識．妻曰："皆君所與者."聞呼名字，乃是晅從京回日，多剪紙人題名．乃知錢財奴婢，無不得也．妻曰："往日常弄一金鏤盒子，藏於堂屋西北斗栱中，無有人知處."晅取果得．又曰："欲見美娘乎? 今已長成."晅曰："美娘亡時襁褓，地下豈受歲乎?"眉：地下亦受歲，則西施·洛妃輩至唊時，皆當數百歲老人，猶侈談□□□□耶? 答曰："無異也."須臾，美娘至，可五六歲．晅撫之而泣，妻曰："莫驚兒."羅敷却抱，忽不見．晅令下簾帷，申繾綣，宛如平生．晅覺手足呼吸冷耳．又問："冥中居何處?"答曰："在舅姑左右."晅曰："娘子神靈如此，何不還返生?"答曰："人死之後，魂魄異處，皆有所錄，杳不關形骸也．君何不驗夢中? 安能記其身也? 兒亡之後，都不記死時，亦不知殯葬之處．錢財奴婢，君與則知．至如形骸，實總不管."旣而綢繆夜深．晅問曰："婦人沒地，不亦有再適乎?"答曰："死生同流，貞邪各異．且兒亡，堂上欲奪兒志，嫁與北庭都護鄭乾觀侄明遠．兒誓志確然, 上下矜閔, 得免." 暄聞撫然, 感懷而贈詩曰: "嶧陽桐半死, 延津劍一沉. 如何宿昔內, 空負百年心?" 妻曰: "方見君情, 輒欲留答, 可乎?" 暄曰: "曩日不屬文, 何以爲詞?" 妻曰: "文詞素慕, 慮君嫌猜, 故不爲耳." 遂裂帶題詩曰: "不分殊幽顯, 那堪異古今? 陰陽途自隔, 聚散兩難心." 暄含涕言叙, 悲喜之間, 不覺天明. 須臾, 聞叩門聲, 翁婆傳語: "令催新婦. 恐天明冥司督責." 妻泣而起, 與暄決別. 暄修啓狀以附之, 執手曰: "何時再一見?" 答曰: "四十年耳." 留一羅帛子, 與暄爲念, 暄答一金鈿盒子. 卽曰: "前途日限, 不可久留. 自非四十年內, 若於墓祭祀, 都無益. 必有相饗, 但於月盡日黃昏時, 於野田中, 或於河畔, 呼名字, 兒盡得也. 眉: 祭鬼宜用此法, 從陰類也. 匆匆不果久語, 願自愛." 言訖, 登車而去, 擧家皆見. 事見唐暄手記.

* 이 고사는 《태평광기》 권332 〈귀·당훤〉에 실려 있다.

58-5(1709) 허지옹

허지옹(許至雍)

출《영이기(靈異記)》

　허지옹은 부인이 일찍 죽자 그리움이 너무 간절해서, 매번 경치 좋은 한가한 밤이면 그 자리가 끝날 때까지 생황을 불고 노래하면서 탄식하며 슬피 울지 않은 적이 없었다. 허지옹은 8월 15일 밤에 뜰 앞에서 금(琴)을 타며 달을 감상했는데, 한참이 지났을 때 발[簾] 사이로 누군가 지나가는 것 같더니 여러 번 탄식하는 소리가 들렸다. 허지옹이 물었다.

　"누가 이곳에 왔소? 필시 이상한 일이 있는 것이다."

　한참이 지나서 사람의 말소리가 들렸는데, 바로 죽은 부인이 말했다.

　"만약 저를 보고 싶다면 조십사(趙十四)를 만나되, 3관(貫 : 1관은 1000전) 600전(錢)을 아까워하지 마세요."

　허지옹이 깜짝 놀라 일어나서 물었지만 보이는 것이 없었다. 그때부터 허지옹은 그 말을 늘 기억하고 있었지만 조십사가 누군지는 알지 못했다. 몇 년 후에 허지옹은 바야흐로 봄에 소주(蘇州)에서 한가히 노닐다가 소년 10여 명을 보았는데, 그들은 모두 부녀자의 복장을 하고서 화선(畫船 : 화려하게 장식한 놀잇배)을 타고 오태백(吳太伯)55)의 사당에 배알하러 가는 길이었다. 그래서 허생(許生 : 허지웅)이 사람들에게 물었다.

"저들은 무얼 하는 자입니까?"

사람들이 대답했다.

"이 고을에는 조십사라는 박수무당이 있는데, 그가 일에 대해 예언하면 대부분 들어맞기 때문에 이곳 사람들이 그를 존경하며 따릅니다. 저들은 모두 조생(趙生 : 조십사)의 휘하 무리입니다."

허생이 물었다.

"조생은 무슨 법술이 있습니까?"

사람들이 말했다.

"사람의 혼을 불러오는 데 뛰어납니다."

허생은 부인의 말에 부합하는 것을 기뻐했다. 다음 날 아침에 허생이 조생을 찾아가서 자신의 간절한 뜻을 자세히 말했더니 조생이 말했다.

"제가 불러올 수 있는 것은 살아 있는 사람의 혼뿐입니

---

55) 오태백(吳太伯) : 오태백(吳泰伯)이라고도 한다. 주(周)나라의 태왕(太王) 고공단보(古公亶父)의 장남으로, 태왕이 태백의 동생 계력(季歷)과 계력의 아들 창(昌 : 문왕)에게 왕위를 물려주려는 것을 알고 다른 동생들과 함께 형만(荊蠻)으로 달아나서 그곳을 오(吳)라고 했다.

다. 지금 죽은 사람의 혼을 불러오고 게다가 살아 있는 사람과 만나게 하는 일은 제가 오랫동안 하지 않았으니, 불러올 수 있을지 모르겠습니다. 하지만 당신이 간절한 마음을 지니고 있음을 알고 또한 부인의 혼령이 이미 말한 바도 있으니, 제가 어찌 거절하겠습니까?"

조생이 필요한 경비를 계산해 보니 과연 3관 600전이었다. 조생은 마침내 길일을 택해 청소하고 향을 피운 뒤, 서쪽 벽 아래에 평상을 놓고 처마 바깥에 제단을 마련했으며, 술과 포(脯)를 차려 놓고 크게 외치고 춤을 추고 절하면서 호금(胡琴)을 연주했다. 저녁이 되자 조생은 허생을 당 안의 동쪽 모퉁이에 있게 했다. 조생은 처마 바깥에서 발을 드리우고 누워서 아무 말도 하지 않았다. 삼경(三更)이 되었을 때 갑자기 뜰에서 어떤 사람이 걸어오는 소리가 들리자 조생이 물었다.

"혹시 허 수재(許秀才: 허지옹)의 부인이 아닙니까?"

탄식하는 소리가 서너 번 들려오더니 그녀가 대답했다.

"그렇습니다."

조생이 말했다.

"허 수재의 정성이 간절하기 때문에 감히 모셨으니, 부인은 이상해하지 마십시오. 부인은 당 안으로 들어가십시오."

잠시 후에 누군가 발을 들어 올리는 것 같았는데, 허생의 부인이 나타나 소박한 옷차림과 단장을 한 채 조생에게 절하고 나서, 천천히 당 안으로 들어가서 서쪽을 향해 앉았다. 허생은 눈물을 흘리고 오열하면서 말했다.

"당신은 억울함은 없소?"

부인이 말했다.

"다 운명일 따름이니 어찌 억울함이 있겠습니까?"

그러고는 자식과 집안사람 및 친지와 마을 등의 일을 물었는데, 이렇게 수십 차례 묻고 대답했다. 허생이 또 물었다.

"인간 세상에서는 불경을 숭상하는 것을 공덕이라 부르는데, 정말로 그런 일이 있소?"

부인이 말했다.

"모두 있습니다."

허생이 또 물었다.

"공덕이 필요하오?"

부인이 말했다.

"저는 평생 나쁜 짓을 하지 않았으니 어찌 죄가 있겠습니까?"

한참 후에 조생이 말했다.

"부인은 이제 떠나십시오. 시간이 많이 지체되면 질책받을까 걱정입니다."

부인이 나가자 허생은 그녀를 따라가며 울면서 말했다.

"당신을 기억할 수 있도록 물건 하나만 남겨 주었으면 하오."

부인이 울면서 말했다.

"저승에서는 오직 눈물만을 인간 세상에 전할 수 있습니다. 미∶ 신기한 일이다. 당신의 의복 가운데 하나를 땅에 던지세요."

허생이 한삼(汗衫) 하나를 벗어 땅에 두자, 부인은 그것을 집어서 뜰 앞의 나뭇가지 사이에 걸어 놓고 한삼으로 자신의 얼굴을 가린 채 대성통곡했다. 한참 후에 부인은 손을 내저어 허생을 물러서게 하더니 마치 허공을 타는 듯이 떠나갔다. 허생이 한삼을 가져와서 보았더니 그녀가 흘린 눈물 자국은 모두 피였다. 허생은 슬피 통곡한 나머지 며칠 동안 밥을 먹지 못했다. 조생은 이름이 하(何)였다.

許至雍妻早沒, 至雍懷思頗切, 每風景閑夜, 笙歌盡席, 未嘗不嘆泣悲嗟. 至雍八月十五日夜, 於庭前撫琴玩月, 已久, 忽覺簾屛間有人行, 吁嗟數聲. 至雍問曰∶"誰人至此? 必有異也." 良久, 聞有人語, 乃是亡妻云∶"若欲得相見, 遇趙十四, 莫惜三貫六百錢." 至雍驚起問之, 乃無所見. 自此常記其言, 則不知趙十四何人也. 後數年, 至雍閑遊蘇州, 方春, 見少年十餘輩, 皆婦人裝, 乘畫船, 將謁吳太伯廟. 許生因問人曰∶"彼何爲者?" 答曰∶"此州有男巫趙十四, 言事多中, 爲土人所敬伏. 此皆趙生之下輩也." 許生問∶"趙生何術?" 曰∶"善致人魂耳." 許生喜符其妻之說. 明早, 詣趙, 具陳懇切之意, 趙生曰∶"某所致者, 生魂耳. 今召死魂, 又令生人見之,某久不爲, 不知召得否. 知郞君有重念, 又神理已有所白, 某安得辭?" 乃計其所費之直, 果三貫六百. 遂擇良日, 灑掃焚香. 施床几於西壁下, 於檐外結壇場, 致酒脯, 呼嘯舞拜, 彈胡琴. 至夕, 令許君處於堂內東隅. 趙生乃於檐下垂簾臥, 不語. 至三更, 忽聞庭際有人行聲, 趙生乃問曰: "莫是許秀才夫人否?" 聞吁嗟數四, 應云: "是." 趙生曰: "以秀才誠意懇切, 故敢相迎, 夫人無怪也. 請夫人入堂中." 逡巡, 似有人揭簾, 見許生之妻, 淡服薄妝, 拜趙生, 徐入堂內, 西向而坐. 許生涕泗嗚咽, 曰: "君得無枉橫否?" 妻曰: "命耳, 安有枉橫?" 因問兒女與家人及親舊閭里等事, 往復數十句. 許生又問: "人間尙佛經, 呼爲功德, 此誠有否?" 妻曰: "皆有也." 又曰: "要功德否?" 妻云: "某平生無惡, 豈有罪乎?" 良久, 趙生曰: "夫人可去矣. 恐多時卽有譴謫." 妻乃出, 許生相隨泣涕曰: "願惠一物爲記." 妻泣曰: "幽冥唯有淚可以傳於人代. 眉: 事奇. 君有衣服, 可投一事於地." 許生脫一汗衫置地, 其妻取之, 懸於庭前樹枝間, 以衫蔽面大哭. 良久, 揮手却許生, 若乘空而去. 許生取衫視之, 淚痕皆血也. 許生痛悼, 數日不食. 趙生, 名何.

* 이 고사는 《태평광기》 권283 〈무(巫)·허지옹〉에 실려 있다.

58-6(1710) 위씨의 아들

위씨자(韋氏子)

출《당궐사(唐闕史)》

경조(京兆) 사람 위씨가 진사 시험에 응시했는데, 그의 가문은 매우 성대했다. 그는 일찍이 낙양(洛陽)에서 기녀를 들였는데, 그녀는 용모가 빼어나고 음률에 매우 밝았다. 위씨가 한번은 그녀에게 두 공부(杜工部 : 두보)의 시를 필사하게 했는데, 저본에 잘못된 부분이 매우 많았으나 기녀는 붓 가는 대로 수정해서 문리가 명료해졌다. 미 : 이 기녀의 이름이 망실된 게 안타깝다. 그 기녀는 스물한 살에 죽었다. 위씨는 애통해한 나머지 몹시 수척해졌으며 일도 팽개치고 잠을 자면서 꿈속에서나마 그녀를 만날 생각을 했다. 그러던 어느 날 가동이 숭산(嵩山)의 임 처사(任處士)라는 사람이 혼령을 돌아오게 하는 도술을 지니고 있다고 말하자, 위씨는 그를 불러와 부탁했다. 임 처사는 위씨에게 날을 잡아 재계하고 방 하나를 청소해 놓은 다음 휘장을 쳐 놓고 향을 사르게 했으며, 아울러 기녀가 입었던 옷이 있어야만 그 혼을 인도해 올 수 있다고 했다. 위씨가 옷상자를 뒤져 보았으나 모두 스님에게 시주해 버렸고 남은 것이라곤 금실로 수놓은 치마 하나뿐이었다. 임 처사가 말했다.

"일이 이루어지겠습니다."

그날 저녁에 임 처사는 위씨에게 사람들을 끊고 일도 그만두게 했으며, 또한 그녀에게 가까이 다가가거나 슬피 울지 말라고 주의를 주었다. 임 처사는 향 앞에 촛불을 켜 놓고 말했다.

"초가 1촌쯤 타들어 가면 그녀는 즉시 다시 떠날 것입니다."

위씨는 깨끗한 옷을 입고 숨을 가다듬은 채 임 처사의 지시대로 따랐다. 그날 밤은 온갖 소리가 모두 멈추었고 은하수가 맑게 빛나고 있었다. 그때 임 처사가 갑자기 길게 한숨을 쉬더니 치마를 들고 휘장을 향해 기녀의 혼을 불렀는데, 이렇게 세 번을 반복하자 갑자기 탄식하는 소리가 들려왔다. 잠시 후 휘장에 비친 기녀의 모습이 조금 나오더니 비스듬히 바라보며 서 있었는데, 그윽한 향기를 풍기며 원망하는 자태를 스스로 가누지 못하는 것만 같았다. 위씨가 놀라 일어나서 울자 임 처사가 말했다.

"그렇게 다그쳐서 금방 돌아가게 하지 마십시오."

위씨는 눈물을 참고 인사했는데, 그녀는 살아생전과 다름이 없었다. 간혹 그녀에게 말을 걸면 고개를 끄덕일 뿐이었다. 한 시각이 지나서 초가 정해진 길이까지 다 타들어 가자, 위씨가 갑자기 그녀에게 다가가려 했더니 이미 사라지고 없었다. 위씨는 휘장을 부여잡고 길게 통곡한 끝에 기절했다가 깨어났다. 그러자 임생(任生 : 임 처사)이 말했다.

"저는 돈을 벌려는 사람이 아니라 당신의 간절한 마음을 불쌍히 여겼기 때문에 도와주러 왔습니다. [사랑의 감정은 금세 사라지는] 물거품이나 [아침에 피었다가 저녁에 오므라드는] 무궁화와 같은 것이니 마음에 담아 두실 필요 없습니다."

위씨가 사례하려 했지만 임생은 돌아보지 않고 떠났다. 위 아무개는 이런 시를 지었다.

"금칠로 나비 떼 그린 치마 슬퍼하나니, 봄이 오면 다시 나타나 흘러가는 구름과 벗하겠지. 잠시도 붙잡아 두지 못하게 하니, 흡사 처음 이소군(李少君)56)을 만난 듯하네."

위씨는 그 이후로 울적해하더니 1년이 지나서 죽었다. 미 : 죽지 않으면 끝나지 않는다.

京兆韋氏子, 擧進士, 門閥甚盛. 嘗納妓於洛, 顏色明秀, 尤善音律. 韋曾令寫杜工部詩, 得本甚舛, 妓隨筆改正, 文理曉然. 眉 : 此妓恨逸其名. 年二十一而卒. 韋悼痛之, 甚爲羸瘠, 棄事而寐, 意其夢見. 一日, 家僮有言嵩山任處士有返魂術,

---

56) 이소군(李少君) : 한(漢)나라 무제(武帝) 때의 방술사(方術士). 무제가 총해하던 이 부인(李夫人)이 죽은 후에 무제가 그녀를 몹시 그리워하자, 이소군이 이 부인의 혼을 불러와 잠시 만나게 해 주었다고 한다.

韋召而求之. 任命擇日齋戒, 除一室, 舒幃焚香, 仍需一經身衣以導其魂. 韋搜衣筍, 盡施僧矣, 惟餘一金縷裙. 任曰: "事濟矣." 是夕, 絶人屏事, 且以暱近悲泣爲誡. 燃蠟炬於香前, 曰: "睹燭燃寸, 卽復去矣." 韋潔服斂息, 一稟其誨. 是夜, 萬籟俱止, 河漢澄明. 任忽長嘆, 持裙面幃而招, 如是者三, 忽聞吁嘆之聲. 俄頃, 映幃微出, 斜睇而立, 幽芳怨態, 若不自勝. 韋驚起泣, 任曰: "無庸恐迫, 以致倏回." 生忍涙揖之, 無異平生. 或與之言, 頷首而已. 逾刻, 燭盡及期, 欻欲逼之, 紛然而滅. 韋乃捧幃長慟, 旣絶而甦. 任生曰: "某非獵食者, 哀君情切, 故來奉救. 漚沫槿艷, 不必置懷." 韋欲酬之, 不顧而別. 韋嘗賦詩曰: "惆悵金泥簇蝶裙, 春來猶見伴行雲. 不教布施剛留得, 渾似初逢李少君." 韋自此鬱鬱不懌, 逾年而歿. 眉: 不死不終局.

* 이 고사는 《태평광기》 권351 〈귀·위씨자〉에 실려 있다.

58-7(1711) 장홍양

장홍양(張弘讓)

출《건손자》

[당나라] 원화(元和) 12년(817)에 수주소장(壽州小將) 장홍양은 병마사(兵馬使) 왕섬(王暹)의 딸을 아내로 맞이했다. 회서(淮西) 지방에 군사가 급히 필요하자 영호통(令狐通)이 자사(刺史)가 되었다. 장홍양의 부인은 몇 달 동안 중병을 앓고 있었는데, 부인이 무엇을 먹고 싶어 할 때마다 장홍양은 마련해 주었으며, 여름부터 가을까지 시종 태만하지 않았다. 겨울 10월에 장홍양의 부인이 갑자기 탕면을 먹고 싶어 하자, 장홍양은 그 음식을 준비했다. 음식을 아직 다 만들지 못했을 때 마침 군대에서 겨울옷을 지급해 주자, 장홍양은 마침내 동료 왕사징(王士徵)의 부인에게 음식을 만들어 달라고 부탁하고는 곧 떠났다. 왕사징의 부인은 음식을 끓여 침상으로 가서 드리려고 했는데, 문득 보았더니 장홍양의 부인이 이마와 코에서부터 몸이 반으로 나뉘어 한 손과 한 다리만 침상에 있었고 흘린 피가 자리에 흥건했다. 왕사징의 부인이 놀라 소리치며 군영에 그 사실을 알렸다. 군인들의 부인과 여러 이웃이 와서 함께 그 광경을 보고, 어찌 된 일인지 다투어 물었으나 그 이유를 알 수 없었다. 그날은

또 어둡지도 않았고 두 부인은 평소에 원한도 없었지만, 왕사징의 부인은 결국 관리에게 체포되었다. 장홍양이 황급히 돌아와 부인의 시신이 있는 곳에 이르렀더니, 갑자기 공중에서 부인이 슬피 울며 말하는 소리가 들렸다.

"저는 저승의 대갓집의 부름을 받고 장차 아이를 돌보러 가려 했는데, 당신이 끝까지 저를 버리지 않으신다면 마땅히 간절히 빌어야 합니다."

이전부터 장홍양의 군영 거처 뒤의 작은 밭에 오얏나무 한 그루가 있었는데, 부인이 말했다.

"당신은 지금 속히 저를 위해 네 분량의 음식을 만들어 오얏나무 밑에 차리십시오. 당신이 나무를 향해 애원하면 저는 반드시 다시 인간 세상을 밟을 수 있습니다."

장홍양이 그 말에 따라 음식을 차리고 간절히 빌며 절했더니, 갑자기 공중에서 말하는 소리가 들렸다.

"너의 아내를 돌려주겠다."

곧 왕씨[장홍양의 부인]의 말이 들렸다.

"힘껏 저를 받으십시오."

장홍양은 그 말대로 받겠다고 했다. 잠시 후 갑자기 반쪽 시체를 싼 거적이 내려오자 장홍양이 그것을 받아 안았더니 황급히 왕씨가 하는 말이 들렸다.

"속히 침상 위의 반쪽 시체와 합치십시오."

장홍양은 반쪽 시체를 들고 침상으로 가서 있는 힘을 다해 조금의 어긋남도 없도록 시체를 합쳤다. 미 : 기이한 일이로다! 왕씨가 말했다.

"이불로 잘 덮고 사흘 동안 저를 찾지 마십시오."

장홍양은 부인이 하라는 대로 했다. 사흘 후에 신음 소리가 들리더니 부인이 말했다.

"죽을 좀 먹고 싶습니다."

장홍양은 죽을 쑤어 부인의 목구멍에 흘려 넣어 주었는데, 부인은 한 그릇을 다 비우고 나서 또 말했다.

"아무도 저를 찾지 말라 하십시오."

7일이 지나자 부인은 예전처럼 말끔해졌는데, 다만 목에서부터 등뼈 꽁무니 끝까지 칼에 베인 듯한 흉터가 있었으며, 앞이마와 코에서부터 가슴과 배까지도 마찬가지였다. 1년이 지나자 부인은 예전처럼 회복했으며, 나중에 여러 아들을 낳았다. 장홍양의 친구 방자숙(龐子肅)이 이 일을 직접 보았다.

元和十二年, 壽州小將張弘讓, 娶兵馬使王遑女. 淮西用兵方急, 令狐通爲刺史. 弘讓妻重疾累月, 每思食, 弘讓與具, 自夏及秋, 心終不怠. 冬十月, 其妻忽思湯餠, 弘讓與具之. 工未竟, 遇軍中給冬衣, 弘讓遂請同志王士徵妻爲饌, 弘讓乃去. 士徵妻饌熟, 就床欲進, 見弘讓妻自額鼻中分半, 一手一股在床, 流血殷席. 士徵妻驚呼, 告營中. 軍人妻諸鄰來, 共觀之, 競問莫知其由. 其日又非昏暝, 二婦素無嫌怨, 遂爲吏所錄. 弘讓奔歸, 及喪所, 忽聞空中婦悲泣云 : "某被大家喚將看兒去, 君終不見棄, 當懇求耳." 先是弘讓營居後小圃中, 有一李樹, 婦云:"君今速爲某造四分食, 置李樹下. 君則向樹下哀祈, 某必得再履人世也." 弘讓依其言, 陳饌, 懇祈拜之, 忽聞空中云:"還汝新婦." 便聞王氏云:"接我以力." 弘讓如其言接之. 俄覺赫然半尸薄下, 弘讓抱之, 遽聞王氏云:"速合床上半尸." 弘讓持半尸到床, 盡力合之, 無少參差. 眉:奇事! 王氏云:"覆之以衾, 無我問三日." 弘讓如其敎. 三日後, 聞呻吟, 乃云:"思少饘粥." 弘讓以飮灌其喉, 盡一杯, 又云:"具無相問." 七日則泯如舊, 但自項及脊徹尻, 有痕如刀傷, 前額及鼻, 貫胸腹亦然. 一年, 平復如故, 生數子. 龐子肅親見其事.

* 이 고사는《태평광기》권344〈귀·장홍양〉에 실려 있다.

58-8(1712) 소태현

소태현(蘇太玄)

출《계림풍토기(桂林風土記)》

  양삭(陽朔) 사람 소태현은 농부였다. 그의 부인 서씨(徐氏)는 아들 셋을 낳고 죽었다. 이미 장례를 치르고 난 후 어느 날 갑자기 부인이 집으로 돌아왔는데, 말소리만 들리고 모습은 보이지 않은 채로 말했다.

  "내 명이 아직 끝나지 않아 저승에서 잡아가지 않았습니다."

  서씨는 매번 오면 자식들을 어루만져 주고 그들을 위해 옷을 기워 주곤 했는데, 한 달가량 지나자 이웃 사람들이 그 사실을 알게 되었다. 어떤 사람이 서씨를 찾아와서 길흉을 점쳤는데, 말한 것이 모두 들어맞았다. 마을 사람 중에 관부에서 관직에 충임된 사람이 병에 걸렸는데, 그의 가족이 서씨에게 점을 쳐 달라고 청하자 잠시 후에 그녀가 말했다.

  "양풍관(凉風館) 남쪽의 자목림(柘木林)이라는 곳에 이르렀다가 호랑이가 길을 막고 있는 바람에 감히 지나가지 못하고 그냥 돌아왔습니다."

  점치러 온 사람이 거듭 부탁하며 다시 가 봐 달라고 청하자 잠시 후에 그녀가 말했다.

"관부에 도착해서 보았더니 병이 이미 나아 있었습니다."

그러나 점치러 온 사람은 사실이 아닐지도 모른다는 의구심이 생겨, 그가 사는 동네와 병자의 모습을 물었다. 서씨는 이전에 관부에 가 본 적이 없고 병자를 알지도 못했는데, 하나하나 말하는 것이 조금도 틀리지 않았다. 또 어떤 사람이 점을 치러 왔는데, 드릴 물건이 없어서 매우 미안하다고 사과하자 서씨가 말했다.

"당신 집의 서쪽 방에 곡식이 서 말이나 있는데, 어찌하여 없다고 합니까?"

점치러 온 사람이 그 곡식을 가져다 달라고 청하자, 잠시 후에 서씨가 곡식을 짊어지고 와서 그 앞에 놓았더니 사람들이 모두 깜짝 놀랐다. 이런 일이 한두 번이 아니었다. 어느 날 갑자기 서씨가 말했다.

"순임금이 만족(蠻族)을 토벌하러 출병했는데, 어떤 사람이 저에게 역참으로 와서 밥 짓는 일을 도와 달라고 부탁했으니, 미 : 순임금은 살아 있을 때 오히려 사람들을 춤추게 했는데, 죽어서는 어찌 전쟁을 한단 말인가? 살펴보니 순은 도록(道籙 : 도교의 부록)에서 구천(九天)의 사도(司徒)가 되었다. 하루 이틀이면 마땅히 돌아올 것입니다."

서씨는 기약대로 돌아와서 약간의 맛있는 음식을 남편 앞에 내밀며 말했다.

"이 음식이 어찌 인간 세상의 것과 같겠습니까?"

남편이 맛을 보았더니 다른 음식보다 배나 맛있었다. 또 어느 날 서씨가 울면서 고했다.

"함부로 저승의 일을 누설했다고 죄를 지어 잡혀가게 되었습니다. 이제 가면 다시 돌아오기 어려우니, 아이들을 잘 돌봐 주십시오."

그러고는 울며 작별하더니 마침내 나타나지 않았다.

陽朔人蘇太玄, 農夫也. 其妻徐氏, 生三子而卒. 旣葬, 忽一日還家, 但聞語而不見形, 云: "命未合終, 冥司未錄." 每至, 必憐撫其子, 爲之紉補, 經旬月, 鄰件乃知. 或就占卜吉凶, 所言皆驗. 有鄕人在府充職, 被疾, 其家請卜之, 俄頃云: "至涼風館南, 地名柘木林, 遇虎當道, 不敢過, 遂却回." 卜者逼, 請再往, 俄頃曰: "至府, 見所疾已愈." 疑其不實, 遂問其所居坊曲, 病人形貌. 徐氏先不曾至府, 又未識病者, 一一言之, 無異. 又有人來卜, 謝無物奉酬, 深爲不足, 徐氏曰: "公家三斗粟在西房, 何得稱無?" 卜者請取之, 逡巡, 負致其前, 衆皆愕然. 如此不一. 忽一旦, 言: "帝舜發兵討蠻, 有人求至驛助擎熟食, 眉: 帝舜生猶舞, 於死乃用戈乎? 按舜在道籙爲九天司徒. 更一兩日當還." 如期而歸, 將一分細食, 致夫前曰: "此飯曷若人間?" 夫嘗之, 倍珍於他食. 又一旦泣告曰: "無端洩陰事, 獲罪被追. 此去難再還, 好看兒女." 泣別遂絶.

* 이 고사는 《태평광기》 권351〈귀·소태현〉에 실려 있다.

58-9(1713) 유주의 아장

유주아장(幽州衙將)

출《본사시(本事詩)》

[당나라] 개원(開元) 연간(713~741)에 유주아장 장씨(張氏)의 부인 공씨(孔氏)는 아들 다섯을 낳고 죽었다. 후에 장씨는 이씨(李氏)를 아내로 맞이했는데, 성격이 사납고 투기가 심해 다섯 아들을 학대하고 날마다 채찍으로 때렸다. 다섯 아들은 그 고통을 견디지 못하고 어머니의 무덤에서 울었다. 그러자 어머니가 갑자기 무덤 속에서 나와 아들들을 어루만지며 한참 동안 슬피 통곡하더니 흰 수건에 시를 적어 장씨에게 보냈다.

"이미 고인 된 것을 원망하지는 않지만, 눈물 훔칠 때마다 수건이 흥건히 젖네요. 죽음과 삶이 지금 우리를 가로막아, 영원히 만날 방법이 없어요. 화장 상자 안에 남은 분가루, 장차 뒷사람을 위해 남겨 두었어요. 황천에서는 쓸 데가 없으니, 무덤 속에서 먼지 되는 게 한스러워요. 정이 있다면 우리 아들딸을 품에 안아 주시고, 정이 없다 해도 당신에게 맡길 수밖에요. 애간장 끊어지는 곳 알고 싶지만, 밝은 달만 외로운 무덤 비추고 있네요." 미 : 원망하되 성내지 않는다.

다섯 아들은 그 시를 아버지에게 바쳤다. 아버지가 통곡하며 그 사실을 연수(連帥 : 절도사)에게 하소연하자 연수가 황상께 아뢰었더니, 황상은 칙명을 내려 이씨를 곤장 100대에 처하고 영남(嶺南)으로 유배 보냈으며 장씨를 정직시켰다.

開元中, 幽州裨將姓張者, 妻孔氏, 生五子而卒. 後娶李氏, 悍妒, 虐遇五子, 日鞭捶之. 五子不堪其苦, 哭於母墓. 母忽於冢中出, 撫其子, 悲慟久之, 因以白布巾題詩贈張曰 : "不忿成故人, 掩涕每盈巾. 死生今有隔, 相見永無因. 匣裏殘妝粉, 留將與後人. 黃泉無用處, 恨作冢中塵. 有意懷男女, 無情亦任君. 欲知腸斷處, 明月照孤墳." 眉 : 怨而不怒. 五子得詩, 以呈其父. 父慟哭, 訴於連帥, 帥上聞, 敕李氏決一百, 流嶺南, 張停職.

* 이 고사는 《태평광기》 권330 〈귀·유주아장〉에 실려 있다.

58-10(1714) 장우

장우(張禹)

출《지괴록》

[서진] 영가(永嘉) 연간(307~313)에 황문장(黃門將) 장우는 큰 못을 지나갔는데, 날이 흐려 어두워졌을 때 문득 보았더니 한 집의 대문이 활짝 열려 있었다. 장우가 앞으로 나아가 청사(廳事)로 갔더니, 여종이 나와서 묻자 장우가 말했다.

"길 가던 중에 비를 만났기에 하룻밤 묵고자 합니다."

여종은 들어가 그 사실을 알리고 잠시 뒤에 나와서 장우를 불러 앞으로 오게 했다. 장우가 보았더니 30세쯤 되어 보이는 한 여자가 휘장 안에 앉아 있었고 시녀가 20명 남짓 되었는데, 옷이 모두 빛나고 아름다웠다. 여자가 장우에게 원하는 바를 묻자 장우가 말했다.

"내게 밥은 있으니, 마실 것만 필요합니다."

여자는 솥을 가져오게 해서 장우에게 주라고 했다. 그래서 장우는 불을 피우고 국을 끓였는데, 끓는 소리는 났지만 살펴보면 여전히 차가웠다. 여자가 말했다.

"나는 죽은 사람입니다. 무덤 안에는 당신에게 드릴 것이 없으니, 참으로 미안할 따름입니다."

그러면서 흐느껴 울며 장우에게 말했다.

"저는 임성현(任城縣) 손씨(孫氏) 집안의 딸로, 아버지께서는 중산태수(中山太守)를 지내셨습니다. 저는 돈구(頓丘) 사람 이씨(李氏)에게 시집가서 1남 1녀를 두었는데, 아들은 열한 살이고 딸은 일곱 살입니다. 제가 죽은 후에 이씨는 제가 예전에 부리던 여종 승귀(承貴)를 총애했습니다. 지금 내 자식들은 매번 승귀에게 머리와 얼굴을 가리지 않고 심하게 매를 맞고 있는데, 저는 늘 이 일을 뼈저리게 애통해하며 그 여종을 죽이고자 했습니다. 그러나 죽은 사람은 기가 약하기 때문에 반드시 다른 사람의 도움을 받아야 합니다. 부탁하건대 당신이 이 일을 해결해 준다면 틀림없이 당신에게 후한 보답을 하겠습니다." 미 : 도움을 받지 못한 채 원한을 품은 자가 많으니, 가련하고 한탄스럽도다!

장우가 말했다.

"살인이란 너무 큰일이기 때문에 감히 명을 따를 수 없습니다."

부인이 말했다.

"어찌 군자의 손으로 죽이게 하겠습니까? 당신은 단지 이씨의 집으로 가서 내가 당신에게 알려 준 일을 말해 주기만 하면 됩니다. 그러면 이씨는 승귀를 아끼기 때문에 반드시 액막이 푸닥거리를 할 것입니다. 그때 당신이 스스로 엽단법(厭斷法)57)에 능하다고 말하면, 이씨는 그 말을 듣고 틀림없이 승귀에게 그 일에 참여하게 할 것입니다. 그러면 제가 기회를 엿보아서 그녀를 죽이겠습니다." 미 : 귀신도 지혜롭다.

장우는 그렇게 하겠다고 허락했다. 날이 밝자 장우는 그곳을 나와 부인의 말을 이씨에게 자세히 해 주었다. 이씨가 소스라치게 놀라면서 그 사실을 승귀에게 말해 주었더니, 승귀는 몹시 두려워하면서 마침내 장우에게 목숨을 구해 달라고 했다. 미 : 이미 원한이 있는데 액막이 푸닥거리가 무슨 소용인가? 잠시 후에 장우가 보았더니 손씨가 시녀 20여 명과 함께 밖에서 들어왔는데, 모두 칼을 들고 승귀를 찌르자 승귀는 그 자리에서 땅에 고꾸라져 죽었다. 얼마 후에 장우는 다시 못을 지나갔는데, 손씨가 이전의 여종을 보내 여러 무늬의 비단 50필로 장우에게 보답했다.

永嘉中, 黃門張禹, 行經大澤中, 天陰晦, 忽見一宅門大開. 禹前至廳事, 有婢出問之, 禹曰 : "行次遇雨, 欲寄宿耳." 婢入報, 尋出, 呼禹前. 見一女子, 年三十許, 坐帳中, 侍婢二十餘人, 衣服皆燦麗. 問禹所欲, 禹曰 : "自有飯, 唯須飮." 女敕取鐺與之. 因燃火作湯, 雖聞沸聲, 探之尙冷. 女曰 : "我亡人也. 冢墓之間, 無以相共, 慚愧而已." 因歔欷告禹曰 : "我是任城縣孫家女, 父爲中山太守, 出適頓丘李氏, 有一男

---

57) 엽단법(厭斷法) : 옛날 방사(方士)들이 행하던 무술(巫術) 가운데 하나로, 귀신을 물리치는 법술을 말한다.

一女, 男年十一, 女年七歲. 亡後, 李氏幸我舊使婢承貴者. 今我兒每被捶楚, 不避頭面, 常痛極心髓, 欲殺此婢. 然亡人氣弱, 須有所憑. 託君濟此事, 當厚報君." 眉:無憑而含怨者多矣, 可憐, 可嘆! 禹曰:"殺人事大, 不敢承命." 婦人曰:"何緣令君子手刃? 君但往李氏家, 說我告君事狀. 李氏念惜承貴, 必作禳除. 君自言能爲厭斷之法, 李氏聞此, 必令承貴蒞事. 我因伺便殺之." 眉:鬼亦智矣. 禹許諾. 及明而出, 具以其言告李氏. 李氏驚愕, 以語承貴, 大懼, 遂求救於禹. 眉:既有冤對, 禳除何爲? 既而禹見孫氏自外來, 侍婢二十餘人, 悉持刀刺承貴, 應手仆地而死. 未幾, 禹復經過澤中, 前婢送五十匹雜彩以報.

* 이 고사는 《태평광기》 권318 〈귀·장우〉에 실려 있다.

58-11(1715) 주칠낭

주칠낭(朱七娘)

출《광이기》

동도(東都 : 낙양) 사공방(思恭坊)의 주칠낭은 창기였는데, 왕 장군(王將軍)이 평소 그녀와 통교했다. [당나라] 개원(開元) 연간(713~741)에 왕 장군은 병이 들어 죽은 지 이미 반년이 지났지만 주칠낭은 그 사실을 몰랐다. 그해 7월에 왕 장군이 갑자기 주칠낭의 처소를 찾아와 한참 동안 머물다가 날이 저물자 말했다.

"나를 따라서 온유방(溫柔坊)의 집으로 갈 수 있겠느냐?"

주칠낭이 허락하자 왕 장군은 뒤따르는 말에 그녀를 태우고 떠나 집으로 들어가서 예전처럼 흡족하게 즐겼다. 다음 날 아침에 왕씨(王氏 : 왕 장군의 부인)가 하녀에게 영상(靈床)58)의 이불을 거두게 했는데, 하녀는 한 부인이 이불 속에 있는 것을 보고 황급히 달려가서 아뢰었다. 왕씨의 아들들이 깜짝 놀라 와서 보고 미 : 재미난 구경거리다. 어찌 된 영문인지 물은 후에 죽은 아버지가 그녀를 데려온 것을 알게

---

58) 영상(靈床) : 입관을 마치고 병풍이나 포장으로 관을 가린 뒤에 고인이 사용하던 침구와 의복 및 일상 물품을 올려놓는 상을 말한다.

되었다. 그들은 한참 동안 애통해한 후에 마침내 주칠낭을 집으로 돌려보내 주었다.

東都思恭坊朱七娘者, 倡嫗也, 有王將軍, 素與交通. 開元中, 王遇疾卒, 已半歲, 朱不知也. 其年七月, 王忽來朱處, 久之日暮, 曰: "能隨至溫柔坊宅否?" 朱許之, 以後騎載去, 入院, 歡洽如故. 明旦, 王氏使婢收靈床被, 見一婦人在被中, 遽走還白. 王氏諸子, 驚而來視, 眉: 好看. 問其故, 知亡父所引. 哀慟久之, 遂送還家.

* 이 고사는 《태평광기》 권331 〈귀·주칠낭〉에 실려 있다.

58-12(1716) 당검

당검(唐儉)

출《속현괴록》

 당검이 젊었을 때 나귀를 타고 장차 오초(吳楚) 지방으로 가면서 낙성(洛城)을 지나다가 목이 몹시 말랐는데, 길옆에 한 작은 집이 보였고 스무 살 남짓 되어 보이는 부인이 밝은 곳을 향해 버선을 만들고 있었다. 당검이 그 집으로 들어가서 물을 달라고 했더니, 부인은 다른 집에 물어보고 물을 가져오겠다고 했다. 당검이 그 집 안을 몰래 살펴보았더니 부뚜막이 없었다. 부인이 물을 가지고 돌아오자 당검이 물었다.

 "대저 사람의 거처에 어찌하여 불을 때지 않습니까?"

 부인이 말했다.

 "가난해서 밥을 지을 수 없기에 근처에서 얻어먹고 있습니다."

 부인은 말을 마치고 다시 버선을 만들었는데, 그 마음이 매우 조급해 보였다. 당검이 또 물었다.

 "왜 그리 급히 서두르시오?"

 부인이 말했다.

 "저의 남편 설양(薛良)은 가난한 장사꾼인데, 그를 섬긴

지 10여 년이 되었지만 그간 한 번도 고향으로 돌아가 시부모님을 모시지 못했습니다. 내일 아침에 남편이 저를 데리러 오기 때문에 서두르는 것입니다."

당검이 은근히 부인에게 수작을 걸었으나 부인은 거부하며 대답하지 않았다. 당검은 부끄러워하며 사과하고 떡 두 덩이를 남겨 놓고 떠났다. 10여 리쯤 갔을 때 당검은 중요한 책을 깜빡 잊고 두고 온 것이 문득 기억나서 그것을 가지러 낙성으로 돌아갔다. 이튿날 새벽에 다시 그곳에 도착했는데, 성을 나가려다가 영구 행렬 때문에 길이 막혔다. 당검이 누가 죽었느냐고 묻자 사람들이 대답했다.

"장사꾼 설양의 영구요."

설양이라는 성명에 놀랐는데 바로 어젯밤에 만났던 그 부인의 남편이었다. 당검이 장지를 물었더니 사람들이 말했다.

"설양은 결혼한 지 5년 만에 아내가 죽어서 옛 성 안에 묻었는데, 또 5년 있다가 설양이 죽자 그의 형이 영구를 끌고 가서 장차 아내의 무덤에 합장하려고 한답니다."

당검이 따라가서 구경했는데, 장지에 이르렀더니 그곳은 바로 자신이 물을 얻어먹은 곳이었다. 얼마 후에 부인의 무덤을 파 보았더니 관 위에 떡 두 덩이와 새로 만든 버선 한 켤레가 있었다. 당검은 슬프고도 기이해하며 마침내 동쪽으로 떠났다. 당검의 배가 양주(揚州) 선지사(禪智寺) 동남쪽에 이르렀을 때 선비 두 명이 각각 무리를 거느리고 100여 보 떨어진 곳에서 옛 무덤을 파고 있었다. 한 사람은 한참 동안 놀라 탄식했고 그 무리는 종종 모여서 웃었다. 다른 한 사람은 삽을 들고 관을 부수며 욕을 했다. 당검이 급히 그곳으로 갔더니 탄식하던 사람이 말했다.

"나는 위장(韋璋)이라 하는데, 이전에 태호현령(太湖縣令)을 지냈소. 지금 파내고 있는 것은 나의 죽은 아들로 묻은 지 10년이 되었는데, 방금 관을 바꾸어 주려고 열어 보니 관 안에 넣어 두었던 아들의 신발은 없어지고 웬 부인의 신발 한 짝이 있었소. 저기 있는 사람은 배기(裴冀)로 이전에 강도현위(江都縣尉)를 지냈소. 그가 파내고 있는 것은 그의 애첩으로 그가 생전에 총애했는데, 배기가 부임한 지 2년 만에 그녀가 죽어서 이곳에 묻은 지 1년이 되었소. 배기는 이제 임기가 다 되어 장차 돌아가려 했는데, 차마 그녀를 버려두고 갈 수 없어서 낙양으로 데려가려 했소. 그런데 관을 열었더니 그녀의 신발은 없어지고 웬 남자의 신발 한 짝이 있었소. 양쪽에서 서로 놀라며 그 신발을 가져다 맞춰 보았더니 서로 짝이 맞았소. 아마도 내 못난 자식 놈이 저쪽 여자와 간음하느라 시도 때도 없이 왔다 갔다 하다가 다급한 나머지 흘린 것 같소."

당검은 그 말을 듣고 나서 배에 올라 곰곰이 생각하며 말했다.

"장사꾼의 아내는 죽은 지 5년이 되었지만 여전히 시부모를 모실 생각을 하고 있었는데, 총애를 넘치게 받은 애첩은 죽어서 오히려 저 모양이니 살아 있은들 더 이상 무얼 바라겠는가! 그러니 사군자가 그와 같은 애첩들 따위에 빠져 자기의 아내를 박대해도 되겠는가?" 미 : 아내를 위한 변설이지만 이것이 본디 당연한 이치다.

唐儉少時, 乘驢將適吳楚, 過洛城, 渴甚, 見路傍一小室, 有婦人年二十餘, 向明縫襪也. 投之乞漿, 遂問別室取之. 儉竊視其室內, 無廚竈. 及取漿還, 問曰: "夫人之居, 何不置火?" 曰: "貧無以炊, 側近求食耳." 言旣, 復縫襪, 意緖甚忙. 又問: "何故急速?" 曰: "妾之夫薛良, 貧販者也, 事之十餘年矣, 未嘗一歸侍舅姑. 明早郞來迎, 故忙耳." 儉微挑之, 拒不答. 儉愧謝之, 遺餠兩軸而去. 行十餘里, 忽記所要書有忘之者, 歸洛取之. 明晨復至此, 將出都, 爲塗芻所阻. 問何人, 對曰: "貨師薛良之柩也." 駭其姓名, 乃昨婦人之夫也. 遂問所在, 曰: "良婚五年而妻死, 葬故城中, 又五年而良死, 良兄發其柩, 時將祔先塋耳." 儉隨觀焉, 至其殯所, 是求水之處. 俄而啓殯, 棺上有餠兩軸, 新襪一雙. 儉悲而異之, 遂東去. 舟次揚州禪智寺東南, 有士子二人, 各領徒, 相去百餘步, 發故殯者. 一人驚嘆久之, 其徒往往聚笑. 一人執鍤, 碎其柩而罵之. 儉遽造之, 嘆者曰: "璋姓韋, 前太湖令. 此發者, 璋之亡子, 窆十年矣, 適開易其棺, 棺中喪其履, 而有婦人履一隻. 彼乃裴冀, 前江都尉. 其發者, 愛姬也, 平生寵之, 裴到任二年而卒, 葬於此一年. 今秋滿將歸, 不忍棄去, 將還於洛. 旣開棺, 喪其一履, 而有丈夫履一隻. 兩處互驚, 取合之,彼此成對. 蓋吾不肯子淫於彼,往復無常,遽遺之耳." 儉聞言, 登舟靜思之曰:"貨師之妻死五年, 猶有事舅姑之心, 逾寵之姬, 死尙如此, 生復何望哉! 士君子可溺於此輩而薄其妻也?" 眉:爲妻遊說,然自是常理.

* 이 고사는《태평광기》권327〈귀・당검〉에 실려 있다.

58-13(1717) 신번현령

신번현령(新繁縣令)

출《광이기》

　　신번현령은 아내가 죽자 바느질하는 여자들을 불러 상복을 만들게 했다. 그중에 아주 빼어나게 아름다운 부인이 있었는데, 현령은 그녀를 좋아해 머물게 하고 매우 총애했다. 몇 달 후 어느 날 그 부인이 시름에 잠겨 초췌한 모습으로 작별 인사를 하며 울먹였다. 현령이 이상히 여겨 이유를 묻자 그 부인이 말했다.

　　"본남편이 곧 오면 멀리 떠나야 하기 때문에 슬퍼하는 것입니다."

　　현령이 말했다.

　　"내가 여기에 있으니 누가 나를 어찌할 수 있겠소? 아무 걱정 하지 말고 그저 식사나 잘하시오."

　　며칠 후에 그 부인이 떠나길 청하자, 현령은 만류했지만 그럴 수 없었다. 그 부인은 은술잔 하나를 이별의 정표로 남겨 주며 현령에게 말했다.

　　"나중에 심히 보고 싶으면 이것을 보며 저를 생각해 주시길 바랍니다."

　　현령은 비단 10필을 그녀에게 주었다. 그녀가 떠나간 뒤에도 현령은 늘 그녀를 그리워하며 은술잔을 손에서 놓지 못했는데, 매번 관아에 가면 그 술잔을 책상 위에 올려놓았다. 예전에 임기를 마치고 고향으로 돌아간 현위(縣尉)가 있었는데, 그 아내의 관이 아직 신번현에 있었기 때문에 그 관을 옮겨 가려고 멀리서 왔다. 현위가 명함을 전하고 현령을 배알하자 현령은 그를 매우 후하게 대우해 주었다. 그런데 현위가 은술잔을 보고 자꾸 힐끔힐끔 쳐다보기에 현령이 그 이유를 물었더니 현위가 대답했다.

"이것은 제 죽은 아내의 관 속에 넣어 주었던 물건인데, 어떻게 여기에 있는지 모르겠습니다."

현령은 오랫동안 탄식하다가 일의 자초지종을 자세히 말해 주었고, 아울러 그 부인의 생김새와 목소리, 그리고 술잔을 남기고 비단을 준 일을 말해 주었다. 미:[《춘추공양전(春秋公羊傳)》에서는] "친한 자를 위해 잘못을 감춘다"라고 말하지 않았는가? 협: 그래서는 안 된다. 현위는 온종일 분노했다. 나중에 관을 열고 보았더니 부인이 비단을 안고 누워 있었다. 몹시 화가 치민 현위는 장작을 쌓아 부인을 불태웠다. 협: 옳다.

新繁縣令妻亡, 喚女工作凶服. 中有婦人, 婉麗殊絶, 縣命悅而留之, 甚見寵愛. 後數月, 一旦慘悴, 言辭頓咽. 令怪而問之, 曰: "本夫將至, 身方遠適, 所以悲耳." 令曰: "我在此, 誰如我何? 第自飮食, 無苦也." 後數日, 求去, 止之, 不可. 留銀杯一枚爲別, 謂令曰: "幸甚相思, 以此爲念." 令贈羅十四. 去後恒思之, 持銀杯不捨手, 每至公衙, 卽放案上. 縣尉已罷職還里, 其妻之柩尙在新繁, 遠來移歸. 投刺謁令, 令待甚厚. 尉見銀杯, 數竊覘之, 令問其故, 對云: "此是亡妻棺中物, 不知何得至此." 令嘆良久, 因其言始末, 兼論婦人形狀音聲, 及留杯贈羅之事. 眉: 不曰"爲親者諱"乎! 夾: 不該. 尉憤怒終日. 後方開棺, 見婦人抱羅而臥. 尉怒甚, 積薪焚之. 夾: 是.

* 이 고사는《태평광기》권335〈귀·신번현령〉에 실려 있다.

58-14(1718) 여강의 풍씨 할멈
여강풍온(廬江馮媼)
이공좌작전(李公佐作傳)

 풍온(풍씨 할멈)은 여강 마을 농부의 부인이었는데, 과부로 가난한 데다 자식도 없어서 마을 사람들에게 천대받았다. [당나라] 원화(元和) 4년(809)에 회초(淮楚) 일대에 큰 기근이 들자, 풍씨 할멈은 서주(舒州)에서 음식을 구걸했다. 도중에 송아지를 치는 농막을 지나갔는데, 날이 저물고 비바람까지 만나자 뽕나무 아래에서 머물렀다. 그때 문득 보았더니 길모퉁이의 한 집에 등불이 밝게 켜져 있어, 풍씨 할멈은 그곳을 찾아가서 하룻밤 묵어가길 청했다. 보았더니 스무 살 남짓에 용모와 의복이 아름다운 한 여자가 세 살짜리 아이를 데리고 문에 기대어 슬피 울고 있었다. 풍씨 할멈이 다가가서 또 보았더니 노인과 노파가 평상에 기대앉아 있었는데, 표정이 몹시 매섭고 툴툴거리며 말하는 것이 마치 재물을 내놓으라고 추궁하는 모습 같았다. 그 노인과 노파는 풍씨 할멈이 온 것을 보고 아무 말 없이 떠났다. 여자는 한참 만에야 울음을 그치고 안으로 들어가서 대접할 음식을 준비하고 평상을 정리한 후에 풍씨 할멈을 맞아들여 먹고 쉬게 해 주었다. 풍씨 할멈이 여자에게 어찌 된 일인지 물으니 여자는 다시 울며 말했다.

"이 아이의 아비가 제 남편인데, 내일 다른 여자를 얻으려 합니다."

풍씨 할멈이 말했다.

"아까 두 노인은 누구요? 당신에게 무얼 내놓으라고 하면서 화를 냈소?"

여자가 말했다.

"제 시부모님인데, 지금 대를 이을 아들이 다른 여자를 아내로 얻게 되었다면서 나에게 광주리와 칼, 자, 그리고 제사 때 쓰던 옛 물건들을 내놓으라고 해 새사람에게 주려고 했습니다. 제가 차마 내놓지 못하자 그 때문에 야단을 맞았던 것입니다." 미 : 혹시 이승에서 받은 것은 반드시 저승에서 주어야 하는 것인가?

풍씨 할멈이 말했다.

"당신의 전남편은 어디에 있소?"

여자가 말했다.

"저는 회음현령(淮陰縣令)의 딸 양천(梁倩)으로 동강(董江)에게 시집가서 7년 동안 2남 1녀를 두었습니다. 아들들은 모두 아비를 따라갔고 딸은 바로 이 아이입니다. 동강은 찬현승(酇縣丞)으로 있는데 집안에 엄청난 재산이 쌓여 있습니다."

그녀는 말을 하며 목이 메어 말을 잇지 못했는데, 풍씨 할멈은 이상한 점을 느끼지 못한 데다가 오랫동안 추위와 배고픔에 고생했던 터라 좋은 음식과 따뜻한 잠자리를 얻게 되자 더 이상 다른 말은 하지 않았다. 여자는 새벽까지 울었다. 풍씨 할멈은 작별하고 떠나 20리를 가서 동성현(桐城縣)에 도착했다. 현의 동쪽에 아주 훌륭한 저택이 있었는데, 발과 휘장을 쳐 놓고 새끼 양과 기러기를 갖춰 놓았으며, 사람들이 잔뜩 모여서 오늘 저녁에 관가(官家)의 혼례가 있다고 말했다. 풍씨 할멈이 신랑에 대해 물었더니 바로 동강이라고 했다. 풍씨 할멈이 말했다.

"동강에게는 아내가 있거늘 어찌 또 아내를 맞이한단 말이오?"

현읍 사람이 말했다.

"동강의 아내와 딸은 죽었소."

풍씨 할멈이 말했다.

"어젯밤에 내가 비를 만나 동씨의 아내 양씨(梁氏) 집에서 하룻밤을 묵었는데, 어찌하여 죽었다고 말하는 게요?"

현읍 사람이 풍씨 할멈에게 그 장소를 물어보았더니 바로 동씨 아내의 무덤이었고, 두 노인의 모습을 물어보았더니 바로 동강의 죽은 부모였다. 동강은 본래 서주 사람이었기에 마을 사람들은 모두 그 사실을 잘 알고 있었다. 어떤 사람이 동강에게 그 일을 고하자 동강은 요망한 말을 퍼뜨린다며 그 사람에게 벌을 주었고, 부하를 시켜 풍씨 할멈을 쫓아내게 했다. 풍씨 할멈이 현읍 사람에게 이 사실을 말하자 사람들은 모두 탄식했다. 그날 저녁에 동강은 결국 혼례를 올렸다.

馮媼者, 廬江里中嗇夫之婦, 窮寡無子, 爲鄕民賤棄. 元和四年, 淮楚大歉, 媼逐食於舒. 途經牧犢墅, 暝值風雨, 止於桑下. 忽見路隅一室, 燈燭熒熒, 媼因詣求宿. 見一女子, 年二十餘, 容服美麗, 携三歲兒, 倚門悲泣. 前又見老叟與媼, 據床而坐, 神氣慘戚, 言語咕囁, 有若徵索財物追逐之狀. 見馮媼至, 叟媼默然捨去. 女久乃止泣, 入戶備饌食, 理床榻, 邀媼食息焉. 媼問其故, 女復泣曰: "此兒之父, 我夫也, 明日別娶." 媼曰: "向者二老人, 何人也? 於汝何求而發怒?" 女曰: "我舅姑也, 今嗣子別娶, 徵我筐筥刀尺祭祀舊物, 以授新人. 我不忍與, 是以相責." 眉: 豈陽授必須陰與否? 媼曰: "汝前夫何在?" 女曰: "我淮陰令女梁倩, 適董江七年, 有二男一女. 男皆隨父, 女卽此也. 江官爲鄲丞, 家累巨産." 發言不勝嗚咽, 媼不之異, 又久困寒餓, 得美食甘寢, 不復言. 女泣至曉. 媼辭去, 行二十里, 至桐城縣. 縣東有甲第, 張簾帷, 具羔雁, 人物紛然, 云今夕有官家禮事. 媼問其郞, 卽董江也. 媼曰: "董有妻, 何更娶焉?" 邑人曰: "董妻及女亡矣." 媼曰: "昨宵我遇雨, 寄宿董妻梁氏舍, 何得言亡?" 邑人詢其處, 卽董妻墓也, 詢其二老容貌, 卽董江之先父母也. 董江本舒人, 里中皆得詳之. 有告董江者, 董以妖妄罪之, 令部者逐媼去. 媼言於邑人, 邑人皆爲感嘆. 是夕, 董竟就婚焉.

* 이 고사는 《태평광기》 권343〈귀 · 여강풍온〉에 실려 있는데, 출전이 "《이문록(異聞錄)》"이라 되어 있다.

58-15(1719) 추남

추남(鄒覽)

출《녹이전》

사막지(謝邈之)가 오흥군(吳興郡)을 다스리고 있을 때, 휘하의 급사(給使) 추남이 초선(樵船 : 땔감 운반용 배)을 타고 부대의 뒤에 있었다. 배가 평망정(平望亭)에 이르렀을 때 밤에 비바람이 일자 앞서가던 부대가 잠시 멈추었다. 그러나 추남이 탄 배에는 지붕이 없었기 때문에 가리고 잠잘 곳이 없었다. 추남이 사방을 둘러보았더니 제방 아래에 불이 밝혀져 있는 인가가 있어 곧장 그곳으로 가서 투숙하려 했다. 띳집 안에는 한 남자가 밤에 발을 짜고 있었고, 다른 침상에는 열 살쯤 된 사내아이가 있었다. 추남이 하룻밤 묵어가길 청하자 그 사람은 흔쾌히 허락했다. 사내아이가 눈물을 흘리며 흐느껴 울자, 그 사람이 멈추라고 달랬지만 아이는 멈추지 않고 동틀 때까지 계속 울었다. 추남이 무슨 까닭인지 물었더니 그 사람이 말했다.

"이 아이는 제 아들인데, 어미가 개가하게 되었기 때문에 서글퍼서 우는 것입니다."

동틀 무렵에 추남이 그곳을 떠나면서 뒤돌아보았더니 조금 전의 집은 보이지 않고 무덤 두 개만 있었으며, 그 주위로

풀이 무성하게 우거져 있었다. 추남은 길을 가다가 배를 타고 오는 한 여자를 만났는데, 여자가 추남에게 말했다.

"여기는 사람이 다니는 곳이 아닌데, 당신은 어찌하여 그곳에서 나옵니까?"

이에 추남이 어젯밤에 자신이 보았던 일을 모두 갖추어 말해 주자 여자가 말했다.

"그 아이는 제 아들입니다. 사실은 제가 개가하려 하기 때문에 무덤에 작별하러 왔습니다."

그러고는 목메어 하면서 무덤에 이르러 소리쳐 울었으며, 결국 개가하지 않았다.

謝邈之爲吳興郡, 帳下給使鄒覽, 乘樵船在部伍後. 至平望亭, 夜風雨, 前部伍頓住. 覽露船, 無所庇宿. 顧見塘下有人家燈火, 便往投之. 茅屋中有一男子, 夜織薄, 別床有小兒, 可十歲. 覽求寄宿, 此人欣然相許. 小兒啼泣歔欷, 此人喩止之不住, 啼遂至曉. 覽問何意, 曰:"是僕兒, 其母當嫁, 悲戀故啼耳." 將曉覽去, 顧視, 不見向屋, 唯有兩冢, 草莽湛深. 行逢一女子乘船, 謂覽曰:"此中非人所行, 君何故從中出?" 覽具以昨夜所見事告之, 女子曰:"此是我兒. 實欲改適, 故來辭墓." 因哽咽, 至冢號咷, 不復嫁.

* 이 고사는 《태평광기》 권318 〈귀・사막지(謝邈之)〉에 실려 있다.

58-16(1720) 유즐의 누이동생

유즐매(劉鷺妹)

출《계신록》

홍주(洪州) 고안(高安) 사람 유즐은 젊었을 때 난리를 만나, 그의 누나 유분소(劉糞掃)는 장군 손금(孫金)에게 붙잡혀 갔고, 여동생 유오두(劉烏頭)는 열일곱 살에 죽었다. 여동생이 죽고 나서 3년 뒤에 손금은 상주단련사(常州團練使)가 되었다. 유분소는 여주인을 따라 대장 진씨(陳氏)가 마련한 연회에 참석했다가 여동생 유오두가 거기에 있는 것을 보고, 어디서 왔느냐고 물었더니 유오두가 말했다.

"일전에 적에게 사로잡혀 악주(岳州)로 갔다가 유씨(劉氏) 할멈의 딸이 되었어요. 그리고 북쪽에서 온 군사 임(任) 아무개에게 시집갔는데, 그는 바로 대장 진씨 휘하의 장졸이어서 진씨를 따라 이곳에 왔어요."

유분소는 이 사실을 집에 알렸는데, 유즐은 당시 현(縣)의 하급 관리로 있었다. 몇 년 뒤에 유즐은 일 때문에 도성에 갔다가 비릉(毗陵)으로 가족들을 찾아보러 가서 저녁에 객점에 투숙했다. 이튿날 그는 먼저 손금을 배알하고 나서 곧장 임 아무개의 군영을 찾아갔다. 그는 먼저 하인을 보내 살펴보게 했는데, 하인이 보았더니 유오두가 마당을 청소하다가 말했다.

"내 오라버니가 곧 오시겠구나."

하인이 한참 동안 문을 두드리자 안에서 누구냐고 묻기에 하인이 말했다.

"고안 사람 유씨 집안의 심부름꾼입니다."

그러자 유오두가 말했다.

"혹시 이름이 즐이고 수염이 많이 난 둘째 오라버니가 아니십니까? 어제 저녁에 당도했을 터인데 어찌하여 늦게 오셨습니까?"

그러고는 곧바로 직접 군영 문을 나가 유즐을 맞이했는데 용모가 예전 그대로였다. 두 사람은 서로 보고 슬피 울었는데 조금의 이상함도 없었다. 잠시 후에 손금은 자기 조카들을 보내 술과 음식을 가지고 임 아무개의 처소로 가게 했다. 오랫동안 먹고 마시며 얘기를 나눈 뒤에 유오두가 말했다.

"오늘 둘째 오라버니가 오셨으니 제가 사람임이 증명되었어요. 이전부터 조카들이 늘 저를 귀신이라고 부른답니다."

임 아무개도 말하길, 그녀는 행동거지가 날렵하고 바느질 솜씨가 민첩하며, 늘 밤부터 새벽까지 일하는데 마치 그녀를 도와 함께 일하는 사람이 있는 것 같고, 음식은 반드시 기다렸다가 식은 뒤에야 먹는다고 했다. 그래서 유즐이 여

동생에게 은밀히 물었다.

"너는 옛날에 이미 죽었는데 어떻게 여기에 있을 수 있느냐?"

유오두가 대답했다.

"오라버니는 그런 것을 나에게 묻지 마세요. 그러면 장차 서로 만날 수 없게 됩니다."

그래서 유즐은 감히 말을 꺼내지 못했다. 한참 후에 임 아무개가 죽자 유오두는 군사 나씨(羅氏)에게 다시 시집갔는데, 나씨는 강주(江州)에 소속되어 있었다. 진승소(陳承昭)는 고안제치사(高安制置使)가 되자 유즐을 불러 그 일에 대해 묻고 유오두의 무덤을 파서 살펴보게 했다. 그녀의 묘는 미령(米嶺)에 있었는데, 아무도 돌보지 않은 지 수십 년이나 되었다. 사람들이 나무를 베서 길을 낸 끝에 도착해서 보았더니, 무덤 위에 주발만 한 크기의 구멍이 있었는데 그 깊이를 헤아릴 수 없었다. 사람들은 두려워서 감히 무덤을 파헤치지 못하고 함께 물러나 큰 나무 아래에 앉아 있다가 그 일을 기록해 진승소에게 아뢰었다. 그해에 유오두가 병이 나서 유즐이 문안하러 갔더니 그녀가 말했다.

"일전에 마을 사람 10여 명이 칼과 몽둥이를 들고 와서 저를 겁박해 거의 저의 얼굴에 맞을 뻔했습니다. 제가 큰 소리로 욕하며 힘껏 저항하자 그제야 물러나 큰 나무 아래에 앉아 있다가 문서를 작성하고 나서 떠났는데, 지금까지도 온몸이 여전히 아픕니다."

 유즐은 그제야 자신의 여동생이 늘 무덤 속을 출입한다는 사실을 알고, 그 역시 두려워하면서 그녀를 멀리했다. 나씨는 나중에 진왕성(晉王城)의 수비병으로 전속되었다가, [오대 후주] 현덕(顯德) 5년(958)에 후주(後周)가 회남(淮南) 지역을 점령했을 때 전사했다. 유오두는 어디로 갔는지 알 수 없었는데, 당시 그녀의 나이는 62세였다. 미: 장수한 귀신이다.

洪州高安人劉驚, 少遇亂, 有姊曰糞掃, 爲軍將孫金所擄, 有妹曰烏頭, 生十七年而卒. 卒後三歲, 孫金爲常州團練使. 糞掃從其女君會宴於大將陳氏, 乃見烏頭在焉, 問其所從來, 云: "頃爲寇所擄, 至岳州, 與劉媼爲女. 嫁得北來軍士任某, 卽陳所將卒也, 從陳至此爾." 通信至其家, 驚時爲縣手力. 後數年, 因事至都, 遂往毗陵省之, 晚止逆旅. 翌日, 先謁孫金, 卽詣任營中. 先遣小僕覘之, 方見灑掃庭內, 曰: "我兄弟將至矣." 僕良久叩門, 問爲誰, 曰: "高安劉之家使." 乃曰: "非二兄名驚多髥者乎? 昨日晚當至, 何爲遲也?" 卽自出營門迎之, 容貌如故. 相見悲泣, 了無少異. 頃之, 孫金遣其諸甥持酒食, 至任之居. 宴敍良久, 烏頭曰: "今日乃得二兄來, 證我爲人. 向者恒爲諸甥輩呼我鬼也." 任亦言其擧止輕捷, 女工敏速, 恒夜作至旦, 若有人爲同作者, 飮食必待冷而後食. 驚因密問: "汝昔已死, 那得至是?" 對曰: "兄無爲如此問我. 將不得相見矣." 驚乃不敢言. 久之任卒, 再適軍士羅氏, 隸江州. 陳承昭爲高安制置使, 召驚問其事, 令發墓視之. 墓在米嶺, 無人省視數十年矣. 伐木開路而至, 見墓上有穴, 大如碗, 其深不測. 衆懼不敢發, 相與退坐大樹下, 筆疏其事, 以白承昭. 是歲, 烏頭病, 鸞往省之, 乃曰: "頃爲鄕人十餘輩, 持刀杖劫我, 幾中我面. 我大責罵, 力拒之, 乃退坐大樹下, 作文書而去, 至今擧身猶痛." 鸞乃知恒出入墓中也, 因是亦懼而疏之. 羅後移隸晉王城戍, 顯德五年, 周有淮南之地, 羅陷沒. 不知所在, 時年六十二歲矣. 眉: 壽鬼.

* 이 고사는 《태평광기》 권355 〈귀·유즐〉에 실려 있다.

58-17(1721) 박 태후 묘

박태후묘(薄太后廟)

우승유찬기(牛僧孺撰記)

우승유(牛僧孺)의 《주진행기(周秦行記)》에서 다음과 같이 말했다.

나[우승유]는 [당나라] 정원(貞元) 연간(785~805)에 진사(進士) 시험에 응시했다가 낙제하고 완섭(宛葉: 완현과 섭현)으로 돌아가던 길에 이궐현(伊闕縣)의 남쪽 길에 있는 명고산(鳴皋山) 아래에 이르러 장차 대안현(大安縣)의 민가에서 투숙할 작정이었다. 그런데 날이 저무는 바람에 길을 잃어 대안현에 도착하지 못했다. 다시 10여 리를 가서 달이 막 떠올랐을 때, 갑자기 기이한 향기가 풍겨 오기에 먼 길도 마다않고 그곳으로 바삐 걸어갔다. 불빛이 보이자 농가일 것이라 생각하고 다시 앞으로 급히 갔더니 한 저택이 나왔는데, 그 문과 정원으로 보아 부잣집 같았다. 누런 옷 입은 문지기가 말했다.

"낭군은 어떻게 오셨습니까?"

내가 대답했다.

"나는 우승유라고 하는데 진사 시험에 응시했다가 낙제했네. 본래는 대안현의 민가로 가려 했는데 길을 잘못 들어 이곳으로 오게 되었네."

누런 옷 입은 사람이 들어가서 보고하고 잠시 후에 나와서 말했다.

"낭군은 안으로 드시지요."

내가 그곳이 누구의 저택인지 묻자 누런 옷 입은 사람이 말했다.

"그저 들어가시기만 하고 묻지는 마십시오."

나는 10여 개의 문을 거쳐 대전(大殿)에 이르렀는데, 그곳은 주렴으로 가려져 있고 붉은 옷과 누런 옷 입은 문지기 수백 명이 계단에 서 있었다. 좌우 사람들이 나에게 말했다.

"절을 올리시오!"

그러자 주렴 안에 있는 사람이 말했다.

"소첩은 한(漢)나라 문제(文帝)의 모친인 박 태후(薄太后)요. 이곳은 묘당으로 낭군이 와서는 안 되는 곳인데 어떻게 수고롭게 여기까지 오셨소?"

내가 말했다.

"신은 완섭에서 살고 있는데 집으로 돌아가던 중에 길을 잃었습니다. 승냥이나 호랑이에게 잡아먹힐까 봐 두려워서 감히 목숨을 의탁하고자 합니다."

말을 마치자 박 태후는 주렴을 걷어 올리라고 명한 뒤 자리를 비켜나며 말했다.

"소첩은 옛 한나라 황실의 노모이고 당신은 당나라 조정의 명사이니 서로 군신 관계가 아니므로, 부디 예의는 생략하고 곧장 대전으로 올라와 인사를 나누길 바라오."

박 태후는 비단옷을 입고 있었는데 용모가 옥처럼 아름다웠고 나이도 그다지 들어 보이지 않았다. 박 태후가 나를 위로하며 말했다.

"오는 길에 고생하지는 않았소?"

그러고는 나를 불러 자리에 앉게 했다. 한 식경이 지나자 대전 안에서 웃음소리가 들려왔다. 박 태후가 말했다.

"오늘 밤은 경치가 아주 아름다워서 우연히 두 여자와 함께 구경하러 나왔는데, 게다가 훌륭한 손님까지 만났으니 연회를 열지 않을 수 없겠소."

그러고는 좌우의 시녀를 불러 말했다.

"두 낭자께 나와서 수재(秀才 : 우승유)님을 뵈라고 해라."

한참 후에 여자 두 명이 대전 안에서 나왔는데 뒤따르는 사람이 수백 명이었다. 그중에서 앞에 서 있던 한 여자는 허리가 가늘고 얼굴이 갸름했으며 머리숱이 많았으나 화장은 하지 않았고 푸른 옷을 입고 있었는데, 나이는 겨우 스무 살 남짓으로 보였다. 박 태후가 말했다.

"이 사람은 [한나라] 고조(高祖)의 척 부인(戚夫人)[59]이오."

내가 배례(拜禮)하자 척 부인도 답배했다. 다른 한 사람은 살결이 보드랍고 몸가짐이 중후했으며, 용모가 온화하고 자태가 빼어났으며, 광채가 원근을 비추고 화려하게 수놓은 옷을 입고 있었는데, 나이는 박 태후보다 젊어 보였다. 박 태후가 말했다.

"이 사람은 [한나라] 원제(元帝)를 모시던 왕장(王嬙)60)이오."

내가 척 부인에게 한 것처럼 배례하자 왕장도 답배했다. 각자 자리로 가서 좌정하자 박 태후가 자색 옷을 입은 중귀인(中貴人 : 총애받는 환관)에게 말을 전하게 했다.

"양씨(楊氏)와 반씨(潘氏)도 모셔 오도록 해라."

한참 후에 공중에서 오색구름이 내려오는 것이 보이면서 웃음소리가 점점 가까이 들려왔다. 박 태후가 말했다.

---

59) 척 부인(戚夫人) : 한나라 고조의 총비(寵妃). 조왕(趙王) 유여의(劉如意)의 생모로, 고조로 하여금 여후(呂后) 소생의 태자 유영(劉盈)을 폐위하고 대신 유여의를 태자로 세우게 하려다가 여후의 깊은 원한을 샀다. 고조가 죽은 뒤 여후는 그녀의 사지를 자르고 눈을 도려내고 귀를 멀게 하고 벙어리로 만든 후에 변소에 놓아두고 "인체(人彘 : 사람돼지)"라고 불렀다.

60) 왕장(王嬙) : 자는 소군(昭君) 또는 명군(明君)·명비(明妃). 한나라 원제(元帝) 때 입궁했는데, 흉노의 호한야 선우(呼韓邪單于)가 입조해 화친을 청하자 그에게 시집가서 아들 하나를 낳았으며, 호한야 선우가 죽은 뒤 본처의 장남 주루약제 선우(株絫若鞮單于)의 처가 되어 딸 둘을 낳았다.

"양씨가 도착한 모양이오."

갑자기 수레 소리와 말발굽 소리가 뒤섞여 들리면서 고운 비단옷이 눈부시게 반짝였는데 옆을 돌아볼 겨를이 없었다. 이윽고 두 여자가 구름 속에서 내려왔다. 내가 일어나 옆에 서서 앞에 있는 한 사람을 보았더니, 가느다란 허리에 눈매가 갸름하고 용모가 아주 아름다우며 누런 옷에 옥관(玉冠)을 쓰고 있었는데, 나이는 서른 살쯤 되어 보였다. 박 태후가 말했다.

"이 사람은 당나라의 태진비(太眞妃 : 양귀비)요."

나는 곧장 엎드려 배알하며 신하처럼 예를 갖춰 배례했다. 그러자 태진비가 말했다.

"소첩은 선제(先帝) 미 : 선제는 숙종(肅宗)을 말한다. 로부터 벌을 받았기에 조정에서 소첩을 후비(后妃)의 대열에 넣지 않았으니, 이런 예의를 차리는 것이 어찌 허례가 아니겠소? 감히 배례를 받을 수 없소."

그러고는 물러나서 답배했다. 다른 한 사람은 통통한 살에 눈매가 예리하고 자그마한 몸집에 살결이 하얬으며 나이가 가장 어렸는데, 품이 넉넉한 옷을 입고 있었다. 박 태후가 말했다.

"이 사람은 [남조] 제(齊)나라의 반 숙비(潘淑妃)[61]요."

나는 또 태진비에게 한 것처럼 그녀에게 배례했다. 이윽고 박 태후가 음식을 차려 오라고 명하자 잠시 후에 음식이 나왔는데, 그 향긋하고 정갈한 수많은 음식은 모두 이름을 알 수 없었다. 나는 그저 배만 채우려 했을 뿐 실컷 먹을 수는 없었다. 식사가 끝나자 다시 술을 차려 왔는데, 그 그릇들은 모두 왕가에서 사용하는 것과 같았다. 박 태후가 태진비에게 말했다.

"어찌하여 그렇게 오랫동안 찾아오지 않았소?"

태진비가 공손한 얼굴로 대답했다.

"삼랑(三郞 : 현종)이 자주 화청궁(華淸宮)에 행차하는 바람에 시중드느라 찾아뵐 수 없었습니다." 미 : 의심컨대 사람에게 귀신이 있다면 혹시 옷에도 귀신이 있는가? 그렇다면 지금 화청궁의 흙과 나무에도 귀신이 있을 것이다.

박 태후가 또 반 숙비에게 말했다.

"그대도 찾아오지 않았는데 어쩐 일이오?"

반 숙비가 웃음을 참지 못하며 미처 대답하지 못하자, 태진비가 반 숙비를 쳐다보며 대신 대답했다.

"반 숙비가 옥노(玉奴) 미 : 옥노는 태진비의 이름이다. 에게 말하길, 동혼후(東昏侯)가 방탕하게 하루 종일 사냥하러 나

---

61) 반 숙비(潘淑妃) : 남조 제(齊)나라의 제4대 황제인 동혼후(東昏侯)의 비(妃)로 절세미인이었다. 동혼후는 그녀의 미모에 빠져 향락만 일삼다가 재위 2년 만에 동생인 화제(和帝)에게 제위를 빼앗기고 양(梁)나라 무제에게 살해당했다.

가는 바람에 제때에 찾아뵐 수 없었다고 했습니다."

박 태후가 나에게 물었다.

"지금 천자는 누구요?"

내가 대답했다.

"지금 황제는 선제[先帝 : 대종(代宗)]의 장남이십니다."

그러자 태진비가 웃으며 말했다.

"심파(沈婆)62)의 아들[덕종(德宗)]이 천자가 되다니 참으로 신기하군요!"

박 태후가 말했다.

"어떠한 군주요?"

내가 대답했다.

"소신(小臣)은 군왕의 덕을 헤아리기에 부족합니다."

박 태후가 말했다.

"꺼리지 말고 그냥 말해 보시오."

내가 말했다.

"민간에서는 성무(聖武)하다고 전해집니다."

---

62) 심파(沈婆) : 당나라 대종(代宗)의 황후로 덕종(德宗)의 생모인 심씨(沈氏)를 말한다. 심씨는 현종(玄宗)이 제위에 있을 때 황태자 이형(李亨 : 숙종)의 후궁으로 뽑혀 왔는데, 이형이 그녀를 황손 이예(李豫 : 대종)에게 하사했다. 대종은 현종의 손자에 해당하므로 그녀는 양귀비에게도 손자며느리가 된다.

그러자 박 태후는 서너 번 고개를 끄덕였다. 박 태후가 술을 권하며 음악을 연주하라고 명했는데, 음악을 연주하는 기녀는 모두 젊은 여자들이었다. 술이 몇 순배(巡杯) 돌고 나자 음악도 그에 따라 멈추었다. 박 태후가 척 부인에게 금(琴) 연주를 청하자 척 부인이 손가락에 옥가락지를 끼었는데, 그 광채가 온 자리를 비추었다. 미 : 《서경잡기(西京雜記)》에서 이르길, "고조가 척 부인에게 가락지를 주었는데 그것을 끼었더니 손가락뼈까지 비쳐 보였다"라고 했다. 척 부인은 금을 끌어당겨 연주했는데 그 소리가 몹시 구슬펐다. 박 태후가 말했다.

"우 수재(牛秀才 : 우승유)가 우연히 이곳에 오게 되었고 여러 낭자들도 때마침 방문했지만, 지금 평생의 즐거움을 다 표현할 만한 것이 없구려. 우 수재는 진정한 재사(才士)이니 각자 시를 지어 자신의 뜻을 말해 보는 것이 어떻겠소? 이 또한 멋진 일이 아니겠소?"

그리하여 각자에게 종이와 붓을 주었더니 잠시 후에 모두 시를 완성했다. 박 태후의 시는 이러했다.

"달밤에 화궁(花宮)에서 자며 군주를 모실 수 있었지만, 지금도 여전히 관 부인(管夫人)63)에게 부끄럽네. 그 옛날

---

63) 관 부인(管夫人) : 박 태후는 어릴 적에 관 부인과 조자아(趙子兒) 두 친구와 우정을 맹세했는데, 그 두 사람이 나중에 고조의 총애를 받았을 때 고조에게 박 태후를 천거했으며, 박 태후는 총애를 받아 문제

한나라 황실은 생황 불며 노래하던 곳이었는데, 지금은 안개 낀 풀 더미 되어 몇 번의 봄가을이 지났는가?"

왕장의 시는 이러했다.

"눈 속의 둥근 천막집에선 봄날을 볼 수 없으니, 한나라 옷은 오래되었지만 눈물 자국은 새롭기만 하네. 지금도 가장 원한 맺힌 사람은 모연수(毛延壽)⁶⁴⁾이니, 일부러 물감으로 내 모습 못나게 그렸다네."

척 부인의 시는 이러했다.

"한나라 궁궐을 떠난 후로 초(楚)나라의 춤⁶⁵⁾도 멈추었고, 곱게 단장할 수 없어 군왕을 원망했네. 돈 없이 어떻게 상산(商山)의 노인들을 얻었겠나? 여씨[呂氏 : 여후(呂后)]가 언제 목강(木强 : 주발)⁶⁶⁾을 두려워한 적 있었는가?"

(文帝)를 낳았다.

64) 모연수(毛延壽) : 한나라 원제 때의 화공. 미모에 자신 있던 왕장이 그에게 뇌물을 주지 않자 그가 왕장을 못나게 그려서 결국 왕장이 흉노 군주에게 시집가게 되었다.

65) 초(楚)나라의 춤 : 한나라 고조가 척 부인을 총애해 여후가 낳은 태자 유영을 폐하고 척 부인이 낳은 아들 유여의를 세우려 하자, 여후가 장양(張良)을 설득해 상산(商山)의 사호(四皓)라는 네 현자를 초빙해 태자의 후견인으로 삼는 바람에 결국 고조의 계획이 무산되었다. 이에 낙담한 고조가 초나라 노래를 부르며 한탄하자 척 부인이 그 노래에 맞춰 춤을 추었다고 한다.

태진비의 시는 이러했다.

"금비녀 땅에 떨어뜨리고 군왕과 작별하니, 붉은 눈물 구슬처럼 흘러 어상(御床)에 가득했네. 마외(馬嵬)에서 사랑하는 임과 헤어진 후로, 여산(驪山)의 이궁(離宮)에서 다시는 〈예상우의무(霓裳羽衣舞)〉 추지 않았네."

반 숙비의 시는 이러했다.

"가을 달과 봄바람은 몇 번이고 돌아오건만, 강산은 그대로인데 업궁(業宮)은 예전 모습 아니네. 동혼후가 옛날에 만든 연꽃 길67)에서, 금실로 짠 옷 걸치던 옛일만 하릴없이 그리워하네."

박 태후가 나에게도 시를 지으라고 재삼 청하자, 나는 사양할 수 없어서 결국 분부대로 시를 지었다.

"향기로운 바람에 이끌려 대라천(大羅天 : 선경)에 이르러, 달빛 가득한 땅 구름 서린 계단에서 선녀를 배알하네. 모두 함께 인간 세상에서의 서글픈 일을 말하나니, 오늘 밤이

---

66) 목강(木强) : 주발(周勃). 그는 척 부인의 아들 유여의가 태자가 되는 것에 반대해 여후가 그에게 고마워했는데, 그는 또한 유여의가 조왕에 봉해지는 것을 보좌하기도 했다. 고조가 죽은 후 여후가 유여의를 죽이려 하자 주발이 완강히 저항했으나, 결국 그는 견책당하고 유여의는 죽임을 당했다.

67) 연꽃 길 : 동혼후는 사치하길 좋아해 황금 연꽃을 만들어 길에 깔고 반 숙비에게 그 위를 밟게 했다고 한다.

어느 해인지 모르겠구나!"

그 밖에 또 피리를 잘 부는 여자가 있었는데, 그녀는 짧은 머리에 화려한 옷을 입고 있었으며 용모가 아주 아름답고 굉장히 매력적이기도 했다. 반 숙비가 그녀를 데리고 함께 왔는데, 박 태후는 그녀를 자기 옆자리에 앉히고 때때로 피리를 불게 하면서 종종 술을 권하기도 했다. 박 태후가 나를 돌아보며 물었다.

"이 사람을 아시오? 바로 [진(晉)나라의 부호] 석씨[石氏 : 석숭(石崇)]의 녹주(綠珠)[68]요. 반 숙비가 그녀를 동생으로 삼았기 때문에 반 숙비가 그녀와 함께 온 것이오."

박 태후가 이어서 말했다.

"녹주도 어찌 시 한 수를 짓지 않을 수 있겠는가?"

그러자 녹주가 감사하며 시를 지었다.

"지금 사람은 옛날 그 사람이 아니지만, 피리 소리는 하릴없이 조왕(趙王) 사마윤(司馬倫)을 원망하네. 꽃 누각 아래로 붉고 푸른 몸 스러지니, 금곡원(金谷園)엔 천년토록 다시 봄이 오지 않네."

---

[68] 녹주(綠珠) : 석숭이 사랑하던 미녀. 석숭은 낙양 교외에 금곡원(金谷園)이란 별장을 짓고 녹주와 즐거움을 누렸는데, 나중에 조왕(趙王) 사마윤(司馬倫)이 석숭에게 녹주를 달라고 하자 석숭이 거절했다. 결국 석숭은 조왕에게 죽임을 당했고 녹주는 누각에서 떨어져 죽었다.

시 짓기를 마치고 술이 다시 나오자 박 태후가 말했다.

"우 수재가 먼 데서 왔으니 오늘 밤 누가 모시겠소?"

척 부인이 먼저 일어나 사양하며 말했다.

"아들 여의(如意)가 장성했기에 도저히 모실 수 없으며, 또한 그리하는 것은 옳지 않습니다." 미 : "아들 여의가 장성했다"라는 구절은 또한 척 부인의 지기(志氣)를 크게 손상했다.

반 숙비도 사양하며 말했다.

"동혼후는 저 옥아(玉兒) 때문에 죽임을 당하고 나라를 잃었으니 제가 그를 저버릴 수는 없습니다."

녹주도 사양하며 말했다.

"석 위위(石衛尉 : 석숭)는 성격이 엄격하고 급하니 지금 죽는다 하더라도 음란한 일은 할 수 없습니다." 미 : 녹주는 스스로 절개가 강했으니, 어찌 석 태위(石太尉 : 석숭)의 성격이 엄격하고 급하기 때문이겠는가?

박 태후가 말했다.

"태진비는 지금 조정의 선제(先帝 : 현종)의 귀비이니 다른 말은 할 수 없겠소."

그러고는 왕장을 돌아보며 말했다.

"소군(昭君 : 왕장)은 처음 호한 선우(呼韓單于)[69]에게

---

69) 호한 선우(呼韓單于) : 한나라 원제 때 화친을 청하러 왔던 흉노의

시집갔다가 다시 주루제 선우(株累弟單于)70)의 부인이 되었는데, 진실로 스스로 옳다고 생각한 것이었소. 또한 극심하게 추운 땅의 오랑캐 귀신이 무얼 할 수 있겠소? 그러니 소군은 부디 사양하지 마시오."

왕소군은 대답하지 않고 고개를 숙인 채 부끄러워하며 원망했다. 이윽고 각자 돌아가 쉬자 나는 좌우의 시중을 받으며 왕소군의 처소로 들어갔다. 장차 날이 새려 할 때 시녀가 일어나라고 고하자, 왕소군은 눈물을 흘리며 작별을 아쉬워했다. 그때 갑자기 밖에서 박 태후가 명하는 소리가 들려, 내가 나가서 박 태후를 뵈었더니 박 태후가 말했다.

"여기는 낭군이 오래 머물 곳이 아니니 서둘러 돌아가는 것이 좋겠소." 미 : "서둘러 돌아가는 것이 좋겠소" 다음에 "이제 곧 작별하지만 부디 어젯밤의 즐거움을 잊지 말기 바라오(便別矣, 幸無忘向來歡)"라는 구절이 더 있는데, 이는 성후(聖后 : 박 태후)의 어투가 결코 아니므로 지금 삭제했다.

그러고는 다시 술을 가져오게 해서 술이 두 순배 돌고 난 후, 척 부인·반 숙비·녹주가 모두 눈물을 흘리고 있을 때 날이 막 밝아 왔다. 나는 대안현의 마을로 가서 마을 사람에

군주 호한야 선우(呼韓邪單于)를 말한다.
70) 주루제 선우(株累弟單于) : 호한야 선우의 아들인 주루약제 선우(株纍若鞮單于)를 말한다.

게 물어보았더니 마을 사람이 말했다.

"여기서 10여 리 떨어진 곳에 박 태후의 묘당이 있습니다."

나는 다시 돌아가서 묘당을 바라보았는데, 황폐하게 무너져서 들어갈 수 없었고 이전에 보았던 곳이 아니었다. 내 옷에 밴 향기는 10여 일이 지나도록 가시질 않았다. 미: 전하는 말에 따르면, 《주진행기》는 재상 이애주[李崖州: 이덕유(李德裕)]의 문객이 거짓으로 지어서 기장공(奇章公: 우승유)에게 누를 끼치게 하려고 했다는데, 틀림없이 그렇다고 생각한다.

牛僧孺《周秦行記》云 : 余貞元中, 擧進士落第, 歸宛葉間, 至伊闕南道鳴皋山下, 將宿大安民舍. 會暮, 失道不至. 更十餘里, 夜月始出, 忽聞有異香, 因趨進行, 不知厭遠. 見火明, 意莊家, 更前驅, 至一宅, 門庭若富家. 有黃衣閽人曰: "郎君何至?" 余答曰: "僧孺姓牛, 應進士落弟. 本往大安民舍, 誤道來此." 黃衣入告, 少時出曰: "請郎君入." 余問誰大宅, 黃衣曰: "但進, 無須問." 入十餘門, 至大殿, 蔽以珠簾, 有朱衣黃衣閽人數百立階. 左右曰: "拜!" 簾中語曰: "妾漢文帝母薄太后. 此是廟, 郎君不當來, 何辱至此?" 余曰: "臣家宛葉, 將歸失道. 恐死豺虎, 敢託命." 語訖, 太后命使軸簾避席曰: "妾故漢室老母, 君唐朝名士, 不相君臣, 幸希簡敬, 便上殿來見." 太后着練衣, 狀貌瑰偉, 不甚年高. 勞余曰: "行役無苦乎?" 召坐. 食頃, 聞殿內笑聲. 太后曰: "今夜風月甚佳, 偶有二女伴相尋, 況又遇嘉賓, 不可不成一會." 呼左右: "屈二娘子出見秀才." 良久, 有女子二人從中至, 從者數百. 前立者一人, 狹腰長面, 多髮不妝, 衣青衣, 僅可二十餘. 太后曰:"高祖戚夫人." 余下拜, 夫人亦拜. 更一人, 柔肌穩身, 貌舒態逸, 光彩射遠近, 多服花繡, 年低太后. 后曰:"此元帝王嬙." 余拜如戚夫人, 王嬙復拜. 各就坐, 坐定, 太后使紫衣中貴人曰:"迎楊家·潘家來." 久之, 空中見五色雲下, 聞笑聲寖近. 太后曰:"楊家至矣." 忽車音馬跡相雜, 羅綺煥耀, 旁視不給. 有二女子從雲中下. 余起立於側, 見前一人, 纖腰脩眸, 儀容甚麗, 衣黃衣, 冠玉冠, 年三十許. 太后曰:"此是唐朝太眞妃子." 予卽伏謁, 拜如臣禮. 太眞曰:"妾得罪先帝, 眉:先帝, 謂肅宗. 皇朝不置妾在后妃數中, 設此禮, 豈不虛乎? 不敢受." 却答拜. 更一人, 厚肌敏視, 小質潔白, 齒極卑, 被寬博衣. 太后曰:"齊潘淑妃." 余拜之如妃子. 旣而太后命進饌, 少時饌至, 芳潔萬端, 皆不得名. 余但欲充腹, 不能足食. 已更具酒, 其器用盡如王者. 太后語太眞曰:"何久不來相看?"太眞謹容對曰:"三郎數幸華清宮, 扈從不得至." 眉:或疑人有鬼, 豈衣亦有鬼? 今華清宮土木亦有鬼矣. 太后又謂潘妃曰:"子亦不來, 何也?" 潘妃匿笑不禁, 不成對, 太眞乃視潘妃而對曰:"潘妃向玉奴 眉:玉奴, 太眞名. 說, 懊惱東昏侯疏狂, 終日出獵, 故不得時謁耳." 太后問余:"今天子爲誰?" 余對曰:"今皇帝先帝長子." 太眞笑曰:"沈婆兒作天子也, 大奇!" 太后曰:"何如主?" 余對曰:"小臣不足以知君德." 太后曰:"然無嫌, 但言之." 余曰:"民間傳聖武." 太后首肯三四. 太后命進酒加樂, 樂妓皆年少女子. 酒環行數周, 樂亦隨輟. 太后請戚夫人鼓琴, 夫人約指玉環, 光照於座. 眉:《西京雜記》云:"高祖與戚夫人環, 照見指骨." 引琴而鼓, 其聲甚怨. 太后曰:"牛秀才邂逅到此, 諸娘子又偶相訪, 今無以盡平生歡. 牛秀才固才士, 盍各賦詩言志? 不亦善乎?" 遂各授與牋筆, 逡巡詩成. 太后詩曰:"月寢花宮得奉君, 至今猶愧管夫人,漢家舊是笙歌處,烟草幾經秋復春?"王嬙詩曰:"雪裡穹廬不見春,漢衣雖舊淚痕新.如今最恨毛延壽,愛把丹青錯畫人."戚夫人詩曰:"自別漢宮休楚舞,不能妝粉恨君王.無金豈得迎商叟?呂氏何曾畏木强?"太眞詩曰:"金釵墮地別君王,紅淚流珠滿御床.雲雨馬嵬分散後,驪宮不復舞〈霓裳〉."潘妃詩曰:"秋月春風幾度歸,江山猶是業宮非.東昏舊作蓮花地,空想曾披金縷衣."再三邀余作詩,余不得辭,遂應命作詩曰:"香風引到大羅天,月地雲階拜洞仙.共道人間惆悵事,不知今夕是何年!"別有善笛女子,短髮麗服,貌甚美,而且多媚.潘妃借來,太后以接座居之,時令吹笛,往往亦及酒.太后顧而問曰:"識此否?石家綠珠也.潘妃養作妹,故潘妃與俱來."太后因曰:"綠珠豈能無詩乎?"綠珠乃謝作詩曰:"此日人非昔日人,笛聲空怨趙王倫.紅殘翠碎花樓下,金谷千年更不春."詩畢,酒旣至,太后曰:"牛秀才遠來,今夕誰人爲伴?"戚夫人先起辭曰:"如意兒成長,固不可,且不可如此."眉:"如意兒成長"句亦大損戚夫人志氣.潘妃辭曰:"東昏以玉兒身死國除,玉兒不宜負也."綠珠辭曰:"石衛尉性嚴急,今有死,不可及亂."眉:綠珠自節烈,豈參太尉嚴急乎?太后曰:"太眞今朝先帝貴妃,不可言其他."乃顧謂王嬙曰:"昭君始嫁呼韓單于,復爲株累弟單于婦,固自用.且苦寒地胡鬼何能爲?昭君幸無辭."昭君不對,低眉羞恨.俄各歸休,余爲左右送入昭君院.會將旦,侍人告起,昭君垂泣持別.忽聞外有太后命,余遂出見太后,太后曰:"此非郎君久留地,宜亟還."眉:"宜亟還"下,尚有"便別矣,幸無忘向來歡"句,殊非聖后口吻,今刪之.更索酒,酒再行已,戚夫人‧潘妃‧綠珠皆泣下,時始明矣.余就大安里,問其里人,里人云:"此十餘里,有薄后廟."余卻回,望廟宇,荒毀不可入,非向者所見矣.余衣上香經十餘日不歇.眉:相傳《周秦行記》乃崖州李相門客僞譔, 欲以累奇章, 想當然耳.

* 이 고사는 《태평광기》 권489 〈잡전기(雜傳記)·주진행기(周秦行記)〉에 실려 있다.

58-18(1722) 이장무

이장무(李章武)

이경량작전(李景亮作傳)

이장무는 자가 비경(飛卿)이고 그의 선조는 중산(中山) 사람이었다. 그는 태어날 때부터 영민하고 박식했으며, 문장에 뛰어나고 용모도 준수했다. 청하(淸河) 사람 최신(崔信)과 사이가 좋았는데, 최신 역시 점잖은 선비로서 골동품을 많이 수집하고 있었다. 최신은 이장무가 면밀하고 영민했으므로 매번 그를 찾아가 담론을 펼쳤는데, 모두 현묘한 이치에 통달하고 근본을 파고들었기에 당시 사람들은 그를 [진(晉)나라의] 장화(張華)에 견주었다. [당나라] 정원(貞元) 3년(787)에 최신이 화주별가(華州別駕)로 부임하자 이장무는 장안(長安)에서 그를 찾아갔다. 화주에 도착한 후 며칠 지나서 이장무는 외출했다가 시장 북쪽 거리에서 아주 아름다운 한 부인을 보고 최신을 속여 말했다.

"주 밖에 있는 친구와 소식이 닿았소."

그러고는 마침내 그 미인의 집에서 방을 빌렸다. 그 집의 주인은 성이 왕씨(王氏)였고 그 미인은 바로 왕씨의 며느리였다. 그녀는 이장무를 좋아해 사통하기에 이르렀다. 달포를 지내는 동안 이장무는 모두 3만 전이 넘는 돈을 썼는데,

이는 그녀가 이장무에게 쓴 돈의 두 배였다. 얼마 후에 두 사람은 허물없는 사이가 되었고 애정은 더욱 깊어 갔다. 그러나 얼마 되지 않아 이장무는 일 때문에 장안으로 돌아가야 한다고 말하면서 은근하게 작별을 고했으며, 목을 비비대는 원앙의 무늬가 있는 비단 한 단(端)을 정표로 남겨 주면서 시 한 수를 그녀에게 주었다.

"원앙 무늬 곱게 수놓은 비단, 수천 가닥의 실이 맺혀 있음을 알겠네. 이별 후에 목을 비비고 싶을 땐, 헤어지기 전을 못 잊어 마음 아파하겠지."

그녀는 백옥 가락지 하나를 답례로 주면서 또한 시를 지어 주었다.

"가락지 매만지다, 가락지 보며 다시금 추억하세요. 당신께 바라건대 이 가락지 영원히 지니시어, 가락지처럼 끝남이 없으소서."

이장무에게는 양과(楊果)라는 하인이 있었는데, 그녀는 양과에게도 1000냥의 돈을 주어 그가 부지런히 주인을 섬긴 것을 칭찬했다. 두 사람이 작별하고 나서 8~9년의 세월이 흘렀다. 이장무는 여전히 장안에 살고 있었지만 그녀와 소식을 주고받지 않았다. 정원 11년(795)에 장원종(張元宗)이라는 친구가 하규현(下邽縣)에 살고 있었는데, 이장무는 또 장원종을 만나러 도성에서 하규현으로 갔다. 도중에 갑자기 옛날의 좋았던 시절이 생각나 수레를 돌려 위수(渭水)를 건너 그녀를 찾아갔다. 해가 지고 나서 화주에 도착했는데, 왕씨의 집에서 묵으려고 그 집 문에 이르렀더니 고요하니 인적이 없었다. 한창 의아해하고 있다가 동쪽 이웃집의 부인을 만나 다가가서 물었더니 그 부인이 말했다.

"왕씨 댁의 어른들은 가업을 그만두고 객지로 나갔고, 그 며느리는 죽은 지 이미 2주년이 되었습니다."

이장무가 더 상세하게 얘기해 달라고 하자 부인이 말했다.

"저는 성이 양씨(楊氏)이고 집안에서 여섯째이며 동쪽 이웃집의 아내가 되었습니다. 그런데 낭군의 성은 무엇입니까?"

이장무가 자세히 말해 주었더니 부인이 또 말했다.

"예전에 양과라는 하인을 데리고 있었지요?"

이장무가 말했다.

"그렇습니다."

그러자 부인이 울면서 말했다.

"저는 이 마을에 시집온 지 5년이 되었고 왕씨 댁 며느리와 친하게 지냈습니다. 그녀가 일찍이 말하길, '우리 시댁은 마치 객사와 같아서 많은 사람들을 만났습니다. 왕래하던 사람들 가운데 내게 마음이 있었던 자는 모두 재산을 탕진해 가면서 달콤한 말과 굳은 맹세로 나를 유혹했지만, 나는 마음이 흔들린 적이 없었습니다. 그런데 근년에 이십팔랑

(李十八郎: 이장무)이라는 분이 우리 집에 투숙한 일이 있었습니다. 나는 그를 처음 본 순간 나도 모르게 마음을 빼앗겼습니다. 나중에는 마침내 몰래 잠자리를 모시게 되어 사랑을 듬뿍 받았습니다. 지금은 그분과 헤어진 지 몇 년이 지났지만 사모하는 마음이 지나쳐 침식을 잊는 지경에 이르렀습니다. 우리 집의 사람들에게는 절대로 부탁할 수 없으니, 만약 그분이 오거든 날 위해 모습과 이름을 물어서 찾아 주십시오. 양과라는 하인을 데리고 있는 분이 바로 그 사람입니다'라고 했습니다. 그 후로 2~3년이 안 되어 그 며느리는 병석에 눕고 말았습니다. 죽을 때 다시 저에게 부탁하길, '나는 본래 미천한 몸으로 외람되이 군자의 두터운 사랑을 받아 마음속으로 늘 감사하고 있습니다. 이것이 오래되어 결국 병이 났는데 치료할 수 없다는 것을 스스로 알고 있습니다. 예전에 부탁드린 대로 만일 그분이 이곳에 오거든 저승에서 머금은 한과 천고의 이별의 쓰라림을 잘 말씀드려 주십시오. 미: 정이 지극한 말이다. 아울러 그분에게 이 집에 머물도록 청해 주십시오. 꿈속에서나마 영혼으로 만나고 싶습니다'라고 했습니다."

이장무는 이웃집 부인에게 왕씨 집의 문을 열어 달라고 부탁하고, 시종에게 땔감과 음식물을 사 오게 했다. 막 이부자리를 펴려고 할 때 갑자기 한 부인이 빗자루를 들고 방에서 나와 마당을 쓸었는데, 이웃집 부인도 그녀가 누군지 알지 못했다. 이장무가 다그치며 물었더니 그녀가 천천히 말했다.

"왕씨 댁의 죽은 며느리가 낭군의 깊은 사랑에 감사해 만나 뵙고자 하는데, 낭군께서 두려워할까 봐 걱정해 저에게 먼저 알려 드리게 했습니다."

이장무가 말했다.

"내가 온 이유가 바로 그 때문이오. 이승과 저승이 비록 다르지만 맹세하건대 의심하는 마음은 없소."

빗자루를 들고 있던 여자가 기뻐하며 가더니, 이내 음식을 차려 놓고 이장무를 불러 제사를 지내게 했다. 이장무는 식사를 마치고 나서 편안히 자리에 누워 기다렸다. 이경(二更)쯤 되었을 때 침상의 동남쪽에 밝혀 놓았던 등불이 갑자기 조금씩 희미해졌는데, 그 같은 일이 두세 번 계속되었다. 이장무는 마음속으로 변괴가 있으리라는 것을 알고 벽 가까이로 등불을 옮겨 방 안의 동남쪽 구석에 놓아두라고 했다. 잠시 후 방 북쪽 모서리에서 부스럭거리는 소리가 나더니 사람의 형상 같은 것이 나타나 천천히 다가왔다. 대여섯 걸음을 걸어왔을 때 그 모습을 분간할 수 있었다. 그 의복을 보았더니 바로 집주인의 며느리였다. 옛날에 보았을 때와 달라진 것은 없었지만, 행동거지가 조급했고 목소리가 가볍고 맑아졌을 뿐이었다. 이장무는 침상에서 내려와 그녀를 맞아안으며 손을 잡았는데, 그 애정은 마치 살아 있을 때의 즐거움과 다름이 없었다. 그녀가 말했다.

"저세상에 간 이래로 친척들까지 모두 잊어버렸지만 당신을 생각하는 마음은 옛날과 다름이 없었습니다."

이장무는 예전보다 훨씬 더 허물없이 그녀를 대했고 그녀 또한 다른 이상한 점이 없었다. 다만 그녀는 몇 번이나 사람을 시켜 샛별 뜨는 것을 살피게 해 달라고 청했다. 만약 샛별이 떠오르면 돌아가야 하며 오래 머물 수 없다고 했다. 그리고 매번 즐거운 시간을 보내고 있을 때에도 틈틈이 이웃집 부인 양씨에게 감사의 말을 전해 달라고 간청하면서 말했다.

"그 사람이 아니었으면 누가 저세상에 있는 사람의 한을 전달해 주었겠습니까?"

오경(五更)이 되자 그녀는 울면서 침상에서 내려와 이장무와 어깨를 나란히 하고 문을 나섰는데, 은하수를 바라보다가 결국 슬픔에 잠겨 흐느껴 울었다. 그녀는 방으로 되돌아 들어가더니 치마끈에서 비단 주머니를 풀어 주머니 속에서 물건 하나를 꺼내 이장무에게 주었다. 그 물건의 색은 검푸르고 재질은 단단했으며 옥 같으면서 차가웠는데, 모양은 작은 나뭇잎 같았다. 이장무는 그것이 무엇인지 알지 못했다. 그녀가 말했다.

"이것은 말갈보(靺鞨寶)라는 것으로 곤륜산(昆侖山)의 현포(玄圃)에서 나는데, 그곳에 사는 신선들도 구할 수 없는 것입니다. 제가 근자에 서악(西嶽 : 화산)에서 옥경부인(玉京夫人)과 놀았을 때, 이것을 보고 마음에 들어 하자 옥경부인이 저에게 주면서 미 : 그녀는 음란한 부인일 뿐인데, 어떻게 상진(上眞 : 상선) 선녀와 노닐 수 있단 말인가? 이해할 수 없다. 그녀의 재사(才思)를 중히 여긴 것일까? 말하길, '동천(洞天 : 선부)에 있는 여러 신선들도 이 보물 하나를 얻기만 하면 모두 영광으로 여긴다'라고 했습니다. 당신은 신선의 도를 받들어 자세히 알고 있기 때문에 이것을 드리니 늘 보물로 잘 간직하시길 바랍니다. 이것은 인간 세상에 없는 것입니다."

그녀는 마침내 이장무에게 시를 지어 주었다.

"은하수는 이미 기울었는데, 영혼은 더 머무르고자 하네요. 낭군이여, 다시 한번 안아 주세요, 이제는 이 세상 끝날 때까지 이별이군요."

이장무도 백옥에 보석으로 장식한 비녀를 꺼내 그녀에게 답례하고 아울러 답시를 지었다.

"이제 헤어지면 저승과 이승으로 갈릴 텐데, 어찌 기쁜 날을 기약할 수 있을까? 이별하고 또 작별하지만, 한탄스럽게도 어디로 간단 말인가?"

그러고는 서로 붙잡고 울었다. 한참 후에 그녀는 또 시를 지어 주었다.

"옛날에 헤어질 때는 나중에 만나리라 생각했지만, 이제 이별하면 이 세상 끝날 때까지 만나지 못하겠지요. 새로운 슬픔과 옛 한, 영원히 황천길을 닫으리."

이장무가 답시를 지었다.

"만날 날은 아득히 기약 없으나, 지난 한은 이미 서로 풀었네. 헤어지는 길은 편지가 가지 못하니, 어떻게 이 마음을 전할까?"

이처럼 간곡하게 이별의 말을 나누고 난 뒤에 그녀는 마침내 서북쪽 모퉁이로 갔다. 몇 걸음 걷다가 또 고개를 돌리며 눈물을 닦고 말했다.

"이랑(李郞 : 이장무)은 황천에 있는 이 사람을 버리지 말고 생각해 주십시오!"

그녀는 다시 목이 메어 우두커니 서 있다가 날이 밝으려 하는 것을 보고 급히 모퉁이로 달려가더니 곧 사라졌다. 빈 방 안은 어두컴컴했고 쓸쓸한 등불은 절반만 남았을 뿐이었다. 이장무는 짐을 급히 꾸린 후에 하규현으로 갔다가 장안으로 돌아가려고 했는데, 하규현의 관리들이 장원종과 함께 술을 가지고 와서 이장무에게 송별연을 베풀어 주었다. 술자리가 한창 무르익었을 때 이장무는 그녀 생각이 나서 즉흥적으로 시를 지었다.

"물은 서쪽으로 돌아가지 않고 둥근 달도 잠시일 뿐, 옛 성 주변은 사람을 슬픔에 잠기게 하네. 날 밝으면 각기 쓸쓸히 헤어질 텐데, 서로 만날 날 그 어느 해가 되는지 아는가?"

시를 다 읊고 나자 이장무는 관리들과 헤어졌다. 혼자 몇 리를 가다가 또 그 시를 읊었더니, 갑자기 공중에서 감탄하는 소리가 들렸는데 그 음성이 매우 처량했다. 다시 자세히 들어 보았더니 바로 왕씨 댁의 며느리였다. 그녀가 말했다.

"저승에도 각기 땅의 구분이 있으니, 이제 여기서 헤어지면 다시 만날 날이 없습니다. 당신이 저를 그리워하는 것을 알았기에 저승 관리의 꾸중을 무릅쓰고 이렇게 멀리 와서 당신을 송별해 드리는 것입니다. 부디 몸조심하십시오!"

이장무는 더욱 그녀에게 감동했다. 이장무는 장안에 도착해서 도우(道友)인 농서(隴西) 사람 이조(李助)에게 그 이야기를 했는데, 이조도 그 정성에 감동해 시를 지었다.

"돌은 저 드넓은 요해(遼海)에 가라앉고, 검(劍)은 저 먼 초(楚) 땅의 하늘로 떠나갔네. 다시 만날 날 없음을 아니, 이별하는 마음 석양에 가득하네."

이장무는 동평군(東平郡)의 승상부(丞相府)에서 일하게 되었는데, 한가한 틈을 타서 옥공(玉工)을 불러 그녀에게서 얻은 말갈보를 보여 주었다. 옥공은 그것이 무엇인지 알지 못했으므로 감히 조각하지 못했다. 그 후에 이장무는 사명을 받들어 대량(大梁)에 갔을 때 또 옥공을 불러 그것을 보였더니 대강 알고 있었다. 그래서 그 모양에 따라 떡갈나무 잎사귀 모양으로 조각했다. 이장무는 사명을 받들어 도성에 올라갔을 때에도 늘 그 보물을 품속에 간직했다. 한번은 시장 동쪽 거리에 이르렀을 때 한 호승(胡僧)을 우연히 만났는데, 호승이 갑자기 그의 말 가까이로 와서 머리를 조아리며 말했다.

"당신은 보옥을 품고 계신데 한번 보여 주십시오."

이장무가 그를 조용한 곳으로 데리고 가서 그것을 꺼내 보여 주었더니, 호승이 한참 동안 보옥을 받쳐 들고 감상하면서 말했다.

"이것은 천상(天上)의 지극한 보물로서 인간 세상에 있는 것이 아닙니다."

이장무는 그 후로 화주를 왕래하면서 양육낭(楊六娘 : 이웃집 부인 양씨)을 찾아가 선물을 주곤 했는데, 지금까지도 끊이지 않고 있다.

李章武, 字飛卿, 其先中山人. 生而敏博, 工文, 容貌閑美. 與淸河崔信友善, 信亦雅士, 多聚古物. 以章武精敏, 每訪辨論, 皆洞達玄微, 硏究原本, 時人比之張華. 貞元三年, 崔信任華州別駕, 章武自長安詣之. 數日, 出行, 於市北街見一婦人甚美, 因紿信云 : "須州外與親故知聞." 遂賃舍於美人之家. 主人姓王, 此則其子婦也. 乃悅而私焉. 居月餘日, 所計用直三萬餘, 子婦所供費倍之. 旣而兩心克諧, 情好彌切. 無何, 章武以事告歸長安, 殷勤敍別, 留交頸鴛綺一端, 仍贈詩曰 : "鴛鴦綺, 知結幾千絲. 別後尋交頸, 應傷未別時." 子婦答白玉指環一, 亦贈詩曰 : "捻指環, 見環重相憶. 願君永持玩, 循環無終極." 章有僕楊果者, 子婦賚錢一千, 以獎其敬事之勤. 旣別, 積八九年. 章武家長安, 亦無從與之相聞. 至貞元十一年, 因友人張元宗寓居下邽縣, 章武又自京師與元宗會. 忽思曩好, 乃回車涉渭而訪之. 日暝達華州, 將舍於王氏之室, 至其門, 則闃無人迹. 正猜疑間, 見東鄰之婦，就而問焉，乃云："王氏之長老，皆捨業而出遊，其子婦歿已再周矣."又詳與之談，卽云："某姓楊，第六，爲東鄰妻．復訪郎何姓?"章武具語之，又云："曩曾有僕姓楊名果乎?"曰："有之."因泣告曰："某爲里中婦五年，與王氏相善．嘗云：'我夫室猶如傳舍，閱人多矣．其於往來見調者，皆殫財窮產，甘辭厚誓，未嘗動心．頃歲有李十八郎，曾舍於我家．我初見之，不覺自失．後遂私侍枕席，實蒙歡愛．今與之別累年矣，思慕之心，至忘寢食．我家人故不可託，脫有至者，願以物色名氏爲我求之．但有僕夫楊果卽是.'不二三年，子婦寢疾．臨死，復見託曰：'我本寒微，曾辱君子厚顧，心常感念．久以成疾，自料不治．曩所奉託，萬一到此，願申九泉銜恨，千古暌離之嘆．眉：情至語．仍乞留止此．冀神會於仿佛之中.'"章武乃求鄰婦爲開門，命從者市薪芻食物．方將具絪席，忽有一婦人持帚，出房掃地，鄰婦亦不之識．章武逼而詰之，卽徐曰："王家亡婦感郎恩情深，將見會，恐生怪怖，故使相聞."章武云："某所由來者，正爲此也．顯晦雖殊，誓無疑貳."執帚人欣然而去，乃具飲饌，呼祭．自食飲畢，安寢以待．至二更許，燈在床之東南，忽爾稍暗，如此再三．章武心知有變，因命移燭背牆，置室東南隅．旋聞室北角悉窣有聲，如有人形，冉冉而至．五六步，卽可辨其狀．視衣服，乃主人子婦也．與昔見不異，但擧止浮急，音調輕清耳．章武下床，迎擁攜手，歡若平生之歡．自云："在冥錄以來，都忘親戚，但思君子之心，如平昔耳."章武倍與狎昵，亦無他異．但數請令人視明星．若出，當須還，不可久住．每交歡之暇，卽懇託鄰婦楊氏，云："非此人，誰達幽恨?"至五更，子婦泣下床，與章武連臂出門，仰望天漢，遂嗚咽悲怨．却入室，自於裙帶上解錦囊，囊中取一物以贈之．其色紺碧，質又堅密，似玉而冷，狀如小葉．章武不之識也．子婦曰："此所謂靺鞨寶，出昆侖玄圃中, 彼亦不可得. 妾近於西嶽與玉京夫人戲, 見而愛之, 夫人遂以相授, 眉:此淫婦人耳, 何得與上眞仙姝遊戲? 理不可解. 意重其才情乎? 云:'洞天群仙每得此一寶, 皆爲光榮.' 以郞奉玄道, 有精識, 故以投獻, 常願寶之. 此非人間之有." 遂贈詩曰:"河漢已傾斜, 神魂欲超越. 願郞更回抱, 終天從此訣." 章武取白玉寶簪酬之, 並答詩曰:"分從幽顯隔, 豈謂有佳期? 寧辭重重別, 所嘆去何之?" 因相持泣. 良久, 子婦又贈詩曰:"昔辭懷後會, 今別便終天. 新悲與舊恨, 千古閉窮泉." 章武答曰:"後期杳無約, 前恨已相尋. 別路無行信, 何因得寄心?" 款曲叙別訖, 遂却赴西北隅. 行數步, 猶回顧拭淚云:"李郞無捨, 念此泉下人!" 復哽咽佇立, 視天欲明, 急趨至角, 卽不復見. 但空室窅然, 寒燈半滅而已. 章武乃促裝, 後自下邽歸長安, 下邽郡官與張元宗携酒宴飮. 旣酣, 章武懷念, 因卽事賦詩曰:"水不西歸月暫圓, 令人惆悵古城邊. 蕭條明早分歧路, 知更相逢何歲年?" 吟畢, 與群官別. 獨行數里, 又自諷誦, 忽聞空中有嘆賞, 音調凄惻. 更審聽之, 乃王氏子婦也. 自云:"冥中各有地分, 今於此別, 無日交會. 知郞思眷, 故冒陰司之責, 遠來奉送. 千萬自愛!" 章武愈感之. 及至長安, 與道友隴西李助話, 亦感其誠而賦曰:"石沉遼海闊, 劍別楚天長. 會合知無日, 離心滿夕陽." 章武旣事東平丞相府, 因閑召玉工視所得靺鞨寶. 工亦不知, 不敢雕刻. 後奉使大梁, 又召玉工, 粗能辨. 乃因其形, 雕作槲葉象. 奉使上京, 每以此物貯懷中. 至市東街, 偶見一胡僧, 忽近馬叩頭云:"君有寶玉在懷, 乞一見爾." 乃引於靜處開視, 僧捧玩移時, 云:"此天上至物, 非人間有也." 章武後往來華州, 訪遺楊六娘, 至今不絕.

* 이 고사는《태평광기》권340〈귀·이장무〉에 실려 있다.

58-19(1723) 유 참군

유참군(柳參軍)

출《건손자》 미 : 이 고사는 전기라 할 수 있다(事可作傳奇).

화주(華州)의 유 참군은 명문 집안의 아들로 욕심이 적었는데, 어려서 고아가 되었으며 형제도 없었다. 그는 벼슬을 그만두고 장안(長安)에서 한가롭게 지냈다. 삼월 삼짇날에 유 참군은 곡강(曲江)에서 금과 옥으로 장식한 수레 한 대가 얕은 물속에 반쯤 잠긴 채로 서 있는 것을 보았다. 수레 뒤의 주렴이 천천히 걷히고 그 사이로 섬섬옥수가 보이더니 하녀에게 손짓해 연꽃을 따게 했다. 여자는 용모가 아주 빼어났는데, 한참 동안 유생(柳生 : 유 참군)을 곁눈질했다. 유생이 말을 채찍질해 뒤따라가면서 보았더니 수레가 영숭리(永崇里)로 들어갔다. 유생이 그 여자의 성을 알아보았더니 최씨(崔氏) 집안의 딸이었고 모친과 함께 살고 있었으며 경홍(輕紅)이라는 하녀도 있었다. 유생은 그다지 가난하지 않았기에 갖은 방법으로 경홍을 매수하려 했지만, 경홍은 끝내 뇌물을 받지 않았다. 다른 날 최씨가 병이 나자 집금오(執金吾)로 있던 외삼촌 왕씨(王氏)가 여동생을 보러 왔다가 그 딸을 며느리로 달라고 청했다. 최씨는 좋아하지 않으면서 말했다.

"이전에 왔던 유생에게 시집갈 수 있으면 좋겠습니다. 굳이 허락하지 않으셔서 제가 외사촌 오라버니에게 시집간다면 아마 끝내 온전하게 살지 못할 것입니다."

그녀의 모친은 감히 오라비의 명을 어길 수 없었지만 또 딸을 걱정하는 마음이 깊었기에, 곧장 천복사(薦福寺)의 승도성원(僧道省院)으로 경홍을 보내 딸의 뜻을 유생에게 전하게 했다. 그런데 유생이 경홍에게 마음이 끌려 경홍을 좋아하자, 경홍은 버럭 화를 내며 말했다.

"당신은 성정이 이렇게 경박한데, 어찌하여 아가씨는 이처럼 당신을 대하는지 모르겠어요. 저는 일개 미천한 하녀인데, 당신은 이런 저 때문에 이전에 좋아했던 사람을 잊어버렸으니, 당신에게 절개를 지키라고 한들 그게 될 수 있겠습니까? 저는 이 일을 아가씨에게 아뢸 것입니다."

유생은 경홍에게 두 번 절하고 자신의 불민함을 사과했다. 그런 후에 경홍이 말했다.

"마님께서 아가씨를 아끼는 마음이 간절하신데, 지금 아가씨가 왕씨 집안에 시집가는 것을 좋아하지 않으니 마님께서 몰래 두 분을 결혼시키고자 합니다. 그러니 당신은 이삼 일 내에 혼사를 치르십시오."

유생은 몹시 기뻐하며 스스로 수백 민(緡)의 예물을 준비해 정한 기일에 결혼했다. 닷새 뒤에 유생은 부인과 경홍을 데리고 금성리(金城里)에서 살았다. 한 달 뒤에 집금오가 영

승리에 갔더니, 최씨의 모친이 울면서 말했다.

"제 남편은 죽고 자식들은 어린데, 조카가 혼례 치르기를 기다리지도 않고 강제로 딸아이를 데려가려고 했습니다. 오라버니는 어찌하여 도리를 가르치지 않습니까?" 미 : 왕씨가 말을 꾸며 내서 죄를 전가한 것은 결코 좋은 계책이 아니다.

집금오는 대노하며 집으로 돌아가서 그 아들을 수십 대 때렸으며, 은밀히 조카딸을 찾게 했으나 1년이 넘도록 찾지 못했다. 그로부터 얼마 지나지 않아 왕씨[최씨의 모친]가 죽자, 유생은 부인과 경흥을 데리고 금성리에서 와서 왕씨의 장례에 참석했는데, 집금오의 아들이 그들을 보고 부친에게 사실을 알리자 부친이 유생을 사로잡았다. 유생이 말했다.

"저는 장모 왕씨에게 예물을 갖추어 보내고 부인을 맞아들였지, 예를 어겨 가며 사사로이 꾀어낸 것이 아닙니다. 이 일은 어른 아이 할 것 없이 집안사람이라면 모두 잘 알고 있습니다."

왕씨가 이미 죽고 없어 이를 증명할 방법이 없자 집금오는 결국 관가에 유생을 고발했다. 관가에서는 왕씨 집안에서 먼저 예물을 보냈으니, 최씨는 왕씨 집안으로 시집가는 것이 마땅하다고 판결했다. 집금오의 아들은 이전부터 외사촌 여동생을 좋아했기 때문에 최씨가 이전에 저질렀던 일에 대해서는 원망하지 않았다. 몇 년이 지나도록 경흥은 끝까지 자신의 몸을 깨끗하게 보전했다. 미 : 훌륭한 경흥이다. 또 집금오가 죽은 뒤에 왕생(王生 : 집금오의 아들)은 숭의리(崇義里)로 집을 옮겼다. 최씨는 외사촌 오빠를 모시는 것을 좋아하지 않았기 때문에 곧바로 경홍을 시켜 유생의 행방을 찾아보게 했는데, 그때 유생은 여전히 금성리에 살고 있었다. 최씨는 다시 경홍을 시켜 유생과 만날 날짜를 약속하는 동시에 텃밭을 가꾸는 하인에게 뇌물을 주어 퇴비를 집의 담 높이와 같이 쌓게 한 뒤에 경홍과 함께 그곳을 밟고 넘어가 유생에게 갔다. 유생은 이들을 보고 놀라움과 기쁨이 교차했으며, 또 성을 나가지 않고 그저 군현리(群賢里)로 옮겨 갔다. 후에 본남편[집금오의 아들 왕생]은 최씨를 찾다가 그녀가 군현리에 살고 있다는 사실을 알고 다시 관가에 소송을 걸어 그녀를 되찾았다. 최씨에 대한 정이 깊었던 왕생은 최씨가 온갖 말로 놓아 달라고 청하고 회임했다고 핑계를 대도 최씨를 꾸짖지 않고 다시 받아들였다. 한편 유생은 오랫동안 강릉(江陵)에 유배되었다. 그로부터 2년 뒤에 최씨와 경홍이 차례로 죽자 왕생은 극진한 예를 갖추어 애통해하면서 최씨의 장례를 치러 주었고, 경홍도 최씨의 무덤 옆에 묻어 주었다. 유생은 강남(江南)에서 한가롭게 지내다가 2월 봄에 많은 꽃이 정원 가득 피어 있는 것을 보고 최씨를 추억하며 그 모습을 떠올렸지만, 그녀가 살았는지 죽었는지도 알 수 없었다. 그런데 갑자기 아주 급하게 문을 두드리는 소리가 들렸고, 잠시 후에 보았더니 경홍이 화장 상자를 안고 안으로 들어와서 말했다.

"아가씨께서 곧 도착하실 것입니다."

수레 소리 같은 것이 들리더니 이윽고 최씨가 문으로 들어왔는데 다른 것은 보이지 않았다. 유생과 최씨는 서로 그간의 이야기를 나누면서 희비가 교차했다. 유생이 최씨에게 찾아오게 된 까닭을 묻자 최씨가 말했다.

"저는 이미 왕씨(王氏 : 왕생)와 이별했으니, 지금부터는 당신과 같은 곳에 묻힐 수 있습니다. 사람이 살아서 마음이 한결같으면 틀림없이 숙원을 이룰 수 있습니다."

그러면서 말했다.

"저는 어려서부터 음악을 익혔는데, 공후(箜篌)는 자못 뛰어납니다."

유생이 즉시 공후를 사 왔더니, 최씨는 아주 절묘하게 연주했다. 그로부터 2년 동안은 평생의 즐거움을 다 누리면서 살았다고 할 수 있다. 얼마 되지 않아 왕생의 하인이 유생의 집 문 앞을 지나가다가 경홍을 보고 어찌 된 영문인지 몰라 깜짝 놀랐다. 하인은 닮은 사람일 것이라 생각해서 감히 곧장 말을 걸지 못하고 이웃 사람에게 물어보았는데, 유배되어 온 유 참군이라고 말하자 더욱 이상해하면서 다시 엿보았다. 경홍 역시 그가 왕생 집안의 사람인 것을 알아보고 유생에게 그 사실을 모두 말하고 숨겨 달라고 했다. 왕생의 하인은 곧장 도성으로 돌아가서 왕생에게 그 일을 모두 말해 주었다. 그 말을 들은 왕생은 수레 채비를 명해 1000리를 달려서 유생의 집으로 갔다. 미 : 왕생은 어리석은 사람이다. 왕생이 유생의 집에 도착해서 문틈으로 엿보았더니, 마침 유생은 처마 아래의 평상에 편안하게 누워 있었고 최씨는 막 화장을 하고 있었으며 경홍은 그 옆에서 거울을 들고 있었다. 최씨가 아직 분과 황색 곤지를 아직 다 바르지 않았을 때 왕생이 문밖에서 고함치자 경홍이 들고 있던 거울을 땅에 떨어뜨렸는데, 마치 경쇠를 치는 듯한 소리가 났고 최씨와 경홍은 숨어서 보이지 않았다. 왕생이 들어오자 유생이 손님의 예로써 맞이했는데, 갑자기 최씨가 온데간데없이 사라졌다. 유생과 왕생은 조용히 최씨의 일을 얘기하면서 둘 다 크게 기이해했다. 두 사람은 함께 장안으로 가서 최씨의 무덤을 파서 확인해 보았더니, 강릉에서처럼 분과 황색 곤지를 막 바른 것 같았고 옷과 피부 또한 전혀 상한 데가 없었는데, 경홍도 그러했다. 유생과 왕생은 맹세하고 최씨를 도로 묻어 주었다. 두 사람은 종남산(終南山)으로 들어가 도인을 찾았는데 미 : 함께 도인을 찾는 것은 적합하지 않다. 결국 돌아오지 않았다.

華州柳參軍, 名族之子, 寡欲, 早孤, 無兄弟. 罷官, 於長安閑遊. 上巳日, 曲江見一車子, 飾以金碧, 半立淺水之中. 後簾徐褰, 見掺手如玉, 指畫令摘芙蕖. 女之容色絶代, 斜睨柳生良久. 柳生鞭馬從之, 卽見車子入永崇里. 柳生訪其姓,崔氏女，女亦有母，有青衣，字輕紅．柳生不甚貧，多方賂輕紅，竟不之受．他日，崔氏女有疾，其舅執金吾王，因候其妹，且請納其女爲子婦．崔氏不樂，曰："願嫁得前時柳生足矣．必不允，某與外兄終恐不生全．"其母不敢違兄之命，又念女之深，乃命輕紅於薦福寺僧道省院達意．柳生意悅輕紅，輕紅大怒曰："君性正粗，奈何小娘子如此待於君？某一微賤，便忘前好，欲保歲寒，其可得乎？某且白之小娘子．"柳生再拜，謝不敏．然後曰："夫人惜小娘子情切，今小娘子不樂適王家，夫人是以偷成婚約．君可三兩日内就禮事．"柳生極喜，自備數百千財禮，期日結婚．後五日，柳挈妻與輕紅於金城里居．及旬月外，金吾到永崇，其母王氏泣云："某夫亡，子女孤弱，被侄不待禮會，強竊女去矣．兄豈無教訓之道？"眉：王氏飾說委罪，大非良策．金吾大怒，歸笞其子數十，密令捕訪，彌年無獲．無何，王氏殂，柳生挈妻與輕紅自金城里赴喪，金吾之子既見，遂告父，父擒柳生．生云："某於外姑王氏處納彩娶妻，非越禮私誘也．家人大小皆熟知之．"王氏既歿，無所明，遂訟於官．公斷王家先下財禮，合歸王家．金吾子常悅慕表妹，亦不怨前橫之．經數年，輕紅竟潔己處焉．眉：好輕紅．金吾又亡，移其宅於崇義里．崔氏不樂事外兄，乃使輕紅訪柳生所在，時柳生尚居金城里．崔氏又使輕紅與柳生爲期，象賂看圃竪，令積糞堆與宅垣齊，崔氏乃遂與輕紅蹋之，同詣柳生．柳生驚喜，又不出城，祇遷群賢里．後本夫終尋崔氏女，知群賢里住，復興訟奪之．王生情深，崔氏萬途求免，託以體孕，又不責而納焉．柳生長流江陵．二年，崔氏女與輕紅相繼而歿，王生送喪，哀慟之禮之至矣，輕紅亦葬於崔氏墳側．柳生江南閑居，春二月，繁花滿庭，追念崔氏女，凝想形影，且不知存亡．忽聞叩門甚急，俄見輕紅抱妝奩而進，乃曰："小娘子且至．"聞似車馬之聲，比崔氏女入門，更無他見. 柳生與崔氏女叙契闊, 悲歡之甚. 問其由, 則曰："某已與王氏訣, 自此可以同穴矣. 人生意專, 必果夙願." 因言曰："某少習樂, 箜篌中頗有功." 柳生卽時買箜篌, 調弄絶妙. 二年間, 可謂盡平生矣. 無何, 王生蒼頭過柳生之門, 見輕紅, 驚不知其然. 又疑人有相似者, 未敢遽言, 問閭里, 又云流人柳參軍, 彌怪, 更問之. 輕紅亦知是王生家人, 因具言於柳生, 匿之. 王生蒼頭却還城, 具以其事言於王生. 王生聞之, 命駕千里而來. 眉：王生癡心漢. 旣至柳生之門, 於隙窺之, 正見柳生坦腹於臨軒榻上, 崔氏女新妝, 輕紅捧鏡於其側. 崔氏勻鉛黃未竟, 王生門外極叫, 輕紅鏡墜地, 有聲如磬, 遂隱不見. 王生入, 柳生方致賓禮, 俄又失崔氏所在. 柳生與王生從容言事, 二人大異之. 相與造長安, 發崔氏所葬驗之, 卽江陵所施鉛黃如新, 衣服肌肉且無損敗, 輕紅亦然. 柳與王生誓却葬之. 二人入終南山訪道, 眉：與訪道不切. 遂不返焉.

* 이 고사는 《태평광기》 권342 〈귀·유참군〉에 실려 있다.

58-20(1724) 여항광

여항광(餘杭廣)

출《유명록》

진(晉)나라 승평(升平) 연간(357~361) 말에 고장현(故章縣)의 노인이 딸 한 명과 함께 깊은 산속에서 살았다. 여항광이 노인에게 딸을 아내로 달라고 했으나 노인은 허락하지 않았다. 노인이 후에 병들어 죽자 딸은 관을 사러 현으로 가다가 도중에 여항광과 마주쳤는데, 여항광이 그녀에게 청혼한 일을 자세히 말하자 그녀가 말했다.

"당신이 만약 저의 집으로 가서 아버님의 시신을 지켜 줄 수 있다면, 제가 돌아와서 반드시 당신의 아내가 되겠습니다."

여항광이 허락하자 여자가 말했다.

"우리 집의 우리 안에 돼지가 있으니 그것을 잡아서 일꾼들을 대접해 주십시오."

여항광이 여자의 집으로 갔더니 집 안에서 손뼉을 치며 즐겁게 춤추는 소리가 들렸다. 그가 울타리를 젖히고 보았더니, 귀신들이 당에서 함께 노인의 시신을 들고 장난치고 있었다. 그가 막대기를 들고 크게 소리치며 문으로 들어가자 귀신들이 모두 달아났다. 여항광은 노인의 시신을 지키면서 돼지를 잡았다. 밤이 되었을 때 시신 곁에 늙은 귀신이 보이더니 손을 내밀며 고기를 달라고 했다. 여항광은 그 틈에 그 귀신의 팔을 붙잡아 귀신이 다시 도망가지 못하도록 더욱 단단히 붙들었다. 그때 문밖에서 여러 귀신들이 함께 소리쳤다.

"늙은이가 음식을 탐하다가 저 꼴이 되었으니 아주 쌤통이다!"

여항광이 늙은 귀신에게 말했다.

"노인을 죽인 것은 분명 너일 것이다. 속히 노인의 혼을 돌려주면 내가 너를 놓아주겠지만, 네가 만약 돌려주지 않는다면 나도 끝까지 너를 놓아주지 않겠다."

늙은 귀신이 말했다.

"내 자식들이 노인을 죽였습니다."

그러고는 즉시 자식들을 불러 말했다.

"노인의 혼을 돌려주어라."

노인이 차츰 살아나자 여항광은 늙은 귀신을 놓아주었다. 여자는 관을 싣고 집에 도착했다가 아버지를 보고 서로 놀라고 슬퍼했다. 그리하여 여항광은 그녀를 아내로 삼았다.

晉升平末, 故章縣老公有一女, 居深山. 餘杭廣求爲婦, 不許. 公後病死, 女上縣買棺, 行半道, 逢廣, 與女具道情事, 女因曰 : "君若能往家守父尸, 須吾還者, 便爲君妻." 廣許之, 女曰:"我欄中有猪, 可爲殺, 以飴作兒." 廣至女家, 但聞屋中有撫掌欣舞之聲. 廣披離, 見衆鬼在堂, 共捧弄公尸. 廣把杖大呼入門, 群鬼盡走. 廣守尸, 取猪殺. 至夜, 見尸邊有老鬼, 伸手乞肉. 廣因捉其臂, 鬼不復得去, 持之愈堅. 但聞戶外有諸鬼共呼云:"老奴貪食至此, 甚快!" 廣語老鬼:"殺公者必是汝. 可速還精神, 我當放汝, 汝若不還, 則終不置也." 老鬼曰:"我兒等殺公耳." 卽喚鬼子:"可還之." 公漸活, 因放老鬼. 女載棺至, 相見驚悲. 因取女爲婦.

* 이 고사는 《태평광기》 권383 〈재생(再生)·여항광〉에 실려 있다.

58-21(1725) 염경

염경(閻庚)

출《광이기》

　장인단(張仁亶)은 어렸을 때 매우 가난해 항상 동도(東都 : 낙양)의 북쪽 시장에서 기거했다. 말 거간꾼인 염순자(閻荀子)의 아들 염경은 선행을 좋아하는 것을 스스로 기뻐했는데, 장인단의 덕을 흠모해 늘 부친의 재물을 훔쳐 장인단에게 수년 동안 입을 것과 먹을 것을 대 주었다. 염순자는 매번 염경에게 화를 내며 말했다.

　"너는 장사꾼이고 저 사람은 재학(才學)이 있는 선비인데, 그가 너와 무슨 상관이기에 재산을 축내 그를 받드느냐?"

　장인단은 그 말을 듣고 장차 염경과 작별하고 백록산(白鹿山)으로 가려 했다. 염경은 차마 그럴 수 없다고 생각해 장인단에게 말했다.

　"저도 이제 배움에 뜻을 두고 싶으니 반드시 함께 가려고 합니다."

　장인단은 그의 뜻을 기특히 여겨 허락했다. 염경은 곧 몰래 나귀와 말과 양식을 준비해 함께 떠났다. 6일 만에 진류(陳留)에 도착해 객사에서 하룻밤을 묵었다. 장인단은 안쪽

방에서 머물렀는데, 그 방 밖에는 평상이 있었다. 한참 후에 한 손님이 와서 평상 자리에 앉았다. 장인단은 그 사람의 기상이 비범함을 보고 염경에게 밖에 가서 술 한 병을 가져오라고 했다. 장인단이 먼저 술을 그 손님에게 권했으나 손님은 받으려 하지 않았다. 장인단이 한사코 그에게 술을 권하면서 함께 술을 마셨다. 술이 흥건하게 취해 기분이 몹시 좋아지자 그들은 같은 방에서 잠을 잤다. 밤중에 장인단이 손님에게 여정을 묻자 손님이 대답했다.

"나는 사람이 아니라 저승 관리입니다. 명부(冥府)에서 나에게 하북(河北) 지역의 혼인을 주관하게 했기에 나는 남녀의 발을 끈으로 묶어 주고 있습니다."

장인단이 그의 옷 보따리를 열어 보았더니 그 속에 가느다란 끈이 있었기에 그 말을 믿었다. 장인단이 자신이 누리게 될 지위와 수명을 묻자 귀신이 말했다.

"당신은 80여 세까지 살고 지위는 신하로서 최고에 이를 것입니다."

장인단이 다시 염경에 대해 묻자 귀신이 말했다.

"염경은 가난할 운명에 지위와 봉록도 없습니다."

장인단이 물었다.

"어떻게 하면 염경이 관직을 얻을 수 있겠소?"

귀신이 말했다.

"만약 그를 좋은 여자와 묶어 주어 귀한 관상을 지닌 여자의 배필이 되면 틀림없이 관직을 얻을 수 있을 것입니다.
미 : 부인은 남편을 따르므로 부인의 운명은 남편을 따르는데, 이 이야기만 유독 다르다. 지금 하북의 백록산에서 100여 리 떨어진 곳의 한 마을에 왕씨(王氏) 노인의 딸이 있는데, 그녀는 아주 귀한 관상을 지니고 있습니다. 그녀는 일전에 내가 이미 다른 사람과 묶어 놓았는데, 이제 저쪽 끈을 풀어 이쪽에 묶어 주어 염후(閻侯 : 염경)의 뜻을 이루게 해 주겠습니다. 속히 가십시오. 그 마을에 거의 도착할 때쯤이면 큰비가 내려 옷이 흠뻑 젖을 것이니, 이것이 증거가 될 것입니다."

귀신은 작별하고 떠났다. 장인단과 염경은 6~7일을 가서 그 마을에 도착했는데, 큰비를 맞아 옷이 흠뻑 젖었다. 이에 마을 서쪽으로 가서 왕씨의 집을 찾았다. 문을 두드린 지 한참 후에야 왕씨가 나와서 손님에게 사과하며 말했다.

"집에 약간 뜻밖의 일이 있어서 늦었으니 탓하지 마십시오."

장인단이 그 이유를 묻자 왕씨가 말했다.

"내게는 딸 하나만 있는데 이전에 서쪽 마을의 장씨(張氏)에게 시집가는 것을 허락했습니다. 오늘 신랑 측에서 예물을 보내왔는데, 뜻밖에도 예물이 너무 적었습니다. 이는 바로 우리 집안을 하찮게 여긴다는 뜻이므로 이미 파혼하기로 결정했습니다."

장인단과 염경은 서로 돌아보며 미소를 지었다. 그들이

며칠 동안 머물겠다고 하자 주인은 매우 기뻐했다. 장인단이 말했다.

"염후는 내 외사촌 동생인데 젊은 나이에 배움에 뜻을 두었지만 아직 혼인하지 못했습니다."

주인은 자기가 농사꾼이라면서 사양했지만 속으로는 기뻐했다. 장인단이 한사코 청하자 마침내 허락했다. 염후는 말과 나귀 및 다른 재물로 폐백을 삼아 며칠 후에 혼례를 올렸다. 장인단은 염후를 왕씨의 집에 남겨 두고 홀로 백록산으로 갔는데, 주인은 장인단에게 선물을 주고 배웅했다. 그로부터 몇 년 후에 장인단은 여러 벼슬을 거쳐 시어사(侍御史)에 이르러 나라의 정사를 맡았으며, 염경은 발탁을 받아 마침내 한 주(州)의 자사(刺史)에 이르렀다.

張仁亶幼時貧乏, 恒在東都北市寓居. 有閻庚者, 馬牙荀子之子也, 好善自喜, 慕仁亶之德, 恒竊父資, 以給其衣食, 亦累年矣. 荀子每怒庚云: "汝商販之流, 彼才學之士, 於汝何有, 而破産以奉?" 仁亶聞之, 將別庚適白鹿山. 庚意不忍, 謂仁亶曰: "方願志學, 必欲偕行." 仁亶奇其志, 許焉. 庚乃私備驢馬糧食同去. 六日至陳留, 宿逆旅. 仁亶舍其內房, 房外有床. 久之, 一客後至, 坐於床所. 仁亶見其視瞻非凡, 謂庚自外持壺酒至. 仁亶以酒先屬客, 客不敢受, 固屬之, 因與合飮. 酒酣歡甚, 乃同房而宿. 中夕, 相問行李, 客答曰: "吾非人, 乃地曹耳. 地府令主河北婚姻, 絆男女脚." 仁亶開視其衣裝, 見袋中細繩, 方信焉. 因求問己榮位年壽, 鬼言:

"亶年八十餘, 位極人臣." 復問庚, 鬼云: "庚命貧, 無位祿." 仁亶問: "何以致之?" 鬼云: "或絆得佳女, 配之有相, 當能得耳. 眉: 婦人從夫, 婦運從夫, 此說獨異. 今河北去白鹿山百餘里, 有一村中王老女, 相極貴. 頃已絆與人訖, 當相爲解彼絆此, 以成閣侯也. 第速行. 欲至其村, 當有大雨濡濕, 以此爲信." 因訣去. 仁亶與庚行六七日, 至村, 遇大雨, 衣裝濕汙. 乃至村西求王氏舍焉. 款門久之, 方出, 謝客云: "家有小不得意, 所以遲遲, 無訝也." 仁亶問其故, 云: "己唯一女, 先許適西村張家. 今日納財, 非意單寡. 此乃相輕之義, 已決罷婚矣." 仁亶等相顧微哂. 留數日, 主人極歡. 仁亶乃云: "閣侯是己外弟, 盛年志學, 未結婚姻." 主人辭以田舍家, 然有喜色. 仁亶固求, 方許焉. 以馬驢及他賮爲贄, 數日成親畢. 留閣侯止王氏, 仁亶獨往, 主人贈送之. 其後數年, 仁亶累遷侍御史, 知政事, 庚遇提挈, 竟至一州.

* 이 고사는《태평광기》권328〈귀·염경〉에 실려 있다.

58-22(1726) 왕지도
왕지도(王志都)
출《유명록》

 마중숙(馬仲叔)과 왕지도는 모두 요동(遼東) 사람으로, 서로에 대해 잘 알고 교분이 매우 두터웠다. 훗날 마중숙이 먼저 죽었는데, 이듬해 갑자기 모습을 드러내며 왕지도에게 말했다.
 "내가 불행하게도 일찍 죽었지만 마음으로 늘 자네를 생각했네. 자네가 아직 부인이 없는 것을 염려해서 내가 마땅히 자네를 위해 부인을 구해 주겠네. 미 : 귀신 중매쟁이다. 11월 20일에 부인을 자네 집으로 보낼 테니 자네는 그저 집 안을 청소하고 침상과 자리를 깔아 놓고 기다리게."
 약속한 날이 되자 왕지도는 남몰래 집 안을 청소하고 자리를 깔아 놓았다. 그런데 갑자기 세찬 바람이 불고 대낮인데도 어두컴컴해지더니 저녁이 되어서야 바람이 멈추었다. 침실 안에 갑자기 붉은 휘장이 저절로 펼쳐지기에 왕지도가 휘장을 열고 그 안을 살펴보았더니, 꽃처럼 아름답고 아주 단아한 한 여자가 침상 위에 누워서 겨우 숨만 내쉬고 있었다. 집안사람들은 놀라고 두려워서 감히 다가가지 못했고, 오직 왕지도만이 다가가서 보았다. 잠시 뒤에 여자가 깨어나 일어나 앉자, 왕지도가 누구냐고 물었더니 여자가 말했다.

"저는 하남(河南) 사람으로, 부친은 청하태수(淸河太守)로 계십니다. 시집갈 때가 임박했는데 영문도 모른 채 갑자기 이곳에 오게 되었습니다."

왕지도가 사정을 모두 말해 주자 여자가 말했다.

"이것은 제가 당신의 아내가 되라는 하늘의 뜻이 틀림없습니다."

그리하여 두 사람은 마침내 부부가 되었다. 왕지도가 부인의 집을 찾아갔더니, 그 집에서도 크게 기뻐하며 하늘이 내려 주었다고 여겼다. 아들 하나를 낳았는데, 나중에 남군태수(南郡太守)가 되었다.

馬仲叔・王志都, 並遼東人也, 相知至厚. 叔先亡, 後年忽形見, 謂曰:"吾不幸早亡, 心恒相念. 念卿無婦, 當爲卿得婦. 眉: 鬼媒. 期至十一月二十日, 送詣卿家, 但掃除設床席待之." 至日, 都密掃除施設. 天忽大風, 白日晝昏, 向暮風止. 寢室中忽有紅帳自施, 發視其中, 有一婦, 臥床上, 花媚莊嚴, 纔能氣息. 家人驚怖, 無敢近者, 唯都得往. 須臾便甦, 起坐, 都問是誰, 婦曰: "我河南人, 父爲淸河太守. 臨當見嫁, 不知何由, 忽然在此." 都具語其意, 婦曰: "天應令我爲君妻." 遂成夫婦. 往詣其家, 大喜, 亦以爲天授也. 生一男, 爲南郡太守.

* 이 고사는《태평광기》권322〈귀・왕지도〉에 실려 있다.

58-23(1727) 장수일

장수일(張守一)

출《광이기》

[당나라] 건원(乾元) 연간(758~760)에 장수일은 대리소경(大理少卿)으로 있었는데, 성품이 인자하고 너그러워서 사형수를 검열해 억울한 옥사(獄事)를 바로잡아 준 경우가 많았다. 나중에 장수일이 아침 조회에 참석하러 가려 할 때, 허리가 구부정한 백발노인이 지팡이를 짚고 그의 말 앞으로 와서 감사의 절을 했다. 장수일이 그 이유를 물었더니 노인은 시종들을 물리길 청한 뒤 말했다.

"저는 산 사람이 아니라 명공(明公)께서 살려 주신 사형수의 아비입니다. 저승에 있는 저와 이승에 있는 아들은 모두 지위가 비천해 당신의 은덕을 갚을 길이 없습니다. 명공께서 만약 구하고자 하는 것이 있다면 혹 이뤄 드릴 수도 있습니다."

장수일이 말했다.

"당신의 아들이 죄가 없는 것이지 내가 법을 어겨서 은혜를 베푼 것이 아니니, 감히 당신의 호의를 받을 수 없소. 나는 외람되이 구경(九卿)의 반열에 있어서 먹고사는 데 자못 여유가 있으니 괜한 수고 하지 마시오."

장수일이 재삼 위로하며 돌려보내자 귀신이 말했다.

"그렇다면 일단 떠나겠지만, 만약 구하는데도 이루지 못하는 일이 있거든 저를 기억하십시오."

귀신은 마침내 사라졌다. 그로부터 얼마 후에 백성을 위해 성대한 잔치를 열라는 조서가 내려오자, 도성 안의 사람들이 마음껏 구경했다. 장수일은 잔치에서 선비 집안의 여자를 엿보았는데 자색이 매우 아름다웠기에, 마음속으로 그녀를 좋아했지만 방비가 매우 삼엄해서 달리 방법이 없었다. 그래서 장수일은 시험 삼아 예전의 그 귀신을 부르며 말했다.

"나를 위해 그녀를 데려올 수 있겠소?"

말을 마치자 그 귀신이 즉시 와서 말했다.

"그건 쉬운 일이지만 그녀와 오래 있을 수는 없으니 겨우 7일뿐입니다."

장수일이 말했다.

"그거면 충분하오. 그런데 혹시 조화를 부려서 그녀를 꾀어 오는 것은 아니오?"

귀신이 말했다.

"명공께서는 어찌 의심이 그토록 심하십니까? 제가 다른 물건을 주고 대신 그녀의 몸을 가져오겠습니다."

장수일은 마침내 조용한 곳을 마련하고 휘장을 쳐 놓았다. 잠시 후 홀연히 그 여자가 왔는데, 한참 후에야 깨어나 놀라며 말했다.

"여기가 어디입니까?"

장수일과 귀신만이 그녀 곁에 있었으므로 그녀를 속여 말했다.

"여기는 천상입니다."

그리하여 장수일은 그녀와 친근해졌으며 그들의 애정은 매우 깊어 갔다. 7일이 되자 장수일이 여자에게 말했다.

"인간 세상과 천상은 서로 달라서 즐거움을 오래 누릴 수가 없으니 어찌하면 좋겠습니까?"

두 사람은 눈물을 흘리며 작별했다. 귀신은 다시 그녀의 눈을 가리고 집으로 돌려보내 주었다. 그 후에 장수일은 그 여자의 집을 몰래 엿보았는데 사람들이 말했다.

"이 집의 딸이 갑자기 악기(惡氣)를 쐬어 사람을 알아보지 못하다가 7일 만에 깨어났습니다."

그로부터 10년이 지난 후에 장수일은 또 그 귀신을 만났는데 귀신이 말했다.

"천조(天曹)에서 저를 불렀으니 곧 작별해야 합니다. 미: 이 귀신은 간악하니, 천조에서 어찌하여 그를 부르겠는가? 지금 환약 한 알을 드리는데, 이 약은 일반 잡뼈를 정화(精化)해 좋은 칼자루를 만드는 귀한 뼈로 변화시킬 수 있으니, 공께서는 이것을 잘 간직하셨다가 급한 일이 있을 때 사용하시길 바랍니다."

그러고는 흐느끼며 떠나갔다. 그 약은 크기가 계란만 했다. 천후(天后 : 측천무후) 때에 이르러 장수일은 관대하고 공평하게 법을 집행했으나 혹리(酷吏)에게 무고당해 영남(嶺南)으로 유배되었는데, 재물이 다 바닥나자 그 환약으로 뼈를 정화했더니 과연 귀신의 말대로 되었다. 그래서 장수일은 이것으로 살아가다가 약이 다 떨어지자 마침내 죽었다.

乾元中, 張守一爲大理少卿, 性仁恕, 閱死囚, 多所平反. 後當早朝, 有白頭老人, 傴僂策杖, 詣馬前拜謝. 守一問故, 請避從者, 曰: "非生人, 明公所出死囚之父也. 幽明卑賤, 無以報德. 明公倘有求, 或能致耳." 守一曰: "賢子無罪, 非我屈法伸恩, 不敢當此. 忝列九卿, 頗得自給, 幸無勞苦." 再三慰遣之, 鬼曰: "當爾且去, 倘有求不致者, 幸相念." 遂不見. 俄爾有詔賜酺, 城中縱觀. 守一於會中窺見士人家女, 姿色艷絶, 心悅之, 而防閑甚急, 計無從出. 試呼前鬼: "頗能爲我致否?" 言訖卽至, 曰: "此易事耳, 然不得多時, 纔可七日." 曰: "足矣. 得非變化相惑耶?" 鬼曰: "明公何疑之深? 僕以他物代取其身." 遂營寂靜之處, 設帷帳. 有頃, 奄然而至, 良久寤驚曰: "此何處?" 唯守一及鬼在傍, 紿云: "此是天上." 因與款昵, 情愛甚切. 至七日, 謂女曰: "人天隔異, 不得久歡, 如何?" 因流涕取別. 鬼復掩其目送還. 守一後私覘女家, 云: "女卒中惡, 不識人, 七日而醒." 後經十年, 又逢此鬼, 曰: "天曹相召, 便當承訣. 眉: 此鬼奸惡, 天曹胡爲召之? 今奉藥一丸, 此能點化雜骨, 爲骨齫刀把之良者, 願公寶之, 有急當用." 因歔欷而去. 藥如鷄卵許大. 至天后時, 守一以持法寬平, 爲酷吏所構, 流徙嶺表, 資用窘竭, 乃以藥點骨, 信然. 因取給, 藥盡遂卒.

* 이 고사는 《태평광기》 권336 〈귀·장수일〉에 실려 있다.

58-24(1728) 모영

모영(牟穎)

출《소상록》

낙양(洛陽) 사람 모영은 젊었을 때 술에 취해 교외로 잘못 나갔다가 한밤중에야 깨어나 길가에서 쉬다가 우연히 땅에 드러나 있는 해골 한 구를 보았다. 모영은 몹시 마음 아파하며 날이 새자 직접 해골을 묻어 주었다. 그날 저녁 꿈에 한 젊은이가 나타났는데, 스무 살쯤 되어 보였고 흰 비단옷을 입고 검 하나를 차고서 모영에게 절하며 말했다.

"저는 흉악한 도적으로 살아생전에 마음대로 사람들을 죽이고 옳지 않은 짓을 했습니다. 근래에 동료들과 다투다가 마침내 죽임을 당했는데, 길가에 묻혀 있다가 오랫동안 비바람을 맞아서 이렇게 드러나게 되었습니다. 당신이 다시 나를 묻어 주셨기에 감사드리러 왔습니다. 저는 살아생전에 흉악하고 거친 사람이었으며, 죽어서도 흉악하고 거친 귀신이 되었습니다. 만약 제가 당신께 의탁하는 것을 허용하시고 매일 밤 저에게 간단한 제사만 지내 주신다면, 저는 항상 당신의 지시에 따라 당신이 바라는 바를 뜻대로 이뤄 드리겠습니다."

모영은 꿈속에서 그에게 허락했다. 모영은 깨어나서 제

사 음식을 차려 놓고 몰래 스스로 빌었다. 밤이 되자 또 꿈속에 귀신이 나타나 말했다.

"저는 이미 당신께 의탁했으니, 당신이 매번 저에게 시킬 일이 있을 경우 '적정자(赤丁子)'라고 한 번 부르고 그 일을 작게 말씀하시면, 제가 반드시 즉시 올 것입니다."

모영이 은밀히 귀신에게 남의 재물을 훔쳐 오게 했는데, 그 말이 떨어지자마자 뜻대로 되지 않은 적이 없었기에, 미어진 마음으로 시작했다가 도둑질로 끝났다. 후에 부자가 되어 금은보화가 집에 가득했다. 하루는 모영이 이웃집 부인이 아름다운 것을 보고 그녀를 사랑하게 되어 적정자를 불러 훔쳐 오게 했다. 이웃집 부인이 한밤중에 갑자기 밖에서 담장을 넘어 들어왔다. 모영이 놀라 일어나서 정답게 맞이하며 부인에게 오게 된 이유를 물었더니 그녀가 말했다.

"저는 본래 올 마음이 없었는데 갑자기 밤에 어떤 사람에게 붙잡혀서 당신의 방에 오게 되었습니다. 마치 꿈에서 깨어난 듯해 저 또한 어떤 변괴인지 모르겠습니다."

그러면서 집을 생각하며 슬피 울면서 그치지 않자, 모영은 그녀를 매우 가엽게 여겨 몰래 며칠간 집에 두었다. 부인의 집안사람들은 매우 간절히 그녀를 찾다가 관가에 그 일을 알렸다. 모영은 그 사실을 알고 나서 부인과 거짓으로 짜고 그녀를 별장에서 나오게 해서 스스로 집으로 돌아가게 했으며, 그녀에게 어떤 요괴에게 잡혀갔다가 이제야 돌아올 수 있었다고 말하게 했다. 부인은 집으로 돌아간 후에 매번 사흘이나 닷새에 한 번씩 이전처럼 어떤 사람에게 붙잡혀서 모영의 집으로 갔다가 날이 밝기 전에 다시 집으로 돌려보내졌다. 1년이 지나도록 집안사람들은 모두 그러한 사실을 알아차리지 못했다. 부인은 모영이 그런 요상한 술법을 가지고 있는 것을 매우 이상하게 생각했는데, 나중에 아주 친밀하게 되자 모영에게 물었다.

"만약 저에게 알려 주지 않는다면 제가 반드시 이 일을 스스로 발설하겠습니다."

모영이 마침내 그 사실을 모두 말해 주자, 이웃집 부인은 집안사람들에게 그 일을 알리고 함께 이 걱정거리를 해결할 방법을 모색했다. 이에 집안사람들이 한 도사를 은밀히 초청해 정결하게 금법(禁法)을 행하고 나서 귀신을 기다렸다. 적정자는 밤에 막 그 집 문에 이르렀다가 부적이 매우 많은 것을 보고 되돌아가서 모영에게 알리면서 말했다.

"저들은 정법(正法)으로 저를 물리치려고 하지만 그 힘이 미약합니다. 당신을 위해 힘을 겨루어 반드시 억지로라도 그 부인을 데려올 것입니다. 이번에 오면 절대로 그녀를 돌려보내서는 안 됩니다."

적정자는 말을 마친 뒤 다시 떠났다. 잠시 후 이웃집에 회오리바람이 갑자기 몰아치더니 집이 온통 깜깜해졌으며, 부적과 금법에 썼던 물건들이 일시에 쓸어버린 것처럼 없어졌고 부인도 사라져 버렸다. 미: 천부(天符)와 정법으로도 흉악한 귀신을 막을 수 없으니, 악인을 어찌한단 말인가? 새벽이 되어 그녀의 남편은 관가에 고발하고 관리들과 함께 모영의 집으로 가서 체포하려고 했지만, 모영은 이미 그 부인을 데리고 도망쳐서 어디로 갔는지 알 수 없었다.

洛陽人牟穎, 少年時, 因醉, 誤出郊野, 夜半方醒, 息於路傍, 見一發露骸骨. 穎甚傷之, 達曙, 躬身掩埋. 其夕, 夢一少年, 可二十許, 衣白練衣, 仗一劍, 拜穎曰: "我强寇耳, 平生恣意殺害, 作不平事. 近與同輩爭, 遂爲所害, 埋於路傍, 久經風雨, 所以發露. 蒙君復藏我, 故來謝君. 我生爲凶勇人, 死亦爲凶勇鬼. 若能容我棲託, 但每夜微奠祭我, 我常應君指使, 足令君所求徇意." 穎夢中許之. 及覺, 乃試設祭饗, 暗自禱祈. 夜又夢鬼曰: "我已託君矣, 君每欲使我, 卽呼'赤丁子'一聲, 輕言其事, 我必應聲而至也." 穎潛令盜人財物, 無不應聲遂意, 眉: 仁始而盜終. 後致富有金寶. 一日, 穎見鄰家婦有美色, 愛之, 乃呼赤丁子令竊焉. 鄰婦至夜半, 忽自外踰垣而至. 穎驚起款曲, 問其所由來, 婦曰: "我本無心, 忽夜被一人擒我至君室. 宛如夢覺, 我亦不知何怪也." 因思家, 悲泣不已, 穎甚憫之, 潛留數日. 而其婦家人求訪極切, 至於告官. 穎知之, 乃與婦人詐謀, 令婦人出別墅, 却自歸, 言不知被何妖精取去, 今却得回. 婦人至家後, 每三夜或五夜, 依前被一人取至穎家, 不至曉, 却送歸. 經一年, 家人皆不覺. 婦人深怪穎有此妖術, 後因至切, 問於穎曰: "若不白我, 我必自發此事." 穎遂具述其實, 鄰婦遂告於家人, 共圖此患. 家人乃密請一道流, 潔淨作禁法以伺之. 赤丁子方夜至其門,見符籙甚多, 却反, 白於穎曰 : "彼以正法拒我, 但力微耳. 與君力爭, 當惡取此婦人. 此來必須不放回也." 言訖復去. 須臾, 鄰家飄風驟起, 一宅俱黑色, 但是符籙禁法之物, 一時如掃, 復失婦人. 眉 : 天符正法亦不能禁兇惡鬼人, 其奈惡人何? 至曙, 其夫遂告官, 同來穎宅擒捉, 穎遂携此婦人逃, 不知所之.

* 이 고사는 《태평광기》 권352 〈귀 · 모영〉에 실려 있다.

58-25(1729) 이적

이적(李赤)

출《독이지(獨異志)》

[당나라] 정원(貞元) 연간(785~805)에 오군(吳郡)의 진사(進士) 이적은 조민지(趙敏之)와 함께 민(閩) 지방을 유람했다. 그들은 구주(衢州)의 신안현(信安縣)으로 가다가 현성(縣城)에서 30리 떨어진 곳에 있는 역참의 청사에서 숙박했다. 그런데 한밤중에 갑자기 한 부인이 정원 안으로 들어오자, 이적은 잠결에 벌떡 일어나 계단을 내려가서 그녀에게 정중히 인사했다. 그러고는 한참 있다가 청사로 올라가더니 상자를 열고 종이와 붓을 꺼내 친지에게 보내는 편지 한 통을 썼는데, 그 내용은 이러했다.

"나는 곽씨(郭氏)에 의해 남편으로 선택되었다."

이적은 같은 뜻의 글을 중복해서 쓰고 난 뒤에 그것을 상자 속에 잘 넣어 두었다. 그러고는 다시 정원으로 내려가자, 부인이 수건을 꺼내 이적의 목을 졸랐다. 그때 조민지가 달려 나가 고함을 치자, 부인은 곧장 수건을 들고 달아났다. 이적이 쓴 편지를 살펴보았더니 그가 꿈속에서 쓴 것 같았다. 다음 날 두 사람은 다시 함께 길을 떠나 건중역(建中驛)에 머물렀는데, 대낮에 또 이적이 실종되었다. 조민지가 곧장 황급히 측간으로 가서 보았더니, 이적이 평상에 앉아 있다가 조민지에게 버럭 화를 내며 말했다.

"막 감사의 예를 올리려던 참이었는데 당신 때문에 놀라 산통 깨지고 말았소!"

열흘 뒤에 그들은 민 지방에 도착했는데, 그곳 관료 중에서 이적과 예전부터 교유하던 사람이 연회를 마련해 함께 술을 마시던 차에 또 이적이 실종되었다. 조민지가 급히 측간에서 이적을 찾아내서 보았더니, 그는 땅바닥에 엎어져 숨이 이미 끊어져 있었다.

평 : 화려한 명성과 부귀의 마당은 달관한 사람이 보면 측간이 아닌 곳이 없다. 이득을 좇다가 나중에 당할 화를 잊고, 죽음으로 가더라도 후회하지 않으면서, 어찌 다만 이적을 비웃을 수 있겠는가?

貞元中, 吳郡進士李赤者, 與趙敏之相同遊閩. 行及衢之信安, 去縣三十里, 宿於館廳. 宵分, 忽有一婦人入庭中, 赤於睡中蹶起下階, 與之揖讓. 良久, 卽上廳, 開篋取紙筆, 作書與其親, 云: "某爲郭氏所選爲婿." 詞旨重疊, 封於篋中. 復下庭, 婦人抽其巾縊之. 敏之走出大叫, 婦人乃收巾而走. 乃視其書, 赤如夢中所爲. 明日, 又偕行, 次建中驛, 白晝又失赤. 敏之卽遽往厠, 見赤坐於床, 大怒敏之曰 : "方當禮謝, 爲爾所驚!" 浹日至閩, 屬僚有與赤遊舊者, 設燕飮次, 又失赤. 敏之疾索於厠, 見赤僵仆地, 氣已絶矣.

評 : 聲華富貴之場, 達人視之, 莫非厠也. 徇利忘害, 之死不悔, 何獨笑李赤哉!

* 이 고사는 《태평광기》 권341 〈귀・이적〉에 실려 있다.

58-26(1730) 이함

이함(李咸)

출《통유록》

　　태원(太原) 사람 왕용(王容)은 이종사촌 동생인 조군(趙郡) 사람 이함과 함께 상주(相州)와 위주(衛州) 사이에서 살았다. [당나라] 영태(永泰) 연간(765~766)에 두 사람은 일 때문에 형양(荊襄)으로 가면서 공무를 핑계 대고 역참의 말을 타고 갔는데, 도중에 등주(鄧州)에 머물러 밤에 역참의 청사에서 잠을 잤다. 그때는 여름철이어서 두 사람은 각자 동쪽과 서쪽에서 침상 하나씩을 차지했으며, 노복들은 바깥채에서 쉬었다. 두 사람은 서로 얘기하다가 저녁이 되자 얘기를 그만하고 각자 쉬었는데, 왕생(王生 : 왕용)은 혼자 잠을 이룰 수 없었다. 삼경(三更) 후에 구름 낀 달빛이 어슴푸레하게 비칠 때, 왕생이 누워서 정원의 나무를 쳐다보니 나무 그늘이 적막하기만 했다. 그때 갑자기 주방 가림벽 사이에서 한 부인이 나타나 이쪽을 엿보았는데, 부인은 갔다가 돌아왔다 하기를 두세 번 했다. 잠시 후 부인이 상반신을 드러냈는데, 푸른 치마에 붉은 저고리를 입고 있었고 하얀 얼굴이 눈길을 사로잡았다. 그때 또 왕생이 몰래 보았더니, 이생(李生 : 이함)이 일어나 앉아 손을 흔들어 그녀를 유혹했다. 미 : 묘사가 마치 보는 듯이 매우 사실적이어서 속된 필치가 아님을 알 수 있다. 왕생은 이생이 이전에 그 부인과 이미 약속했을 것이라고 생각했으며, 또 틀림없이 부인은 역참 관리의 처일 것이라고 생각하고서, 잠든 척하고 일이 어떻게 되는지 살펴보았다. 이윽고 이생이 일어나 부인에게 다가가더니 가림벽 사이에서 소곤소곤 말을 했다. 그렇게 한참 동안 있다가 마침내 이생은 부인의 손을 끌고 대문 밖으로 나갔다. 그래서 왕생이 몰래 어두운 곳으로 가서 멀리서 지켜보았더니, 두 사람은 함께 앉아 매우 친밀하게 말하며 웃었다. 잠시 후 또 보았더니, 이생이 혼자 몹시 급한 걸음으로 돌아갔고, 부인은 바깥 가림벽에 서서 그를 기다렸다. 이생은 주방으로 들어가 촛불을 가져온 뒤 책 상자를 열더니 처참한 안색을 하고 종이와 붓을 꺼내 편지를 썼으며, 또 옷가지 등을 꺼내 모두 봉인하고 그 위에 글씨를 썼다. 왕생은 그 광경을 훔쳐보면서 이생이 옷을 봉인해 부인에게 주려는 줄로만 생각하고 놀라움을 금치 못했으며, 그들이 잠들기를 기다렸다가 갑자기 덮쳐서 붙잡으려 했다. 이생은 옷을 다 봉인하고 나서 그것을 침상 위에 놓아두고 도로 밖으로 나갔다. 그는 또 왕생이 이미 잠들어 있는 것을 돌아보고는 마침내 가림벽으로 나가 부인과 얘기했다. 그렇게 한참 있다가 이생은 이불을 들고 부인과 함께 아래 청사의 곁채로 들어갔는데, 곁채에는 당(堂)이 있었고 그 당에는 휘장 친 침상이 있었다. 그들이 그곳으로 들어간 지 한 식경(食頃)쯤 지났을 때 왕생은 스스로 생각했다.

"내가 갑자기 들이닥치면 틀림없이 함께 즐기자고 하겠지."

그러고는 베고 있던 베개를 가지고 가서 몰래 그들을 놀래 주려고 했다. 그런데 왕생이 그곳에 이르러 발을 걷고 들어가서 보았더니, 이생은 침상에 누워 있고 부인은 띠고 있던 비단 끈으로 이생의 목을 조르고 있었는데, 이생은 캑캑거리면서 금방 죽을 것만 같았다. 부인의 허연 얼굴은 길이가 3척도 넘었고 협:무섭다! 이목구비는 보이지 않았는데, 그녀는 있는 힘을 다해 내리눌러 이생의 목을 조르고 있었다. 왕생은 창졸간에 놀라 비명을 지르면서 가지고 있던 베개를 부인에게 던졌으나 맞히지 못했다. 부인이 그대로 달아나자 왕생은 그 기세를 타고 급히 뒤쫓았다. 그녀는 곧장 서북쪽 모퉁이에 있는 주방 안으로 들어가서 평상을 차지하고 앉았는데 그 머리가 집 대들보까지 닿았으며, 한참 후에야 비로소 사라졌다. 미:머리가 집의 대들보까지 닿았다면, 필시 목매달아 죽은 귀신이 대체할 사람을 찾았던 것이다. 동복들이 왕생의 고함소리를 듣고 모두 일어나서 보았더니, 이생은 이미 죽어 얼굴의 일곱 구멍에서 피가 흘러나왔으며 심장만 약간 따뜻했다. 그래서 곧장 이생의 혼을 부르고 몸을 보양했더니 이튿날 다시 살아났다. 이생이 봉해 놓은 편지를 왕생이 뜯어보

앉았더니, 그것은 바로 그의 집안사람들에게 편지를 보내 작별 인사를 하고 옷가지를 증거물로 남겨 놓는다는 내용이었으며, 그가 어디로 가는지는 말하지 않았다. 다만 문장이 엄숙하고 심각해 편지를 읽다 보니 몹시 마음이 아팠다. 이생이 말을 할 수 있게 되었을 때, 그에게 어찌 된 일인지 물었으나 그는 아무것도 기억하지 못했으며, 단지 꿈속에서 어떤 미인이 나타나 그를 유혹해 간 것 같다고만 말할 뿐이었다. 역참의 옛 관리의 말에 따르면, 예전부터 측간에 귀신이 있어서 선천(先天) 연간(712~713)에 이미 한 객사(客使)를 죽인 적이 있다고 했다. 왕용은 만나는 사람마다 이 일을 말해 주면서 사람들에게 밤에 혼자 자지 말라고 권했다. 미: 마음이 바르면 사악함이 피해 가니, 혼자 잔들 무슨 상관이 있겠는가?

太原王容與姨弟趙郡李咸, 居相衛間. 永泰中, 有故之荊襄, 假公行乘傳, 次鄧州, 夜宿郵之廳. 時夏月, 二人各據一床於東西間, 僕隷息外舍. 二人相與言論, 將夕各罷息, 而王生竊不得寐. 三更後, 雲月朦朧, 而王臥視庭木, 蔭宇蕭蕭然. 忽見廚屛間有一婦人窺覘, 去而復還者再三. 須臾出半身, 綠裙紅衫, 素顔奪目. 時又竊見李生起坐, 招手以挑之. 眉: 敍事委盡如睹, 知非俗筆. 王生謂李昔日有契, 又必謂婦人是驛吏之妻, 王生乃佯寐以窺其變. 俄而李子起就婦人, 於屛間語切切然. 久之, 遂携手大門外. 王生潛行陰處, 遙覘之, 二人俱坐, 言笑殊狎. 須臾, 見李獨歸, 行甚急, 婦人在外屛立以待. 李入廚取燭, 開出書笥, 顔色慘凄, 取紙筆作書, 又取衣物等,皆緘題之. 王生竊見之,直謂封衣以遺婦人,輒不忍驚,伺其睡,乃擬掩執. 封衣畢,置床上,却出. 顧王生且睡,遂出屛,與婦人語. 久之,把被俱入下廳偏院,院中有堂,堂有床帳. 旣入食頃,王生自度曰:"我往襲之,必同私狎." 乃持所臥枕往,潛欲驚之. 比至入簾,正見李生臥於床,而婦人以披帛絞李之頸,咯咯然垂死. 婦人白面,長三尺餘, 夾:可畏! 不見面目,下按悉力以勒之. 王生倉卒驚叫,因以枕投之,不中. 婦人遂走,王生乘勢奔逐. 直入西北隅廚屋中,據床坐,頭及屋梁,久之方滅. 眉:頭及屋梁,必縊死鬼找替者. 童隸聞呼聲悉起,見李生斃,七竅流血,獨心稍暖耳. 方爲招魂將養,及明而甦. 王生取所封書開視之,乃是寄書與家人叙訣,以衣物爲信念,不陳所往. 但詞句鄭重,讀之惻愴. 及李生能言,問之,都不省記,但言彷彿夢一麗人相誘去耳. 驛之故吏云,舊傳厠有神,先天中,已曾殺一客使. 此事王容逢人則說,勸人夜不令獨寐. 眉:心正則邪避之,獨寐何妨乎?

* 이 고사는 《태평광기》 권337 〈귀·이함〉에 실려 있다.

58-27(1731) 사고

사고(謝翱)

출《선실지》

 진군(陳郡) 사람 사고는 일찍이 진사(進士) 시험에 응시했으며 7언시를 잘 지었다. 그는 이전에 장안(長安)의 승도리(升道里)에서 잠시 살았는데, 그의 집 정원에는 모란이 많았다. 하루는 갠 날 저녁에 사고는 집을 나와 남쪽으로 100보쯤 가서 종남산(終南山) 봉우리를 바라보았다. 우두커니 한참 동안 서 있다가 보았더니 어떤 사람이 서쪽에서 말을 몰고 왔는데, 수놓은 옷을 입고 있는 것 같았다. 가까이서 보았더니 바로 두 갈래로 쪽 찐 머리를 높게 틀어 올리고 단장을 했으며 얼굴이 아주 예뻤다. 그녀는 사고가 있는 곳으로 오더니 말을 멈추고 말했다.

 "낭군은 누굴 기다리고 계신 게 아니십니까? 집으로 돌아가십시오."

 사고는 영문을 모른 채 고개를 돌려 그의 집을 바라보았더니, 하녀 서너 명이 문밖에 함께 서 있자 더욱 놀라고 이상해했다. 사고가 문으로 들어가자 하녀들이 모두 앞으로 나와 절했다. 들어가서 보았더니 당(堂) 안에 융단이 깔려 있고 휘장이 쳐져 있었는데, 수놓은 비단이 밝게 반짝였고 기이한 향기가 방 안에 가득했다. 사고는 놀랍고도 두려워서 감히 묻지 못했다. 한 사람이 앞으로 와서 말했다.

"낭군은 무얼 두려워하십니까? 진실로 해를 끼치지 않을 겁니다."

잠시 후에 황금 수레가 문에 이르더니 열예닐곱 살쯤 되어 보이는 한 미인이 보였는데, 풍모가 단정하고 아름다운 것이 절세가인이었다. 그녀는 수레에서 내려 문으로 들어오더니 사고와 만난 후 서쪽 방에 앉아 사고에게 말했다.

"이곳에 이름난 꽃이 있다고 들었기에 당신과 함께 술 한잔하며 감상하려고 왔어요."

사고는 두려운 마음이 조금 풀렸다. 미인은 곧 음식을 차려 오게 해서 사고와 함께 먹었는데, 그릇이 진귀하지 않은 것이 없었다. 미인이 옥잔을 꺼내 하녀에게 번갈아 술을 따르게 하자 사고가 물었다.

"낭자는 뭐 하는 사람입니까?"

[미인은 웃으며 대답하지 않았다. 사고가 한사코 묻자 미인이 말했다.

"당신은 제가 사람이 아니라는 것만 알면 됐지 뭘 또 물어요?"

밤이 깊어지자 미인이 사고에게 말했다.

"저의 집이 너무 멀어서 지금 돌아가야 하니 이곳에 오래 머물 수 없어요. 당신은 7언시를 잘 짓는다고 들었는데, 저를 위해 한 수 지어 주세요."

사고는 슬퍼하며 붓을 가져오게 해서 시를 지었다.

"양대(陽臺)71)에서 다시 만날 날은 아득히 기약 없는데, 벽수(碧樹)72)엔 안개 자욱하고 물시계는 더디 떨어지네. 한밤중 향긋한 바람이 달빛 비친 정원에 가득한데, 꽃 앞에서 결국 떠나니 초왕(楚王) 같구나."

미인은 시를 읽고 몇 줄기 눈물을 흘리며 말했다.

"저 또한 시를 배운 적이 있어서 답시를 짓고자 하니 부디 비웃지 마세요."

사고가 기뻐하며 청하자 미인이 붉은 편지지를 달라고 했는데, 사고가 상자 속을 들여다보았더니 푸른 편지지 한 폭만 있었다. 그래서 그것을 주자 미인이 시를 지었다.

"그리워도 만날 길 없다면 그리워하지 말아야지, 바람 속에 피는 꽃은 잠시 잠깐뿐이라네. 저 처량한 금규(金閨 : 화려한 규방)는 내가 돌아가야 할 곳이니, 새벽 꾀꼬리 울음소리에 푸른 버들가지 꺾어지네."

그 문장이 매우 훌륭해 사고는 한참 동안 감탄하며 감상했다. 미인은 좌우의 하녀들을 돌아보며 휘장을 걷게 하고

---

71) 양대(陽臺) : 전국 시대 초(楚)나라 회왕(懷王)이 무산(巫山)의 신녀(神女)와 즐거움을 나누었던 누대.

72) 벽수(碧樹) : 곤륜산(崑崙山)에 있다는 푸른 옥으로 된 나무.

는 등불을 밝히고 수레에 올랐다. 사고가 문까지 배웅하자 눈물을 흘리며 서로 헤어졌는데, 몇십 걸음도 가기 전에 수레와 사람들이 모두 사라졌다. 사고는 그 일을 이상해하면서 미인의 시를 상자 속에 보관해 두었다. 다음 해 봄에 사고는 과거에 낙방하고 동쪽으로 돌아가다가 신풍현(新豐縣)에 이르러 저녁에 객점에 묵었다. 밤에 산보하며 달빛 아래에서 멍하니 바라보다가 옛일이 생각나서 또 시를 지었다.

"한 장의 채색 종이 푸른 구름처럼 아름다운데, 향기는 아직 남아 있고 먹빛은 여전히 새롭네. 괜스레 두 눈 가득 처량한 일만 보이고, 삼산(三山)의 아련한 사람[73]은 보이지 않네. 비낀 달이 옷깃을 비추는 오늘 밤의 꿈, 꽃잎이 비처럼 떨어졌던 작년의 봄. 붉은 규방은 나를 더욱 수심에 잠기게 하니, 창문 위엔 거미줄이요 거울 위엔 먼지라네."

그러고는 낭랑한 목소리로 시를 읊었다. 그때 갑자기 수백 보 밖 서쪽에서 아주 급하게 오는 수레 소리가 들리더니, 잠시 후에 말 탄 시종 몇 명이 뒤따르는 황금 수레가 보였다. 사고가 그 시종을 보았더니 바로 이전의 두 갈래로 쪽 찐 머리를 한 소녀였다. 사고가 놀라 묻자 소녀가 황급히 앞으로

---

73) 삼산(三山)의 아련한 사람 : 봉래(蓬萊)·영주(瀛州)·방장(方丈)의 삼신산(三神山)에 있는 신선으로, 여기에서는 과거에 만났던 미인을 가리킨다.

나아가 고하더니, 미인이 수레를 멈추고 사고에게 말을 전하게 했다.

"큰길에서는 안타깝게도 뵐 수 없어요."

사고가 미인에게 그가 묵는 객점으로 가자고 했지만 그녀는 절대로 갈 수 없다고 했다. 사고가 어디로 가냐고 물었더니 그녀가 대답했다.

"홍농현(弘農縣)으로 가려고 해요."

그러자 사고가 말했다.

"나도 지금 낙양(洛陽)으로 돌아가려고 하니 나와 함께 동쪽으로 가지 않겠소?"

미인이 말했다.

"제가 가는 길이 너무 급박해서 그럴 수 없어요."

그러고는 수레의 휘장을 걷으며 사고에게 말했다.

"당신의 깊은 사랑에 감격했기 때문에 한번 만나러 왔을 뿐이에요."

그녀는 말을 마치고 흐느껴 울며 자신을 주체하지 못했다. 사고도 슬피 울며 아까 지었던 시를 읊었다. 미인이 말했다.

"뜻밖에도 당신이 저를 이처럼 잊지 못하고 계시다니 얼마나 행복한지 몰라요!"]

그러고는 또 말했다.

"제가 다시 이 시의 답시를 지어 드릴게요."

사고가 즉시 종이와 붓을 그녀에게 주었더니 그녀는 잠깐 사이에 시를 지었다.

"슬프게도 우리의 아름다운 만남은 한바탕 꿈속이었나니, 오릉(五陵)74)의 봄 경치도 모두 덧없구나. 이별이란 얼마나 가슴 아픈 일이던가, 소식조차 서로 통하지 않기 때문이라네. 근심스러운 표정이 눈썹에 나타나니 푸른 눈썹먹 뭉치고, 눈물 자국 얼굴에 얼룩지니 붉은 연지 지워지네. 당신 위해 수레 잠시 멈추었지만, 밝은 해가 서쪽으로 지면 다시 동쪽으로 떠나야 한다네."

사고는 그녀에게 감사했다. 미인은 한참 후에야 떠났는데, 100여 걸음을 가더니 또 사라졌다. 사고는 비록 그녀가 요괴임을 알았지만 잊을 수 없었다. 사고는 섬서(陝西)에 도착해 마침내 지름길로 홍농현에 이르러 며칠간 머무르며 미인을 다시 한번 만나길 바랐지만 결국 아무런 소식이 없었다. 이에 사고는 낙양으로 돌아와 친구에게 두 편의 시를 꺼내 보여 주며 그 일에 대해 말했다. 그 후로 몇 달이 되지 않아 사고는 슬픔이 맺혀 마침내 죽었다. 미 : 죽은 후에 정녕 서로 만난다면, 필시 한 번 죽는 것이 억울하지는 않을 것이다.

---

74) 오릉(五陵) : 전한 원제(元帝) 이전의 다섯 황제의 무덤.

陳郡謝翱者，嘗舉進士，好爲七字詩．其先寓居長安升道里，所居庭中多牡丹．一日晚霽，出其居，南行百步，眺終南峯．佇立久之，見一騎自西馳來，繽繽仿佛．近乃雙鬟，高髻靚妝，色甚姝麗．至翱所，因駐謂翱：「郎非見待耶？願歸所居．」翱不測卽回，望其居，見青衣三四人，偕立門外，翱益駭異．入門，青衣俱前拜．旣入，見堂中設茵毯，張帷帟，錦繡輝暎，異香遍室．翱愕然且懼，不敢問．一人前曰：「郎何懼？固不爲損耳．」頃之，有金車至門，見一美人，年十六七，風貌閑麗，代所未識．降車入門，與翱相見，坐於西軒，謂曰：「聞此地有名花，故來與君一醉耳．」翱懼稍解．美人卽命設饌同食，其器物莫不珍豐．出玉杯，命酒遞酌．翱因問曰：「女郎何爲者？」[美人笑不答．固請之，乃曰：「君但知非人則已，安用問耶？」夜闌，謂翱曰：「某家甚遠，今將歸，不可久留此矣．聞君善爲七言詩，願有所贈．」翱悵然，因命筆賦詩：「陽臺後會杳無期，碧樹煙深玉漏遲．半夜香風滿庭月，花前竟發楚王時．」美人覽之，泣下數行曰：「某亦嘗學爲詩，欲答來贈，幸不見誚．」翱喜而請，美人求絳牋，翱視笥中，唯碧牋一幅．因與之，美人題曰：「相思無路莫相思，風裏花開只片時．惆悵金閨却歸處，曉鶯啼斷綠楊枝．」其筆札甚工，翱嗟賞良久．美人遂顧左右，撒帳帟，命燭登車．翱送至門，揮淚而別，未數十步，車與人馬俱亡見矣．翱異其事，因貯美人詩笥中．明年春，下第東歸，至新豐，夕舍逆旅．因步月長望，感前事，又爲詩曰：「一紙華牋麗碧雲，餘香猶在墨猶新．空添滿目悽涼事，不見三山縹緲人．斜月照衣今夜夢，落花啼雨去年春．紅閨更有堪愁處，窗上蟲絲鏡上塵．」旣而朗吟之．忽聞數百步外，有車音西來甚急，俄見金閨從數騎．視其從者，乃前時雙鬟也．驚問之，雙鬟遽前告．卽駐車，使謂翱曰：「通衢中恨不得一見．」翱請其舍逆旅，固不可．又問所適，答曰：

"將之弘農." 翶因曰: "某今亦歸洛陽, 願偕東可乎?" 曰: "吾行甚迫, 不可." 卽褰車簾謂翶曰: "感君意勤厚, 故一面耳." 言竟, 嗚咽不自勝. 翶亦爲之悲泣, 因誦以所製之詩. 美人曰: "不意君之不忘如是也, 幸何厚焉!"[1] 又曰: "願更酬此一篇." 翶卽以紙筆與之, 俄頃而成曰: "惆悵佳期一夢中, 五陵春色盡成空. 欲知離別偏堪恨, 祇爲音塵兩不通. 愁態上眉凝淺綠, 淚痕侵臉落輕紅. 雙輪暫與王孫駐, 明日西馳又向東." 翶謝之. 良久別去, 纔百餘步, 又無所見. 翶雖知爲怪, 然不能忘. 及至陝西, 遂下道至弘農, 留數日, 冀一再遇, 竟絶影響. 乃還洛陽, 出二詩話於友人. 不數月, 以怨結遂卒. 眉: 卒後定相遇, 必不枉却一死.

* 이 고사는《태평광기》권364〈요괴(妖怪)·사고〉에 실려 있다.

1 [미인소부답(美人笑不答)… 행하후언(幸何厚焉)]: 이야기의 전개상 이 부분이 반드시 들어가야 하므로,《태평광기》에 의거해 보충했다.

권59 귀부(鬼部)

귀(鬼) 4

이 권은 대부분 분묘와 관 속의 시신 및 이름 없는 도깨비를 실었다.

此卷多載墳墓棺尸及無名怪鬼.

59-1(1732) 한중
한중(韓重)

　오왕(吳王) 부차(夫差)의 막내딸 옥(玉)은 열여덟 살이었다. 젊은이 한중은 열아홉 살이었는데, 옥이 그를 좋아해 몰래 편지를 주고받으면서 그의 아내가 되겠다고 약속했다. 한중은 노(魯)나라와 제(齊)나라 사이에서 공부하고 있었기 때문에 부모에게 오왕을 찾아가서 구혼해 달라고 부탁했다. 하지만 오왕이 노해 허락하지 않자 옥은 화병으로 죽어 창문(閶門) 밖에 묻혔다. 3년 후에 한중은 돌아와서 부모에게 묻고 나서야 옥이 이미 죽어 묻혔다는 사실을 알았다. 한중은 슬피 통곡하며 제사 음식과 지전을 갖추어 옥의 무덤으로 가서 조문했다. 그때 옥이 무덤 옆에서 모습을 드러내며 한중에게 말했다.

　"예전에 당신이 떠난 뒤에 양친으로 하여금 부왕께 청혼하게 하셨는데, 반드시 우리의 큰 소원을 이룰 것이라고 생각했습니다. 하지만 뜻하지 않게 헤어진 후 이런 운명을 만났으니 어찌합니까?"

　그러고는 노래를 불렀다.

　"남산에 까마귀 있건만, 북산에 그물을 치네. 마음으로 당신을 따르고자 했으나, 참소하는 말이 너무 많았네. 슬픔이 맺혀 병이 나고, 목숨이 끊어져 황토에 묻혔네. 운명이 뜻대로 되지 않으니, 원망한들 어찌하리오? 새들의 우두머리, 이름하여 봉황이라. 하루아침에 수컷을 잃고, 3년 동안 마음 아파했네. 비록 많은 새 있지만, 봉황의 짝이 되지는 못하네. 하잘것없는 몸을 드러내어, 빛나는 당신을 만났네. 몸은 멀리 있으나 마음은 가까이 있으니, 어찌 잠시라도 잊은 적 있으리오?"

옥은 노래를 마치고 흐느껴 울면서 스스로를 주체하지 못했다. 옥이 한중에게 무덤으로 돌아가자고 하자 한중이 말했다.

"삶과 죽음은 길이 달라서 허물이 생길까 두렵소."

옥이 말했다.

"한번 이별하면 영원히 훗날을 기약할 수 없는데, 당신은 내가 귀신이라서 당신에게 화를 끼칠까 두려워합니까?"

한중은 그 말에 감동해 옥을 따라 무덤으로 돌아갔다. 옥은 한중과 함께 주연을 즐기면서 사흘 밤낮 동안 부부의 예를 다했다. 한중이 무덤을 나올 때 옥은 직경 1촌이 되는 야광주를 한중에게 주면서 배웅했다. 한중은 마침내 오왕을 찾아가 그 일을 아뢰었으나 오왕은 대노하며 말했다.

"내 딸은 이미 죽었으니, 이는 무덤을 도굴해 물건을 훔쳐 내고는 귀신에게 핑계를 둘러대는 것일 뿐이다!"

곧장 한중을 체포하려 하자 한중이 달아나 옥의 무덤에

이르러 호소했더니 옥이 말했다.

"걱정하지 마십시오. 제가 지금 돌아가서 부왕께 말씀드리겠습니다."

옥이 단장하고 홀연히 오왕을 뵙자, 오왕은 놀라고 기뻐하며 옥에게 물었다.

"너는 어떻게 살아났느냐?"

옥이 무릎을 꿇고 말했다.

"옛날 제생(諸生 : 학생) 한중이 저에게 구혼했을 때 대왕께서는 허락하지 않으셨습니다. 그래서 지금 그 이름이 훼손되고 의로움도 끊겨 스스로 죽음에 이르게 되었습니다. 한중은 먼 곳에서 돌아와 저의 무덤을 찾아와서 조문하고 위로했습니다. 그의 돈독하고 변함없는 마음에 감동해 다시 만나 야광주를 그에게 준 것입니다. 한중이 저의 무덤을 도굴한 것이 아니니 그에게 죄를 묻지 마십시오."

왕비가 그 말을 듣고 나와서 옥을 안았는데 마치 연기와 같았다.

吳王夫差小女曰玉, 年十八. 童子韓重, 年十九, 玉悅之, 私交信問, 許爲之妻. 重學於齊魯之間, 屬其父母使求婚. 王怒不與, 玉結氣死, 葬閶門外. 三年重歸, 問其父母, 知玉死已葬. 重哭泣哀慟, 具牲幣往弔. 玉從墓側形見, 謂重曰 : "昔爾行後, 令二親從王相求, 謂必克從大願. 不圖別後, 遭命奈何?" 乃歌曰 : "南山有鳥, 北山張羅. 志欲從君, 讒言孔多. 悲結生疾, 沒命黃壚. 命之不造, 冤如之何? 羽族之長,名爲鳳凰. 一日失雄, 三年感傷. 雖有衆鳥, 不爲匹雙. 故見鄙姿, 逢君輝光. 身遠心近, 何嘗暫忘?" 歌畢, 歔欷涕流, 不能自勝. 要重還冢, 重曰: "死生異道, 懼有尤愆." 玉曰: "一別永無後期, 子將畏我爲鬼而禍子乎?" 重感其言, 送之還冢. 玉與之飮宴, 三日三夜, 盡夫婦之禮. 臨出, 取徑寸明珠以送重. 遂詣王, 自說其事, 王大怒曰: "吾女旣死, 此不過發冢取物, 託以鬼神!" 趣收重, 重走, 至墓所訴玉, 玉曰: "無憂. 今歸白王." 玉妝梳忽見王, 王驚喜, 問曰: "爾何緣生?" 玉跪而言曰: "昔諸生韓重來求玉, 大王不許. 今名毁義絶, 自致身亡. 重從遠還, 詣冢弔唁. 玉感其篤終, 輒與相見, 因以珠遺之. 不爲發冢, 願勿推治." 夫人聞之, 出而抱之, 正如煙然.

* 이 고사는 《태평광기》 권316 〈귀·한중〉에 실려 있는데, 출전이 "《녹이전(錄異傳)》"이라 되어 있다.

59-2(1733) 독고목

독고목(獨孤穆)

출《이문록》

　당(唐)나라 정원(貞元) 연간(785~805)에 하남(河南) 사람 독고목은 회남(淮南)에서 객지 생활을 하다가 밤에 대의현(大儀縣)에서 투숙하려 했다. 대의현에서 10리 남짓 떨어진 곳에 이르렀을 때, 말 탄 하녀 한 명을 보았는데 용모가 자못 아름다웠다. 독고목이 슬쩍 농담을 걸었는데 하녀의 대답에 매우 교양이 있었다. 잠시 뒤에 큰길에서 샛길이 나오자 그녀는 그 길을 따라갔다. 이에 독고목이 다급히 말했다.

　"조금 전에 겨우 면식을 터서 마침내 당신과 교제할 수 있을 것이라 생각했는데, 어째서 갑자기 나를 버려두고 가는 것이오?"

　하녀가 웃으며 말했다.

　"저의 부끄러운 마음은 진실로 또한 부족하기만 합니다. 다만 저희 아가씨께서 젊은 나이에 홀로 지내시면서 성품도 매우 엄정하므로 허락하시기 어려울 것입니다."

　독고목이 아가씨의 성(姓)과 내외 친척에 대해 묻자 하녀가 말했다.

"성은 양씨(楊氏)이고 항렬은 여섯째이십니다."

하녀는 다른 질문에는 대답하지 않았다. 독고목은 자신도 모르는 사이에 하녀를 따라 몇 리를 가서 잠시 후 한 곳에 도착했는데 집이 아주 엄숙했다. 하녀는 말에서 내려 안으로 들어갔다가 한참 뒤에 나오더니 손님을 모시고 객관으로 가면서 말했다.

"빈객의 발길이 끊긴 지 이미 몇 년이 되었지만, 아가씨께서는 훌륭한 손님이 오셨으니 거절할 이유가 없다고 하셨습니다. 집이 누추하다고 나무라지는 마세요."

그러고는 촛불을 들고 평상을 놓더니 이불과 요를 준비했다. 잠시 뒤에 하녀가 또 나와서 독고목에게 말했다.

"당신은 혹시 수(隋)나라의 장군 독고성(獨孤盛)의 후손이 아니세요?"

독고목이 스스로 독고성의 8대손이라고 말하자 하녀가 말했다.

"정말 그렇다면 아가씨와 도련님은 이전부터 알고 지내던 사이이십니다."

독고목이 그 까닭을 묻자 하녀가 말했다.

"저는 미천한 사람이라 그 연유를 알지 못합니다. 아가씨께서 곧 나오셔서 직접 말씀드릴 것입니다."

잠시 뒤에 음식을 차렸는데 산해진미가 다 갖춰져 있었다. 독고목이 식사를 마치자 하녀 수십 명이 앞장서서 인도

하며 말했다.

"현주(縣主)75)께서 오셨습니다."

이윽고 한 여자가 보였는데 열서너 살가량의 절세미인이었다. 여자는 절하고 나서 자리에 앉아 독고목에게 말했다.

"적막한 시골에 살고 있는지라 손님이 끊긴 지 오래되었는데, 뜻밖에도 당신께서 이곳을 찾아 주셨습니다. 저희 집안은 당신과 예전부터 친분이 있었지만 감히 하녀에게 말하지 못하게 했습니다. 부디 비웃지 말아 주십시오."

독고목이 말했다.

"길 가던 나그네가 머물 곳과 먹을 것을 제공받는 은혜를 입었는데, 게다가 특별히 현주를 만나 뵙고 지난 이야기까지 듣게 될 줄을 어찌 생각이나 했겠습니까? 또한 저는 평생 낙경(洛京 : 낙양)을 떠나 본 적이 없기 때문에 강회(江淮) 지역의 친척은 대부분 모르고 있으니, 모두 말씀해 주셨으면 합니다."

현주가 말했다.

"직접 말씀드리려 하지만 혹시나 장자(長者)76)를 놀라게 할까 봐 두렵습니다. 소첩은 인간 세상을 떠난 지 200년이나

---

75) 현주(縣主) : 황족 여자에 대한 봉호(封號)로, 그 지위는 군주(郡主)에 다음갔다.

76) 장자(長者) : 덕망이 높은 사람. 여기서는 독고목을 가리킨다.

되었으니, 당신이 어떻게 저를 알아보시겠습니까?"

애당초 독고목은 그녀의 성이 양씨이고 자칭 현주라는 말을 듣고 속으로 의심하고 있었는데, 그 말을 듣고 나서 바로 그녀가 귀신인 것을 알게 되었지만 그래도 두려워하지 않았다. 현주가 말했다.

"당신은 독고 장군(獨孤將軍 : 독고성)의 귀한 후손이자 대대로 충신열사의 정기를 물려받았기 때문에 약간의 일을 부탁드리고자 하니, 제가 저승 사람이라고 해서 의심하지 마십시오."

독고목이 말했다.

"저의 선조가 수나라의 장군이었기 때문에 현주께서는 틀림없이 외람되이 제가 선조의 기풍을 지니고 있다고 생각해서 제게 일을 부탁하려고 하시는데, 그건 제가 즐겨 듣고 싶었던 말이니 무슨 의심할 게 있겠습니까?"

현주가 말했다.

"스스로 말하려고 하니 슬픔이 북받쳐 오릅니다. 소첩의 부친이신 제왕(齊王)은 수나라 황제의 둘째 아드님이셨습니다. 수나라가 망했을 때 소첩의 부친은 황제와 함께 살해당했습니다. 조정의 대신들과 노장들은 역적을 따르지 않은 사람이 없었는데, 오직 당신의 선조이신 독고 장군께서만 힘을 다해 역당에게 대항했습니다. 소첩은 그때 어려서 늘 부친의 좌우에 있었기 때문에 그 자초지종을 자세히 보았습니다. 반군이 궁궐에 들어왔을 때 역당이 저를 핍박하려 했는데, 소첩은 치욕스러워서 그들을 꾸짖다가 결국 살해당했습니다."

그러고는 슬픔을 가누지 못했다. 독고목이 당시의 인물과 대업(大業) 연간(605~617) 말의 일에 대해 물었는데, 그 대답의 대부분이 《수사(隋史)》와 같았다. 한참 뒤에 현주는 술을 가져오게 해서 독고목과 함께 마셨는데, 말하면서 자주 슬픔에 목이 메었으며 시를 지어 독고목에게 주었다.

"옛날 강도(江都)에 난이 일어났을 때, 대궐에 적병이 많았네. 승냥이와 호랑이처럼 함부로 사람을 잡아먹고, 전쟁은 날마다 여기저기서 벌어졌네. 역도들이 밖에서 들어와, 한밤중에 몇 겹의 성문을 열었네. 선혈이 궁전을 적시고, 칼과 창이 처마와 기둥에 놓여 있었네. 오늘에야 비로소 역도를 따른 자들이, 공경대부들인 것을 알았네. 미 : 여자의 말이 절대 아니다. 번뜩이는 칼날이 황옥(黃屋)77)을 더럽히니, 나라가 마침내 무너졌네. 세찬 바람 부니 질긴 풀을 알아보겠고, 세상이 어지러워지니 충신을 알아보겠네. 슬프게도 독고 공(獨孤公 : 독고성)은, 죽음 앞에서도 갓끈 단단히 매었

---

77) 황옥(黃屋) : 안에 누런 비단을 덧대어 만든 황제의 수레 덮개. 여기서는 황제를 가리킨다.

네. 천지가 이미 혼란에 빠지니, 구름과 천둥도 제때에 울리지 않네. 지금 이미 200년의 세월이 흘렀건만, 억울한 마음은 아직도 편치 않네. 산과 강과 바람과 달은 예전 그대로인데, 무덤엔 푸른 안개 끼고 이슬에 젖어 있네. 당신은 조상의 훌륭한 덕을 타고나, 바야흐로 충신열사의 명성을 드러내시네. 당신의 화려한 수레가 한 번 둘러봐 주시니, 보잘것없는 집이 영광스럽네. 장부가 지조를 세우면, 살아서든 죽어서든 그 마음에 감격하네. 만약 의로우신 분께 의탁할 수 있다면, 누가 외로이 수절하리까?"

독고목은 깊이 감탄하면서 [한나라 때의] 반 첩여(班婕妤)78)도 현주를 따라갈 수 없다고 생각했다. 이어서 독고목이 현주에게 평생 어떤 작품을 지었는지 물어보았더니 현주가 대답했다.

"소첩은 본래 재주가 없고 그저 옛 시문집 읽는 것을 좋아했습니다. 늘 사씨(謝氏) 집안의 자매79)와 포씨(鮑氏) 집안의 여자들80)이 모두 글을 잘 지은 것을 보고 남몰래 그들

---

78) 반 첩여(班婕妤) : 한나라 성제(成帝) 때 궁중의 여관(女官)을 지냈는데, 문재가 매우 뛰어났다. '첩여'는 여관의 명칭이다.

79) 사씨(謝氏) 집안의 자매 : 진(晉)나라 때 사안(謝安)의 조카 사도온(謝道蘊)을 말한다. 그녀는 총명하고 문재가 뛰어났다.

80) 포씨(鮑氏) 집안의 여자들 : 남조 송(宋)나라 때의 시인인 포조(鮑

을 흠모했습니다. 황제께서도 평소에 문학을 좋아하셨기에 가끔씩 제게 시를 지어 보라 하셨습니다. 당시 나라 안에서 설도형(薛道衡)의 명성이 높았는데, 소첩은 그의 문장을 볼 때마다 마음속으로 매우 비웃었습니다. 방금 제가 지은 시는 감정이 마음속에서 일어나 단지 사실을 그대로 기술했을 뿐이니, 어찌 칭찬받을 만하겠습니까?"

독고목이 말했다.

"현주의 시재(詩才)는 하늘이 내려 준 것이니, 바로 업중 칠자(鄴中七子 : 건안 칠자)[81]와 같은 무리이십니다. 설도형이 어찌 현주께 견줄 만하겠습니까?"

독고목은 마침내 시를 지어 화답했다.

"그 옛날 하늘에서 재앙 내리니, 수나라 황실은 면류관 끝에 달려 있는 구슬처럼 위태했네. 쌍궐(雙闕 : 황궁)에 근심 걱정 있으니, 구주(九州)에서 전쟁이 잇달아 일어났네. 궐문을 나서니 모두 흉악한 소인배들이고, 가는 곳마다 역모가 도사리고 있었네. 태양은 갑자기 저물고, 터진 물줄기

照)의 여동생으로, 문재가 뛰어났던 포영휘(鮑令暉)를 말한다.

81) 업중 칠자(鄴中七子) : 건안 칠자(建安七子). 동한 건안 연간에 시문으로 유명했던 일곱 명의 문인으로, 공융(孔融)·왕찬(王粲)·유정(劉楨)·진임(陳琳)·완우(阮瑀)·서간(徐干)·응창(應瑒)을 말한다. 이들은 모두 업(鄴)에 살았으므로 '업중 칠자'라고도 불렀다.

는 다시 거둬들일 수 없었네. 망이전(望夷殿)82) 담벼락에는 이미 피가 묻었고, 종묘사직에도 치욕을 남겼네. 온실(溫室)83)의 병사 겨우 규합했을 때, 궁궐에는 이미 피가 흘러넘치고 있었네. 가련하구나! 취소자(吹簫子)84)여, 슬피 울며 봉루(鳳樓)에서 내려왔구나. 서릿발 같은 칼 쥔 놈에게 핍박당해, 옥비녀도 찾지 못하는 신세 되었네. 비단 저고리 시녀에게 주고, 미녀는 결국 그들의 원수가 되었네. 나라가 이미 기울어지니, 여생을 돌보지 않겠다고 맹세했네. 내 조상은 빼어나신 장군으로, 오로지 사직만을 걱정했네. 붉은 피는 수놓은 병풍에 뿌려지고, 풍만한 몸은 창칼에 찢겼네. 그때의 궁전 지금 와서 보니 벼와 기장만 무성하니, 온종일 종주(宗周)85)를 애도하네. 〈옥수(玉樹)〉86)는 이미 적막해졌고,

---

82) 망이전(望夷殿) : 진(秦)나라 때의 궁전 이름. 진이세(秦二世)가 이곳에서 조고(趙高)에게 살해당했다. 여기서는 우문화급(宇文化及)이 수양제를 살해한 일을 비유한다.

83) 온실(溫室) : 당나라 때의 궁전 이름. 처음에는 온탕궁(溫湯宮)이라 했다가 온천궁(溫泉宮)으로 개칭했으며, 현종(玄宗) 때 다시 화청궁(華淸宮)으로 개칭했다. 여기서는 수나라 황실의 궁전을 비유한다.

84) 취소자(吹簫子) : 진(秦)나라 목공(穆公)의 딸 농옥(弄玉)을 말한다. 소사(簫史)가 백학과 공작새를 정원으로 불러들일 만큼 퉁소를 잘 불자, 목공은 자신의 딸 농옥을 그의 처로 주고 봉루(鳳樓)를 지어 함께 살게 했다. 농옥은 소사에게 퉁소 부는 법을 배웠으며 나중에 함께 신선이 되어 봉황을 타고 승천했다. 여기서는 현주(縣主)를 비유한다.

천대(泉臺: 무덤)에는 천만 번의 가을 지나갔네. 한 번 나를 돌봐주심에 감동해, 죽음으로 보답하고 싶네. 이승과 저승이 만약 막혀 있지 않다면, 그 안에서 당신과 사랑의 인연 맺고 싶네."

현주는 이 시를 서너 차례 읊으면서 한참 동안 스스로 슬픔을 가누지 못했다. 잠시 후에 시녀 몇 명이 모두 악기를 들고 왔는데, 그중 한 사람이 앞으로 나와 현주에게 아뢰었다.

"지난 일을 이야기하다가 그저 사람을 슬프게 만들까 걱정입니다. 또한 독고랑(獨孤郎: 독고목)께서 막 오셨는데, 설마 밤새껏 눈물을 흘리며 마주하시렵니까? 미: 해결사다. 제가 사자(使者)가 되어 내씨(來氏) 댁 아가씨를 모셔 와 함께하시기를 청합니다."

현주는 그렇게 하라고 하더니 잠시 후 독고목에게 말했다.

"방금 부른 사람은 대장군 내호아(來護兒)87)의 가인(歌

---

85) 종주(宗周): 주(周)나라의 왕실. 여기서는 수나라 황실을 비유한다.

86) 〈옥수(玉樹)〉: 〈옥수후정화(玉樹後庭花)〉라는 악곡. 여기서는 수나라 황실이 적막해 더 이상 옛날의 노랫소리가 들리지 않는다는 뜻이다.

87) 내호아(來護兒): 수나라 양제(煬帝)의 우효위대장군(右驍衛大將軍)으로, 양제에게 크게 총애받았다. 강도(江都)의 난 때 우문화급(于

人)으로, 당시에 함께 살해되어 여기서 가까운 곳에 있습니다."

얼마 후에 내호아의 가인이 왔는데, 자색이 매우 뛰어나고 담소를 잘했다. 이어서 음악이 울려 퍼지자 모두들 마음껏 술을 마시며 몹시 즐거워했다. 내씨(來氏 : 내호아의 가인)가 노래 몇 곡을 불렀는데, 독고목은 그 가운데 한 곡만을 기억했다.

"평양현(平陽縣)88)에서 귀하게 자랐지만, 죽어서는 오랫동안 광릉(廣陵)의 흙먼지 되었네. 뜻밖에 낭군께서 찾아오시니, 황천에 다시 봄이 왔네."

한참 있다가 내씨가 말했다.

"소첩이 현주와 함께 이곳에서 200여 년을 살았는데, 오늘 갑자기 가례(佳禮 : 혼례)를 올리게 될 줄을 어찌 기대나 했겠습니까?"

현주가 말했다.

"나는 본래 독고 공께서 충신열사 가문의 사람이기 때문에 한번 만나 뵙고 가슴속에 쌓인 울분을 털어놓으려 했을 뿐입니다. 먼지처럼 하찮은 제가 어찌 감히 군자를 더럽힐

文化及)에게 살해되었다.
88) 평양현(平陽縣) : 한나라 때 평양 공주(平陽公主)의 봉지(封地). 여기서는 귀한 신분을 비유한다.

수 있겠습니까?"

그러자 독고목은 현주가 지은 시의 마지막 구를 읊었다.

"만약 의로우신 분께 의탁할 수 있다면, 누가 외로이 수절하리까?"

현주는 미소를 띠며 말했다.

"기억력도 참 좋으시군요."

그리하여 독고목은 노래를 불러 자신의 뜻을 은근히 전했다.

"화려한 규방에 오랫동안 주인 없으니, 비단 소매에 먼지만 앉는구나. 퉁소 부는 사람의 짝이 되어, 함께 봉황 타는 사람 되고 싶네."

그러자 현주도 노래로 답했다.

"붉은 수레 타고 큰길로 오시니, 푸른 풀 사이로 외로운 무덤이 열리네. 양대(陽臺)[89] 위에서, 하릴없이 아침 구름과 저녁 비 바라보는 것보다 훨씬 낫네."

내씨가 말했다.

"지난날 소 황후(蕭皇后 : 수나라 양제의 황후)께서는 현주를 자신의 오라비의 아들인 소정견(蕭正見)에게 짝지어

---

89) 양대(陽臺) : 옛날 초(楚)나라 회왕(懷王)이 고당(高唐)의 신녀(神女)를 만나 운우(雲雨)의 정을 나눈 누대.

주려고 하셨는데, 강도의 난이 일어나는 바람에 그 일이 무산되고 말았습니다. 독고씨는 명문 귀족이고 충신열사의 가문이니, 지금 서로 짝이 된다면 정말 좋은 배우자가 될 것입니다."

독고목이 물었다.

"현주는 봉읍(封邑)이 어디입니까?"

현주가 말했다.

"저는 인수(仁壽) 4년(604)에 도성에서 태어났는데, 마침 그때 황제께서 인수궁(仁壽宮)에 행차하셔서 제게 수아(壽兒)라는 이름을 지어 주셨습니다. 이듬해 태자께서 즉위하신 뒤 저를 청하현주(淸河縣主)로 봉하셨습니다. 또 황제께서 강도궁(江都宮)에 행차하셨다가 저를 임치현주(臨淄縣主)에 봉하셨습니다. 저는 특히 황후의 사랑을 받았기에 늘 궁 안에서 지냈습니다."

내씨가 말했다

"밤도 이미 깊었으니, 독고랑께서는 혼례를 올리시는 것이 마땅합니다. 저는 동각(東閣)에서 기다리고 있다가 날이 밝기를 기다려 경하 인사를 올리겠습니다."

그리하여 하녀들이 신방을 엿보며 장난을 쳤는데, 모두 인간 세상의 의식과 똑같았다. 독고목은 신방에 들어간 뒤에 현주의 숨결이 아주 가늘고 몸이 몹시 차가운 것을 느꼈다. 잠시 뒤에 현주가 울면서 독고목에게 말했다.

"저는 죽은 사람으로 오래전에 이미 먼지가 되었습니다. 그런데 다행히도 부인으로서 당신을 모시게 되었으니, 다시 죽는다 해도 제 시신은 썩지 않을 것입니다."

그러고는 다시 내씨를 불러 처음처럼 잔치를 벌이면서 독고목에게 물었다.

"당신은 이제 강도로 가시면 언제 돌아오십니까? 부탁드릴 일이 있는데 괜찮겠습니까?"

독고목이 말했다.

"죽음도 아랑곳하지 않는데 그 밖에 안 될 일이 또 뭐가 있겠습니까?"

현주가 말했다.

"황제께서 이장되신 뒤로 소첩은 이곳에서 혼자 지냈습니다. 지금 악왕(惡王)의 묘 때문에 곤란을 겪고 있는데, 악왕은 소첩을 자신의 첩으로 맞아들이려 하고 있습니다. 소첩은 제왕 집안의 딸로서 도의상 못된 귀신에게 욕을 당할 수는 없습니다. 본래 당신을 만나 뵙고자 한 것은 바로 이 때문이었습니다. 당신은 장차 강남으로 가는 길에 그의 묘를 지나가야 하는데, 소첩 때문에 틀림없이 곤욕을 치르실 것입니다. 도사(道士) 왕선교(王善交)가 회남(淮南)의 시장에서 부적 써 주는 일을 하고 있는데, 그의 부적이면 귀신을 제압할 수 있으니 당신이 그를 찾기만 하면 화를 면하실 것입니다."

또 말했다.

"소첩은 이곳에 있으면 또한 끝내 편안하지 못할 것이니, 당신은 강남에서 돌아오시는 날에 저를 데리고 함께 가서 낙양(洛陽)의 북망산(北邙山)에 저를 묻어 주십시오. 당신과 가까이 지내면서 영원히 의탁할 곳이 있게 된다면, 미 : 이에 근거하면 귀신은 여전히 시체에 의지한다. 다시 살려 주시는 은혜와 같을 것입니다."

독고목은 모두 허락했다. 현주는 술기운이 오르자 독고목에게 기대어 노래했다.

"이슬 젖은 풀은 무성하고, 무너져 내린 무덤은 아직 옮겨 가지 못했네. 내가 이곳에 거한 지, 오늘이 몇 년째이던가? 당신의 선조께서, 지난날 은덕을 베풀어 주셨네. 삶과 죽음으로 오랫동안 헤어져 있다가, 갑자기 당신이 이곳에 이르렀네. 누가 아름다운 만남이라 했던가? 조금 있으면 이별해야 하는걸. 당신이 북쪽으로 떠나길 기다려, 손잡고 함께 돌아가리라."

그러고는 눈물을 흘려 수건을 적셨다. 내씨도 울면서 독고목에게 말했다.

"독고랑께서는 현주의 후의를 저버리지 마세요!"

그러자 독고목이 노래로 답했다.

"저곳 유양(維陽 : 양주(揚州)]은, 하늘 한쪽 끝에 있네. 말을 타고 유유히 거닐다가, 갑자기 다른 마을에 오게 되었네. 산 사람과 죽은 사람의 정이 통해, 이곳에서 서로 만나게 되었네. 당신은 옛날 은혜에 감사하는데, 말마다 애틋한 정이 담겨 있네. 맑은 강에 계수나무 배 띄우고, 즐겁게 노닐 수 있네. 하지만 당신 때문에, 오래 머물 겨를이 없네."

현주는 울면서 독고목에게 감사하며 말했다.

"외람되게도 아름다운 선물을 받았으니 영원히 좋은 짝이 될 것입니다."

잠시 뒤에 날이 밝아 오자 현주는 눈물을 흘리며 울었고, 독고목도 마주 보며 울었다. 독고목은 그 자리에 있던 사람들에게 일일이 작별 인사를 했다. 독고목이 문을 나선 뒤에 뒤돌아보았더니 아무것도 보이지 않았으며, 땅은 그저 평탄할 뿐 무덤같이 생긴 것도 없었다. 독고목은 정신이 흐릿해졌다가 한참 뒤에 안정을 되찾고 나서 버드나무 한 그루를 옮겨 심어서 표시해 두었다. 협 : 세심하다. 독고목의 집안사람들은 그를 몹시 애타게 찾고 있었는데, 독고목은 갑자기 다시 며칠 뒤에 곧장 회남으로 들어가서 과연 시장에서 왕선교를 만나 마침내 부적 한 장을 얻었다. 독고목이 악왕의 묘에 이르렀을 때 회오리바람이 서너 차례 덮쳤는데, 독고목이 바로 부적을 꺼내 보이자 바람이 그쳤다. 이전에 독고목은 귀신의 일을 믿지 않았는데, 이때에 이르러 깊이 경탄했으며 또한 친한 사람들에게 그 일을 몰래 말해 주었다. 그해 정월에 독고목은 강남에서 돌아와 그곳을 몇 척까지 파

보았더니 해골 한 구가 나오자 수의로 잘 염해 주었다. 독고목은 현주가 죽었을 때 경황이 없었을 것이라고 생각해, 낙양에 도착한 후 성대하게 의식을 갖추고 직접 축문을 써서 제사 지낸 뒤에 안선문(安善門) 밖에 장사 지냈다. 그날 밤에 독고목이 혼자 시골의 별장에서 묵고 있을 때, 현주가 다시 와서 이장해 준 은덕에 깊이 감사했다. 독고목이 현주의 수레와 시종들을 보았더니, 모두 당시에 가장 빛나는 것들이었다. 현주가 그것을 가리키며 말했다.

"이것을 모두 당신께 드리겠습니다. 기묘년(己卯年)에 틀림없이 다시 뵙게 될 것입니다."

그날 밤에 현주는 독고목의 처소에서 자고 이튿날 떠났다. 독고목은 현주를 위해 수천 리 떨어진 곳으로 이장해 주었고, 또 그 일을 널리 알렸기에 독고목의 친구와 친척들은 모두 그 일에 대해 알게 되었다. 정원(貞元) 15년(799) 기묘년에 독고목이 새벽에 일어나 장차 문을 나서려는데 갑자기 수레 몇 대가 그의 집으로 오더니 독고목에게 말했다.

"현주의 명을 받들고 왔습니다."

독고목이 말했다.

"드디어 만날 날이 되었구나!"

그날 밤에 독고목은 갑자기 죽어서 마침내 양씨(楊氏 : 현주)와 함께 묻혔다. 미 : 결말이 묘하다.

唐貞元中，河南獨孤穆者，客淮南，夜投大儀縣宿．未至十里餘，見一青衣乘馬，顏色頗麗．穆微以詞調之，青衣對答，甚有風格．俄有車路下道者，引之而去，穆遽謂曰："向者粗承顏色，謂可以終接周旋，何乃頓相捨乎？"青衣笑曰："愧恥之意，誠亦不足．但娘子少年獨居，性甚嚴整，難以相許耳．"穆因問娘子姓氏及中外親族，青衣曰："姓楊第六．"不答其他．既而不覺行數里，俄至一處，門館甚肅．青衣下馬入，久之乃出，延客就館，曰："自絕賓客，已數年矣，娘子以上客至，無所爲辭．勿嫌疏漏也．"於是秉燭陳榻，衾褥備具．有頃，青衣出，謂穆曰："君非隋將獨孤盛之後乎？"穆乃自陳是盛八代孫，青衣曰："果如是，娘子與郎君乃有舊．"穆詢其故，青衣曰："某賤人也，不知其由．娘子卽當自出申達．"須臾設食，水陸畢備．食訖，青衣數十人前導曰："縣主至．"見一女，年可十三四，姿色絕代．拜訖，就坐，謂穆曰："莊居寂寞，久絕賓客，不意君子惠顧．然而與君有舊，不敢使婢僕言之．幸勿爲笑．"穆曰："羈旅之人，館穀是惠，豈意特賜相見，兼許叙故？且穆平生未離京洛，是以江淮親故，多不識之，幸盡言也．"縣主曰："欲自陳叙，竊恐驚動長者．妾離人間，已二百年矣，君亦何從而識？"初穆聞其姓楊，自稱縣主，意已疑之，及聞此言，乃知是鬼，亦無所懼．縣主曰："以君獨孤將軍之貴裔，世稟忠烈，故欲奉託，勿以幽冥見疑．"穆曰："穆之先祖，爲隋室將軍，縣主必以穆忝有祖風，欲相顧託，乃平生之樂聞也，有何疑焉？"縣主曰："欲自宣洩，實增悲感．妾父齊王，隋帝第二子．隋室傾覆，妾之君父，同時遇害．大臣宿將，無不從逆，唯君先將軍，力拒逆黨．妾時年幼，常在左右，具見始末．及亂兵入宮，賊黨有欲相逼者，妾因辱罵之，遂爲所害．"因悲不自勝．穆因問其當時人物及大業末事，大約多同《隋史》．久之，命酒對飲，言多悲咽，爲詩以贈穆曰：

"江都昔喪亂，闕下多構兵．豺虎恣吞噬，干戈日縱橫．逆徒自外至，半夜開重城．膏血浸宮殿，刀槍倚檻楹．今知從逆者，乃是公與卿．眉：絕非女子語．白刃汙黃屋，邦家遂因傾．疾風知勁草，世亂識忠臣．哀哀獨孤公，臨死乃結纓．天地旣板蕩，雲雷時未亨．今者二百載，幽懷猶未平．山河風月古，陵寢露煙青．君子乘祖德，方垂忠烈名．華軒一會顧，土室以爲榮．丈夫立志操，存沒感其情．求義若可託，誰能抱幽貞？"穆深嗟嘆，以爲班婕妤所不及也．因問其平生製作，對曰："妾本無才，但好讀古集．常見謝家姊妹及鮑氏諸女皆善屬文，私懷景慕．帝亦雅好文學，時時被命．當時薛道衡才名高海內，妾每見其文，心頗鄙之．向者情發於中，但直敍事耳，何足稱贊？"穆曰："縣主才自天授，乃鄴中七子之流，道衡安足比擬？"穆遂賦詩以答之曰："皇天昔降禍，隋室若綴旒．患難在雙闕，干戈連九州．出門皆凶豎，所向多逆謀．白日忽然暮，頹波不可收．望夷旣結釁，宗社亦貽羞．溫室兵始合，宮闈血已流．憫哉吹簫子，悲啼下鳳樓．霜刃徒見逼，玉笄不可求．羅襦遺侍者，粉黛成仇讎．邦國已淪覆，餘生誓不留．英英將軍祖，獨以社稷憂．丹血濺黼扆，豐肌染戈矛．今來見禾黍，盡日悲宗周．〈玉樹〉已寂寞，泉臺千萬秋．感茲一顧重，願以死節酬．幽顯倘不昧，中焉契綢繆．"縣主吟諷數四，悲不自堪者久之．逡巡，青衣數人皆持樂器，而有一人前白縣主曰："言及舊事，但恐使人悲感．且獨孤郞新至，豈可終夜啼淚相對乎？眉：解手．某請充使，召來家娘子相伴．"縣主許之，旣而謂穆曰："此大將軍來護兒歌人，亦當時遇害，近在於此．"俄頃卽至，甚有姿色，善言笑．因作樂，縱飮甚歡．來氏歌數曲，穆唯記其一曰："平陽縣中樹，久作廣陵塵．不意阿郞至，黃泉重見春．"良久曰："妾與縣主居此二百餘年，豈期今日忽有佳禮？"縣主曰："本以獨孤公忠烈之家，願一相見，欲豁幽憤耳。豈可以塵土之質，厚誣君子？"穆因吟縣主詩落句云："求義若可託，誰能抱幽貞？"縣主微笑曰："亦大強記。"穆因以歌諷之曰："金闈久無主，羅袂坐生塵。願作吹簫伴，同爲騎鳳人。"縣主亦以歌答曰："朱軒下長路，青草啓孤墳。猶勝陽臺上，空看朝幕雲。"來氏曰："曩日蕭皇后欲以縣主配后兄子正見，江都之亂，其事寢。獨狐冠晁盛族，忠烈之家，今日相對，正爲嘉耦。"穆問："縣主所封何邑？"縣主云："兒以仁壽四年生於京師，時駕幸仁壽宮，因名壽兒。明年，太子卽位，封清河縣主。上幸江都宮，徙封臨淄縣主。特爲皇后所愛，常在宮內。"來曰："夜已深矣，獨孤郎宜且成禮，某當奉候於東閣，伺曉拜賀。"於是群婢戲謔，皆若人間之儀。既入臥內，但覺其氣奄然，其身頗冷。頃之，泣謂穆曰："俎謝之人，久爲塵灰。幸得奉事巾櫛，死且不朽。"於是復召來氏，飲宴如初，因問穆曰："君今適江都，何日當回？有以奉託可乎？"穆曰："死且不顧，其他有何不可？"縣主曰："帝旣改葬，妾獨居此。今爲惡王墓所擾，欲聘妾爲姬。妾以帝王之家，義不爲凶鬼所辱。本願相見，正爲此耳。君將適江南，路出其墓下，以妾之故，必爲所困。道士王善交書符於淮南市，能制鬼神，君求之卽免矣。"又曰："妾居此亦終不安，君江南回日，能挈我俱去，葬我洛陽北坂上。得與君相近，永有依託，眉：據此，則傴仍以尸體爲依矣。生成之惠也。"穆皆許諾。酒酣，倚穆而歌曰："露草芊芊，頹塋未遷。自我居此，於今幾年？與君先祖，疇昔恩波。死生契闊，忽此相過。誰謂佳期？尋當別離。俟君之北，携手同歸。"因下淚沾巾。來氏亦泣語穆曰："獨孤郎勿負縣主厚意！"穆因以歌答曰："伊彼維陽，在天一方。驅馬悠悠，忽來異鄉。情通幽顯，獲此相見。義感疇昔，言存繾綣。淸江桂州[1]，可以遨遊。惟子之故，不遑淹留。"縣主泣謝穆曰："一辱佳貺，永以爲好." 須臾, 天將明, 縣主涕泣, 穆亦相對而泣. 凡在坐者, 穆皆與辭訣. 旣出門, 回顧無所見, 地平坦, 亦無墳墓之象. 穆意恍惚, 良久乃定, 因徙柳樹一株以志之. 夾 : 精細. 家人索穆頗甚, 忽復數日, 穆乃入淮南, 果遇王善交於市, 遂獲一符. 旣至惡王墓下, 爲旋風所撲三四, 穆因出符示之, 乃止. 先是穆頗不信鬼神之事, 至是乃深嘆訝, 亦私爲所親者言之. 時年正月, 自江南回, 發其地數尺, 得骸骨一具, 以衣衾斂之. 穆以其死時草草, 旣至洛陽, 大具威儀, 親爲祝文以祭, 葬於安善門外. 其夜, 獨宿村墅, 縣主復至, 深謝遷神之德. 穆睹其車輿導從, 悉光赫於當時. 縣主亦指之曰 : "皆君賜也. 歲至己卯, 當遂相見." 其夕, 因宿穆所, 至明乃去. 穆旣爲數千里遷葬, 復倡言其事, 凡穆之故舊親戚無不畢知. 貞元十五年, 歲在己卯, 穆晨起將出, 忽見數車至其家, 謂穆曰 : "縣主有命." 穆曰 : "相見之期至乎!" 其夕暴亡, 遂合葬於楊氏. 眉 : 結果妙.

* 이 고사는《태평광기》권342 〈귀·독고목〉에 실려 있다.
1 계주(桂州) : 문맥상 타당하지 않으므로, "계주(桂舟)" 또는 "양주(揚州)"의 오기로 보인다.

59-3(1734) 노충

노충(盧充)

출《수신기(搜神記)》

노충은 범양(范陽) 사람이다. 그의 집에서 서쪽으로 30리 떨어진 곳에 최 소부(崔少府)의 무덤이 있었다. 스무 살이 된 노충은 동짓날 하루 전에 집을 나서서 서쪽으로 사냥하러 갔는데, 노루를 쏘아 맞혔으나 노루가 쓰러졌다가 다시 일어났다. 노충은 그 노루를 뒤쫓아 자기도 모르게 멀리 갔다가 문득 보았더니, 길 북쪽으로 1리쯤 되는 곳에 높다란 문의 기와집이 있었고 사방에 관사 같은 건물이 있었으며, 노루는 더 이상 보이지 않았다. 문 안에서 문지기가 소리쳤다.

"손님은 들어오십시오."

한 사람이 새 옷 한 벌을 던져 주며 말했다.

"부군(府君: 최 소부)께서 이것을 낭군에게 주라고 하셨습니다."

노충이 새 옷으로 갈아입고 나서 나아가 최 소부를 뵈었더니 최 소부가 노충에게 말했다.

"당신 부친께서 우리 집안을 비루하다 여기지 않으시고, 근자에 편지를 보내 당신을 위해 내 막내딸을 신붓감으로 달라고 하시기에 이렇게 맞이해 온 것이오."

그러면서 편지를 노충에게 보여 주었다. 부친이 돌아가셨을 때 노충은 비록 어렸으나 이미 부친의 필적을 알고 있었으므로 곧장 흐느껴 울며 더 이상 물리치지 못했다. 황혼 무렵에 안에서 아뢰었다.

"아가씨의 단장이 끝났습니다."

최 소부가 노충에게 말했다.

"당신은 동쪽 행랑으로 가시오."

노충이 행랑으로 갔더니 최 소부의 딸이 이미 가마에서 내려와 자리 끝에 서 있어 맞절을 했다. 사흘간의 주연이 끝나자 최 소부가 노충에게 말했다.

"당신은 돌아가시오. 내 딸이 아들을 낳으면 마땅히 돌려보낼 테니 의심하지 마시오. 그리고 딸을 낳으면 여기에 두고 기르겠소."

그러고는 집안사람에게 수레 채비를 단단히 해서 손님을 배웅하라고 했다. 노충이 곧 작별하고 나가자 최 소부는 중문(中門)까지 나와 배웅하면서 노충의 손을 잡고 눈물을 흘렸다. 노충이 문을 나서자 푸른 소가 끌고 있는 수레가 보였고, 또 자신이 본래 입었던 옷과 활과 화살이 문밖에 그대로 있었다. 노충이 수레에 오르자 마치 번개처럼 달려가 순식간에 집에 도착했다. 모친이 노충을 보고 그 이유를 묻자 노충은 사실대로 모두 대답했다. 최 소부의 딸과 헤어진 후 4

년이 지난 3월에 노충이 물가에서 놀고 있었는데, 문득 옆을 보았더니 소 수레가 물에 떴다 가라앉았다 했다. 잠시 후 그 수레가 강 언덕으로 올라오자 함께 앉아 있던 사람들이 모두 보았다. 노충이 가서 그 수레의 뒷문을 열었더니 최 소부의 딸과 세 살 된 아들이 함께 타고 있었다. 최 소부의 딸은 아이를 안아 노충에게 돌려주었고, 또 황금 주발[金碗] 미 : 두보(杜甫)의 시에는 "금완(金盌)"이라 되어 있다. 과 함께 다음과 같은 시를 주었다.

"밝게 반짝이는 영지 같은 모습, 아름다운 광채 어찌 그리 눈부신가? 꽃다운 자태는 당시 으뜸이었고, 기이한 자질은 신비함이 드러났다네. 맺은 꽃봉오리 피어 보지도 못한 채, 한여름에 서리 맞아 시들었네. 빛나는 영화 영원히 어둠 속으로 스러져, 인생길 다시는 펼칠 길 없네. 음양의 이치 깨닫지 못했다네, 철인(哲人)이 홀연 오실 때까지는. 이제 한 번 헤어지면, 어느 때에 다시 만나리오?"

노충이 아이와 주발과 시를 받고 나자 갑자기 최 소부의 딸이 사라졌다. 노충은 그 후에 수레를 타고 시장으로 들어가 황금 주발을 팔면서 그것을 알아보는 사람이 나타나기를 바랐다. 한 하녀가 그것을 알아보고 돌아가서 주인마님에게 아뢰었다.

"시장에서 어떤 사람이 수레를 타고 최씨 아가씨의 관 속에 있던 황금 주발을 팔고 있습니다."

주인마님은 바로 최씨 아가씨의 친이모였다. 이모는 자기 아들을 보내 그것을 살펴보게 했는데, 과연 하녀가 말한 것과 같았다. 이에 이모의 아들이 수레에 올라가 자신의 성명을 밝히고 노충에게 말했다.

"옛날에 저의 이모가 최 소부에게 시집가서 딸을 낳았는데, 그 딸이 출가하지 못한 채 죽었습니다. 그래서 저의 어머니께서 애통해하며 황금 주발 하나를 관 속에 넣어 주었습니다. 그 주발을 얻게 된 자초지종을 말씀해 주십시오."

노충이 사실대로 대답하자 이모의 아들도 슬피 울더니 황금 주발을 가지고 집으로 돌아가 모친에게 아뢰었다. 그러자 모친은 곧장 아들에게 노충의 집을 찾아가 아이를 데리고 돌아오게 했다. 여러 친척들이 모두 모여서 보았더니, 아이는 최씨를 닮았고 또 노충을 닮기도 했다. 아이와 황금 주발이 모두 징험되자 이모가 말했다.

"나의 조카는 자가 온휴(溫休)인데, 온휴는 바로 유혼(幽婚 : 혼령과 결혼한다)[90]이란 뜻이오."

노충의 아들은 마침내 훌륭한 인물이 되어 군수(郡守)를 지냈다. 그의 자손들은 지금까지 대대로 벼슬하고 있다. 그

---

90) 유혼(幽婚 : 혼령과 결혼한다) : '온휴(溫休)'의 반절(反切)은 '유(幽)'가 되고, '휴온(休溫)'의 반절은 '혼(婚)'이 되기 때문에 '유혼'이라 한 것이다.

의 후손 노식(盧植)은 자가 자간(子幹)으로 천하에 이름을 떨쳤다.

盧充, 范陽人. 家西三十里, 有崔少府墓. 充年二十, 於冬至一日, 出宅西獵, 射麞中之, 麞倒而起. 充逐之, 不覺遠, 忽見道北一里許, 高門瓦屋, 四周有如府舍, 不復見麞. 門中一鈴下唱: "客前." 有一人, 投一襆新衣曰: "府君以遺郎." 充着訖, 進見, 少府語充曰: "尊府君不以僕門鄙陋, 近得書, 爲君索小女爲婚, 故相迎耳." 便以書示充. 父亡時, 充雖小, 然已識父手迹, 卽歔欷, 無復辭免. 至黃昏, 內白: "女郎妝嚴畢." 崔語充: "君可至東廊." 旣至, 女已下車, 立席頭, 却共拜. 給食三日畢, 崔謂充曰: "君可歸. 女生男, 當以相還, 無相疑. 生女, 當留養." 敕內嚴車送客. 充便辭出, 崔送至中門, 執手涕零. 出門, 見一牸車, 駕青衣[1], 又見本所着衣及弓箭, 故在門外. 充上車, 去如電逝, 須臾至家. 母見, 問其故, 充悉以狀對. 別後四年, 三月, 充臨水戲, 忽見傍有牸車, 乍沉乍浮. 旣而上岸, 同坐皆見. 而充往開其車後戶, 見崔氏女與三歲男共載. 女抱兒以還充, 又與金碗, 眉: 杜詩作"金盌". 並贈詩曰: "煌煌靈芝質, 光麗何猗猗. 華艷當時顯, 嘉異表神奇. 含英未及秀, 中夏罹霜萎. 榮耀長幽滅, 世路永無施. 不悟陰陽運, 哲人忽來儀. 今時一別後, 何得重會時?" 充取兒·碗及詩, 忽然不見. 充後乘車入市賣碗, 冀有識者. 有一婢識此, 還白大家曰: "市中見一人乘車, 賣崔氏女郎棺中碗." 大家, 卽崔氏親姨母也. 遣兒視之, 果如婢言. 乃上車, 叙姓名, 語充曰: "昔我姨嫁少府, 女未出而亡. 家親痛之, 贈一金碗, 著棺中. 可說得碗本末." 充以事對, 此兒亦爲悲咽, 賫還白母. 母卽令詣充家迎兒還. 諸親悉集, 兒有崔氏之狀, 又復似充貌. 兒·碗俱驗, 姨母曰:"我外甥也, 卽字溫休, 溫休者, 是幽婚也." 遂成令器, 歷郡守. 子孫冠蓋相承至今. 其後植字子幹, 有名天下.

* 이 고사는 《태평광기》 권316 〈귀·노충〉에 실려 있다.
1 의(衣): 《태평광기》 명초본에는 "우(牛)"라 되어 있는데, 문맥상 보다 타당하다.

59-4(1735) 담생

담생(談生)

출《열이전》

담생은 마흔 살이 되도록 부인이 없었는데, 늘 책을 읽으며 감격했다. 그런데 갑자기 한밤중에 나이가 열대여섯 살쯤 되고 용모와 차림새가 천하에 둘도 없는 여자가 담생을 찾아와 부부가 되겠다고 하면서 말했다.

"나는 다른 사람과 다르니 불로 나를 비춰 보지 마세요. 3년 후에는 비춰 보아도 됩니다."

이들은 부부가 되어 아들 하나를 낳았는데, 그 아들이 이미 두 살이 되었을 때 담생은 참을 수 없어서 밤에 부인이 잠들기를 기다렸다가 몰래 불로 비추어 보았더니, 부인의 허리 위로는 사람처럼 살이 돋아나 있었으나 허리 아래로는 단지 마른 뼈만 있을 뿐이었다. 부인이 이를 알아차리고서 말했다.

"당신은 나를 저버렸군요. 나는 거의 살아나려고 했는데, 어찌하여 1년을 더 참지 못하고 결국 비춰 보았습니까?"

담생이 사과했지만 부인은 울면서 눈물을 멈추지 못하며 말했다.

"당신과 부부의 인연은 비록 영원히 끝났지만 내 아들이 염려됩니다. 만약 당신이 가난하면 혼자 힘으로 아들과 살아갈 수 없을 것이니, 잠시 나를 따라오면 당신에게 물건을 하나 주겠습니다."

담생은 부인을 따라가서 화려한 집으로 들어갔는데, 집이며 기물들이 예사롭지 않았다. 부인은 진주로 된 장삼 한 벌을 담생에게 주며 말했다.

"이것이면 먹고살 수 있을 것입니다."

그러면서 담생의 옷자락을 찢어서 잘 보관한 다음 담생을 떠나보냈다. 그 후에 담생은 장삼을 가지고 시장으로 갔는데, 휴양왕(睢陽王)91)의 집에서 그것을 사서 담생은 천만 전을 벌었다. 휴양왕이 그 옷을 알아보고 말했다.

"이것은 내 딸의 장삼이니 틀림없이 무덤을 도굴했을 것이다."

휴양왕은 곧 담생을 잡아 와 심문했다. 미 : 〈모란정도타장원극(牡丹亭刀打狀元劇)〉은 이 고사를 바탕으로 했다. 담생은 사실대로 자세히 아뢰었으나 휴양왕은 그 말을 믿지 않았다. 그래서 딸의 무덤을 살펴보았는데 무덤은 예전처럼 완전한 상태였다. 딸의 무덤을 파고 보았더니 과연 관 뚜껑 밑에서

---

91) 휴양왕(睢陽王) : '휴양'은 후한 때 양국(梁國)의 현(縣)인데, 휴양왕은 사서에 보이지 않는다.

담생의 옷자락이 나왔다. 휴양왕이 담생의 아들을 불러와 보았더니 딸을 빼닮았기에 휴양왕은 그제야 담생의 말을 믿게 되었다. 휴양왕은 즉시 담생을 예우하고 주서(主壻)[92]로 삼았으며, 표문을 올려 그 아들을 시중(侍中)으로 삼았다.

談生者, 年四十, 無婦, 常感激讀書. 忽夜半有女子, 可年十五六, 姿顔服飾, 天下無雙, 來就生爲夫婦, 自言:"我與人不同, 勿以火照我也. 三年之後, 方可照." 爲夫妻, 生一兒, 已二歲, 不能忍, 夜伺其寢後, 盜照視之, 其腰已上生肉如人, 腰下但有枯骨. 婦覺, 遂言曰:"君負我. 我垂生矣, 何不能忍一歲而竟相照也?" 生辭謝, 涕泣不可復止, 云:"與君雖大義永離, 然顧念我兒. 若貧不能自偕活者, 暫隨我去, 方遺君物." 生隨之去, 入華堂, 室宇器物不凡. 以一珠袍與之, 曰:"可以自給." 裂取生衣裾, 留之而去. 後生持袍詣市, 睢陽王家買之, 得錢千萬. 王識之曰:"是我女袍, 此必發墓." 乃取考之. 眉:〈牡丹亭刀打狀元劇〉本此. 生具以實對, 王猶不信. 乃視女冢, 冢完如故. 發視之, 果棺蓋下得衣裾. 呼其兒, 正類王女, 王乃信之. 卽禮談生, 以爲主壻, 表其兒以爲侍中.

* 이 고사는 《태평광기》 권316 〈귀·담생〉에 실려 있다.

---

92) 주서(主壻): 제왕(諸王)의 딸인 옹주(翁主)를 '군주(郡主)'라 하고, 군주의 남편을 '주서'라 한다.

59-5(1736) 장자장

장자장(張子長)

출《법원주림》

　진(晉)나라 때 무도태수(武都太守) 이중문(李仲文)은 무도군에 있을 때 열여덟 살 된 딸을 잃었는데, 임시로 군의 성 북쪽에 가매장했다. 나중에 장세지(張世之)가 무도태수로 교체되었는데, 그의 아들 장자장은 스무 살이었고 관아에서 부친을 시종했다. 어느 날 장자장의 꿈에 열일고여덟 살쯤 되어 보이는 용모가 빼어난 한 여자가 나타나, 자신은 전임 부군(府君 : 태수)의 딸로 불행히도 요절했으나 지금 다시 살아나게 되었으며 마음속으로 장자장을 사랑해서 찾아왔다고 말했다. 여자는 이렇게 대엿새 밤마다 꿈에 보이다가, 하루는 갑자기 대낮에 나타나 마침내 부부가 되었는데, 그녀는 처녀 같았다. 후에 이중문은 하녀를 보내 딸의 무덤을 살펴보게 하고 장세지의 부인을 찾아가 안부를 묻게 했다. 그런데 하녀가 관아로 들어가서 보았더니, 이중문 딸의 신발 한 짝이 장자장의 침상 아래에 있었다. 하녀는 신발을 들고 흐느껴 울면서 장자장이 무덤을 파헤쳤다고 소리치며 그 신발을 가지고 돌아가 이중문에게 보여 주었다. 이중문은 경악하며 사람을 보내 장세지에게 물어보았다.

"당신의 아들이 어찌하여 내 죽은 딸의 신발을 가지고 있습니까?"

장세지가 아들을 불러 어찌 된 일인지 물었더니 아들이 자초지종을 모두 설명했다. 이중문과 장세지는 모두 괴이한 일이라고 생각해 관을 열고 살펴보았는데, 딸의 시신에 이미 살이 돋아났고 얼굴 모습이 예전과 같았지만 오직 오른발에만 신발을 신고 있었다. 장자장의 꿈에 이중문의 딸이 나타나 말했다.

"나는 막 살아나려던 참이었는데, 지금 관이 열리는 바람에 이후로는 결국 살이 썩어 살아날 수 없게 되었습니다. 이 한스러운 마음을 어찌 말로 다 하겠습니까!"

여자는 눈물을 흘리며 작별했다. 미 : 여자의 정성으로 좋아하는 사람에게는 모습을 드러낼 수 있었지만, 부모에게는 현몽할 수 없어서 스스로 무덤을 파헤치게 만들었으니 어째서인가?

晉時, 武都太守李仲文, 在郡喪女, 年十八, 權假葬郡城北. 有張世之代爲郡, 世之男字子長, 年二十, 侍從在廨中. 夢一女, 年可十七八, 顔色不常. 自言前府君女, 不幸早亡, 會今當更生, 心相愛樂, 故來相就. 如此五六夕, 忽然晝見, 遂爲夫妻, 如處女焉. 後仲文遣婢視女墓, 因過世之婦相問. 入廨中, 見此女一隻履, 在子長床下. 取之啼泣, 呼言發冢, 持履歸, 以示仲文. 仲文驚愕, 遣問世之:"君兒何由得亡女履耶?"世之呼問, 兒具陳本末. 李·張並謂可怪, 發棺視之, 女體已生肉, 顔姿如故, 唯右脚有履. 子長夢女, 曰:"我比得生, 今爲所發, 自爾之後, 遂死肉爛, 不得生矣. 萬恨之心, 當復何言!" 泣涕而別. 眉:女之精誠, 且能示形於所歡, 而不能通夢於父母, 自取發掘, 何耶?

* 이 고사는《태평광기》권319〈귀·장자장〉에 실려 있다.

59-6(1737) 최함

최함(崔咸)

출《통유기》

박릉(博陵) 사람 최함은 젊어서부터 조용히 지내는 것을 좋아했으며, 상주(相州)에 살면서 늘 원림(園林)을 가꾸며 지냈다. 하루는 혼자 서재에 있었는데, 밤에 천둥 비가 내린 뒤에 홀연히 열예닐곱 살쯤 되어 보이는 한 여자가 담을 넘어 들어오더니, 최함을 끌어안고 방으로 들어갔다. 최함이 그녀에게 어디서 왔는지 물었지만, 그녀는 끝내 대답하지 않았다. 최함은 그녀를 도망자라고 생각해 깊숙이 숨겨 주었는데, 아침 무렵에 보았더니 죽어 있었다. 최함은 놀랍고도 두려워서 감히 그녀를 꺼내지 못했으며, 곧장 나가서 딸을 잃어버린 집을 수소문했다. 잠시 후 예닐곱 명의 노비들이 상복을 입고 가면서 말을 했는데, 마치 누군가를 찾는 듯했다. 그들이 서로 말했다.

"죽어서도 도망쳤는데 하물며 살아서야!"

최함이 그들을 따라가서 무슨 일인지 물었더니 그들이 대답했다.

"당신은 뭐 하러 물으십니까?"

최함이 한사코 물었더니 그제야 그들이 말했다.

"우리 집의 작은 아가씨가 죽은 지 사흘이 되어 어젯밤에 막 염을 하고 있을 때, 천둥 벼락이 치더니 시체가 일어나 밖으로 나갔는데 어디로 갔는지 도무지 알 수가 없습니다."

최함이 그녀의 용모와 의복을 물어보며 어젯밤의 상황을 자세히 말해 주고 그들을 데리고 집으로 가서 확인해 보았더니, 과연 그녀의 시체였으며 그녀의 옷과 신발에는 모두 진흙이 묻어 있었다. 그녀의 집에서는 정말 이상한 일이라고 생각했다. 그녀의 시신을 집으로 가져가서 장사 지내려고 했는데, 시신이 무거워서 옮길 수가 없자 최함이 술을 따라 제사 지내면서 축원했더니 그제야 시신이 떠났다. 미: 시신이 또한 황망히 인연을 마무리했다. 그때는 천보(天寶) 원년 (742) 6월이었다.

博陵崔咸, 少習靜, 家於相州, 居常葺理園林. 獨在齋中, 夜雷雨後, 忽有一女子, 年十六七, 踰垣而入, 擁之入室. 問其所從來, 而終無言. 咸疑其遁者, 乃深藏之, 將旦而斃. 咸驚懼, 未敢發, 乃出訪失女家. 須臾, 有奴婢六七人, 喪服行語, 若有尋求者. 相與語曰: "死尙逸, 況生乎!" 咸從而問之, 對曰: "郎君何用問?" 固問之, 乃曰: "吾舍小娘子, 亡來三日, 昨夜方殮, 被雷震, 尸起出, 忽不知所向." 咸問其形容衣服, 乃具昨夜之狀, 引至家驗之, 果是其尸, 衣裳足履皆泥汚. 其家大異之. 歸將葬, 其尸重不可致, 咸乃奠酒祝語之, 乃去. 眉: 尸亦草草了緣. 時天寶元年六月.

* 이 고사는 《태평광기》 권333 〈귀·최함〉에 실려 있다.

59-7(1738) 곽저

곽저(郭翥)

출《선실지》

[당나라] 원화(元和) 연간(806~820)에 곽저라는 사람이 일찍이 악주(鄂州) 무창현위(武昌縣尉)를 지냈다. 그는 패국(沛國) 사람 유집겸(劉執謙)과 친밀한 사이였는데, 두 사람은 매번 서로 말했다.

"저승과 이승이 통할 수 없는 것을 늘 안타까워하고 있으니, 먼저 죽는 사람이 반드시 찾아와서 저승의 사정을 알려주기로 약속하세."

나중에 유집겸이 죽은 지 몇 달 뒤에 곽저는 화음(華陰)에 살고 있었는데, 어느 날 저녁에 곽저가 혼자 있을 때 누군가가 문밖에서 탄식하다가 한참 뒤에 말했다.

"곽 군(郭君 : 곽저)은 별 탈 없다고 들었네."

곽저는 그 목소리를 듣자 유집겸임을 알고 말했다.

"얼굴 한번 보세."

귀신은 촛불을 치워 주면 그와 얘기하겠다고 했다. 곽저는 즉시 촛불을 치우고 그의 소매를 잡아끌고 들어와 함께 평상에 앉아 지난 일을 하나하나 얘기했다. 또 저승에서 받는 화복(禍福)이 너무 분명해 속일 수 없다는 말도 했다. 밤이 깊어진 뒤에 곽저는 갑자기 주위에서 심한 악취가 나는 것을 느꼈는데, 잠시 후에는 도저히 참을 수가 없어서 곧장 손으로 그 사람을 어루만져 보았더니, 몸집이 굉장히 커서 유집겸과는 달랐다. 근력이 셌던 곽저는 그가 다른 괴물임을 알아차리고 그의 소매를 붙잡아 몸으로 그를 눌러 꼼짝 못하게 해 놓고는 코를 막고 그 자리에 누웠다. 협: 참을성이 대단하다. 미: 무섭도다! 얼마 후 그가 가겠다고 말하자, 곽저는 함께 얘기하는 척하면서 새벽까지 그를 붙잡아 두었다. 그러자 그 사람은 더욱 다급하게 떠나겠다고 청하면서 말했다.

"장차 날이 새려 하니 날 보내 주지 않으면 화가 자네에게 미칠 것이네."

그러나 곽저는 대꾸하지 않았다. 잠시 후 그 사람의 말소리가 들리지 않았다. 이윽고 날이 밝은 뒤에 보았더니, 그 사람은 키가 7척도 넘는 호인(胡人)으로 죽은 지 며칠 된 것 같았다. 당시는 한창 무더운 때라서 악취 때문에 접근할 수 없었기에 곽저는 즉시 그 시체를 교외에 내다 버리게 했는데, 그때 갑자기 마을 사람 몇 명이 멀리서 이를 보고 급히 와서 살펴본 뒤 놀라며 말했다.

"정말 우리 형님입니다! 죽은 지 며칠 되었는데 어젯밤에 홀연히 어디론가 사라졌습니다."

그러고는 시체를 가지고 떠났다.

元和間, 有郭翥者, 常爲鄂州武昌尉. 與沛國劉執謙友善, 二人每相語:"常恨幽顯不得通, 約先沒者, 當來告." 後執謙卒數月, 翥居華陰, 一夕獨處, 戶外嗟吁, 久而言曰:"聞郭君無恙." 翥聆其音, 知執謙也, 曰:"可一面." 鬼請去燭, 當與子談. 翥卽徹燭, 引其袂而入, 與同榻, 話舊歷歷然. 又言冥中罪福甚明, 不可欺. 夜旣分, 翥忽覺有穢氣發於左右, 須臾不可受, 卽以手而捫之, 其軀甚大, 不類執謙. 翥有膂力, 知爲他怪, 因攬其袂, 以身加之, 牢不可動, 掩鼻而臥. 夾:大是耐得. 眉:可畏! 旣而告去, 翥佯與語, 留之將曉. 求去愈急, 曰:"將曙矣, 不遣我, 禍且及子." 翥不答. 頃之, 遂不聞語. 俄天曉, 見一胡人, 長七尺餘, 如卒數日者. 時當暑, 穢不可近, 卽命棄去郊外, 忽有里人數輩望見, 疾來視之, 驚曰:"果吾兄也! 亡數日矣, 昨夜忽失所在." 乃取尸而去.

* 이 고사는 《태평광기》 권345 〈귀·곽저〉에 실려 있다.

59-8(1739) 이칙

이칙(李則)

출《독이지》

 [당나라] 정원(貞元) 연간(785~805) 초에 하남소윤(河南少尹) 이칙이 죽었는데, 미처 염하기 전에 붉은 옷을 입은 한 사람이 오더니 명함을 내밀며 조문의 뜻을 표하면서 자신을 소 낭중(蘇郎中)이라 칭했다. 그 사람은 안으로 들어가더니 몹시 비통해했다.

 그런데 잠시 후 시체가 벌떡 일어나더니 그 사람과 몸싸움을 하자, 집안사람과 자식들은 깜짝 놀라 당(堂) 밖으로 뛰쳐나갔다. 두 사람은 문을 닫고 격투를 벌였는데, 저녁이 되어서야 비로소 싸움을 그쳤다. 효자(孝子 : 상주)가 그제야 용기를 내서 들어가 보았더니 두 시체가 함께 침상 위에 누워 있었는데, 키와 생김새와 수염과 옷까지 하나도 다름이 없었다. 미 : 정말 괴이하다. 모인 가족들은 그 둘을 구별할 수 없어서 결국 같은 관에 넣어 매장했다.

貞元初, 河南少尹李則卒, 未殮, 有一朱衣人來, 投刺申吊, 自稱蘇郎中. 旣入, 哀慟尤甚. 俄頃尸起, 與之相搏, 家人子驚走出堂. 二人閉門毆擊, 及暮方息. 孝子乃敢入, 見二尸共臥在床, 長短形狀, 姿貌鬚髥衣服, 一無差異. 眉 : 怪甚. 於是聚族不能識, 遂同棺葬之.

* 이 고사는 《태평광기》 권339 〈귀・이칙〉에 실려 있다.

59-9(1740) 하북의 촌장
하북촌정(河北村正)
출《유양잡조》

처사(處士) 정빈우(鄭賓于)가 다음과 같은 이야기를 했다.

한번은 그가 하북(河北)에서 기거했을 때 촌정(村正: 촌장)의 아내가 막 죽어 아직 염을 하지 않았다. 해가 지자 촌정의 자식들은 갑자기 음악 소리가 점점 가까워지는 것을 느꼈는데, 음악 소리가 정원에 이르자 시체가 이미 움직였다. 이어서 음악 소리가 방으로 들어와 마치 들보와 마룻대 사이에 있는 것 같자 시체가 마침내 일어나 춤을 췄다. 음악 소리가 다시 나가자 시체가 쓰러졌으며, 잠시 후 음악 소리가 문을 나가자 시체도 그것을 따라 나갔다. 집안사람들은 놀라고 두려운 데다 달빛까지 어두웠기 때문에 감히 쫓아가지 못했다. 일경(一更)에 촌정은 집으로 돌아와 그 사실을 알고 팔뚝만 한 뽕나무 가지 하나를 꺾어서 술을 마시고 마구 욕을 하며 시체를 찾아 나섰다. 촌정이 무덤 숲으로 약 5~6리를 들어갔더니 다시 음악 소리가 한 측백나무 위에서 들려왔다. 촌정이 그 나무로 가까이 갔더니 나무 아래에 불이 환하게 켜져 있고 시체가 한창 춤을 추고 있었다. 촌정이 몽둥이를 들어 시체를 내려쳤더니 시체가 넘어지고 음악 소리도 그쳐, 마침내 시체를 업고 집으로 돌아왔다.

處士鄭賓于言:甞客河北, 有村正妻新死, 未斂. 日暮, 其兒女忽覺有樂聲漸近, 至庭宇, 尸已動矣. 及入房, 如在梁棟間, 尸遂起舞. 樂聲復出, 尸倒, 旋出門, 隨樂聲而去. 其家驚懼, 時月黑, 亦不敢尋逐. 一更, 村正方歸, 知之, 乃折一桑枝如臂, 被酒大罵尋之. 入墓林約五六里, 復覺樂聲在一柏林上. 乃近樹, 樹下有火熒然, 尸方舞矣. 村正擧杖擊之, 尸倒, 樂聲亦止, 遂負而還.

* 이 고사는 《태평광기》 권364 〈요괴(妖怪)·하북촌정〉에 실려 있다.

59-10(1741) 임회인
임회인(任懷仁)
출《계명록(稽明錄)》

　진(晉)나라 승평(升平) 원년(357)에 임회인은 열세 살의 나이로 대서좌(臺書佐 : 상서부의 서기)가 되었다. 그때 고향 사람 왕조(王祖)는 영사(令史)로 있으면서 늘 그를 총애했다. 임회인이 열대여섯 살이 되었을 때 다른 뜻을 품자, 왕조는 원한을 품고 있다가 가흥(嘉興)으로 가서 임회인을 죽이고 혐 : 크게 원통하다. 관 속에 넣어 서조(徐祚)의 집 밭머리에 묻었다. 그 후에 서조가 밭가에서 쉬며 하룻밤을 보냈는데, 문득 보았더니 무덤이 있었다. 서조는 아침·점심·저녁 세 끼니때마다 먹을 것을 나누어서 무덤에 제사를 지내고 귀신을 부르며 말했다.
　"밭머리 귀신아, 내게로 와서 밥을 먹으렴."
　날이 저물어 잠잘 때가 되면 또 말했다.
　"이리 와서 나랑 함께 자렴." 미 : 서조의 마음이 또한 기특하다.
　이렇게 오랜 시간이 지났다. 그 후로 어느 날 밤에 갑자기 그 귀신이 모습을 드러내며 말했다.
　"내일 우리 집에서 탈상을 하고 제사를 지낼 것인데, 제사상이 매우 풍성할 것이니 당신은 내일 나를 따라오십시오."

서조가 말했다.

"나는 산 사람이니 서로 만나는 것은 마땅하지 않소."

귀신이 말했다.

"내가 당신의 모습을 감춰 드리겠습니다."

이리하여 서조는 귀신을 따라갔다. 한 식경이 지나자 그 집에 도착했는데, 집 안에는 손님이 많았다. 귀신이 서조를 이끌고 영좌(靈座)로 올라가서 실컷 먹고 나니 음식이 바닥났는데, 이를 보고 온 식구들은 소리쳐 울고 슬픔을 가누지 못하면서 아들이 돌아온 것이라고 생각했다. 귀신은 왕조가 오는 것을 보고 말했다.

"저자가 나를 죽인 사람입니다!"

귀신은 여전히 그를 두려워하면서 곧 밖으로 달려 나갔다. 그때 서조의 모습이 드러나자 집안사람들이 크게 놀라며 서조에게 자세히 물어보았더니 서조가 사건의 자초지종을 말해 주었다. 마침내 서조를 따라 임회인의 관을 맞이하러 떠나자, 귀신은 더 이상 나타나지 않았다.

평 : 원수를 만나고도 기꺼워하지 못하고 오히려 두려워한 것은 마땅히 생기(生氣)가 강하기 때문이다. 아니면 은혜를 저버린 자가 응당 벌을 받아야 하는 것이 또한 [실제 계절

과의 차이를 바로잡기 위해] 윤달을 제정하는 것과 같기 때문인가?

晉升平元年, 任懷仁年十三, 爲臺書佐. 鄕里有王祖爲令史, 恒寵之. 懷仁已十五六矣, 頗有異意, 祖銜恨, 至嘉興, 殺懷仁, 夾：大恨. 以棺殯埋於徐祚家田頭. 祚後宿息田上, 忽見有塚. 至朝中暮三時食, 輒分以祭之, 呼云："田頭鬼, 就我食." 至瞑眠時, 亦云："來伴我宿." 眉：祚意亦奇. 如此積時. 後夜忽見形云："我家明當除服作祭, 祭甚豐厚, 君明隨去." 祚云："我是生人, 不當相見." 鬼云："我自隱君形." 祚便隨鬼去. 計行食頃, 便到其家, 家大有客. 鬼將祚上靈座, 大食食盡, 合家號泣, 不能自勝, 謂其兒還. 見王祖來, 便曰："此是殺我人!" 猶畏之, 便走出. 祚卽形露, 家中大驚, 具問祚, 因叙本末. 隨祚迎喪. 旣去, 鬼便斷絶.
評：見仇不能甘心, 猶畏之, 當是生氣猶盛故. 抑負心兒應得罰, 亦如閏制耶?

* 이 고사는 《태평광기》 권320 〈귀·임회인〉에 실려 있는데, 출전이 "《유명록(幽明錄)》"이라 되어 있다.

59-11(1742) 호연기

호연기(呼延冀)

출《소상기(瀟湘記)》

[진(晉)나라] 함화(咸和) 연간(326~334)에 호연기는 충주사호(忠州司戶)에 제수되어 그의 부인을 데리고 부임지로 갔다. 사수(泗水)에 이르러 호연기는 도적을 만나 재물을 다 털리고 알몸만 남았다. 호연기는 길옆에서 슬피 탄식하고 있다가 잠시 후 한 노인을 만났는데, 노인이 그 이유를 묻자 호연기가 일러 주었더니 노인이 말했다.

"남쪽으로 몇 리를 가면 바로 우리 집이 있으니 잠시 묵어가도 괜찮습니다."

이에 호연기가 노인과 함께 숲속으로 갔더니 큰 집이 한 채 나왔는데, 노인은 한방 안에 호연기와 그의 부인을 편히 있게 한 다음 음식을 차리고 옷을 주었다. 밤이 깊어지자 노인은 다시 술과 안주를 차려서 호연기에게 와서 얘기를 나누다가 말했다.

"당신은 몹시 가난하니 아마도 존부인을 데리고 가기가 필시 쉽지 않을 것입니다. 우리 집에는 노모만 계시니 존부인을 일단 이곳에 머물도록 하는 게 낫겠습니다. 당신은 임지에 도착했다가 나중에 존부인을 데리러 와도 됩니다."

호연기는 한참 동안 생각하다가 마침내 노인에게 감사하며 말했다.

"어르신께서 이토록 저를 불쌍히 여겨 주시니 감히 아내를 삼가 맡기겠습니다. 저의 아내는 본래 벼슬아치 집안 출신으로, 노래를 잘하고 글재주도 약간 있습니다. 그러나 술을 좋아해 자못 분방하니 어르신께서 잘 단속해 주셨으면 합니다." 미 : 스스로 소개서를 써 주었다.

노인이 말했다.

"걱정하지 마시고 임지로 가기만 하십시오."

이튿날 호연기가 부인을 남겨 두고 떠날 때 부인이 호연기의 손을 잡고 말했다.

"본래 당신과 함께 멀리 산천을 넘어 부관(簿官 : 사호참군을 말함)으로 부임하러 가던 길이었는데, 기약도 없이 또 이곳에 저를 남겨 두는군요. 만약 당신의 편지가 늦게 오면 저는 반드시 다른 사람에게 시집가 버릴 겁니다."

그러면서 눈물을 흘리며 작별했다. 호연기는 임지에 도착하자 곧 멀리서 부인을 데려올 일을 계획했다. 그런데 어느 날 갑자기 편지 한 통이 와서 받아 보니 부인이 직접 쓴 편지였는데, 이렇게 적혀 있었다.

"소첩은 본래 기녀로 어려서 궁중에 들어가 노래와 춤으로 다른 사람을 섬겼기에, 진실로 칭찬받을 만한 부덕(婦德 : 부인으로서 갖춰야 할 품덕)과 부용(婦容 : 부인으로서 갖

취야 할 몸가짐)을 갖추지 못했습니다. 궁중에서 기녀들을 방면해 돌려보냈을 때 소첩은 당신과 이웃이 되었는데, 그때 당신은 한창 젊은 나이에 술을 심하게 마시고 시를 잘 지었습니다. 당신은 소첩이 부인으로서 집안의 제사를 받들 수 없다고 여기지 않고 곧바로 예를 갖춰 소첩을 아내로 맞이했습니다. 여러 이웃들은 우리를 재자가인(才子佳人)이라 하며 부러워했습니다. 매번 붉은 누각에서 즐겁게 놀고 아름다운 안방에서 맹세하던 때를 떠올리곤 하는데, 어찌 오늘과 같은 일이 생길 줄을 알았겠습니까! 슬프도다! 당신이 소첩을 헌신짝처럼 버려 거친 들녘에 남겨 두었으니, 소첩의 외롭고 고달픈 이 한 몸은 흐르는 눈물을 멈추지 못했습니다. 박정함이 이와 같으니 소첩이 또 어떻게 깨끗하게 정절을 지킬 수 있겠습니까? 노인의 집에 젊은 아들이 하나 있는데, 소첩을 몹시 흠모하기에 소첩은 이미 그에게 시집 갔으니 당신은 원망하지 마십시오."

호연기는 편지를 읽다가 땅에 던져 버리고 분노를 이기지 못해 마침내 벼슬을 그만두고 사수로 갔다. 호연기는 본래 노인과 부인을 만나면 모두 죽이려 했는데, 아무리 찾아도 찾을 수 없었고 단지 커다란 무덤 하나만 보였으며 그 주위로 숲이 빽빽이 들어서 있었다. 호연기가 그 무덤을 파헤쳐 보았더니 그의 부인은 이미 죽어 무덤 속에 있었다. 그래서 부인의 시체를 꺼내 따로 묻어 주고 제사를 지낸 뒤 떠났다.

咸和中,呼延冀者,授忠州司戶,携其妻之官.至泗水,遇盜,盡奪其資,乃至裸衫.方悲嘆路傍,俄逢一老翁,問其故,冀告之,翁曰:"南行數里,卽我家,可暫宿也."乃與翁同往林中,得一大宅,翁安存於一室內,設食遺衣.至深夜,復具酒餚,就冀談話,曰:"君甚貧,恐尊夫人相携必不易.我家唯有老母,不若且留.俟到官後來迎,亦可."冀思之良久,遂謝曰:"承丈人相憫,敢以心素奉託.我妻本出官人也,能歌,仍薄有文藝.然好酒,多放蕩,幸丈人拘束之."眉:自作鷹書.翁曰:"無憂,但自赴官."明日,冀乃留妻而行,妻執冀手而言曰:"本與君遠涉川陸,赴一簿官,不期又留我於此.若遲君信不來,我必他適矣."泣淚而別.冀到官,方謀遠迎其妻.忽一日,有達一緘者,受之,是其妻手書也,書云:"妾本妓女,幼入宮禁,以歌舞事人,固無婦德婦容可得而稱也.及夫掖庭放歸,與君爲鄰,是時君方年少,酒狂詩逸.不以妾不可奉蘋蘩,遽以禮娶妾.才子佳人,爲諸鄰羨.每念紅樓戲謔,錦闈言誓,豈期今日之事哉!悲夫!君棄妾如屣,留於荒郊,孤苦一身,淚流莫遏.薄情如此,妾又奚貞潔之守乎?老父家有一少年子,深慕妾,妾已歸之,君其勿怨."冀覽書擲地,不勝憤怒,遂拋官至泗水.本欲見老翁及其妻,皆殺之,訪尋不得,但見一大冢,林木森然.冀毀其冢,見其妻已死在冢中.乃取尸別葬之,設祭而去.

* 이 고사는《태평광기》 권344 〈귀·호연기〉에 실려 있다.

59-12(1743) 소우

소우(蕭遇)

출《통유기》 미 : 술사 화도가 덧붙어 나온다(術士華道附見).

    신주자사(信州刺史) 소우는 어려서 고아가 되어 모친의 묘소를 알지 못했는데, 수십 년 뒤에 모친의 무덤을 이장하려 했다. 옛 무덤이 도성에 있었기에 소우는 그곳에 도착해서 무덤을 열었는데, 그만 노회창(盧會昌)의 무덤을 잘못 열었다. 잠시 뒤에 소우는 모친의 무덤이 아닌 것을 알고 통곡하면서 돌아갔다. 소우는 하양현(河陽縣)의 방사(方士) 화도(華道)가 귀신을 잘 부른다는 소문을 듣고 곧장 후한 예물을 보내 그를 맞이해 왔다. 화도가 도착한 뒤에 소우가 사정을 자세히 일러 주자 화도가 말했다.

    "한번 해 봅시다."

    화도가 제단을 마련하고 정성을 다해 곧장 노회창을 불렀더니, 의관이 매우 훌륭한 한 장부가 나타났다. 화도가 그를 꾸짖으며 말했다.

    "소 낭중(蕭郎中 : 소우)의 태부인(太夫人)의 무덤이 네 무덤에 침범당해 뒤섞여서 헛갈리게 만들었으니, 급히 태부인의 무덤을 찾아라. 그렇지 않으면 마땅히 당장에 죄를 묻겠다."

노회창이 재배하며 말했다.

"저는 천한 일을 하는 사람으로, 관할하는 땅은 두께 3척에 사방 10리까지 힘이 미칠 수 있으나 그 밖으로는 제가 알지 못합니다. 제가 관할하는 지역 안에는 소 낭중의 태부인의 무덤이 없지만 마땅히 찾아보겠으니, 미 : 토지신은 이장(里長)이나 갑장(甲長)93) 등과 같다. 아침까지 시간을 주십시오."

아침이 되자 화도와 소우가 그곳으로 갔다. 1리 남짓 갔을 때 저 멀리서 노회창이 급히 달려와서 말했다.

"제가 태부인의 무덤을 찾아다니다가 자못 귀신을 귀찮게 한 탓에 미 : 귀신이 조용한 것을 좋아하는 것은 또한 음양의 이치다. 지금 저를 급하게 붙잡아 심문하게 했으니, 두 분은 얼른 떠나십시오."

노회창은 말을 마치고 사라졌다. 두 사람이 그곳을 떠나 수백 보를 가다가 뒤돌아보았더니, 검푸른 연기가 온종일 땅을 덮고 있다가 사라졌다. 잠시 뒤에 노회창이 와서 말했다.

"제가 당신을 위해 태부인의 무덤을 찾아다니다가 저승 관부의 꾸지람을 크게 들었고, 이제는 달리 방법도 없으니

---

93) 갑장(甲長) : 옛날 호구 편제에서 10호를 1갑으로 하고 매 10호마다 두었던 우두머리를 말한다.

작별하고 떠나길 청합니다."

결국 화도는 하양현으로 돌아갔다. 소우는 소리쳐 울다가 그 후로 한 방에서 조용히 지냈다. 어느 날 밤에 갑자기 꿈을 꾸는 듯했는데, 문밖에서 누군가가 소우의 어릴 적 이름을 부르며 말하는 소리가 들렸다.

"내가 네 어미다."

소우는 깜짝 놀라 문밖으로 달려 나가 맞이해 절을 올리고 모친을 뵈었다. 모친이 어둠 속에서 나오자 소우는 살아생전처럼 모친을 상견했다. 모친이 소우에게 말했다.

"너의 지극한 효성이 하늘을 감동시켜 신명께서 굽어살펴 주셨다. 내가 오늘 이렇게 너를 만나니 슬픔이 북받치는구나."

소우는 한참 동안 통곡했다. 모친이 또 탄식하며 말했다.

"우리 집의 효자가 하늘에까지 알려졌기에 나는 비록 황천에 있지만 다른 이들의 추앙을 많이 받고 있다." 미 : 아들의 선악은 바로 지하에 있는 부모의 영욕에 영향을 미치니 조심하지 않을 수 있겠는가?

그러고는 소우와 함께 명계의 보응의 뜻을 논하며 한참 동안 얘기를 나눴다. 그러다가 소우가 다른 사람의 무덤을 잘못 팠던 일을 얘기하자 모친이 말했다.

"내가 온 것도 그 때문이다. 세월이 많이 흘렀고 그때 너는 어렸으니 어떻게 알 수 있겠느냐? 내 무덤 위에 이미 이오낭(李五娘)의 무덤이 있으나, 그 또한 이미 평평해졌으니 어떻게 알아볼 수 있겠느냐? 너는 내일 까막까치가 떼 지어 모여 있는 곳을 보게 될 것이니, 그 아래가 바로 내 무덤이니라."

모친이 또 말했다.

"만약 나를 보호해서 서쪽으로 가게 되거든, 반드시 두 개의 혼여(魂輿)[94]를 끌고 관(關)으로 들어가야 한다."

소우가 그 까닭을 묻자 어머니가 대답했다.

"숙모가 그곳에 계시는데 숙모 또한 반드시 고향으로 돌아가야 하기 때문이다."

소우가 말했다.

"숙모가 누구십니까?"

모친이 말했다.

"바로 네 외할머니인데, 내가 그냥 숙모라고 불렀다. 숙모는 내가 홀로 외로이 있는 것을 가엽게 여겨 일찍이 함양(咸陽)에서 이곳으로 와서 나와 함께 있었는데, 나중에 귀신들의 경계가 막혀 돌아갈 수 없었다. 그러니 반드시 두 개의 혼여가 필요하다."

---

94) 혼여(魂輿) : 옛날 출상(出喪)할 때 상여 위에 망자의 의관을 놓아두어, 망자가 생전에 수레를 타고 외출하는 형상을 상징했는데, 이를 '혼여' 또는 '혼거(魂車)'라고 했다.

모친은 말을 마치고 떠났는데 순식간에 사라졌다. 소우는 새벽이 될 때까지 애통해하다가 곧장 까막까치가 모여 있는 평지로 가서 그곳을 파 보았더니, 정말로 이오낭의 무덤이 있었고 다시 그 아래에 모친의 무덤이 있었기에, 비로소 합장할 수 있었다.

信州刺史蕭遇少孤, 不知母墓, 數十年, 將改葬. 舊塋在都, 既至, 啓, 乃誤開盧會昌墓. 既而知其非, 號慟而歸. 聞河陽方士華道[1]者善召鬼, 乃厚幣以迎. 既至, 具以情訴, 華曰 : "試可耳." 乃置壇潔誠, 立召盧會昌至, 一丈夫也, 衣冠甚偉. 呵之曰 : "蕭郞中太夫人塋, 被爾墓侵雜, 使其迷誤, 忽急尋求. 不爾, 當旦夕加罪." 會昌再拜曰 : "某賤役者, 所管地累土三尺, 方十里, 力可及, 周外則不知矣. 但管內無蕭郞中太夫人墓, 當爲索之, 眉 : 土地如里長・甲長等. 以旦日爲期." 及朝, 華與遇往. 行里餘, 遙見會昌奔來曰 : "吾緣尋索, 頗擾鬼神, 眉 : 鬼神好靜, 亦陰陽之理也. 今使按責甚急, 二人可疾去." 言訖而滅. 二人去之數百步, 顧視, 見靑黑氣覆地, 竟日乃散. 既而會昌來曰 : "吾爲君尋求, 大受陰司譴罰, 今計窮矣, 請辭去." 華歸河陽. 遇號哭, 自是端居一室. 夜忽如夢中, 聞戶外有聲, 呼遇小名 : "吾是爾母." 遇驚走, 出戶拜迎, 見其母. 母從暗中出, 遇與相見如平生. 謂遇曰 : "汝至孝動天, 神祇降鑒. 我今與汝相見, 悲愴盈懷." 遇號慟久之. 又嘆曰 : "吾家孝子, 有聞於天, 雖在泉壤, 甚爲衆流所仰." 眉 : 子之善惡, 直繫父母地下榮辱, 可不愼與? 因與遇論幽冥報應之旨, 言叙久之. 遇因述塋域迷誤, 乃曰 : "吾來亦爲此. 年歲浸遠, 汝小, 何由而知? 吾墓上已有李五娘墓, 亦已平坦, 何可辨也?汝明日,但見烏鵲群集,其下是也." 又曰:"若護我西行, 當以二魂輿入關." 問其故, 答曰:"爲叔母在此,亦須歸鄕." 遇曰:"叔母爲誰耶?" 母曰:"是汝外婆,吾自呼作叔母. 憐吾孤獨, 嘗從咸陽來此伴吾, 後因神祇隔絶, 不得去. 故要二魂輿." 言訖而去, 倐忽不見. 遇哀號待曉, 卽於烏鵲所集平地掘之, 信是李五娘墓, 更於下得母墓, 方得合葬.

* 이 고사는《태평광기》권338〈귀·소우〉에 실려 있다.

1 화도(華道):《태평광기》에는 "도화(道華)"라 되어 있다.

59-13(1744) 곽지운

곽지운(郭知運)

출《광이기》

[당나라] 개원(開元) 연간(713~741)에 양주절도사(凉州節度使) 곽지운은 순시하러 나갔다가 양주에서 100리 떨어져 있는 역참에서 갑자기 죽었다. 곽지운의 혼백이 몸을 빠져나와 역장(驛長)에게 방문을 걸어 잠그고 열지 못하게 한 뒤에 관부로 돌아왔지만, 따르던 시종들은 그 사실을 알지 못했다. 곽지운은 관사에 도착해서 40여 일 동안 공무와 개인적인 일을 모두 처리한 뒤에 사람을 역참으로 보내 자신의 시신을 맞이해 오게 했다. 시신이 도착한 뒤에 곽지운은 염하는 것을 직접 지켜보았다. 염이 끝나자 곽지운은 가족들과 작별 인사를 나누고 관 속으로 몸을 던져 들어가더니 마침내 더 이상 보이지 않았다.

開元中, 凉州節度郭知運出巡, 去州百里, 於驛中暴卒. 其魂遂出, 令驛長鎖房勿開, 因而却回府, 徒從不知也. 至舍四十餘日, 處置公私事畢, 遂使人往驛迎己喪. 旣至, 自看其殮. 殮訖, 因與家人辭訣, 投身入棺, 遂不復見.

* 이 고사는 《태평광기》 권330 〈귀·곽지운〉에 실려 있다.

59-14(1745) 양원영
양원영(楊元英)
출《광이기》

양원영은 [당나라] 측천무후(則天武后) 때 태상경(太常卿)을 지냈는데, 개원(開元) 연간(713~741)에는 죽은 지 이미 20년이 되었다. 그의 아들은 야성방(冶成坊)의 대장간에 갔다가 부친의 무덤 속에 있던 칼을 알아보고 마음속으로 이상해하며 대장장이에게 물었다.

"어디서 이 칼을 얻었소?"

대장장이가 말했다.

"귀인 같은 모습과 옷차림을 한 어떤 사람이 칼을 수리해 달라고 하면서 내일 정오에 가지러 오겠다고 했습니다."

양원영의 아들은 부친이 주었을 것이라 생각하면서도 또 부친의 무덤이 누군가에게 도굴된 것이 아닐까 의심했다. 이튿날 정오에 양원영의 아들은 동생과 함께 대장장이의 집으로 가서 엿보았다. 칼을 가지러 온 사람은 과연 자신의 부친이었다. 부친은 백마를 타고 생전의 옷차림을 하고 있었으며, 대여섯 명의 시종이 따르고 있었다. 형제는 나와서 길 옆에서 절을 올리며 한참 동안 슬피 울었다. 그러자 양원영은 칼을 들고 말에서 내려 아들들을 후미진 곳으로 데려간 다음 집안일 처리를 분부했다. 그러고는 마지막에 물었다.

"너의 어머니는 집에 계시냐?"

아들이 말했다.

"아버님과 합장한 지 이미 15년이 되었습니다."

양원영이 말했다.

"나는 전혀 모르고 있었다."

그러고는 재삼 탄식하며 아들들에게 말했다.

"나는 공무가 있어서 오래 머물 수 없다. 내일 너희들이 다시 이곳에 오면 내가 틀림없이 돈을 조금 가져와서 너희들의 생활고를 덜어 주겠다."

양원영의 아들들이 약속한 시간에 갔더니 양원영도 와 있었다. 양원영은 300민(緡)을 주면서 아들들에게 주의를 주었다.

"며칠 내로 반드시 다 써야 한다." 협 : 진실하지 못하다.

양원영은 말을 마친 뒤 작별하고 떠났다. 아들들이 그를 따라가면서 눈물을 흘리자 양원영이 다시 그들에게 말했다.

"너희들은 이 일을 이해하지 못한다. 어찌 100년 동안의 부자(父子)가 있겠느냐?"

아들들이 양원영의 말을 따라 상동문(上東門)을 나와서 멀리 바라보았더니, 양원영은 북망산(北邙山)으로 들어가서 수십 걸음 만에 갑자기 사라져 보이지 않았다. 양원영의 아들들은 며칠 동안 필요한 물건을 사느라 그 돈을 다 써 버렸다. 사흘 뒤에 시장 사람들이 보았더니 그 돈은 모두 지전(紙錢)이었다.

楊元英, 則天時爲太常卿, 開元中, 亡已二十載. 其子因至冶成坊削家, 識其父壙中劍, 心異之, 問削師: "何得此劍?" 云: "有貴人形狀衣服, 將令修理, 期明日午時來取." 子意是父授, 復疑父冢爲人所開. 至期, 與弟同往削師家室中伺之. 及取劍, 果父也. 騎白馬, 衣服如生時, 從者五六人. 兄弟出拜道左, 悲涕久之. 元英取劍下馬, 引諸子於僻處, 分處家事. 末問: "汝母在家否?" 云: "合葬已十五年." 元英言: "我初不知." 再三嘆息, 謂子曰: "我有公事, 不獲久住. 明日, 汝等可再至此, 當取少資, 助汝辛苦." 子如期至, 元英亦至. 得三百千, 誡之云: "數日須用盡." 夾: 不忠厚. 言訖訣去. 子等隨行涕泣. 元英又謂子曰: "汝等不了此事. 寧有百年父子耶?" 子隨騁出上東門, 遙望入邙山中, 數十步忽隱不見. 數日, 市具都盡. 三日後, 市人皆得紙錢.

* 이 고사는 《태평광기》 권330 〈귀·양원영〉에 실려 있다.

59-15(1746) 계유의 조카딸

계유생(季攸甥)

출《기문》

 [당나라] 천보(天寶) 연간(742~756) 초에 회계군(會稽郡)의 주부(主簿) 계유는 두 딸을 두었는데, 고아가 된 조카딸을 함께 데리고 관직에 부임했다. 그는 청혼하는 자가 있으면 자기 딸만 시집보냈으며, 자기 딸은 모두 시집갔는데도 조카딸은 돌아보지 않았다. 조카딸이 이를 한스러워하다가 원한이 맺혀 죽자, 계유는 그녀를 동쪽 교외에 묻었다. 몇 달 후에 주부 휘하의 시장 서리(胥吏) 양씨(楊氏)는 명문가의 아들로 집안이 매우 부유했으며 용모 또한 준수했다. 그의 집에서 갑자기 서리가 실종되었는데, 아무리 찾아도 찾을 수 없었다. 양씨 집에서는 그가 귀신에게 홀려 갔다고 생각해 버려진 무덤들을 뒤졌다. 그때는 눈이 많이 내렸는데, 계유의 조카딸 무덤에서 옷깃이 밖으로 나와 있었다. 서리의 집안사람들이 그것을 잡아당겼더니 무덤 안에서 서리가 외치는 소리가 들렸는데, 무덤에는 빈틈이 전혀 없었으므로 그가 어떻게 그 속으로 들어갔는지 알 수 없었다. 그래서 황급히 주부 계유에게 그 사실을 알리자 주부가 그녀의 관을 열어 보게 했는데, 그녀는 관 속에서 서리와 함께 누워 있었

으며 그 모습도 살아 있는 듯했다. 양씨 집에서는 서리를 꺼낸 뒤 그녀의 무덤을 다시 수리해 주었다. 서리는 무덤에서 나온 뒤 마치 바보처럼 있다가 며칠이 지나서야 비로소 제정신을 찾았다. 주부의 조카딸이 주부에게 말을 전했다.

"저는 외숙부께서 저를 시집보내지 않은 것이 한스러웠습니다. 외숙부께서 자기 딸만 어여삐 여기고 내가 있는 줄은 알지 못했기 때문에 한이 맺혀 죽었던 것입니다. 지금 신도(神道)에서 나를 시장 서리에게 시집보냈기 때문에 바로 그를 데려와 동침했던 것입니다. 이 마을 사람들은 다 알고 있는 사실이니 내가 그에게 시집가는 것이 당연합니다. 다음 달 초하루에 혼례를 올리겠습니다. 외숙부께서는 서리가 약속을 지키지 않고 신도를 어긴다면 즉시 나에게 알려 주십시오. 반면에 그가 빙례(聘禮)를 받아들인다면 그를 사위의 예로 대해 주십시오. 다음 달 초하루에 음식을 마련해 놓으면 제가 양랑(楊郞)을 맞이하러 오겠습니다."

주부는 놀라 탄식하면서 곧장 서리를 불러 물어보고 그를 사위라고 불렀다. 그러고는 수만 전을 바치고 서리의 부모도 모두 만났다. 주부 계유는 조카딸을 위해 의복과 휘장을 마련해 주었으며, 다음 달 초하루가 되자 다시 음식을 차려 양씨 집안사람을 성대하게 불러 모았다. 그러자 귀신[조카딸]이 또 말했다.

"은혜를 입어 시집가는 것을 허락받았으니 그 기쁨을 가눌 길이 없습니다. 오늘 이 때문에 직접 양랑을 영접하러 왔습니다."

그녀가 말을 마치자 서리가 갑자기 죽었다. 그래서 양가(兩家)에서는 저승 혼례를 올리고 장례를 후하게 치러 주었으며, 그들을 동쪽 교외에 합장했다.

天寶初, 會稽主簿季攸, 有女二人, 及携外甥孤女之官. 有求之者, 則嫁己女, 己女盡而不及甥. 甥恨之, 因結怨而死, 殯之東郊莊. 數月, 所給主簿市胥姓楊, 大族子也, 家甚富, 貌且美. 其家忽失胥, 推尋不得. 意其爲魅所惑也, 則於墟墓訪之. 時大雪, 而女殯室有衣裾出. 胥家人引之, 則聞屋內胥叫聲, 而殯棺中甚完, 不知從何入. 遽告主簿, 主簿使發其棺, 女在棺中, 與胥同寢, 女貌如生. 其家乃出胥, 復修殯屋. 胥旣出如愚, 數日方愈. 女則下言於主簿曰: "吾恨舅不嫁. 惟憐己女, 不知有吾, 故氣結死. 今神道使吾嫁與市吏, 故輒引與同衾. 旣此邑通知, 理須見嫁. 後月一日, 可合婚姻. 惟舅不以胥吏見期, 而違神道, 請卽知聞. 受其所聘, 仍待以女婿禮. 至月一日, 當具飮食, 吾迎楊郎." 主簿驚嘆, 乃召胥吏問, 爲楊胥[1]. 於是納錢數萬, 其父母皆會焉. 攸乃爲外生女造作衣裳帷帳, 至月一日, 又造饌, 大會楊氏. 鬼又言曰: "蒙恩許嫁, 不勝其喜. 今日故此親迎楊郎." 言畢, 胥暴卒. 乃設冥婚禮, 厚加棺斂, 合葬於東郊.

* 이 고사는 《태평광기》 권333 〈귀·계유〉에 실려 있다.

1 위양서(爲楊胥): 《태평광기》 명초본에는 "위지위서(謂之爲婿)"라 되어 있는데, 문맥상 보다 타당하다.

59-16(1747) 위율

위율(韋栗)

출《광이기》

위율은 [당나라] 천보(天寶) 연간(742~756) 때 신감현승(新淦縣丞)이 되었는데, 그에게는 10여 세 된 어린 딸이 있었다. 그가 장차 임지로 가는 길에 양주(揚州)에 이르렀을 때 딸이 위율에게 칠배금화경(漆背金花鏡 : 뒷면에 옻칠을 하고 황금 꽃무늬를 새겨 넣은 거울) 하나를 사 달라고 했다. 그러자 위율이 말했다.

"내가 임지로 가는 길이라 형편이 몹시 어려우니, 그런 물건을 어떻게 살 수 있겠느냐? 기다렸다가 임지에 도착하면 너에게 구해 주마."

그로부터 1년 남짓 뒤에 딸은 죽었고, 위율 또한 지난 일을 기억하지 못했다. 위율은 임기를 마치고 딸의 상여를 싣고 북쪽으로 돌아오다가 양주에 도착해서 물가에 배를 정박하고 그곳에 머물렀다. 그때 위율의 딸이 하녀 한 명을 데리고 돈을 들고 거울을 사러 갔더니, 행인들은 마치 귀한 집안의 자제와 같은 모습을 한 그녀의 아름다운 모습을 보고 다투어 거울을 팔고자 했다. 그 가운데 스무 살 남짓 된 얼굴이 희고 멋있게 생긴 한 젊은이가 있었다. 위율의 딸이 그 젊은이에게 누런 돈 5000냥을 주자, 젊은이가 직경이 1척 남짓 되는 칠배금화경을 그녀에게 주었다. 그러자 다른 한 사람이 말했다.

"나에게 그보다 더 좋은 거울이 있는데, 딱 3000냥만 받겠습니다."

그러자 젊은이가 다시 2000냥을 깎아 주었다. 위율의 딸은 주저하다가 표정으로 허락한 뒤 곧장 인사하고 떠났다. 젊은이는 그녀에게 마음이 있었기에 사람을 시켜 뒤쫓아 가서 그녀가 머무는 곳까지 가 보게 했다. 젊은이가 잠시 후에 가게로 와서 보았더니 그저 누런 지전 3000냥이 있었다. 젊은이는 지전을 가지고 위율의 배가 정박해 있는 곳으로 가서 말했다.

"조금 전에 어떤 아가씨가 돈을 들고 와서 거울을 사 가지고 이 배 안으로 들어갔는데, 지금 보니 그 돈이 모두 지전으로 바뀌어 있었습니다."

위율이 말했다.

"내게 딸아이가 하나 있었는데, 죽은 지 몇 년이나 되었소. 그대가 본 사람의 모습이 어떠했소?"

젊은이가 그녀의 옷 색깔과 용모를 자세하게 말해 주자 위율 부부는 울었는데, 딸의 모습이 그와 똑같았기 때문이었다. 그리하여 위율 부부는 젊은이를 데리고 배 안으로 들어가서 찾아보았지만, 아무것도 나오지 않았다. 그녀의 어머니는 누런 지전 9000냥을 오려 관 옆의 탁자 위에 올려 두었는데, 거기에서 3000냥이 없어졌다. 모두들 몹시 이상해하면서 다시 관을 열고 보았더니 거울이 그 안에 있자, 슬피 탄식하지 않는 사람이 없었다. 젊은이가 말했다.

"돈 이야기는 그만합시다."

젊은이는 자신의 속마음을 자세히 말한 뒤에 다시 만 냥을 주어 그녀를 위해 재(齋)를 지내 주었다.

韋栗者, 天寶時爲新淦縣丞, 有少女十餘歲. 將之官, 行上揚州, 女向栗, 欲市一漆背金花鏡. 栗曰: "我上官艱辛, 焉得此物? 待至官與汝求之." 歲餘, 女死, 栗亦不記宿事. 秩滿, 載喪北歸, 至揚州, 泊河次. 女將一婢持錢市鏡, 行人見其色甚艷, 狀如貴人家子, 爭欲求賣. 有一少年, 年二十餘, 白晳可喜. 女以黃錢五千與之, 少年與漆背金花鏡, 徑尺餘. 別一人云: "有鏡勝此, 祗取三千." 少年復減兩千. 女因留連, 色授神許, 須臾辭去. 少年有意, 令人隨去, 至其所居. 須臾至鋪, 但得黃紙三貫. 少年持至栗船所, 云: "適有女郎持錢市鏡, 入此船中, 今成紙錢." 栗云: "唯有一女, 死數年矣. 君所見者, 其狀如何?" 少年具言服色容貌, 栗夫妻哭之, 女正復如此. 因領少年入船搜檢, 初無所得. 其母剪黃紙九貫, 置在櫬邊案上, 減失三貫. 衆頗異之, 乃復開棺, 見鏡在焉, 莫不悲嘆. 少年云: "錢已不論." 具言本意, 復贈十千, 爲女設齋.

* 이 고사는 《태평광기》 권334 〈귀 · 위율〉에 실려 있다.

59-17(1748) 유조

유조(劉照)

출《녹이전》

유조는 [한나라] 건안(建安) 연간(196~220)에 하간태수(河間太守)로 있었는데, 부인이 죽자 관청 정원 안에 관을 묻었다. 황건적(黃巾賊)의 난을 만나자 유조는 군(郡)을 버리고 도망했다. 후임 태수가 부임해서 밤에 꿈을 꾸었는데, 한 부인이 자기를 찾아와서 동침했다. 부인은 그 후에 또 고리 한 쌍을 주고 갔는데, 태수는 그 고리의 이름을 알 수 없었다. 부인이 말했다.

"이것은 위유쇄(萎蕤鎖)인데, 금실로 연결되어 있고 사람의 마음대로 늘였다 줄였다 할 수 있어 실로 진귀한 물건입니다. 나는 이제 떠나야 하기 때문에 이것을 드리고 작별하니 삼가 다른 사람에게는 말하지 마십시오."

20일 후에 유조가 아들을 보내 부인의 관을 운구해 오도록 하자, 후임 태수는 부인이 떠나겠다고 한 말을 비로소 깨달았다. 유조의 아들은 그 고리를 보고 슬피 통곡하며 자신을 가눌 수 없었다.

劉照, 建安中, 爲河間太守, 婦亡, 埋棺於府園中. 遭黃巾賊, 照委郡走. 後太守至, 夜夢見一婦人往就之. 後又遺一雙鎖,太守不能名. 婦曰 : "此萎蕤鎖也, 以金縷相連, 屈申在人, 實珍物. 吾方當去, 故以相別, 愼無告人." 後二十日, 照遣兒迎喪, 守乃悟其去也. 兒見鎖戚慟, 不能自勝.

* 이 고사는 《태평광기》 권316 〈귀·유조〉에 실려 있다.

59-18(1749) 왕유

왕유(王鮪)

출《극담록》

　봉상부(鳳翔府)의 소윤(少尹) 왕유는 예부시랑(禮部侍郎) 왕응(王凝)의 숙부다. 그는 열네댓 살 때 아이들과 함께 과수원의 대나무 숲 밑에서 놀다가 마른 해골 두 구가 분묘 더미 속에 묻혀 있는 것을 보고, 동복에게 깨끗한 땅을 골라 묻어 주게 하고 술과 음식을 준비해 제사 지내 주었다. 그 후 며칠 뒤 어느 흐린 날 밤에 갑자기 창밖에서 바스락거리는 소리가 들렸는데, 왕유가 한참 있다가 누구냐고 물었더니 말했다.

　"저희들은 당신의 깊은 은혜를 입어 더러운 분묘 더미에서 벗어나게 되었지만 어떻게 보답해 드려야 할지 모르겠습니다. 다만 당신을 위해 일하고 싶으니 이후에 당신에게 길흉이 있을 때마다 은연중에 반드시 와서 알려 드리겠습니다."

　이처럼 몇 년이 지나자 마침내 왕유는 영물(靈物)과 통하게 되었다. 탁지사(度支使) 최공(崔珙)은 평소에 왕유와 알고 지내는 사이였다. 어느 날 저녁에 최공이 왕유를 붙들고 집에서 담근 술을 마시다가 술기운이 달아오르자, 노래를 잘하는 기녀가 있다고 말하며 불러오게 했는데, 가기(歌妓)가 한참이 지나도록 오지 않았다. 최공이 직접 들어가서 살펴보았더니 가기가 말했다.

"화장을 막 끝내려는데 갑자기 심장병이 발작했으니 탕약을 마시고 나갔으면 합니다."

최공이 돌아와서 다시 자리에 앉자, 왕유가 가기의 용모에 대해 자세히 말하기에 최공이 괴이해하며 그에게 물었다. 그러자 왕유가 말했다.

"방금 전에 한 사람을 보았는데, 짧은 능라 비단옷을 입고 말을 몰고 가더군요."

왕유의 말이 채 끝나기도 전에 하인이 알려 오길, 가기가 악귀에 씌어 목숨을 구할 수 없다고 했다. 최공이 매우 슬퍼하자 왕유가 은밀히 최공에게 말했다.

"어쩌면 그녀를 살려 낼 수도 있는 한 가지 일이 있는데, 반드시 흰 소의 머리와 술 1곡(斛 : 1곡은 10말)이 필요합니다."

최공은 좌우 사람을 불러 좋은 값을 치르고 그것들을 구해 오게 했는데, 정한 시간을 넘기지 않고 가져왔다. 왕유는 가기를 부축해 정실(淨室)의 침상 위에 눕히게 하고, 그 앞에 큰 동이에 술을 담고 가로로 판자를 놓은 다음 그 위에 소머리를 올려놓게 했다. 그러고는 자리를 깔고 향을 피운 후 방문을 빈틈없이 봉하게 했으며, 아울러 주의를 주며 말했다.

"지켜보기만 하시오. 새벽에 북이 한 번 울리면 소의 울음소리가 들릴 것이니, 그때 재빨리 문을 열어야만 살릴 수가 있소."

그러고는 왕유는 떠났다. 금고(禁鼓 : 궁성에서 시각을 알리는 북소리)가 갑자기 울리자 과연 소의 울음소리가 들렸는데, 문을 열고 보았더니 가기가 가늘게 숨을 쉬고 있었고 동이의 술이 모두 말라 있었으며 소의 성난 눈이 밖으로 튀어나와 있었다. 미 : 마른 해골의 신통함이 이런 정도에는 이르지 못했을 것이니, 아니면 해골을 묻어 준 일념(一念)의 정성에 따라 감응을 한 것일까? 가기는 며칠 후에야 비로소 말을 할 수 있었는데 이렇게 말했다.

"그날 밤에 단장을 막 마쳤을 때, 어떤 사람이 급히 부르기에 문을 나가서 말을 타고 갔습니다. 몇 리쯤 가니 화려한 집이 보였는데 연회를 열어 음악을 연주하고 있었습니다. 좌중의 사람들은 모두 붉은색과 자주색 옷을 입은 젊은이들이었는데, 제가 오는 것을 보자 매우 기뻐하며 저를 가기의 자리에 앉혔습니다. 즐겁게 웃으면서 연회가 무르익을 무렵에 갑자기 어떤 사람이 호령하는 소리가 들렸는데, 그 소리가 정원에 울렸습니다. 좌중의 사람들도 모두 놀라 실색하며 서로 바라만 보았고 노래와 연주도 모두 멈추었습니다. 잠시 후에 키가 1장 남짓 되는 소 머리를 한 사람이 나타나

창을 들고 곧장 달려들어 오자, 사람들은 모두 허겁지겁 도망갔으며 오직 저만 그 자리에 있었습니다. 소 머리를 한 사람이 계단 앞에서 저를 잡아끌어 등에 업고 나왔는데, 10여 걸음을 갔더니 갑자기 방 안에 누워 있는 채로 깨어났습니다."

최공이 나중에 왕유에게 그 일에 대해 은밀히 물었으나 왕유는 끝내 말해 주지 않았다.

鳳翔少尹王鮪, 禮部侍郎凝之叔父也. 年十四五, 與童兒輩戲於果園竹林下, 見二枯首爲糞壤所沒, 乃令小僕擇淨地瘞之, 祭以酒饌. 其後數夕陰晦, 忽聞窓外窸窣有聲, 良久問之, 云: "某等受君深恩, 免在蕉穢, 未知所酬. 聊願驅策, 爾後凡有吉凶, 胖饗聞必來報." 如此數年, 遂與靈物通徹. 崔珙爲度支使, 雅知於鮪. 一夕, 留飮家釀, 酒酣, 云有妓善歌者, 令召之, 良久不至. 珙自入視之, 云: "理妝纔罷, 忽病心痛, 請飮湯而出." 珙復坐, 鮪具言歌者儀貌, 珙怪問之. 云: "適見一人, 著短綾緋衣, 控馬而去." 語未畢, 家僕報中惡, 救不返矣. 珙甚悲之, 鮪密言: "有一事或可活之, 須得白牛頭及酒一斛." 因召左右, 試令善價求覓, 不逾時而至. 鮪令扶歌者, 置於淨室榻上, 前以大盆盛酒, 橫取板, 安牛頭於其上. 設席焚香, 密封其戶, 且誡曰: "專伺之. 曉鼓一動, 聞牛吼, 當急開戶, 可以活矣." 鮪遂去. 禁鼓忽鳴, 果聞牛吼, 開戶視之, 歌者微喘, 盆酒悉乾, 牛怒目出於外. 眉: 一枯首神通不至此, 抑因瘞骨一念之誠, 別有感遇耶? 數日方能言, 云: "其夕治妝旣畢, 有人促召, 出門, 乘馬而行. 約數里, 見室宇華麗, 開筵張樂. 四座皆朱紫少年, 見歌者至, 大喜, 致於妓席.

歡笑方洽, 忽聞有人大呼, 聲振庭廡. 座者皆失色相視, 妓樂俱罷. 俄見牛頭人, 長丈餘, 執戟徑趨而入, 無不狼狽而走, 唯歌者在焉. 牛頭引於階前, 背負而出, 行十數步, 忽覺臥於室內." 珙後密詢其事, 鮪終不言.

* 이 고사는 《태평광기》 권352 〈귀·왕유〉에 실려 있다.

59-19(1750) 장종

장종(張宗)

출《광이기》

[당나라] 영휘(永徽) 연간(650~656) 초에 장종은 남양현령(南陽縣令)이 되었다. 그가 침실에서 자고 있을 때, 계단 앞의 대나무 숲속에서 신음하는 소리가 들리기에 가서 보았으나 아무것도 보이지 않았다. 이렇게 며칠 밤을 보낸 후에 장종은 이상히 여겨 신에게 빌었다.

"신령님이 오셨거든 말씀하십시오."

그날 밤에 갑자기 모습이 매우 비루한 한 사람이 대나무 숲속에서 나오더니 앞으로 나아와 말했다.

"주찬(朱粲)이 난을 일으켰을 때 저는 병사들 속에 있다가 살해되었습니다. 저의 시체는 명부(明府 : 현령의 존칭)의 침실 앞에 있는데, 대나무 뿌리가 저의 왼쪽 눈을 관통해서 고통을 참을 수 없으니, 부디 저를 이장해 주시면 어찌 감히 그 후한 은혜를 잊겠습니까?"

현령은 이장해 주겠다고 허락했다. 다음 날 그 시체를 파내고 관을 마련해서 성 밖에 이장해 주었다. 그 후에 현령은 한 마을 노인을 곤장 쳐서 죽게 만들었는데, 그 노인의 집에서 장차 복수하려고 현령이 밤에 출타하면 바로 죽이려는 음모를 꾸몄다. 얼마 후에 성안에 불이 나서 10여 채의 집이 잇달아 불탔다. 현령이 불이 난 곳을 조사하려고 나설 무렵에 보았더니, 이전의 귀신이 현령의 말을 막으며 마을 노인의 집에서 계획한 음모를 알려 줘서, 현령은 곧장 다시 들어갔다. 다음 날 그들을 추포해서 심문했더니 모두 사실로 드러났다. 현령은 다시 귀신의 무덤에 제사를 지내고 그 앞에 비석을 세워 다음과 같이 새겼다.

"몸은 국난(國難)을 위해 죽었고, 죽어서도 충성을 잊지 않았다. 강하고 곧은 넋은, 실로 귀신의 으뜸이로다."

永徽初, 張琮爲南陽令. 寢閣中, 聞階前竹中有呻吟聲, 就視則無所見. 如此數夜, 怪之, 乃祝曰:"有神靈者, 當相語." 其夜, 忽有一人從竹中出, 形甚弊陋, 前自陳曰:"朱粲之亂, 某在兵中, 被殺. 尸骸在明府閣前, 竹根貫某左目, 不堪楚痛, 幸見移葬, 敢忘厚恩?" 令許之. 明日, 掘得尸, 仍加棺櫬, 改葬城外. 其後令笞殺一鄕老, 其家將復仇, 謀須令夜出, 乃要殺之. 俄而城中失火, 延燒十餘家. 令將出按行之, 乃見前鬼遮令馬, 述鄕老家之謀, 令乃復入. 明日掩捕, 問之皆驗. 更祭其墓, 刻石銘於前曰:"身徇國難, 死不忘忠. 烈烈貞魂, 實爲鬼雄."

* 이 고사는 《태평광기》 권328 〈귀 · 장종〉에 실려 있다.

59-20(1751) 조숙아

조숙아(趙叔牙)

출《상이집(祥異集)》

[당나라] 정원(貞元) 14년(798) 여름에 가뭄이 들었을 때 서주(徐州)의 산장(散將) 조숙아는 새집으로 이사했는데, 밤중에 어떤 물체가 창문 밖에서 문풍지를 흔드는 소리가 들렸다. 조숙아가 누구냐고 물었더니 그 귀신이 스스로 말했다.

"저는 오(吳)나라 때의 유득언(劉得言)이라는 사람인데, 제 무덤이 공의 침상 아래에 있어서 드나들기에 조금 불편하니 공께서 제 무덤을 옮겨 주셨으면 합니다. 성 남쪽의 대우산(臺雨山) 아래에 두 그루의 커다란 나무가 있는데 그곳이 바로 제 처의 무덤이니, 그 무덤의 동쪽에 저를 묻어 주시면 나중에 반드시 보답하겠습니다."

조숙아가 다음 날 아침에 성을 나가 살펴보았더니 정말이었다. 그리하여 그날로 침상 아래를 파 보았더니 3척 깊이에서 유골이 나와 귀신이 말한 대로 묻어 주었다. 그날 밤에 귀신이 와서 감사하며 말했다.

"지금 날이 가문데 사흘 안에 비가 내릴 것이니, 공께서는 일단 장사(長史)에게 알리십시오."

조숙아는 다음 날 장계를 작성해 기우제를 지낼 것을 청하면서 사흘 안에 비가 풍족하게 내릴 것이라고 했다. 절도사(節度使)인 사공(司空) 장건봉(張建封)은 기우제를 지내라고 허락하면서 그가 필요로 하는 것을 주게 했다. 조숙아는 석불산(石佛山)에 제단을 쌓고 기우제를 올렸지만, 사흘이 되도록 비가 내리지 않았다. 성안에 수천 명의 구경꾼이 모였을 때 이웃 마을에 도적이 들자, 장건봉은 조숙아가 속임수를 써서 일을 꾸몄다고 생각해 만아(晚衙)[95] 때 그를 곤장 쳐서 죽였다. 그런데 날이 어두워졌을 때 큰비가 내리자, 장건봉은 곧장 조숙아를 위해 제사를 지내게 하고 그의 아들을 산기(散騎)로 삼았다. 당시 사람들은 군장을 섬길 때는 진실해야 하는데 조숙아는 귀신이 비 올 때를 알려 주었다는 사실을 숨겼기 때문에 죽임을 당한 것이 마땅하다고 생각했다. 미 : 하늘의 공을 탐하거나 사람의 공로를 가로채는 자가 많은데, 조숙아가 보답을 전혀 받지 못한 것은 어째서인가?

貞元十四年夏旱, 徐州散將趙叔牙移入新宅, 夜中, 有物窓外動搖窓紙聲. 問之, 其鬼自稱 : "是吳時劉得言, 窟宅在公

---

[95] 만아(晚衙) : 옛날 지방 관서의 장이 아침과 저녁 하루 두 차례씩 관아에 나가 휘하 관리들의 업무 보고를 받았는데, 아침에 하는 것을 '조아(朝衙)'라 하고 저녁에 하는 것을 '만아'라 했다.

床下,往來稍難,公爲我移出. 城南臺雨山下有雙大樹,是我妻墓,墓東埋之,後必相報." 叔牙明旦出城,視之信. 卽日掘床下,深三尺,得骸骨,如其言葬之. 鬼夜來謝曰:"今時旱,不出三日有雨,公且告長史." 叔牙至明通狀,請祈雨,期三日雨足. 節度使司空張建封許之,給其所須. 叔牙於石佛山設壇,至三日,且無雨. 城中觀者數千人,時與寇鄰,建封以爲詐妄有謀,晚衙杖殺之. 昏時大雨,卽令致祭,補男爲散騎. 時人以爲事君當誠實,今趙叔牙隱鬼所報雨至之期,故自當死耳. 眉:貪天功攘人善者多矣,不皆獲叔牙之報,何哉?

*   이 고사는《태평광기》권342〈귀·조숙아〉에 실려 있다.

59-21(1752) 장유

장유(張庾)

출《속현괴록》

[당나라] 원화(元和) 13년(818)에 장유는 진사(進士) 시험에 응시하러 와서 장안(長安) 승도리(升道里)의 남쪽 거리에 머물렀다. 그해 11월 8일 밤에 노복이 다른 곳에서 자는 바람에 장유 혼자 달빛 아래에 있었는데, 갑자기 이상한 향기가 정원 가득 풍겨 왔다. 장유가 한창 놀라고 있을 때, 잠시 후 신발 소리가 점점 가깝게 들려왔다. 장유가 신발을 끌고 나가 그 소리를 들어 보았더니, 이윽고 열여덟아홉 살쯤 되어 보이고 비할 데 없이 아름다운 하녀 몇 명이 문을 밀치고 들어와서 말했다.

"달빛 아래를 거닐며 멋진 경치를 찾으려면 꼭 낙유원(樂遊原 : 장안성 부근의 명승지)까지 갈 필요는 없고, 그저 이 정원에 있는 작은 누대의 등나무 장소면 되겠다."

그러고는 일고여덟 명의 젊은 여자를 인도해 들어왔는데, 그녀들은 모두 용모가 빼어나게 아름답고 의복과 치장이 화려해 정말 부귀한 집안의 사람들 같았다. 장유는 당(堂) 안으로 달려가 몸을 피한 뒤 발을 내리고 그녀들을 바라보았다. 여자들은 천천히 걸어와 곧장 등나무 아래로 가더니 잠시 후 평상을 배치해 놓았는데, 아로새긴 쟁반과 옥술 단지, 그리고 술잔과 국자 등이 모두 진기한 물건이었다. 여덟 명의 여자가 빙 둘러앉자, 열 명의 하녀가 악기를 들었고, 두 명이 박판(拍板)을 들고 섰으며, 열 명이 좌우에서 시립(侍立)했다. 관현악기를 막 연주하려고 할 때 좌중의 한 사람이 말했다.

"이 집 주인에게 알리지도 않고 음악을 연주한다면 무례하지 않겠어요? 주인도 학문하는 선비이니 초대해서 함께 즐기는 것이 좋겠어요."

그러고는 하녀 한 명에게 명해 말을 전하게 했다.

"우리 자매들이 달빛 아래를 거닐다가 우연히 귀댁에 들어와 술과 음식을 차려 놓고 악기를 연주하면서 스스로 즐기고자 하는데, 수재(秀才 : 장유)께서 잠시 나와 주인이 되어 주지 않으시렵니까? 밤이 깊었는지라 이미 관대(冠帶)를 벗었으리라 생각되니, 그냥 비단 두건을 쓴 채로 오시더라도 이 조촐한 자리에 어울릴 것입니다."

장유는 하녀가 분부받는 것을 듣고 그녀가 오는 것을 꺼려 이내 문을 잠그고 거절했다. 하녀가 문을 두드렸으나 장유는 대답하지 않았다. 하녀가 문을 밀쳐 보았으나 열리지 않자 급히 달려가 보고했더니, 좌중의 한 여자가 말했다.

"우리가 함께 즐기는 데 다른 사람이 감히 끼어들어서는 안 되지요. 그렇지만 우리가 이미 그의 집으로 들어왔으니,

부르지 않더라도 그가 마땅히 우리를 뵈러 나와야지요. 그가 문을 걸어 잠근 것은 우리를 만나는 것이 부끄러운 게지요. 불렀는데도 오지 않는데 뭐 하러 다시 부르겠어요?"

이윽고 한 사람은 술 단지를 들고 한 사람은 주령(酒令) 감독을 맡았다. 술잔이 차례대로 돌자 악기가 함께 연주되었는데, 안주는 향기롭고 진기했으며 음악은 맑고 고왔다. 장유가 생각했다.

"이곳 승도리의 남쪽 거리는 온통 무덤이어서 사람이 전혀 살지 않는다. 이들이 마을 안에서 나왔다면 마을 문은 이미 닫혔을 것이니, 이들은 여우 요괴가 아니면 바로 귀신일 것이다. 지금은 내가 아직 이들에게 홀리지 않아서 쫓아낼 수 있지만, 잠시 후 홀리게 된다면 어떻게 스스로 정신을 차릴 수 있겠는가?"

그리하여 장유는 평상 받침돌을 몰래 집어 든 뒤 천천히 문을 열고 냅다 뛰쳐나가 연회석을 향해 던졌는데, 돌이 연회 석상의 쟁반에 명중하자 여자들이 분분히 흩어져 달아났다. 장유는 뒤쫓아 가서 술잔 하나를 빼앗아 옷에 매어 놓았다. 날이 밝은 뒤에 보았더니 그것은 다름 아닌 흰 뿔잔이었는데, 뭐라 이름할 수 없을 정도로 진기한 것이었다. 정원에 퍼진 향기는 며칠 동안 가시지 않았다. 장유는 그 술잔을 궤짝 속에 잘 보관하고서 친지나 친구가 찾아오면 보여 주지 않은 적이 없었는데, 결국 그것이 어디에서 나온 것인지 가려낼 수 있는 사람이 없었다. 10여 일 뒤에 장유는 누차 그 술잔을 돌려 가면서 살펴보다가 그만 땅에 떨어뜨렸는데, 마침내 술잔이 더 이상 보이지 않았다. 장유는 이듬해에 좋은 성적으로 진사에 급제했다.

張庾擧進士, 元和十三年, 居長安升道里南街. 十一月八日夜, 僕夫他宿, 獨庾在月下, 忽聞異香滿院. 方驚之, 俄聞履聲漸近. 庾履履聽之, 數靑衣年十八九, 艶美無敵, 推門而入, 曰: "步月逐勝, 不必樂遊原, 祇此院小臺藤架可矣." 遂引少女七八人, 容色皆艶絶, 服飾華麗, 宛若豪家. 庾走避堂中, 垂簾望之. 諸女徐行, 直詣藤下, 須臾, 陳設床榻, 雕盤玉樽杯杓, 皆奇物. 八人環坐, 靑衣執樂者十人, 執拍板立者二人, 左右侍立者十人. 絲管方動, 坐上一人曰: "不告主人, 遂欲張樂, 得無慢乎? 旣是衣冠, 邀來同歡可也." 因命一靑衣傳語曰: "姊妹步月, 偶入貴院, 酒食絲竹, 輒以自樂, 秀才能暫出爲主否? 夜深, 計已脫冠, 紗巾而來, 可稱疏野." 庾聞靑衣受命, 畏其來也, 乃閉門拒之. 靑衣扣門, 庾不應. 推不可開, 遽走復命, 一女曰: "吾輩同歡, 人不敢與. 旣入其門, 不召亦合來謁. 閉門塞戶, 羞見吾徒. 呼旣不來, 何須更召?" 於是一人執樽, 一人糺司. 酒旣巡行, 絲竹合奏, 殽饌芳珍, 音曲淸亮. 庾思: "此坊南街, 盡是墟墓, 絶無人住. 謂從坊中出, 則坊門已閉, 若非妖狐, 乃是鬼物. 今吾尙未惑, 可以逐之, 少頃見迷, 何能自悟?" 於是潛取搘床石, 徐開門突出, 望席而擊, 正中臺盤, 紛然而散. 庾逐之, 奪得一盞, 以衣繫之. 及明視之, 乃一白角盞, 奇不可名. 院中香氣, 數日不歇. 盞鎖於櫃中, 親朋來者, 莫不傳視, 竟不能辨其所自. 後十餘日, 轉觀數次, 忽墮地, 遂不復見. 庾明年, 進士上第.

* 이 고사는 《태평광기》 권345 〈귀·장유〉에 실려 있다.

59-22(1753) 유풍

유풍(劉諷)

출《현괴록》

[당나라] 문명년(文明年 : 684)에 경릉현(竟陵縣)의 하급 관리 유풍은 밤에 이릉현(夷陵縣)의 빈 관사에 투숙했다. 달빛이 밝아 잠을 못 이루고 있을 때, 한 여자가 서쪽 채에서 홀연히 왔는데, 자태가 온화하고 아름다웠다. 그녀는 느긋하게 노래를 부르며 한가로이 걸어서 천천히 중채로 가더니, 하녀를 돌아보며 분부했다.

"자수(紫綏)야, 서당(西堂)에서 꽃무늬 자리를 가져오너라. 아울러 유가(劉家)의 여섯째 이모와 열넷째 외숙모와 남쪽 이웃인 교교(翹翹) 낭자를 모셔 오고, 일노(溢奴)도 데려오너라. 그리고 그들에게 '이곳은 바람과 달빛이 좋아 놀며 즐기기에 충분하니, 금(琴)을 연주하며 시를 읊조리는 것은 정말 멋진 일입니다. 비록 경릉의 판사(判司 : 유풍)가 있긴 하지만 그 사람은 밝은 달빛 아래서 이미 잠들었으니 그를 피할 필요가 없습니다'라는 말을 전해라."

얼마 되지 않아서 세 여자와 한 아이가 도착했는데, 모두 경국지색이었다. 자수가 정원에 꽃무늬 자리를 펴자, 그들은 서로 인사하며 차례대로 앉았다. 자리에는 무소 뿔 술 단지, 상아 국자, 녹색 꽃무늬 뿔잔, 흰 유리잔이 차려졌고, 맛좋은 술 향기가 공중에 퍼져 멀리서도 맡을 수 있었다. 여자들은 담소하며 시를 읊었는데 그 소리가 맑고도 부드러웠다. 한 여자는 녹사(錄事)96)를 맡고 다른 한 여자는 명부(明府)97)를 맡아, 술잔을 들어 땅에 술을 뿌리면서 말했다.

"오직 셋째 이모할머니가 기산(祁山)처럼 장수하시고, 여섯째 이모가 셋째 이모할머니와 같이 장수하시며, 유(劉) 이모부가 태산부(太山府)의 규성판관(糺成判官 : 감찰 · 체포 · 형벌 등을 관장하는 관리)이 되시고, 교교 낭자가 주여국(朱餘國)의 태자에게 시집가시며, 일노가 그 주여국의 재상이 되기만을 바랍니다. 그리고 저희 서너 명의 여자 친구들은 모두 저승의 문서를 관장하는 사인(舍人)에게 시집갈 수 있었으면 하고, 그렇지 않으면 평등왕(平等王)98)의 여섯째나 일곱째 아들에게 시집갈 수 있었으면 하니, 그렇게만 된다면 평생의 소망이 이뤄질 것입니다."

---

96) 녹사(錄事) : 연회 석상에서 손님이 주령(酒令)을 어겼을 때 벌주 등의 사항을 집행하는 사람.

97) 명부(明府) : 지방 장관에 대한 존칭. 여기서는 술자리의 주관자를 말한다.

98) 평등왕(平等王) : 저승의 시왕(十王) 중 하나로, 법 집행이 공정해 이렇게 부른다.

그러자 한꺼번에 모두 웃으며 말했다.

"채가(蔡家)의 낭자를 칭찬해야만 하겠는걸!"

그때 녹사를 맡고 있던 교교가 혼자 산가지 하나를 내려놓으면서 채가 낭자에게 벌주를 내리며 말했다.

"유 이모부는 재주가 뛰어나고 용모가 온화하신데, 어찌하여 그에게 오도주사(五道主使)99)가 되라고 하지 않고 쓸데없이 규성판관이 되라고 하셨어요? 아마도 여섯째 이모가 기뻐하지 않으실 테니 벌주 한 잔을 드시지요."

채가 낭자는 곧장 술잔을 들며 말했다.

"벌주는 달게 받을게요. 다만 유 이모부께서 연로해 눈이 침침한 탓에 오도의 누런 종이 문서를 잘 보지 못해 대신백(大神伯)의 공무를 그르칠까 걱정이지, 벌주 마시는 것이 또 어찌 두렵겠어요?"

그러자 여자들은 모두 웃다가 쓰러졌다. 또 한 여자가 일어나더니 구령(口令)을 전달하면서 비취 비녀 하나를 뽑아 들며 급하게 말했다.

"이 비취 비녀를 전달하면서 구령을 말하되 통과하지 못하면 벌주를 받는 거예요."

---

99) 오도주사(五道主使) : 천도(天道)·인도(人道)·금수도(禽獸道)·아귀도(餓鬼道)·지옥도(地獄道)의 오도를 주관하는 신.

그러면서 구령을 말했다.

"난로두뇌호(鸞老頭腦好 : 난씨 노인은 머리가 좋다), 호두뇌난로(好頭腦鸞老 : 머리 좋은 난씨 노인)."

구령이 몇 차례 돌고 나서 자수에게 앉게 하고 구령을 말하게 했다. 그런데 자수는 평소에 말을 더듬었기 때문에 구령을 말할 차례가 되자, 단지 "난로난로"만을 되풀이했다. 미 : "난로난로(鸞老鸞老)"는 "봉혜봉혜(鳳兮鳳兮)"와 대구가 되니, 이로써 흘시(吃詩 : 말더듬이 시)를 지을 수 있다. 여자들이 모두 크게 웃으며 말했다.

"옛날에 하약필(賀若弼)100)이 시랑(侍郞) 장손난(長孫鸞)을 놀렸는데, 장손난이 나이도 많고 말도 더듬는 데다 머리카락도 없었기 때문에 이런 구령을 지어낸 것이지요."

삼경(三更) 후에 그들은 모두 금을 타고 축(筑)을 치면서 서로 번갈아 노래를 불렀는데, 그 노래는 이러했다.

"밝은 달에 가을바람 부는, 이 좋은 밤에 함께 모였네. 은하수는 쉬 변하는데, 즐거움은 끝이 없네. 푸른 술 단지에 비취 국자로, 그댈 위해 술 따르네. 오늘 밤에 마시지 않는다면, 언제 즐거움을 나누리?"

---

100) 하약필(賀若弼) : 수(隋)나라 때의 장군으로 진(陳)나라를 멸망시키는 데 공을 세워 송국공(宋國公)에 봉해졌으나, 나중에 조정을 비판한 죄로 양제(煬帝)에게 죽임을 당했다.

또 노래했다.

"버드나무여, 버드나무여, 급한 바람 따라 흔들거리네. 서쪽 누각의 미인 봄꿈이 길기도 한데, 수놓은 주렴 비껴 걷으니 천 가닥 버들가지 들어오네."

또 노래했다.

"옥타구(唾口)와 황금 등잔은, 군왕을 모시길 바라고, 한단궁(邯鄲宮) 안에서는, 종(鐘)·경쇠·금슬·생황(笙簧) 소리 울리네. 위(衛)나라 미인과 진(秦)나라 미인은, 좌우에 줄지어 서서, 흰 비단옷 요란하게 차려입고, 비취 눈썹에 붉은 단장을 하네. 군왕이 기뻐하며 둘러보니, 군왕 위해 노래하고 춤을 추네. 원컨대 군왕께선 기쁨 누리시고, 늘 재난과 고통 없으소서."

노래가 끝나니 이미 사경(四更)이었다. 이때 누런 적삼을 입은 한 사람이 나타났는데, 그의 머리에는 뿔이 나 있었고 모습이 매우 위용 있었다. 그가 달려 들어와서 절하며 말했다.

"파제왕(婆提王 : 불교 전설 속의 왕)께서 낭자들에게 속히 오라고 분부하셨습니다."

여자들은 모두 일어나 명령을 받고 즉시 그 사람에게 말을 전하게 했다.

"왕께서 부르신 줄도 모르고 함께 달구경하러 이곳에 왔습니다. 어찌 감히 급히 달려가지 않겠습니까?"

그러고는 하녀에게 명해 술자리를 정리하게 했다. 이때 유풍이 큰 소리로 재채기를 하고 나서 보았더니 정원에는 더 이상 아무것도 없었다. 다음 날 아침에 유풍은 그곳에서 비취 비녀 몇 개를 주워 사람들에게 보여 주었는데, 모두들 그것이 어떤 물건인지 알지 못했다.

文明年, 竟陵掾劉諷, 夜投夷陵空館. 月明不寐, 忽有一女郞西軒至, 儀質溫麗. 緩歌閑步, 徐徐至中軒, 回命靑衣曰: "紫綏, 取西堂花茵來. 兼屈劉家六姨姨·十四舅母·南鄰翹翹小娘子, 並將溢奴來. 傳語: '此間好風月, 足得遊樂, 彈琴咏詩, 大是好事. 雖有竟陵判司, 此人已睡明月下, 不足避也.'" 未幾, 三女郞至, 一孩兒, 色皆絶國. 紫綏鋪花茵於庭中, 揖讓班坐. 坐中設犀角酒樽·象牙杓·綠闉花觶·白琉璃盞, 醪醴馨香, 而遠聞空際. 女郞談謔歌咏, 音詞淸婉. 一女郞爲錄, 一女郞爲明府, 擧觴酹酒曰: "惟願三姨婆壽等祁山, 六姨姨與三姨婆等, 劉夫得太山府紅成判官, 翹翹小娘子嫁得朱餘國太子, 溢奴便作朱餘國宰相. 某三四女伴, 總嫁得地府司文舍人, 不然, 嫁得平等王郞君六郞子·七郞子, 則平生望足矣." 一時皆笑曰: "須與蔡家娘子賞口!" 翹翹時爲錄事, 獨下一籌, 罰蔡家娘子曰: "劉姨夫才貌溫茂, 何故不與他五道主使, 空稱紅成判官? 怕六姨姨不歡, 請喫一盞." 蔡家娘子卽持杯曰: "誠知被罰. 直緣姨夫年老昏暗, 恐看五道黃紙文書不得, 誤大神伯公事, 飮亦何傷?" 於是衆女郞皆笑倒. 又一女郞起, 傳口令, 仍抽一翠簪, 急說: "傳翠簪過令, 不通卽罰." 令曰: "鸞老頭腦好, 好頭腦鸞老." 傳說數巡, 因令紫綏下坐, 使說令. 紫綏素吃訥, 令至, 但稱"鸞老鸞老". 眉:"鸞老鸞老"可對"鳳兮鳳兮", 作吃詩. 女郎皆大笑曰 : "昔賀若弼弄長孫鸞侍郎, 以其年老口喫, 又無髮, 故造此令." 三更後, 皆彈琴擊筑, 更唱迭和. 歌曰 : "明月秋風, 良宵會同. 星河易翻, 歡娛不終. 綠樽翠杓, 爲君斟酌. 今夕不飮, 何時歡樂?" 又歌曰 : "楊柳楊柳, 裊裊隨風急. 西樓美人春夢長, 繡簾斜捲千條入." 又歌曰 : "玉口金釭, 願陪君王. 邯鄲宮中, 金石絲簧. 衛女秦娥, 左右成行. 紈縞繽紛, 翠眉紅妝. 王歡顧眄, 爲王歌舞. 願得君歡, 常無災苦." 歌竟, 已是四更. 卽有一黃衫人, 頭有角, 儀貌甚偉. 走入拜曰 : "婆提王命娘子速來." 女郎等皆起而受命, 卽傳語曰 : "不知王見召, 適相與望月至此. 敢不奔赴?" 因命靑衣收拾盤筵. 諷因大聲嚏咳, 視庭中無復一物. 明旦, 拾得翠釵數隻, 將以示人, 不知是何物也.

* 이 고사는 《태평광기》 권329〈귀·유풍〉에 실려 있다.

59-23(1754) 심공례

심공례(沈恭禮)

출《박이지(博異志)》

　문향현(閿鄉縣) 주부(主簿) 심공례는 [당나라] 대화(大和) 연간(827~835)에 호성현위(湖城縣尉)를 대리하게 되었는데, 문향현을 떠나던 날 약간 병이 났다. 그는 날이 저물 무렵에 호성현에 도착해 당 앞에 누워 있었는데, 갑자기 어떤 사람이 침상을 몇 바퀴 돌았다. 심공례는 그가 자기를 수행한 아전 뇌충순(雷忠順)이라고 생각해 그에게 물었더니 그가 대답했다.

　"저는 뇌충순이 아니라 이충의(李忠義)입니다."

　심공례가 물었다.

　"어떻게 이곳에 왔는가?"

　이충의가 대답했다.

　"저는 본래 강회(江淮) 사람으로 굶주림과 추위 때문에 남에게 품팔이를 했는데, 지난달에 이 현에 왔다가 여관에서 죽었습니다. 그러나 너무 배고프고 추워서 지금 당신에게 와서 한 끼 식사를 부탁하고 아울러 작은 모자 하나를 빌리고자 하는데 되겠습니까?"

　심공례가 허락하고 말했다.

"어디로 보내 주면 되는가?"

이충의가 대답했다.

"내일 해 질 무렵에 역참의 아전 장조(張朝)를 보내 가져오게 하겠습니다."

말을 마치고는 당의 서쪽 기둥에 서 있었다. 심공례가 일어나 앉자 이충의가 나아가 말했다.

"당신은 처음 이곳에 오셨는데 다른 일이 생길 때마다 와서 도와드리겠습니다."

심공례가 말했다.

"좋다."

이충의가 마침내 말했다.

"이 청사는 사람이 살면서 대부분이 평안하지 못했습니다. 잠시 후면 열일고여덟 살 된 한 여자가 억지로 당신을 뵈려고 올 것입니다. 이름은 '밀타승(密陀僧)'이라 하는데, 혹 현윤(縣尹: 현령)의 집안사람이라고 둘러대기도 하고 혹 사방 이웃을 갖다 붙이기도 할 것입니다. 하지만 그녀와 말을 주고받아서는 안 되니, 만약 말을 하면 그 요물에게 홀리게 될 것입니다."

이충의가 말을 마치고 다시 서쪽 기둥으로 가서 채 서기도 전에 당 동쪽에서 과연 한 여자가 나타났는데, 높이 쪽 찐 머리에 귀밑머리를 드리웠고 살갗에 윤기가 있었으며 미소를 머금고 눈짓을 하면서 심공례에게 말했다.

"가을 침실은 적막한데 귀뚜라미는 달 밝은 밤에 울고, 깊은 밤에 바람이 일어 오동잎이 섬돌에 떨어지는군요. 어찌하여 자책하며 이처럼 갇혀 지냅니까?"

심공례가 꼼짝하지 않자 그녀가 또 말했다.

"진주 자리 침상은 반이 비었는데 밝은 달은 침실에 가득하네요. 좋은 술을 마시지 않으면 젊은이라 부르는 게 헛되지요."

심공례가 또 거들떠보지도 않자 그녀가 또 시를 읊었다.

"황제(黃帝)가 하늘로 올라갈 때, 정호(鼎湖 : 황제가 용을 타고 승천한 곳)가 원래 여기 있었지요. 72옥녀는, 황금 영지로 변했지요."

심공례가 또 거들떠보지도 않자 그녀는 주저하다가 떠났다. 이충의가 또 나아가 말했다.

"이 요물은 이미 떠났지만 잠시 후에 동쪽 행랑 아래에서 경씨(敬氏)네 과부와 왕씨(王氏)네 부인이 나타날 것입니다. 그들은 비록 밀타승과 같지는 않지만 또한 그들과도 말을 해서는 안 됩니다."

잠시 후에 과연 한 여랑(女郞)이 동쪽 처마 밑에서 나타났는데, 그녀는 흰옷을 입고 흰 비녀를 꽂았으며 손으로 옷자락을 가지런히 하고 고개를 돌려 명령하듯 말했다.

"왕씨네 부인은 어찌하여 나오지 않는가?"

갑자기 한 여자가 붉은 치마를 끌며 나타났는데, 자주색 소매에 은색 어깨걸이를 하고 와서 달빛 어린 정원을 몇 바퀴 돌다가 동쪽 처마 아래로 가서 섰다. 이충의가 또 나아가 말했다.

"이 두 요물은 이미 떠났으니 편히 주무셔도 됩니다. 잠시 후에 설사 다른 요물이 와서 유혹한다 해도 두려워할 것은 못 됩니다."

이충의가 작별하고 떠나려 하자 심공례가 그를 제지하며 말했다.

"날 위해 좀 더 머물러 있다가 요괴가 다 없어진 후에 떠나게."

이충의는 그렇게 하겠다고 대답했다. 사경(四更)이 되자 한 요물이 나타났는데, 키는 2장 남짓했고 손에 서너 개의 해골을 들고 마치 공 던지기 놀이를 하는 것 같았다. 요물이 점점 청사의 처마 가까이 오자 이충의가 심공례에게 말했다.

"베개로 그것을 내리치십시오."

심공례가 그 말이 떨어지자마자 베개로 내리쳤더니, 퍽 하며 요물의 손에 맞아 쥐고 있던 해골이 떨어졌다. 요물이 몸을 굽혀 해골을 줍는 사이에 이충의가 뛰어내려 몽둥이로 마구 때리더니 문을 나가 떠났다. 심공례는 잇달아 이충의를 불렀으나 이충의는 더 이상 보이지 않았으며, 동쪽이 이미 밝아 왔다. 심공례는 시종에게 그 일을 자세히 말해 주고,

마침내 음식을 준비하고 모자를 사 오게 했다. 그리고 아전 장조를 불러 캐물었더니 장조가 말했다.

"저는 본래 무당이었다가 근자에 먹고살려고 아전이 되었는데, 막 죽은 객귀(客鬼) 중에 이충의가 있는 것을 잘 알고 있습니다."

심공례는 곧 장조에게 모자와 음식 등을 주어 떠나게 했다. 그날 밤 꿈에 이충의가 나타나 감사하며 말했다.

"밀타승을 대대적으로 잘 방비해야 하니, 여전히 1~2년 동안 당신을 괴롭힐 것입니다."

이충의는 말을 마치고 떠났다. 심공례는 두 달 동안 호성현에 있었는데, 밤마다 밀타승이 왔지만 끝내 감히 대꾸하지 않았다. 미 : 밀타승이 대체 어떤 요물이기에 이처럼 끈질기게 달라붙는가? 심공례는 나중에 문향현으로 돌아갔는데, 밀타승이 격일 밤마다 왔으나 끝내 그에게 해를 끼치지 못했다. 반년 후에는 사흘 밤 또는 닷새 밤에 한 번씩 찾아오다가 1년 남짓이 지나서야 점차 오는 횟수가 뜸해졌다. 어떤 스님이 심공례에게 비린내 나는 음식을 끊게 하자, 그 후로는 밀타승이 더 이상 오지 않았다.

閿鄉縣主簿沈恭禮, 太和中, 攝湖城尉, 離閿鄉日, 小疾. 暮至湖城, 堂前臥, 忽有人繞床數匝. 意謂從行廳吏雷忠順, 恭禮問之, 對曰 : "非雷忠順, 李忠義也." 問曰 : "何得來此?" 對曰 : "某本江淮人, 因饑寒傭於人, 前月至此縣, 卒於逆旅.

然饑寒甚,今投君祈一食,兼丐一小帽,可乎?"恭禮許之,曰:"何處送與?"對曰:"來暮,遣驛中廳子張朝來取."語畢,立於堂之西楹.恭禮起坐,忠義進曰:"君初止此,更有事,輒敢裨補."恭禮曰:"可."遂言:"此廳人居多不安.少間,有一女子,年可十七八,强來參謁.名曰'密陀僧',或託是縣尹家人,或假四鄰爲附.輒不可與交言,言則中此物矣."忠義語畢,却立西楹未定,堂東果有一女子,峨鬟垂鬢,肌膚悅澤,微笑轉盼,謂恭禮曰:"秋室寂寥,蛩啼夜月,更深風動,梧葉墮階.如何自責羈囚如此耶?"恭禮不動,又曰:"珍簟床空,明月滿室.不飲美酒,虛稱少年."恭禮又不顧,又吟曰:"蛩[1]帝上天時,鼎湖元在茲.七十二玉女,化作黃金芝."恭禮又不顧,逡巡而去.忠義又進曰:"此物已去,少間,東廊下有敬寡婦‧王家阿嫂.雖不敢同密陀僧,然亦不得與語."少頃,果有一女郎,自東廡下,衣白衣,簪白簪,手整披袍,回命曰:"王家阿嫂,何不出來?"俄然有曳紅裙,紫袖銀帔而來,步庭月數匝,却立於東廡下.忠義又進曰:"此兩物已去,可高枕矣.少間,縱有他媚來,亦不畏也."忠義辭去,恭禮止之:"爲我更駐,候怪物盡卽去."忠義應唯.而四更已,有一物,長二丈餘,手持三數髑髏,若躍丸者.漸近廳檐,忠義謂恭禮曰:"可以枕擊之."應聲而擊,㩴然中手,墮下髑髏.俯身掇之,忠義跳下,以棒亂毆,出門而去.恭禮連呼忠義,不復見,而東方已明.與從者具語之,遂令具食及巿帽子.召廳子張朝詰之,曰:"某本巫人也.近者假食爲廳吏,具知有新死客鬼李忠義."恭禮便付帽子及盤餐等去.其夜,夢李忠義辭謝曰:"密陀僧大須防備,猶一二年奉擾耳."言畢而去.恭禮兩月在湖,夜夜密陀僧來,終不敢對.眉:密陀僧何物,直如此紏纏?後歸閿鄉,卽隔夜而至,然終不能爲患.半年後,或三夜五夜一來,一年餘,方漸稀.有僧令斷葷腥,此後不復來矣.

* 이 고사는《태평광기》권348〈귀·심공례〉에 실려 있다.
1 공(蛬):《태평광기》에는 "황(黃)"이라 되어 있는데, 문맥상 타당하다.

59-24(1755) 예언사

예언사(倪彦思)

출《수신기》

오(吳)나라 때 가흥현(嘉興縣)의 예언사는 현성(縣城) 서쪽의 연리(埏里)에서 살았는데, 그의 집에는 도깨비가 있어서 사람과 말도 하고 사람처럼 마시고 먹었지만 모습만 드러내지 않았다. 예언사의 노비 중에 남몰래 주인을 욕하는 자가 있으면 도깨비가 말했다.

"지금 당장 일러바치겠다."

예언사가 그 노비를 처벌하자, 감히 주인을 욕하는 자가 없어졌다. 예언사에게 첩이 있었는데 도깨비가 그에게 그 첩을 달라고 하자, 예언사는 도사를 모셔 와서 도깨비를 쫓아내려 했다. 그래서 술과 안주를 차려 놓았더니 도깨비가 측간에서 거름을 가져와 그 위에 뿌렸다. 도사가 대대적으로 북을 두드리며 여러 신들을 초청하자, 도깨비는 복호(伏虎 : 호랑이 모양으로 만든 휴대용 변기)를 가져와 신좌(神座) 위에서 그것을 불어 뿔피리 소리를 냈다. 잠시 후 도사는 문득 등이 차가운 것을 느끼고 놀라 일어나 옷을 벗었더니 다름 아닌 복호였다. 그래서 도사는 그만두고 떠났다. 한 번은 예언사가 밤에 이불 속에서 부인과 은밀히 얘기하면서 함께 그 도깨비를 걱정하자, 도깨비가 즉시 대들보 위에서 예언사에게 말했다.

"네가 부인과 함께 내 험담을 하니 내가 지금 당장 네 집의 대들보를 부러뜨리겠다."

곧바로 우지끈하는 소리가 났다. 예언사는 대들보가 부러지는 것이라고 두려워하면서 불을 가져와 비춰 보았는데, 도깨비가 바로 불을 꺼 버렸으며 대들보 부러지는 소리가 더욱 다급하게 들렸다. 예언사는 집이 무너질까 두려워하며 어른과 아이를 모두 밖으로 나가게 한 뒤, 다시 불을 가져와 살펴보았더니 대들보는 그대로였다. 도깨비가 크게 웃으며 예언사에게 다그쳤다.

"이래도 내 험담을 또 하겠느냐?" 미 : 흥미롭다!

군(郡)의 전농교위(典農校尉)가 그 일을 듣고 말했다.

"그 도깨비는 틀림없이 살쾡이가 둔갑한 것이다."

그러자 도깨비가 즉시 찾아가서 전농교위에게 말했다.

"너는 관부에서 수백수천 곡(斛)의 곡식을 빼돌려 아무 곳에 감춰 놓아 관리로서 부정을 저지른 주제에 감히 나에 대해 이러쿵저러쿵하다니! 미 : 관리로서 부정을 저지르면 귀신도 그를 업신여긴다. 지금 당장 관부에 아뢰고 사람을 데리고 가서 네가 훔친 곡식을 가져오게 하겠다."

전농교위는 크게 두려워하면서 사죄했다. 그 후로는 감히 도깨비에 대해 언급하는 사람이 없었다. 3년 뒤에 도깨비는 떠났는데 어디로 갔는지 알 수 없었다.

吳時, 嘉興倪彦思居縣西埏里, 有魅在其家, 與人語, 飮食如人, 唯不見形. 彦思奴婢有竊罵大家者, 魅云:"卽當語." 彦思治之, 無敢詈者. 彦思有小妻, 魅從求之, 彦思乃迎道士逐之. 酒餚旣設, 魅乃取厠中草糞, 布著其上. 道士便盛擊鼓, 召請諸神, 魅乃取伏虎, 於神座上吹作角聲音. 有頃, 道士忽覺背上冷, 驚起解衣, 乃伏虎也, 於是道士罷去. 彦思夜於被中竊與嫗語, 共患此魅, 魅卽屋梁上謂彦思曰:"汝與婦道吾, 吾今當截汝屋梁." 卽隆隆有聲. 彦思懼梁斷, 取火照視, 魅卽滅火, 截梁聲愈急. 彦思懼屋壞, 大小悉遣出, 更取火, 視梁如故. 魅大笑, 問彦思:"復道吾不?" 眉: 趣! 郡中典農聞之曰:"此神正當是狸物耳." 此魅卽往, 謂典農曰:"汝取官若千百斛穀, 藏著某處, 爲吏汚穢, 而敢論吾! 眉: 爲吏汚穢, 鬼亦慢之. 今當白於官, 將人取汝所盜穀." 典農大怖而謝之. 自後無敢道. 三年後去, 不知所在.

* 이 고사는 《태평광기》 권317 〈귀·예언사〉에 실려 있다.

59-25(1756) 호희

호희(胡熙)

출《녹이전》

   오(吳)나라의 좌중랑(左中郞)과 광릉상(廣陵相 : 광릉군국의 재상)을 지낸 호희는 자가 원광(元光)이다. 그의 딸 호중(胡中)은 결혼을 허락받고 시집가게 되었는데, 난데없이 임신을 했으며 그녀 자신도 어찌 된 영문인지 알지 못했다. 호희의 부친 호신(胡信)은 엄격하게 집안의 법도를 지켰으므로, 호희의 부인 정씨(丁氏)에게 딸을 죽이라고 했다. 그랬더니 갑자기 귀신이 딸의 배 속에서 말을 했는데, 꽥꽥하는 소리를 내면서 이렇게 말했다.

   "무슨 이유로 내 어머니를 죽이려 합니까? 나는 아무 달 아무 날에 반드시 태어날 것입니다!"

   좌우 사람들이 괴이함에 놀라 그 일을 호신에게 아뢰자, 호신이 직접 가서 그 소리를 들어 보고 그녀를 놓아주었다. 호중이 아이를 낳아 바닥에 놓았는데, 아이의 모습은 보이지 않고 주위에서 아이의 소리만 들렸다. 미 : 이물(異物)을 낳았다. 그 아이는 잘 자랐으며 말도 사람처럼 했다. 호희의 부인은 아이를 위해 따로 휘장을 마련해 주었는데, 한번은 아이가 스스로 말했다.

"이제 모습을 드러내 할머니께 보여 드리겠어요."

호희의 부인이 보았더니, 아이는 붉은 휘장 안에 있었고 앞뒤로 황금 비녀를 꽂았으며 손과 팔이 보기 좋았고 금(琴)을 잘 탔다. 아이는 때때로 할머니와 어머니에게 먹고 싶은 것을 물어보고는 술·육포·대추 따위를 구해 가지고 돌아왔다. 한번은 어머니가 앉아서 옷을 짓고 있었는데, 아이가 호중의 무릎을 끌어안거나 등을 타고 오르면서 몇 차례 장난을 치자, 호중은 참다못해 속으로 몰래 화를 내며 말했다.

"사람이 어떻게 귀신 자식과 함께 있을 수 있단 말인가!"

그러자 즉시 아이가 옆에서 화를 내며 말했다.

"그저 어머니 옆에서 놀았을 뿐인데 귀신 자식이라고 욕을 하시다니요! 지금 당장 어머니의 손가락을 통해 배 속으로 들어가 어머니께 저의 진면목을 알게 하겠어요."

호중은 손가락이 즉시 뻣뻣해지면서 아파 오더니 통증이 점점 위로 올라가 팔로 들어갔는데, 마치 누군가가 자신을 칼로 찌르는 것 같아 금방이라도 죽을 것만 같았다. 그래서 호희의 부인이 음식을 차려 놓고 아이에게 빌었더니 잠시 후 호중의 통증이 멎었다.

吳左中郎廣陵相胡熙, 字元光. 女名中, 許嫁當出, 而欻有身, 女亦不自覺. 熙父信, 嚴而有法, 乃命熙妻丁氏殺之. 欻有鬼語腹中, 音聲嘖嘖曰 : "何故殺我母? 我某月某日當出!" 左右驚怪, 以白信, 信自往聽, 乃捨之. 及産兒遺地, 則不見形, 止聞兒聲, 在於左右. 眉:産異. 及長大, 音語亦如人. 熙妻別爲施帳, 時自言:"當見形, 使姥見." 熙妻視之, 在丹帷裏, 前後釘金釵, 好手臂, 善彈琴. 時問姥及母所嗜欲, 爲得酒脯棗之屬以還. 母坐作衣, 兒來抱膝緣背數戲, 中不耐之, 意竊怒曰:"人家豈與鬼子相隨!" 卽於旁怒曰:"就母戲耳, 乃罵作鬼子! 今當從母指中入腹, 使母知之." 中指卽直而痛, 漸漸上入臂髀, 若有貫刺之者, 須臾欲死. 熙妻乃設饌, 祝請之, 有頃而止.

* 이 고사는 《태평광기》 권317 〈귀·호희〉에 실려 있다.

59-26(1757) 유삼
유삼(劉三)
출《통유기》

 당(唐)나라 건중(建中) 2년(781)에 강회(江淮) 일대에 호남(湖南)에서 온 악귀가 있다는 소문이 떠돌았는데, "모귀(毛鬼)"라고도 하고 "모인(毛人)"이라고도 하고 "정(根)"이라고도 해서 그 명칭이 일정하지 않았다. 그 귀신은 변화무쌍했으며 사람들의 말로는 사람의 심장을 먹길 좋아한다고 했다. 귀신이 어린 여자아이와 남자아이를 모조리 잡아가자, 마을 사람들은 두려움에 떨며 서로 모여 지냈고, 밤에도 불을 밝혀 놓고 감히 잠을 자지 못하면서 활과 칼을 들고 방비했다. 귀신이 어느 한 집으로 들어가면 나머지 모든 집에서 목판과 구리 그릇을 두들기며 소리를 냈는데, 그 소리가 천지를 뒤흔들었기에 너무 겁에 질려 죽는 사람도 있었다. 도처에서 이와 같은 일이 발생하자 관가에서 금지했으나 그 소란을 멈추게 할 수 없었다. 전임 연주공조(兗州功曹) 유삼은 예전부터 회수(淮水)와 사수(泗水) 일대에서 가업을 돌봐 오면서 광릉(廣陵)에서 살았는데, 그의 아들 여섯 명은 모두 용맹했다. 유삼은 아들들을 이끌고 활과 화살을 들고서 밤에 집을 지켰는데, 딸 몇 명은 당 안에 있게 하고 문을 잠갔고 아들들은 당 밖을 순찰했다. 한밤중이 되었을 때 하늘이 컴컴해지더니 갑자기 당 안에서 놀라 소리치며 귀신이 이미 당 안에 들어왔다고 말하는 소리가 들렸다. 아들들은 깜짝 놀랐으나 이미 문을 잠가 놓았기에 구하러 들어갈 수 없었다. 그래서 밖을 지키면서 엿보았더니 평상처럼 네모난 한 물체가 보였는데, 고슴도치같이 털이 나 있고 높이는 3~4척 정도였으며 사면에 다리가 달린 채 당 안을 이리저리 달려 다녔다. 그 옆에 또 귀신이 있었는데, 검은 털이 몸을 덮었고 손톱과 이빨이 마치 칼날 같았다. 그 귀신은 막내딸을 털 난 평상 위에 올려놓고 다시 둘째 딸을 붙잡았다. 일이 매우 급박해지자 아들들은 벽을 허물고 안으로 들어가서 활로 털 난 평상을 쏘았다. 털 난 평상이 도망치자 귀신도 도망쳤는데, 잠시 후 귀신은 온데간데없이 사라졌고 털 난 평상은 동쪽으로 달아났으나 100여 발의 화살을 맞아 도망칠 수 없었다. 마침내 한 사람이 털 난 평상을 붙잡고 힘껏 눌렀는데, 한 식경쯤 서로 대치하다가 함께 다리 밑으로 떨어졌다. 그 사람이 큰 소리로 외쳤다.

"내가 지금 귀신을 끌어안고 있으니 속히 불을 가져와 구해 주시오!"

그런데 불을 가져와서 비춰 보았더니 그 사람은 그저 다리 기둥을 부둥켜안고 있었다. 유삼의 아들들은 손톱이 모두 빠졌고, 막내딸은 길에 버려져 있었다.

唐建中二年, 江淮訛言有厲鬼自湖南來, 或曰"毛鬼", 或曰"毛人", 或曰"棖", 不恒其稱. 而鬼變化無方, 人言鬼好食人心. 少女稚男全取之, 民恐懼, 多聚居, 夜烈火不敢寐, 持弓刀以備. 每鬼入一家, 萬家擊板及銅器爲聲, 聲振天地, 人有狂懾而死者. 所在如此, 官禁不能息. 前兗州功曹劉參者, 舊業淮泗, 因家廣陵, 有男六人, 皆好勇. 劉氏率其子, 操弓矢夜守, 有數女閉堂內, 諸郎巡外. 夜半後, 天色暝晦, 忽聞堂中驚呼, 言鬼已在堂中. 諸郎駭, 既閉戶, 無因入救. 乃守窺之, 見一物, 方如床, 毛鬣如猬, 高三四尺, 四面有足, 轉走堂內. 旁又有鬼, 玄毛披體, 爪牙如劒. 把小女置毛床上, 更擒次女. 事且迫矣, 諸郎壞壁而入, 以射毛床. 毛床走, 其鬼亦走, 須臾, 失鬼所在, 而毛床東奔, 中鏃百數, 且不能走. 一人擒得毛床, 力扞之, 食頃, 俱墮河梁. 大呼曰: "我今抱得鬼, 速以火相救!" 及以火照之, 但見抱橋柱耳. 劉子手爪盡損, 小女遺於路.

* 이 고사는 《태평광기》 권339 〈귀·유삼〉에 실려 있다.

59-27(1758) 회서의 군장

회서군장(淮西軍將)

출《유양잡조》

[당나라] 원화(元和) 연간(806~820) 말에 회서의 어떤 군장이 변주(汴州)에 사신으로 가서 역관(驛館)에 머물렀다. 밤이 깊어져 막 곤히 잠들려 하는데, 갑자기 어떤 물체가 자신을 누르고 있는 것을 느꼈다. 군장은 본디 건장했기에 깜짝 놀라 일어나서 그 물체와 힘을 겨루었는데, 마침내 그 물체가 도망치는 틈을 타서 군장은 그 물체의 수중에 있던 가죽 자루를 빼앗았다. 귀신이 어둠 속에서 자루를 돌려 달라고 몹시 간절하게 애원하자 군장이 말했다.

"네가 나에게 이 물건의 이름을 말해 주면 틀림없이 돌려주겠다."

귀신이 한참 있다가 말했다.

"그건 축기대(蓄氣袋 : 산 사람의 숨을 담는 자루)입니다."

군장이 벽돌을 들어 귀신을 쳤더니 귀신의 말소리가 마침내 끊어졌다. 그 자루는 몇 되를 담을 수 있는 크기에 진홍색이었고 우사(藕絲 : 연뿌리에서 뽑은 실)로 짠 것 같았는데, 햇빛 아래에서 들고 다녀도 그림자가 생기지 않았다.

元和末, 有淮西軍將, 使於汴州, 止驛中. 夜久, 眠將熟, 忽覺一物壓己. 軍將素健, 驚起, 與之角力, 其物逡退, 因奪得手中革囊. 鬼暗中哀祈甚苦, 軍將謂曰 : "汝語我物名, 我當相還." 鬼良久曰 : "此蓄氣袋耳." 軍將乃擧甓擊之, 語遂絶. 其囊可盛數升, 絳色, 如藕絲, 携於日中無影.

* 이 고사는 《태평광기》 권345 〈귀·회서군장〉에 실려 있다.

59-28(1759) 고생

고생(高生)

출《광이기》

[당나라] 천보(天寶) 연간(742~756)에 발해(渤海) 사람 고생은 열병을 앓아 수척했으며 가슴의 통증을 참을 수 없었다. 그래서 의원을 불러 살펴보게 했더니 의원이 말했다.

"귀신이 가슴 속에 있는데 약으로 치료할 수 있습니다."

그리하여 의원이 약을 달여 고생에게 먹였더니, 고생은 갑자기 가슴 속이 움직이는 것을 느꼈다. 잠시 후에 고생은 한 말이 넘는 침을 토했는데, 그 속에 딱딱하게 굳어서 풀어지지 않는 것이 있었다. 칼로 그것을 갈랐더니 한 사람이 침 속에서 일어났다. 그 사람은 처음에는 아주 작았지만 금세 몇 척으로 자라났다. 미 : 몹시 괴이하다! 고생이 그 사람을 괴롭히려고 했더니, 그 사람은 밖으로 달려 나가 계단을 내려간 뒤 순식간에 사라졌다. 이후로 고생은 병이 나았다.

天寶中, 有渤海高生, 病熱而瘠, 其臆痛不可忍. 召醫視之, 醫曰 : "有鬼在臆中, 藥可以及." 於是煮藥而飲之, 忽覺臆中動搖. 有頃, 吐涎斗餘, 其中凝固不可解. 以刀剖之, 有一人涎中起. 初甚么麽, 俄長數尺. 眉 : 怪甚! 高生欲苦之, 其人趨出, 降階遽不見. 自是疾愈.

* 이 고사는 《태평광기》 권333 〈귀·고생〉에 실려 있는데, 출전이 "《선실지(宣室志)》"라 되어 있다.

59-29(1760) 유타

유타(劉他)

출《속수신기》

　　유타가 하구(下口)에서 살고 있을 때 난데없이 귀신 하나가 그의 집으로 왔다. 처음에는 어두워서 잘 보이지 않았는데, 사람 같은 모습에 흰 바지를 입은 것 같았다. 그 이후로 귀신은 며칠에 한 번씩 왔는데, 더 이상 모습을 감추지 않았고 떠나지도 않았으며 음식을 훔쳐 먹길 좋아했다. 길익자(吉翼子)라는 사람은 건장하고 힘이 세서 귀신을 믿지 않았는데, 유타의 집을 찾아와서 주인에게 말했다.

　　"당신 집에 귀신이 어디에 있소? 어서 불러오시오. 지금 당신을 대신해 꾸짖어 주겠소."

　　즉시 대들보에서 귀신이 내는 소리가 들렸다. 당시 손님이 아주 많이 있었는데, 함께 위를 쳐다보았더니 귀신이 물건 하나를 아래로 던져 길익자의 얼굴을 정통으로 맞혔다. 자세히 보니 주인집 부인의 때 묻은 더러운 속옷이었다. 사람들이 모두 박장대소하며 즐거워하자 길익자는 몹시 부끄러워하며 얼굴을 닦고 떠났다. 어떤 사람이 유타에게 말했다.

　　"이 귀신은 음식을 훔쳐 먹는 것으로 보아 필시 형체가 있는 놈이니, 독약으로 처치할 수 있을 것입니다." 미 : 식견이 있다.

유타는 곧장 다른 집에서 야갈(冶葛 : 독초의 일종)을 달여 두 되의 즙을 짜서 몰래 가지고 돌아왔다. 저녁 무렵에 그는 야갈을 넣은 죽을 만들게 해서 안석 위에 올려놓고 대야로 덮어 두었다. 나중에 귀신이 밖에서 들어오는 소리가 들렸는데, 귀신은 대야를 들춰 죽을 꺼내 먹다가 사발을 던져 깨트리고 뛰쳐나갔다. 잠시 후 지붕 위에서 토하는 소리가 들리더니, 귀신이 몹시 화를 내면서 창문을 때려 부쉈다. 미 : 《광고금오행기(廣古今五行記)》에 실려 있는 유도(劉道)의 일과 서로 유사하니, 아마도 같은 이야기인 것 같다. 유타는 미리 방비하고 있다가 귀신과 싸웠는데, 귀신은 감히 집으로 들어오지 못했으며 사경(四更)이 된 연후에 마침내 나타나지 않았다.

劉他在下口居, 忽有一鬼, 來在劉家. 初因暗, 仿佛見形如人, 著白布裩. 自爾後, 數日一來, 不復隱形, 便不去, 喜偸食. 吉翼子者, 强梁不信鬼, 至劉家, 謂主人 : "卿家鬼何在? 喚來. 今爲卿罵之." 卽聞屋梁作聲. 時大有客, 共仰視, 便紛紜擲一物下, 正著翼子面. 視之, 乃主人家婦女褻衣, 惡猶著焉. 衆共大笑爲樂, 吉大慙, 洗面而去. 有人語劉 : "此鬼偸食, 必有形之物, 可以毒藥中之." 眉 : 有識. 劉卽於他家煮冶葛, 取二升汁, 密賫還. 向夜, 令作糜, 著於几上, 以盆覆之. 後聞鬼外來, 發盆取糜, 旣喫, 擲破甌出去. 須臾, 聞在屋頭吐, 嗔怒非常, 便捧打窗戶. 眉 : 《廣五行記》載劉道事, 相類, 疑一事也. 劉先以防備, 與鬪, 亦不敢入戶. 至四更中, 然後遂絶.

* 이 고사는 《태평광기》 권319 〈귀 · 유타〉에 실려 있다.

권60 신혼부(神魂部) 총묘부(冢墓部) 명기부(銘記部)

신혼(神魂)

60-1(1761) 방아

방아(龐阿)

출《유명기(幽明記)》

거록(鉅鹿) 사람 방아는 용모와 거동이 훌륭했다. 같은 군의 석씨(石氏)에게 딸이 있었는데, 일찍이 방아를 보고 마음속으로 그를 좋아했다. 얼마 지나지 않아 방아가 보았더니 석씨의 딸이 자신을 찾아왔다. 그런데 방아의 부인은 질투심이 아주 심해서 그 소식을 듣자 하녀를 시켜 그녀를 포박해 석씨 집으로 돌려보내게 했는데, 도중에 그녀가 연기로 변해 사라졌다. 하녀가 곧장 석씨 집으로 가서 그 일을 얘기했더니, 석씨의 부친이 깜짝 놀라면서 말했다.

"내 딸은 애초에 문을 나간 적이 없거늘 어찌 이처럼 비방할 수 있는가?"

이후로 방아의 부인은 늘 주의를 기울이며 감시했다. 그러던 어느 날 밤에 방아의 부인은 석씨의 딸이 서재에 있는 것을 보고 직접 그녀를 붙잡아서 석씨 집으로 갔다. 석씨의 부친은 딸을 보더니 깜짝 놀라며 말했다.

"내가 방금 안채에서 나올 때만 해도 딸이 어머니와 함께 일하고 있는 것을 보았는데, 어떻게 여기 있을 수 있단 말인가?"

그러고는 곧장 하녀를 시켜 안채에서 딸을 불러 나오게 했는데, 방금 방아의 부인에게 포박되어 왔던 딸이 순식간에 사라졌다. 석씨의 부친은 이상한 일이 있을 것이라고 의심해 그녀의 어머니에게 캐물어 보게 했더니 딸이 말했다.

"예전에 방아가 저희 집에 왔을 때 제가 몰래 그를 훔쳐보았는데, 그때부터 정신이 몽롱해지더니 꿈속에서 그를 찾아갔습니다. 그래서 그의 집에 들어갔다가 그의 부인에게 포박되었습니다."

그제야 아까 사라진 것이 그녀의 혼령이었음을 알게 되었다. 얼마 후에 석씨의 딸은 다른 사람에게 시집가지 않겠다고 마음속으로 맹세했다. 1년이 지나서 방아의 부인이 갑자기 사병(邪病)[101]에 걸렸는데, 의원을 부르고 약을 썼지만 아무런 효험도 보지 못한 채 죽었다. 그리하여 방아는 예물을 보내 석씨의 딸을 부인으로 맞아들였다.

鉅鹿龐阿, 美容儀. 同郡石氏有女, 曾睹阿, 心悅之. 未幾, 阿見此女來詣. 阿妻極妒, 聞之, 使婢縛送石家, 中路, 遂化爲煙氣而滅. 婢乃直詣石家, 說此事, 石父大驚曰: "我女都不出門, 豈可毀謗如此?" 阿婦自是常加意伺察之. 居一夜, 方値女在齋中, 乃自拘執, 以詣石氏. 石氏父見之, 愕眙曰:

---

101) 사병(邪病) : 사기(邪氣)나 사술(邪術)로 인해 생긴 질병.

"我適從內來, 見女與母共作, 何得在此?" 卽令婢僕於內喚女出, 向所縛者, 奄然滅焉. 父疑有異, 故遣其母詰之, 女曰: "昔年龐阿來廳中, 曾竊視之, 自爾仿佛卽夢詣阿. 乃入戶, 卽爲妻所縛." 始知滅者蓋其神魂也. 旣而女誓心不嫁. 經年, 阿妻忽得邪病, 醫藥無徵. 阿乃授幣石氏女爲妻.

* 이 고사는《태평광기》권358〈신혼·방아〉에 실려 있다.

60-2(1762) **왕주**

왕주(王宙)

출'진현우(陳玄祐)《이혼기(離魂記)》'

[당나라] 천수(天授) 3년(692)에 청하(淸河) 사람 장일(張鎰)은 관직 때문에 형주(衡州)에서 살았다. 장일은 성품이 간결하고 조용해 알고 지내는 친구가 적었다. 그는 아들은 없고 딸만 둘이 있었는데, 큰딸은 일찍 죽었고 작은딸 천낭(倩娘)은 비할 데 없이 단정하고 고왔다. 장일의 조카인 태원(太原) 사람 왕주는 어려서부터 총명했으며 용모와 태도가 훌륭했기에, 장일은 늘 그를 중시해서 매번 말했다.

"훗날 틀림없이 천낭을 너에게 시집보내겠다."

후에 왕주와 천낭은 각각 장성해서 늘 남몰래 오매불망 서로를 마음에 두었지만, 집안사람들은 그 사실을 알지 못했다. 후에 장일의 막료로 선발된 자가 천낭에게 청혼하자 장일은 허락했다. 천낭은 그 소식을 듣고 울적해했으며 왕주도 깊이 원망했다. 왕주가 관리 선발에 응시한다고 핑계를 대고 도성으로 가길 청하자, 장일은 그를 말렸으나 그럴 수 없었기에 마침내 노자를 넉넉히 주어 보냈다. 왕주는 원망을 품은 채 배에 올라 날이 저물었을 때 산성에서 몇 리 떨어진 곳에 이르렀다. 왕주는 한밤중이 되도록 잠을 이루지 못하고 있었는데, 갑자기 강 언덕에서 어떤 사람이 아주 빠르게 걸어오는 소리가 나더니 금세 왕주의 배로 왔다. 왕주가 누구냐고 물었더니 다름 아닌 천낭이 맨발로 걸어서 온 것이었다. 왕주가 미칠 듯이 놀라고 기뻐하면서 천낭의 손을 잡고 어찌 된 영문인지 물었더니 천낭이 울면서 말했다.

"자면서 꿈속에서도 당신을 그리워했는데, 지금 장차 저의 이러한 뜻을 빼앗으려 합니다. 또한 당신의 깊은 정이 변하지 않았음을 알고 있기 때문에 이렇게 도망쳐서 달려온 것입니다."

왕주는 뜻밖에도 바라던 바였으므로 뛸 듯이 몹시 기뻐하며 마침내 천낭을 배에 숨기고 계속 밤을 틈타서 달아났다. 길을 두 배로 재촉해서 몇 달 만에 촉(蜀) 땅에 도착했다. 두 사람은 5년 동안 함께 살면서 아들 둘을 낳았다. 미: 혼령이 아들을 낳다니 정말 기이하다. 장일과는 소식을 끊고 지냈는데, 천낭은 늘 부모님을 생각하고 눈물을 흘리며 말했다.

"제가 지난날에 당신을 저버릴 수 없어서 예법을 버리고 당신에게 도망쳐 와서 지금까지 5년 동안 부모님과 떨어져 지내고 있으니, 세상천지에 무슨 낯으로 살아갈 수 있겠습니까?"

왕주는 그녀를 가련히 여기며 말했다.

"곧 돌아갈 테니 괴로워 마시오."

마침내 함께 형주로 돌아왔다. 도착한 후에 왕주는 혼자 먼저 장일의 집으로 찾아가서 이전의 일에 대해 머리 숙여 사죄했다. 그러자 장일이 말했다.

"천낭은 몇 년 동안 규방에 병들어 누워 있는데, 어찌하여 그런 터무니없는 말을 하는가?"

왕주가 말했다.

"천낭은 지금 배 안에 있습니다."

장일이 깜짝 놀라 급히 사람을 보내 확인해 보게 했더니, 과연 천낭이 배 안에 있는 것이 보였는데 기쁘고 즐거운 안색이었다. 천낭이 심부름 온 사람에게 물었다.

"아버님께서는 평안하시냐?"

하인은 이상해하며 급히 달려가서 장일에게 보고했다. 그때 방 안에 있던 천낭이 그 얘기를 듣고 기뻐하며 일어나더니, 단장을 하고 옷을 갈아입은 뒤 웃으면서 말하지 않은 채 나와서 그녀를 맞이했는데, 감쪽같이 합쳐져 한 몸이 되었고 저고리와 치마가 모두 겹쳐졌다. 미 : 옷은 변화할 수 없기 때문에 겹쳐진 것이다. 하지만 그 옷은 또 어디에서 나온 것인가? 장일의 집에서는 정상적인 일이 아니라고 여겨서 비밀로 했는데, 오직 친척 중에 은밀히 아는 사람이 있었다. 두 아들은 모두 효렴(孝廉)으로 발탁되어 과거에 급제했다.

天授三年, 淸河張鎰因官家於衡州. 性簡靜, 寡知友. 無子, 有女二人, 其長早亡, 幼女倩娘, 端姸絶倫. 鎰外甥太原王宙, 幼聰悟, 美容範, 鎰常器重, 每曰:"他時當以倩娘妻之."

後各長成, 宙與倩娘, 常私感想於寤寐, 家人莫知其狀. 後有賓寮之選者求之, 鎰許焉. 女聞而鬱抑, 宙亦深恚恨. 託以當調, 請赴京, 止之不可, 遂厚遣之. 宙含恨上船, 日暮, 至山郭數里. 夜方半, 宙不寐, 忽聞岸上有一人, 行聲甚速, 須臾至船. 問之, 乃倩娘, 徒行跣足而至. 宙驚喜發狂, 執手問其從來, 泣曰: "與君寢夢相感, 今將奪我此志. 又知君深情不易, 是以亡命來奔." 宙非意所望, 欣躍特甚, 遂匿倩娘於船, 連夜遁去. 倍道兼行, 數月至蜀. 凡五年, 生兩子. 眉: 魂生子, 大奇. 與鎰絶信, 其妻常思父母, 涕泣言曰: "吾曩日不能相負, 棄大義而來奔君, 向今五年, 恩慈間阻, 覆載之下, 胡顔獨存也?" 宙哀之曰: "將歸無苦." 遂俱歸衡州. 既至, 宙獨身先至鎰家, 首謝其事. 鎰曰: "倩娘病在閨中數年, 何其詭說也?" 宙曰: "見在舟中." 鎰大驚, 促使人驗之, 果見倩娘在船中, 顔色怡暢. 訊使者曰: "大人安否?" 家人異之, 疾走報鎰. 室中女聞, 喜而起, 飾妝更衣, 笑而不語, 出與相迎, 翕然而合爲一體, 其衣裳皆重. 眉: 衣不可化, 故重. 然此衣又從何來? 其家以事不正, 秘之, 惟親戚間有潛知者. 二男孝廉擢第.

* 이 고사는 《태평광기》 권358〈신혼・왕주〉에 실려 있다.

60-3(1763) 정생

정생(鄭生)

출《영괴록》

　정생은 [당나라] 천보(天寶) 연간(742~756) 말에 과거 시험에 응시하러 도성에 갔다. 정현(鄭縣)의 서쪽 들판에 이르렀을 때 날이 저물자 정생은 어떤 집에 투숙했다. 그 집주인이 정생에게 성을 묻자 정생이 사실대로 대답해 주었다. 그런데 갑자기 안에서 하녀를 내보내 말했다.

　"아가씨는 마땅히 할머님의 말씀을 따라야 합니다."

　그러고는 곧이어 한 노모가 당(堂)에서 내려오는 것이 보였다. 정생은 그 노모에게 절하고 난 뒤에 자리에 앉아서 한참 동안 얘기를 나누었다. 그러다 노모가 정생에게 혼인했는지 묻고 나서 말했다.

　"이 늙은이에게 외손녀 하나가 있는데 여기에 함께 살고 있소. 성은 유씨(柳氏)이고 그 아비는 지금 회음현령(淮陰縣令)으로 있으니, 그대와 문벌도 비슷할 것이오. 그래서 지금 외손녀를 그대의 배필로 줄까 하는데, 그대의 생각은 어떠하오?"

　정생은 감히 사양하지 못하고 그날 저녁에 혼례를 올린 뒤 인간 세상의 지극한 즐거움을 누렸다. 정생이 그곳에 머문 지 몇 달 뒤에 할머니가 정생에게 말했다.

"부인을 데리고 유씨 집으로 돌아가게."

정씨는 할머니의 말대로 부인을 데리고 회음현으로 갔다. 정생이 먼저 유씨[현령]에게 사실을 알리자, 유씨 집안의 모든 사람들이 경악했다. 유씨의 부인은 현령이 다른 부인을 얻어 낳은 딸이라고 의심하며 원망하는 표정으로 말했다. 잠시 뒤에 여자의 집안사람이 가서 정생의 부인을 보았더니, 집에 있는 딸과 다름이 없었다. 정생의 부인은 문으로 들어가서 마차에서 내리더니 천천히 뜰 안으로 걸어갔다. 그러자 집 안에 있던 딸이 그 소리를 듣고 웃으면서 밖으로 나와 보더니 뜰에서 서로 마주쳤는데, 두 여자가 갑자기 합쳐져서 한 몸이 되었다. 현령이 어찌 된 영문인지 알아보았더니, 바로 이미 죽은 장모가 외손녀의 혼을 시집보낸 것이었다. 미 : 혼령이 혼령을 시집보내다니 더욱 기이하다. 정생은 이전에 머물던 곳을 다시 찾아갔는데 그곳에는 아무것도 없었다.

鄭生者, 天寶末, 應擧之京. 至鄭西郊, 日暮, 投宿主人. 主人問其姓, 鄭以實對. 內忽使婢出云 : "娘子合是從姑." 須臾, 見一老母, 自堂而下. 鄭拜見, 坐語久之. 問其婚姻, 乃曰 : "姑有一外孫女在此. 姓柳氏, 其父見任淮陰縣令, 與兒門地相埒. 今欲配君子, 以爲何如?" 鄭不敢辭. 其夕成禮, 極人世之樂. 遂居之數月, 姑謂鄭生 : "可將婦歸柳家." 鄭如其言, 挈其妻至淮陰. 先報柳氏, 柳擧家驚愕. 柳妻意疑令有外婦生女, 怨望形言. 俄頃, 女家人往視之, 乃與家女無異. 旣入門下車, 冉冉行庭中. 內女聞之, 笑出視, 相値於庭中, 兩女忽合, 遂爲一體. 令卽窮其事, 乃是妻之母先亡, 而嫁外孫女之魂焉. 眉:魂嫁魂, 更奇. 生復尋舊迹, 都無所有.

* 이 고사는《태평광기》 권358〈신혼・정생〉에 실려 있다.

60-4(1764) 소내

소내(蘇萊)

출《광이기》

[당나라] 천보(天寶) 연간(742~756) 말에 장안(長安)에 마이낭(馬二娘)이라는 사람이 있었는데, 고소술(考召術 : 사람의 혼을 불러오는 술법)에 뛰어났다. 연주자사(兗州刺史) 소선(蘇詵)은 마씨(馬氏 : 마이낭)와 사이가 좋았다. 처음에 소선은 아들 소내를 위해 노씨(盧氏) 집안에 청혼하고자 하면서 마씨에게 말했다.

"나는 오직 이 아들 하나뿐이니 반드시 순하고 정숙한 혼처를 구해야 하네. 노씨 집안의 세 딸 중에서 누가 뛰어난지 모르니, 그녀들을 불러들여 어미에게 직접 자세히 살펴보게 했으면 하네."

마씨가 곧장 불당에 제단을 쌓고 고소술을 행하자, 순식간에 노씨 집안 세 딸의 혼백이 모두 왔다. 소내의 모친이 직접 그녀들을 살펴보았는데 마씨가 말했다.

"큰딸도 훌륭하지 않은 것은 아니지만 둘째 딸만 못합니다. 둘째 딸은 틀림없이 자사의 부인이 될 것입니다."

그리하여 소내는 노씨 집안의 둘째 딸을 부인으로 맞아들였다. 천보 연간 말에 소내는 영녕현령(永寧縣令)으로 있다가 안녹산(安祿山)의 난이 일어났을 때 죽었다. 그래서 소씨 집안에서는 마씨가 실언했다면서 꾸짖었다. 나중에 [안녹산의 난이 평정되고] 이경(二京 : 장안과 낙양)이 수복되자, 조정에서 소내를 회주자사(懷州刺史)에 추증(追贈)한다는 조서를 내렸다.

天寶末, 長安有馬二娘者, 善於考召. 兗州刺史蘇詵, 與馬氏相善. 初, 詵欲爲子萊求婚盧氏, 謂馬氏曰 : "我唯有一子, 必求婉淑. 盧氏三女, 未知誰佳, 幸爲致之, 令其母自閲視也." 馬氏乃於佛堂中結壇考召, 須臾, 三女魂迷悉至. 萊母親自看, 馬云 : "大者非不佳, 不如次者. 必當爲刺史婦." 蘇乃娶次女. 天寶末, 萊至永寧令, 死於祿山之難. 其家懲馬氏失言. 後二京收復, 有詔贈萊懷州刺史焉.

* 이 고사는 《태평광기》 권358 〈신혼·소내〉에 실려 있다.

60-5(1765) 정씨의 딸

정씨녀(鄭氏女)

출《선실지》

통주(通州)의 왕 거사(王居士)는 도술을 지니고 있었다. [당나라] 회창(會昌) 연간(841~846)에 통주자사 정 군(鄭君)에게 몹시 아끼는 어린 딸이 있었는데, 어려서부터 병치레를 많이 했으며 마치 정신이 온전하지 못한 것 같았다. 그래서 정 군이 왕 거사를 청해 살펴보게 했더니 왕 거사가 말했다.

"따님은 병이 난 게 아니라 살아 있는 혼이 아직 그 몸에 돌아오지 않아서 그런 것입니다."

정 군이 어찌 된 일인지 물었더니 왕 거사가 말했다.

"아무 현의 현령(縣令) 아무개가 바로 따님의 전생의 몸입니다. 몇 해 전에 죽었어야 했는데, 미 : 혼이 나뉘어 탁생(托生)했다니 일이 정말 기이하다. 평생 선행을 많이 했기 때문에 저승에서 그를 보호해 기한을 넘겨 올해 90여 세가 되었습니다. 현령이 죽는 날에 따님은 당연히 치유될 것입니다." 미 : 지금 이미 선행을 해서 수명이 연장되었는데, 여자의 몸을 얻은 것은 어째서인가?

정 군이 급히 사람을 보내 알아보았더니 정말 그 현령은

90여 세였다. 몇 달 뒤에 정 군의 딸은 갑자기 술에서 깬 듯이 병이 나았다. 정 군이 다시 사람을 보내 알아보았더니 그 현령은 과연 딸의 병이 낫던 날에 병 없이 죽었다.

通州王居士有道術. 會昌中, 刺史鄭君有幼女, 甚念之, 而自幼多疾, 若神魂不足者. 鄭君因請居士, 居士曰 : "此女非疾, 乃生魂未歸其身." 鄭君訊其事, 居士曰 : "某縣令某者, 卽此女前身也. 當死數歲矣, 眉 : 分魂托生, 事大奇. 以平生爲善, 以幽冥祐之, 得過期, 今年九十餘矣. 令歿之日, 此女當愈." 眉 : 今旣以爲善益壽, 乃得女身, 何也? 鄭君急發人馳訪之, 其令果九十餘矣. 後月, 其女忽若醉寤, 疾愈. 鄭君又使往驗, 令果以女疾愈之日, 無疾卒.

* 이 고사는 《태평광기》 권358 〈신혼·정씨녀〉에 실려 있다.

60-6(1766) 배공
배공(裴珙)
출《집이기》

효렴(孝廉) 배공은 집이 낙양(洛陽)에 있었는데, 중하(仲夏 : 음력 5월)에 정현(鄭縣)에서 서쪽으로 돌아와 단오절에 부모님을 찾아뵐 작정이었다. 해 질 무렵 막 석교(石橋)에 이르렀을 때 갑자기 한 젊은이를 만났는데, 말 탄 시종과 매와 개가 아주 많았다. 젊은이가 배공을 돌아보고 웃으며 말했다.

"내일 아침이 명절이라 오늘 일찍 돌아가야 하는데, 어째서 이리 늦게 가십니까?"

그러고는 행렬 뒤에서 따라오는 말을 빌려주었다. 배공은 몹시 기뻐하며 두 시동에게 말했다.

"너희들은 천천히 말을 몰아 백마사(白馬寺) 서쪽에 있는 사촌 형 두온(竇溫)의 별장에 머물렀다가 내일 천천히 돌아와도 좋다."

배공은 곧바로 말에 올라타고 급히 말을 몰아 금세 상동문(上東門)에 도착한 뒤에 말을 돌려주면서 젊은이에게 작별을 고하고 헤어졌다. 배공의 집은 낙수(洛水)의 남쪽에 있었기에 배공은 걸음을 재촉해 갔는데, 집에 도착했을 때는 이미 날이 어둑어둑해졌다. 문을 들어가서 보았더니, 부모님과 배공의 누이들이 등불을 켜 놓고 모여 앉아서 밥을 먹고 있었다. 이에 배공이 앞으로 나아가 절을 했지만 아무도 그를 돌아보지 않았다. 그래서 배공은 계단에 엎드려 큰 소리로 말했다.

"소자 배공이 객지에서 돌아왔습니다."

그렇지만 또 아무도 듣지 못한 것 같았다. 배공이 급히 누이와 동생들을 불렀지만 역시 아무도 대꾸하지 않았다. 배공은 화가 나서 다시 큰 소리로 불렀다고 생각했지만 역시 아무도 자신을 알아보지 못했다. 그저 그의 부친이 탄식하는 것만 보였다.

"어째서 공이는 오늘도 오지 못하는가!"

그러면서 결국 눈물을 흘리자 자리에 있던 사람들도 모두 울었다. 배공은 마음속으로 이상해하며 말했다.

"설마하니 내가 이물(異物 : 귀신)이 되었단 말인가?"

배공이 집을 나와 큰 거리에 이르러서 한참 동안 배회하고 있을 때, 시종을 아주 많이 거느린 한 귀인(貴人)이 멀리서 배공을 보고 곧장 채찍으로 그를 가리키며 말했다.

"저것은 살아 있는 사람의 혼이다!"

잠시 뒤에 활집과 화살통을 찬 사람이 길옆에서 나오더니 말했다.

"저승에서 아뢰기를, 효렴 배공은 아직 죽을 때가 되지 않았다고 합니다. 방금 곤명지신(昆明池神)의 일곱째 아들이 사냥하고 돌아오는 길에 그에게 말을 빌려주어 집으로 돌려보내면서 장난을 친 것입니다. 지금 당장 배공의 혼을 데려가서 본래 몸으로 돌려보내야 합니다."

귀인이 웃으면서 말했다.

"어린놈이 무리하게 사람의 목숨을 가지고 장난쳤구나. 내일 그의 부친에게 서신을 보내 곤장을 치라고 해야겠다."

잠시 후에 활집과 화살통을 찬 사람이 배공을 불러 다시 상동문을 나섰는데, 문틈으로 빠져나가자 바로 두온의 집에 도착했다. 배공이 보았더니 자신의 몸은 뻣뻣하게 굳은 채로 죽어 있었고, 두 시동은 그 주위에서 울고 있었다. 활집과 화살통을 찬 사람이 그에게 눈을 감게 하고 뒤에서 그를 시체 안으로 밀어 넣자 배공은 정신을 차리고 깨어났다. 그러자 두 시동이 함께 말했다.

"아까 가다가 석교에 이르렀을 때 살펴보았더니, 도련님이 갑자기 병이 났고 하는 말도 너무 이상하기에 병세가 심해질까 두려워서 이곳에 들어왔습니다. 그런데 도착했더니 이미 숨이 끊긴 상태였습니다."

배공은 깜짝 놀라 한참 동안 탄식했는데, 잠시 뒤엔 별 탈이 없었다.

孝廉裴珙家洛陽, 仲夏, 自鄭西歸, 及端午以覲親焉. 日晚, 方至石橋, 忽有少年, 騎從鷹犬甚衆. 顧珙笑曰: "明旦節日,

今當早歸, 何遲遲也?" 乃以後乘借之. 珙甚喜, 謂二童曰 :
"爾可緩驅, 投宿於白馬寺西表兄竇溫之墅, 明日徐歸可也."
因上馬疾驅, 俄頃, 至上東門, 歸其馬, 珍重而別. 珙居水南,
促步而進, 及家暝矣. 入門, 方見其親與珙之姊妹張燈會食.
珙乃前拜, 曾莫瞻顧. 因俯階高語曰 : "珙自外至." 卽又不
聞. 珙卽大呼弟妹之輩, 亦無應者. 珙心神忽感, 思又極呼,
皆亦不知. 但見其親嘆曰 : "珙那今日不至也!" 遂涕下, 而坐
者皆泣. 珙私怪曰 : "吾豈爲異物邪?" 因出至通衢, 徘徊久
之, 有貴人導從甚盛, 遙見珙, 卽以鞭指之曰 : "彼乃生者之
魂也!" 俄有佩橐鞬者, 出於道左, 曰 : "地界啓事, 裴珙孝廉,
命未合終. 遇昆明池神七郎子, 案鷹回, 借馬送歸, 以爲戲
耳. 今當領赴本身." 貴人微哂曰 : "小兒無理, 將人命爲戲.
明日與尊父書, 令笞之." 旣至而橐鞬者招珙, 復出上東門,
度門隙中, 至竇莊. 方見其形僵仆, 二童環泣呦呦焉. 橐鞬
者令其閉目, 自後推之, 省然而甦. 其二童皆云 : "向者行至
石橋, 察郎君疾作, 語言大異, 懼其將甚, 投於此. 旣至, 則
已絕矣." 珙驚嘆久之, 少頃無恙.

* 이 고사는《태평광기》권358〈신혼 · 배공〉에 실려 있다.

60-7(1767) 설위
설위(薛偉)
출《속현괴록》

　설위는 당(唐)나라 건원(乾元) 원년(758)에 촉주(蜀州) 청성현(青城縣)의 주부(主簿)에 임명되어 현승(縣丞) 추방(鄒滂), 현위(縣尉) 뇌제(雷濟)·배요(裴寮)와 같은 시기에 근무했다. 그해 가을에 설위는 이레 동안 병을 앓더니 갑자기 훌쩍 세상을 떠난 사람처럼 잇달아 불러도 대답하지 않았다. 그러나 가슴에 약간의 온기가 남아 있었기에 가족들은 차마 곧바로 염하지 못하고 둘러앉아 지켜보았다. 그렇게 20일이 지났을 때 설위는 갑자기 길게 숨을 내쉬며 일어나 앉더니 집안사람들에게 말했다.

　"인간 세상에서 며칠이나 지났는지 모르겠구나?"

　집안사람들이 말했다.

　"20일입니다."

　설위가 말했다.

　"여러 관리들이 지금 회를 먹고 있는지 보고 오너라. 그리고 내가 이미 다시 살아났는데 매우 기이한 일이 있으니, 여러 공들에게 젓가락을 내려놓고 와서 듣기를 청한다고 전해라."

하인이 달려가서 보았더니 여러 관리들이 정말로 회를 먹으려 하고 있었는데, 하인이 설위가 한 말을 고하자 모두 식사를 멈추고 설위에게로 왔다. 설위가 말했다.

"여러 공들은 사호(司戶)의 하인 장필(張弼)을 시켜 물고기를 구해 오게 했지요?"

관리들이 말했다.

"그렇소."

설위가 다시 장필에게 물었다.

"어부 조간(趙幹)이 커다란 잉어를 숨겨 놓고 작은 것을 바치기에 네가 갈대 사이에 숨겨 놓은 것을 찾아서 가지고 왔다. 현청에 막 들어서니 사호의 관리들은 문 동쪽에 앉아 있었고, 규조(糾曹)의 관리들은 문 서쪽에 앉아 바둑을 두고 있었다. 안으로 들어가 계단에 이르니 추방과 뇌제는 노름을 하고 있었고, 배요는 복숭아를 먹고 있었다. 네가 조간이 커다란 물고기를 숨겨 놓았다고 말하자, 배오(裴五 : 배요)가 그를 매질하라고 했다. 그리고 식공(食工) 왕사량(王士良)에게 물고기를 넘겨주자 그가 기뻐하며 물고기를 죽였다. 그렇지?"

사람들에게 돌아가며 물어보니 정말로 그러했다. 그러자 사람들이 말했다.

"그대가 그걸 어떻게 아시오?"

설위가 말했다.

"아까 죽인 잉어가 바로 나요."

모두 놀라며 말했다.

"그 이야기를 듣고 싶소."

설위가 말했다.

"나는 처음 병에 걸려 괴로워하고 있을 때 열이 너무 심해 거의 견딜 수 없었소. 그때 갑자기 가슴이 답답해 병든 것도 잊은 채 열나는 게 싫은 나머지 시원한 곳을 찾아 지팡이를 짚고 집을 나갔는데, 그게 꿈인 줄도 몰랐소. 성곽을 나서자 마치 조롱 속의 새나 우리 안의 짐승이 도망쳐 나간 것처럼 마음이 즐거워져서 내가 나인 줄도 몰랐소. 점차 산속으로 들어갔는데, 산길을 가다 보니 더욱 가슴이 답답해져 강가로 내려가 거닐었소. 보았더니 강물은 깊고 깨끗했으며 아름다운 가을 경치에 잔물결조차 일지 않아 마치 속이 텅 비고 아득히 깊은 거울 같았소. 나는 문득 목욕하고 싶은 생각이 들어 옷을 벗고 물속으로 뛰어들었소. 나는 어려서부터 물장난을 많이 쳤는데, 성인이 된 이후로는 물놀이를 전혀 하지 않았소. 그러던 차에 그토록 맘껏 유유자적할 기회를 만나고 보니 실로 오래도록 하고 싶었던 일을 이룬 것만 같았소. 또 혼자 말하길, '사람이 헤엄치는 것은 물고기처럼 빠르지 못하니, 어떻게 하면 물고기를 잡아타고 쏜살같이 헤엄쳐 볼 수 있을까?'라고 했소. 그때 옆에 있던 물고기 한 마리가 말하길, '그건 그대가 원하지 않았을 뿐이오. 완전한 물고기의 몸을 주는 것도 쉬운 일인데 잡아타는 것쯤이야 말해 뭐 하겠소? 그대를 위해 방법을 찾아보겠소'라고 했소. 그러고는 결연히 떠났소. 잠시 후 물고기 머리를 하고 키가 몇 척인 사람이 암고래를 타고 왔는데, 앞서 인도하거나 뒤를 따르는 물고기가 수십 마리였소. 그 사람이 하백(河伯)이 내린 조서를 선독하길, '성에 사는 것과 물에서 노니는 것은 그 부침(浮沉)의 이치가 다르니, 진실로 좋아하지 않는다면 물에 통할 수 없다. 설 주부(薛主簿 : 설위)는 부침하는 뜻을 숭상하며 한가롭고 자유로운 발자취를 흠모해, 드넓은 물을 좋아하며 깨끗한 강을 마음에 담았다. 또 높다란 산봉우리의 정서에 싫증 나 잠홀(簪笏)을 무상한 세상에 던지고자 하니, 잠시 물고기로 변하게 하되 갑자기 완전한 물고기의 몸이 되는 것은 아니다. 그를 임시로 동담(東潭)의 붉은 잉어가 되게 하노라. 아! 높은 파도를 믿고 배를 뒤집는다면 수부(水府)에 죄를 짓게 되고, 가는 낚싯바늘을 못 보고 미끼를 탐한다면 세상 사람에게 해를 입을 것이다. 혹시라도 몸가짐을 잘못해 그 무리를 부끄럽게 하지 마라. 너는 이것에 힘쓸지어다'라고 했소. 그 말을 듣고 나 자신을 돌아보니 이미 물고기의 옷을 입고 있었소. 그래서 몸을 움직여 헤엄쳐 보았더니 가고자 하는 곳에 금세 도착했소. 물결 위에서건 연못 밑에서건 마음대로 되지 않는 것이 없었기에 삼강(三江)과 오호(五湖)를 펄떡펄떡 뛰며 두루 돌아다녔소. 그러나 동담에 머물도록 배치되었기에 매일 저녁이면 반드시 그곳으로 돌아가야 했소. 얼마 후에 나는 몹시 배가 고팠는데 먹을 것을 찾았으나 얻지 못했소. 배를 따라다니다가 문득 조간이 드리운 낚싯바늘을 보았는데, 미끼 냄새가 너무 향긋해 마음으로는 경계해야 한다는 사실을 알면서도 나도 모르게 미끼에 입을 가져갔소. 그러다가 스스로에게 말하길, '나는 사람인데 잠시 물고기가 되었을 뿐이다. 먹을 것을 구할 수 없다 해서 낚싯바늘을 삼키겠는가?'라고 하고는 놓아두고 떠났소. 그러나 잠시 후 배고픔이 더욱 심해지자 혼자 생각하길, '나는 관리인데 장난삼아 물고기의 옷을 입었을 뿐이다. 설령 내가 낚싯바늘을 삼킨다 해도 조간이 어찌 나를 죽이겠는가? 분명 나를 현으로 돌려보내 줄 것이다'라고 하고는 마침내 미끼를 삼켰소. 그러자 조간은 낚싯줄을 거두어 나를 꺼냈소. 조간의 손이 나를 만지려 할 때 내가 연거푸 그를 불렀으나, 조간은 그 소리를 듣지 못하고 끈으로 내 뺨을 꿰어 갈대 사이에 묶어 두었소. 얼마 후에 장필이 와서 말하길, '배 소부(裴少府 : 배요)께서 물고기를 사려 하시는데 큰 것이 필요하네'라고 하자, 조간이 말하길, '아직 큰 물고기는 잡지 못했고 작은 것만 10여 근쯤 있습니다'라고 했더니, 장필이 말하길, '큰 물고기를 가져오라는 명을 받았는데 어떻게 작은 것을 쓰겠나?'라고 했소. 그러고는 직접 갈대 사이를 뒤져 나를 찾아내서 가져갔소. 나는 또 장필에게 말하길,

'나는 너의 현의 주부로 물고기의 모습으로 변해 강에서 헤엄치고 있었을 뿐인데, 어찌 나에게 절을 하지 않을 수 있느냐?'라고 했소. 그러나 장필은 그 소리를 듣지 못하고 나를 들고 갔소. 나는 또한 쉬지 않고 꾸짖었으나 장필은 끝내 돌아보지 않았소. 현청의 문으로 들어가서 보았더니 현의 관리들이 앉아 바둑을 두고 있었는데, 내가 큰 소리로 그들을 불렀으나 대답하는 사람은 아무도 없었고 그저 웃으면서 말하길, '크고 좋은 물고기로군!'이라고 했소. 잠시 후 계단을 올라갔더니 추방과 뇌제는 바둑을 두고 있었고 배요는 복숭아를 먹고 있었소. 그들은 물고기가 큰 것을 보고 모두 기뻐하며 어서 주방에 가져다주라고 명했소. 장필이 조간이 커다란 물고기를 숨겨 놓고 작은 것을 바쳤다고 말하자, 배요는 노해 조간을 매질했소. 나는 여러 공들을 부르며 말하길, '나는 그대들의 동료 관리인데, 지금 내가 죽게 생겼는데도 결국 놓아주지는 않고 어서 죽이라고 하니 인자하다 할 수 있겠소?'라고 했소. 나는 크게 소리치며 울었지만 세 사람은 돌아보지도 않은 채, 회 뜨는 사람인 왕사량에게 나를 넘겼소. 왕사량은 막 칼날을 갈고 있다가 기뻐하며 나를 도마 위로 던졌소. 내가 또 소리치며 말하길, '왕사량, 너는 내가 늘 부리던 요리사인데 어찌하여 나를 죽이려 하느냐? 어찌하여 나를 들고 가서 관리들에게 고하지 않느냐?'라고 했소. 그러나 왕사량은 아무 소리도 듣지 못한 듯 도마 위에서 내 목을 누르고 내리쳤는데, 그 머리가 떨어지는 순간에 바로 내가 깨어났소. 그래서 여러분을 불러오라고 했던 것이오."

여러 공들은 모두 크게 놀랐으며 마음에 측은지심이 생겨났다. 조간이 큰 물고기를 잡았을 때나, 장필이 그것을 가지고 갔을 때나, 현의 관리들이 바둑을 두고 있었을 때나, [추방·뇌제·배요] 세 사람이 계단 가에 있었을 때나, 그리고 왕사량이 물고기를 죽이려 했을 때나 그들은 모두 물고기의 입이 움직이는 것을 보았으나 정말로 아무 소리도 듣지 못했다. 이에 세 사람은 모두 회를 던져 버리고 종신토록 회를 먹지 않았다. 설위는 그 후로 몸이 회복되었다.

薛偉者, 唐乾元元年, 任蜀州青城縣主簿, 與丞鄒滂·尉雷濟·裵寮同時. 其秋, 偉病七日, 忽奄然若往者, 連呼不應. 而心頭微暖, 家人不忍卽斂, 環而伺之. 經二十日, 忽長吁起坐, 謂家人曰: "吾不知人間幾日矣?" 曰: "二十日矣." 曰: "與我戲群官方食鱠否. 言吾已甦矣, 甚有奇事, 請諸公罷箸來聽也." 僕人走視群官, 實欲食鱠, 遂以告, 皆停餐而來. 偉曰: "諸公敕司戶僕張弼求魚乎?" 曰: "然." 又問弼曰: "魚人趙幹藏巨鯉, 以小者應命, 汝於葦間得藏者, 攜之而來. 方入縣也, 司戶吏坐門東, 糾曹吏坐門西, 方弈棋. 入及階, 鄒·雷方博, 裵啖桃實. 弼言幹之藏巨魚也, 裵五令鞭之. 旣付食工王士良者, 喜而殺乎?" 遞相問, 誠然. 衆曰: "子何以知之?" 曰: "向殺之鯉, 我也." 衆駭曰: "願聞其說." 曰: "吾初疾困, 爲熱所逼, 殆不可堪. 忽悶忘其疾, 惡熱求凉, 策杖而去, 不知其夢也. 旣出郭, 其心欣欣然, 若籠禽檻獸之得逸,莫我知也.漸入山,山行益悶,遂下遊於江畔.見江潭深净,秋色可愛,輕漣不動,鏡涵遠虛.忽有思浴意,遂脫衣跳入.自幼狎水,成人以來,絕不復戲.遇此縱適,實契宿心.且曰:'人浮不如魚快也,安得攝魚而健游乎?'旁有一魚曰:'顧足下不願耳.正授亦易,何況求攝?當爲足下圖之.'決然而去.未頃,有魚頭人長數尺,騎鯢來,導從數十魚.宣河伯詔曰:'城居水游,浮沉異道,苟非其好,則昧通波.薛主簿意尚浮深,跡思閑曠,樂浩瀚之域,放懷清江.厭巇嶭之情,投簪幻世,暫從鱗化,非遽成身.可權充東潭赤鯉.嗚呼!恃長波而傾舟,得罪於晦,昧纖鈎而貪餌,見傷於明.無或失身,以羞其黨.爾其勉之.'聽而自顧,卽已魚服矣.於是放身而游,意往斯到.波上潭底,莫不從容,三江·五湖,騰躍將遍.然配留東潭,每暮必復.俄而饑甚,求食不得.循舟而行,忽見趙幹垂鈎,其餌芳香,心亦知戒,不覺近口.曰:'我,人也,暫時爲魚.不能求食,乃吞其鈎乎?'捨之而去.有頃,饑益甚,思曰:'我是官人,戲而魚服.縱吞其鈎,趙幹豈殺我?固當送我歸縣耳.'遂吞之.趙幹收綸以出.幹手之將及也,偉連呼之,幹不聽,而以繩貫我腮,乃繫於葦間.旣而張弼來曰:'裴少府買魚,須大者.'幹曰:"未得大魚,有小者十餘斤."弼曰:'奉命取大魚,安用小者?'乃自於葦間尋得偉而提之.又謂弼曰:'我是汝縣主簿,化形爲魚游江,何得不拜我?'弼不聽,提之而行.罵亦不已,幹¹終不顧.入縣門,見縣吏坐而弈棋,皆大聲呼之,略無應者,唯笑曰:'好大魚!'旣而入階,鄒·雷方博,裴啖桃實.皆喜魚大,促命付廚.弼言幹之藏巨魚,以小者應命,裴怒,鞭之.我叫諸公曰:'我是汝同官,而今見殺,竟不相捨,促殺之,仁乎哉?'大叫而泣,三君不顧,而付鱠手王士良者.方礪刀,喜而投我於几上.我又叫曰:'王士良,汝是我之常使鱠手也,因何殺我?何不執我白於官人?'

士良若不聞者, 按吾頸於砧上而斬之, 彼頭適落, 此亦醒悟.
遂奉召爾." 諸公莫不大驚, 心生愛忍. 然趙幹之獲, 張弼之
提, 縣司之弈棋, 三君之臨階, 王士良之將殺, 皆見其口動,
實無聞焉. 於是三君並投膾, 終身不食. 偉自此平愈.

* 이 고사는《태평광기》권471〈수족(水族)·설위〉에 실려 있다.
1 간(幹):《태평광기》명초본에는 "필(弼)"이라 되어 있는데, 문맥상
  보다 타당하다.

총묘(冢墓)

60-8(1768) 육동미

육동미(陸東美)

출《술이기(述異記)》

[삼국 시대] 오(吳)나라 황룡(黃龍) 연간(229~231)에 오군(吳郡) 해염현(海鹽縣)에 육동미라는 사람이 있었는데, 그의 부인 주씨(朱氏)는 용모와 행동거지가 훌륭했다. 부부는 서로 존중하며 한 발자국도 떨어지지 않았는데, 당시 사람들이 그들을 "비견인(比肩人)"이라 불렀다. 나중에 부인이 죽자 육동미는 식음을 폐하다가 죽었다. 집안사람들이 애처롭게 여겨 두 사람을 합장해 주었다. 1년이 채 안 되어 무덤 위에서 가래나무가 자라났는데, 같은 뿌리에서 줄기 두 개가 나와 서로 뒤엉키더니 합쳐져서 한 그루가 되었다. 또 기러기 한 쌍이 늘 그 위에서 살았다. 손권(孫權)이 그 일을 듣고 감탄해 육동미 부부가 살던 마을에 "비견리(比肩里)"라는 명칭을 내리고, 또 그들의 무덤을 "쌍재묘(雙梓墓)"라 했다. 나중에 육동미의 아들 육홍(陸弘)과 그의 부인 장씨(張氏)도 서로 매우 사랑했는데, 오나라 사람들은 또 그들을 "소비견(小比肩)"이라 불렀다.

吳黃龍年中, 吳都[1]海鹽有陸東美, 妻朱氏, 亦有容止. 夫妻相重, 寸步不離, 時人號爲"比肩人". 後妻卒, 東美不食而死.

家人哀之, 乃合葬. 未一歲, 冢上生梓樹, 同根二身, 相抱而合成一樹. 每有雙鴻, 常宿於上. 孫權聞之嗟嘆, 封其里曰 "比肩", 墓又曰 "雙梓". 後子弘與妻張氏亦相愛, 吳人又呼爲 "小比肩".

* 이 고사는 《태평광기》 권389 〈총묘·육동미〉에 실려 있다.

1 도(都) : "군(郡)"의 오기로 보인다.

60-9(1769) 반장

반장(潘章)

　　반장은 젊은 데다가 풍모가 수려해 당시 사람들이 다투어 그를 흠모했다. 초국(楚國)의 왕중선(王仲先)이 그의 훌륭한 명성을 듣고 찾아와 친구가 되자고 청하면서 함께 공부하기를 원했다. 그들은 처음 만나자마자 서로 사랑해 그 애정이 부부와 같았으며, 같은 이불을 덮고 같은 베개를 베면서 언제나 친밀하게 지냈다. 나중에 두 사람이 함께 죽자 집안사람들이 애처롭게 여겨 그들을 나부산(羅浮山)에 합장했다. 그들의 무덤 위에서 홀연히 나무 한 그루가 자라났는데, 줄기와 가지와 잎이 모두 한데 뒤엉켰다. 당시 사람들은 이를 기이해하면서 그 나무를 "공침수(共枕樹)"라고 불렀다.

潘章少有美容儀, 時人競慕之. 楚國王仲先聞其美名, 來求爲友, 因願同學. 一見相愛, 情若夫妻, 便同衾枕, 交好無已. 後同死, 而家人哀之, 因合葬於羅浮山. 冢上忽生一樹, 柯條枝葉, 無不相抱. 時人異之, 號爲"共枕樹".

* 이 고사는 《태평광기》 권389 〈총묘·반장〉에 실려 있다.

60-10(1770) 정영흥

정영흥(丁永興)

출《유양잡조》

고당현(高唐縣)의 남쪽에 선비성(鮮卑城)이 있는데, 예로부터 전해 오는 말에 따르면 선비족이 연(燕)나라에 사신으로 왔을 때 이 성에서 연회를 베풀었다고 한다. 선비성 옆에 아주 높고 커다란 도척(盜跖 : 춘추 시대의 이름난 도적)의 무덤이 있는데, 도적들이 이곳에서 사사로이 도척에게 제사 지내며 빌었다. [당나라] 천보(天寶) 연간(742~756) 초에 정영흥이 고당현령으로 있을 때 도적 떼가 마을을 약탈했다. 그래서 정영흥이 비밀리에 사람을 도척의 무덤 옆으로 보내 지켜보게 했더니, 정말로 제사를 지내는 자가 있었다. 이에 그 사람을 잡아 현으로 끌고 와서 사건을 조사한 뒤에 죽였다. 그 이후로 도척의 무덤에 제사 지내는 자가 거의 끊어졌다. 《황람(皇覽)》에 따르면 도척의 무덤은 하동(河東)에 있다고 한다. 살펴보았더니 도척은 동릉(東陵)에서 죽었는데, 이곳의 옛 이름이 동평릉(東平陵)인 것으로 보아 아마도 비슷한 것 같다.

高唐縣南有鮮卑城, 舊傳鮮卑來聘燕, 享於此城. 傍有盜跖冢, 冢極高大, 賊盜嘗私祈焉. 天寶初, 縣令丁永興, 有群盜劫其部內. 興乃密令人冢傍伺之, 果有祀者. 乃執詣縣, 按殺之. 自後祀者頗絶. 《皇覽》言盜跖冢在河東. 按盜跖死於東陵, 此地古名東平陵, 疑此近之.

* 이 고사는 《태평광기》 권390 〈총묘・정영흥〉에 실려 있다.

60-11(1771) 왕번
왕번(王樊)
출《돈황실록(敦煌實錄)》

왕번이 죽은 후에 어떤 사람이 그의 무덤을 도굴하고 보았더니, 왕번이 다른 사람과 함께 저포(樗蒲)102)를 하고 있다가 술을 그 도굴꾼에게 주었다. 도굴꾼은 당황하고 두렵기도 해 엉겁결에 그것을 받아 마셨다. 또 보았더니 어떤 사람이 구리 말을 끌고 무덤에서 나왔다. 밤에 어떤 신인(神人)이 성문에 이르러 스스로 말했다.

"나는 왕번의 사자다. 지금 무덤을 도굴한 자가 있어서 술로 그의 입술을 검게 물들여 놓았으니, 새벽에 그가 오거든 확인해 사로잡도록 하라."

도굴꾼이 성으로 들어오자 성문지기가 곧바로 그를 포박해 캐물었더니 신인이 말한 대로였다.

王樊卒, 有盜開其冢, 見樊與人樗蒲, 以酒賜盜者. 盜者惶

---

102) 저포(樗蒲) : 360개의 눈을 반상(盤上)에 그려 놓고 여섯 개의 말을 붙여서 윷짝처럼 생긴 오목(五木)을 던져 노는 놀이로, 한나라와 위나라 때 성행했다.

怖, 飮之. 見有人牽銅馬出冢者. 夜有神人至城門, 自云 : "我王樊之使. 今有發冢者, 以酒墨其脣訖, 旦至, 可以驗而擒之." 盜旣入城, 城門者乃縛詰之, 如神所言.

* 이 고사는 《태평광기》 권317 〈귀(鬼)·왕번〉에 실려 있는데, 출전이 "《독이지(獨異志)》"라 되어 있다.

60-12(1772) 노관의 무덤
노관총(奴官冢)
출《광이기》

 찬현(酇縣)에 후한(後漢) 노관출신이 비천한 하급 군관의 무덤이 있었다. 처음에 마을 사람이 그 무덤 옆에서 농사를 지었는데, 매번 가을에 수확할 때가 되면 무덤 근처의 땅에서 여물지 않은 벼 이삭이 많이 없어졌다. 이런 일이 몇 년간 계속되자 마을 사람은 아주 골치 아파했다. 나중에는 밤마다 그곳으로 가서 지켜보았더니, 커다란 거위 네 마리가 무덤 안에서 나와 벼를 먹었는데, 쫓아냈더니 곧장 무덤 안으로 들어가 버렸다. 마을 사람은 평소에 노관의 무덤에 보물이 있다는 소문을 들었기 때문에 함께 파 보기로 했다. 처음 묘도(墓道) 앞을 파 들어가자 거위가 나타나 날개를 펼치며 사람을 공격했다. 도적들이 몽둥이로 거위를 치자 거위는 더 이상 움직이지 않았는데, 그것은 다름 아닌 청동 거위였다. 점점 파 들어가 외청(外廳)에 이르렀더니 보검 두 자루가 나왔으며, 알 수 없는 다른 기물들이 아주 많았다. 다음으로 대장(大藏 : 무덤의 정실)에 이르자 물이 깊이 고여 있었는데, 자색 옷을 입은 사람이 문을 가로막고 서서 도적들과 싸웠다. 도적들이 무리를 지어 공격하자 그 사람은 도적들을 밀치고 밖으로 달려 나가 현으로 들어가서 크게 소리쳤다.

"도적들이 내 무덤을 약탈한다!"

문지기가 말했다.

"그대의 무덤이 어디에 있소?"

그 사람이 대답했다.

"노관총이 바로 내 무덤이오."

현령은 이장(里長)을 시켜 도적을 쫓아가게 해서 모두 체포했다. 이 일은 [당나라] 개원(開元) 연간(713~741) 말에 명주자사(明州刺史)가 조정에 보고한 30여 사건 가운데 하나다.

鄭縣有後漢奴官冢. 初, 村人田於其側, 每至秋穫, 近冢地多失穧不稔. 積數歲, 已苦之. 後恒夜往伺之, 見四大鵝, 從冢中出, 食禾, 逐卽入去. 村人素聞奴官冢有寶, 乃相結開之. 初入埏前, 見有鵝鼓翅擊人. 賊以棒反擊之, 皆不復動, 乃銅鵝也. 稍稍入外廳, 得寶劍二枚, 其他器物不可識者甚衆. 次至大藏, 水深, 有紫衣人當門立, 與賊相擊. 賊等群爭往擊次, 其人衝賊走出, 入縣大叫云 : "賊劫吾墓!" 門主曰 : "君墓安在?" 答曰 : "正奴官冢是也." 縣令使里長逐賊, 至皆擒之. 開元末, 明州刺史進三十餘事.

* 이 고사는 《태평광기》 권390 〈총묘·노관총〉에 실려 있다.

60-13(1773) 엄안지

엄안지(嚴安之)

출《일사(逸史)》

[당나라] 천보(天寶) 연간(742~756) 초에 엄안지는 만년현(萬年縣)의 포적관(捕賊官)으로 있었다. 정오에 누런 옷을 입은 한 중사(中使 : 황궁 칙사)가 말을 타고 문으로 급히 들어오더니 칙명을 선독했다.

"성 남쪽 10리에 있는 아무 공주의 무덤이 도적에게 약탈당하고 있으니, 마땅히 가서 체포하되 놓쳐서는 안 된다."

엄안지는 즉시 담당 관리를 거느리고 모두 무기를 든 채 체포하러 가서 보았더니, 예닐곱 사람이 무덤을 파고 막 묘도(墓道)로 들어가고 있었기에 일시에 포획했다. 엄안지는 중사를 찾게 했지만 찾을 수 없자 이렇게 생각했다.

"도적들이 막 무덤을 파자마자 천자께서 어떻게 이 사실을 아셨을까?"

엄안지는 현으로 돌아와서 도적들을 모두 불러들여 그 일을 심문했더니 도적이 말했다.

"무덤을 파자마자 즉시 이상한 느낌이 들었기에 필시 실패할 것임을 스스로 알았습니다. 첫째 문에 이르렀을 때 맹기(盟器 : 명기)[103]인 칙사(敕使) 몇 명이 누런 옷을 입고 말을 타고 있었습니다. 그중 한 사람은 채찍을 들고 있었고 그 모습이 마치 달려가는 자세 같았는데, 두건 자락도 마치 바람에 날려 위로 곧추선 듯했으며 눈썹이 날리고 눈이 움직이는 듯했습니다. 그래서 저는 곧장 필시 실패할 것임을 알았습니다."

엄안지가 이전에 왔던 칙사의 모습을 생각해 보았더니, 바로 맹기인 칙사였다.

天寶初, 嚴安之爲萬年縣捕賊官. 亭午, 有中使黃衣乘馬, 自門馳入, 宣敕曰 : "城南十里某公主墓, 見被賊劫, 宜往捕之, 不得漏失." 安之卽領所由並器杖, 往掩捕. 見六七人, 方穴地道, 纔及埏路, 一時擒獲. 安之令求中使不得, 因思之曰 : "賊方開冢, 天子何以知之?" 至縣, 乃盡召賊, 訊其事, 賊曰 : "纔開墓, 卽覺有異, 自知必敗. 至第一門, 有盟器敕使數人, 黃衣騎馬. 一人持鞭, 狀如走勢, 幞頭脚亦如風吹直竪, 眉目悉皆飛動. 某卽知必敗也." 安之卽思前敕使狀貌, 乃盟器敕使耳.

* 이 고사는 《태평광기》 권390 〈총묘・엄안지〉에 실려 있다.

---

103) 맹기(盟器) : 일반적으로 명기(明器)・명기(冥器)라고 한다. 무덤에 부장한 기물을 말한다.

60-14(1774) 이막

이막(李邈)

출《유양잡조》

 유안(劉晏) 휘하의 판관(判官) 이막은 장원이 고릉현(高陵縣)에 있었는데, 장원의 전객(佃客 : 소작농)이 스스로 말했다.

 "저희들은 오랫동안 도적질을 했는데, 근자에 한 옛 무덤에 관한 이야기를 들었습니다. 장원에서 서쪽으로 10리 떨어진 곳에 아주 크고 높다란 무덤이 있는데, 소나무 숲 사이로 200보를 들어갔더니 무덤이 나왔습니다. 무덤가에 부러져 풀 속에 넘어진 비석이 있었는데, 글자가 닳아 없어져 읽을 수가 없었습니다. 처음에 그 옆으로 수십 장(丈)을 파 들어가자 돌문이 하나 나왔는데, 쇳물로 봉해져 있었습니다. 며칠 동안 똥물을 끼얹어 부식시키자 문이 겨우 열렸습니다. 문이 열리자 화살이 비 오듯 쏟아져 몇 사람이 화살에 맞아 죽었습니다. 사람들은 두려워하면서 나가려고 했지만, 제가 살펴보니 다른 것은 없었기에 틀림없이 장치가 있을 것이라 생각했습니다. 그래서 사람들에게 그 안으로 돌을 던져 보게 했는데, 돌을 던질 때마다 화살이 번번이 날아왔습니다. 10여 개의 돌을 던지자 화살이 더 이상 날아오지 않았습니다. 그리하여 횃불을 들고 안으로 들어가서 중문(重門)을 열자 나무 인형 수십 개가 눈을 뜨고 검을 휘둘러 다시 몇 사람에게 상처를 입혔습니다. 사람들이 몽둥이를 들고 나무 인형을 때리자 그들의 병기가 모두 땅에 떨어졌습니다. 사방의 벽에 각각 호위병의 모습이 그려져 있었고, 남쪽 벽에는 옻칠한 커다란 관이 쇠줄에 매달려 있었으며, 그 아래로 금옥과 구슬이 무더기로 쌓여 있었습니다. 사람들이 두려워하면서 그것을 미처 훔치기도 전에 관의 양쪽 모서리에서 갑자기 쏴아! 하고 바람이 일더니 모래가 사람들의 얼굴을 향해 날아왔습니다. 순식간에 바람이 심하게 불자 모래가 마치 물처럼 흘러나오더니 넓적다리까지 잠겼습니다. 사람들이 놀라고 두려워하면서 달아나 문을 나가려 했는데 문은 이미 닫혀 있었습니다. 한 사람이 또 모래에 파묻혀 죽자, 저희들은 함께 땅에 술을 뿌리고 사죄하면서 다시는 무덤을 도굴하지 않겠다고 맹세했습니다."

평 : 《수경(水經)》에서 이르길, 월왕(越王) 구천(勾踐)이 낭야(琅琊)에 도읍을 정할 때 윤상(允常 : 구천의 부친)의 무덤을 옮기려 했는데, 무덤 안에서 바람이 일더니 모래가 날아와 사람을 덮치는 바람에 접근할 수 없어서 그만두었다고 한다. 《한구의(漢舊儀)》에 따르면, 장작대장(將作大匠)이 능을 조성할 때 능 안을 사방 1장 크기로 만들고 그 바깥에

쇠뇌와 불화살과 모래를 보이지 않게 설치해 두었다고 한다. 아마도 옛날에 무덤을 만들 때는 무덤 안에 이와 같은 장치가 있었던 것 같다. 미 : 지금 이런 장치법이 전해지지 않는 것은 어째서인가?

劉晏判官李邈, 莊在高陵, 其莊客自言 : "某久爲盜, 近聞一古冢. 冢西去莊十里, 極高大, 入松林二百步, 方至墓. 墓側有碑, 斷倒草中, 字磨滅不可讀. 初旁掘數十丈, 遇一石門, 錮以鐵汁. 累日洋糞沃之, 方開. 開時, 箭出如雨, 射殺數人. 衆懼欲出, 某審無他, 必設機耳. 乃令投石其中, 每投, 箭輒出. 投十餘石, 箭不復發. 因列炬而入, 至開重門, 有木人數十, 張目運劍, 又傷數人. 衆以棒擊之, 兵仗悉落. 四壁各畫兵衛之像, 南壁有大漆棺, 懸以鐵索, 其下金玉珠璣堆積. 衆懼, 未卽掠之, 棺兩角忽颯颯風起, 有沙撲人面. 須臾風甚, 沙出如注, 遂沒至髁. 衆驚恐退走, 比出, 門已塞矣. 一人復爲沙埋死, 乃同酹地謝之, 誓不發冢."
評 :《水經》言 : 越王勾踐都琅琊, 欲移允常冢, 冢中生風, 飛沙射人, 人不得近, 遂止. 按《漢舊儀》, 將作營陵之內方丈, 外設伏弩伏火弓矢與沙. 蓋古製有此機也. 眉 : 今此法不傳, 何哉?

* 이 고사는《태평광기》권390〈총묘 · 이막〉에 실려 있다.

60-15(1775) 번택

번택(樊澤)

출《일사》

번택이 양양절도사(襄陽節度使)로 있을 때 휘하에 장(張) 아무개라는 순관(巡官)이 있었는데, 그의 부친이 옹관경략사(邕管經略使)를 지내다가 죽자 등주(鄧州)에서 북쪽으로 수십 리 떨어진 곳에 묻었다. 장 아무개의 삼 형제는 어느 날 갑자기 동시에 꿈을 꾸었는데 부친이 나타나 말했다.

"아무 날 밤에 내 무덤이 도굴되었는데, 그 도적놈이 옷가지를 가지고 오늘 성으로 들어와서 석모항(席帽行 : 등나무 모자 가게)에 머물고 있으니, 너희들은 속히 그곳으로 가서 그 도적놈을 잡아라. 날이 밝은 뒤에는 잡을 수 없게 될 것이다."

장씨 형제는 밤에 일어나 눈물을 흘리며 서로 이야기했다. 날이 밝기 전에 장씨 형제는 주부(州府)의 문을 두드려 번택을 알현하고 그 일에 대해 자세히 아뢰었다. 그러자 번택은 곧장 도우후(都虞候 : 절도사 휘하의 무관)를 불러들여 그 도적을 체포하게 했다. 도적 무리 여섯 명과 그 두목의 부인이 모두 붙잡혔다. 번택은 그들을 안으로 불러들여 직접 심문했다.

"네놈들이 그 무덤을 도굴할 때 이상한 점은 없었느냐?"

그러자 도적 두목이 말했다.

"오늘 저희가 저지른 일은 아무 숨길 것도 없습니다. 저희들은 틀림없이 신령에게 죽임을 당할 것입니다. 저희 부부는 무덤을 도굴하며 산 지 이미 10여 년이 되었는데, 매번 도굴할 때마다 부부가 술을 가지고 가서 불을 지피면 나머지 무리가 무덤을 엽니다. 관 뚜껑이 나오면 저희 부부와 망자는 번갈아 술을 따라 마십니다. 저는 술잔을 들고 '객이 한 잔 마시고자 합니다!'라고 말한 뒤, 곧장 술을 망자의 입 속에 부으면서 '주인도 한 잔 드십시오!'라고 말합니다. 다시 제 처가 술 한 잔을 마실 때 제가 '술값은 어느 쪽에서 내지?'라고 말하면, 제 처가 '술값은 주인이 내실 것입니다'라고 대답합니다. 그러고는 마침내 옷가지와 보화 등을 가지고 갑니다. 제가 어젯밤에 그 무덤을 열었을 때 보았더니, 관 속의 사람은 자색 옷에 옥허리띠를 차고 있었으며 그 모습이 마치 살아 있는 것 같았습니다. 제가 이전처럼 술을 마시고 술을 부으면서 '주인도 한 잔 드십시오'라고 말할 차례가 되어 말을 하고 났더니 망자가 웃었습니다. 저희들은 몹시 놀라며 곧장 망자를 일으켜 세웠는데 마른 해골일 뿐이었습니다. 저희들이 요대(腰帶)를 풀자 망자가 '천천히 풀어라. 내 허리가 아프다!'라고 소리쳤습니다. 저희들은 모두 놀라고 두려워하면서 얼른 그곳을 나왔습니다. 그때부터 정신이 멍해졌기에 필시 일이 잘못되리라는 것을 알고 있었습니다."

번택은 그들을 모두 처형했다. 며칠 뒤에야 등주에서 그 일을 보고했다.

樊澤爲襄陽節度, 有巡官張某者, 父爲邑管經略使, 葬於鄧州北數十里. 張兄弟三人, 忽同時夢其父曰: "我葬墓某夜被劫, 賊將衣物, 今日入城來, 停在席帽行, 汝宜速往擒之. 日出後, 卽不得矣." 張兄弟夜起, 泣涕相告. 未明, 叩州門, 見澤, 具白其事. 立召都虞候, 令捕之. 同黨六人, 並賊帥之妻皆獲. 澤引入, 面問之曰: "汝劫此墓有異耶?" 賊曰: "某今日之事, 亦無所隱. 必是爲神理所殛. 某夫妻業劫冢已十餘年, 每劫, 夫妻携酒爇火, 諸徒黨卽開墓. 至棺蓋, 某夫妻與其亡人, 遞爲斟酌. 某自擧盞, 曰: '客欲一盞!' 卽以酒瀝於亡人口中, 云: '主人飮一盞!' 又妻飮一盞遍, 便云: '酒錢何處出?' 其妻應云: '酒錢主人出.' 遂取衣物寶貨等. 某昨開此墓, 見棺中人紫衣玉帶, 其狀如生. 某依法飮酒, 及瀝酒, 云至'主人一盞', 言訖, 亡人笑. 某等驚甚, 便扶起, 唯枯骨耳. 遂解腰帶, 亡人呼曰: '緩之. 我腰痛!' 某輩皆驚懼, 遂馳出. 自此神魂惝怳, 卽知必敗." 悉殺之. 數日, 鄧州方上其事.

* 이 고사는 《태평광기》 권390 〈총묘·번택〉에 실려 있다.

명기(銘記)

60-16(1776) 이사

이사(李斯)

출《술이기》

주(周)나라 말에 어떤 사람이 무덤을 팠다가 네모난 옥석(玉石)을 얻었는데, 그 위에 80글자가 새겨져 있었다. 그러나 당시에는 그 글자를 알 수 없어서 서부(書府)에 보관해 두었다. 진(秦)나라 때에 이르러 이사가 그중 여덟 글자의 뜻을 알아내고 말했다.

"하늘이 명을 내려 황제가 왕업(王業)을 교체한다."

한(漢)나라 때에 이르러 숙손통(叔孫通)이 두 글자의 뜻을 알아냈다.

周末, 有發冢得方玉石, 上刻文八十字. 當時莫識, 遂藏書府. 至秦時, 李斯識八字, 云:"上天作命, 皇辟迭王." 至漢時, 叔孫通識二字.

* 이 고사는《태평광기》권391〈명기 · 이사〉에 실려 있다.

60-17(1777) 하후영

하후영(夏侯嬰)

출《독이지》

　한(漢)나라 때 하후영은 공을 세워 등공(滕公)에 봉해졌다. 그가 죽었을 때 장사 지내려 했는데, 무덤에 이르기 전에 상여 수레를 끌고 가던 말이 땅에 넘어져 앞으로 나아가지 못했다. 사람을 시켜 그 자리를 파 보게 했더니 석실(石室) 하나가 나왔는데, 석실 안에 이렇게 적힌 묘지명이 있었다.

　"아름다운 성이 답답하게 막혀 있다가, 3000년 만에 밝은 해를 보게 되었다. 아! 등공이 이 방에 거하게 되었도다!"

　마침내 원래의 묘지를 바꿔 그곳에 묻었다.

漢夏侯嬰以功封滕公. 及死將葬, 未及墓, 引車馬踣地不前. 使人掘之, 得一石室, 室中有銘曰：＂佳城鬱鬱, 三千年見白日. 吁嗟! 滕公居此室!＂ 遂改卜焉.

* 이 고사는《태평광기》권391〈명기 · 하후영〉에 실려 있다.

60-18(1778) 장은

장은(張恩)

출《사계(史繫)》

후위(後魏 : 북위) 천사(天賜) 연간(404~409)에 하동(河東) 사람 장은이 [은나라] 탕왕(湯王)의 무덤을 도굴했다가 이렇게 적힌 묘지명을 발견했다.

"내가 죽은 지 2000년 뒤에 은(恩)에게 곤경을 당할 것이다." 미 : 옛 성인은 모두 앞날을 미리 알았으며, 죽은 후에 당할 곤액도 모두 미리 정해진 것이다.

장은은 도굴한 옛 쇠북과 경쇠를 모두 강물에 던져 버렸다.

後魏天賜中, 河東人張恩盜發湯冢, 得誌云 : "我死後二千年, 困於恩." 眉 : 古聖皆前知, 死後之厄亦皆前定. 恩得古鍾磬, 皆投於河.

* 이 고사는《태평광기》권391〈명기・장은〉에 실려 있다.

60-19(1779) 왕과와 웅박

왕과 · 웅박(王果 · 雄博)

병출《계신록》

당(唐)나라 때 좌위장군(左衛將軍) 왕과는 견책을 당해 아주자사(雅州刺史)로 전출되었다. 그가 강에 배를 정박하다가 위를 쳐다보니 암벽의 중간에 관 하나가 있었는데, 그 절반이 밖으로 나와 허공에 있었다. 그래서 왕과는 벼랑을 타고 올라가서 관을 살펴보았더니 이렇게 적혀 있는 묘지명을 발견했다.

"떨어질 듯 말 듯하던 중에 왕과를 만나니, 500년 만에 나를 다시 거두어 준다."

왕과는 한숨을 내쉬며 탄식했다.

"내가 오늘 이 사람을 묻어 주려고 아주로 폄적되었으니 진실로 운명이로구나!"

그러고는 관을 거두어 묻어 주고 떠났다.

웅박은 본래 건안진(建安津)의 관리였다. 한번은 강기슭이 무너지면서 옛 무덤 하나가 나왔는데, 등나무 넝쿨이 관을 감고 있었고 그 옆에 이렇게 적힌 돌 묘지명이 있었다.

"빠질 듯 말 듯 등나무 넝쿨에 묶여 있고, 떨어질 듯 말 듯 모래에 걸쳐 있으니, 500년 후에 웅박을 만나게 된다."

웅박은 당시 가난했는데 노승들이 돈을 모아 준 덕분에 그 관을 다시 묻어 주었다. 웅박은 후에 건주자사(建州刺史)에 이르렀다.

唐左衛將軍王果被責, 出爲雅州刺史. 於江中泊船, 仰見巖腹中有一棺, 臨空半出. 乃緣崖而觀之, 得銘曰:"欲墮不墮逢王果, 五百年中重收我." 果喟然嘆曰:"吾今葬此人, 被責雅州, 固其命也." 乃收窆而去.
熊博者, 本建安津吏. 岸崩, 得一古冢, 藤蔓纏其棺, 旁有石銘云:"欲陷不陷被藤縛, 欲落不落被沙閣, 五百年後遇熊博." 博時貧, 老僧爲率錢葬之. 博後至建州刺史.

* 이 고사는《태평광기》권391〈명기·왕과〉와 권392〈명기·웅박〉에 실려 있다.

60-20(1780) 위대경

위대경(衛大經)

출《선실지》

 선생(先生) 위대경은 해량(解梁) 사람으로, 문학(文學)으로 이름이 알려졌다. 그는 속세를 가까이하지 않고 늘 문을 닫아걸고 세상일을 끊은 채 살았다. 그는 태어날 때부터 총명했으며 천문(天文)과 역상(曆象)에 대해서도 두루 알았고, 현묘한 진리까지도 깊이 터득했다. 훗날 수명이 다해 죽은 뒤에 해량의 들판에 묻혔다. [당나라] 개원(開元) 연간(713~741)에 천수(天水) 사람 강사도(姜師度)는 조서를 받들어 무함하(無咸河)를 뚫어서 염전(鹽田)에 물을 댔는데, 그 바람에 잘려 나간 집과 무너져 내린 무덤이 매우 많아 해량 사람들이 모두 근심했다. 위 선생의 무덤 앞에 이르러 땅을 파다가 돌 하나를 발견했는데, 그것은 글자를 새긴 묘지명으로 아마도 위 선생이 쓴 글인 것 같았다. 묘지명은 이렇게 적혀 있었다.

 "강사도, 남쪽으로 15보 더 옮겨 가라."

 강사도는 그 일을 기이하게 여기며 탄식했다.

 "위 선생은 진정 뛰어난 선비로다!"

 그러고는 즉시 일꾼들에게 명해 그 강줄기를 옮겨 위 선생의 무덤에서 수십 보 떨어지게 했다.

衛先生大經, 解梁人, 以文學聞. 不狎俗, 常閉門絕人事. 生而敏悟, 周知天文曆象, 窮冥索玄. 後以壽終, 墓於解梁之野. 開元中, 天水姜師度奉詔鑿無咸河, 以漑鹽田, 劃室廬, 潰丘墓甚多, 解梁人皆病之. 旣至衛先生墓前, 發其地, 得一石, 刻字爲銘, 蓋先生之詞也. 曰:"姜師度, 更移向南三五步." 師度異其事, 嘆曰:"衛先生眞奇士也!" 卽命工人遷其河, 遠先生之墓數十步.

* 이 고사는 《태평광기》 권391 〈명기·강사도(姜師度)〉에 실려 있다.

60-21(1781) 정흠열

정흠열(鄭欽悅)

출《이문기(異聞記)》

[당나라] 천보(天寶) 연간(742~756)에 상락(商洛)의 은자 임승지(任升之)가 있었다. 그의 5대조 할아버지는 양(梁)나라에서 벼슬하다가 대동(大同) 4년(538)에 종산(鐘山) 절벽의 허물어진 무덤에서 옛 묘지명을 발견했는데, 성명은 언급하지 않고 소전(小篆)으로 이렇게 적혀 있었다.

"거북점은 토(土)를 말하고, 시초점은 수(水)를 말한다. 전복(甸服 : 왕성 사방 500리 이내의 지역)과 황종(黃鐘 : 12율의 하나로 음력 11월에 해당함) 때 신령한 터가 열린다. 삼상경(三上庚)에 묻었다가 칠중사(七中巳)에 허물어진다. 6300협진(浹辰 : 12지의 '자'부터 '해'까지 한 주기의 12일)이 교체되어 이구(二九) 중삼(重三) 사백(四百)에 무너진다."

글자가 비록 벗겨져 떨어져 나갔어도 분명히 알아볼 수 있었다. 며칠 뒤에 우란대회(盂蘭大會 : 하안거의 끝날인 음력 7월 보름에 행하는 불사)를 맞이해 어가를 따라 동태사(同泰寺)에 갔을 때, 그 묘지명을 베껴 사관(史官) 요자(姚訾) 및 여러 학관(學官)에게 보여 주었는데, 몇 달 동안 자세히 토의했지만 알 수 있는 자가 없었다. 그래서 그 묘지명을 봉해서 아들들에게 당부하며 말했다.

"대대로 나의 자손들은 이 묘지명을 이치에 통달한 사람에게 물어보아라. 만약 그 뜻을 아는 자가 있다면 나는 여한이 없겠다."

후에 임승지 대에 이르렀는데, 그는 자못 박학하고 성품이 단아했다. 임승지는 우보궐(右補闕) 정흠열 미 : 살펴보니, 정흠열은 우보궐로 있다가 전중시어사(殿中侍御史)를 지냈는데, 이임보(李林甫)에게 미움을 받아 외지로 쫓겨났다. 이 현묘한 이치에 통달했다고 들었기에 편지에 그 묘지명을 적어서 보여 주었는데, 정흠열이 답장을 보내 하나하나 다음과 같이 분명하게 풀이해 주었다. 양나라 무제(武帝) 대동 4년은 무오년(戊午年)에 해당한다. "전복"은 500을 가리키고 "황종"은 11을 가리키니, 511년 만에 무너진다는 뜻이다. 대동 4년으로부터 위로 511년을 거슬러 올라가면, 한(漢 : 후한)나라 광무제(光武帝) 건무(建武) 4년 무자년(戊子年, 28)이다. "삼상경(三上庚)"은 3월 상순의 경일(庚日)을 말하는데, 그해 3월은 신사일(辛巳日)이 초하루였으니 10일이 경인일(庚寅日)이므로, 그해 3월 초에 종산에 묻혔다는 뜻이다. "칠중사(七中巳)"는 7월은 무오일(戊午日)이 초하루였으니 12일이 기사일(己巳日)이므로, 무덤이 처음 허물어진 날이 기사일이었음을 알 수 있다. "협신(浹辰)"은 12이니, 건무 4년 3월부터 대동 4년 7월까지는 총 6312개월이고 매월 한 번씩 교체

되었으므로, "육천삼백협진교(六千三百浹辰交)"라고 했다. "이구(二九)"는 18이고 "중삼"은 6인데, 마지막에 "사백"이라고 말했으니, 6은 천 단위이고 18은 만 단위임을 알 수 있다. 건무 4년 3월 10일 경인일에 처음 묻었다가 대동 4년 7월 12일 기사일에 처음 허물어졌으니, 그간의 날짜를 계산하면 18만 6400일이 된다. 그래서 "이구중삼사백비(二九重三四百坯)"라고 했던 것이다. 묘지명에서 언급한 것은 단지 연·월·일의 수를 말한 것일 뿐이다.

평 : 살펴보니, 이 기록은 바다 섬에 사는 은자 장현양(張玄陽)의 집에서 소장하고 있었는데, 이길보(李吉甫)가 명주장사(明州長史)로 폄적되었을 때 이것을 얻고 몹시 기뻐했으며, 아울러 다음과 같은 논(論)을 지었다. "대저 한 구릉의 흙은 감정이 없으니, 비를 맞아 무너져 내린 것은 우연이다. 그러나 상수(象數 : 역상과 역수)를 궁구한 사람은 이미 18만 6400일 전에 이 일이 정해져 있음을 알았다. 하물며 치란(治亂)의 운과 궁달(窮達)의 명에서 성인과 현자가 만나지 못할 수도 있고 임금과 신하가 우연히 만날 수도 있다. 강아(姜牙 : 강자아, 즉 강태공)는 황옥(璜玉)을 얻어 상보(尙父)가 되었고, 중니(仲尼 : 공자)는 봉황이 나타나지 않아 천하를 주유했으며, 부열(傅說)은 꿈을 통해 바위 들녘에서 발탁되었고,[104] 자방(子房 : 장양)은 흙다리 위에서 신인(神人)

으로부터 도를 전수받았으니,105) 이 또한 필연적으로 정해진 일의 징험이다. 그러나 공자는 앉은 자리가 따뜻해질 겨를도 없이 분주히 돌아다녔고, 묵자(墨子)는 굴뚝이 검어질 때까지 기다리지도 못하고 급히 돌아다녔으니, 어찌하여 그처럼 애썼단 말인가? 맹자(孟子)는 제(齊)나라를 떠날 때 일던 쌀을 들고 황급히 갔고, 가의(賈誼)는 상수(湘水)로 가서 투신자살한 굴원(屈原)을 조문했으니, 어찌하여 또 이처럼 연연했단 말인가? 혹시 위대한 성인과 현자들도 오히려 성명(性命 : 천성과 천명)의 이치를 의심했단 말인가? 아니면 자신을 욕보여 가르침을 남김으로써 사람들에게 도란 폐할 수 없는 것임을 보이려 했던 것인가? 나는 알 수가 없다."

天寶中, 有商洛隱者任升之. 其五代祖仕梁, 大同四年間, 於鍾山懸岸圯壙之中得古銘, 不言姓氏, 小篆文云 : "龜言土, 蓍言水, 甸服黃鐘啓靈趾. 瘞在三上庚, 墮遇七中巳. 六千三百浹辰交, 二九重三四百圯." 文雖剝落, 仍且分明. 數日,

---

104) 부열(傅說)은 꿈을 통해 바위 들녘에서 발탁되었고 : 부열은 은(殷)나라 고종(高宗) 때의 현상(賢相)으로, 부암(傅巖) 아래에 은거하고 있었으나 고종이 꿈에서 그를 보고 발탁해 재상으로 삼았다.

105) 자방(子房 : 장양)은 흙다리 위에서 신인(神人)으로부터 도를 전수받았으니 : 장양(張良)은 다리 위의 노인에게 태공병법(太公兵法)을 전수받아 유방(劉邦)을 보좌해 한나라를 건국하는 데 공을 세웠다.

遇盂蘭大會, 從駕同泰寺, 錄示史官姚詧並諸學官, 詳議數月, 無能知者. 因緘其銘, 誡諸子曰: "我代代子孫, 以此銘訪於通人. 倘有知者, 吾無所恨." 至升之, 頗博雅. 聞右補闕鄭欽悅 眉: 按欽悅自右補闕歷殿中侍御史, 爲李林甫所忌, 斥於外. 思通玄奧, 乃爲書以示之. 鄭復書, 一一了悟. 當梁武帝大同四年, 歲次戊午. 言"甸服"者, 五百也, "黃鐘"者, 十一也, 五百一十一年而圮. 從大同四年, 上求五百一十一年, 得漢光武帝建武四年戊子歲也. "三上庚", 三月上旬之庚也, 其年三月辛巳朔, 十日得庚寅, 是三月初葬於鐘山也. "七中巳", 乃七月戊午朔, 十二日得己巳, 是初圮墮之日, 是日己巳可知矣. "浹辰", 十二也, 從建武四年三月, 至大同四年七月, 總六千三百一十二月, 每月一交, 故云"六千三百浹辰交"也. "二九"爲十八, "重三"爲六, 末言"四百", 則六爲千, 十八爲萬可知. 從建武四年三月十日庚寅初葬, 至大同四年七月十二日己巳初圮, 計一十八萬六千四百日. 故云"二九重三四百圮"也. 其所言者, 但說年月日數耳.

評: 按此記, 藏於海島中隱者張玄陽之家, 李吉甫貶明州長史, 得之甚喜, 仍爲著論曰: "夫一丘之土, 無情也, 遇雨而圮, 偶然也. 窮象數者, 已懸定於十八萬六千四百日之前. 矧於理亂之運, 窮達之命, 聖賢不逢, 君臣偶合, 則姜牙得璜而尙父, 仲尼無鳳而旅人, 傅說夢達於岩野, 子房神授於圮上, 亦必定之符也. 然而孔不暇暖其席, 墨不俟黔其突, 何經營如彼? 孟去齊而接淅, 賈造湘而投吊, 又眷戀如此. 豈大聖大賢, 猶惑於性命之理歟? 將浼身存教, 示人道之不可廢歟? 余不可得而知也."

* 이 고사는 《태평광기》 권391 〈명기·정흠열〉에 실려 있다.

60-22(1782) 한유

한유(韓愈)

출《선실지》

　천주(泉州)의 남쪽에 산이 있었는데, 그 산에는 깎아지른 절벽이 우뚝 서 있었다. 산 아래에는 못이 있었는데 헤아릴 수 없을 정도로 깊었고 둘레가 10여 무(畝)나 되었다. 못에는 이무기가 살아서 사람들의 걱정거리가 되었는데, 사람들이 잘못 가까이 가거나 말과 소가 가서 물을 마실 때면 번번이 잡아먹혔다. 천주 사람들은 여러 해 동안 이를 고통스러워했으며, 이 때문에 산 근처에 사는 사람들은 모두 다른 군(郡)으로 이사했다. [당나라] 원화(元和) 5년(810)의 어느 날 밤에 산 남쪽에서 천둥소리가 갑자기 들리면서 수백 리나 진동했는데, 마치 산이 무너지는 것 같아서 온 군의 사람들이 놀라 두려워했다. 마을 사람들과 소·말·닭·개가 모두 소리도 내지 못한 채 땅에 엎드려 온몸에 땀을 흘렸다. 지붕의 기와가 서로 부딪치고 나무들도 뽑혀 쓰러졌다. 천둥소리는 술시(戌時 : 저녁 7~9시)부터 자시(子時 : 밤 11~1시)까지 울리고서야 비로소 멈췄다. 다음 날 아침에 사람들이 가서 보았더니, 그 산의 수백 길이나 되는 바위 절벽이 거의 다 무너져 돌덩이가 그 못을 메웠고 물이 사방의 들에 넘쳤으며 이무기의 피가 천지에 가득한 것 같았다. 절벽 위에는 19개의 글자가 새겨져 있었는데, 서체가 너무 오래된 것이어서 군의 선비들 중에 알 수 있는 사람이 없었다. 이때부터 마을 사람들은 걱정거리가 없어졌고 이사했던 사람들도 돌아와서 집을 짓고 보금자리를 만들어 그 땅에 모여 살았다. 군수(郡守)는 그 일로 인해 그곳을 "석명리(石銘里)"라고 이름 지었다. 후에 천주에 왔던 손님이 그 글자를 베껴 써서 동락(東洛 : 낙양)으로 가져왔다. 당시 한유는 상서랑(尙書郞)으로 있다가 하남현령(河南縣令)으로 전임되었는데, 그 글자를 보고 읽어 냈다. 그 문장은 다음과 같았다.

"흑수(黑水)의 잉어에게 조서를 내려 알리니, 천제께서는 소와 사람을 죽이는 것을 싫어하신다. 임계신[壬癸神 : 수신(水神)]이 급하게 쓰다."

그 뜻을 자세히 살펴보면, 상제가 이무기를 꾸짖는 글로, 미 : 상제가 이무기를 죽인 것도 그 공을 돌에 새겨 기록하니, 여기저기 어지럽게 세워진 덕정비(德政碑)가 어찌 이상하겠는가? 해를 끼친 이무기를 죽이게 한 것 같다. 그 글자는 과두전서(蝌蚪篆書 : 올챙이 모양의 고문자)였기 때문에 천주 사람 중에 아는 자가 없었다.

泉州之南有山焉, 其山峻起壁立. 下有潭水, 深不可測, 周十餘畝. 中有蛟螭爲患, 人有誤近或馬牛就而飮者, 輒爲呑食. 泉人苦之有年, 由是近山居者, 咸徙去他郡. 元和五年, 一夕, 聞山南有雷震暴興, 震數百里, 若山崩之狀, 一郡驚懼. 里人洎牛馬鷄犬, 俱失聲仆地, 流汗被體. 屋瓦交擊, 木樹顚拔. 自戌及子, 雷電方息. 明旦往視之, 其山摧墮, 石壁數百仞殆盡, 俱塡其潭, 水溢四野, 蛟螭之血, 遍若玄黃. 而石壁之上, 有鑿成文字一十九言, 字勢甚古, 郡中士庶無能知者. 自是居人無患, 遷者亦歸, 結屋架廬, 接比其地. 郡守因之名其地爲"石銘里". 後有客於泉者, 傳其字, 持至東洛. 時韓愈自尙書郞爲河南令, 見而識之. 其文曰: "詔示黑水之鯉魚, 天公卑殺牛人. 壬癸神書急急." 詳究其義, 似上帝責蛟螭之詞, 眉: 上帝戮蛟螭, 亦銘石紀功, 何怪德政碑之紛紛? 令戮其害也. 其字則蝌蚪篆書, 故泉人無有識者.

* 이 고사는 《태평광기》 권392 〈명기 · 한유〉에 실려 있다.

60-23(1783) 배도
배도(裵度)
출《선실지》

  [당나라] 원화(元和) 원년(806)에 회서절도사(淮西節度使) 오소성(吳少誠)이 죽자 그의 아들 오원제(吳元濟)가 황명을 거역했다. 원화 13년(818)에 황제는 배도를 불러 군대를 거느리고 가서 그를 치게 했다. 배도는 그곳에 도착하고 나서 봉인(封人 : 국경을 지키는 관리)에게 참호를 깊이 파도록 명했는데, 땅을 파다가 글씨가 새겨진 돌을 발견했다. 그 문장은 다음과 같았다.
  "우물 밑에 대나무 장대 하나, 대나무 빛깔이 매우 푸르다. 닭은 아직 살찌지 않았고 술은 아직 익지 않았으니, 수레를 가로막는 사내들은 또한 물러나야만 한다."
  배도가 그것을 종사(從事)들에게 보여 주며 그 뜻을 해석해 보게 했지만 모두 알 수 없었다. 갑자기 한 군졸이 대열에서 뛰어나와 축하하며 말했다.
  "오원제는 사로잡힐 것입니다!"
  배도가 놀라서 그 이유를 물어보자 군졸이 대답했다.
  "석명(石銘)이 그 징조입니다. '우물 밑에 대나무 장대 하나, 대나무 빛깔이 매우 푸르다'는 것은 오소성이 대오 중의 한 병사에서 시작해 마침내 10만 병사를 거느린 한 지방의 장수가 되었다는 것으로, 그의 영화를 비유한 것입니다. '닭은 아직 살찌지 않았다'는 것은 고기가 없다는 뜻으로, 살찔 '비(肥)'에서 고기 '육(肉)'을 없애면 '기(己)' 자가 됩니다. '술은 아직 익지 않았다'는 것은 물이 없다는 뜻으로, 술 '주(酒)'에서 물 '수(水)'를 없애면 '유(酉)' 자가 됩니다. '수레를 가로막는 사내들'은 군대의 병사를 말합니다. '또한 물러나야만 한다'는 것은 마땅히 주둔지에서 물러나야 한다는 말입니다. 이것을 미루어 말해 보면, 기유일(己酉日)에 틀림없이 오원제를 평정하게 될 것입니다. 만약 그날이 아직 되지 않았다면 기다리기만 하면 됩니다."

배도가 깊이 감탄하면서 기이하게 여겼다. 그해 겨울 10월에 이소(李愬)가 오원제를 생포했는데, 그 날짜를 헤아려 보았더니 과연 기유일이었다. 이에 배도는 그 군졸의 식견을 더욱 훌륭히 여겨 그를 비장(裨將 : 부장)으로 발탁했다.

元和元年, 淮西帥吳少誠死, 子元濟拒命. 十三年, 召裴度將擊焉. 度旣至, 因命封人深池濠, 發地得石, 上有銘, 文曰: "井底一竿竹, 竹色深綠綠. 鷄未肥, 酒未熟, 障車兒郞且須縮." 度以示從事, 令辯其義, 咸不能究. 俄有一卒, 自行間躍而賀曰: "吳元濟成擒矣!" 度驚訊之, 對曰: "石銘, 其兆也. '井底一竿竹, 竹色深綠綠'者, 吳少誠由行間一卒, 遂擁十萬兵, 爲一方帥, 喩其榮也. '鷄未肥', 無肉也, '肥'去'肉', 爲'己'. '酒未熟', 無水也, '酒'去'水', 爲'酉'. '障車兒郞', 兵革之士也.

'且縮'者, 謂宜退守其所. 推是言之, 則己酉日當克也. 苟未及期, 則可俟矣." 度深嘆異. 是歲冬十月, 李愬生得元濟, 校其日, 果己酉. 於是度益奇卒之辨, 擢爲裨將.

* 이 고사는 《태평광기》 권392 〈명기·배도〉에 실려 있다.

60-24(1784) 장유청

장유청(張惟淸)

출《선실지》

흑산(黑山)의 북쪽에 이위공[李衛公 : 이정(李靖)]의 사당이 있었다. [당나라] 보력(寶曆) 연간(825~826)에 선우도호(單于都護) 장유청의 종사(從事) 노입(盧立)이 한번은 꿈을 꾸었는데, 훤칠한 키에 검은 옷을 입은 한 사람이 그에게 말했다.

"나는 이위공의 사당에 거한 지 오래되었는데, 그대가 나를 군성(軍城) 안으로 옮겨 주길 바랍니다."

날이 밝자 노입은 아무에게도 알리지 않고 군영으로 들어가서 장유청에게 아뢰었다.

"이위공은 나라에 큰 공훈을 세웠는데, 지금 그 사당이 무너져 훼손되었으니 새로 지어 주시기를 바랍니다."

장유청은 허락했다. 이에 앞서 선우도호부에서는 장유청이 훌륭한 교화를 펼쳤다고 해서 호군(護軍) 낙충(駱忠)에게 표문을 지어 달라고 청해 황제께 아뢰었다. 황제는 조서를 내려 중서사인(中書舍人) 고익(高鈘)에게 명해 장유청의 사적을 문장으로 지어 비석에 새기게 했다. 조서는 이미 도착했으나 비석이 미처 준비되지 않았기에, 장유청은 관리에게 운중군(雲中郡)에서 돌을 캐 오게 했는데, 돌이 아직 도착하지 않았다. 이위공의 사당을 수리하면서 그 서쪽을 파다가 돌 하나를 얻었는데, 그 돌은 네모반듯하고 길었으며 그 아래에 아주 또렷하게 '장(張)' 자가 새겨져 있었다. 장인이 그 돌을 가져와 장유청에게 바쳤더니 장유청이 기뻐하며 말했다.

"하늘이 내게 비석을 내려 주셨다!"

그러고는 즉시 종사를 불러 그것을 살펴보게 했다. 노입은 놀라고 기이해하면서 일어나 장유청에게 축하하고 전에 꾸었던 꿈에 대해 아뢰었다. 미 : 비석도 현몽할 수 있으니,[106] 대개 운명에 이미 정해져 있었던 것이다. 실제로 간혹 신이 들리기도 한다. 이에 그 돌을 비석으로 삼아 고 공(高公 : 고익)의 문장을 새겼다.

黑山之陰, 有李衛公廟. 寶曆中, 張惟淸都護單于, 其從事盧立嘗夢一人, 頎長黑衣, 告立曰 : "吾居衛公廟且久矣, 子幸遷我於軍城中." 及曉, 立不諭, 卽入白於惟淸曰 : "衛公於國有大勳, 今廟宇隳殘, 願新其土木之製." 惟淸可之. 先是單

---

106) 비석도 현몽할 수 있으니 : 이 미비(眉批)의 원문은 "비석역능□몽(碑石亦能□夢)"이라 되어 있어 한 글자가 판독 불가한데, 문맥을 고려해 추정해서 번역했다. 쑨다평의 교점본에서는 "비석역능현몽(碑石亦能見夢)"으로 추정했다.

于府以惟清有美化, 請護軍駱忠表聞於上. 有詔, 命中書舍人高公釴文其事, 刻於碑. 詔旣至而未有碑石, 方命使採石於雲中郡, 未還. 及修衛公廟, 鏟其西, 得一石, 方而長, 其下有刻'張'字, 歷然可辨. 工人持以獻惟清, 喜曰 : "天賜吾碑石!" 卽召從事視之. 立且驚且異, 因起賀而白前夢. 眉 : 碑石亦能□夢, 蓋數旣定. 實或憑焉. 於是以石爲碑, 刻高公之文.

* 이 고사는 《태평광기》 권392 〈명기·장유청〉에 실려 있다.

60-25(1785) 유광

유광(柳光)

출《선실지》

 [당나라] 대화(大和) 연간(827~835)에 유광이 한번은 남쪽을 유람하다가 산길을 걷고 있었는데, 날이 저물어서 산속으로 잘못 들어갔다. 소나무가 우거진 길을 따라 몇 리를 가서 한 석실에 이르렀는데, 구름과 개울에 둘러싸여 있고 맑은 샘물이 관통해 흐르고 있었다. 석실에 요와 평상이 있는 것으로 보아 사람이 살고 있는 것 같았다. 석실 앞으로 노을과 푸른 산을 마주 대하고 있어서 진실로 인간 세상의 경치가 아니었다. 유광은 물가에 우두커니 서서 바라보다가 갑자기 항아리 하나가 땅에 묻혀 있는 것을 발견했다. 유광이 재빨리 가서 보았더니 그 항아리 아래에 사방 1척이 안 되는 샘이 있었는데, 샘물이 아주 맑았다. 유광이 잔을 들어 물을 떠서 마셔 보니 단술 같았다. 그는 10여 잔을 마시고 나서 몹시 취해 평상에 누워 잠이 들었다가 날이 밝아서야 깨어났다. 그러고는 석실의 벽을 보았더니 글자가 새겨져 있기에 그것을 베껴서 소매에 넣어 두었다. 그 글은 다음과 같았다.

 "무지재묘(武之在卯), 요왕팔계(堯王八季)에 내가 그 침소를 버리고 내가 그 가리개를 떠난다. 깊고도 높은 곳에 거하니 사람들은 나를 알지 못하고 나에 대해 말하지도 않는다. 지금으로부터 200여 년 뒤에 그 빛이 활활 타오르고 그 시작이 화합한다. 동방에 토끼가 있고 작은 머리에 큰 꼬리가 있는 사람이 나의 길을 거쳐 나의 마을에 온다. 나의 샘물을 마시고 취해 나의 평상에 올라 잠을 잔다. 그 벽에 새겨진 글자는 그 뜻이 오묘하다. 누가 해석할 수 있을까? 바로 동평자(東平子)다."

유광은 먼저 그 글을 읽어 보고 기이하게 여겼다. 마침내 그곳을 떠나 곧장 수십 걸음을 간 뒤에 그 석실을 뒤돌아보았더니 모두 사라져 보이지 않았다. 유광은 그 글의 뜻을 탐구해 보았지만 알 수 없었는데, 여생(呂生)이라는 사람이 그것을 보고 해석해 내서 말했다.

"이것은 득도한 사람의 말이오. 대저 당(唐)나라 초에 무덕(武德)이라는 연호를 세웠는데, 무덕 2년(619)은 기묘년(己卯年)이므로 '무지재묘'는 아마도 무덕 2년일 것이오. '요왕(堯王)'은 이른바 고조(高祖)의 호요. '팔계(八季 : 여덟 계절)'도 2년을 말하는 것이오. '내가 그 침소를 버리고 내가 그 가리개를 떠난다'는 것은 그가 세상을 떠나는 때를 말하는 것으로 그때가 바로 무덕 2년이오. '깊고도 높은 곳에 거하니 사람들은 나를 알지 못하고 나에 대해 말하지도 않는다'는 것은 그가 은거해 사람들이 알지 못한다는 것을 말하오.

'지금으로부터 200여 년 뒤에'라는 것은 당나라 초에서 지금까지를 계산해 보면 과연 200여 년이 지났소. '그 빛이 활활 타오른다'에서 '타오른다[焰]'는 것은 '불[火]'이니, 그해가 정미년(丁未年)임을 말하오. [천간(天干)에서] 병정(丙丁)은 남방에 해당하고 [오행(五行)에서] 화(火)에 해당하며, [지지(地支)에서] '미(未)' 역시 불[火]의 위치에 있소. '그 시작이 화합한다'는 것은 지금 천자의 연호인 대화(大和)를 말하고, '그 시작'이라는 것은 대개 원년(元年)을 말하오. '동방에 토끼가 있고 작은 머리에 큰 꼬리'라는 것은 당신의 성명을 풀이한 것이오. '동방'은 [천간에서] 갑을(甲乙)이고 [오행에서] 목(木)에 해당하며 '토끼'는 [지지에서] 묘(卯)에 해당하니, 묘(卯)에 목(木)을 붙이면 바로 '유(柳)' 자가 되오. '작은 머리에 큰 꼬리[小首元尾]'라는 것은 바로 '광(光)' 자요. '나의 길을 거쳐 나의 마을에 온다'는 것은 당신이 온다는 것을 말한 것이오. '나의 샘물을 마시고 취해 나의 평상에 올라 잠을 잔다'는 것은 당신이 머무는 것을 말하오. '그 벽에 새겨진 글자는 그 뜻이 오묘하다. 누가 해석할 수 있을까? 바로 동평자(東平子)다'라는 것은 그 뜻이 오묘하고 감추어져 있어서 나만이 그것을 해석할 수 있다는 말이며, '동평'은 바로 나의 고향이니 이 또한 사실이오."

太和中, 有柳光者, 嘗南遊, 因行山道, 會日晩, 誤入山崦中. 松引盤曲, 行數里, 至一石室, 雲水環擁, 淸泉交貫. 室有茵榻, 若人居者. 前對霞翠, 固非人境. 光因臨流凝佇, 忽見一缶, 合於地. 光卽趨之, 其缶下有泉, 周不盡尺, 其水淸激. 擧卮以飮, 若甘醴. 盡十餘卮而已醉甚, 遂偃於榻, 及曉方寤. 因視石壁, 有雕刻文字, 遂寫置於袖. 詞曰:"武之在卯, 堯王八季, 我棄其寢, 我去其辰. 深深然, 高高然, 人不吾知, 又不吾謂. 由今之後, 二百餘祀, 焰焰其光, 和和其始. 東方有兔, 小首元尾, 經過吾道, 來至吾里. 飮吾泉以醉, 登吾榻而寐. 刻乎其壁, 奧乎其義. 人誰以辨? 其東平子." 光先閱而異之. 遂行, 出徑數十步, 回望其室, 盡亡見矣. 光究之不得, 有呂生者, 視而解之, 曰:"此得道者語也. 夫唐初, 建號武德, 武之二年, 其歲己卯, 則'武之在卯', 蓋武德二年也. '堯王'者, 所謂高祖之號. '八季', 亦二年也. '我棄其寢, 我去其辰'者, 言其絶去之時, 乃武德二年也. '深深然, 高高然, 人不吾知, 人不吾謂'者, 言其隱而人不知也. '由今之後, 二百餘祀'者, 唐初至今, 果二百餘矣. '焰焰其光', '焰'者, 火也, 謂歲在丁未也. 丙丁南方火, '未'亦火之位也. '和和其始', 謂今天子建號曰太和, '其始', 蓋元年也. '東方有兔, 小首元尾'者, 敍君之名氏. '東方'甲乙木也, '兔'者, 卯也, 卯以附木, 是'柳'字也. '小首元尾', 是'光'也. '經吾道, 來吾里', 言君之來也. '飮吾泉以醉, 登吾榻而寐', 言君之止也. '刻乎其壁, 奧乎其義. 誰人以辨? 其東平子', 謂其義奧而隱, 獨吾能辨之, '東平', 吾之邑也, 卽又信矣."

* 이 고사는《태평광기》권392〈명기·유광〉에 실려 있다.

태평광기초 12

엮은이 풍몽룡
옮긴이 김장환
펴낸이 박영률

초판 1쇄 펴낸날 2024년 11월 28일

커뮤니케이션북스(주)
출판등록 제313-2007-000166호(2007년 8월 17일)
02880 서울시 성북구 성북로 5-11
전화 (02) 7474 001, 팩스 (02) 736 5047
commbooks@commbooks.com
www.commbooks.com

ⓒ 김장환, 2024

지식을만드는지식은
커뮤니케이션북스(주)의 고전 출판 브랜드입니다.
이 책은 저작권자와 계약해 발행했으므로, 본사의 서면 허락 없이는
어떠한 형태나 수단으로도 이 책의 내용을 이용할 수 없습니다.

ISBN 979-11-7307-034-1 94820
979-11-7307-000-6 94820 (세트)

책값은 뒤표지에 있습니다.